譽書坊

高建群 著

陕西师范大学出版总社 西安

图书代号　WX24N1763

图书在版编目(CIP)数据

中亚往事 / 高建群著. -- 西安：陕西师范大学出版总社有限公司, 2024.9. -- ISBN 978-7-5695-4604-0

Ⅰ. I247.5

中国国家版本馆CIP数据核字第2024KB9998号

ZHONGYA WANGSHI

中亚往事

高建群　著

出版统筹	刘东风
责任编辑	马凤霞　杨　杰
特约编辑	牛延宁
责任校对	陈君明
封面设计	安　梁
出版发行	陕西师范大学出版总社
	（西安市长安南路199号　邮编 710062）
网　　址	http://www.snupg.com
印　　刷	陕西龙山海天艺术印务有限公司
开　　本	710 mm×1000 mm　1/16
印　　张	32.75
插　　页	4
字　　数	450千
版　　次	2024年9月第1版
印　　次	2024年9月第1次印刷
书　　号	ISBN 978-7-5695-4604-0
定　　价	79.00元

读者购书、书店添货或发现印装质量问题，请与本公司营销部联系、调换。
电话：（029）85307864　85303629　　传真：（029）85303879

献给我曾经生活过的磅礴大地，

以及大地之上那些勇敢的人们！

引　子

唱给中亚大地的赞美诗。

中亚大地由险峻的高山，湍急的河流，茂密的森林，草原和干草原，戈壁滩与大沙漠组成。这些景物将大地分割成一个又一个的地理板块。它的西南，自里海东岸出发，沿图兰低地，沿喀拉库姆沙漠，沿兴都库什山，沿费尔干纳盆地，像一个大括号一样，一直延伸一千六百公里，它的南端在阿姆河上游，在阿富汗的喀布尔附近。

另一个括号则是昆仑山和天山，它们包裹着的这一块盆地叫塔里木盆地，盆地中央包裹着的这一片大沙漠叫塔克拉玛干沙漠。而天山在东西走向的形成中，将昔日准噶尔大洋的洋底，分割成两部分。天山之南我们上边说了，天山以北这一块荒漠与草原相杂的土地，我们叫它准噶尔盆地，而盆地中央的这座大沙漠，我们叫它古尔班通古特沙漠。

它们都是伟大造山运动的产物。

在那遥远的年代里，整个中亚大地，为一片蔚蓝色的海水所覆盖。它的名字叫准噶尔大洋。正如中国的东边有一座浩瀚的太平洋一样，在中国大陆的西边，则有一座同样浩瀚的准噶尔大洋。

如今的中亚大地，如今的小亚细亚、西亚，那时都是这座大洋的洋底。同样地，向东看，新疆的东疆，甘肃的河西走廊，等等，那时亦是为海水所覆盖的洋底。

这时有一件令人诧异的事情发生了。非洲的一个大陆板块，突然脱落，离开母体，然后顺水漂流，抵达并猛烈地冲撞着我们的欧亚大陆板块。

于是乎产生强烈的地震，地震之后则是火山爆发，火山爆发之后岩浆涌出，岩浆冷却后形成山岗。人们把这岩浆冷却后形成的高可摩天的庞大山体，最初叫葱岭，现在则叫帕米尔高原。在中国人的地理叙述中，这些庞大山体还有一个奇怪的名字，叫"不周山"。

兴都库什山和昆仑山、喀喇昆仑山，伸向盆地的边缘部分，是不规则的，或者说是不周正的，所以这山叫不周山。这是中国人对这个奇怪山名的解释。

当然，这场伟大的造山运动，不是一天两天时间完成的。也就是说，不断地有地震发生，地震再引起火山爆发，而凝固了的岩浆又将这本来就高可摩天的庞大山体，再加高一层，再加厚一层。

接着应该有漫天大雪，覆盖着这些横空出世的大山，于是这些山体成为雪山，形成冰川。

这里群山起伏，雪峰林立，因"帕米尔"在塔吉克语中是"世界屋脊"之意，帕米尔高原与青藏高原同称"世界屋脊"。

在伟大的造山运动中，准噶尔大洋的浩瀚水面，逐渐地被挤走，被化解，于是平坦的海底裸露了出来。人们把这海底叫古洋遗迹。而在这大洋洋底，应当沉淀着厚厚的泥沙层。

于是，风吹来了。地球在旋转，因地球磁场的作用，新疆的四大风口一齐发力，将这些洋底的泥沙向东南方向搬送。这些黄土泥沙搬迁的过程用了两千万年之久。两千万年后，在狂风短暂的间隙，人们发现，一个新的地貌板块形成了，这就是黄土高原。这种黄土搬迁的过程，现在还在进行着。每一次沙尘暴来袭，就是造物主之手，在完善它的杰作。

造山运动还远远没有完成。

在距现在八千万年的时候，一座年轻的山脉从准噶尔大洋的洋底生长出来，将这洋底一劈两半。这座年轻的英武的横亘在中亚腹心地带的山脉，就是我们的天山。

那个时期大约是地壳的又一次活跃期。我们知道，在距天山约两千公里的北方草原，伏尔加河中下游地面，有一座绵长的山脉也从草原上隆起。它就是乌拉尔山脉。

乌拉尔山脉全长两千五百公里，它的北部，起自北冰洋。据说，北冰洋中的某个岛屿，竟是它的源头。它的西南，则抵达里海，延伸部分则一直抵达哈萨克草原。

据说它最初是一个地裂缝，一个塌陷的地沟，后来在造山运动中，它被惊动了，苏醒了，于是缓慢地成长起来，直到成为一座绵长的著名山脉。

中亚细亚栗色的土地呀！这里是世界上距离海洋最远的一块大陆，南边的印度洋，北边的北冰洋，东边的太平洋，西边的大西洋（包括地中海），它们都距离这块内陆有着遥远的路程，从而令这里常年处于干旱半干旱状态。有的地方，年降水量只有20毫米，而年蒸发量则高达2000多毫米。也就是说，空中仿佛有一个巨大的抽风机，将地面上那些可怜的水分，吸干榨净。

太阳高高地照耀着，像一个大火球停驻在空中。裸露的大地被烤得发烫，而空气中，热浪接着热浪，奔涌而来。那往来无定的风，也是热的，它肆无忌惮地从荒原上掠过，令地面上的一切都接受着炙烤。

在中亚细亚地面，有许多湖泊。这些湖泊有一个统一的地理名词，叫"海迹湖"。它们是那遥远的年代的准噶尔大洋的回声，是潮水退去后留在洋底的积水洼，是死亡的海。

它们之所以在这沧海桑田、山谷为陵的大变迁中没有消失，并不是大洋出于纪念的缘故而留下了它们，而是因为，它们往往都有来水地。正是源源不断的河流供给，令它们侥幸地活到了现代。

里海的来水地是伏尔加河。咸海的来水地是阿姆河和锡尔河（张骞出使西域时叫它们乌浒水和药杀水）。巴尔喀什湖的来水地是伊犁河。

斋桑泊的来水地是额尔齐斯河。博斯腾湖的来水地是开都河。

这些湖泊像一颗颗璀璨的明珠，镶嵌在中亚细亚栗色的大地上，成了人们对那业已死亡了的准噶尔大洋的祭奠和怀念。

额尔齐斯河是一条著名的河流，它发源于阿尔泰山西南坡。据说在河源地区有两个源头，一条叫黑额尔齐斯河，一条叫白额尔齐斯河，它们奔腾着合成一股，横穿阿勒泰草原。它聚集了两岸的河流和春夏季节的消冰水，一路奔腾向北。它穿越哈萨克草原，穿越西伯利亚，与阿尔泰山北麓的鄂毕河交汇，然后以鄂毕河之名再流向东北，最后注入北冰洋。

冬天的时候，河水被厚厚的冰层覆盖，能看见自北冰洋上溯而来的狗鱼、大白鱼、小白鱼、五道黑在冰层下面游动。牧人们或者兵团人用马拉的绞盘在厚厚的冰层上钻一个大孔，然后又在下游的某个地方再钻一个孔。孔钻好了，河水涌出来。这时候开始下网，把网的一头拴上铁质的东西，放进冰孔，然后用一块吸铁石在冰上滑动，牵着网行走，把网送到下一个钻孔的地方。网的这头被拽上了冰面，网上面挂满了鱼。鱼在冰面上蹦蹦跳跳，跳一会儿就冻僵了。打鱼的人把鱼捡起来，放到马拉爬犁子上去。尔后，人们骑上马背，两腿一夹，爬犁子动了，驶向岸边的被白杨树遮掩的村庄。

额尔齐斯河的开河时间，通常在每年的4月20日左右。先是一处冰层爆裂，河水溢了上来，接着是一连串的连锁反应，冰层一块接一块地破裂，随着大河向下排去。流动的冰块往往会挤压叠加在一起，在河的中央形成一个一个的山头。越积越高，越积越大，终于，河流承受不住这重量了，只听"哗"的一声，轰轰隆隆向下游泻去，这叫"流凌"。夜晚，这开河的声音惊天动地，传遍额尔齐斯河两岸，传上几十公里远。流凌结束，接下来就是额尔齐斯河夏季的春潮期了。

从阿尔泰山流下来的条条小河，戈壁滩上的消雪水，右岸的克兰河、布尔津河、哈巴河的流水，奔腾着注入大河。大河的水面会突然达到几公里宽。一河蔚蓝的春水仪态万方地向前流去。外境方向，在距额尔齐斯河河口两百里远的地方，是斋桑泊，或叫斋桑淖尔。大河继续着它的行程，它的终结地是北冰洋。这一河春水往往到了8月中旬至9月上旬才会消退。两岸潮水中生长着高大的树木，它们主要靠潮水期提供全年所需的养分。春潮过后，高大的柳树、白杨树、白桦树会生长得更为茂密。而被潮水浸过的地块，牧草会疯狂地生长起来。等到秋天牧草结籽时，从阿尔泰山深山牧场转场回来的牧民，开始收割牧草。大镰刀沙沙响，光着膀子的牧民排成一行，一路割去。等到下午，在灼热阳光的照耀下，牧草半干了，牧民用叉子把它们攒成垛，再用这草垛编一个篱笆，把其余的围起来。

牧民们把小块的草地叫草块儿，中块的叫草地，大块的叫草原。如果是一块苦艾草原，那割倒的苦艾被大太阳一逼，会发出一股又臭又香的味道。这股味道被小风一吹，弥漫在整个额尔齐斯河上空。

春潮泛滥期间，潮水会倒灌到所有的河岔中去，有时由于前一年积雪太厚，大河的潮水甚至会涌入白房子的院中。而我们上面谈到的那些大嘴巴、长着锋利牙齿的北冰洋狗鱼，它们会离开大河，随着这些小沟汊向上游，一直游到不能再游了，遇到一个跌水，在那里产卵。原来它们逆水而上的目的是来这河汊中产卵。

舞台已经搭好，幕布徐徐拉开，人类该登场了。人类是依次登场的。原谅我们的笔墨，不能将那些依次登场的演员一一点到，我们只能择其大要、略表一二而已。

在辽阔的中亚大草原上，有时候，你会不经意地与一个草原石人相遇。它或者在山丘的高处，或者在草丛的深处，或者在河流的拐弯处。它兀立在那个地方，大约已经有两千年的时间长度了，日晒雨淋的缘故，通身已经变得乌黑，脚下的石础甚至已经长出苔藓。

草原石人的面目已经分不清了。从身上的服饰、头顶的帽子还可以依稀看出是文官还是武将。

这样的草原石人，遍布中亚细亚大地。它是哪个年代的？是哪个从这块地面匆匆而过的民族的？它又是因什么原因而凿雕和竖立的？还没有人能给这些问号以答案。

通常认为，这些草原石人当年的竖立，大约有三种用途。一是作为从平原牧场向高山牧场转场时的路标。人们把这转场的道路叫"牧道"。二是作为一个部落和另一个部落游牧时的地界。三是作为竖立在亡人的圆状石块坟墓前的纪念碑。

阿尔泰山是中亚大地上一座重要的山脉，阿尔泰山最高峰是友谊峰，现在是四国（中蒙俄哈）交界处。

一位西方人类学家说，假如让我重新出生一次，我多么愿意出生在阿尔泰山山脉，那是一块多么神奇的地方呀！那里是世界人种博物馆。世界三大游牧民族——阿尔泰语系游牧民族、古雅利安游牧民族、古欧罗巴游牧民族，前两个都永久地消失在那块地面了，而古欧罗巴游牧民族，游牧到地中海岸边，然后在一个早晨，从马背上跳下来，以舟作马，开启人类的大航海时代。

两千多年前的中亚地面，像一口翻滚的大铁锅一样，游牧民族的马蹄，风一样地来去无定。人们把这个时代叫作中亚古族大漂移年代。而阿尔泰山山脉、额尔齐斯河河谷地面，则像一个大狩猎场一样。

而在后来的年代里，依次登场的人物还有许多。我们记得成吉思汗的几次远征。夏天的时候，他的大帐扎在被称为世界的十字路口的撒马尔罕；而冬天的时候，他则率领着他的大军在阿尔泰山下的喀纳斯湖边"猫冬"。我们记得，他把喀纳斯湖作为他的军马场，而把这里的原住民图瓦人，发展成他的一个部落。

是的，舞台已经搭好，演员依次登场。我们看到了马镰刀骑一匹黑马，挥舞着马刀，额颅上印着命运的乌青印戳，风驰电掣般驶过。看到英雄身边总有美人相随，妖娆动人的叶丽亚站在白房子卡伦的屋顶吟唱，风把她的红裙掀起，缠在两条细长的腿上。看到白房子的那些勇敢的士兵慷慨赴死的壮烈场面。

他们都已经永远定格,定格在这部名曰《中亚往事》的历史叙述中。英雄美人列队走过,走过草丛和花海。当路人以手加额,礼赞这块辽阔美景时,他们也成为被礼赞的一部分。

第一章

一

　　我们的中亚叙事从白房子开始,将来也会落脚在白房子。

　　茫茫的天宇下,额尔齐斯河的北岸,有一座孤零零的白房子。这里位于古尔班通古特大沙漠的北沿,准噶尔盆地的北沿。汹涌的一河春水,从白房子的左侧流过,仪态万方地穿越哈萨克草原、吉尔吉斯草原,在西伯利亚平原与鄂毕河交汇,穿越西伯利亚北部苔地,注入北冰洋。

　　天高地旷,朔风怒号,那额尔齐斯河边孤零零的白房子,肩一天风霜,矗立在那里,孤独,苍老,疲惫,不怒自威,成为1883条约线上的一个著名的卡伦。

　　它在中亚细亚灼热的阳光下闪闪发光,它在中亚细亚漫长的白夜里依旧闪闪发光。有灰蒙蒙的大戈壁滩做背景,有远处的地平线做陪衬,人们在几十公里外就可以清晰地看见它。

　　在额尔齐斯河还可以行船的年代里,货船从伯力出发,通过斋桑泊,通过中国边防军这个白房子卡伦,然后进入中国纵深二百公里的布尔津小城装货或者卸货。

　　从白房子卡伦的第一任站长——威震四方的草原王马镰刀开始,到我们说话的年代,已经一百多年了。一百多年来,这里始终国旗不倒。最初是清政府的黄龙旗,接下来是中华民国的青天白日旗,再接下来,是中华人民共和国的五星红旗。

二

那白房子是这样建成的。

时间应当推到一百多年前，推到1883条约线划定之后的某一个早晨或黄昏。

二十个士兵，当年草原上令人闻风丧胆的一群悍匪、可可西里矿区当年的矿工，他们一人骑一匹快马，来到额尔齐斯河河口。领头的人叫马镰刀。这是一个面色忧郁的中年汉子，头上戴一顶破旧的礼帽，礼帽的檐儿卷起，嘴角衔一根毛毛草。他停住马蹄，翻身下马，从怀中掏出一张手绘的地图说："这里就是1883条约线，额尔齐斯河河口，官家要设立卡伦的地方。"

在建白房子之前，他们先在靠近喀拉苏干沟的地方建了一座地窝子。已经是初冬季节，天空不时有雪花飘来。士兵们卸下马背上的帐篷，在地上扎成一圈。帐篷的中央，腾出一块空地，用砍土镘猛刨一阵，刨出一个大半人深的坑。坑底下垫上沙土，铺上芦苇，再在上面铺上毛毡。然后砍来几棵白桦树，在坑上搭成一个马架子的形状。马架子上面用白柳条、红柳条编织一遍，再铺上芦苇。芦苇上面用从草原上捡来的牛粪，厚厚地铺上一层，再铺上一层沙土。沙土上面，用泥糊住。地窝子就这样建成了。

第二年的春天，他们开始建白房子。

地窝子西南，额尔齐斯河河口，都是沼泽地、芦苇丛和高大的柳树、杨树、白桦树。把芦苇砍去，把沼泽地的黑色碱土挖出来。碱土里加一些水，濡湿，用赤脚在上面踩一踩，把泥和均匀。再把这泥放在戈壁滩的平地上，"醒"上半天。泥"醒"好了，用砍土镘挖一块泥巴往木翻斗里一放，就像砖厂里做砖一样，然后用脚踩实，拿到戈壁滩上，猫下腰，一翻，轻轻提起木翻斗，三个土坯就做好了。到了下午，土坯半干后，把它们斜斜地垛起来，垛成菱形。让戈壁滩上的风慢慢吹着。忙活上几个月时间，土坯就做好了，足够造一座白房子用了。

于是在地窝子西南两百米远的地方，开始建房子。用土坯一块一块地垒，严丝合缝，四棱四正，眼见得一座漂亮的房子就建起来了。这也告诉我们，这一群草原上的不速之客，其实当年大部分都是农民。房子造好以后，再烧一些石灰，把房子抹白。远远一看，尤其是在灰蒙蒙的大戈壁滩上，太阳一照，或者晚上月光一照，就是一座发着刺目的白光的房子。人们把它叫白房子卡伦，或者白房子边防站。

白房子建成以后，还要建一座院子。就地起土，用黑色的碱土夯起大约两米高的围墙。围墙绕白房子一圈。围墙上再四棱四正地挖些枪孔。然后在院子里种上冬青。冬青一行一行修剪得整整齐齐，将院子隔成一个一个方块。那个最大的方块是操练场，白房子的士兵每天早晨在这里跑操。围墙朝东南的一面，象征性地做一个大门，向西的一面做一个马号。马号里再搭一个简易的房子，用圆木掏几个马槽。

院子里靠东地势较高的地方，挖一口井。井的上面建一座中世纪的吊水设施。先找一个西伯利亚冷杉掐头去尾，直直地立起来，树干的上面再横担一根杆子。这个横杆的一头，绑一块石磨，或一个牛车的轱辘，另一头就是拴桶的地方了。汲水的时候，把横杆的一头拉下来，把桶拴住，沉下去，汲满水，利用杠杆作用，轻轻一提，一桶水就提上来了。

白房子的顶上，有一个高高的烟囱，这烟囱一日三次升起炊烟。在没有风的日子里，整个荒原死一般寂静，远远望去，这一股白烟十分醒目。这是白房子的士兵一日三次向祖国报告平安：早安祖国！午安祖国！晚安祖国！

三

作为一名退役老兵，我曾经在那座白房子里，度过五年时光。

在离开白房子的这些年月中,白房子曾经反复地出现在我的清醒的白日和混沌的夜梦中。

我曾经这样写道:

> 你将像耶稣一样永远背着沉重的十字架,在时空漫游。不过你背上背的不是十字架,而是白房子——你的一段沉重的过去。你像蜗牛一样背负着白房子,缓慢地在生命的里程中蠕动,一直到它终结。你的病症是无法彻底治愈的,医生的力量已经用尽。医生可以疏导它向好的方向转化,可以采取强力压制它,让它沉默或以另外的形式表现,但不能根除它。

在清醒的白日,每当关节炎来骚扰我的时候,我就会想起它。临离开白房子时,医生说,这关节炎一到内地,就会不治自愈。但是,医生的话显然没有说对,关节炎并没有离我远去,或者在初冬,或者在春寒,或者在阴雨天,它便会来骚扰我,那时,我的两只膝盖里像有几千只小虫子在钻。

提醒我的还有那件皮大衣,我出了五十块钱,复员时将它带回了内地,它现在就在我的箱子底躺着。大衣有三个纽扣掉了,一个掉在伊犁草原上,一个掉在塔城草原上,一个掉在阿勒泰草原上。现在,每年夏天,我都要把大衣从箱子底取出,放在太阳底下晒一晒,防止生虫。在阳光下,当我挥动柳条,轻轻拍击大衣的时候,绒毛里不时会有苍耳蹦出来。很奇怪,这苍耳年年都有。将苍耳放在掌心,我常常感慨:它本该是属于草原的,我耽搁了它多少次开花与结果呀!有一天我重返草原,我将带上它,让它重归那磅礴大地。

还有我的牙齿。我的大门牙在一次掉马时摔断了。每逢吃饭的时候,当我艰难地咀嚼时,我就想起那遥远的白房子。我失落的那颗牙齿,它如今大约已经成为一块砂砾,静静地躺在草原的某一处闪光。当游人以手加额，盛赞那一处辽阔美景时，它也成为被盛赞的一部分。

当然还有我那忧郁的北方情绪。我曾经在文章中这样说："谁的一生，如果到过北方，并且有幸与一匹马为伴，那么，自此以后，不论他居家哪里，工作如何，他的身体停止颠簸了，而他的思想，仍然还像在马背上一样，颠簸不停。"是的，我无法停止颠簸，我无法将自己混同于别人，我无法轻松地在城市的街道上行走。我的脸上永远带着上帝的弃儿的表情。我是一个天外来客。

多少个白日，当红日缓慢地沉落在那遥远的西地平线上的时候，热泪涟涟的我，会站在城市的阳台上，向西北望，向天宇下那一座孤零零的白房子望。

而在沉沉的夜里，在梦境中，我曾多少次走近白房子呀！

电影《蝴蝶梦》里，有一个满怀惆怅的开头："昨天夜里，我又回到了曼德利庄园。四周很静，月光照耀着爬满青藤的小路。"

对于我来说，每一个"昨天夜里"，都是重返白房子的时光。

是的，前面说了，在清醒的白天和沉沉的夜里，我曾经一千次地重返白房子，我曾经一千次地为自己设计过重返白房子的形式，但是，我却没有料到，自己是以这种方式重返白房子的。

我喝醉了……

醉酒的我，在半为现实半为梦境的状态下，摇晃着身子，迈着骑兵的罗圈腿走入了白房子。

一切都有定数。也许，这是一个老兵进入白房子的最好的形式。

第二章

一

梦里的男人忧郁地微笑着,他那高仓健式的脸上挂满冷峻之色。他骑着一匹黑色的大走马,马的四条长腿交替撩开,嗖嗖生风,马蹄铁在沙砾里溅起阵阵火星。一杆土枪,横担在他的胸前。而那只白房子的狼狗,则蹲在马的屁股上,两只前爪搭在男人的肩膀上。天气真热,狗呼哧着,向外吐出粉红色的舌尖。那舌尖,不停地有口水滴滴答答地掉下来。

白房子的顶上,站着一个忧伤的哀恸的女人。她正在惊天动地地哭着。风把她的红色连衣裙吹起来,缠在她纤细的腰上。她惊天动地地哭着,拼命地捶打着自己的胸膛,那么悲伤,好像全世界的苦难都装在她小小的胸膛里一样。

我想起白房子边防站最初的故事,一个悲壮而传奇的中亚细亚荒原的故事。那时白房子边防站还被叫作阿维边防站。我曾立志要把它写成文字流传下来,可是一直没有完成,于是它就被我遗忘在了记忆的角落里。当我重新踏上这片土地,梦里的他们一定就是那故事里的男女主角,我知道这是他们在召唤我。我想,这次回来,我是一定要完成这个故事的!这将是一部史诗,一部关于白房子、关于最早的兵团人、关于爱与恨的史诗!关于英勇的士兵守卫白房子卡伦的故事。

二

一只饿鹰在荒原上空盘旋,它用犀利的目光搜索着猎物。这是它每天早上的功课。它把这块荒原视作它的领地。每天早晨,它都要从阿尔泰山一块突兀的岩石上起飞,平稳地驾着气流在这块地面上空巡睃。

它看见的是一块死亡之海、一块蛮荒之地:黑色的沼泽地,白色的盐碱滩,疲惫地站立着的沙枣树,灼热的沙丘,还有那座默默僵卧在大地上的寂寞孤独的阿尔泰山。

太阳像只大火球一样,紧贴着荒原,无情地炙烤着它。整个大地无遮无拦。阳光照在大地上,又被沙子反射回来,于是,天空出现了无数条明显的亮闪闪的曲状辐射线。

饿鹰失望了,它耐不住地长唳了两声。饥饿是一回事,它更多地感到一种寂寞。没有敌人,没有朋友,世界好像把它和这一块地方遗忘了。

正在饿鹰企图飞开时,突然精神一振:它看见地面上有一个活动的黑点。饿鹰自高空直直地俯冲下来。

就在饿鹰接近猎物的一刻,一声枪响。一股白烟腾起,鹰掉了下来。

鹰没有掉在猎物的身边,它挣扎着向上飞了一下,便开始滑翔。结果,终因受伤过重,落在了一条小河的另一边。

小河已经干涸。

随着枪声,沼泽地旁边的白柳丛中,走出一个剽悍的男人。他站在小河边,停住了。我们认得他,他是白房子卡伦的马站长。

白柳丛中,依次走出一个个骑兵,在这男人左右站定。

要迈过小河是件容易的事,但他没有这样做。他唤狗去叼那倒毙在地的倒霉的饿鹰。

那饿鹰看见的猎物,原来是一条狗。说是狗,其实也不准确,它的模样更像一条狼。大耳朵,黄瓜嘴,麻秆腰,拖在地上的长尾巴,再加那一身焦黄色的毛。前年春天,它的母亲,一只从内地引回来的良种狗，由于在这方圆几百里的荒原上，找不着一只配偶，只好痛苦地嚎叫着，加入了一支迁徙中从这里路过的狼群。几个月以后，它大着肚子回来了。生产后不久，在一个漆黑的夜晚，这支西伯利亚狼群又从这里经过。几百条公狼将边防站团团围住，用只有它们自己才懂的语言，一会儿柔情脉脉地说着情话，一会儿又咆哮着大声威胁，一会儿用最无耻的语言进行挑逗，一会儿又痛哭流涕地述说思念之苦。这畜生如何能经得起如此诱惑，便丢下未满月的崽儿，加入了狼群，从此一去不回，重归草野。那畜生留下的五个崽儿，因为缺奶，四个先后死去，独有这个，如今已经长大，健壮无比，孔武有力，集狗的忠诚与狼的凶悍于一身，成了马站长的心爱之物。

马站长就是马镰刀。马镰刀这个名字是不是有些古怪？任何故事都有开始，任何变化都有缘由，没有人是天生的强者，没有人是注定的霸主。所以马镰刀一开始也不是马镰刀。

那时他还是一位俊俏后生，有着一个书生气十足的名字，叫马明轩。马明轩随父亲马浩文，一个半是商贾半是强人的骆驼客，从苏州老家出发，经丝绸之路新北线前往阿拉木图。在辽阔的中俄边境，没有什么人能挡住这些商贾嗒嗒的马蹄。他们将中国内地的各种工艺品、山货、皮毛、丝绸、茶砖，甚至阿尔泰山的黄金、白银、珍珠、玛瑙，装上驮子，运到斋桑泊后边的阿拉木图，甚至翻越茫茫草原，叠叠野岭，顺着伏尔加河河谷，穿越成吉思汗三千里草原黄金道，直抵莫斯科城下。接着又贩回各种新兴的日用品，卖给居住在这荒原地带的哈萨克人。那时节，这块草原上的许多日常生活用品，用的就是俄语名字。而将它们搬运而来的，就是马浩文这样的骆驼客们。

张博望开辟的这条中亚通道，最初叫西域道，它是关中道、河西道、敦煌道（商人叫它大海道）、楼兰道、和田道、叶尔羌道、喀什道的延伸部分。顺着塔里木盆地南沿行走的叫南道，顺着塔里木盆地北沿行走的叫北道。两条道路都走到喀什，然后翻越帕米尔高原，经慕士塔格峰下面的天门山，抵达吉尔吉斯草原，再抵达奥什，抵达碎叶城，抵达石头城，最后抵达目的地——世界的十字路口撒马尔罕。

到了唐朝，勤勉的丝绸之路上的骆驼客，又辟出第三条道路，这就是从吐鲁番一直向北，不用拐弯，穿越天山星星峡，穿过今天的乌鲁木齐（那里有个鲜明的地名，叫吉木萨尔，乃是唐代武周时期设立的北庭都护府所在地），尔后进入已经开始繁荣起来的草原文化地带。再穿越中亚名城阿拉木图，穿越阿斯塔纳，顺着咸海岸边，沿咸海的来水地阿姆河而上，抵达撒马尔罕。

小说中谈到的马浩文那一代骆驼客，他们的经商路线，大约正是上面所说这第三条道路，现今的专家们，把它叫丝绸之路三道。

但是老皇历已经不能翻了。

到了马浩文、马明轩父子的年代，老三道显然已经不能满足丝路贸易繁荣的需要，而撒马尔罕几度衰落，已经承担不起贸易终点站的任务了，于是丝绸之路新三路应运而生。这些道路随着骆驼客的行走，随着善于经商的粟特人的一手一手转运，通向了更加遥远的地方。

一条我们姑且称它为玄奘道。从撒马尔罕出发，马蹄不要停下，而是顺阿姆河河谷、兴都库什山南沿，往帕米尔高原行走。先经过亚历山大大帝东征时建立的那个亚历山大城，再经过阿富汗首都喀布尔，再经过巴米扬大佛，再经尼泊尔，进入五印大地。这时候旅者的脚下有两条河，一条叫印度河，一条叫恒河；而在中国的阿里高原，一条名叫象泉河，一条则名叫狮泉河。

先顺着怪石嶙峋、河水喧哗的印度河，走入平原地区，穿越广袤的五印大地，走到印度河入海口阿拉伯湾；再返回帕米尔高原，顺着恒河一路下山，穿越五印大地，进入恒河入海口孟加拉湾。这孟加拉湾有两个著名的所在，一是海港城市加尔各答，一是晋法显、唐玄奘在其间修行过的那烂陀寺。

我们把这条道路叫玄奘道，因为它正是玄奘当年取经时走过的道路。玄奘在撒马尔罕休整了大半年时间，每天望着大雪山犹豫不决，最后终于鼓足勇气，踏上那条凶险四伏的道路。

第二条道路叫马可·波罗道。七百多年前，威尼斯商人马可·波罗父子，从水城威尼斯出发，带着他们的货物，抵达波斯，尔后从伊朗高原下来，进入梅尔夫古城，进入布哈拉，进入撒马尔罕。接着沿费尔干纳盆地西缘、帕米尔高原东缘，抵达奥什，尔后翻越帕米尔高原，进入喀什。他描述了喀什的苹果园和貌美如花的姑娘。接着迎接他们的是老丝绸之路的南道，从喀什到叶尔羌，再到和田，再到楼兰，再到敦煌，然后翻越漫长的河西走廊，抵达北京城，面见忽必烈。

十三年后，马可·波罗又从原路返回。所以说，这条起自中国皇城、穿越中亚腹地、抵达地中海沿岸的贸易大通道，他走了两回。有一本他口授的《马可·波罗游记》，记载了他的奇异行程，该书成为西方人认识东方的启蒙读物之一。

而在《马可·波罗游记》中，字缝里抠字，话语里找话，我们发觉，他描写的那个阴森恐怖、飞沙走石的废弃古城，就是传说中的精绝尼雅古城。而他对罗布淖尔荒原之侧的白龙堆雅丹的描写，也让我们想起唐玄奘西天取经路上夜宿白龙堆、他胯下的坐骑走失的情景。

第三条道路是一条通向草原尽头的道路，或者叫驼道，或者叫茶马古道，或者叫成吉思汗三千里草原黄金道。在我们的叙述里，马浩文、马明轩父子的驼队，刚刚抵达遥远的莫斯科城，接着又从那里折回。他们走的正是这条道路。

道路起自鄂尔多斯高原，从鄂尔多斯抵达蒙古高原。从弓背形的蒙古高原一直向西向北，翻越阿尔泰山冰大坂，从而进入中亚，进入哈萨克草原。从哈萨克草原继续行走，进入里海，接着翻越高加索山脉、乌拉尔山脉，进入俄罗斯草原。接下来，沿伏尔加河河谷，穿越当年金帐汗国的都城萨莱城，一路向北，抵达莫斯科。

史料记载，莫斯科这个地名第一次出现在俄罗斯编年史中是在尤里·多尔戈鲁基统治时期，时间为1147年。

莫斯科公国立国八百三十多年了，它之前是一个地主庄园，隶属于弗拉基米尔公国。是丝绸之路的贸易繁荣令这个城堡有了实力和野心，于是在成吉思汗金帐汗国的怂恿下，脱离弗拉基米尔公国，成为一个独立的小国家。而在距离现在三百多年的时候，莫斯科公国以火与犁为先导，大掠四方，成为地跨欧亚大陆的俄罗斯帝国。

这条丝绸之路古道，抵达布列斯特要塞之后，向西沿第聂伯河穿过乌克兰六百多公里的肥沃黑土地，抵达里海，向北抵达中欧的德国柏林，向东沿波罗的海海岸，一直走到波罗的海与北海交汇处的阿姆斯特丹。在丝绸之路历史的叙述中，把这一段叫欧亚大陆桥。

第三章

一

第一次这样长途跋涉,鞍马劳顿,马明轩哪受得了这样的辛苦,在进入新疆后便患上了严重的疟疾。我相信这是那些蚊子作祟,我也受过这样的苦。北湾的蚊子声名远播。

据说,这里是世界四大毒蚊区之一。还据说,这里每立方米的空间里有三千四百多只蚊子。

我记得,蚊子最多的时候是在日落时分。那一阵子,白房子上空密密麻麻的,蚊子和小咬结成一层厚厚的云彩。蚊子哼哼唧唧地歌唱,于是这一块地面布满了"嗡嗡嗡嗡"的声音。老兵们说这叫吊死鬼拧绳。

我当新兵的第一个夏天,被一只蚊子叮了一口,以致昏迷了三天三夜。那时候我全身发烧,昏迷不醒,躺在边防站的医务室。开始时,医生以为是感冒了。他给了我两包阿司匹林,说了句"头疼发热,阿司匹林两包。多喝开水,少发牢骚"的话,让我静静休息。后来,见我越来越严重,医生才慌了。

他将我接到医务室里,细细观察。结果,发现我右手大拇指的上方,有一块红色的肿包,这才断定是被蚊子咬了,引起感染。医生推断说,我的这只惹事招非的手,或者是在睡梦中伸到蚊帐外边,结果被蚊子咬了;或者并没有伸到蚊帐外面去,而是贴在了蚊帐上,结果,被外面的蚊子隔着蚊帐咬了。

三天三夜之后我才醒来。我的醒来令大家都松了一口气。很奇怪，自此以后我再不怕蚊子叮咬了。医生说，我的血液里有了抗体。当然这只是一件微不足道的事，只是在想起北湾的蚊子的那一刻，我感觉我的生命和一百多年前的马明轩重叠了。

马明轩的病让马队无法前行，于是马浩文便在哈萨克族牧民哈海尔曼家中暂住。这是一切事情的开端，马明轩遇到了那个改变他一生的女人——哈海尔曼的养女，汉族姑娘叶丽亚。

碧蓝的天空猎鹰翱翔，广袤的大草原郁郁葱葱，白色的毡房和成片的羊群像朵朵白云，一条蜿蜒悠长的河流将草原一分为二。女人优美的歌声在草原回荡。

"你先在这里长着吧，等我归来，我一定会回来娶你的！"这是马明轩离开时留给叶丽亚的话。

明知道停不下脚步，却留下驻守一生的誓言。马明轩随着父亲继续前行。一望无际的戈壁滩，干燥荒凉，阵风吹过，扬起阵阵尘土和细沙。马明轩走在马队中间，手拿酒囊一边走一边喝。马浩文从马明轩的身后走来，拿过马明轩手里的酒囊挂在鞍子上："别喝了。别使劲灌这尿水了！"马明轩有些不满："在这荒无人迹的戈壁上，能陪伴咱们的只有酒了。"马浩文佯怒道："喝多了两条腿像面条一样。"马明轩则无所谓地凑到父亲耳边："飘飘然的感觉才好。"马浩文笑笑打了儿子一下："还飘飘然，我把一张羊皮纸丢了，纸上画有地图……"

马明轩笑着从衣袖里拿出地图："是这张吧？"马浩文一把抓过地图，眼神一下放松了下来："是是是，你在哪儿捡到的？"马浩文把地图小心地折起来装在身上。马明轩看着父亲如此小心翼翼，有些不屑："你把它掉在驮架旁了。爹，四年前去莫斯科你就把它带在身上，这是张沙漠地形图吧？"马浩文看了儿子一眼："你怎么知道是沙漠地形图？"马明轩笑着说："只有沙漠中才会有这样的地形。"马浩文点点头。"是谁画的?"马明轩随口问道。

"是一位好友。算起来也有十年了。"马浩文叹了口气说道。

"该不会是藏宝图吧?"马明轩开玩笑地说道。谁知道马浩文沉默了一下居然点了点头。马明轩吃惊地"啊"了一声,又赶忙压低了声音:"埋的什么东西?"马浩文道:"有几箱文物古董埋在那里。"马明轩吓了一跳:"你想把文物带出沙漠?"马浩文沉思了一下:"这次先不要惊动它。饭不吃在锅里,咱们以后有机会再来取它。"马明轩不解地问道:"你的好友是文物大盗?"马浩文摇了摇头:"不是,说来话长,回头我告诉你。"马明轩咧咧嘴,没再问下去。

走在最前面的黄大平回过头冲着马浩文大声地喊着:"马掌柜,咱们走的这条路对吗?"马浩文应道:"没错。再往前走有一片绿洲,到了那儿我们歇一歇脚!""得嘞!"黄大平高兴地应了一声,回过头去继续赶路。

二

山顶覆盖着白雪,山脚下古树参天,白色的山峰倒映在一洼碧蓝的湖水中。马匹在湖边啃食青草。云雀在极高极高的天空飞着。大地上布满了铃铛刺,"铃铛"已经成熟了,小风一吹,草原上响起美妙的音乐。

四人围着餐布盘腿坐在湖边的草地上。餐布上摆着匕首、馕、羊肉、酒囊、小碗,马浩文用匕首割下一块肉送进嘴里。马明轩点燃一支烟躺在草地上不知道想些什么。黄大平正给自己的碗里倒酒——他也是这条商道上的老手,跟着马浩文走过不少趟生意。随行的何冬晨跟马明轩差不多年纪,整理了一下也坐了下来撕下一片馕道:"大叔,这儿离惠远城还有多少路?"马浩文笑笑:"不到三十里,赶在天黑前咱们就能走到了。到了惠远城,取得通关文书,这趟生意最大的难关便解决了，一把碎银子就算到手了。"

黄大平咧着油乎乎的大嘴笑着："不知三年前在酒馆遇到的那个风流女子还在不在那儿了。嗯……她喜欢穿紫色的裙子，那女子叫……叫什么来着？我怎么想不起她的名字了。"

马浩文打趣地看了黄大平一眼随口道："薰衣草。"黄大平喝了口酒："对，对，是叫薰衣草！你年龄比我大十多岁，可你的记性比我还好。"马浩文笑了笑："你还挺惦记她？"黄大平想也不想地说："我喜欢风流的女人。赶脚的人走南闯北，那有女人的地方就是家。"马浩文喝了一大口酒，咂了咂嘴："越大越没出息。"黄大平也不恼，又笑了起来："你老婆孩子一大家子，可我到现在还没找到一个愿意为我黄氏传宗接代的女人。"马浩文有些不屑地哼了一声："那种波斯猫样的女人不会给你下崽的。"一旁的何冬晨拿起酒碗与黄大平对饮："黄大哥，到了惠远城，你一定能再见到薰衣草。"黄大平用力地在何冬晨的碗沿上碰了一下："哎，这话我爱听！"

马明轩用匕首扎起一块肉放进嘴里，像想起来什么似的突然问道："爹，你被革职流放到新疆，怎么做起买卖来了？咱家世代簪缨，家谱里没有生意人的记载呀。"马浩文笑道："这话说起来就长喽。"马明轩把嘴里的肉咽下去："你给家里带回来那么多钱，可从来不说新疆的事，妈和妹妹、嫂子都很纳闷。"马浩文意味深长地看了马明轩一眼："我不肯说是不愿触动往事让你妈伤心。"何冬晨无所谓地笑着："大叔，长话短说，就算给大伙解闷儿。"黄大平看了一眼马浩文也劝道："你也该让明轩知道你在新疆的事情。"

马浩文沉默片刻后喝了口酒缓缓开口："十年前我们一行三十多人从南京出发一路向西行进，同行的大都是叛军家属。我们过嘉峪关走敦煌，一路艰难跋涉，最终到达新疆的不足十人。"何冬晨摇着头："真够惨的。"马浩文无奈地笑笑："到于阗后我和土匪、流氓、杀人犯、江洋大盗在一起做了三年苦役。"马明轩却眼睛一亮："跟那样的人在一起受益匪浅吧？"

马浩文有些无奈，接着说道："多亏高天德到新疆任职，他同于阗守备私交甚深，守备大人免去了我八年劳役。""免去劳役后你怎么一直都没有回家？"马明轩不解地问。马浩文叹口气道："虽然不再服苦役，但八年不得离开新疆的约定我必须遵守，否则必定连累高天德和守备大人。"马明轩点点头："那高叔确是咱家的大恩人。"

马浩文点点头接着说："离开于阗后，我在喀什噶尔安身，靠给戍边屯田的兵卒写家书为生。后来我遇到了一个叫陶伯钧的人。"听到陶伯钧这个名字，黄大平吃了一惊："你认识此人？他的足迹遍布天山南北……"马明轩插话进来："他可是名副其实的文物大盗。"马浩文摇摇头："这样的评价对他有失公正。陶伯钧家学渊源，是金石家、收藏家、历史学家，曾在国子监讲过七年学。他与我气味相近，言语投机，成了挚友。"马明轩了然道："那张图是他画的？"马浩文点点头："多年的颠沛流离和家道败落，我一度浑浑噩噩，虚度光阴，陶伯钧给我的鼓励和支持无疑是久旱后的甘霖。为重振家业我跟着一伙走私商贩，开始了买卖生涯。"

何冬晨有些感慨："大叔，你在新疆的日子真不容易。"黄大平拍了拍马明轩的肩："明轩，你该早点来陪你爹。"马明轩抢着说："我是早就要来，可我爹不让我荒废学业。"马浩文叹了口气，喝口酒道："总算熬出头了，如今一切都好起来了。不说了，吃饱肚子咱们继续赶路。"马明轩看着父亲若有所思，撕下一片馕放在嘴里嚼起来。

第四章

一

绚丽的云彩像无数花瓣飘在天空。叶丽亚骑着马赶着羊群走在草原上。大黑狗左突右窜"汪汪"地叫着,协助叶丽亚追赶离群的羊。叶丽亚十六七岁,有着漂亮的脸庞,长长的两条辫子搭在胸前,身段苗条,穿戴打扮一看就是哈萨克族的姑娘。她是这片草原上最美的花朵。她策马奔驰的身影让草原上所有的少年为之折服。

六个二十来岁的哈萨克青年骑马奔来。来到叶丽亚面前,六人同时跳下马向叶丽亚深深鞠躬。叶丽亚笑容满面地看着来人。

青年们凑过来,身体前倾,一手放于胸前,向她致意,赞美的话语层出不穷:"叶丽亚,骏马和歌声是哈萨克人的翅膀,你是草原上最美丽的花。""你是我心中纯洁无瑕的白玉。""你是我的女神。"叶丽亚看着六人笑而不语,因为姑娘早就把心给了另一个人,即使他只是草原上的一个过客。

一个青年拿起挂在马鞍上的冬不拉,一边弹奏着一边唱起情歌。其他五个青年,随着歌声舞动起来,尽显各自的舞姿。叶丽亚笑着跳下马,舞动起身子,优美的舞姿展现在青年们的眼前。

这时不远处传来隆隆的马蹄声。所有的人都循声望去,又有五名青年策马奔来。他们冲到距离叶丽亚不远处收住马,一名青年高喊:"叶丽亚嫁给我吧！我用我所有的财产做聘礼！"五人五骑，围住叶丽亚和六名青年绕圈狂奔，炫耀着各自高超的骑术。

叶丽亚向自己的马跑去，她纵身跃上马背，一抖缰绳策马奔去。叶丽亚的马和五人的马汇在一起。青年们竭尽所能自我表现，六匹马争先恐后。叶丽亚一马当先，一会儿倒挂马上，一会儿海底捞月，一会儿马背倒立，一会儿侧挂马身……她就像马上的精灵一样，灵动活泼，做出的每一个动作，都赢来六个青年振臂喝彩。叶丽亚突然松开缰绳，迎风站在马背上。五名青年一愣，了然一笑，自知技不如人，策马向草原深处跑去。

叶丽亚站在马背上看着远去的青年大声喊："你们别走呀，我还有两下子没使出来呢。"青年的声音随着马蹄声远去："我们认输了。"叶丽亚撇撇嘴坐在马鞍上看着五人骑马远去。

草原上的女儿们，在娘肚子里的时候，就已经在马背上颠簸了。她们的屁股像膏药一样，紧紧地贴着马背，走马、颠马、挖蹶子的马，都会降服在她们的胯下。在天高地旷的中亚地面，马的四只蹄子就是她们的长腿呀！

二

半轮弯月斜挂在遥远的夜空，草原笼罩在灰色中，白色的毡房变成铅灰色，毡房旁的栅栏里羊群挤作一团。狼的叫声此起彼伏。叶丽亚坐在栅栏的木杆上，抬头仰望星空。大黑狗守护在叶丽亚的身旁。夜空繁星璀璨，突然，一颗流星划过，叶丽亚急忙捂住双眼。她不相信流星能带来好运，因为上次流星划过的时候，马明轩跟着他的马队离开了她的视线。

这一块水草丰美的草原啊，哈萨克人世世代代居住的地方。他们在这里出生，在这里劳作，在这里死亡。

夜深人静，外面突然传来几声沉闷的枪声，寂静的草原顿时像炸了锅一样，马蹄轰鸣，群狗狂吠，牛羊的叫声，男人的喊声，女人、孩子的哭声……孜依娜和叶丽亚紧张地直起腰向草原深处看去，谁也没有出声，静听外面的动静。这样的喧闹不是第一次，其实她们或多或少都清楚发生了什么事。

哈海尔曼从毡房里跑了出来，衣服半挂在腰上还没有穿好，身后是叶丽亚的哥哥，正匆忙地套上皮靴。哈海尔曼惊愕地大声道："是强盗，来自北方草原的强盗——高加索的强盗！叶丽亚，快跑，快跑！"

孜依娜没有一丝犹豫，拉起叶丽亚的手往外跑去，叶丽亚回头大声地喊着："爸，哥哥，快跑呀！"

然而一切都太迟了，灰暗的夜光下，黑压压的一群强盗，向叶丽亚家的毡房飞奔而来。冲在最前边的两名强盗，从叶丽亚家毡房前飞奔而过，挥动马刀砍断了固定毡房的绳索。紧跟着又有两名强盗飞奔而来，拖着一条长长的绳索，绳子上有几个大铁钩。拖着绳索的两强盗呼啸而过，毡房便被拖走了。

叶丽亚的哥哥手拿砍刀，哈海尔曼手握斧头严阵以待。惊慌的孜依娜抱着叶丽亚被两个男人护着站在屋子中央。毡房被揭走了，这里已经不能称为家了。眼看着自己的毡房被拖走，自己的家毁于一旦却无能为力。

一群强盗挥舞着马刀转眼来到跟前。哥哥挥动砍刀抵挡，一名飞奔而过的强盗，挥刀把哥哥砍倒在地。惊慌的叶丽亚后退两步摔倒在地上。她惊呼一声，刚想上去看看哥哥的伤势如何，马蹄就杀到眼前，接连从哈海尔曼和孜依娜的身上踩过。大黑狗叫着追了上去，不远处传来沉闷的枪声和大黑狗的惨叫。

叶丽亚呆呆地立在原地。最后面的两个强盗又折回来，侧身下腰，一人提起叶丽亚的一只胳膊，一人提起叶丽亚的一条腿呼啸而去。

强盗像暴风般从草原上掠过，留下一片狼藉。哈海尔曼、孜依娜和叶丽亚的哥哥倒在地上，他们的身上血迹斑斑。俄顷，草原上又恢复了平静，除了风中浓烈刺鼻的血腥味，好像一切都没有发生过一样。风吹过草地发出沙沙的声音，像是一首挽歌。

中亚细亚草原上，一个又一个的村庄就这样消失了。有一首著名的哈萨克民歌叫《可悲的时代》，说的就是中亚村庄被北方强盗毁灭、哈萨克人民迁徙他乡的故事：

> 我的恋人留在了那遥远的地方
> 上马的时候也未能告别
> 哎，这可悲的时代
> 这个世界，像克尔达拉的沙漠般延伸无尽
> 人人都说世界广大，可为何又这般狭小
> 哎，这可悲的时代
> 迁徙的队伍翻过茫茫的雪山
> 我们曾是挤着骆驼奶的幸福民族
> 哎，这可悲的时代
> 故乡真的已经远去了吗
> 苦难的人民在骆驼的叫声中四处流亡
> 哎，这可悲的时代

这首草原古歌是那个动荡的时代的实录。古歌传唱了一些年之后，一个叫王洛宾的音乐人从这片哈萨克草原经过。这首古歌叫他震撼。后来，他又流浪到青海湖边，同行的人都被当作间谍杀了，青海王听说他是流浪的音乐人，没有杀他，将他关进牢房，要他用一个礼拜时间创作出一首歌，做不到就杀了他。王洛宾在牢房里苦思冥想，突然想起这首歌。流浪音乐人将这首流传在哈萨克草原上的歌根据回忆整理出来，将歌名叫作《在那遥远的地方》，将它变成了一首流传久远的爱情歌曲。

第五章

一

客厅里布置得古色古香，四壁挂着字画，古玩架上摆放着样式各异、工艺精美的青铜器，还有大到一尺多高、小到一两寸的纯金、鎏金佛像，以及光泽油润的玉石器和古籍善本。这正是现任伊犁将军府参将刘永寿的府上。刘永寿今年五十岁，大腹便便，身穿官袍，正悠闲地面对墙壁欣赏着一幅山水画。

"爹。"两个年轻人一前一后走进客厅，正是刘永寿的两个儿子。大儿子刘祥云今年二十七岁，在军中任千总，一身官袍显得颇有气势；小儿子刘祥麟二十五岁，是惠远城没人敢惹的公子少爷。刘永寿收回目光，走到太师椅前坐下。一旁的婢女立刻斟了一杯热茶送上。兄弟二人也跟着坐了下来。

"爹，您找我们兄弟俩有何事？"刘祥云问道。刘永寿挥了下手，婢女识相地走了出去。"有没有马浩文父子的消息？半年有余了也不知那父子俩走到哪儿了。"刘永寿喝了口茶看似漫不经心地问道。"没有消息。他们会不会不来新疆了？"听到刘祥云这样回答，刘永寿板着脸沉下了语气："不可能，没人能挡住他们嗒嗒的马蹄声。人为财死，鸟为食亡。这条道路上有钱可赚，他们是不会放下自己的骆驼客营生的。""他们会不会不来惠远城？"看父亲脸色不对，刘祥麟小心翼翼地问道。刘祥云摇摇头看着弟弟回道："这儿是前往阿拉木图的必经之路，要想出关，就必须经过惠远城。"刘祥麟道："十年前没能将马家满门抄斩，这次不能放过马家父子。"听刘祥麟提起，刘永寿恶狠狠地把手中的茶杯放在桌上："要不是马浩文，你爷爷不会被流放琼州岛，死在异地他乡。这个仇我忘不了。绝不能让马家父子走出新疆！"原来当年马浩文与刘永寿同朝为官，因为马浩文参了刘永寿的父亲一本，害得其父被流放琼州岛。而刘永寿也毫不手软，朝廷上下一番运作，虽没把马家满门抄斩，也害得马浩文被流放新疆，不能再度为官。

二

  这边厢，马浩文一行也踏进了惠远城的地界。中亚风格的城镇，热闹非凡，路上人来人往。街道不宽，两边商铺林立，青楼上悬挂着红灯笼，清真寺高耸的圆顶塔楼引人注目，低沉的唱经声从塔楼传遍整座小城。马明轩可是第一次见到这样的景致，一边走一边东张西望。何冬晨也是看什么都新鲜，回过头对马明轩道："这儿可真热闹，像到了夫子庙似的。"说话间，就看到迎面走来一队有十多峰骆驼的驼队，与马明轩他们的马队擦肩而过，惊得马明轩合不上嘴巴。

  眼前的客栈像一座气势恢宏的宅院，在地面上铺开。大门两侧的墙壁上装饰着伊斯兰风格的图案，大门上方"西域客栈"的横匾，是用汉语、维吾尔语、哈萨克语三种文字书写。院子里有三栋小楼和几排平房，宽敞的场院里停放着几辆马车。一男一女站在大门口，用不同语言叫喊招揽生意。见马浩文带领马队向客栈走来，迎客的男青年面带笑容热情上前："朋友一路辛苦，里边请，里边请。"马浩文一行跟着青年走进大门，立刻又有两个青年从一扇门里跑出来，帮忙卸下马背上的驮架。

  马浩文走进大堂不由得四下张望，像是在寻找谁。艾尼瓦尔看到来人正要开口招呼，从门口传来一个笑盈盈的声音："呦！这不是马掌柜吗？"马浩文转身看去，眼神一下释然。从后门快步走来一个身穿绛红色长袍、头戴小圆帽、颔下留有一撮胡须、两眼炯炯有神的老人，他正是这家客栈的掌柜，也是马浩文要找的人。

马浩文笑着迎上去："夏哈甫掌柜，您可好啊？"夏哈甫握住马浩文的手满脸堆笑道："好，好，三年多您音讯全无，感谢真主让我还能再次见到您。"马浩文道："这几年您过得不错，以前的平房小店，今天变成高门楼子了，我刚到门口还以为走错了地方呢。看来您是发了大财喽。"夏哈甫右手抚胸，谦卑地笑笑："托真主保佑，我还混得过去。""夏掌柜，我们打算停留几日，饮食起居还请多加关照。客房没什么要求，不过库房嘛，我们不与人合用。"这是马浩文的规矩，做这一行，货比命重要。夏哈甫点点头："这个没问题，库房还有一间，完全可以放下你们的货物。"马浩文点点头："那就谢过夏掌柜了。"

酒馆大厅宽敞，四壁粉刷如新，装饰风格多样而有序，不大的舞台是印度风格，梁柱、雅间的房门、柜台是伊斯兰风格，原木的长条桌椅是俄罗斯风格，墙角廊柱上有序地摆放着样式各异的油灯。厅堂灯火通明，人语嘈杂，舞台上维吾尔族杂耍艺人表演魔术，客人们大多是后脑勺留有辫子的人。几个阿拉伯人围在桌前喝酒吃肉串，几个印度人吸着水烟，七八个俄国人手拿酒杯大声叫嚷着喝白酒，也有浓妆艳抹的闲花野草。门口的墙角处摆着一张赌桌，一伙人围桌聚赌。

那个时期的中亚细亚地面，像一口沸腾的大锅。各色人等，蜂拥而至；各种文化，也在这里汇聚。满怀各种欲望各种企图的人们，不约而同来到这块地面。

马明轩和黄大平走进酒馆。马明轩一进门就被里面的热闹气氛惊住了，站在门口向里观望。黄大平径直向里走，还不时地扬手和熟人打招呼。马明轩咂了咂嘴，打量了一番后跟了过去。这时八音迭起，魔术艺人退下，琴师们奏起活泼的哈萨克乐曲，几个漂亮的哈萨克姑娘走上台，随着音乐跳起欢快的舞蹈。柜台里站着一个丰满妩媚的女人，夏哈甫背过身往货架上摆着酒瓶。黄大平和马明轩来到柜台前，夏哈甫转过身来，看到是黄大平和马明轩，就笑着支开了女人："他们是我的朋友，你去给那桌的印度人送一盘瓜子去。"女人对马明轩飞了个媚眼，笑着端起一盘瓜子离去。

夏哈甫正要为二人倒酒，就见刘永寿、刘祥云父子二人霸气十足地走进门，身后跟着三个挎刀的家丁。夏哈甫看到刘永寿和刘祥云进来，不敢怠慢，匆匆走出柜台笑脸迎了上去，点头哈腰地说："老爷、少爷来了。"刘永寿扫了眼厅里的客人看也不看夏哈甫一眼。刘祥云上前一步："我的客人在哪间屋子？"夏哈甫恭敬地在前面带路："里面雅间，您二位跟我来。"刘永寿和刘祥云跟着夏哈甫向柜台走来。瞟了一眼柜台边的马明轩二人就径直走过去，而马明轩目光惊愕地看着刘永寿，唤起小时候噩梦般的记忆。

那年马浩文还在朝中为官，时年四十岁。突遭变故，一家老小三十多人跪在地上。马明轩那年十岁出头，低头跪在父母身边。二十多个手握刀剑的士兵把一大家人围在中间，带头的正是刘永寿，顶戴官袍，好不威严地站在马家人面前。马家人一个个低着头不敢直视。沉默间，马明轩的哥哥和叔叔被士兵押到刘永寿面前，两人的脸上血迹斑斑，衣服被血染红。马浩文气得脸色发青，却依旧口气强硬："刘大人，罪在我一人头上，与我的家人无关。"刘永寿指着马浩文厉声道："马浩文，你犯下满门抄斩之罪，死到临头还敢狡辩？"马浩文怒视刘永寿。见马浩文如此强硬，刘永寿大声喊道："来人啊，他二人拒捕顽抗，就地处死。" 马明轩的哥哥破口大骂："刘永寿你这卑鄙无耻小人，陷害我爹，老子到了阴间也不会放过你！"两士兵手起刀落，马明轩眼看着哥哥和叔叔倒在地上，吓得说不出话来……

"明轩！"看马明轩出神，黄大平推了一下马明轩的后背，"刚刚还好好的，怎么突然就变了个人？""啊，我没事。"马明轩咧开嘴勉强笑了一下，不再作声。

第六章

一

这边酒馆里洋溢着节奏明快的音乐,男人热辣的目光注视着正在台上表演肚皮舞的姑娘。姑娘看上去十六七岁,上身只有一条狭窄的颜色鲜亮的胸衣,下身穿着花格小短裙,随着音乐舒展四肢,扭动腰胯,手腕和脚踝佩戴的饰物,发出清脆的声响,舞姿充满狂野。

马明轩饶有兴趣地看着台上。黄大平的目光则贪婪地盯着姑娘腰腹间光滑柔软、激烈抖动的皮肉。突然一只酒杯挡在黄大平眼前。黄大平扭过头,一张美丽的面孔笑嘻嘻地对着他。黄大平激动地站了起来:"是你呀!我总算等到你了。"来人正是黄大平朝思暮想的薰衣草。薰衣草收回酒杯,笑着坐在黄大平的大腿上:"我怕你的眼珠子掉在桌上,打算用酒杯给你接着。"黄大平笑着搂住了薰衣草的腰:"小坏蛋。"薰衣草瞄了眼马明轩。黄大平随口介绍:"他是我的朋友。"马明轩冲薰衣草微微一笑:"黄大哥一直在等你呢。"薰衣草身子一斜倚在黄大平怀里:"三年多不见你心里还想着我呢?"黄大平色眯眯地看着薰衣草:"那可不,你是我心中唯一的女人。如果你愿意跟我回客栈去,你知道的,我一向出手阔绰。"薰衣草娇媚地笑着:"三年工夫你嘴里能流出蜂蜜了。"说罢站起来,用手轻拍黄大平的脸:"我对你的口味?"黄大平笑着点点头。薰衣草在黄大平的脸上轻轻亲了口转身离去。黄大平稍一愣神,起身跟了上去。

马明轩眼看着黄大平就这么走了,还想说什么就听大厅响起一片掌声。台上的姑娘光着脚跑下台,绕过几张桌子,跑到马明轩面前,伸开双臂扑到马明轩身上。马明轩还没反应过来,拍手声和欢呼声不绝于耳,无数双羡慕的眼睛看着马明轩和姑娘。姑娘激动地搂着马明轩的脖子:"哥哥,你啥时候来这儿的?"听她叫自己哥哥,马明轩才细细地打量了一下姑娘,又惊又喜:"玛莎是你呀,没想到在这儿能见到你!真是太高兴了!快放开我,别人都看着呢。"

玛莎瞟了一眼,看到桌上只有酒:"哥哥你怎么不吃烤肉?我知道你最爱吃烤肉了,我去端一盘来陪哥哥一起吃。"马明轩笑着站起来:"你坐这儿歇着,哥哥去拿。"

黄大平闷闷不乐地回到座位,没见马明轩,却看到玛莎独自一人在座,于是笑着凑了上去:"姑娘,这儿就你一人?"玛莎看了眼黄大平:"有人,去那边了。"黄大平不死心地在玛莎身边坐了下来:"你的身段太迷人了。姑娘,我出手一向大方……靠跳舞是买不起宝石和绸缎的。"玛莎待理不理地应付着:"我不卖身。"黄大平凑近了些:"算了吧,你们这些靠脂粉为生的都喜欢装清纯。"说着把胳膊搭在玛莎的肩上,伸手就要搂抱玛莎。"滚远点!"玛莎推开黄大平,拿起桌上的半杯酒泼在黄大平的脸上。黄大平没有擦去脸上鲜红的酒水,但明显已经恼了:"小婊子,你真是野味十足……"话音未落,玛莎上手就是一记清脆的耳光。黄大平揪住玛莎的头发,抬手还了一个耳光。玛莎抓起桌上的酒杯砸在黄大平头上,跟着一脚踢在黄大平肚子上。人们站起来惊呼高叫,大厅里顿时沸反盈天。

马明轩扭头一看,发现玛莎和黄大平扭打在一起,便拔腿匆匆向二人走来。马明轩还未走近,就见刘祥云和三个家丁走来,看着扭打在一起的玛莎和黄大平:"哪来的野狗,给我往死里打。"三个家丁一拥而上,分开玛莎和黄大平,一拳砸在黄大平的面门上,黄大平顿时口鼻出血。另一人抡起凳子把黄大平砸倒在地，又举起酒坛子砸在黄大平的背上，酒坛子四分五裂汁液四溅。起哄声此起彼伏，两个沙俄男人蹲在地上唯恐天下不乱地跳起舞来。马明轩赶忙上去劝阻，却被一把推到一边。玛莎把马明轩拉到一边："哥哥，你别管，让他们打，那野狗今晚死定了。"马明轩拉开玛莎的手着急地说："他和我是一路搭伴的朋友，我不能不管。你放开我。"玛莎拽着马明轩的衣服："我就不，那些人你惹不起。"眼见酒馆里乱了套，夏哈甫急匆匆跑上前来劝道："少爷，来的都是客，你就饶了他吧。他是今天刚到的，就住在客栈里。他还不懂这儿的规矩。"见刘祥云不语，夏哈甫又道："他喜欢薰衣草，可又被那薰衣草骗了，气不顺。"刘祥云冷哼一声："住手。"三人停下手，看也没看躺地上呻吟的黄大平随刘祥云走出酒馆。看热闹的人们也回到自己的座位上。马明轩扶起黄大平对玛莎道："我送他回去。"黄大平倚在马明轩肩膀上，一瘸一拐地艰难离去。

二

回到客房，黄大平痛苦地躺在床上，脸上青一块紫一块。马浩文倚在条桌前喝着盖碗茶："在路上我就跟你说过，波斯猫生不出崽来。"黄大平木然地看着天花板："那母狗骗了我的钱，耍了我。她要求我脱裤子，我刚把裤子脱到脚面上，她咯咯笑着，撒开脚丫子就跑了。妈的，要是找到薰衣草，我饶不了她。"马浩文冷笑一声："我警告过你，女人的肚皮比光滑的马背更容易摔死人，要不是夏哈甫搭救，明早你就入土了。"黄大平闭上眼睛，不再言语，想了想又说："我从来没有遇到过那么性野的女孩，更没想到她认识明轩。"马浩文叹了口气："玛莎的性格像火一样，她是个可怜的孩子。四年前我和明轩在阿拉木图郊外的集市上遇到了玛莎，当时她像牲口似的被人牵着叫卖。估计是被贩奴的贩子贩去的。"黄大平点点头，马浩文接着道："我看那孩子实在可怜，用光了身上的银币，把玛莎买了下来，一路辗转走了近一年才回到新疆，总算是把她送到了父母身边。一路上玛莎像个听话的小狗，左右不离地跟着明轩，睡觉也要趴在明轩身边。""明轩好像很喜欢玛莎？"黄大平试探地问。马浩文点点头："他对玛莎像对他妹妹一样好。"

隔壁房间，玛莎和马明轩面对面盘腿坐在床上，两人中间放着瓜果。马明轩给玛莎手里塞了个苹果："你平日住在哪儿？"玛莎笑着咬了一口苹果："就睡在酒馆的炉灶旁边，我在那里用芨芨草铺了个狗窝。""你不和爸妈在家待着，怎么跑到这儿来做舞女？"玛莎嘟了嘟嘴："这儿有钱的富商多，我要挣钱去苏州找你和大伯。"马明轩拍拍玛莎的脸，失笑道："傻妹子，你知不知道新疆到苏州要走多远的路？"玛莎却也不在意："撒马尔罕、塔什干、阿什哈巴德、巴库我都去过，再远的路我也不怕。"

刘永寿站在客厅博古架前，看看这个看看那个，拿起一件青铜鎏金千手观音，坐在圆桌旁把玩欣赏，手拿竹签清理器物上残留的泥土。刘祥云和刘祥麟走了进来，刘永寿放下器物看了二人一眼："什么事呀？"刘祥麟笑着上前："爹，您老人家干嘛总鼓捣它们，这铜佛身上的鎏金，哪天非让你磨光了不可。"刘永寿摇摇头，站起来看着墙上的画："你爹我一生只好两样，一是女人一是古玩瑰宝，古玩之中我对青铜器和字画尤为偏爱。可惜呀，陶伯钧老先生埋在沙漠中的那十箱瑰宝至今没有找到。"

刘祥云微微一笑："那我可要再告诉爹一个好消息，马浩文父子现身了。"刘永寿闻言瞪大眼睛："什么？！马浩文在哪儿？""就住在西域客栈。"刘永寿板起脸沉吟了一下："让胡把总带人去把马浩文抓来，我要亲手宰了他。""你不杀他儿子？"刘祥麟不解地问。刘永寿冷笑一声："父亲在我手上，儿子自会上门来的。让他来上门闹事，到时再杀他个有凭有据。"刘祥麟恍然大悟地笑了："还是爹想得周全。"刘祥云又道："爹，抓人要有个借口。"刘永寿想也没想："就说马浩文漏税……让胡把总检查他们的货物，看看有没有私藏文物。""我这就去找胡把总。"

街道两边摆地摊的商贩大声招揽生意，地毯上摆放着种类繁多的器物，大到一人高的胡杨树木雕，各种彩陶、瓷器，锈迹斑驳的刀剑，小到印章、竹简、古钱、玉璧、玉佩以及戈壁滩上捡来的玛瑙石等。

玛莎兴高采烈地拉着马明轩的手，又蹦又跳地走在街道上。马明轩和玛莎来到一处卖古玩的地摊前停下脚步。马明轩拿起一串珊瑚彩珠看，商贩马上堆笑介绍："客官，您真有眼光，这串珊瑚彩珠个头又大又漂亮。"马明轩咧咧嘴："真货？"商贩举起三根手指指着天："我发誓，这里要有一颗假珠子，我全家老小遭天打雷轰。客官，不瞒您说，这串珠子是从地底下请上来的，包真包老，这位姑娘戴上它实在漂亮。"马明轩不在乎地把串珠套在玛莎的脖子上，玛莎用手揉搓着珠子高兴地笑。"要多少银子？""客官我不问您多要，一口价十块银圆怎么样？"玛莎闻言就要摘下珠子："哥哥，我不要，太贵了。"马明轩按住玛莎的手："只要你喜欢，哥哥不嫌贵。"掏出一摞银圆数了十块交给商贩，拉着玛莎离去。

马明轩看着玛莎对珠子爱不释手的样子，笑着问："玛莎你想吃什么？"玛莎摩挲着珠子头也不抬地笑着说："你吃什么我就吃什么。""都听你的。""那哥哥咱们去吃抓饭吧？伊犁的抓饭和迪化的抓饭味道不一样，和和田的抓饭味道又不一样。"马明轩点点头，拉着玛莎往前走。见玛莎突然停住脚步，马明轩疑惑地回头看了一眼："怎么了？"玛莎指着门口："哥哥，我看见大伯走过去了。"马明轩没在意地笑笑，拉着玛莎："没准儿我爹是在找咱，他往哪儿去了？咱去追他。"

街道上，马浩文的手被反剪着用绳子捆绑，被两名士兵夹在中间，胡永跟在后面。这胡永迈着两条罗圈腿，晃动着两个膀子，一看就是自小习武的人。

马明轩和玛莎顺着人流一路赶来，看到马浩文和几个士兵一起向前走惊叫了一声，撒腿追了上去。

马明轩一把拉住胡永："为啥要抓我爹？你不能带走我爹！"胡永瞥了眼马明轩，一掌把马明轩推到路边。马明轩不死心地站起来追了上去。胡永瞬间击出三拳重重地打在马明轩的胸口，马明轩连连后退几步，刚站稳脚跟，胡永又飞起一脚，马明轩腾空而起飞出几米远，重重地摔在地上。胡永看都不看一眼径直向前走去。玛莎见状跑来扶起马明轩，马明轩推开玛莎要追。玛莎怕他受伤赶忙拉住马明轩："哥哥你打不过他，追上去也救不了大伯。"马明轩脸色憋得通红，只能攥紧拳头看着马浩文远去。玛莎拉着马明轩的手："走，我们先回客栈，再从长计议。"

第七章

　　酒馆里各色人等聚集，乐曲声不绝于耳，热闹非凡。玛莎穿着一件露着肚脐的绿色紧身坎肩，一条花色鲜艳的长裙，一双红色的鹿皮靴，长发披肩，站在一群男人中显得特别靓丽。在欢快的乐曲声中，两名沙俄青年架起玛莎放在桌子上。玛莎随着节奏明快的乐曲，跳起了踢踏舞。人们大呼小叫跟着玛莎舞动身子。玛莎双手提着长裙，旋转身体时裙摆飘起，一双红色的靴子轻快地敲击桌面，贪婪的男人把脸贴在桌面上向上看。玛莎拿过客人手上的酒杯，把酒淋在他们脸上，酒馆里响起起哄声。

　　李恒站在桌前扭动着身子，目光时刻落在玛莎的脸上。玛莎扭动着身子不时向李恒献媚眨眼。李恒举着酒杯大喊："为美丽的玛莎干杯，为这欢乐的时光干杯！"玛莎扭着身子干了杯中酒，把杯子放在桌上，好像失足掉下，扑到李恒的怀里。人们发出惊叫声和起哄声。李恒把玛莎抱在怀里："要不是我接住你，你会摔断腿把子的。"玛莎娇笑着偎进李恒的怀里。李恒再也顾不得其他，抱着玛莎离去，身后留下一串玛莎银铃般的笑声。

　　雅间里摆放着一张红木圆桌和四把椅子，窗下摆着张精致的烟榻。李恒一手搂着玛莎的腰，嘴巴往玛莎的脸上凑。玛莎的裙摆撩到大腿上，背靠在桌边一只脚踩在椅子上，身子向后倾斜与李恒尽量保持距离。李恒凑过去，色眯眯地问道："几岁了，家在何处？"玛莎用手点了下李恒的脑门，娇嗔道："打听得这么细，难道要娶我不成？"李恒大笑着，把嘴凑到玛莎的唇边："我已经按捺不住了，快点陪我到榻上去。"玛莎笑着拿手挡开李恒的嘴："不急不急，小女子有点小事想问问。""何事快问。"玛莎眼睛一转，问道："今儿在街上听说你家老爷抓了个人？不知道关在何处？"李恒笑笑："小丫头片子消息倒挺灵。没错，就关在后院的柴房里。"玛莎板起脸："后院那么多屋子哪间是柴房？"李恒机警地瞪起眼睛："你打听这么多干吗？不想活了？"玛莎收回胳膊，也佯装生气，娇嗔道："人家随便问问你瞪什么眼。"说完拉下脸推开李恒就向门口走。李恒赶紧上前拉住玛莎，顺手插上房门。李恒讪笑着："别生气，东厢房中间的那间是柴房。"玛莎呵呵一笑："这不就行了嘛。"

　　李恒再也按捺不住，抱起玛莎走到榻前，放下玛莎，顺势趴在玛莎身上。玛莎躺在榻上笑嘻嘻地看着李恒，用食指挡住李恒的嘴，手指在李恒的嘴前摆动："看你急的，就像见了鱼的猫。"李恒笑着把玛莎的食指吞进嘴里："你这么骚什么猫都受不了。"玛莎笑嘻嘻地看着李恒："手指也这么好吃？吸出骚味了？"李恒咂咂嘴，笑着说："可不，味道很迷人。"玛莎不说话，"呵呵"笑着推开李恒，站起来走到桌前，转过身靠在桌上笑嘻嘻地看着李恒。李恒坐起来色眯眯地看着玛莎，然而渐渐地玛莎变得虚虚实实飘忽不定。李恒看着虚实不定的玛莎，以为是酒劲上来了，使劲摇了下脑袋："你……你是狐狸精……"玛莎笑嘻嘻地用食指勾引李恒，李恒站起来身子晃了晃又坐在榻上，嘴角抽动了几下，向后仰倒在榻上，竟然就这么死了。玛莎目光阴冷地看着倒在床上的李恒："本来可以相安无事，可你偏偏往我身上爬，想占我身子的人……死。"玛莎走到榻前拿起被单盖在李恒的身上，又撕下一块擦了擦手指上的毒药，推开房门离开了酒馆。

第八章

一

马明轩心神不定地在酒馆对面的路边踱步，不时向酒馆张望，眼见得换了身衣服的玛莎从酒馆出来，赶忙迎了上去："打听到了吗？"玛莎笑着点点头，拉着马明轩到酒馆后院牵了两匹马，为了防止声响，在马蹄上缠了厚厚的毡布，这才向刘府飞奔而去。

院里的屋子都黑了灯，屋檐下有几只红灯笼闪着光。马明轩趴在墙头上向刘府院子里观望，小声地对玛莎吩咐道："玛莎你牵马去后门等我。"玛莎点点头："哥哥小心。"见玛莎牵着两匹马向小巷深处走去，马明轩翻墙跃进刘府。

院子里，马明轩警觉地向前走，身后传来说话声和凌乱的脚步声。马明轩急忙躲在低矮的行道树后，一队家丁举着火把从马明轩身前走过。马明轩抬起头看到家丁向另一条路走去，赶忙从树后走出，顺着小路快步向前。

马明轩走进月亮门，院子里黑漆漆的，只有后门楼下挂着盏亮光微弱的风灯。马明轩向东厢房看去，无意间听到轻微的鼾声，警惕地抽出匕首，弯下腰向发出声响的后门楼摸去。门楼下守门的家丁靠在椅背上酣睡，低矮的桌子上放着酒碗、酒坛、吃剩的小菜。马明轩松了一口气，伸手推推家丁，酣睡的家丁鼾声依旧，全然不知。

松明子把柴房照亮，马浩文坐在地上闭目深思，耳边响起陶伯钧的话语声："浩文，这批昔日瑰宝非常珍贵，通过它可以触摸历史，了解古西域各民族的文明发展，它是民族的财富，不属于某一个人，绝不能落到那些贪得无厌、见财起意、丧心病狂的人手里。"马浩文睁开眼睛深深地叹了口气，难道这些宝藏真的藏不住了吗？

这时门外传来轻微的喊声，马浩文提起精神仔细听。"爹，你在哪儿？"马浩文吃惊地站起来，走到门前。马浩文小声地试探道："明轩，是你吗？爹在这儿。"听见马浩文回话，马明轩赶忙凑到柴房跟前："是我。爹，我来救你了。"马浩文小声道："当心巡夜的。你是怎么知道我在这儿？" 马明轩警惕地向身后看了眼，从衣服里拿出一根铁棒插在锁链里："别问了，我这就把门弄开。" 马明轩两手用力向外掰，门鼻被一点点从门框上拉出来。

这时身后突然传来脚步声。马明轩扭头看了一眼月亮门："爹，有人过来了。" 话音未落，抽出铁棒，跑向东厢房的拐角处。两个家丁挑着灯笼走进月亮门，站在院子中央向四周看。马明轩一手拿匕首一手拿铁棒，躲在墙角注视二人。一个家丁抱怨道："李恒那小子不知又跑到哪家窑子鬼混去了，现在还没回来。"另一个朝地上吐了一口："留咱们两个守夜，自己玩儿个痛快，早晚死在女人手上！走，去看看那老东西在不在屋里。"听见二人的脚步声，马浩文赶紧在柴房里咳嗽了两声，二人对望一眼点点头，走出月亮门径直离开了。

马明轩小心地从墙角走了出来。马浩文的脸贴在门板上听屋外的动静："太危险，别管爹，你快走。"马明轩手下不停，又把铁棒插了回去："我是有备而来，一定能救你出去，门就快撬开了。"马浩文轻轻笑了一下："早知你有这两下子，爹就不怕进大狱了。""爹，身陷囹圄你还说笑。"

刘府后门的小巷阴森昏暗，寂静无声。玛莎两手各牵一匹马，悄无声息看着高耸院墙，有些心神不宁。她双手抚摸着两匹马的面颊，用小手指轻轻挠着，让马不要紧张，眼睛则盯着不远处的刘府后门。见有人影从巷口跑了进来，定睛一看果然是马浩文父子。玛莎见马明轩成功地救出了马浩文，心头一热，却也顾不上多说，扶着马浩文骑上马，自己上了另一匹马。马明轩翻身上马，坐在玛莎身后，搂着玛莎的腰，催马奔去。

　　三人两骑乘着月色奔驰在荒野的路上，马明轩像是突然记起来什么："爹，你和玛莎先走……通关印照在我身上，咱走不了不能耽搁黄大哥上路，我把印照交给黄大哥就去追你们。"马浩文点点头："我把这事都给忘了。你快去快回……我们在前面的村口等你。"

　　胡永站在门口，身后站着两名士兵和十多名家丁。刘永寿披着衣服急匆匆地打开房门："怎么跑的？"胡永低着头："门锁被撬了，人是从后门走的。"刘永寿瞪大了眼睛："把守后院的人呢？"马洪山走上前来："李恒守夜，但不知跑去哪儿了。""是谁看管后门？马浩文怎么出去的？"一个醉醺醺的家丁被推上前来："我……我……我没看到。"刘永寿怒火中烧，上手就是一耳光："妈的，你这废物。把他挂到树上，什么时候咽了气，什么时候放下来。"家丁的惨叫在院子里传开，衬得刘永寿的表情更加阴森。

　　一个士兵急匆匆地走来，单腿跪地道："大人，衙门来人说李恒被人毒死在酒馆的雅间里了。"刘永寿阴沉着脸："这也死得太轻易了点吧！蝼蚁草芥之辈！"说完看着胡永："胡把总，立即带人去客栈，把和马浩文同行的人都抓来。"胡永应了一声带着士兵离去。

　　刘府的后院立起一个木架，马明轩、黄大平、何冬晨三人被吊在木架上，双脚离地近半米高。就在刚才，马明轩回到客栈不久，胡永就带人赶来，一问之下几人都不肯交代马浩文的去向，便一并抓了回来拷问。

　　四个家丁手持胳膊粗的木棒，分别对着马明轩、黄大平的前胸后背击打。马明轩哪里吃过这个苦,黄大平也是旧伤未愈又添新伤,这一番棍棒,直打得二人惨叫连连。刘永寿坐在一张桌子前,看着家丁用刑,像是欣赏着一件古玩。刘永寿拍拍桌子站起来走到马明轩跟前:"小兔崽子,是谁和你一起干的?"马明轩冷哼一声:"人是我救走的。我一人就绰绰有余了。此事与他们无关,放了他们,你要杀要剐我一个人扛。"刘永寿笑笑:"我也不急,只要你在我府上,你爹早晚会回来。"

像是想起什么,刘永寿又问道:"你们三人谁毒死了李恒?"马明轩扭过头去:"谁是李恒?不认识。"刘永寿抬眼看着三人,轻描淡写地说:"给我打。"得了这一声令,家丁们又抡起木棒对三人打了起来。架子上三人惨叫声不绝于耳,不一会就被打得耷拉着脑袋,连叫的力气也没有了。

胡永在一旁看不下去,低头小声道:"大人,把他们交给衙门侦办为好。"刘永寿板着脸不耐烦地说:"衙门那几头蠢猪,除了吃,屁事都办不好。""可咱们这么抓人,要是衙门来要人……"

刘永寿问不出话来绝不肯罢休,衙门要人他也自是有办法的,要是今天放了马明轩走,再要抓住可就不易了,想到此,刘永寿恶狠狠地说:"不说谁也别想活!马明轩你就认罪吧,好让你的兄弟们少受点皮肉之苦。"

刘永寿正说话,就见苏怡曼带着乌娜、叶丽亚提着菜篮子从后门进来。苏怡曼看到三个遍体鳞伤的人,先是一愣,转而低下头像是没看见一样快步向前走。叶丽亚本来跟在苏怡曼身后快步走着,眼瞅着就要离开后院,突然听到马明轩的名字,悚然心惊,不由得抬头目光惊愕地看着马明轩三人。那捆在架子上浑身是血的不正是她日思夜想的明轩吗!一时愣怔手中的篮子掉在地上,西红柿和土豆滚落一地。苏怡曼略一抬头看见刘永寿他们的目光被吸引了过来,心里一紧转身骂道:"叶丽亚,你这个笨蛋,我的脸让你丢尽了。"

叶丽亚！神志模糊的马明轩听到这个名字不敢置信地抬起头，看见叶丽亚正呆呆地看着自己，心里五味杂陈。乌娜急忙捡起柿子和土豆。苏怡曼揪着叶丽亚抡起巴掌在她身上一通乱打，叶丽亚也不躲闪，只是直直地看着马明轩的方向。看叶丽亚不肯动，苏怡曼边打边嚷："哎呀！你愣着干吗，还不快滚。"

刘永寿把一切看在眼里，让家丁拦住了苏怡曼，看着叶丽亚："你叫什么？你认识他们？"苏怡曼见叶丽亚愣着不动，扭过叶丽亚的身子："没规矩的东西，看着老爷回话。"叶丽亚这才转过身来看着刘永寿，摇摇头。苏怡曼松了一口气，赔着笑脸道："老爷，这丫头是新来的，她住在草原深处，家让高加索强盗给毁了，被强盗掳到惠远城。我见她可怜，就把她买下留在了府上，做个下人。她没见过世面，受惊了。您不跟她一般见识。"刘永寿点点头，看叶丽亚长得标致，口气温柔地说："去吧，老爷不怪你。"

苏怡曼按着叶丽亚的头向刘永寿行了个礼，就催着一起离开。走过月亮门，叶丽亚回过头，泪水涌出眼帘。

二

刘祥云走进后门，看了眼吊在架子上的人，来到刘永寿身旁悄声说道："爹，马浩文没回客栈。"刘永寿冷哼一声："马浩文舍不得这根独苗。祥云，让他们开口！"刘祥云来到黄大平面前，从火盆里拿出红彤彤的铁叉，伸到黄大平脸前。黄大平被烤得呲牙咧嘴扭头躲闪。"人是谁杀的？""不知道。"刘祥云毫不犹豫地把铁叉顶到黄大平的肚子上，顿时腾起一股白烟。黄大平扭动身子"啊啊"惨叫，用尽力气大骂："刘永寿我日你祖宗。我咒你生下娃娃没屁眼儿。"在一轮又一轮的毒打中，黄大平身子不停颤抖，头耷拉下来。

见黄大平没了动静，刘祥云转头看向何冬晨。何冬晨害怕得闭上眼睛。刘祥云夹起一个火红的煤球在何冬晨脸前晃动。何冬晨顿时吓得语无伦次："我……没……我……"话还没说完刘祥云把煤球放在何冬晨的胸口上，"吱"的一声冒起一股白烟，何冬晨胸前出现一个黑洞，衣服上冒着丝丝青烟。何冬晨大声叫喊："爷，我说……我说……"刘祥云抬起煤球瞅了一眼马明轩，又转脸看着何冬晨："这是火赤吐鲁盖煤矿的煤，质量还好吧？说！"何冬晨瞟了一眼马明轩低着头："是……是……马明轩。"马明轩吃惊地看着何冬晨，冷哼一声不再言语。

刘永寿笑着站起来："这不结了。胡把总，把这小子送到衙门去。秦平，把马明轩关进柴房严加看管，出了事我要你的命。"

马浩文皱着眉头背倚树干坐在地上，马在一旁低头吃地上的树叶。玛莎走过去蹲在他身旁安慰道："大伯你别急，哥哥没杀人……"马浩文突然把褡裢背在肩上，站起来走到马前。玛莎着急忙拦下他："大伯你要去哪儿？我和你一起去。"马浩文翻身上马："大伯有事，你独自回家去吧。"说罢催马离去，留下玛莎在原地急得跳脚。

是夜，马浩文背着褡裢来到门前："麻烦你通报刘大人一声，说马浩文求见！"士兵看着马浩文，让开一条路："进去吧，大人算准了你要来的。"马浩文点点头走进大门。

叶丽亚和苏怡曼一前一后走在路上，叶丽亚满脑子都是马明轩的样子，一不注意拐过弯迎面撞上了一个人，抬头一看竟是马浩文。叶丽亚再也忍不住，眼泪瞬间落了下来，哭着扑进马浩文怀里，大声喊道："大叔……"苏怡曼疑惑地看着二人道："你是她什么人？"马浩文赔着笑脸，急忙从褡裢里拿出两锭银子塞到苏怡曼手里："我是孩子的大叔。行个方便，都是下苦的人。"苏怡曼掂量了一下，把银子塞进衣袖："有话快说别误事。"说完看了眼叶丽亚向前走去。

马浩文用衣袖擦去叶丽亚脸上的泪水："别哭了，你怎么……？"叶丽亚泪眼盈盈地说道："你们走后不久，一天夜里来了一群北方强盗,我哥哥被杀了,我爸妈不知是死是活,我被强盗掳到这里,签了个卖身契,现在在刘府做下人。"马浩文不由得眼圈红了:"你放心,我就是豁出命也要救出你和明轩。"

刘府客厅,刘永寿看着马浩文:"我说的事你考虑了吗?"马浩文沉默片刻点点头:"马浩文愿为大人效劳,恳请大人让我儿与我一同前去寻宝。"刘永寿笑着:"不妥,不妥,你儿留在府上,我才能高枕无忧。"马浩文摇摇头:"我信不过。"刘永寿摆摆手:"你我只有交易没有信任。很简单,我要的在你手里,你要的在我手里,取回东西当面交换,咱们两家的恩怨也一笔了断。"

"马大人还想要什么?"见马浩文思索不语,刘永寿问道。马浩文抬起头,看着刘永寿:"刘大人,我用十箱瑰宝,再换一个人如何?"刘永寿略带惊讶道:"哦,我府上有你什么人?""一位好友的姑娘在厨房当下人,叫叶丽亚。"

刘永寿停顿片刻,思索了一下:"哦,我想起来了。一个下人而已,你带走就是了。"

"一言为定。""绝不食言。马大人何日动身?"马浩文站起来看着刘永寿:"大漠凶险变化无常,必须做好万全准备方可动身。不出意外,大约十五日返回。"

第九章

广袤的戈壁景象凄凉，阵阵扬起的沙尘伴随着驼铃声。一座大沙丘后走出一支驼队，十峰骆驼的背上分别驮着皮制的大水囊、干粮袋、帐篷，以及搭帐篷用的木杆、铁锹、砍土镘等，毛瑟枪挂在驼架上。

马浩文牵着骆驼走在前面，身后王彪和马洪山、秦平，还有八个刘府的家丁坐在驼背上。人们用黑布或者白布把头和脸包上，只露出一双眼睛。队伍无声地前行，褶曲隆起的丘陵上，矗立着衰败枯死的胡杨和红柳，干热的风打着呼哨肆意地吹，细小的沙粒击打在人们的脸上。马浩文用手拉住遮脸布，眯起眼睛躲避风沙，无意间看到远处的胡杨树下站着一个头上和脸上裹着蓝布、身穿黑上衣蓝裤子的青年，正牵着马向他挥手，可以听到对方的喊声："唉……前面的驼队，结伴走嘞。"马浩文听到喊声心里一紧，嘟囔道："这声音这么耳熟……是玛莎！"马洪山坐在驼背上招手道："好嘞！"

驼队擦着山边前行，山上断岩林立，山下沙丘堆积，风蚀砂岩千奇百怪，参差嶙峋。玛莎牵着马走在马浩文身边，而马浩文则吊着脸，对玛莎视而不见。王彪骑坐在骆驼上笑着道："玛莎你不在酒馆跳舞，为啥扮成个男人跟着我们？你知不知道我们去哪儿？"玛莎扭过头笑着："你去哪儿我跟着去哪儿。"马洪山笑着插话："要是我们去地狱呢？"玛莎停下脚步转过身，认真地看着马洪山："那我就跳舞唱歌送你们一程。"

王彪在驼背上摇摇晃晃地坐着："我们是奉命送马大人出疆，难道你也要去内地？"玛莎指着王彪啐了一口："啊呸，包着裹着，瞧你那烤包子样，骗鬼去吧。王管家你也别想瞒我，那老禽兽让这位老伯进沙漠挖宝……"王彪闻言脸上一阵青白："兔崽子你找死呀，老爷你也敢骂。"玛莎笑笑："王管家你和你家老爷，在我眼里不如一泡狗屎。"王彪骂骂咧咧地从骆驼背上跳下来："小贱货，看我怎么收拾你。"一脚没踩稳摔了个嘴啃沙，引来家丁们一片笑声。玛莎上前扶起王彪笑着，给王彪拍去身上的沙土："大人息怒，息怒。大人你做的是大买卖，这年月蒙俩钱花不容易。"王彪瞪着玛莎道："你也想发财？"玛莎指了指身后的马："我不白吃你们的，贡献一匹马如何？再说，大漠荒凉乏味，我可以给你们解闷儿呀。"王彪露出笑脸道："夜里我搂着你睡？"玛莎笑嘻嘻地点了一下王彪的头："行，只要你不怕死。"王彪嘿嘿一笑："牡丹花下死，做鬼也风流。" 玛莎一笑，转身向马浩文跑去。

队伍来到一条崎岖的小路前，马浩文和玛莎停下脚步，大伙仰起头往上看。前方像用斧头把山劈了条缝，两边岩石耸立，小路蜿蜒幽深，周围一片死寂，透着神秘恐怖的意味。王彪和家丁们纷纷跳下骆驼。王彪走到马浩文身旁："马大人，这是啥地方？这里地形险恶，看上去让人触目惊心。"马浩文板着脸打量着小路："二郎口。过了二郎口就是大漠了。若是在此地遇上土匪强盗，咱们根本没有还手之力，也无处藏身。"王彪向小路深处观望了一会儿询问道："马大人，可有其他的路？"马浩文摇摇头："有我也找不到。"王彪想了想，心一横大声道："拿起刀枪咱们走。"闻言，所有家丁都拿起了枪。

马浩文带队顺路前行，路两侧岩壁陡峭，沙石浮凸，骆驼踩在坚硬的砾石上，发出杂乱而单调的声响。王彪和家丁们坐在骆驼上抱着枪小心前行，沉闷的氛围使玛莎和马浩文增添了几分紧张。玛莎赶了几步走到马浩文身旁："大伯骑上马，要是遇到强盗你冲出去。"马浩文板着脸看了一眼玛莎:"胡说什么,大伯怎能把你撇下。玛莎,听大伯话掉头回去。"玛莎摇摇头,眼神坚定地看着马浩文:"我不走,大漠凶险,这群畜生没安好心,我能照顾你。"马浩文感慨地叹了口气:"玛莎,你长大了啊。"王彪喊道:"马大人加快脚步穿过山谷。这儿没遮没掩,遇到土匪,咱们可就难保了。"

话音未落,山谷里传来朗朗的笑声。马浩文和玛莎急忙停下脚步,仰起头往山崖上看。马浩文把玛莎搂进怀里,紧张地环顾四周,王彪和家丁们也都四下里搜寻。只听一声枪响,弹丸从秦平的额头穿过,秦平"哦"的一声从骆驼上栽下来。马浩文搂着玛莎蹲在地上,自语道:"这伙人或许就是高天德说的悍匪。"只见这时两侧的山石上人头攒动,路的一头落下滚木礌石阻断了他们后退的路,山间顿时尘土飞扬。山谷里喊杀声震天,枪声大作。王彪和家丁们跳下骆驼,仓皇失措乱作一团,有人惊惧尖叫,有人东躲西藏。马洪山等几个家丁在慌乱之中冲天胡乱开枪,王彪则吓得躲在骆驼身下大声喊:"不要慌,见到人再开枪。"马浩文蹲在地上喊:"如果想活命的话就不要开枪,放下刀枪,他们只劫财,鲁莽顽抗纯属送死!"王彪一听赶忙改口道:"都听马大人的。"王彪和家丁们立刻把刀枪扔在地上。

一个六七岁的男孩,头顶上扎根小辫子,蹦蹦跳跳地出现在路上,身后跟着一伙衣衫褴褛、蓬头垢面、气势汹汹的土匪。男孩走到众人跟前,指着王彪:"哈哈,还是那位老人有见识,想活命的听着,抱着头蹲在地上,屁股翘起,头垂地上。"王彪左右瞅着众家丁小声道:"快蹲下,都抱着头。"众匪上前把马浩文、王彪一行人围住。

王彪抱着头看着打头的土匪:"爷,我们除了吃的喝的什么都没有。"那人笑笑:"什么都没有?你手指头上是什么?"王彪看着手指上的金戒指,不由得把手掖在衣服下。男人转头吩咐刚才的小男孩:"小长安,去把那位大人的戒指摘了,再看看他们身上有什么值钱玩意。"被唤作小长安的男孩点头应了一声,笑嘻嘻地走到王彪面前:

"大人，我不是土匪，把戒指给我吧，要不你会哭的。"王彪吊着脸看着小长安，舍不得给。小长安笑着把一柄匕首在手上耍了耍，说："是手指头不想给，那我只好连这手指头一块要了！"王彪只好无奈地把手伸出来。小长安摘下王彪手上的戒指，扭头走到马浩文和玛莎面前，伸出手对马浩文道："爷爷你有啥好玩的给我？"马浩文默默把一吊铜钱挂在小长安的手腕上。小长安笑嘻嘻地看着玛莎冲着男人喊道："玄弈哥，这儿有个姐姐。"那个叫玄弈的人看了眼玛莎，对身边的另一个土匪道："兄弟，这一票水深，我看把他们都带回去一个个地审。"后者点点头大声道："兄弟们，牵上骆驼，押上人回家。"

第十章

一

　　匪寨在一处沟壑纵横、砂岩耸立的隐秘山坳中。月光下诡异的风蚀岩壁显得阴森恐怖，沙石地上搭着一座毡房，几根插在地上的火把将四周照亮。鸿玄弈和十多个喽啰围坐在地上喝酒，划拳，啃肉，羊头、羊腿骨扔了一地，十峰骆驼在他们的不远处。洞穴的砂岩壁上摆着两盏马灯，马浩文、王彪、马洪山等九个人蹲在幽暗的洞里，两个喽啰在他们面前走来走去。马浩文蹲在地上问道："那个姑娘在哪儿？"喽啰甲瞅了一眼马浩文："她和你们的待遇不同，她得洗洗涮涮伺候男人。"马浩文咬牙切齿就要站起来："你们这些畜生。"却被一脚踢倒在地。

　　简易的毡房里亮着盏马灯，中间摆着张石桌，围着石桌摆着几个木墩，四周空荡荡的，地上铺着毛毡。见多识广的玛莎并不惊慌，坐在木墩上，眼睛看着门外。小长安拿着一块馕进来，把馕放在玛莎面前笑嘻嘻地说："姐姐吃吧，这是我给你的。"玛莎看着小长安嘀咕了一句："小长安……"小长安抬头："你怎么知道我的名字？"玛莎笑笑："他们都这么叫你。"小长安呵呵一笑突然问道："姐姐你想不想跑？"玛莎吃惊地看了一眼小男孩："你敢让姐姐逃跑？不过姐姐就算要跑，也要和那个爷爷一起跑。"小长安笑着点点头："你要肯给我个好玩的东西，我就带你和爷爷走。"玛莎叹了口气像哄小孩子似的说：

"小长安，姐姐身上没有好玩的东西怎么办？"小长安噘着嘴嘟囔："那你就只能给我当嫂子了。"外面传来嗒嗒的马蹄声，小长安高兴地喊了一声："我大哥回来了。"撒腿就跑出门。

秦川和巴哈尔牵着马从夜幕下走来。小长安冲过去拉着巴哈尔和秦川的手撒娇："你们怎么才回来呀，我都等急了。巴哈尔大哥，给带啥好玩的了？"巴哈尔笑着摸摸小长安的头："臭小子，我给你带了个风筝。等明天我给你把风筝放到天上去。"小长安龇牙咧嘴地笑着跑开了，边跑还边欢呼着："我有风筝了，我有风筝了……"玛莎站在毡房门口，看着小长安从面前跑过，她想乘机溜走，看看毡房左边再看看右边，发现两边都有人，无奈地走进毡房。

鸿玄弈笑笑走上前说："当家的怎么没来？"秦川把马交给身边的喽啰，说道："那边人多事杂，商量干笔大活，咱们在这儿再躲上两天就走。"鸿玄弈点点头："今天又劫了一票，人和骆驼都带回来了。我看这伙人水深，不像一般的商队或是探险队，他们带着十把毛瑟枪。"巴哈尔笑了："奶奶的，这一票是大买卖。"秦川点点头："他们带了多少水？""够咱们喝十多天的。"巴哈尔接着问："几个人，肉票审了吗？"鸿玄弈摇摇头："死了一个还有十个，还没审，有一个是漂亮的姑娘。"秦川笑笑："人在哪儿？我去看看。"鸿玄弈指指毡房努努嘴，秦川大步向毡房走去。

玛莎站在石桌旁，听见身后有响动，板着脸回过头来就见秦川掀了门帘走了进来。两人见了对方都是一愣，不等玛莎反应过来，秦川走到玛莎面前一把抱起玛莎，高兴地叫："妹子……"玛莎这下也回过神来，激动地搂着秦川的脖子："秦川哥。"秦川把玛莎放到地上兴奋地冲毡房外面喊："巴哈尔，快来看呀。"巴哈尔闻声走进毡房，看到玛莎吃惊地愣住了。玛莎甜甜地冲着秦川身后的巴哈尔高兴地喊："巴哈尔大哥……"巴哈尔哈哈一笑激动地走过来搂住玛莎："好妹子，山不转水转，怎么会在这儿见到你？"鸿玄弈站在巴哈尔身旁愣愣地看着三人。

玛莎脸一板，指着鸿玄弈："是他把我抢来的。当时子弹像雨点一样，擦着我的头皮嗖嗖地飞，我差点就没命了。"巴哈尔闻言一巴掌拍在鸿玄弈脑后："奶奶的，谁敢伤我妹子我要谁的命。"鸿玄弈赔着笑脸："妹子，不是我把你虏来你能见着巴哈尔大哥吗，你该感谢我才对，怎么可以埋怨？"玛莎吐了吐舌头娇嗔道："巴哈尔大哥，他还说你是可怕的大色狼。"巴哈尔笑笑："妹子知道哥从不拈花惹草，他们总拿我吓唬女人。用一句粗话来说，叫拿大鸡巴来吓瓜女子！"

秦川清了清嗓子，指了指鸿玄弈介绍道："妹子，他叫鸿玄弈，是哥的好兄弟。他不认识你，你就别恼他了。"玛莎点点头，笑着叫了声玄弈哥。鸿玄弈也笑了："玛莎妹子，别怪我。"玛莎拉着秦川的胳膊笑着："你不把我抓来，我就见不到秦川哥和巴哈尔大哥，想想是该感谢你才对。"

二

大漠浩瀚无垠，放眼望去银沙刺眼，沙潮起伏，羽毛状、鱼鳞状的沙丘绵延千里，沙山和沙垄宛若条条巨龙憩息在大地上。马浩文和玛莎带领驼队行走在沙漠中。王彪坐在骆驼上一手托着腮帮子，没精打采，马洪山等家丁坐在骆驼上，一个个看上去也都有些疲惫。玛莎牵着骆驼走在前面，马浩文背着褡裢走在玛莎身边。

马浩文一边走一边看地图和指南针。玛莎瞄了一眼指南针："大伯咱走的方向对吗？你能找到埋箱子的地方吗？"马浩文指了指地图："就指南针来看没有错。不过沙漠随风移动，地形变化无常，时隔多年了，图上所做的地形标记已经找不到了。恐怕只能看运气了。"玛莎急道："找不到宝藏那哥哥怎么办呀？"马浩文看着远方不语。王彪用手托着腮帮子走上来，他在山洞里被几个喽啰压着硬是拔掉了三颗金牙，现在脸肿得像猪头一样，说话也不利索："马大人，得几天能到地方？"马浩文伸出手指："至少也要三天。" 马浩文在玛莎耳边轻声嘀咕了一句："玛莎，再往前走，你要注意看着点四周，记住地形地貌。"玛莎点点头。

驼队沿着一道沙梁前行，马浩文回头看了一眼身边的玛莎："那伙土匪欺负你了吗？"玛莎笑着摇摇头。马浩文沉吟了一下："他们给我肉吃还有酒喝，就像招待来做客的亲戚似的，实在是太奇怪了。"玛莎笑着说："有吃有喝就算好？" 马浩文笑笑："那当然，只是没想到做肉票还能有这样的待遇。王管家可惨了，挨打不说，三颗金牙被土匪拔去了，还带出了一颗好牙。"玛莎听得哈哈大笑。马浩文好像想起了什么又说："哦，对了，看到一截发白的矮墙要告诉我。"玛莎眼珠子一转："是不是箱子埋在那儿？"

月光下的沙漠一片灰白。宿营地设在长有沙柳的一块绿地上，两顶白色的帐篷搭在沙地上，骆驼啃食沙柳和地上的青草，辎重摆在沙地上，马浩文和玛莎盖着一张羊皮袄，倚在沙坡上望着繁星。

帐篷里亮着一盏马灯，沙地上铺着几张毡片，王彪和马洪山席地而坐，马洪山拿着酒囊喝酒，啃着风干肉。马洪山把酒壶递给王彪："王管家，喝口酒牙就不疼了。"王彪摆摆手："啥都不能往嘴里放，一碰就疼。"马洪山放下酒壶："王管家，这样下去不行，要是肿胀化脓你非死在沙漠里。"王彪托着腮帮子急道："有啥办法保住我的命？"马洪山沉吟了一下："办法只有一个，出沙漠回去看医生。"王彪叹了口气："不带东西回去老爷能让咱们活着？"

玛莎来到帐篷前，正要掀帘听到里面说话声，停下偷听。"你是个榆木疙瘩，明天杀了马浩文和玛莎，回去就跟老爷说遇上沙暴和马浩文走散了。""可老爷吩咐拿到箱子杀马浩文，要我把马浩文的头带回去。" 马洪山咂了一下舌头："恐怕见不到箱子你就没命了。就算能把东西带回去，老爷也不会惦记你和兄弟们的。"王彪急了："老爷说了，箱子里的金银钱币都给咱们。"马洪山冷笑一声："这话鬼才相信。老爷是啥人你最清楚。"王彪闻言若有所思。马洪山接着道："听我的,明天杀了一老一小,抢了马浩文的地图,打道回府,以后再做打算。地图在咱手里还怕发不了财?"王彪苦笑："你比我有心机,就照你说的办。"

玛莎小心离去,来到拴骆驼的地方。两峰骆驼卧在地上,一峰骆驼的驮架两侧各绑着两个大水囊,另一峰骆驼的驮架顶上也有两个水囊,玛莎把干粮袋绑在驮架两侧。玛莎走到帐篷前,钻进帐篷里。不多一会儿工夫,玛莎拿着褡裢拉着马浩文从帐篷里钻出来,走到两峰骆驼前。马浩文不解地小声问道:"这是要干什么?"玛莎把马浩文往骆驼跟前催:"我偷听到王彪和家丁说话,刘永寿让王彪见到箱子就杀你,让王彪带你的头回去。家丁说明天杀了咱俩,抢走地图。大伯,我把水囊和干粮袋都绑好了,咱得连夜逃走。"

守卫的家丁已经睡得昏昏沉沉,二人牵着骆驼小心翼翼地离开。马浩文悄声问道:"带了多少水?"玛莎指了指驼峰:"六个水囊够咱喝十天的,还有两袋干粮也够咱吃十天。我把十峰骆驼的铃都摘了。"经过剩下的骆驼时,玛莎从靴子里抽出匕首把所剩的水囊都捅破了,小声嘀咕:"让这些狼心狗肺的东西死去吧。再来一场闹海风,埋了他们!"

第十一章

一

马浩文和玛莎牵着骆驼，走在一片干涸荒凉的盐壳地带，眼前是纵横林立的雅丹沟壑，到处分布着大小不一、高低错落的土墩，灰白色的盐碱块随处可见，宛如那些平原上的坟堆。玛莎情绪高涨，四处张望。马浩文望着四周，目光中充满迷惑。玛莎兴奋地叫道："这儿太神奇了！大伯，咱终于出沙漠了。这是啥地方？"马浩文停下脚步看着手里的指南针，抬头向四周望了望摇摇头："这地方我也没见过，夜晚咱俩只顾着逃命，大伯迷路了。一定是走错了方向。"玛莎吃惊地看着马浩文："啊！迷路了？在路上你不是看过这测风水的东西，怎么会走岔呢？"马浩文叹了口气："只顾逃跑，大伯疏忽了路上的参照物，再加上大伯毁了那张地图，失去了地图的指引，只靠这件东西确定方向，一旦途中稍有偏差就会造成差之千里的后果。""那怎么办呀？"马浩文走到土墩旁坐下："玛莎，坐下歇会儿，喝点水吃点东西。大伯的腿像灌了铅似的沉重。"玛莎乖乖地走过去背靠土墩坐在地上。马浩文抚摸着玛莎的头轻声问道："孩子怕吗？"玛莎笑着摇摇头："大伯是走南闯北的骆驼客了，和大伯在一起什么都不怕。大伯咱该往哪儿走？"马浩文往四周看了看："往东南方向，下一步咱俩必须慎之又慎，记住沿途的地形特征，避免兜圈子。"玛莎点点头："唉，几天能走出去?""今天是出不去了,看明天吧,或许走上十天半月也有可能。"

二人正说着话,远处传来嘈杂的话语声,马浩文和玛莎悄悄站起来循声向远处看。只见王彪、马洪山他们从大沙丘后走出,看着都筋疲力尽。三个家丁干脆一屁股坐在地上,直高喊着走不动了耍起赖来。王彪见状拉了马洪山一把:"洪山,歇歇吧,我也累得不行了。"马洪山回手扶着王彪向前走:"王管家你要挺住啊,只有跟上马浩文才能走出沙漠,否则咱都得死。"家丁乙冲前面的人喊:"我看这一路过来马浩文就是带着咱兜圈子,是要累死渴死咱们。"王彪看了一眼家丁:"洪山,此话有道理,我看咱另谋生路吧。"马洪山摇摇头:"咱从来没进过沙漠,东南西北都找不到,咱无路可走。马浩文走不远,抓住他咱都能活着出去。"马浩文听着几人的对话,向远处看了眼,拉着玛莎牵起骆驼:"咱走,让他们跟着咱的足迹慢慢转吧。"

马浩文和玛莎坐在一条干裂的河床上,看着眼前重叠的沙丘,两人已是蓬头垢面,十分疲惫。骆驼背上的辎重已经减去一多半,原先的六个水囊现在只剩下两个,干粮也只剩半袋。玛莎舔舔干裂的嘴唇:"大伯,王彪他们会不会都已经死了?"马浩文摇摇头:"不会死绝,他们有干粮,靠喝尿不会死。"玛莎乐呵呵地看着马浩文:"大伯,你毁了那张地图,再也没人能找到那些箱子了吧?"马浩文笑笑:"除非它们裸露在沙漠上,兴许会让正好经过的人捡到。"玛莎撇撇嘴:"多可惜呀,那么多金银宝藏丢在沙漠中。要是我找到了不多拿,只拿几件,在苏州给咱家盖个大大的宅院,再买一片大大的草地就铺在咱家大宅门前。我把爸妈接到苏州去放牧,和大伯哥哥住在一起再也不用分开了。"马浩文看着玛莎笑着:"好闺女,快坐下歇会儿吧,你已经在沙漠里转晕了头,说起胡话来了。咱父女俩先想办法活着出去,你再做美梦不迟。"玛莎乖乖地坐下来祈祷道:"万能的真主,请你指引我们走出这片大漠。"

歇过之后两人又清点了一下食物和水,牵着骆驼向对面的沙山走去。强烈的阳光照在沙漠上,黄沙泛着银光照得人睁不开眼。二人牵着骆驼走在大沙丘边上,马浩文看看手中的指南针又抬头看看前方。玛莎关切地问:"大伯,这回咱走的方向没错吧?"马浩文点点头:"咱们走得很谨慎,应该没错。"

玛莎边走边向四处张望,突然看见了什么不由得放慢脚步,她看着沙丘下激动地喊:"大伯你看。"马浩文顺着玛莎指的方向看去,一段看上去四五米长的灰白色矮墙微微露出沙漠的表面,吃惊得说不出话来:"我的天呐,怎么,怎么会走到这儿呢!"玛莎看着马浩文疑惑地问:"大伯,这是哪儿?"马浩文好像没听到玛莎的话似的,看着手里的指南针思索着嘟囔:"这东西怎么会失灵呢?我完全被这测风水的东西弄糊涂了。让我再看看。"

反复看着地形和手中的指南针,马浩文回头对玛莎说道:"见到这处地标我们已经绝处逢生了。"玛莎开心地笑着指着沙丘下面:"大伯,难道那就是埋箱子的地方?"马浩文笑笑:"机灵鬼,什么都瞒不过你。"玛莎高兴得又蹦又跳又喊:"找到珍宝了……找到珍宝了……"马浩文赶紧伸手拉住玛莎:"玛莎,小声点,当心让后面的人听到。"玛莎伸伸舌头笑着:"大伯,咱下去。"马浩文摇摇头:"不行,脚印会把他们带到那儿去,坐下看看就走。"

玛莎和马浩文坐在沙丘上。马浩文思绪万千地看着发白的断壁:"当年这段墙有两丈多高,箱子就埋在墙基下。"玛莎看了眼断壁:"这墙都被沙子埋到顶了,没人能挖出来。"马浩文微笑着说:"这批珍贵的昔日瑰宝,决不能落到那些贪得无厌、见财起意、丧心病狂的人手里。让它们安静地睡在这儿吧。"说完马浩文拉着玛莎站起来:"咱走。"玛莎点点头,二人毫不留恋地向大漠里走去。

二

马浩文和玛莎牵着骆驼走在平缓的沙漠上。玛莎望了眼周围:"大伯,这地方看着眼熟,你看看测风水的东西咱走得对吗?"马浩文叹口气:"我已经不敢相信那东西了。靠我的经验判断,方向没有错,我很注意规矩步距。"玛莎疑惑地看着马浩文:"什么是规矩步距?"马浩文指指脚下:"人的步子是一步大一步小的,只要规矩步距就能最大限度地避免兜圈子。"玛莎牵着骆驼低下头走一步看一步,她抬头看了一眼马浩文,他已经筋疲力尽。玛莎拉住马浩文:"大伯,坐下歇会吧,我给你拿水。"马浩文摇摇头:"省着喝,我还行,就是两腿沉得迈不开步子,坐下就不想站起来了。走吧,我能坚持。"玛莎还是不放心:"大伯,你坐在骆驼上,我学会了规矩步距,你放心吧。"马浩文笑笑:"玛莎,想不到你是个这么坚强的孩子,这次要不是你跟着,大伯的命怕是保不住了。走吧,大伯和你一起走。"玛莎思索了一下笑道:"那大伯,我给你唱个歌吧。"马浩文微笑着点点头,玛莎牵着骆驼扯开嗓子唱起来……

沙哑动听的歌声在广袤的大漠回荡。玛莎看着远方突然兴奋起来,远方出现一道黑色的山脊轮廓。玛莎停下歌声兴奋地喊:"山,山,大伯快看呀,山,是山。"说完激动地牵着骆驼大步向前。马浩文看着远山提起精神:"出来了,出来了,咱们终于走出来了。玛莎,等等,等等大伯。"玛莎回过头激动地喊:"大伯,咱赶紧回去救哥哥。"

话还没说完玛莎就停了下来,转过身向远处看。马浩文走上来顺着她的目光看过去:"看什么呢?"玛莎指指后面,有三个人影时隐时现:"大伯你看,他们一直跟着咱呢。"马浩文见此疾步向前走去:"快走,咱要赶在他们前边把你哥哥救出来。"

夜幕中,马浩文和玛莎牵着骆驼走进一座鞑靼人的小院。院子的小树上挂着一盏马灯,萨迪克老人在树下劈柴。玛莎笑着走了进去:"萨迪克老伯。"这院里住的正是以前玛莎在外跑马狩猎时认识的老人萨迪克。萨迪克放下斧头转过身，借助亮光看清了来人，惊奇地问道："玛莎，是你吗？"说完把玛莎搂进怀里："你怎么弄成这副样子？"说完萨迪克笑着带他们走进房门。

夜里，一轮明月高悬在空中，照着远山的叠影。鞑靼老人以一种苍老的声音说："你们是来干什么的，我知道的。"他继续说："你们是来寻宝的。你们刚才寻找宝藏的地方，那是一座许多年前废弃了的老城。它的名字叫萨莱城。成吉思汗给他的四个儿子在中亚地面分封了四个汗国，一个叫金帐汗国，一个叫伊儿汗国，一个叫察合台汗国，一个叫窝阔台汗国。这个萨莱城就是金帐汗国的首都。"

鞑靼老人继续说道："萨莱城后来毁于跛子帖木儿大帝。帖木儿的都城在撒马尔罕。他先后灭掉了四大汗国，与金帐汗国的皇帝脱脱迷失在萨莱城曾有过一场血战。脱脱迷失大败，十万战俘被杀，萨莱城被一把火烧成了废墟。我们这些人，就是当年从萨莱城侥幸逃出来的金帐汗国的子民。这座城市当年是何等繁华呀，后来则成为一片废墟，几百年了都还没有缓过劲儿来。你们看到那种荒凉破败的景象，以为是雅丹地貌。不是的，远方的客人，那是被废弃了的城市的废墟。传说，废墟中埋着很多的财宝。很多人都是奔着这些财宝去的，你们一定也是。要当心呀，那十万被杀死的战俘的灵魂守护着这座城，他们会诅咒你们的。"

马浩文是一个骆驼客，他在中亚细亚地面走过许多的地方，他甚至从萨莱城沿着伏尔加河一直往上走，穿过被称为驼道，又被称为成吉思汗三千里草原黄金道的那条道路，抵达莫斯科城下。中亚地面上的所有湖泊，这位骆驼客都几乎走遍了。贝加尔湖的来水地是叶尼塞河，他曾在叶尼塞河幽暗的河湾扎过营帐。河水弯弯，雾气升腾。里海的来水地是伏尔加河。有一个奇怪的现象，伏尔加河在注入里海前，分成两股支流。一股从南边，一股从北边，注入里海。咸海的来水地有两条河流，一条是阿姆河，一条是锡尔河。热海的来水地是楚河。巴尔喀什湖的来水地是伊犁河。斋桑泊的来水地是额尔齐斯河。博斯腾湖的来水地是开都河。等等等等。

这些地方马镰刀的父亲马浩文都用双脚走过。他常常为自己的见多识广而骄傲。他有一个梦想，就是当他老了的时候，已经走不动的时候，回到家乡苏州的一片园林，守着他的财富，喝着茶，慢慢地回味这些中亚往事。这位老先生能不能活到那一天我们不知道，但是他当时就是那样想的。

这天鞑靼老人说的关于萨莱城的故事，令他又增长了一些知识，于是很兴奋。

第十二章

一

萨莱城为中亚枭雄跛子帖木儿所毁。那已经是六百多年前的事了。你要了解中亚史,你一定得了解这个草原英雄,这个出生于撒马尔罕郊外的某酋长的儿子,这个在撒马尔罕建立起庞大帝国的人物,这个跛着一条腿,骑一匹快马,征服了中亚、西亚、小亚细亚、阿拉伯地区、北印度等地面,让半个世界跪倒在他脚下的人物。

在专家的历史叙述中,他是公认的世界游牧民族中的三大草原王之一。第一个,我们知道是伟大的天之骄子,上帝之鞭阿提拉大帝。他是匈奴人,流落到欧罗巴地面的北匈奴。在那遥远的年代里,迁徙的匈奴人自祁连山出发,穿越里海、黑海,经历迢迢二百年的行走之后,突然有一天从喀尔巴阡山呼啸而下,在东欧平原上建立匈奴大汗国。随后,一个伟大的王出现了,他的铁蹄踏遍了整个欧罗巴大陆。

第二个王是成吉思汗。大汗的营帐夏天的时候扎在撒马尔罕。二百辆牛车分布在草原上,簇拥着核心的大帐。那时候草原的子民蒙古人还没有修筑都城的习惯,因此这些牛车围起来的营帐,就是大汗的临时首都。冬天的时候,则进入阿尔泰山友谊峰下面的喀纳斯湖"猫冬"。是的,躲进山窝子里,喝着奶茶,吃着烤肉,就着火盆,熬过这中亚细亚漫长的冬天,这叫"猫冬"。那图瓦人作为成吉思汗的养马人,他们云彩般的马群飘忽在阿尔泰山与额尔齐斯河河谷之间。

而成吉思汗的两位最骁勇的将军,则一路北征,征服波斯帝国,征服奥斯曼帝国,征服阿拉伯诸国,先头部队甚至直达东欧平原维也纳公国和基辅公国。

成吉思汗临死的时候,留下遗嘱,将他的嗒嗒马蹄踩过的地面,分成四块,分封给他的四个儿子。这就是历史上金帐汗国、伊儿汗国、窝阔台汗国和察合台汗国的由来。察合台汗国后又分裂为东察合台汗国和西察合台汗国。以帕米尔高原和天山为界,东察合台汗国就是今天的塔里木盆地,而西察合台汗国就是今天的费尔干纳盆地。我们说的这草原王跛子帖木儿,他出生和赖以起家的撒马尔罕城,就行政区划上来说属西察合台汗国。

二

近年,有一位行旅者写了一本书,名字叫《丝绸之路千问千答》。他在书中描述了自己乘车自长安城出发,穿越河西走廊,穿越中亚,穿越东欧,穿越地中海沿岸国家,最后穿越大西洋隧道,抵达英伦三岛的故事。

在这本书中,他这样描述跛子帖木儿,这第三个草原王,这世界的伟大征服者。

1388年至1390年,征服花剌子模、阿富汗,降服东察合台汗国。在此期间,屡次西征,征服波斯全境。1391年及1395年,分别在昆都尔察河谷、捷列克河大败金帐汗国脱脱迷失,北上扫荡金帐汗国。1398年东征印度苏丹国,摧毁德里、旁遮普、克什米尔地区。1399年起出征叙利亚,大败马穆鲁克王朝。1402年在安卡拉战役中大败奥斯曼帝国。经过一系列的征服,形成东起北印度,西达小亚细亚,南濒阿拉伯海和波斯湾,北抵里海、咸海的大帝国。1404年11月,率二十万大军准备攻打中国，由他孙子率领的先头部队抵达吉木萨尔。1405年2月病逝于讹答剌（现在叫帖木儿火车站，位于哈萨克斯坦境内），享年六十九岁。其后裔巴布尔创建了印度莫卧儿帝国。

帖木儿大帝的青铜雕像竖立在中亚大地上，竖立在撒马尔罕旧城帖木儿陵墓的前面，竖立在塔什干国会大厦后面的帖木儿广场上。诗人则凄凉地吟唱道：纪念碑倾圮了，花岗石腐烂了，流传他的英名要靠农夫悲凉的小调！

在我们之前的中亚纪事中，马浩文一行，在茫茫沙海中，寻找到一处为流沙所掩埋的萨莱城的断壁，并且判断出这里就是当年掩埋宝藏的地方。那是一些什么宝藏呢？这座曾被帖木儿的马蹄蹂躏、如今已成废墟的城市，如果骆驼客路经此处，俯身捡拾，一定能捡到一些珍贵的东西呢！

但到底会是一些什么呢？马浩文放弃了，因此我们也就无从知道了。那个时期的中亚细亚地面，探寻文物宝藏似乎成了一股风气。

三

捷列克河是北高加索的主要河流之一，它的源头在大高加索山脉的深处，它的去向是遥远的里海。这一处陡峭的河岸，湍急的水流，绵延铺展开的丘陵草原，正是当年帖木儿大帝与金帐汗国大汗脱脱迷失盘肠大战的古战场。

正是这捷列克河一役，跛子帖木儿奠定了他以河中地（地理书上叫它图兰低地）为核心、以世界的十字路口撒马尔罕为都城的庞大帝国的基业，在萨莱屠城以后，灭掉金帐汗国，又逐渐地侵食和消灭伊儿汗国、窝阔台汗国、察合台汗国。

金帐汗国控制的是丝绸之路上的北方草原路线。驼铃叮咚，商旅奔走，所以中国人又把这条道路叫驼道。这条道路十分漫长、空旷，草原狼出没，强盗断路，实属凶险之路。

商队从黄河大河套的鄂尔多斯高原出发，沿着七河地区进入南西伯利亚，再通过高加索以北的各条支线，抵达克里米亚港口——卡法，或者亚速海上的亚速城，如果转向北方就可以走俄罗斯城抵达立陶宛控制的波罗的海东岸。当然也可以经乌克兰大草原西进，抵达波兰控制下的利沃夫城。至于金帐汗国的都城萨莱，就是这个蛛网般的贸易网络的中心。

而立国于河中地的帖木儿汗国，控制的是典型的中部贸易路线。商队无论是从七河流域出发，还是选择更狭窄的费尔干纳，都要以河中地区为十字路口，通过撒马尔罕这样的绿洲大城以后，可以选择向南去往印度河流域，或者向西进入花剌子模和呼罗珊。

河中地是中国人的叫法，是指发源于帕米尔高原的两条大河相夹的碱土地。这两条大河现今一条叫阿姆河，一条叫锡尔河，而出使西域的张骞的年代，前者叫乌浒水，后者叫药杀水。大月氏入驻撒马尔罕以后，利用这两条河流的灌溉之力，将这块地方改造成良田。这块河中地在那个时期，有过九个国家，一般认为是丝绸之路上游走的粟特人建立的。昭武九姓是史书中对他们的称呼。其中最大的国家叫康居国；第二大的是石国，建在石头城，就是现在乌兹别克斯坦首都塔什干。昭武九姓中还有个国家叫安国，出了一个中国历史上有名的人物——安禄山。

帖木儿汗国与金帐汗国的捷列克河之战，是地缘政治的产物，同时也是商贸竞争的产物，是为争夺丝绸之路草原道枢纽地控制区而发生的一场战役。

1391年，约七万人的帖木儿骑兵从撒马尔罕出发，首先向西进入伊朗地区，在控制了位于波斯和两河流域（幼发拉底河和底格里斯河）的外围地盘以后，开始向北翻越高加索山脉。1395年，大军进驻捷列克河流域，来到南岸，向北岸的脱脱迷失大汗叫阵。

第十三章

一

战争已经不可避免。金帐军队被迫在河的北岸列阵,全力堵住捷列克河上的主要渡口。他们的兵力相当,帖木儿汗国是倾一国兵力,金帐汗国也是倾一国之兵。因此,谁战胜谁都是情理之中的事情,变局只在于双方统帅的排兵布阵和临局应变能力。

中亚枭雄跛子帖木儿,先是数次拔营移动军队,从而带动金帐军队在河对岸跟着移动。如是三天以后,下令留在营地里的随军妇女和后勤人员,都换上士兵服装,以便迷惑被拖得疲惫不堪的对手。然后自己率领主力军,在暗夜里偷偷移动到下一个渡口,顺利渡过了捷列克河。

1395年4月22日,脱脱迷失终于决定今天有我没你,有你没我,拉开架势决一死战。他的部队顺着捷列克河的河岸展开,投石炮支起,形成一个长达五公里的防线。

寻求决战的帖木儿此时自然不得不立刻将麾下的七个军团按照常规操作布阵。在最初阶段,当帖木儿大军还没有完全渡过捷列克河时,脱脱迷失军队还占有一定的优势。但是随着渡河完成,帖木儿将他的兵团一字儿排开,并挖掘好战壕和工事,埋伏好弓箭手,战局就开始改变了。

在最初以及后来的相持阶段,脱脱迷失的可汗卫队、金帐突厥,曾经对帖木儿左翼发动过大规模攻击。溃败逃跑的帖木儿军,将敌人引入帖木儿临时搭起的大帐,帖木儿本人也陷入与敌方的近身肉搏。最后靠着闻讯赶来的中路五十名骑兵救驾,方化险为夷。

更为血腥的战斗在中路上演。为脱脱迷失作战的步兵成功挡住了帖木儿河中骑兵的几轮攻击,并出动俄罗斯公国贵族亲卫队反攻。但这些人接着又被河中步兵的壕沟阵地阻挡,遭遇到从两翼合围而来的帖木儿骑兵夹击。

俄罗斯人的骑兵败退后,河中骑兵再次扑向对手的步兵盾墙。后来,意大利雇佣兵和俄罗斯步兵一起,慢慢将战线推向了帖木儿军的阵地,使用重型战斧和戟的装甲战士,开始破坏木板工事,为身后的同伴杀出一条血路。

河中步兵则一面用长矛和佩刀抵御,一面依靠迂回的骑兵,让对手暂时停下。

相持中,谁的意志稍微薄弱一点,谁就会崩溃。各条战线的战事都相当惨烈,金帐军队的右翼却突然掉了链子。原来是两位突厥指挥官因为久攻不克而发生激烈争吵,使得部分人愤然退出战斗。

此时的帖木儿右翼已经获得优势,他们迅速掉转矛头向着金帐中路猛攻。脱脱迷失已经没有多余的军队可以调遣了,自己也遭到越来越多追兵的攻击,眼见得胜利无望,于是带着少数随从逃离战场。

为了筹备这次决战,作为宗主国的金帐汗国,调集了它版图上附属于它的各个公国的力量。它们是莫斯科公国、基辅公国、维也纳公国、梁赞公国、立陶宛公国、斯摩棱斯克公国、弗拉基米尔公国等等。

这本来就是一群乌合之众,只应脱脱迷失大汗的号令而来。如今,看到败局已定,脱脱迷失已率领他的亲兵团队,伏在马背上逃命,于是他们也就此散了,各人回各人的大公国,回去向大公复命。

战役的最后时期,帖木儿调兵增援被压制的左翼,从而完成了对脱脱迷失部队的最后一击。在确认自己完全获胜之后,帖木儿迅速地整顿了全军秩序，调拨精锐骑兵开始追击，希望能够抓住脱脱迷失本人，但后者一头钻入附近的沼泽，向着伏尔加河流域逃去。

追至金帐汗国首都萨莱后，眼见得脱脱迷失势单力薄，帖木儿一鼓作气，踏破该城，接着又一把火将萨莱城烧掉。出于打击金帐汗国权威和重创北方贸易路线的考虑，帖木儿下令屠城，并将整座城市完全摧毁，将这座中亚名城从地图上抹去。中亚之王的恐怖名声，也开始在伏尔加河上、下游地区蔓延。

大战过后的捷列克河谷，人的尸体、马的尸体，像草垛子一样，堆满了河谷。还有一部分尸体漂入河中，堵塞了河流。河流被血染得通红，如一条浸血的长带子，穿过草原，一直流向远处的里海。

二

萨莱城既废，脱脱迷失大汗弃城在逃。金帐汗国幅员辽阔，那些小公国随时可为他提供安身之处。想他也就是这样又在那些公国逗留了几年。最后，他的结局如何呢？史书上没有说。我们只知道，这个草原帝国就这样逐渐灭亡了，它所在的土地，被纳入帖木儿帝国的版图。

然而帖木儿帝国也并没有统治多长时间。我们知道，凶悍的草原王帖木儿，六十九岁时死于东征途中，死在一个叫讹答剌的小小地方。捷列克河大战的时间是1391年到1395年，而帖木儿大帝死去的时间是1405年，也就是说，从大战结束到帖木儿去世只有短短的十多年时间。帖木儿死去，他的三个儿子开始争夺皇位，帖木儿帝国很快便衰落了。

为这个帝国留下最后一丝荣光的是帖木儿的一个六世孙，他沿着当年老帖木儿征伐北印度时走过的道路，重新翻越大雪山，在被老帖木儿毁掉的德里城旁边，重修了一座新城，这座城市就叫新德里，而这个年轻人建立的王朝，叫莫卧儿王朝。

"莫卧儿"是"蒙古"的印度语发音。帖木儿当年曾自谓他是成吉思汗黄金家族的后裔，但是专家们则给帖木儿下了一个确切的定义：他是突厥化了的蒙古人，或蒙古化了的突厥人。

莫斯科公国，是金帐汗国极力扶持起来的一个傀儡政权，换言之，是金帐汗国的一个附属国。它的立国距现在八百三十多年。

它脱胎于弗拉基米尔公国。它最早是莫斯科河边一个农奴主的庄园，由于草原丝绸之路从这块台地经过，给它带来了源源不断的财富，令这里成为丝绸之路上的一个贸易货栈。莫斯科据说就是"贸易货栈"的意思。

于是这个富足而强大的奴隶主庄园，有一天宣告独立，即脱离原先管辖他们的弗拉基米尔公国，成为一个独立的公国。

他们的行动得到宗主国金帐汗国的强力支持。甚至有一种可能就是金帐汗国怂恿他们独立的。因为金帐汗国需要在这个远离萨莱城的地方，扶持一个代替它控制这块遥远地面的公国盟主。

原来，在莫斯科公国建立前，基辅大公是这块东斯拉夫地面的盟主。现在，在金帐汗国的扶持下，莫斯科公国强大了起来。

金帐汗国土崩瓦解了。它昨日的辉煌已经成了传说和歌谣，继而帖木儿汗国也土崩瓦解了，撒马尔罕这座中亚名城的上空，收起了帝国的最后一抹余晖。"孩儿们，永远不要放下你手中的剑！"这是这位强人，在弥留之际，说给儿孙们的最后一句话。而在他的撒马尔罕坟墓的金棺上，刻着这样两行字：假如再给我二十年时间，世界将在我的面前发抖！

蜷伏在金帐汗国羽翼下的莫斯科公国，这时候趁势而起，迅速地填补这两个帝国灭亡后的域内之空。

当年仅仅盘踞在一块台地上、倚莫斯科河而筑的后起的小小公国，只有方圆几百公里的小小公国，迅速壮大，开始它扩张的事业。

历史学家们以叹喟的口吻说，帖木儿大帝东征西讨，他灭掉波斯帝国，削弱奥斯曼帝国，他占领黑海入海口，如此等等，为先是莫斯科公国、后是俄罗斯帝国的崛起和发展，扫清了障碍。

到了叶卡捷琳娜女皇时代，莫斯科公国已经成为俄罗斯帝国，它的国徽，一个双头鹰，一个头虎视眈眈地望着东方，一个头虎视眈眈地望着西方。俄罗斯成为一个横跨欧亚的大帝国。而在跨过乌拉尔山脉、高加索山脉之后，它跑马圈地、大肆杀戮的事业还在继续。它向东方行走的终极目标，是在太平洋寻找一个入海口。

它和位于世界东方的中国，后来签订了一系列的条约。它每占领一块新的土地，便在那里修筑城堡，尔后与当时主政中国的清政府谈判，逼迫清政府签订城下之盟式的边界条约。

它和当时的清朝政府，签订了许多大大小小的条约，而我们的故事中，白房子卡伦所驻守的1883条约线，正是《伊犁条约》的产物。

它和大清帝国签署的第一个条约，叫《中俄尼布楚条约》，那已经是康熙年代的事情了。

后来《中俄尼布楚条约》被撕毁。随着俄罗斯帝国征服东方的事业越做越大，后来又有许多的条约被签订和被撕毁。

这个起自莫斯科河边的小小公国的嗒嗒马蹄，大水漫滩一样，一路向东，直到有一天抵达白房子，抵达北湾卡伦横刀立马的马镰刀的面前。

第十四章

一

惠远城里,刘祥云顶戴官袍站在刘永寿面前。刘永寿吊着脸坐在罗汉床上:"送走马明轩的事为什么不早点告诉我?"刘祥云赶紧赔着笑脸:"爹,人刚刚被带走,我这不就来跟您说了嘛。反正马浩文也没有回头路,养着马明轩是个累赘……"刘永寿看着刘祥云一拍桌子:"什么累赘,我说养他了吗?我要让他亲眼看到他爹的首级。"刘祥云走上前顺顺刘永寿的后背:"爹,您消消气,我把他送到采石场,天天让他和死囚一起背石头,等王彪回来我亲手把他爹的头交给他。采石场看管十分严密,我给看守采石场的兄弟交代过了,他跑不了。"听刘祥云这么一说,刘永寿才缓下情绪点点头。

五人五骑押着马明轩等人走在山路上,士兵用鞭子抽打领头的中年人并大声催促。突然,传来几声震耳的爆炸声,一行人害怕地停下脚步。马明轩向前望去,只见远处尘土飞扬。士兵笑着道:"这没什么可怕的,是崩石头,以后你们会习惯的。走吧,该死的。"说罢一鞭子抽在带头的中年人身上。

矿场里,劳工们一个个破衣烂衫,蓬头垢面,一脸的疲惫不堪和无奈。有人身背石头,有人用木杠抬石头,有人用柳条背篓背石头,有人空手返回与背石头的人擦肩而过,有人光着一只脚,有人穿着露脚趾或露后跟的破布鞋。工头们穿着统一而醒目的服装，一眼就可以看出他们的身份。他们手拿双梢头柳条鞭，随时抽打那些步履艰难的劳工。

刘祥麟站在工棚前看着裸露的石壁，濮把头端把粗糙的木椅放在刘祥麟身后："少爷一路劳顿，坐下歇歇脚。"刘祥麟指着崖壁看了一眼："濮把头，炸药比人命值钱。"濮把头立即满脸堆笑："是，是，少爷说得对。刚刚那几炮是因遇上坚硬的巨石，不得已才用的炸药。"刘祥麟点点头："让他们抓紧干。"濮把头叹了口气："唉，少爷，人手不足影响进度是大问题，您再给我弄三五十个人来，娘们儿也行。"

刘祥麟抬头看了一眼，马明轩一行人正好走到矿厂门口，刘祥麟笑笑看着一行人道："濮把头，你要的人到了。"五人五骑押着马明轩一行人，来到刘祥麟和濮把头面前。刘祥麟看着大家笑着说："欢迎来到格嘎金矿。从现在起你们就是矿山的奴隶了。格嘎金矿的规矩是干活，迈开大步干活，不知疲倦地干活。偷懒者罚，逃跑者斩。"顿了顿又看着马明轩说："马明轩，到这儿来你只能有一个念头，就是玩命地背石头，不停地挨鞭子，直到累死为止。记住，家仇就是世仇。"马明轩看着刘祥麟不语。刘祥麟转过身吩咐："濮把头，这个人你要特别关照，不许他偷一分钟的懒。"濮把头使了个眼色，众人就押着马明轩等人下了工地。

劳工的住所就像简易的牢房，两排工棚面对面，月光透过木栅栏投射到棚里，劳工们一个个蜷曲在地上呼呼大睡。马明轩靠在栅栏墙上发呆。一个蓬头垢面破衣烂衫的中年人，拖着双残腿无声地爬到马明轩身边，伸手搭在马明轩肩膀上。马明轩吓得一激灵。中年人声音微弱地说道："朋友别怕……我只想告诉你……住在这儿的都是活死人。"说完从肚子下拿出一个用木头抠的碗，放在马明轩的腿上："这个吃饭的家伙我用不上了，你拿去吧，也许能给你带来好运。"中年人倒在地上已奄奄一息。马明轩这才反应过来，大声地喊道："来人，来人呀，有人就快死了……"话还没说完，旁边不知是谁扔过来一块石头："闭嘴！

这儿天天都死人，天亮了抬出来。"马明轩无奈地看着中年人死去，紧紧握住了拳头。

天光刚刚泛白，劳工棚外的平板车上，放着一个半人高的大木桶，劳工们手拿木碗拥挤在板车前，争先恐后地把碗伸到木桶前。马明轩也拿着碗和劳工们挤在一起，把碗伸到桶边。工头用木勺舀起一勺带着几片绿叶的面汤倒进一个个碗里，劳工抱着碗转身挤出人群，仰起脖子几口喝干。

濮把头站在一块大石头上，居高临下看着劳工们。马明轩抱着面汤挤出人群，濮把头来到马明轩面前，一棍子把马明轩的碗打翻在地上："没有你的早饭，现在就干活去。"马明轩不服气地看着濮把头。濮把头叫嚷道："你这奸懒馋滑的臭狗屎，还不快干活去。"话音没落，两棍子落在马明轩的肩膀上。其他劳工喝着自己的面汤对眼前发生的事视若无睹。

矿场的劳工们背着沉重的石头，步履艰难地前行，工头们手拿鞭子来回走动监视着劳工。中年人背着石头走在马明轩前面，马明轩和阿曼别克用木杠抬着一块大石，跟在中年人身后。中年人走了几步，腿一软倒在地上，石头滚到一旁。马明轩放下石头上去搀扶："大哥起来，快起来。"中年人喘着粗气挣扎了几下站不起来，马明轩拽着中年人的胳膊往起拉："快起来，想活命就快站起来。"工头甲提着根棍子走来，冲马明轩就是几棒子："你别想偷懒，快走。"马明轩下意识地抬起手保护自己。见马明轩被打，中年人无力地撑起身子再次试图站起来，马明轩上手拉中年男人，工头甲挥手又是一棍子，打在马明轩脖子上。濮把头和工头乙走来，抢起鞭子狠抽马明轩，马明轩被打得满地翻滚。濮把头揪起马明轩："再管闲事打死你！把脚上的靴子脱下来干活！滚！"马明轩无奈地脱下靴子，光着脚和阿曼别克抬起石头向前走去。濮把头看着地上奄奄一息的中年男人："把他拖到死人堆去。"

石堆旁摆着一个大筐子，筐子里盛满了土豆。劳工一个个哭丧着脸，排着队走到筐子前不挑不拣拿起两个土豆，坐在一旁咀嚼。工头乙站在筐子旁监视着每一个人。马明轩和阿曼别克排在队伍中，工头甲走来一把将马明轩从队伍里拉出来："没你的饭，背石头去。"阿曼别克求情道："爷，他早饭就没吃。"工头甲一把推开阿曼别克："他是一天一顿，没吃活该，你滚到一边去。濮把头说不许你歇着，快去搬石头，免得皮肉开花。"马明轩不语，低着头光着脚艰难地向崖壁下的石堆走去。

　　夜晚的山谷十分寂静，偶尔可听到动物的叫声。劳工棚外的木架子上有人站岗，两个带刀的守卫围着劳工棚巡逻，劳工们横七竖八像一群死猪一样呼呼大睡，马明轩背靠栅栏闭着眼睛。阿曼别克拿着一双破布鞋弯着腰走来，拍拍马明轩的肩膀小声道："兄弟，躺下睡，歇歇腰。"说完把一双破鞋放在马明轩身边："你的脚都破了，明天把这双鞋穿上。这是死人脚上扒的，你也别讲究。"马明轩点点头把鞋套在脚上。阿曼别克又从怀里拿出两个土豆递过去："给，一天没吃东西了。"马明轩摆摆手："我一个你一个，咱俩一起吃。"阿曼别克摇摇头："你都吃了吧，好歹我有三顿饭。"马明轩再不客气，把土豆放进嘴里："好香啊，比烤肉都香。"阿曼别克嘿嘿一笑："饿极了狗屎都香……兄弟，我叫阿曼别克。""我叫马明轩。"

　　阿曼别克叹了口气："和我一起来的只剩我一个活的了。兄弟，濮把头好像特别关照你，这样下去你坚持不了几天。"马明轩咽了一口土豆："坚持一天是一天，得想办法逃出去。"阿曼别克看着马明轩："兄弟你是条硬汉，我佩服你，我和你一起逃。反正都是个死，也许能成功。"马明轩点点头："你在这儿时间比我长，有什么办法能逃走？"阿曼别克想了一下说道："办法倒是有。我每天都要向外送死人……这是唯一的路，没有别的选择。"马明轩叹了口气："可有人跟着你，濮把头也整天盯着我。"阿曼别克拍拍他的手："你能再活几天，他就疲了，不会盯得那么紧了。"马明轩点点头："好兄弟，睡吧,谢谢你给的鞋。"

二

　　劳工们背着石头行走在路上,马明轩拖着破布鞋扛着粗壮的圆木向岩壁走去,岩壁顶上的劳工们手握钢钎和铁锤"叮叮当当"地开凿岩石,石壁下的劳工搬起石头放在另一个劳工背上,劳工背着石头离去。濮把头坐在工棚下跷着二郎腿喝茶,看到来人急忙起身迎上前:"呦,少爷,您怎么也来了?"刘祥麟吊着脸:"我来警告你,这样死下去我把整个惠远城的人都抓来也不够你用。"濮把头赶忙点头:"是是是,小人明白。"

　　刘祥云坐定之后问道:"马明轩死了吧?"濮把头递上一杯茶笑道:"没有。他吃得最少,背得最重,跑得最快,过去背石头回来扛圆木,一分钟我都不让他歇着,那小子命硬得很。"正说着马明轩扛着一根圆木从三人面前走过,濮把头看到马明轩喊道:"马明轩,爷来看你了。"刘祥麟笑着:"恭喜你依然呼吸着清新的空气。"马明轩扛着圆木冷哼一声:"没什么值得恭喜的,地狱没有我容身的地方。"刘祥云看了一眼马明轩浑身的伤口,笑道:"父亲酿的苦酒儿子品尝,滋味很美妙吧?倘若你没有勇气承受这痛苦和煎熬,我允许你成全自己。"马明轩冷笑:"论卑鄙龌龊,世上恐怕再无人能比得了你们父子三人。你们父子不死,我不会死的。"说完不理二人,背着圆木向前走去,刘祥麟在身后笑着喊道:"啊,有件丧事忘告诉你了,你爹马浩文死了。"马明轩身子一顿,但没有停下脚步。

　　工头乙站在石头上嚷嚷道:"你们都听着,掌柜的在棚下坐着看呢,你们好好表现,能领到赏钱,谁要是偷懒今晚只能睡在死人堆里。"马明轩独自背着圆木。阿曼别克跟在马明轩身边小声道:"人头多,工头不会死盯着你。大伙干起活来你想办法到死人堆来,我在那儿等你。"说完就走开了。马明轩把圆木扔在地上，捂着肚子走到工头乙面前："爷，闹肚子了，我去那石头后面方便一下。"工头乙看着马明轩："懒驴懒马屎尿多。快去拉，回来给我跑着干，把自己耽搁的时间补上。"马明轩点头道："是是是，跑着干，一定跑起来。"说完捂着肚子向不远处的大石跑去。

马明轩躲在大石后看着不远处的草房。孤独的草房门前摆放着八九具尸体，阿曼别克站在平板车旁，显得有些惊慌，不时向岩壁张望。马明轩探出头看到工头乙正在抽打劳工，撒腿向草房跑去。阿曼别克看到马明轩，不由得紧张起来，着急地催促："快过来趴在车上。"马明轩趴在车板上，阿曼别克抱起一具尸体把马明轩的身子和头压在尸体下。

工棚下濮把头、刘祥麟碰杯饮酒。阿曼别克推着五具尸体走到工棚前停下车看着二人道："濮把头，今天落石死了九个，先送走五个，下一车再送四个，您来查查人。濮把头，您得给我盖个戳，要不我出不了门。"濮把头吊着脸不耐烦地走上前："快把死鬼推走，你没看见掌柜的在喝酒吗？手伸过来。"阿曼别克乖乖地伸出手让濮把头在手背上印了个章，赶忙推着车离开了，回头向工棚看了眼小声道："兄弟，最难的一关混过来了，就看下一关了。稳住神，没准能成功。"说完加快了脚步。

濮把头埋头扒拉碗里的炖肉，刘祥麟放下酒盅皱起眉头："不对吧，很长时间没见马明轩的影子了。濮把头，马上清点人数。"濮把头紧张地站起来："是，少爷。"濮把头走出工棚吹起哨子大声喊："全体集合！全体集合！"矿场里哨子声和喊声持续，劳工们放下手里的活儿，在工棚前站成四队，每队十个人，工头甲、乙、丙、丁分别查看自己队伍里的人。

工头甲行了个礼："濮把头，除了死的八个，只少了马明轩和阿曼别克。"刘祥麟指着守卫和工头喊道："你们立即找出马明轩，搜查每个山洞，每一处可以藏身的地方，必须抓到马明轩。"

刘祥麟吊着脸，濮把头上前安慰道："东家别着急，自从有了这矿山，只有死人能出去，从来没活着走出过一个劳工。马明轩跑不了，一定是躲在哪个山洞里偷懒呢。不出一袋烟的工夫，准保把人抓回来。"刘祥麟阴沉着脸瞅了一眼濮把头："但愿如你所说。"

山谷狭窄，两边岩壁陡峭，一道木质的篱笆墙横在山谷间，路上有一扇木栅栏门，门口有两名守卫站岗。阿曼别克推着车走在路上，看着不远处的栅栏门，突然听见哨子声此起彼伏。阿曼别克看了眼板车里的马明轩惊慌地说："兄弟，一定是发现你不见了。"马明轩小声安慰道："别慌，就剩这最后一扑腾了。"

阿曼别克故作镇定地推着死人车来到门前停下："爷，今天一共九个，这车五个下一趟再送四个。"守卫走来看了眼车上尸体："逃了一个人在不在你车上？"阿曼别克强装镇静手臂伸到守卫脸前："爷，车上装的都是没气的，濮把头一个个都查过了，戳也盖了。爷，我能走了吧？"阿曼别克紧张得汗水顺着脸往下流，扶着车站在原地不时地回头看。守卫看了眼印章："走吧。死了也好，早死早超生。"阿曼别克松了口气："多谢爷了。"阿曼别克推车走出大门。

刘祥麟、濮把头站在工棚前，工头乙跑来："濮把头，山上山下草丛、石洞、水潭、石缝都找了，马明轩不知跑到哪儿去了。"刘祥麟思索着道："他会不会在那辆装死人的车上？"濮把头马上反应过来："装死逃跑，没那么容易。跟我追。"

是夜，月光下两个黑乎乎的人影跑进漆黑的树林里。马明轩跑在前面，跟在后面的阿曼别克气喘吁吁地停了下来："兄弟，我实在跑不动了。"马明轩停下脚步喘着粗气："我也跑不动了。这林子里黑漆漆的好藏身，他们抓不住咱了。肚子里什么都没有，跑不动了，咱歇一会儿再走。"说着二人靠着大树坐下。阿曼别克笑笑："你现在最想做啥事？"马明轩想了一下嘿嘿一笑："我想先抽口烟再啃条烤羊腿，要肥得流油的那种。明天咱俩好好撮一顿。"

马明轩看着阿曼别克问道:"你打算去哪儿?"阿曼别克想也没想就回答:"回家!你呢?"马明轩看了眼天:"我有个朋友叫叶丽亚,在惠远城刘府当下人,我要把她救出来。"阿曼别克惊讶地看着马明轩:"叶丽亚是你朋友?""你认识她?"阿曼别克点点头:"我们是一起被抓的,我被送到这儿,叶丽亚留在府里。叶丽亚是草原上最漂亮的姑娘,你真有福气。"马明轩不好意思地笑笑。

第二天天亮时,二人已经走在了草原的牧道上,在一处岔路口停下脚步。阿曼别克笑着拍拍马明轩的肩膀:"好兄弟,到这里我该和你分手了。"马明轩看着阿曼别克:"兄弟,跟我一起到城里,我给你找点铜板带在身上,吃饭住店都是要花钱的。"阿曼别克笑着摆摆手:"不用,兄弟,记住,只要沿途有哈萨克人,哪怕你走一年的路,也用不着带一粒粮一分钱,准保你不会挨饿受冻。"马明轩点点头:"等我救出叶丽亚回到草原,咱们兄弟再相见吧。"

第十五章

一

卧房里，刘永寿站在圆桌前，手拿油灯欣赏一幅山水人物扇面画，门外传来小厮的声音，说是胡永在厅里求见。刘永寿眼神一沉，披上衣服走进客厅："胡把总，有什么事呀？"胡永停顿片刻，哼唧了一下才开口道："大人，您既然眼黑叶丽亚，不如做个顺水人情把她赏给属下。"刘永寿笑笑："胡把总你从不拈花惹草、怜香惜玉，甚至连女人都不正眼看一眼，那个刁蛮下贱的女人哪一点值得你喜爱。"胡永顿了一下单腿跪地答道："大人，我看上的是她的容貌，养眼的女人谁都爱。请大人成全属下。"刘永寿拉起胡永笑说："胡把总不必多礼，不必多礼。"继而沉默片刻看着胡永："看来你是动了真情。好吧，本官就把她赏给你。"胡永再次跪下抱拳道："多谢大人成全。"刘永寿伸手拉起胡永看着他说道："我有个要求。叶丽亚必须在府里做三年下人，三年期满你方可与她成婚，带她离去。你可愿意？"胡永想都没想就应了下来。

叶丽亚独自趴在炕上，呆呆地看着房门。天已经明了，看不出来是什么时辰，从昏迷中醒来的时候，身上的伤口已经被包扎好，现在整个脊背只剩下火烧火燎的疼痛，满屋子的药膏味儿把叶丽亚的思绪拉得很远很远。突然传来的敲门声让叶丽亚回过神来，胡永提着两袋中药推门进来，把药放在桌上。叶丽亚看了眼胡永点点头："谢谢胡把总救了我。我已经好多了。"胡永看了眼叶丽亚："用完这两服药，你的伤就痊愈了。"说完转身离去，带上了房门。

马明轩坐在石头上没精打采，伸直双腿双手，龇牙咧嘴地伸懒腰。他已经在这里等了好几天了，以前叶丽亚告诉过他，每隔两三天就会出来采买，他已经去刘家周围转过一圈，试了很多办法也无法进去，就只好在巴扎（农贸市场）门口的街角等着。马明轩揉了揉眼睛，看见前面有一群人走过来，仔细一看，正是苏怡曼、乌娜、薄佳、桑悌、叶丽亚等人，两名带刀的家丁跟在后面。马明轩兴奋地看着叶丽亚，站起来跟了过去。叶丽亚提着酒坛子跟着桑悌走进巴扎，苏怡曼则带着姑娘们在菜摊前一样样地往筐子里装菜。马明轩悄悄走到叶丽亚身后，用手碰了碰叶丽亚的后背。

叶丽亚扭过头看到马明轩，惊得酒坛子差点掉在地上。马明轩赶紧捂住了叶丽亚的嘴，示意叶丽亚不要出声。马明轩看看四周没人注意，拉着叶丽亚就走。一直在一旁监视的家丁转过头，无意间看到有人拉着叶丽亚向前走，上前两步一把揪住马明轩的后衣领。马明轩转身一脚把家丁踹倒在瓜果摊前，接着跟上两脚踩在家丁的肚子上。另一家丁听见喊声，跳过两个摊位冲到马明轩面前，横刀抵在马明轩的脖子上："马明轩，我看你往哪儿跑。"叶丽亚失神无措地站在这名家丁身后，看见桌上放着个酒坛，举起酒坛砸在家丁后脑勺上。顿时，酒坛粉碎汁液四溅，家丁的身子晃了晃瘫倒在地上。

马明轩见叶丽亚整个人都愣住了，上前拉着叶丽亚就跑。

二

漆黑的树林中，有一堆篝火在燃烧，马拴在篝火旁边的树上，地上铺着张毛毡，马明轩搂着叶丽亚躺在毛毡上，叶丽亚的头枕在马明轩胸口上轻轻道："我以为你死了。他们把你送到哪儿去了？"马明轩枕在圆木上，抚摸着叶丽亚的头发和脸颊："他们把我送到刘家金矿背石头当奴隶……"叶丽亚翻过身趴在马明轩身旁吃惊地看着他："刘家父子烂了心肝，不得好死。你是怎么逃出来的？"马明轩看着她："你还记得阿曼别克吗？"叶丽亚点点头："当然记得，我们是一起被抓到刘府的。"马明轩一笑："主意是他出的，我躺在送死人的车上装死，阿曼别克把尸体压在我身上，他推送尸体的车，出了矿场大门，我俩就一起逃出来了。阿曼别克回家去了，我让他给你爸妈送个口信，让他们不要担心。而我就在巴扎门口守株待兔，就见到你了。"

叶丽亚把头靠在马明轩的肩膀上闭上了眼睛，马明轩看着月亮笑了。最爱的人就在身边，远方的亲人也都平安无事，不会有比这更值得开心的事了。

叶丽亚和马明轩两人一骑，叶丽亚搂着马明轩的腰坐在后面，马儿慢走在湖边。叶丽亚轻轻把头靠在马明轩的肩膀上："我来的时候走的不是这条路。""这是条小路，很少有人走，不容易被人发现，就是比官道要多走百八十里，要走五六天吧。"叶丽亚轻轻应了一声，顿了一下小声道："明轩哥，我饿了。"马明轩笑笑，握了下叶丽亚抓在腰间的手："前边有个小镇，咱们到镇上吃饭，再给你买身衣服。你这身衣服明眼的人一眼就看得出你是佣人。"说完磕镫催马向前跑去。

小镇的外边是一条小河，小河两岸长着亭亭玉立的白桦树。在白桦树林里，他们停下来，把马拴在树上，紧紧地拥抱在一起。叶丽亚从头上取下红头巾，缠在树干上，包住白桦树上面那只黑色的眼睛。这是草原上男女定情的一种方式，表示对彼此来说，从此，对方的眼睛里就没有别的男人或别的女人了，他和她是彼此的唯一。

小镇街道不宽，店铺比邻，行人来来往往，看上去十分热闹。马明轩牵着马和叶丽亚走在街道上。维吾尔族装束的门迎冲马明轩和叶丽亚喊:"朋友吃饭吗?里面请。"马明轩看了眼招牌,回头问叶丽亚:"就在这儿吃吧?"叶丽亚点点头:"饿了吃什么都香。"马明轩把马拴在门前的柱子上对门迎吩咐:"朋友,给我的马饮水。"门迎呼了一声"好嘞",牵着马往后院走去,马明轩和叶丽亚手拉手走进儿。饭馆里五六张桌有食客在座,马明轩和叶丽亚坐在一张空桌旁。二人商量着点了十个烤包子,一碗炖肉,两个羊蹄,一壶酒,饿极了的两人狼吞虎咽地吃了起来。

吃完饭,二人转到裁缝铺,叶丽亚看了半天,试穿一条花裙子。老板是个中年哈萨克妇女,帮着叶丽亚整理衣服。叶丽亚转过身看着马明轩笑着:"明轩哥,好看不?"马明轩看着叶丽亚笑着:"好看,你穿哪件都好看。"叶丽亚美滋滋地转了一圈:"我就要这件。"老板看了一眼二人,有些为难道:"姑娘,你们不是来做衣服的?我这儿的衣服都是有主的,没有现成的衣服卖。"马明轩从袋子里多拿了些钱塞到老板手里:"大妈,我出料子钱手工钱,您再给那位客人做一件,我们还要赶路,您就把这件裙子卖给我们吧。"老板摆摆手,算是同意了。

第十六章

一

　　道卡设在距离小镇不远的地方，行人稀少，三人三骑一路飞奔来到道卡，带头的正是胡永，身后跟着两名士兵。三人翻身下马来到守卡的士兵面前。跟随胡永的士兵拉开手中的一轴画像，胡永板着脸看着守卫："有没有见过这两个人？"守卡的士兵看着画像上的马明轩和叶丽亚摇了摇头："大人，没有见过这两个人。"胡永想了想："他们走的是另一条路，跟我走。"三人翻身上马向来的方向跑去。

　　赶了约有半日路程，三人就来到了镇子上，在馆子里安顿了马匹，就在街上边走边四处张望。士兵看了看四周，对胡永道："把总，他们会不会走的不是这条路？"胡永长长地出了口气，眼睛里露出阴冷的目光："我的判断不会错，如果没经过道卡，就必然在这镇子里。你二人把守街道两头，勤向路人打听。"两人应了一句"是"，分别向街道两端匆匆走去，胡永独自向前寻去。

　　胡永走到饭馆门前，看到刚才还空空如也的门前柱子上拴着一匹马。门迎笑着走过来："呦，大人您又转过来啦？"胡永看着马问道："我出来时门前没这匹马，馆子里又来客人了？"门迎笑着："可不是，托大人的福，小店天天这样迎来送往。""这马的主人呢？长得什么样？"门迎想了想："是一个姑娘一个小伙。"胡永一听，拿出随身带的画像:"是不是这一男一女?"门迎看着画像,连忙点头:"是是是,就是他们。您的手艺不错,画得挺像。"胡永收起画问道:"他们往哪边去了?"门迎指了指里街。

正走在街上,马明轩突然看到胡永正四处张望着走过来,忙拉着叶丽亚钻进路边的杂货铺里。叶丽亚正要问,就见胡永从杂货铺门前走过。叶丽亚紧张地看着马明轩:"是胡把总,一定是来抓咱俩的。"马明轩看了眼叶丽亚:"这儿不能待了,我们快走。"说完拉着叶丽亚出了杂货铺,迎面却与刘祥麟等人撞了个满怀。原来马明轩从矿上逃了以后,刘祥麟怕刘永寿怪罪,带人一路追寻,没想到竟在此遇上了。

马明轩和叶丽亚大吃一惊,刘祥麟马上反应过来,抽出刀架在马明轩的脖子上。

工头甲则一把掐住叶丽亚的肩膀,把叶丽亚拉到身边。叶丽亚疼得咧着嘴喊:"少爷放了他,我跟你回去。"刘祥麟倒是没想到叶丽亚也跟在马明轩身旁,愣了一下看着马明轩道:"马明轩,你就是个死命,想活也活不了,这才刚逃出一百多里地,刀就又架在了脖子上,你逃不出我的手心。"马明轩看着叶丽亚被工头甲拉住,胳膊上已经起了红印,一阵心疼,瞪着刘祥麟吼道:"咱两家的仇与叶丽亚无关,放她走。"刘祥麟讥笑道:"叶丽亚是我家的佣人,她的命捏在我爹手里。两个给我一起带走。"

趁着几人说话分神,叶丽亚抓住工头甲的胳膊,一口咬住手腕,工头甲疼得想抽出手,却被叶丽亚死死地咬住不放,他抡起另一只手一巴掌把叶丽亚扇倒在地。一个家丁上前揪住叶丽亚的脖领把叶丽亚提起来。工头甲看着手腕上被撕烂的肉指着叶丽亚:"给我打掉她的牙!"得了命令,家丁一脚把叶丽亚踹倒在地,骑在叶丽亚身上劈头盖脸就打。叶丽亚死命护住头和脸,却突然感觉身上一轻,就见胡永不知道什么时候已经来了,一脚重重地踢在家丁胸口,家丁飞出几米远,重重地摔在地上大口吐血,无力爬起。叶丽亚倒在地上愣愣地看着胡永,胡永伸手把叶丽亚拉起来。

工头甲见有人出手相救，抽出刀上前一步，还没反应过来，胡永的刀已抵住喉咙。刘祥麟看了一眼胡永，冷哼一声："胡把总，我奉我爹的命令抓马明轩和叶丽亚回去，等我交了差有啥事你和我爹去理论。"胡永放下刀，把叶丽亚护在身后："那小子与我无关……"话还没说完，就听见制住马明轩的家丁"啊"的一声惨叫，一把匕首穿透了他的小腿肚子。原来马明轩乘其不备，把藏在衣服里的匕首捅了上去。

见马明轩挣脱，叶丽亚冲上来拉着马明轩就跑。刘祥麟等人见状要追，胡永上前两步横刀拦住去路。刘祥麟怒视着胡永道："胡永，你不想活了？"胡永看了他一眼："姓马的小子我管不着，但叶丽亚是我的女人，你俩敢再往前追一步，我刀下不留人。"说完看了一眼跟过来的士兵，吩咐道："把马牵来。"说完转身离去。刘祥麟知道胡永功夫了得不好对付，只得吃个哑巴亏。

二

马明轩和叶丽亚一路狂奔。身后不远处传来马蹄声，叶丽亚扭头向后看去。马明轩问道："他们追上来了吗？"叶丽亚回过头："还看不到，不过听声音离得不远了。明轩哥咱是两人一骑，他们一人一骑，肯定比咱跑得快。"正说着就听身后的马蹄轰鸣，眼看来人就要追上，马明轩忙收住马，向后喊了声："叶丽亚下马。"二人利索地跳下马，马明轩一巴掌拍在马屁股上，拉着叶丽亚跳入路边半人深的河道，紧贴沟壁蹲下身子。只见马顺着路飞奔而去，不一会儿胡永三人拐过弯风驰电掣般从马明轩和叶丽亚头顶飞过。马蹄声渐渐远去，马明轩探出头往路上看了眼，轻轻跃上河沟，把叶丽亚也拉了上来。二人向着树林深处跑去。胡永三人顺路飞奔，拐过弯看到林子边有一匹马在啃食地上的树叶。胡永收马翻身跳下，走到马的身边将手放到马鞍下摸了摸，知道受了骗，骂了一声："妈的，往回搜，查找两人脚印。"三人掉转马头牵着马向回走。

夜空灿烂，中亚细亚明光透亮的白夜。马明轩和叶丽亚披一条毛毡坐在一根圆木上，四周一片死寂，微风吹过可以听见树叶相互摩擦发出的声响。马明轩抽着烟看着天际。叶丽亚看了一眼马明轩："明轩哥，想什么呢？"马明轩看了眼叶丽亚："我在想今天的事，胡把总救了咱，为什么又紧追不放？"叶丽亚摇摇头："可不止，在刘府，胡把总救过我两次，今天是第三次。"马明轩沉默片刻："他喜欢你。"叶丽亚停顿了下，还是说道："乌娜她们都这么说，可胡把总从不多说一句话。明轩哥，我这辈子只爱你。"

胡永三人骑着马走在绿草如茵的丘陵地带。一个士兵走上前去问道："把总，追了一夜了，他们会到哪儿去呢？"胡永指了指前面说道："这片丘陵前是草原，走过草原有座小镇……""他们会不会去那儿？"胡永摇摇头："两条腿不该比四条腿的马走得快。赶到前边的镇子，那是必经之路，照他们的速度明天必定会经过那里，我们在那儿等着他们。"看了看胡永的脸色，士兵怯怯地问道："把总，要是明天还找不到他们，咱们怎么办？"胡永冷哼一声："就是到天边我也要把叶丽亚找回来。"说完一夹马肚向前奔去。

马明轩和叶丽亚手拉着手来到一辆废弃的马车前。马明轩向四周看看，不解地问道："这儿荒无人烟，怎么会有马车？"叶丽亚笑笑："这是给牲畜过冬用的草，马车是打草的人夜里睡觉用的。"马明轩拿起车上打草用的镰刀，看了看锋利的刀刃，顺手将镰刀插在地上。叶丽亚指了指马车："明轩哥，咱今晚就睡在这个车上吧。"马明轩点点头，二人把车上的草拢了拢钻了进去。

太阳落到地平线下，天空变得火红，叶丽亚躺在马明轩怀里，从脖子上摘下绣着雄鹰的烟荷包："明轩，这是我一针针用心给你绣的。"马明轩把荷包挂在自己的脖子上："真好看，这鹰像活的一样。" 叶丽亚不好意思地一笑："明轩哥就像雄鹰一样,我要永远跟在我男人身边。"马明轩一阵感动,拦过叶丽亚就亲了上去。

突然草原上传来隆隆的马蹄声,马明轩和叶丽亚机警地坐起来循声看去,只见三人三骑正向他们飞奔而来。马明轩跳下马车拉着叶丽亚就跑,奈何人又怎么能跑得过马?三人三骑提着刀把叶丽亚和马明轩围住。三人跳下马,胡永一把将叶丽亚从马明轩身边拉到自己身边。马明轩上前想要把叶丽亚抢回来,胡永脸色铁青飞出一脚踢在马明轩肚子上,马明轩飞身撞在马车的木轮子上。

叶丽亚挣扎着呼喊着马明轩的名字,胡永搂着叶丽亚的脖子,不顾叶丽亚对自己又打又踢。胡永冷声像是宣示所有权一般看着马明轩说道:"叶丽亚是我的女人。刘府已经红口白牙,将她许配给我了!"叶丽亚挣扎着叫喊:"我不是你的女人……我不是你的女人……"马明轩挣扎着站起来:"叶丽亚是我的女人,你不能带走她。"说着又要去拉叶丽亚。胡永再出一脚,目光阴冷,语调低沉:"你拐走我的女人,这叫私奔!敢碰我的女人,我要你死!"士兵见状上去揪住马明轩的头发,狠狠地两拳砸在脸上,马明轩被打得口喷鲜血。马靴一下下重重地踩在马明轩的肚子上、胸口上,直打得马明轩连声都叫不出,在地上翻滚。马明轩被打得奄奄一息,仍努力向叶丽亚伸出手,嘴里念叨着叶丽亚的名字。士兵一脚踩在马明轩胸口,马明轩一口血吐出,瘫软在地上。

叶丽亚见状跪倒在地上,哭喊着拉住胡永的袖子:"不要打了……不要打了……胡把总……不要打了……"胡永攥着叶丽亚的胳膊把她拉起来,无意间看到插在地上的大镰刀,拿起大镰刀走到马明轩身前。叶丽亚扑上去抱住胡永的腿,大声哭喊:"胡把总……我求你不要杀他……我跟你走……我这个身子伺候你一辈子。"胡永看着马明轩举起镰刀,冷冷地说道:"是你自找的。"

不理会叶丽亚的哭喊,胡永一只脚踩在马明轩的胸膛上,然后把大镰刀顺过来，两手握住把儿，胳膊抡圆，一挥，仿佛带着风，把大镰刀狠狠地扎在马明轩的肚子上。扎完还嫌不牢靠，又用手把大镰刀往下按了按，如此这般，把这个大活人钉在了草地上。这是草原上流传的一种私刑。

  叶丽亚见状，惨叫一声，昏死过去。马明轩被钉在草地上，肚子里的血从刀刃处往外冒。胡永看了眼马明轩，抱起叶丽亚放在马背上，牵着马悠悠离去。马明轩用尽力气抬起手声音微弱地喊着："叶丽亚……叶丽亚……"直到再也发不出声音，没了生气，闭上了眼睛。

第十七章

一

夜空繁星闪烁，风吹草低发出"哗哗"的声响。马明轩被镰刀钉在草地上昏迷不醒，好像陷入了一个醒不来的梦境。一个呼吸，喷出一口血来。马明轩睁开眼睛，咳嗽几声，大口喘气，从梦魇中清醒。

马明轩稳住神后静静地看着夜空，镰刀还插在肚子上，血却已经不流了。草原上传来狼的叫声，听声音似乎距离自己很近。马明轩顿时感到紧张，扭头向两侧张望，视线被牧草遮挡。狼的叫声越来越近，好像就在头顶上似的。马明轩稍微一动疼得惨叫一声，暗自思索："我不能死，我还没有活人呢！要活着，不能就这么喂狼。"顿了一下，咬咬牙，马明轩把手缩进衣袖，用袖子包住镰刃，咬着牙往外拔镰刀，刚一用力肚子里的血就顺着镰刃往外冒，马明轩咬紧牙关双手用力，发出沉闷的叫声。

草丛中发出"沙沙沙"的声响。只见草丛中三只狼不慌不忙地向发出血腥味的地方慢跑，一边跑一边用鼻子贴着地面嗅着。马明轩双手握着刀刃扭头向两边看，左右两边的草丛中出现三只狼的黑乎乎身影。狼试图靠近马明轩，皱起鼻子龇出长牙，发出"呜呜"的低沉的叫声。一只狼仰起脖子拉长声音呼叫。马明轩看着狼道："你不用呼唤伙伴，我要活着。"说着咬着牙用尽全力弓起身子向外拔镰刀，一股血水顺着镰刃涌上来，马明轩"啊"的嚎叫一声，然后像一只狼一样，眼里露出凶光，向三只饿狼扑去。三只狼被这声凄厉的嚎叫吓得掉头逃窜。

草原上有的是故事。天光稍稍发白，丘陵上，七人七骑一字排开，马刀挂在鞍子上，毛瑟枪横担在鞍桥上。我们先前见过的几个人物，秦川、巴哈尔、鸿玄弈、古依汗、慕思寒、亚森、敖元奎坐在马上眺望草原。人和人在交头接耳，马和马在互相啃着脖子。亚森不耐烦地道："兄弟们回去吧，清早白晨的，这草原上连个人影都见不着。"慕思寒在一旁附和："从古到今没见过这样选当家的。"鸿玄弈看了二人一眼，说道："大当家、二当家都让刘祥云杀了，剩下的要么入伙日子短，要么是混饭的，要么能耐不够，要么大伙不服，昨晚吵了一夜都动刀了也没闹出个结果。你说还能怎么办？"

秦川白了一眼巴哈尔，看着众人道："兄弟们，昨晚大伙定好了规矩，这也是草原上的规矩、强盗窝的规矩，今儿个在草原上碰到的第一个活人，就是咱们的头儿。"巴哈尔怒极反笑："就照大伙的主意，可眼前这片草原上连个会喘气的都没有。"说罢望一望天空。空荡荡的天空，只有一只从阿尔泰山起飞的鹰，正平展着翅膀飞翔。秦川拉了下缰绳，策马先行，回头喊道："咱们到处走走看看，撞大运也得有个撞大运的样嘛。"其他几人闻言也都策马赶上，七人七骑冲下丘陵。

东方露出淡淡的红色。马明轩已经醒了过来，胸前到腹部都被血染红，一双沾满血的手，隔着碎成布条的衣袖，紧紧地握着刀刃，眼睛望着空中盘旋的不时地发出几声长唳的秃鹫。马明轩咬着牙忍着疼痛向上用力，每次用力，都会发出痛苦的叫声，血顺刀刃涌出，镰刀一点点一点点地向上挪动。

不远处突然传来凌乱的马蹄声，马明轩扭头看去，只见七人七骑出现在眼前。七个人收住马，站成半圆看着马明轩。马明轩瞟了一眼几人不再理会，双手握紧刀刃咬牙用力向上，大叫一声，将镰刀从肚子里拔出来，一股血水顺着镰刀冒出。马明轩松手瘫在地上，镰刀压在身上，闭上眼睛喘着粗气。

鸿玄弈看着马明轩："这小子够狠的。"秦川板着脸点点头："是个吃钢咬铁的硬茬儿。"古依汗笑着："就是岁数稍显年轻。"听几人议论自己，马明轩慢慢睁开眼睛望着天空。亚森下马蹲到马明轩身边问："这位兄弟，什么时候被钉在这儿的？"马明轩痛苦地回了一声："昨天黄昏。"巴哈尔笑着跳下马："奶奶的，你没被狼当作晚餐，你真是命大。"秦川下马围着马明轩走了一圈："这小子能挺上一夜，有种，是条硬汉。谁把你钉在这儿的？""仇人。""为啥结仇？""为女人。"亚森赶着马过来看着马明轩对秦川说："你看这小子剩不到半条命了，别跟他废话了，扔他在这儿喂狼，咱们找下一个主儿去。"秦川不理会，蹲下身看着马明轩："兄弟，我有个要求你要是答应，我救你一命。""你说。"秦川正色道："我们寨子昨个儿被官兵剿了，当家的也叫人给杀了，兄弟们说好了，今早在草原上碰到的第一个活人，就是我们当家的。"马明轩瞪大眼睛看着秦川："你们是土匪？"鸿玄弈笑着："不是土匪，是强盗，是一群长着神仙手在空中叼着吃的大能人。"见马明轩犹豫，慕思寒道："你要不答应就在这儿等死，我们找第二个去。"巴哈尔大声骂道："奶奶的，要死要活你给句话，我们不是求你呢。"马明轩不再犹豫，看着秦川坚定地说："我答应。我认命！"

巴哈尔几人兴奋地纷纷跳下马："兄弟你叫什么？""马明轩。"秦川点点头向几人吩咐："把明轩兄弟抬上马车送到乌拉里镇。"闻言巴哈尔、古依汗、亚森、敖元奎四人有人提胳膊有人提腿，慕思寒和鸿玄弈则托着腰。秦川着急地看着几人："你们小心点，轻点，要不到不了镇上，他就没气了。"巴哈尔笑着回道："你要知道强盗都粗心。"说着把马明轩抬上马车。

二

镇子的街道不宽,摊贩们沿街摆摊叫卖,看上去还算热闹。正是中亚细亚草原上那种平淡无奇的蕞尔小镇。刘祥云和邱炳坤挎着刀走在街上,身后跟着七八名士兵。邱炳坤笑着跟刘祥云打哈哈:"这次剿匪,刘大人连斩两名土匪头目,活捉喽啰近百人,为百姓消除了这一带的匪患,此乃头功。"刘祥云对这奉承很是受用,摆摆手谦虚道:"谬赞谬赞,要是没有邱大人相助,怎么能全歼悍匪?邱大人您功不可没。"一个士兵从远处跑来,禀报道:"邱大人,刘大人,刚才发现残匪秦川、巴哈尔等人,不过转眼工夫就不见了人影。" 邱炳坤大刀一指身后的一排士兵,吩咐道:"守住街道两头,严查出入的人。其余的人给我挨家挨户搜,发现残匪格杀勿论。"

玛莎牵着马走在街上,看到刘祥云走来,压低帽檐与刘祥云擦肩而过。薛草药身穿长衫,头戴方帽,像个文雅的教书先生,手上提着个藤条编的旧篮子,走在街道上。玛莎和薛草药碰了个迎面。薛草药向左让,玛莎也向左,薛草药向右让,玛莎也向右。薛草药无奈地停下脚步:"这位小兄弟,大路通天各走半边,你怎么非得跟我抬杠?"玛莎窃笑着摘下斗笠看着薛草药:"我扮个男人样你就认不出了?"薛草药见是玛莎,笑着打了一下玛莎的头:"不在酒馆跳舞,跑这儿干吗来了?"玛莎笑呵呵地揉揉脑袋:"有事呗。薛大哥,你怎么到这儿来了?"薛草药看看两边的行人小声道:"昨天官兵包围山寨,大当家二当家都被杀了,死伤被俘近百个弟兄,全完了。活着的不过二十来个了。"玛莎一惊:"怪不得我看见刘祥云带着一伙兵走在街上,秦川哥和巴哈尔大哥怎么样了?"薛草药摇摇头:"他俩没事,带着十多个弟兄冲出来了。"玛莎松了口气:"那你怎么还不走,官兵都到镇上了。"薛草药叹了一声:"现在想走也走不了了……就在这节骨眼上,秦川和巴哈尔从草原上捡来个半死的年轻人……也不知道是什么来头。

秦川非让先救人，巴哈尔说他是新当家的。不得已，我出来找几味草药救人。"

房间里家具陈设稍显简陋，马明轩慢慢睁开眼睛，看着陌生的屋子，只见秦川皱着眉头在房间踱步。马明轩冲着秦川点点头算是行礼："谢谢你救了我，兄弟。"秦川笑着："不用谢，是你答应了条件，算你自己救了自己。"马明轩苦笑一下："我会信守承诺。"秦川点点头："薛草药给你检查了，肠子剪掉了一大截子，口子用线缝上了，你的肚子不要使力，当心把线绷断了。"门外传来一阵敲门声，秦川在窗口望了一下："是薛草药回来了，他给你找药去了，你等着。"

马车停在小街道的一户人家门前，占去了小街道三分之二的路面，薛草药敲门，秦川拉开院门，见玛莎出现在门口。

几人正说着话，鸿玄弈从外面推门进来，见玛莎在屋里吃了一惊，没来得及打招呼，就对秦川急道："秦川哥，我刚看见刘祥云带着兵走在街上。咱得快点走，官兵就要搜到这条街了。"秦川思考了一下，吩咐众人："亚森、鸿玄弈，你俩把这五床棉被铺在车上。薛草药，我带兄弟们把刘祥云的人马引开，明轩兄弟和玛莎就交给你了。"然后又转头对马明轩说："明轩兄弟，咱们二郎口见。"巴哈尔从柜子掏出一个大箱子，扔到薛草药脚下："薛草药，咱新弄的那五把洋枪你带上，路上若遇到不测那玩意也能吓吓人，昨晚我给枪里都上好了弹药。玛莎妹子，你最机灵，路上照顾好你哥哥。"巴哈尔看着马明轩："明轩兄弟你忍着点，我们哥四个把你抬出去。"说着几人把马明轩抬到铺好床褥的马车上。

第十八章

一

薛草药赶着马车，迎着不远处的大山走去，马车的厢板上铺着厚厚的棉被。马明轩侧身躺在棉被上，身上盖着毛毡，迷迷糊糊地睡了。玛莎戴着斗笠坐在马明轩身边。马车慢慢地接近山口，薛草药看到从山口跑出一队人马。薛草药看着前方，握紧了缰绳："玛莎，当心点，前边过来了一伙人，你把放枪的筐子拿来。"这队人马正是一路追着马明轩和叶丽亚的刘祥麟等人，几人骑马快赶，脚程比马明轩竟还快了一些。

双方人马已近在眼前，玛莎看到是刘祥麟急忙低下头，小声道："不好，来的人是刘祥云的弟弟，这伙人是抓哥哥的。"薛草药拍拍玛莎的手："别慌。"刘祥麟的人马向路两边散开，薛草药赶车从中间走过，微笑着向刘祥麟等人打招呼，经过刘祥麟的队伍时，薛草药一扬鞭子，马车飞奔而去。

濮把头和刘祥麟都不由得回头看。濮把头嘀咕了一声对刘祥麟说道："少爷，我怎么看躺在那车上的人十分像马明轩？可马明轩明明是跟叶丽亚在一起的，怎么会睡在那车上？"刘祥麟收住马愣了一下，继而反应过来："坐在前面的那个戴斗笠的像是酒馆的舞女玛莎！追上去截住那辆马车！"

两匹马拉着车飞奔，剧烈的颠簸中马明轩睁开眼睛："薛大哥，干吗跑这么快呀？"薛草药苦笑："不快不行啊，后面有人追，让你受委屈了。"玛莎转过身看着追上来的人吃惊地喊："薛大哥，他们追上来了。"薛草药又挥了一下鞭子，无奈地说："咱们这马车根本跑不过他们的单骑。"

马明轩看了一眼筐子里的枪，示意玛莎把自己扶起来。玛莎扶起马明轩让他靠在自己的怀里，从筐子里拿出两把毛瑟手枪递给马明轩。工头甲、工头乙挥舞着马刀追上来，两人两骑转眼已经近在眼前，一左一右，几乎与车轮平行奔跑。马明轩咧咧嘴，抬手"砰！砰！"两枪，两个工头胸前开花，几乎同时栽倒马下。

只见后面两人没有丝毫胆怯反而磕镫催马，大声喊道："听着，我们兄弟刀枪不入，你等快快束手就擒。"玛莎哈哈大笑道："大蠢驴，你蠢到连做鬼都没资格。"说话间马明轩又是两枪，二人向后一仰翻下马背。薛草药回身赞许地看了一眼马明轩，冲着玛莎道："玛莎扶好你哥，咱们要拐弯进山了。进了山他们就没法包抄了，只能跟在后面追，咱们要设法甩掉他们。"

山路窄小仅能通过一辆马车，山谷的两侧岩壁陡峭，马蹄声在山谷中回荡。马车绕过山弯，玛莎突然想起了什么兴奋地叫道："薛大哥，哥哥，我有办法让他们追不上咱们了。"说着把马明轩的身子放下，急忙爬到车后打开布包，抓出一把铸铁三角形马刺扔到路上，接着又扔一把。刘祥麟和濮把头看到玛莎向地上扔东西，眼疾手快勒住马。濮把头眼尖，大声喊："地上有马刺。"跟在后边的家丁也迅速勒马，刘祥麟气愤地看着马车转过山弯不见了踪影。

甩掉刘祥麟一行，薛草药不敢耽搁，快马加鞭，不出一日就到了二郎口。小长安已经在门口等着了，见几人回来又急又喜。

毡房里收拾得整洁干净，马明轩倚在地铺上。玛莎端着一碗药走进毡房："哥哥吃药了。薛神医的药可苦了，你可要当心。"马明轩笑着接过玛莎手里的碗，咕嘟咕嘟一口气把药喝了。马明轩咧咧嘴笑着：

"我妹子给我送的药是甜的，可甜了。"玛莎给马明轩擦了擦嘴："哥哥，今天还疼得厉害吗？"马明轩笑着摇摇头："好多了。你怎么和这帮土匪交上朋友的？"玛莎把碗放好坐在马明轩身边："前年在迪化的一家饭馆遇到了秦川和巴哈尔大哥，当时饭馆门外搭着个台子正在处决犯人，秦川和巴哈尔被押在饭馆等待斩首。江湖上的事，能帮就帮。我打开后门，帮他们从地道逃走了。我怕你说我就没告诉你。大伯来过这儿，是进大漠路过这儿时被喽啰们抓来的，后来巴哈尔大哥和秦川哥回来了，还给大伯吃肉喝酒呢。大伯也不知道我认识他们。"马明轩咧咧嘴没说话，玛莎撒娇地轻摇马明轩的袖子说道："我怕大伯骂我嘛。哥哥，秦川哥和巴哈尔大哥是好人，我们结下生死兄妹。哥哥，你给不给他们当头？你要不当，我跟巴哈尔大哥说。"马明轩叹了口气："我还没想好，不过哥哥这条命是拿诺言换来的。"

　　二人正说着话，外面传来嘈杂的话语声，秦川、巴哈尔、慕思寒、鸿玄弈、亚森、古依汗、敖元奎等人牵着马走来。小长安第一个跑了出来："亚森哥给带啥好玩的了？" 亚森从肩上的褡裢里拿出一个木头做的四轮车给小长安，小长安拿着撒腿就跑。见薛草药走来，巴哈尔往地上啐了一口，骂道："奶奶的，转他娘的八圈，才把刘祥云那伙人甩掉。"薛草药看了一眼众人："我们在老风口遇到了刘祥云的弟弟——刘祥麟的人马追杀，多亏了玛莎才逃过一劫。"秦川哈哈一笑："还是玛莎妹子鬼机灵。"

　　秦川走到马明轩身边坐下来："明轩兄弟，我们的名声不好听，伊犁总兵府正派兵追缴我们，我们的状况三言两语也难以尽述。玛莎跟我和巴哈尔是生死兄妹，都是自家兄弟，还是那句话，养好伤你走。"见马明轩不说话，苦笑一下又道："不怕兄弟笑话，我落草为寇多年，东拼西杀，劫肉票抢劫钱财，到头来除了吃肉喝酒，还是个穷光蛋，这些年连个囫囵觉都没睡过。以前有百十号人，这一仗败给刘祥云，兄弟们死的死，俘的俘，剩下二十来个人都在这里。兄弟们就属慕思寒、薛草药和我有点学问。我是军师,兄弟们让我当头,一来我才学薄浅,二来难负重任。"

马明轩点点头,沉吟一下道:"你们的情况我大概也知二三。我明白,你想找个有学问又心狠手辣的人当家。秦川兄弟,说句实话,入草为寇我没有心理准备,只是觉得刚出虎穴又入龙潭,我……"众人见他这样说,齐声发一声喊,马明轩只好闭嘴了。

二

第二天一早,马明轩还在地铺上熟睡,外面传来一阵枪声和人们的喧哗声,马明轩一下惊醒,紧张地起身推开门,挪了两步来到空场。只见岩壁前架起一根两丈多长的圆木,圆木上整齐地摆着十多个小酒坛,一人正在给空位子上摆新的酒坛,秦川、巴哈尔、慕思寒、鸿玄弈等二十多人站在桌子后。老四站在桌前举着长枪瞄准……开枪,没有命中。有人大声道:"六中二,老四淘汰。"巴哈尔哈哈一笑:"秦川十中七,还有谁叫板?不服的上来长枪短枪任你挑,今天谁能十枪中八枪,谁就是当家的,兄弟们公平不公平?"大伙异口同声道:"公平!"

见马明轩扶着腰走来,慕思寒指了指酒坛:"兄弟们比枪法,有兴趣你也放两枪玩玩,就是当心别把肚子上的线给震断了。"一伙人闻言哈哈大笑。

马明轩用手捂着肚子走到桌前,拿起长枪看着。秦川担心道:"明轩兄弟小心点,这枪后坐力大得很。"楚天霸撇嘴一笑:"兄弟放下吧,火铳伤人不好玩。要不我拿根棍子顶住你的腰,当心弹你个跟头。"谁知话音未落,马明轩端平枪瞬间激发,连续开出六枪,眼前一片烟雾,待烟雾消散,在场的人看着被打碎的六个酒坛,个个惊得说不出话来。

接着马明轩拿起桌上两把手枪看了看,举起双手扣动扳机,以迅雷不及掩耳之势连续双枪齐发，烟雾过后圆木上的酒坛一个不剩。这下秦川、巴哈尔、慕思寒、亚森等人更是惊得目瞪口呆。马明轩看了众人一圈，放下双枪咧咧嘴说："秦川大哥，药装少了，这枪威力不够。"秦川这才反应过来，朗声大笑："谁上来比试？"所有的人只是惊讶而佩服地看着马明轩，哑口无言。

玛莎驾马车走在广袤的戈壁滩上，车厢里有三件简单的行李，马浩文面色阴沉地坐在车厢里。玛莎赶着车，小心翼翼地看了一眼马浩文："大伯，哥哥的伤还没好，走几千里的路不行吧？再说了，那些人是好人。"马浩文沉着脸："好人不当土匪。不管怎么样都不能让你哥哥待在匪寨。"玛莎急了："那些人上次还给你吃肉喝酒呢。而且别处的医师没有薛神医的医术高明。"马浩文瞟了一眼玛莎："你好像对那伙土匪了如指掌，什么都知道。"

玛莎再不敢言语，只得安安静静地驾车。

是夜，宽大的岩洞壁上插着几支松明子，松明子上方青烟缭绕，洞里火光通明。秦川等人围坐在一张大炕上，炕桌上摆着酒坛，每个人的面前都放着个黑色的粗瓷碗。慕思寒喝了一口酒看着众人："秦川也好巴哈尔也罢，都不如马明轩做当家的合适。再说了，撞大运是大伙一致赞成的。"古依汗点点头："马明轩的枪法大伙有目共睹，还有哪个兄弟不服？"亚森不屑一顾："他的枪法我是服了，可要动起真格的那书生怕要吓得尿裤子了。"薛草药摇摇头："此言差矣，人不可貌相。回来的路上与刘祥麟十多号人马相遇，就在危难时刻，马明轩忍着痛把身子支在玛莎身上，不慌不忙地非等到追兵和车轮子平行才开枪，六枪六个……可惜的是后来枪里没弹药了……兄弟们，我说的不是别的，而是马明轩头脑清楚，临危不乱，胆大心细，要是大当家的那天能和马明轩一样冷静面对，就不会造成伤亡惨重的后果。"慕思寒点头称是："而且其他的兄弟都被马明轩那十几枪镇服了，没人再说咱捡回来了个白面书生。我看他除了不会舞刀弄棒，其他的都在咱们之上。"鸿玄弈点点头:"没错,马明轩是个狠主,那天看他拔镰刀我就知道。"秦川喝了口酒:"就看明轩的意思了,如果咱们能把明轩留下来定能干成大事。"

一晃二十天过去了,马明轩的伤势一天天见好,秦川等人也思量着怎么开口问问马明轩的意思。这天,马明轩正抽着莫合烟和秦川倚在地铺上,外面突然传来马蹄声和脚步声。秦川纳闷地坐起身子:"今天怎么这么热闹,我去看看是什么人。"说完正要离去,小长安跑进来高兴地说:"玛莎姐姐回来了,玛莎姐姐回来了,还带了上次那个老爷子。"马明轩一惊,想起玛莎之前的话,心想:莫不是玛莎把我爹给带来了?还没反应过来,就见马浩文迈着方步掀开帘子走了进来。

马浩文看见马明轩,心下一阵激动,走到马明轩身边坐下:"事情玛莎都告诉我了,让爹看看你伤得有多重。"马明轩眼底含泪,笑着拍拍马浩文的手:"爹,我好多了,肚子上的线已经拆了。"马浩文掀起马明轩的衣服,看到马明轩肚子上和后背的伤口,老泪禁不住往下流:"唉,早知今日当初就不该让你来。你伤了元气,我接你回苏州好好养病,玛莎和咱们一路回去。这是土匪窝子,我不能让你待在这儿。"

马明轩的神情有些犹豫,思考了一下,看着马浩文回道:"爹,他们对我有救命之恩,我对他们许过承诺,做他们的当家人。"马浩文一听惊得目瞪口呆,半天说不出话来。见马浩文铁青着脸不说话,马明轩拉着马浩文的手又道:"爹,我被一把大镰刀钉在草原上,儿子为求生许下承诺。讲诚信守承诺,不卑不亢,是你和娘对儿子一贯的教诲。"马浩文这才看着马明轩的眼睛,觉得他是认真的,停顿片刻气道:"和这些人不用讲什么诚信。明轩,咱们家世代簪缨,没出过逆子,当土匪,你对得起列祖列宗吗?我和你娘这张老脸还能见人吗?咱们一家人还能仰着头对着日头走路吗?"

马明轩摇摇头:"爹,咱俩一路上九死一生,我知道你疼我爱我,妈和妹妹盼着咱早日回家,可我不能不守承诺。爹,我绝不干抢劫平民百姓、欺压农牧民的事情。我要找到叶丽亚，杀了刘家父子，为哥哥、叔叔报仇，为黄大哥报仇。"马浩文沉默片刻甩手站起来，看着马明轩怒道："说一千道一万，我问你一句，你走还是不走？"马明轩哭着跪下来："爹，儿子这里给你磕头了，恕儿子不孝，我不能跟你走。"说着给马浩文磕了三个响头。

马浩文瞪着眼睛嘴唇哆嗦了片刻，指着马明轩："好……好……你现在是土匪头子了，有身份的人物了，从今往后，我不许你再踏进苏州城，更不许你踏进马家的门，我……我和你断绝父子关系。"马明轩大吃一惊，跪在地上呆呆地看着马浩文。马浩文怒气冲天地走出房门，看都不看眼前的人，径直向马车走去。

门外众人都看着马浩文，玛莎匆匆跟了上去想要拦住马浩文，马明轩走出毡房来到车前，轻轻叫了声爹。马浩文看都不看马明轩就去挂缰绳。马明轩哽咽了一下说道："请妈原谅我这个不孝之子。"马浩文转过身死死地盯住马明轩，说道："从今以后我不是你爹。你给我竖起耳朵听清了，从今往后我不允许你用我给你起的名字。"马明轩低下头沉默片刻，抹了一把泪水，掀开衣服亮出肚子上的刀疤："爹，请您记住我的名字。马氏族谱上'明'字辈已经没有马明轩这个人物了。"马明轩顿了一下，扫了一眼在场的众人，大声道："我现在正式易名马镰刀！""马镰刀，好名字！"众土匪发一声喊。

骆驼客马浩文的儿子马明轩，一个走南闯北的小骆驼客，自此消失。草原王马镰刀进入我们的中亚叙事。

第十九章

一

另一边，胡永带着昏过去的叶丽亚找了一家客栈暂时歇息。屋子里的家具简陋但很整洁，方桌上亮着一盏油灯。一个维吾尔族女人拿着茶碗提着雕花的茶壶走进屋子，看了眼躺在床上的叶丽亚："官爷，奶茶给您放在桌上了，您有事喊一声就行。"胡永头也不回地看着叶丽亚，说了声"晓得了"。

女人关门出去，叶丽亚听见关门声慢慢睁开眼睛。胡永正要开口问话，就见叶丽亚两眼发呆，昏昏沉沉地坐起来，身子一歪趴在床边呕吐。胡永赶忙一条腿跪在床上给叶丽亚捶背，叶丽亚这才眼泪巴巴地回过头看着胡永。像是认清了眼前的人是谁，叶丽亚目光呆滞凶狠地看着胡永："明轩呢？他在哪儿？"胡永盯着叶丽亚的眼睛，声音低沉："他死了。"叶丽亚挥手一巴掌打在胡永脸上，下床向房门迈出一步，腿一软就要倒下。胡永一把拉住叶丽亚的胳膊，把叶丽亚抱在怀里："你要去哪儿？马明轩死了。"叶丽亚挣扎着推开胡永，后退两步靠在墙上哭喊着："你是禽兽，是畜生。你把我也杀了呀，杀呀！我要和明轩哥死在一起。"胡永眼神悲伤地看着叶丽亚轻声说道："叶丽亚，我爱你，我对你的心日月可鉴。"叶丽亚似笑非笑地看着胡永："我这条命是你所赐，现在你随心所欲吧。拜托你杀了我，禽兽，我求你了。"

说完走到床前，闭上了眼睛，平躺在床上不再言语。胡永站在床前凝望叶丽亚良久，耳边响起刘永寿的话语："叶丽亚必须在府里做三年下人，三年期满你方可与她成婚，带她离去。"胡永呆呆地看着叶丽亚，脸上露出淡淡的苦笑。

第二天，胡永带着叶丽亚和两个士兵四人三骑慢走在荒原的路上。叶丽亚双手被布条绑着，面无表情地坐在胡永身前。胡永突然收住马对一个士兵道："你们回去告诉刘大人，逃犯马明轩已被我处死，晚两天我把叶丽亚送到府上。"士兵疑惑地看着胡永："把总，您要去哪儿？"胡永喝了一声："别多问，你们去吧。"二人不再多问，应了声"是"就快马向前奔去。胡永在原地兜了一圈，想了想掉转马头原路返回。

客栈的小院不大，两间平房，一个长方形葡萄架，葡萄架下放着张圆桌。叶丽亚坐在桌边默默祈祷："愿真主保佑明轩哥逃过劫难。"胡永端着一碗茶放在叶丽亚面前，听见叶丽亚的祈祷冷哼一声："祈祷是没用的。这会儿只怕他连骨头都不剩了。黢黑的草原上，雄鹰会发现他，叼去他的肉，而闻着血腥味而来的草原狼，会啃净他的骨头的。"叶丽亚看了一眼胡永："我天天都会为他祈祷。"胡永坐起来看着叶丽亚："我本来可以不杀他。你是我的女人，是他爱上了不该爱的人。"胡永站起来走到叶丽亚的身边，深情地看着叶丽亚："只要我天天看着你，你晚上为我暖脚，白天为我做饭洗衣，我就知足了。叶丽亚，我能让你成为最富有、最幸福、最快乐的女人。"叶丽亚突然笑了，温柔地看着胡永："我会嫁给任何男人，但绝不做禽兽的女人。我的身子你随意，我的心你永远也拿不走。"说完闭上眼睛，不再理会胡永。胡永看着叶丽亚，转身气愤地踢着葡萄架子，大声吼叫着发泄怒气。

饭馆的维吾尔族伙计提着四五层的饭盒推开院门走来，被胡永的样子吓了一跳。胡永冷静了一下，示意伙计把饭菜搁在桌上。伙计看着火冒三丈的胡永不敢久留，把饭菜放下就赶紧溜了。胡永拿出匕首割下一块烤肉放在叶丽亚面前的碗里好声好气地劝道："叶丽亚，这段日子咱没吃过一顿像样的饭，这儿就是咱的家了，你不喝酒我也不劝你，可饭还是要吃的。"见叶丽亚没有反应，胡永苦笑："你就是要走也该吃饱肚子，要不连上马的力气都没有。事已至此，一切都是天定，认命了吧。"叶丽亚转向胡永，想起生死未卜的马明轩，心中又是一痛："禽兽，我不会认命的。"胡永叹口气："不杀他把他送回去，刘永寿也要杀了他，横竖都是个死，天数已定，没法子的事。叶丽亚，我知道你恼，你恨，你恶气难消……"胡永站起身来走到葡萄架下踱着步子，叶丽亚的目光却落在了盘里的匕首上。

叶丽亚目光阴冷地看着胡永的背影，把匕首藏在了手里。胡永见叶丽亚不说话，转身走到叶丽亚身后——他不敢看叶丽亚的眼睛，他不能接受他爱的人看他的眼神却充满了恨。他抬起手想放在叶丽亚的肩头，却最终还是没有落下去，轻轻开口："我本可以痛痛快快地结果了他，之所以把他钉在草原上，让他受尽折磨是因爱而生恨。"

叶丽亚冷笑一声："禽兽！"猛然挥动匕首刺向胡永。胡永反应机敏出手扣住叶丽亚的右腕。一阵刺痛传来，叶丽亚松开五指，匕首掉在地上。没想到叶丽亚竟真的会和自己拼命，胡永忍着火气吼道："你何必认死理，非要分出个是非善恶，天底下没有解不开的疙瘩，死人不能复生，可活着的人还得一个白天挨一个夜晚地过下去。你我今后不但要活在一个屋檐下，吃一锅饭，睡一张床，还要有福同享有难同当，恩恩爱爱。"叶丽亚揉着已经肿起来的手腕怒吼道："禽兽你妄想。死我早已不惧，但要死得清白，你若是不杀我，我也一定会取你狗命！我虽然现在杀不了你，但我一定要为明轩报仇。"

胡永看着叶丽亚，怒火中更多的是伤心。终于，胡永站起来，低着头轻轻说道："你走吧，回家去吧。"叶丽亚不敢置信地抬起头看着胡永，却发现胡永背对着自己，没有回头。叶丽亚从地上站起来拍拍泥土，没有一丝犹豫地向门外走去……

听见越来越远的脚步声和门轴转动的声音，胡永知道叶丽亚走了。

他一早就知道她根本不会犹豫,却还是心存一丝侥幸。心越来越烦躁,越来越痛,胡永气愤地一脚踢翻桌子,桌上的盘、碗、壶落在地上,他又抡起椅子狠狠地砸在翻倒的桌子上……看着一片狼藉,胡永无力地跪倒在地上,喃喃自语:"你这倔强任性的女人,你是要毁了我一生啊。"

二

街道狭窄,路上人来人往。

七八个挎刀的士兵在街上游荡。叶丽亚薄纱遮面,低头匆匆地走在路上,眼睛却四处张望,忽见不远处刘祥云身着便装和四个士兵坐在路边的凉棚下喝茶。叶丽亚暗思不好,低着头急匆匆从刘祥云面前跑过。刘祥云无意间看到凉棚前跑过的女子神色有异,细看之下发现是叶丽亚。他顿感吃惊,拿起桌上的刀站起来,指着叶丽亚吩咐众人:"把那个蒙面纱的小女人给我拿下。"

小巷里,叶丽亚慌慌张张一边向前跑一边回头看,只见几个士兵越追越近,叶丽亚不敢回头只得快步狂奔,眼看到了巷口,却见刘祥云目光犀利地踱步出来挡在了面前。叶丽亚看着刘祥云,吃惊得说不出话来。

刘祥云看着惊慌的叶丽亚,用手指挑起叶丽亚的下巴,笑道:"叶丽亚,没想到会在这儿遇到你。我要没猜错的话,你是逃出来的对吧。"叶丽亚看着刘祥云不语。"我爹不要你我要你,跟我走吧。把她送到我的军帐好生看管。"刘祥云甩开叶丽亚的脸吩咐士兵。士兵上前扭着叶丽亚的肩膀把她往前推去。"放开她!"还没走出两步,就听一声呵斥在身后响起。

刘祥云回头,眼里满是吃惊,来人正是胡永:"呦,我当是谁,原来是胡把总呀。"胡永板着脸,他前思后想还是跑出来追叶丽亚,却不料撞见了刘祥云。胡永也不行礼,只是板着脸道:"大少爷,你爹把叶丽亚送给了我。"刘祥云撇撇嘴："和一个下贱的女人私奔，可不是胡把总一贯的作风。对不起，叶丽亚我得带回去。"两名士兵扭住叶丽亚的胳膊，叶丽亚奋力挣扎着。胡永上前一步挡在士兵面前，对刘祥云道："千总大人别逼我。"刘祥云满眼怒火盯着胡永，大声呵斥愣在一旁的士兵："把叶丽亚带走。"

两个士兵连拉带扯押着叶丽亚离去。胡永看着叶丽亚被押进小巷，情急之下挥刀打开拦在面前的三把刀。见胡永真的要对自己动手，刘祥云也不再客气，一挥手，身边众人一拥而上。

胡永一咬牙，回手就是一刀，一个士兵顿时倒地。士兵们还没缓过神来，胡永一跃而起，踢倒几人冲向叶丽亚。胡永上前要拉叶丽亚，被后面的士兵一刀砍中后背，血瞬间染红了袍子。

胡永吃痛，回过头来已是双眼赤红，冲着围上来的士兵挥舞着刀杀了过去。胡永的长袍上血迹斑斑，衣服和裤子上道道刀口。叶丽亚的衣服上脸上溅上大片的血水，已经分不清是胡永的还是士兵的。胡永又是一刀砍过去，见叶丽亚还在发愣，大喊一声："叶丽亚，夺马！"叶丽亚被这一声喊惊得回过神来，两步跑到一匹马前，一甩缰绳翻身上马。厮杀中的众人见马匹狂奔而来纷纷闪开。叶丽亚的马经过身边时，胡永看准时机，用力一勾马鞍跃上马去。刘祥云见状，气急败坏，正想吩咐众人继续去追，却见巷子里自己的人马死的死，伤的伤，动弹不得，更遑论策马追人，只得大骂一声，无可奈何。

叶丽亚和胡永两人一骑一路飞奔，跑进一片树林。看身后无人再追，叶丽亚收住马，马匹刚站稳脚，就听"咚"的一声胡永栽下马背。叶丽亚赶忙跳下马背，扶着胡永倚着树瘫坐在地上。叶丽亚站起来看着浑身是血的胡永，不解地问："你为什么要冒死救我？"胡永强忍伤痛苦笑道："我只是履行诺言。如果我不能保护你，又怎配做你的男人。"叶丽亚有些感动了，脸上的表情也柔和了下来。胡永揉揉眼睛道："你是个坚贞刚烈、爱憎分明的姑娘，我佩服。我梦想娶你为妻，但梦终究是个梦。唉，我这一生是白做了一回男人。"叶丽亚看着胡永不语，胡永憋了一口气坐直身子，从腰间抽出一把短刀扔在叶丽亚脚前："杀了我了结你的心愿，天高地阔，大路朝天，你走吧。"说完闭上了眼睛。

叶丽亚看着脚边的短刀内心纠结，久久地看着胡永不愿动手。胡永无力地睁开眼睛，看着叶丽亚纠结的表情，竟还有一丝开心，毕竟她对自己除了恨还有不舍，于是苦笑一下轻轻说道："动手吧，不然我会变卦的。"叶丽亚咬着嘴唇摇摇头，转身走到马前，翻身上马看了眼胡永，磕镫离去。看着叶丽亚越来越远的背影，胡永剧烈地咳嗽起来，大口大口地吐血，倒在地上。

叶丽亚咬着嘴唇奔驰在林间小路上。胡永与士兵拼杀，胡永的后背、腿上、肚子上、胳膊上接连被砍伤的一幕幕出现在叶丽亚眼前。想起曾经在刘府多次被他搭救，叶丽亚的眼睛泪水盈盈，收住马，掉转马头向胡永奔去。

叶丽亚骑马奔到，跳下马跑到胡永面前，胡永早已躺在地上昏死过去。叶丽亚大吃一惊，蹲在胡永身边大声呼叫："胡永……胡把总……胡永……你醒醒……胡永……醒醒……"胡永没有任何反应。叶丽亚把手放在胡永的鼻子前，又把脸贴在胡永的胸口上，感受到胡永的心脏还在微弱地跳动，稍稍放心，撕下衣裙简单地把胡永的伤口包扎，把胡永扶上马背。

空旷的草原上狼的叫声此起彼伏，月光洒在崎岖的羊肠小道上。叶丽亚牵着马沿着路往山上走，不时回头看一眼胡永。胡永昏昏沉沉地趴在马背上。走到一处水潭，叶丽亚停下脚步把胡永放了下来，蹲在水边用树叶捧起水，把水送到胡永嘴边。叶丽亚用手摇摇胡永，小声地叫："胡永，胡永，喝口水。"胡永微微动了动眼睛，张嘴把水含进嘴里，谁知刚喝了一点儿，水就从胡永嘴里喷出。

叶丽亚赶忙用衣袖擦去胡永嘴边的血迹。胡永咳了一阵，终于睁开了眼睛看着叶丽亚。叶丽亚被他盯得好不自在，转身回到水边，撩起水自己喝着。胡永在身后轻轻开口："叶丽亚，你救了我，我很开心。你终于不再恨我了吗？不再想杀了我……"

"谁说我原谅你了！我只是……" 叶丽亚闻言转身，却见胡永说完话又昏睡了过去。叶丽亚走过去默默看着胡永，一身的血迹都是为自己，苍白的脸上却带着一丝笑容。胡永，你真是个魔鬼，我欠你的，你欠我的，可怎么算得清啊……叶丽亚闭上了眼睛，眼泪滑过了脸庞。

湖畔长着许多的白桦树。这些白桦树靠一年一年的潮水滋养。有一棵树，树身齐人高的地方，绑着一条红纱巾。

叶丽亚眼尖，她认出这棵树正是当年自己与马明轩定情的地方。那纱巾遮住了白桦树的黑眼睛，从此这个世界上没有别的男人了，他是她的唯一。

叶丽亚走了过去，抱住这棵白桦树，惊天动地地哭起来。她摇晃着那棵白桦树，树叶沙沙响，一片一片地落在她的肩头。

第二十章

一

十年后，1901年。

阴暗的原始森林里，高大的树木遮天蔽日，地上有一层厚厚的落叶。三十多人的马队走在林中，他们的装束从头到脚各不相同，兵器也是五花八门，但这些人衣衫整洁，马鞍后都横担一支洋枪，脑后没有辫子。

马镰刀阴沉着脸，骑着匹白底黑花马，着一身合体的衣服，脚踏马靴，走在队伍前面，马刀挎在鞍子右侧，烟荷包挂在马鞍的左侧。巴哈尔骑着匹黑马走在马镰刀的右边，马鞍上挂着马刀和洋枪。秦川骑着匹枣红马，走在马镰刀的左边，马刀挂在鞍子上，手上熟练地玩着一把柯尔特手枪。鸿玄弈、薛草药、古依汗、敖元奎骑马跟在马镰刀、巴哈尔、秦川的后面。

巴哈尔看着马镰刀马鞍上一晃一晃的烟荷包笑着道："当家的，漂亮的女人哪里都有，这么多年过去了，你为啥还要苦苦地寻找叶丽亚？"马镰刀阴郁地说："找不到叶丽亚我不死心。"巴哈尔骂了一声："奶奶的，为啥偏偏要找那棵树上吊？你也为玛莎想想……她一天到晚左右不离地跟着你。兄弟们和村寨的青年，喜欢玛莎的人多的是，你不娶她，玛莎可要嫁给别人了。"马镰刀板着脸看了一眼巴哈尔："谁要能割掉我这条尾巴，我送他牛羊三千、黄金百两，大摆十天婚宴。"众人见马镰刀不悦，就不再说话，只是妾有情郎无意，心下只能替玛莎叹一句可惜。

小长安已是十七岁的小青年了，骑马从后边跑上来，走在秦川身边，拿着指南针道："秦川哥，出了林子最多不过七八里就到库尔提村寨了。"巴哈尔深吸一口气大笑："奶奶的，总算又闻到草原的味了。"

不远处的库尔提村寨，辽阔的草原，牛羊成群，歌声回荡，一顶顶毡房比邻而立。玛莎身着漂亮的衣裙，头戴插着羽毛的帽子，和两个哈萨克族姑娘提着桶蹲在羊群里挤羊奶。萨迪克来到栅栏旁，抽了抽鼻子抱怨道："说当家的今天回来，我在坑里烤了两只羊，可到现在都不见他们的人影，闻到这香味我的口水都流出来了。"玛莎笑嘻嘻地抬起头看着萨迪克："老伯，您吃了一辈子烤肉还没吃够呀？"话音未落，就听山丘上传来一声长啸，远远看去一队人马冲了下来。玛莎朝山丘努努嘴："这不是回来了。老伯你还不快去看看你的烤羊羔。"

玛莎站起身来，孩子们边跑边喊："当家的回来了……当家的回来了……"就看巴哈尔、薛草药、古依汗、小长安一伙人牵着马走来。玛莎四处张望了一下，急道："怎么没见到秦川和当家的？"巴哈尔拍了一下玛莎的脑门："小丫头就只惦记当家的，他俩先去寨子后面看看，这就来了。"

马镰刀和秦川走到寨子后的空场上，看到架子上摆着六门七八尺长、直径一尺多粗、用圆木自制的土炮。秦川用手压了压缠在炮管上的一圈圈绳子，把胳膊伸进炮管里摸了一圈，拍拍炮身冲马镰刀点点头："绳子缠得够紧，筒子里也光溜，是个好家伙。"哈萨克族青年布尔拜跑来，笑着冲马镰刀炫耀："当家的，秦川哥，这炮是我和巴特尔汗、孟加沙尔做的，这绳子下包着一层牛皮，等牛皮风干木头会被裹得更紧，以前的只能打两炮，这炮最少能连打五炮。晾了少说也有百天了，已经可以使唤了。萨迪克老伯带大伙做了一百多个炸雷呢。怎么样？"马镰刀点点头，拍拍布尔拜的肩膀笑道："不错，一看就结实耐用。辛苦你们啦。"布尔拜憨厚一笑："不辛苦，当家的快过去吧，大伙都等着你们吃饭呢。"说着推着马镰刀和秦川就往帐子前走，少年心性惹得马镰刀、秦川无奈一笑。

毡房前的草地上铺着一块长方形餐布，餐布上摆放着各类瓜果、一碗碗奶茶、一盘盘各式油炸果子、一盆盆带骨的炖羊肉、一盘盘外焦里嫩的烤肉。巴哈尔、鸿玄弈、薛草药、古依汗、敖元奎、小长安等和村寨的男人们围坐在餐布旁。米依孜、阿依娜、玛莎三人给大伙碗里倒酒。

玛莎抱着酒坛来到巴哈尔身边笑着："巴哈尔大哥，这坛子杏林泉老酒是我特意给你留的，要不是埋在地里，早就被萨迪克老伯把坛子底都舔干了。话说秦川哥和我哥哥怎么还没到？"古依汗喝了一口笑道："当家的看上个姑娘，估计不回来了。"玛莎一跺脚指着古依汗嗔道："胡说！再敢胡说，我把酒倒进你的脖子里。"小长安笑着："玛莎姐姐，我七岁时就让你当我嫂子，可我都十七了你还是我姐姐。"大伙看着玛莎呵呵地笑，任是玛莎性格泼辣也羞红了脸。

马镰刀、秦川、布尔拜三人走来，见众人笑得开心，马镰刀拍拍玛莎的肩笑问："什么事笑得这么开心啊？"玛莎回头见是马镰刀，展颜一笑扑到马镰刀怀里撒娇："哥哥，我想你。"古丽江笑着："瞧瞧玛莎，直往当家的怀里扑。"秦川从一旁走上来笑着："玛莎，你是个大姑娘了，还像孩子似的，羞不羞？"玛莎做了个鬼脸不理秦川，拉着马镰刀问长问短。巴哈尔扭过头喊："奶奶的，你快来吧，别问寒问暖啦，乡亲们过得都好着呢。这么多美味，我口水在嘴里打转呢。当家的，萨迪克老伯特意烤了两只羊，兄弟们像馋猫似的早就等不及了。"

马镰刀和秦川盘腿坐在萨迪克对面，阿依娜端上一个炖羊头摆在马镰刀面前。萨迪克端起碗："当家的，各位兄弟，我代表村寨里的老老少少，敬大伙一碗，感谢当家的给我们毡房和牛羊。"马镰刀和兄弟们一饮而尽。五个哈萨克青年，弹着琴拍着手鼓和十多个哈萨克族姑娘，唱着歌走来；米依孜、阿依娜、玛莎等几个姑娘也加入了唱歌、跳舞的队伍……库尔提村寨中一片欢声笑语。

一条小河,从村寨旁边蜿蜒流过,流向远处的五花草原。一群群牛羊在吃草,云彩一样地飘来飘去。"大家大碗喝酒,谁也不许溜奸耍滑。你们不喝,我可以答应,但是,我的酒不答应!"萨迪克老人怀抱酒坛豪迈地说。

欢笑声、歌声伴着酒香,飘向远方的草原。在这残酷的世纪里,在这可悲的年代里,难得有这么一刻快乐的时光。

二

夜空月明星稀,库尔提村寨笼罩在月色中。广袤的草原一片寂静,距离毡房不远处搭起五顶帐篷。帐篷里,地上摆放着一副马鞍,鞍子上亮着盏马灯。马镰刀穿着衬衫,闭着眼睛躺在地铺上,一片黄色的粽子叶放在口鼻上,胸前放着一对羊脂玉手镯。他曾经答应母亲,从新疆回去,给母亲带一只上好的玉镯,但是他却再没能够回去。

玛莎走进帐篷悄悄地坐在马镰刀身边,拿起马镰刀胸前的手镯看着。马镰刀拿起鼻子上的粽叶坐起身来:"你什么时候进来的?"玛莎看着马镰刀,眼里有些心疼:"刚进来。哥哥,你又闻粽叶了,又在想家了?"

马镰刀不说话,半晌才点点头。玛莎见状叹了口气:"也不知道大伯怎么样了,我好想大伯,这些年大伯连一封信都没捎来,难道大伯真的不认你了?"马镰刀苦笑一下:"只要我还是土匪,你大伯是不会改变主意的。"

玛莎看马镰刀情绪低落,抱着马镰刀的胳膊撒娇:"不说这些了,哥哥走了这么久有没有想我?"马镰刀宠溺地笑笑:"当然想,哥哥最担心你惹事。你有没有帮哥哥打听叶丽亚的消息?"玛莎想想道:"打听了,可没打听到。你带着兄弟们走遍天山南北,找了十年都没找到,何况我是一个人，孤雁单飞。"马镰刀默默地点点头。

不想让马镰刀再想叶丽亚，玛莎笑着岔开话题："哥哥，你什么时候带我去内地看看？上有天堂下有苏杭，大伯不让你进苏州城，那咱在杭州买一院宅子，我永远守在哥哥身边，好不好嘛？"马镰刀咧咧嘴："好，不过得等哥哥报了家仇。"玛莎点点头："俗话说君子报仇十年不晚，什么时候杀刘永寿父子？"马镰刀想了想："队伍这几年才壮大起来，兄弟们一个个也都过得像个样了，接下来哥哥也该办自己的事了。"

玛莎高兴地拍着手："太好了，我早就盼着哥哥杀了刘家父子。"马镰刀看着玛莎，正色道："好妹子，你也二十多了，哥哥给你找个好人家，把事办了，踏踏实实地过日子。"玛莎闻言脸色一下子变了："你别想把我从你身边支走，我就跟你，谁也不要。"马镰刀无奈地咧咧嘴，转身撩起门帘走了出去。

玛莎正要撒娇留住马镰刀，门外由远及近传来飞奔的马蹄声。马镰刀神色一紧。玛木尔、索如图、易提巴依三人闻声提着枪跑来，严阵以待。夜幕中一人一骑飞奔而来，索如图定睛一看，原来是小长安。

小长安一身夜行衣，骑马来到马镰刀和索如图等人面前，翻身下马。马镰刀看着尚未喘匀气息的小长安，疑惑地问道："你怎么回来了？"小长安缓了一下："当家的，我在路上遇到慕思寒大哥，他正要赶来送信。"马镰刀板着脸："有什么要紧的事？"小长安喘了几口气："慕思寒大哥说，伊犁总兵府派三百人马，日夜兼程围剿北口山寨。"马镰刀一惊，忙问："带队的将领是谁？""刘祥云挂帅，两个副将是于忠志和姜宗俊。"索如图上前一步："当家的，我连夜赶往北口通知亚森，让他带乡亲们进山躲躲。"马镰刀嗤笑一声："躲得了初一还有十五，我看还是要狠狠地收拾他们，让他们以后再不敢轻易走进北口。叫秦川、巴哈尔、薛草药到我帐中。"

山里道路崎岖，道路的一侧是布满大大小小石头的河道，另一侧山坡上是茂密的灌木丛。一队士兵身穿盔甲扛枪挎刀，四人一排从山弯后走出来。刘祥云、于忠志、姜宗俊走在队伍前面,三十多骑跟在三人马后,马队后还有一队步兵。

一块块大石后,一双双脚踩在弩臂上,一双双手拉开弓弦,一支支三棱箭矢放入矢道。马镰刀、巴哈尔、敖元奎等八人手持弩机分别躲在大石后。

巴哈尔探头看着走出山弯的队伍:"奶奶的,慕思寒的情报真准,再过两道弯就到咱眼前了。"山坡上,秦川、亚森、古依汗、小长安、老四、薛草药各带着十多个弟兄,分散隐蔽在长达三百多米的灌木丛中。兄弟们每人一把毛瑟枪,每组都有一个兄弟提着一筐炸雷,几十把枪都对着路上行进的队伍。

鸿玄弈坐在石后,身边的筐子里放着满满一筐和地雷大小相当、带着导火索的用牛皮做的炸雷,手持没有点燃的火把:"当家的,让刘祥云知道厉害,下次他保证再不敢走进北口。"马镰刀冷眼看着越来越近的队伍:"给刘祥云留条命,我要亲手宰了他。"

队伍见头不见尾,走在崎岖的山路上,于忠志突然举手喊道:"停止前进。"见首不见尾的队伍停在路上。刘祥云疑惑地看着前方,问于忠志:"于大人怎么不走了?"于忠志看了看道路两侧:"再前行六十里就是北口山寨了。刘大人、姜大人,这三四年来,我与马镰刀交手不下十次,深知马镰刀有勇有谋,他的那帮土匪更是骁勇善战,以我的经验,先派一队人马前行打探,如遇马镰刀有埋伏……"刘祥云不以为然:"于大人,谨慎持重是一种美德,但若过了头就会变得缩手缩脚,贻误战机。出发!"于忠志憋了口气,紧了紧缰绳,只好继续前进。

刘祥云的人马从弯道后走出。突然,马镰刀等八人手持弩机出现在河道上,刘祥云、于忠志、姜宗俊和先头的士兵还没反应过来,巴哈尔已经扣动扳机。姜宗俊正要喊叫,就被箭矢贯穿脖子,一头栽到马下。慌乱中八名士兵瞬间中箭倒地。

刘祥云骂了一声,高喊:"河道里有伏兵……河道里有伏兵……"

于忠志也惊慌地叫喊："向河道射击……向河道射击……"马镰刀他们躲到石头后，鸿玄弈点燃炸雷的导火索，把炸雷投向路上的士兵们。"轰"的一声火光冲天，士兵们顿时人仰马翻，紧接着，爆炸声此起彼伏，一团团火球腾空而起，烟雾弥漫尘土飞扬。马的嘶叫声和伤兵们的惨叫声此起彼伏，马镰刀和巴哈尔等人躲在石头后观战。

巴哈尔哈哈大笑，冲着山坡上大声道："奶奶的，这下该看秦川他们的了。"话音未落，对面山坡的灌木丛中枪声四起，十多个士兵中弹倒地哭爹喊娘。一个部将骑在马上惊慌地喊："大人，山上也有伏兵。"话音刚落，一股血从头后喷出，一头栽到马下。惊慌的士兵们乱成一片，举枪对着山坡胡乱射击。

看着眼前混乱的场面，于忠志大声冲着刘祥云道："刘大人，我们中了埋伏。"刘祥云也是自顾不暇，一边掉转马头一边冲着还慌乱无措的士兵大声喊道："撤出山口……撤出山口……"

枪声四起，一个个被点燃的炸雷落到山下，士兵们纷纷扔下刀枪举手跪在地上。刘祥云一马当先带着十多骑冲出伏击圈。巴哈尔和马镰刀站在巨石上，看着刘祥云飞奔的背影，大笑一声说："暂且留你一条命吧！十年等你个闰腊月！"

第二十一章

一

萨尔布拉克小镇的建筑尽显哈萨克族风貌。街道上人头攒动热闹非凡，摊位集中在街道的两侧，各色花布搭起的遮阳棚连成一片，日用杂货、玉器、布料、皮货、各色套鞋、各式各样的帽子……小贩们的叫卖声此起彼伏；铁匠用力拉着用牛皮缝制的特大风囊；剃头匠用杀牛刀给客人刮光头发；拉条子的小伙炫耀绝活；烤羊肉的老汉被烟熏得泪眼汪汪。

叶丽亚梳着一头小辫子，脸上抹得五马六道，穿着件条纹连衣裙，手里提着几条狐狸皮，对着过路的几个洋人大声喊："各位客官，看一看啦，三九天的狐狸，难得的上等货色……看一看，摸一摸啦……"

街道另一头，马镰刀、巴哈尔、秦川、小长安并排骑行。北山口一役后，几人陪着马镰刀一路向着惠远城走，一是为了追捕刘祥云，二是为了寻找叶丽亚的踪迹。巴哈尔戴着顶破毡帽："奶奶的，真他娘的热闹。"马镰刀头上缠着布，眼睛上戴着一副石头墨镜，板着脸看着前方。小长安笑着："你见过个屁呀，正月十五的大雁塔庙会，比这儿的人多多了。"巴哈尔上前两步走到马镰刀身边："当家的，这个镇子咱以前来过，叶丽亚不在这镇子上，咱们还是赶路吧。十年了，说不定人家把娃都生了一屋子了。"

马镰刀闭着嘴不说话，眼睛还是四处张望着。四人经过叶丽亚面前，叶丽亚迎上来，双手举着几条狐皮筒子，冲着巴哈尔嚷嚷："客官，歇歇脚，下马看看这上等的货色……"马镰刀扭头看了眼狐狸皮，狐狸皮半遮着叶丽亚脏兮兮的脸。小长安看着前方，扭头冲着秦川小声道："秦川哥，前边有官兵。"几个人都警惕起来，不再理会一旁叶丽亚的叫卖，快步离开。

叶丽亚举着狐狸皮跟在巴哈尔身边叫卖，无意间看到马镰刀的鞍子上挂着的烟荷包，止住了叫卖声。她甚至没来得及去看牵马的人是谁，只是像被摄去了魂魄一样，紧跟着巴哈尔，隔着巴哈尔的马，盯着马鞍上的烟荷包。

烟荷包在叶丽亚眼前不停地晃动，她才慢慢地抬起头看马镰刀。这时，一双脏兮兮的手伸到叶丽亚怀里，一把抢走了几张狐狸皮。叶丽亚瞬间清醒过来，撒腿追了上去。蓬头垢面的中年男人抱着狐狸皮狂奔，叶丽亚在后面紧追不舍，从后面把男人扑倒在地。叶丽亚骑在男人身上，抢过狐狸皮，上手就是几个耳光，一口唾沫吐在男人身上："呸，大烟鬼你去死吧。"说完转身就跑。男人站起来冲着远去的叶丽亚跳着脚骂道："母狗……母狗……"

叶丽亚急匆匆地赶回大路上，望着前方马镰刀和巴哈尔隐约可见的背影，心中一喜，提着狐狸皮拨开行人往前追赶。追到镇口却见四人磕镫催马飞奔而去。叶丽亚无奈地转过身向街道走去，一边走一边不可置信地喃喃自语道："那个烟荷包是我的。我当年亲手缝制的，上面还绣了一只雄鹰。我没看错呀……烟荷包怎么会挂在马鞍上，难道明轩他还活在世上？"叶丽亚流下两行泪水，咬着嘴唇摇了摇头。

叶丽亚提着狐狸皮眼神空洞地走在街上，走到一家诊所门口才站定脚步，调整了一下自己的情绪。叶丽亚提着狐狸皮走进诊所。端木大夫刚刚看完一位病人，见叶丽亚进来，面带微笑地站起身："叶丽亚，我就知道你今天一定会来，十服药都给你包好了。"叶丽亚笑着接过药材："谢谢大夫。""老相识了不必客气，自从胡掌柜第一次来瞧病，至今少说也有七八个年头了。"

叶丽亚点点头，顿了一下又一次问道："大夫，他的病能不能治好？"端木为难地看着叶丽亚，这十年来，她问了自己无数遍，自己也答了无数遍，可是看着叶丽亚的眼神，端木怎么也狠不下心："胡掌柜当年伤得一条命九分都进了阎王殿，如今这外伤已经好得差不多了，可是……"叶丽亚急道："他近一段时间常打冷战，总说有股阴寒之气，有时还有腾云驾雾的感觉。"端木摇摇头："腾云驾雾是他的幻觉，他内伤难愈，当年也没有及时处理伤口，伤口内部发炎溃烂，以致现在整个身子都毁了……只恨我学识浅薄，医术不精，无法解除他的痛苦。这不，我又给他换了个方子，拿回去试试看吧。"叶丽亚闻言："大夫，我今天没开张，拿狐皮顶药钱，你看……"端木笑笑："叶丽亚，这可不行，十服药钱不值一条狐狸尾巴，你把药拿回去，回头送五个铜板来就是了。"

叶丽亚提了药材出来，见天色尚早，街道上人来人往，便拢了拢纱巾遮住脸，站在货摊前叫卖起来。大路上摇摇摆摆地走过来个玛莎。玛莎身穿漂亮的衣裙，牵着马边走边看看这儿看看那儿。走到叶丽亚的摊位前，停下脚步拿起狐皮在脸上蹭了蹭又放下，果然是好狐狸皮，竟蹭出了几星火花。叶丽亚看见玛莎感到面熟，不由得多看了两眼，终于确定眼前的人正是玛莎，不由激动地叫了声："玛莎妹妹。"玛莎正要离去，闻声扭头惊愕地看着叶丽亚。叶丽亚摘下脸上的纱巾，二人愕然相顾。

玛莎先回过神来，激动地叫了一声叶丽亚，就扑上去抱住了叶丽亚。二人紧紧相拥，眼睛里泪水在打转转。叶丽亚含着泪："没想到能再次与你相见。"玛莎也哭得停不下来："我也想不到会在这儿与你相见。"叶丽亚抹了把眼泪，牵起玛莎的手："玛莎妹妹，这儿不是说话的地方，咱们走。"

叶丽亚和玛莎面对面坐在草地上。玛莎看着叶丽亚，关心地问道："这些年你去哪儿了？"叶丽亚停顿片刻说出了胡永的名字。玛莎听到这个名字，眼里迸出怒火："这么说你和胡永过活在了一起？"叶丽亚默默地点点头。见叶丽亚如此，玛莎试探性地问："那你和他……"叶丽亚苦笑一声："我和他同在一个屋檐下，同吃一锅饭，但我不是他的女人，我心里只有明轩哥，我做的是该做的事。晚上给他暖脚，白天给他做饭。"玛莎不冷不热地瞟了一眼叶丽亚："你该嫁给胡永，不嫁就该杀了他。"叶丽亚站起来看着玛莎："我做不到。"玛莎大声道："你最爱的人被他用一把大镰刀钉在了草原上。"叶丽亚怒吼道："我知道，我忘不了。但他不止一次救我，甚至为了我差点送命，我的良心做不到。"说及此处叶丽亚掩面放声哭泣。叶丽亚看着玛莎又道："玛莎，你无法感受我的痛苦，你没有遇到过这样的情感煎熬，如果明轩活在世上，他会原谅我的。"玛莎不说话，走过去默默地牵起了缰绳。叶丽亚怔怔地看着玛莎，目光中充满无奈和痛苦。

玛莎和叶丽亚牵着马漫步在草原上。玛莎停下脚步："叶丽亚，我该走了……"叶丽亚突然想起今早上在集市上的事，拦住了即将上马的玛莎，并将在集市上看到烟荷包的事一五一十地告诉了玛莎。

玛莎不自然地撇撇嘴："你不会是看错了吧？"叶丽亚回忆道："坐在马上的人头上缠着布，戴着墨镜，那个人我不认得，可那烟荷包是我一针针用心做的，我绝不会看错。"玛莎沉默不语。叶丽亚拉住玛莎的手："玛莎，明轩哥会不会还活在世上？"玛莎低着头沉默片刻后："叶丽亚，我该走了，在哪儿能找到你？""我们怕刘家和官府的人找到，住在一处隐蔽的地方，离这儿还有一段路，除了雨雪天，大多时候我都在镇上。"玛莎："有空我来这儿看你。"说完挥挥手磕镫离去，眼泪忍不住流了下来。叶丽亚孤独地站在草原上，流着泪看着玛莎消失的身影。

马匹低头啃吃青草，腿上打上了羁绊——四条皮索拴住马的四个蹄子，然后在中间交叉，用一根绞棍绞紧。玛莎情绪低落地坐在河边的一块大石头上，看着水中自己的倒影自语道："万能的主，你为什么要让我遇见她？"玛莎仰起头大喊："该怎么办，怎么办……"空旷的四周传来回声。玛莎："叶丽亚，你不要怪我不告诉你哥哥的事，你和胡永既然在一起了，我不告诉你，你也不可以怪我……"越想越烦，玛莎爬起来站在石头上大喊："烦死了，烦死了……"回声此起彼伏，冲撞玛莎的心。

二

伊犁将军府大堂，伊犁将军顶戴官袍威严地坐在公案前。高天德、刘永寿、百里赫拉、于忠志、伊犁总兵等二十名文武官员分列堂上。将军拿起一叠公文复又放下，忧心忡忡地对众人道："近几年匪患四起，危害天山南北，马镰刀更是肆意妄为，抢军库，劫税银，火烧洋人货栈，不到三年已有九名朝廷命官被杀。"将军吊着脸，看了看台下众人的表情又道："各位大人，马镰刀蓄久成势，日渐坐大，已是老百姓心中的传奇人物了。再不剿灭马镰刀，本官的人头恐怕也要不保了。"百里赫拉上前一步道："将军大人，悍匪马镰刀兵强马壮，匪兵众多，草原上到处都有他的村寨，各村落的百姓不但不检举揭发，反而包庇马镰刀。"高天德也附和："是啊将军大人，总兵府这几年对马镰刀的围剿没有停过，可马镰刀的势力一年比一年壮大。"将军思索了一下问道："高大人，你有何高见？"高天德行了一礼："下官愚见，招抚马镰刀为上策。"刘永寿急急上前，瞪了一眼高天德道："将军大人，万万不可助长马镰刀的嚣张气焰。马镰刀杀人如麻，危害四方，不杀难平人心。"将军见台下众人意见不合，一拍桌子道："不要争了，马镰刀危害四方，藐视朝廷，若任其为所欲为，本将军所辖之地将无安宁之日，剿灭马镰刀乃当务之急。刘祥云已经去了，不知道战果如何，之后的布局容我再想想。你们退下吧。"

刘永寿和高天德走在路上，高天德看了一眼意气风发的刘永寿，笑着问道:"刘大人这次回来待几天?"刘永寿斜着眼睛看了一眼高天德,总觉得他话里带着些嘲讽,自己赴任塔尔巴哈台,回惠远城只是复命,于是没有好气:"收拾收拾明后儿就走了。"高天德还想再问点儿什么,刘永寿已经快了几步,先他离开了。

山沟里峰峦耸峙,峡谷回转,山坡上松桦繁茂,野花竞放。四匹马拴在道路旁的林子里,鞍子上挂着刀枪。马镰刀、秦川、小长安、巴哈尔围坐在餐布旁,餐布上胡乱地放着几块牛肉和馕。马镰刀倚在树上用手指卷着莫合烟,秦川、小长安、巴哈尔吃肉喝酒。巴哈尔瞅了一眼马镰刀,口齿不清地问道:"你不吃饭想什么呢?"马镰刀吸了口烟:"我在想,这几年兄弟们过得都像个样了,等我报了家仇带兄弟们干大事。"小长安兴奋地叫道:"干什么大事?"秦川笑了笑:"你还是想带兄弟们去内地杀洋人为国出力?"马镰刀点点头:"八国联军掠夺中华,沙俄在黑龙江制造海兰泡和江东六十四屯惨案,不把洋人赶出去,有血有肉的中华男儿都咽不下这口气。"

秦川喝了口酒,好赖也算是寨子里的军师,有些事情他倒是看得比别人明白,冲着众人道:"虽然咱们走到哪儿都受到乡亲的爱戴,可官府从未放松对咱们的围剿和缉拿,日子好过了,有些兄弟想回家种地放牧,娶媳妇生孩子,过安稳的日子,可有家也不敢回。当家的是想给大伙找条出路,设法让朝廷特赦兄弟们。"巴哈尔骂了一句:"奶奶的,杀洋人没问题,可让兄弟们为皇上效力,别的不说,我先反对。"马镰刀摇摇头道:"不是为皇上效力,是为国家效力,国家是各民族兄弟姐妹共同的家,不是皇帝一人的家。"

秦川点点头接着说:"自打道光二十年,朝廷军队与洋人打仗是逢战必败。朝廷的洋枪洋炮不比洋人差,八国联军攻打北京时,不算义和团的人马,京津一线朝廷的兵力也有十一二万,什么淮军、毅军、新军、甘军、虎神营、神机营,以及御林军,朝廷腐败,大臣们无心抵抗洋人,十一二万人马对五万洋人,皇帝皇太后还是不得不败走西安府。"

巴哈尔不解地看着秦川，问道："这义和团总是抵抗洋人的吧，可他们的头目被朝廷砍了头，义和团的兄弟也被朝廷灭得差不多了。"秦川苦笑着摇摇头："洋人横行霸道，朝廷也得让洋人七分，杀洋人，义和团就是咱们的镜子。眼下朝廷内外交困，迪化府、伊犁将军府拿咱们没有办法……"马镰刀闻言看着秦川："可这样下去不是长久之计。"巴哈尔插话道："秦川说得对，西域这么大任咱驰骋。车到山前必有路，兄弟们的事可从长计议。"马镰刀点点头，深深吸了一口烟，把烟头在靴子底蹍灭。

马镰刀头上缠着布，戴着墨镜，骑着马走进客栈。小长安兴奋不已："当家的，我还是第一次到惠远城。"马镰刀白了他一眼："伊犁将军府就在城里，这里到处是官兵，你别惹是生非。"巴哈尔戴着顶毡帽，秦川戴着石头眼镜，跟在马镰刀身后。哈萨克族伙计波塔在大堂门前扫地，看到有客人放下笤帚跑来："四位客官住店？"马镰刀点点头："伙计，给我们的马卸了鞍子，用水把皮毛涮一涮，再多加些料。"小长安和巴哈尔卸下马鞍上的行囊和马刀，波塔摘下鞍子上的马刀交给马镰刀，又摘下挂在马鞍上的烟荷包拿在手里看了看交给马镰刀。

苏怡曼在柜台前打算盘，马镰刀四人走进大堂。秦川扫了一眼："和以前没什么两样。光阴荏苒，羊皮照旧。"苏怡曼看到来客，扭着腰笑脸迎上。马镰刀看到苏怡曼有些纳闷，板着脸问："掌柜的在吗？"苏怡曼笑着："我就是。"马镰刀咧咧嘴："夏哈甫掌柜可好？"苏怡曼哼了一声，得意道："客官，您这些年一定没来过小店，夏掌柜十年前就走了，现在客栈的主人是本城刘府的少爷。不怕您笑话，我只是个跑腿掌柜。"马镰刀心下一阵厌恶，又问："那夏掌柜那间酒馆现在……？""酒馆归少爷的心腹濮把头经营。"马镰刀冷哼一声，转身走向后院。苏怡曼不知道哪里得罪了这位爷，只当马镰刀脑子有病，背后骂了一句就去干自己的活了。

第二十二章

一

马镰刀坐在圆桌旁,高天德端上一杯茶放在桌上。马镰刀道了一声谢。高天德坐在椅子上:"明轩,你和你爹的事我早就知道。"马镰刀叹了一口气,眼圈也有些红了:"高叔,我实在不想给您添乱,可十年来我没有家里的一丝音信,一闭上眼睛我爹娘就在眼前,我实在忍不住才来找您。"高天德看着马明轩心里也是一阵酸楚:"你的心情我能理解,你爹和我常有书信来往,虽然你们父子断绝了关系,可你爹依然非常惦记你,每次来信都要问你。有些事我没有告诉他们,是怕他们担心。你娘和你妹妹更是惦记你。你娘在信上说常常梦见你。家里其他的人都好,你爹在山塘街开了家丝绸店,一家人的日子过得还不错。"马镰刀点点头:"小侄多谢高叔。我的心总算放下来了。"

高天德站起来,背过身悄悄抹了下眼角,叹口气问道:"明轩,你往后怎么打算?"马镰刀放下茶杯,眼里又恢复了属于马镰刀的霸气:"不报家仇不离开新疆。"高天德摇摇头:"这些年迪化府、将军府、总兵府被你搅得不得安宁。明轩,你被官府通缉,刘祥云带三百兵马围剿北口山寨。"马镰刀冷哼一声:"我已与他交过手了。刘祥云兵败北口,队伍死伤过半,副将一人身亡一人受伤。"

高天德看着马镰刀不语。马镰刀咧咧嘴:"高叔怎么这样看我?"

高天德苦笑："在我眼里你是个温文尔雅的人，我似乎不敢相信你就是叱咤天山南北的草原王。"马镰刀的眼神黯了下去，但是一瞬又恢复了刚毅："人是逼出来的。你不杀人，人就要杀你！"

高天德走过去拍拍马镰刀的肩膀，劝道："贤侄以后不要再来惠远城，一旦行藏暴露，恐怕插翅难逃。"马镰刀点点头："高叔放心，小侄心里有数，不会给您添麻烦的。高叔，小侄不再打搅，先行一步了。"马镰刀站起来，高天德想起了什么："哦，对了，贤侄，我怎么能找到你？"马镰刀拿出一块刻有鹰的三角木牌交给高天德："西门外有家铁匠铺，你把木牌给掌柜的看看，就可以打听到我的下落了。"高天德收起木牌："贤侄好自为之，恕我不能远送。"马镰刀戴上墨镜："高叔留步。"

屋檐下的几盏灯笼把客厅前的场地照亮，圆桌上摆放着各样瓜果、几盘下酒的小菜和一瓶威士忌。薰衣草倚在刘祥麟的怀里，撩拨着刘祥麟。刘祥麟的手在薰衣草的身上游走。阚吉坐在濮把头身边，嗲声嗲气地给濮把头敬酒："濮爷，阚吉再敬您一杯。"濮把头笑容满面，探过头去在阚吉的脸上亲了一口。阚吉娇嗔道："讨厌，您总爱乘我不备占我便宜。"濮把头呵呵地笑着，把阚吉搂进怀里。薰衣草倚在刘祥麟怀里，手拿葡萄喂刘祥麟，笑盈盈道："少爷，荷香馆的那个小狐狸精有啥好，你对她那么着迷？"刘祥麟笑着："女人各有各的模样，各有各的味道嘛。"薰衣草挑逗道："少爷尝过的女人不在少数，您说惠远城谁才是最有味道的女人？"刘祥麟把脸贴在薰衣草的脸上小声道："当然非你莫属。"

濮把头搂着阚吉："阚吉，跟爷进屋好好伺候爷，爷亏不了你。"阚吉娇声道："濮爷，少爷还没回房，姑娘怎敢离去？濮爷，我再敬您几杯。"薰衣草笑道："还是阚吉姑娘懂规矩，论势力论财力，惠远城有谁敢同少爷比？"濮把头巴结道："这话不假，将军府、迪化府的官员哪个没收过少爷的金银？少爷发起脾气来，迪化府的都统大人也得让三分。"阚吉色迷迷地瞄了眼刘祥麟。

突然一个黑乎乎的东西从天而降，四人大吃一惊。濮把头推开阚吉大声喊："来人呐，有刺客。"阚吉大声尖叫着抱头就跑。刘祥麟推开薰衣草站起来，薰衣草躲到桌子下。两个家丁提着枪从客厅里冲出来，还没站稳脚跟，就被箭矢射中后背失声惨叫，双双倒地。

刘祥麟大声地叫着"来人"，三名巡夜的家丁听到喊声，提着枪向客厅跑来。秦川、巴哈尔、小长安站在房顶上，举起弩机"嗖嗖嗖"三箭齐发，三名家丁中箭倒地。濮把头大声喊："来人啊……有刺客……"马镰刀提着刀走到刘祥麟面前，冷冷地看着他："别嚷嚷了，该死的都死了。"刘祥麟和濮把头惊慌地看着马镰刀，濮把头稳定情绪："好汉，少爷与你无仇无怨，要钱还是要珠宝……"马镰刀咧咧嘴，手一挥一道亮光扫过。濮把头"噢"的一声，惊恐地看着马镰刀，脖子上缓缓出现一道刀口，血从刀口涌出来。濮把头跪在地上指着马镰刀，嘴里还在嘟囔着什么，一头栽在地上没了动静。

刘祥麟看着濮把头倒地惨死，不敢置信地看着马镰刀："你……你……你是马明轩？"马镰刀呵呵一笑："我说过你们父子不死，我是不会死的。"刘祥麟胆怯地跪在地上："兄弟，冤冤相报何时了，何况那是上辈人的事情。"马镰刀咧咧嘴："你现在只能有一个念头，与这个世界告别吧。"刘祥麟大惊，把头在地上磕得咚咚响，嘴里大喊着："明轩，咱俩小时候一起放风筝，一起摸鱼，一起去琉璃厂……你……你……"马镰刀看着手里的刀冷冷地说："十年前黄大平死在这院里，他的仇我不能不报，叶丽亚的仇我更是要和你刘家清算……"刘祥麟求饶道："明轩兄弟，我知错了，我不该做对不起你和你爹的事。黄大平的死是我爹和我哥造成的，与我无关，叶丽亚是我爹送给了胡永也与我无关。兄弟，这宅院归你，算我给你赔罪了。"马镰刀咧咧嘴，牙关一咬，挥刀砍下。刘祥麟身首分家，人头在地上滚了滚，在门口停住。腔子里一股血飞溅到圆桌之上。

苏怡曼站在柜台前数铜钱，阚吉像是丢了魂儿似的走进门，两眼无神地看着苏怡曼。苏怡曼看着阚吉："怎么了，出啥事了？"阚吉看着苏怡曼不语。苏怡曼嚷嚷道："死鬼，你说话呀。"阚吉回过神来："婶，出事了。濮把头和少爷被杀了……"苏怡曼惊愕道："你说什么？"阚吉点点头："婶，濮把头和少爷被杀了，我亲眼看见的。就……就是今天来住店的那四个人。"苏怡曼惶恐："阚吉，收拾东西快跑，他们回来一定饶不了咱。"说完，阚吉转身就跑。苏怡曼慌张地把铜钱装进布袋里，提着就往出跑。

马镰刀四人走进客栈大门，迎面碰上慌慌张张向外跑的苏怡曼。苏怡曼看到四人吓得扑通跪在地上。巴哈尔凶巴巴地看着苏怡曼："你要去哪儿？"苏怡曼根本不敢抬头，只恨不得把脸都沉到地底下去，连声求饶："四位爷，小人在刘府也是个下人，刘府里那些杀人放火的事与小人无关，四位爷不要杀我，我给爷磕头了。小人家里穷，在刘府当老妈子，是为了养家糊口。"马镰刀咧咧嘴："你不是我要杀的人。"苏怡曼磕头道："小人多谢爷不杀之恩。"哆哆嗦嗦地站起来。

马镰刀对小长安吩咐："小长安备马。"小长安应了一声向马棚走去。马镰刀转头看着苏怡曼道："你明天去把夏哈甫掌柜找回来，告诉夏哈甫，草原王把客栈和酒馆都给他收回来了。若是你敢骗我们，不出两日定会杀了你。"苏怡曼哪敢不从，连声应和："一定照办，一定照办。" 小长安和秦川牵着马走来，马镰刀翻身上马对苏怡曼道："夏哈甫老伯回来后，你就走吧，刘府也没什么可留恋的，回老家去吧。"苏怡曼点头道："草原王让小人走，小人不敢留下。"苏怡曼看着四人，马镰刀拿出两锭银子扔给苏怡曼便催马离去。

二

高天德和伊犁将军漫步来到花园的凉亭下。将军思索道："围剿马镰刀多日，至今还没有任何捷报。"高天德笑笑："我还是那句话，剿灭马镰刀谈何容易。"将军不解地看着高天德："大人向来主张招抚马镰刀，可文武官员少有人赞同你的观点。迪化府几次下令要求限期捉拿马镰刀，但都无济于事，真不知怎样才能平息这个传奇人物。"高天德喝口茶："大人您想想看，若是马镰刀成为将军大人手下的一员猛将，您岂不是如虎添翼？"将军思索道："此话甚是有理。"

侍从匆匆跑来："将军大人……"将军板着脸："何事。"侍从缓了一下气："刘祥麟被杀。"高天德心里一惊，表情镇定地问："何时发生的事？凶手抓到没有？""衙门正在查找凶犯。"将军皱着眉头："退下吧。"将军嘟囔道："何人如此胆大？"高天德喝了口茶："刘祥麟欺行霸市，为非作歹，与人结仇，招来杀身之祸也并不奇怪。"将军摇摇头叹了口气："刘永寿把刘祥麟惯坏了。"高天德点点头。

话题又回归到如何制服马镰刀上，将军看了一眼高天德问道："高大人，招抚马镰刀不是件容易的事，不知高大人有何想法？"高天德想了一下正色道："下官也没什么想法。大人说得有理，招抚马镰刀的确不是一件容易事，马镰刀愿不愿意为国效力，你我谁也不知。我想先投石问路，看看他们愿不愿意接受招抚。"将军点点头，思索片刻："高大人言之有理，投石问路，你看让谁去好？"高天德想了想："下官愿为大人分忧。"将军面露笑容："哦，我也是这个意思！那就有劳高大人了。"高天德："下官遵命。"将军："高大人，土匪做事没章法，你千万多加小心。"高天德："大人不必担心，我自会小心行事。"

马镰刀、秦川、巴哈尔、小长安四人走在山沟里，鸿玄弈和敖元奎等十多人从对面的山弯走出来。小长安激动地喊："玄弈哥，你们怎么走到这儿来了？"马镰刀不解地看着几人："是呀，你们不是先回镇子里了吗，怎么跑到这沟里来了？"敖元奎叹了口气："我们在路上遇到邱炳坤的大队人马，兄弟们分成三路，我们跑了一夜才把追兵甩开。"鸿玄弈指了指前路："我们准备从塔尔巴哈台回去，所以走到这条沟里来了。"顿了一下又道："当家的，刚才在山顶上看到一队官兵，押着两辆马车向这条沟里走来，兄弟们正打算截车看看拉的什么，没想到撞见你们了。"

巴哈尔闻言来了兴致，急忙问道："官兵有多少人马？"鸿玄弈答道："离得远，望远镜看不清，有十多人吧。离这儿还有七八里。"敖元奎甩了一下手里的刀，看着马镰刀："当家的，你看截还是不截？"马镰刀咧咧嘴："咱干的就是这营生，不截道吃啥？兄弟们上马，咱去迎迎他们。"巴哈尔哈哈一笑："哎，这话我爱听。"

十人十骑，背着枪挂着马刀走在前面。一辆带着轿厢的马车和一辆装着十多个木箱的马车跟在后面，陈把总骑马跟在马车旁。这时，两匹马拖着一棵枝繁叶茂的大树，拐过山弯迎面走来，大树完全堵住了道路。

陈把总看到路被堵住，扬起手，士兵们收住马。陈把总向轿子里的人轻声汇报："大人，几个乡民拖着棵树挡住了路。"轿厢的帘子开了一道缝，原来轿中不是别人，正是返回塔尔巴哈台的刘永寿。刘永寿看了一眼几人，放下帘子吩咐道："让他们把树木移开。"陈把总指着鸿玄弈一伙大喊："你们快快把树木移开，塔尔巴哈台领队大人让你们让路。"鸿玄弈假装面露难色："官爷，我们好不容易才把树从山上拖下来……"陈把总翻身下马对士兵大声道："你们过去把树推到山沟里去。"

士兵们翻身下马向鸿玄弈等人走去。秦川走到陈把总面前："官爷，你们不能欺负我们。"陈把总看着秦川："住嘴，当心连你们一起推下去。"见众人走近，鸿玄弈、敖元奎、喀海尔曼、叶尔波勒掏出手枪对着走到面前的十名士兵。鸿玄弈笑着用枪指着一个士兵："不许动，谁动就打死谁。"陈把总大吃一惊，正要抽刀，秦川用手枪顶住他的下巴。陈把总惊慌地看着秦川，受惊的士兵们老老实实站在原地一动不动。

马镰刀、巴哈尔、小长安等人举着枪从山坡上的草丛里走来。小长安走到马车旁，用马刀拨开帘子："大人受惊了，请您移步下车。"刘永寿看着小长安吊着脸走出车厢。马镰刀看到是刘永寿，又惊又喜，冷笑一声："真是冤家路窄。俗话说，不是冤家不聚头。这话看来是说对了。"

刘永寿惊愕地看着马镰刀，好像不敢相信自己的眼睛。小长安不管不顾地把刘永寿的身搜了一遍，搜的时候顺便把刘永寿交裆里那两个蛋捏了捏，捏得生疼。小长安回头对马镰刀道："当家的，这位大人没有武器。"马镰刀咧咧嘴："当官的是没有枪，他们的武器是权力和手中的银子，去后面的车上开开眼吧。"

刘永寿看着马镰刀嘴唇哆嗦着："你……你是……？"马镰刀把脸往刘永寿的眼前凑了一下，吓得刘永寿往后一缩："刘大人，不会忘了冤家吧？"刘永寿看着马镰刀："你不是死了吗？"马镰刀把玩着手里的弯刀，冷冷地看着刘永寿："死了就不会和你站在这儿说话了，我现在叫马镰刀。"刘永寿哆嗦起来："你……你就是草原王？"

刘永寿颤抖着手指着马镰刀哆哆嗦嗦地道："伊犁总兵府正对你展开围剿，我劝你不要胡作非为。"巴哈尔笑着走过来："刘大人不如把靴子脱下来给我，我想试试能不能一步登天。"他拿起刀子拍拍刘永寿的脸："老东西，给我把靴子舔干净，我让草原王留你条老命。"刘永寿鼓起勇气，冲着马镰刀大喊："马镰刀你就动手吧，不要羞辱本官。"马镰刀咧咧嘴："我本来是要杀你，可我现在改主意了，杀一个嚷嚷着要死的人那叫成全，我要砍下你儿子的头送给你。"刘永寿愤怒地指着马镰刀："马明轩……你……你敢……"马镰刀笑着给刘永寿整整衣帽："不必发怒，我敢不敢你自会知道。大人，您把马和马车留下，可以走了。"

刘永寿一脸无奈和痛苦，不知如何迈步。马镰刀指了指前路："刘大人吓得路都不认识了？您只要沿着这条路一直向前走，肯定能到达您的目的地。请吧刘大人。"

刘永寿不敢再多话，垂头丧气地向前走去。陈把总和士兵们也都爬起身来，灰头土脸地跟在后面。秦川、鸿玄弈、敖元奎等人笑容满面地看着刘永寿一伙人离去，大喊一声痛快。

第二十三章

一

刘永寿坐在罗汉床上发呆，博古架上空空荡荡的，墙上挂着几幅字画。刘祥云走进客厅，刘永寿抬眼看了他一眼没有说话。刘祥云走过去关心地问道："爹，我听说您在路上发生意外，就马不停蹄地赶来看您。"刘永寿吊着脸站起来："爹差点就再也见不到你们了。"刘祥云递过去一杯茶，嗔道："您说什么呀，我们兄弟还等着给您贺寿呢。"刘永寿吊着脸："劫匪抢走了马和马车，我派人给祥麟送信，那没心没肺的到现在连个音讯都没有。他心里还有没有我这个爹？"刘祥云赶紧给弟弟说好话："爹，许是没收到信儿呢，祥麟最孝敬您，没准一会儿就进门了。"

刘永寿不置可否，喝了口茶看着刘祥云认真地问："你可知打劫我的人是谁？"刘祥云点点头："听说是草原王马镰刀。爹，我一定剿灭马镰刀为您报仇。"刘永寿看着刘祥云："你可知马镰刀是谁？"刘祥云叹了口气："我与他的人马交过手但未与他碰面。我初次与草原王交手，不了解他的战术，结果您可想而知，姜大人不幸遇难，于大人肩膀被箭射穿，士兵和部将死伤过半。"刘永寿心里的火烧得从眼神里都透了出来，一巴掌拍在桌子上，憋着气对刘祥云道："草原王马镰刀就是马明轩！"刘祥云愕然道："什么，草原王是……是马明轩？他没死？"刘永寿冷哼一声："活得好好的。"刘祥云气愤骂道："胡永那王八蛋，竟然骗了咱。"刘永寿吊着脸不语。

刘祥云瞪大了眼睛看着刘永寿："没想到马明轩成了土匪，一个斯文的书生，苏州城的富贵公子，竟然杀人无数，横行天山南北。"刘永寿叹了口气，想到马镰刀威胁自己要杀了自己的儿子，又是一阵胆寒，对着刘祥云哀声道："咱们家以后怕是不得安宁了。"刘祥云笑笑："爹，没什么可担心的，马明轩无恶不作在新疆横行了七八年了，但他从不敢来咱家报复。再凶狠的畜生都有怕的。爹，您就是他面前的一道坎，他怕您，不敢对您下手，所以他才放了您。"

刘永寿摇摇头："你太小看他了，马镰刀把我当作面人捏在手中把玩，你没有看见那群野狗狂妄的样子，还有马明轩那副傲慢十足的嘴脸。"刘祥云笑笑不以为然："他既然那么狂傲，为什么不敢动您一根手指？"刘永寿定了定神看着刘祥云，认真道："放了我是要让我看着你和祥麟一一死在他的刀下。不怕一万就怕万一，今后你和祥麟一定要多加小心。祥麟一人在惠远城我不放心，你明天去让祥麟搬到这儿来。"刘祥云应了一声，还是觉得刘永寿有些过于担心，拿了棋盘出来，陪刘永寿下棋解忧。

小长安身穿士兵服装，手里提着一个红色的大礼盒，礼盒上拴着黄色的绸带，骑着马一路笑颜地来到刘府门前，翻身下马来到两名守门的卫兵面前。卫兵看着小长安："兄弟，你找谁？"小长安乐呵呵地把手上的礼盒递上去："劳驾你把这个礼盒交给刘大人。"卫兵接过礼盒："请问这是哪位大人送的礼？"小长安眼睛一转，顺口说道："马大人得知刘大人路遇草原王受到惊吓，特送厚礼一份给大人压惊。"卫兵笑道："兄弟，我这就送进去。"小长安翻身上马催马离去。

刘永寿和刘祥云正在屋内下棋，门外传来管家的敲门声，刘永寿不耐烦地把他叫了进来："什么事？"管家侯中天把礼盒放在桌上："刚来了个少年，秦地口音，说是马大人送来礼盒给老爷压惊。"刘祥云不解地看着刘永寿:"爹,哪个马大人送礼给您?"刘永寿想了想让侯中天打开礼盒。

管家答应着解开礼盒上的黄绸带提起盒盖,刘祥麟的人头展现在三人眼前。管家大吃一惊,手一松盒盖掉在桌子上,掩面转过身去。刘永寿和刘祥云惊愕得目瞪口呆。刘永寿盯着刘祥麟的人头,半晌才回过神来大声哭喊:"我的儿呀,你死得好惨啊……马明轩,你是要我的老命呀。"刘永寿向前迈出一步,腿一软瘫倒在地上晕了过去。刘祥云急忙弯腰扶刘永寿:"爹,爹……"管家急忙搭手和刘祥云一起把刘永寿搀扶到罗汉床上。刘祥云急忙掐刘永寿的人中,半天工夫,刘永寿打了一声嗝儿,缓过气来。刘祥云皱紧眉头,挥挥手吩咐管家:"赶紧盖上!拿到外面去!"管家双手颤抖着盖上盒盖,捧起盒子跌跌撞撞地离去。刘祥云回过身来坐在刘永寿旁边,拍着刘永寿的脊背安慰着。刘永寿只倚在床上一句话不说,泪眼汪汪地看着天花板。

二

铁匠铺的小学徒在门前扫地,慕思寒正在捶打一块马蹄铁。高天德顶戴官袍来到门前。小学徒看了眼高天德依然低头扫地。慕思寒背对着高天德道:"大人,我忙完了就接待您。"高天德站在慕思寒身后,看着慕思寒娴熟地捶打马蹄铁:"请问掌柜的在吗?"慕思寒把马蹄铁塞进炉火中,转过身看着高天德笑道:"我就是。百里赫拉大人的马掌都是我打的,大人您要打副掌吗?夏掌只一块马蹄铁就够了,冬掌马蹄铁之外要钻四个窟窿,装上四颗防滑螺钉。"高天德拿出三角木牌交给慕思寒。

慕思寒接过木牌看了看还给高天德:"大人从哪儿捡的这木牌,您是想让我照这个样子打一个铁的吗?"高天德盯着慕思寒:"不是捡的,是主人亲手交给我的。"说着拿出一封信交给慕思寒。慕思寒接过信，看到信封正反面一字没有。慕思寒打着暗语："大人信皮上一字没有，您是让我把信交给上帝吗？"高天德知道没有找错人："上帝会指引你的。"慕思寒点点头："那好吧，但愿上帝别指错方向。""什么时候能送到？"慕思寒指了指身后的小徒弟："大人，最快也要等到明天或者后天才能送出，我需要照看好我的生意。至于回信，您只能隔三岔五地来看看有没有了。"高天德无奈地转身离去。

慕思寒坐在板凳上洗手。玛莎骑马来到门前翻身下马。慕思寒笑道："你终于来了。""大哥怎么知道我要来？"慕思寒眼睛一斜，打趣玛莎："当家的到哪儿，怎么会见不到跟屁虫呢？"玛莎走过去拍了慕思寒一巴掌："你才是跟屁虫呢。我哥哥在哪儿？"慕思寒无奈地耸耸肩："可惜你来晚了，你哥哥和巴哈尔、小长安、秦川走了。他们杀了刘祥麟的当晚就离开了，官府正在抓凶手呢。"玛莎失望地撇撇嘴："怎么这么快就走了？他们去哪儿了？"慕思寒眼睛晶亮，一脸神秘地冲玛莎道："去塔尔巴哈台给刘永寿送大礼去了。"玛莎呵呵笑道："刘永寿看见他儿子的头准会吓出屎来。"

玛莎转身就要去牵马，慕思寒赶紧招手："玛莎，你打算去哪儿？"玛莎笑着："找我哥哥去。"慕思寒无奈地看着玛莎："我看你该去找个婆家。"玛莎撇撇嘴："本姑娘谁都不要。山野里的一枝花，风吹着，雨打着，日头晒着，就图个逍遥自在、无人管束。"

慕思寒笑着："还没吃饭呢吧，我给你弄点吃的。"玛莎佯装生气一扭头："气都气饱了，跟你说没用，我走啦。"慕思寒笑笑："大哥这儿有封信可能很重要，你要亲手交给你哥哥。"慕思寒从衣服里拿出信交给玛莎。玛莎看了看白信皮面露疑惑，慕思寒正色道："将军府里一位大人交给我的，那人有当家的贴身木牌。"玛莎思索着点点头："哦！那位大人叫什么？"慕思寒摇摇头："人家没有报上姓名，我也不好多问。告诉当家的人家等回音呢。"玛莎把信装在身上："大哥，我现在就去送信。"慕思寒冲玛莎挥挥手："你直接去北口，当家的他们回北口山寨去了。路上多小心。"玛莎摆摆手算是听见了，一夹马肚，人已经出去老远，慕思寒无奈地笑笑。

屋子里，黑色的幔帐拉开。刘永寿两眼呆滞地倚在床头，刘祥云面无表情地坐在床前。四太太端着杯茶走来，递给刘永寿："老爷喝口水吧。"见刘永寿毫无反应，叹了口气把茶杯放在床头桌上，低着头站在床前。刘永寿伤心地自语着："祥麟是我最疼爱的儿子，马镰刀那畜生没有一丝人味，他要还是个人就该给祥麟留个全尸。"刘祥云站起来："爹，人死了不能复生，您要节哀，要是您伤心过度有个三长两短，叫我可怎么办呢。"刘永寿像是没听见刘祥云的话，还在不停地说着："可怜祥麟儿年纪轻轻，有太多的好日子没有享受，还有那么多路没有走完……马明轩狗日的你太狠毒了。"然后像是下了很大决心似的猛地站起来，扶着刘祥云的双臂，双目通红地盯着刘祥云道："祥云，抓住马明轩，我要亲手砍下他的头。"刘祥云满眼泪水地使劲点点头，恶狠狠地发誓："祥麟的仇我一定要报。爹，我要让你看着马浩文全家死在我的手里。"

见二人如此激愤伤心，四太太小心翼翼地上前一步说道："老爷，祥麟还没有入殓呢。"听到刘祥麟的名字，刘永寿身上的力气像是又一下子被抽空了，跌坐在床头，伤心地冲刘祥云说道："祥云，你带上祥麟先走，给他还个全尸也能让他早日转世，我随后就回去。"刘祥云点点头离去。

第二十四章

一

中亚细亚地面一个平庸的小城。几座土块垒成的平顶房子，零乱地平摊在地面上。

镇子不大，路两边零星几家商户。玛莎蜷着身子在街边的一家小饭铺的长凳上睡觉，哈萨克族伙计把一碗汤和一个馕放在桌上："姑娘，姑娘，羊肉汤好了，正煎火。"玛莎闭着眼睛："我睡一会儿，放凉了再吃。"伙计离去。

王彪七人挎着刀，赶着两驾马车走在街道上，两驾马车上装着满满的麻袋。话说王彪现在成了刘永寿身边的红人，粮仓总管这样的肥差现在到了他的手里。士兵看了看饭馆的幡子，回头对王彪道："总管大人，歇歇脚喝碗羊汤再走？"王彪笑着："我早就闻到香喷喷的味道了。我胯下的马也脚步徐缓了一些，它也谋见我们要打尖了。"

马车停在饭铺前，士兵把马拴在马车后。王彪冲着屋里大声喊："掌柜的，七碗羊汤十五个馕。汤要煎，馕要热得烫手。"哈萨克族掌柜的走出门口："几位官爷随便坐，这就好。"王彪和士兵们来到桌前。一个士兵见玛莎睡得正香，伸手拍拍玛莎的屁股："醒醒，醒醒，去去去，滚一边睡去。"玛莎揉揉眼睛坐起身来，看到王彪和几个士兵围坐在桌旁，气道："这又不是你家的地方，那张桌子空着你们为什么不去坐？"一人走上前来笑着："姑娘，你没看到爷爷们要吃饭吗？"玛莎瞪着来人："孙子呀，你没看到奶奶在睡觉吗？"眼看这人伸手就要打玛莎，掌柜的上来劝道："官爷住手，官爷住手。都是行路人！"他用哈萨克语对着玛莎道："见官三分实！姑娘，那边桌子空着你去那边坐，离这群畜生远点。"玛莎用哈萨克语道："大叔，我不怕他们。"听到二人用哈萨克语对话，王彪回头看了一眼玛莎，只觉得越看越眼熟。

掌柜的端起玛莎的碗和馕放在隔壁的空桌上。玛莎正要离去，王彪一声惊呼，叫住了玛莎："舞女，你还记得我吗？"玛莎看了王彪片刻，展颜一笑："呦，没想到在这儿与王管家奇遇，前一向在二郎口捡到一具干尸，我怎么看都像你呀。"王彪一拍桌子站起来："把她给我绑了，送到塔尔巴哈台交给衙门。"玛莎笑笑："王管家别急着让我死，吃了羊肉汤再走不迟，就是死也不能做个饿死鬼呀。"说完一扭十八弯地走了过去，看得几个士兵眼睛都直了。一个士兵放大了胆子搂住玛莎的腰，手放在玛莎的屁股上，笑着对众人说："她的屁股又圆又结实。姑娘吃好喝好，好好伺候几位爷。"

玛莎任凭士兵抚摸，不说话，只是笑嘻嘻地看着众人。三个哈萨克伙计端着六碗羊肉汤上来，掌柜的一手端着一摞馕，一手端着一碗汤，嚷嚷道："官爷慢用，刚出锅的羊汤小心烫着。"玛莎接过掌柜的手里的汤碗，顺手连碗带汤扣在身边的士兵脸上。士兵烫得捂着脸"哇哇"惨叫，向后一仰栽倒在地上。玛莎掀翻桌子撒腿就跑。

饭馆里人声喧杂，里间，八张桌子座无虚席。马镰刀、秦川、巴哈尔、小长安坐在里面墙角一张桌子上。桌子上摆着几盘肉和菜还有两个空酒坛。伙计抱着一坛子酒来到巴哈尔身边，抱歉地说道："客官，小店里只剩下最后一坛杏林泉了。"巴哈尔不悦地踹了一脚伙计："奶奶的，揭开封泥给每人满上一碗。"伙计手脚麻利地拆开封泥，一碗一碗地满上。

玛莎一头钻进饭馆，掌柜的看到玛莎要问话，玛莎急忙躲到门后。王彪和四个士兵紧跟着冲进饭馆。掌柜的急忙迎上去："几位官爷，小店里没有空桌了……"王彪一把推开掌柜的往店里望了几眼："刚刚跑进来的那个骚姑娘在哪儿？"掌柜的赶忙赔着笑说："官爷，这儿除了吃饭的客人，没看到有姑娘进来。"王彪上手就是一巴掌，一脚把掌柜的踹倒在地。

食客们吓得站起来就想跑，王彪大声喊："谁也不许乱动，给我搜。"小长安小声道："当家的，我是不是该过去把他们的头拧下来？"秦川看了眼士兵："先吃你的饭，看他们要干什么。"小长安拿起一块肉放进嘴里。

王彪把门关上，就看到玛莎一动不动地靠墙站着。士兵瞪着玛莎："四处混游的母狗，我看你往哪儿跑。"一把把玛莎揪出，王彪上手就是两个耳光。玛莎受不住力摔倒在地。王彪抬腿踩了玛莎几脚："打，给我狠狠地打。"几个人上前冲着玛莎就是一顿拳打脚踢，玛莎被打得吱哇乱叫。

巴哈尔仔细一听，觉得不对，小声冲着马镰刀说："奶奶的，听声音像是玛莎妹子。"小长安站起来："我听着也像。"马镰刀站起来转身向门口走去。小长安、秦川、巴哈尔紧跟着。马镰刀走来，看到玛莎倒在地上满脸是血。马镰刀咧咧嘴出手一拳打得士兵满嘴喷血，转了个身倒在地上。马镰刀顺手拿下士兵的刀，手一挥，身后扑上来的那人就捂着脖子栽倒在地上。食客们顿时乱了起来，胆大的看热闹，胆小的抱着头跑出饭馆。秦川扶起玛莎让玛莎坐在凳子上。剩下两个士兵已吓得跪在地上直呼"好汉饶命"。

掌柜的端来一盆水放在桌上："姑娘洗洗脸。"玛莎笑着："谢谢掌柜的。"马镰刀心疼地看着玛莎脸上的伤："玛莎，让哥哥看看伤得重吗？"玛莎笑着："不重，哥哥你别担心。"玛莎张望了一下，发现王彪早就趁乱逃得不见踪影。

二

　　山寨建在紧邻大山的草原上，斜坡之上，一顶顶毡房比邻搭建。毡房前，两个维吾尔族小男孩拉着四轮小木头玩具车玩耍，三个大点的孩子拉着风筝跑来跑去。巴哈尔和八九个兄弟围在石桌旁看亚森和老四掰手腕。亚森和老四光着膀子手握手做好准备。周围的兄弟把下注的银圆交给巴哈尔。巴哈尔捏着一摞银圆喊："赌亚森赢一赔三，赌老四赢一赔十。下注啦！还有谁下？"两个兄弟跑来："巴哈尔大哥等等。"巴哈尔笑道："你俩赌谁赢？"两兄弟交给巴哈尔两块银圆："我俩赌亚森赢。"维吾尔族青年热瓦尔喊道："等等，还有我，我赌老四赢。"热瓦尔跑来交给巴哈尔四块银圆。巴哈尔笑着："奶奶的，你小子要把我掏空呀。"大伙哈哈大笑。巴哈尔笑道："愿赌服输，收下。"屠克平笑道："我听说你的钱昨天就输光了，你从哪儿弄来的钱？"热瓦尔笑着："我从薛草药那儿偷的。"巴哈尔笑道："好样的，郎中的钱你都敢偷，下次负伤你死定了。"三个八九岁的孩子，坐在方桌上看热闹。"当"一声铜盆响。亚森和老四拉开阵势较上劲。观战的为各自看好的一方加油助威。

　　小河缓缓流淌，河的两岸绿草如茵。亭亭白桦长满岸边靠水的地方。马镰刀独自在河边漫步沉思，耳边响起高天德信中的话："落草谋生难以长久，瓦罐难免井上破，将军难免阵中亡。伊犁将军答应通过谈判，招抚你等为大清效力，此次是贤侄弃旧图新难得之机遇。能否促成就看贤侄如何把握机遇了。"玛莎换了身衣裙，心事重重向马镰刀走来。

　　马镰刀看了眼玛莎继续踱步深思。玛莎看到马镰刀蹙眉不语，跟在马镰刀身边不敢出声，边走边不时地扭头看马镰刀。马镰刀见玛莎欲言又止的样子，笑着停下步子："你怎么不说话？"玛莎笑着："我看你皱着眉头不理我。"马镰刀搂着玛莎的肩膀："哥哥琢磨事情……玛莎，你好像有什么心事，说出来听听。"玛莎强笑道："没什么心事，哥哥，我从来没见过你这样想事情，一定是遇到大事了。"玛莎想了想，急道："哥哥，是不是家里出大事了？要不我明天就往苏州赶。"马镰刀感激地咧咧嘴："傻妹妹，家里一切都好，没事。"玛莎笑笑："那我就放心了。哥哥你想什么呢？"马镰刀看着河水："信上说伊犁将军答应招抚兄弟们为朝廷效力。"玛莎笑嘻嘻地开玩笑："要是答应招抚，是不是哥哥就能做官了？"马镰刀笑笑："傻妹子，哥哥什么时候都不想当官。""那哥哥就跟高大人说不答应就是了。"马镰刀摇摇头："你不懂，哥哥想把兄弟们带上正道，让兄弟们过上安稳日子。这样长此以往，不是个办法。"玛莎笑着："那大伯就让你回家了吧？"马镰刀看着玛莎："你不想离开哥哥是不是？"玛莎点点头。马镰刀笑笑："结束了血雨腥风的日子，哥哥和你一起回苏州老家去。"玛莎高兴地跳了起来："太好了，哥哥你就答应招抚吧。"马镰刀咧咧嘴："妹妹，哪有那么容易的事，不知兄弟们怎么想。"玛莎笑着："那你和秦川哥他们商量商量，没准大伙都愿意呢。"马镰刀看着玛莎，心里千丝百结："此事重大，将影响兄弟们的一生，哥哥是兄弟们的主心骨，我不可不谨慎行事。"

毡房门敞开，马镰刀披了件短大衣坐在椅子上，二郎腿翘起。巴哈尔、秦川、薛草药、亚森、古依汗分别坐在地毯上。秦川思索道："这件事有些突然，我到现在还没回过味来。"薛草药点点头："刘祥云兵败北口，这个时候招安咱们，我觉得事情不大对劲。"巴哈尔倒是不在意："没什么不对劲，伊犁将军奈何不了咱，招安也是无奈之举。"马镰刀咧咧嘴没有说话。

薛草药又道："朝廷昏庸，皇帝胆小无能，八国联军占领京城，沙俄霸占江东六十四屯，制造海兰泡惨案，残杀我几千同胞，我们敬爱的皇帝皇太后还要给这些无恶不作的外夷列强赔偿大量的银子。为什么我们还要为这样的皇帝卖命？"巴哈尔哼了一声："奶奶的，薛草药说得没错，跟乌鸦交朋友只会吃到屎。招安就是想把咱们约束起来。咱们这样自由自在，谁受得了他们的狗屁约束？"秦川思索一阵开口说道："这些年官府对咱们围追堵截，通缉缉拿，闹得兄弟们有家不敢回，若是兄弟们都能过上安稳的日子，也是好事一桩。问题是将军府到底安的是什么心。当家的，写信的是个什么人？他的话有几分准头？"

马镰刀把信拿出来递给秦川："此人姓高名天德，是伊犁将军府的按察使。高大人同我爹是挚友，对我马家恩重如山，我完全信得过高大人。"秦川默默点头。马镰刀看看众人，慢慢开口："当初兄弟们为生计落草谋生，现在不用为生计犯愁，却有家不能回，有福不能享。谁的家中没有老父老母，哪家儿女不愿对父母尽孝，又有哪家父母愿意看到儿女落草为寇？"见大伙沉默不语，又道："当年我对我爹承诺，绝不干抢劫平民百姓、欺压农牧民的事情，把兄弟们带上正道是我十年的心结。"

大厅里一时鸦雀无声，薛草药先一步站了出来："当家的把咱们这群破衣烂衫的穷汉，一群乌合之众组织起来，今天兄弟们都变了个人。一声咳嗽就像凭空打了一声雷，双脚一跺跺得地头响。咱们一个个都成人物了。当家的为兄弟们绞尽脑汁，兄弟们心知肚明。"众人闻言纷纷点头。马镰刀见大家对自己如此信任，心下也是一阵感动，开口道："此事我也心存疑虑，忐忑不安，俗话说机不可失时不再来，若是谈判顺利，我马镰刀的侠盗生涯也算圆满。"

秦川附和道："当家的给兄弟们找条出路的想法由来已久，有些兄弟也厌倦了这样的日子，我看这是换个营生的难得的机会。"巴哈尔插话道："奶奶的，皇帝和太后连京城都不要了，咱们倒好，琢磨着为皇帝卖命。历朝历代被朝廷招安的绿林好汉，有几个下场好的？"马镰刀皱着眉头："将军府有没有诚意，咱们是什么下场，皇帝要不要京城，这些事目前都与我们无关，担心也好牢骚也罢，不和官府的人见面怎知结果如何？"秦川道："反正是谈判嘛，若是官府不答应咱的条件，那咱们还是精着个身子再回咱们的草原来。"亚森点点头："秦川说得对，见面谈谈也好。当家的，兄弟们信得过你，你拿主意吧。"薛草药想了想："出了山寨整个草原都是官府的势力范围，不管将军府安的什么心，咱们不能不防。"马镰刀咧咧嘴："高大人是不会坑害我的。"薛草药摇摇头："话是这么说，可你身份特殊，不得轻易相信任何人，越是身边的朋友越可怕。"马镰刀抢话道："对高天德我坚信不疑。"薛草药见马镰刀如此坚决，也不再辩驳："既然你这么坚定那就听你的。"几人赞同地点点头。

马镰刀吊着脸抽着烟在毡房前踱步，看着胸前已经有些褪色的烟荷包，心下一片怅然。马镰刀扔掉烟用脚踩两下，长长地出了口气："叶丽亚，我把你深深地埋在心里，你的仇我一定为你报。"小长安这时从外面跑进来："当家的你叫我？"马镰刀伸出袖子给他擦了擦额上的汗问道："有没有见到你姐姐？"小长安摇摇头："这会儿没看见。玛莎姐姐这次回来，好像不太高兴，下午我见她一个人低着头，我和她打招呼她就看我了一眼也没说话。你找姐姐有事呀？我去找她。""我找你有事。"小长安笑着："啥事？"马镰刀拿出一封信："你带五个兄弟，连夜出发把这封信送到惠远城，交给慕思寒大哥。"小长安接过信笑着："小人听命。"马镰刀在小长安的头上打了一下："兔崽子，路上小心，不得与人打斗。告诉慕思寒大哥，多加注意将军府的动静，若有异常情况立即报告。"小长安喊了一声"知道了"，人已经往马棚跑去。

第二十五章

一

树林中不时有鸟的叫声，玛莎心事重重地独自在树林中踱步，耳边响起叶丽亚、玛依莎、马镰刀的话语。"我和他同在一个屋檐下，同吃一锅饭，但我不是他的女人，我心里只有明轩哥……""你是明轩的妹妹，你哥哥心里只有叶丽亚，虽然没找到她，可你哥哥从没放弃过寻找。""你有没有帮哥哥打听叶丽亚的消息？"玛莎拿起地上的树枝，使劲抽打林中的大石，发泄心中的纠结。

草原上开满了各色花朵，马镰刀闭着眼睛躺在草地上，胸口放着烟荷包，口鼻上盖张粽叶。微风把粽叶吹到马镰刀胸前，马镰刀闭着眼睛自语："爹，娘，妹妹，我想你们。爹，娘，要是这次能把兄弟们带上正道，你们就让儿子回家尽尽孝吧。"玛莎头上戴着花环，轻手轻脚走来，跪在马镰刀身边看着马镰刀发呆。

马镰刀睁开眼睛看到玛莎发呆，拿起烟荷包和粽叶坐起来，微笑道："玛莎想什么呢，那么入迷？"玛莎笑着："我在想小时候哥哥对我的好。"马镰刀看着天空笑着："可是那时候我就觉得你是个小累赘。"玛莎摇摇头："你才不会。记得小时候我生病，你抱着我骑马跑了几十里去看病，夜里返回的路上，马的前蹄踩进鼠洞里把咱俩摔出去老远。当时马的前腿断了，你怕冻坏我把我放在马的肚子下，用你的身子护着我。马躺在地上颤抖了一夜，你也被冻得抖了一夜。"玛莎的眼睛里涌出泪水。

玛莎把头靠在马镰刀肩上："哥哥又想家了？"马镰刀看着手里的粽叶："不知怎么，今天特别想。"玛莎安慰道："答应招抚咱就能回去见大伯和婶婶了。"马镰刀叹了口气："我也这么想，盼望着这一天能早日到来。可除了秦川，其他的兄弟都不赞成答应招抚，或心存疑虑。"玛莎急了："我去跟巴哈尔大哥和薛草药大哥说去。"说完就要站起来，被马镰刀按住肩膀："这事和你没关系。兄弟们有什么样的想法，哥哥都能理解，好歹大伙儿答应与官府见面，能不能谈成可就难说了。"玛莎把手放在胸口看着天空："托真主保佑哥哥一定能成功。"马镰刀笑着："但愿你的祈祷能灵验。"玛莎呵呵地笑。

马镰刀看玛莎笑得灿烂，握着玛莎的手，拍拍她的手背："听小长安说你回来以后不开心，你心里有什么不能跟哥哥说的事？你是我的妹妹，不管遇到什么难事都要和哥哥说，哥哥帮你想办法。"玛莎笑笑："没有。"说着拿过马镰刀手中的烟荷包，看着上面那只鹰："哥哥，这么多年过去了你还想她吗？"马镰刀拿回烟荷包，放在手心里："想，非常想她。说来奇怪，自从叶丽亚用她的红纱巾把一棵白桦树上的眼睛蒙住，我的眼睛就看不见别的女人了。"玛莎心里有些不是滋味："哥哥找了她十年，天地这么大还能找到她吗？"马镰刀苦笑："天地是很大，哥哥再也找不到她了，可她永远在我心里，哥哥的心里容不下第二个女人。"玛莎低着头："哥哥，你爱我还是爱她？"马镰刀搂住玛莎的肩膀："傻妹妹，这个心结折磨了你这么些年，你还是解不开。你们两个我都爱，哥哥对你的爱是亲情，是友情，是和哥哥对叶丽亚的爱不同的。"玛莎微笑着泪眼盈盈地看着马镰刀："哥哥，这辈子我都是你的妹妹。"马镰刀搂着玛莎的肩膀："那当然，你是哥哥的心头肉。"

想起在街上曾经遇见叶丽亚的事，玛莎心里又是一阵酸楚，看着马镰刀认真道："哥哥，我要是做了对不起你的事，做了不可饶恕的错事，你还要我吗？"马镰刀认真道："你是我妹妹，哥哥爱你，一切不该原谅的，哥哥都能原谅你。"玛莎情不自禁地搂住马镰刀的脖子，默默流泪。

秦川、巴哈尔、薛草药、古依汗、客木巴尔、库米丝汗等兄弟和山寨的大人、孩子都站在毡房前的草地上。新娘索娜尔头盖面纱和新郎布拉克拜跪在地毯上接受祝福。新郎的家人跪在新郎和新娘身边，萨迪克跪在地毯上用鞑靼语向新人祝福。

布拉克拜拉着索娜尔站起来，接受乡亲和朋友们的祝福。玛莎拉着马镰刀的手走到新人面前。马镰刀笑着递上一个花环："祝你们恩恩爱爱，白头到老。"玛莎用哈萨克语重复一遍祝福语。布拉克拜和索娜尔向马镰刀和玛莎鞠了一躬表示感谢。

欢快的乐曲响起……客木巴尔和库米丝汗弹起冬不拉；叶尔波勒手拿系着红布的马鞭，唱着含蓄、幽默、滑稽的揭面纱歌；欢快的老人和孩子们簇拥着一对新人。叶尔波勒用红色马鞭挑起新娘的面纱，布拉克拜和索娜尔向长辈们一一行礼。玛莎呆呆地看着新郎新娘，眼前的新郎新娘渐渐变成玛莎和马镰刀，人们向马镰刀和玛莎扔花生和红枣，马镰刀一边躲闪一边护着玛莎。

毡房前，马镰刀、秦川、巴哈尔等人和山寨的年轻男女在音乐声中跳起欢快舞蹈。玛依莎见玛莎呆呆地看着走进毡房的一对新人，拍拍玛莎："玛莎，玛莎，你想什么呢？"玛莎反应过来笑呵呵地看着玛依莎："我在想这场婚礼如果是我和哥哥……"玛依莎无可奈何地气道："玛莎，你一定要控制你对你哥哥的情欲。"玛莎笑着："婶婶，我知道，我愿永远做哥哥的妹妹。咱们去跳舞吧。"说着拉起玛依莎扭着身子融入跳舞的人群中，笑着掩盖了眼里的哀伤。

二

草原和大山之间的川道里，一条小河静静流淌，远山脚下高大的西伯利亚雪松郁郁葱葱，一座独立的哈萨克风格的尖顶小木屋建在小河边，木屋的四周围着篱笆墙。孜依娜把一张张兽皮挂在屋檐下的小铁钩上。

胡永活动着泡在热水里的手。叶丽亚从屋里出来，坐在胡永身边的木墩上："端木大夫说，泡在热水里能让你死掉的肌肉活过来，一连泡了好几天了，感觉好些了吗？"胡永微带笑容："好多了，感觉手也不疼了，身子也轻巧多了。这几年都是你和母亲在照顾我，叶丽亚，我要把这些年欠你们母女的都补回来。"叶丽亚笑着："我相信你的这份承诺，可在短时期内无法兑现。"胡永急道："明天我就进山去打猎……"叶丽亚嗔道："不许去，你每次进山我妈都担心得睡不着觉。咱们现在养了羊，不用再靠你打猎过日子了。"

孜依娜一边整理毛皮一边听叶丽亚和胡永说话，听见胡永说"我是这个家唯一的男人，不论基于何种原因，我要靠这双手养活这个家，不能让你们母女因我的牵连而受贫穷"，孜依娜心里有种说不出的滋味。

叶丽亚摇摇头："你能告诉我我母亲还活着，我能见到母亲，还能和她一起生活已经很开心了。这些年你为我们母女已经做得够多的了，我妈很感激你。"胡永温柔地看着叶丽亚："能够和你同在一个屋檐下，每日碗碟相撞，是我梦寐以求的事情，我明白不能与你相伴一生，我很在乎这片刻的时光。"叶丽亚把胡永的手从水里拿出来，小心地擦拭着："胡永，你不是恶人，或者说，生活已经把你改变了！"胡永看着叶丽亚："为了我，你付出了这么大的代价，值得吗？我的罪一辈子也赎不完。"叶丽亚抬起头笑笑："不要再想以前的事情了，伤情动气对你的身子不好。"在围裙上擦擦手，叶丽亚端起盆子走出房间。

孜依娜心事重重地蹲在河边揉洗羊皮。生羊皮用碱硝泡了以后，会变得稀软。她把羊皮放在一块大石头上，又捡起一块小石头，摩擦羊皮的背面。她要给胡永做一个羊皮坎肩。

叶丽亚端着盆子走来，蹲在孜依娜身边。孜依娜看了一眼女儿，终于开口道:"叶丽亚,你和胡永这些年一起过来了,胡永非常疼爱你,你原谅他了吧?"叶丽亚把水倒进河里,看着河水对孜依娜道:"妈,你想说什么我清楚,可那是我不可能做到的事情。"孜依娜急了,拉着叶丽亚的手让她看向自己:"马明轩走了十年了,你的年纪也不小了,妈为你的将来担心。胡永是个靠得住的好男人……"叶丽亚痛苦地看着母亲:"妈,你别说了,我不会也不可能成为胡永的女人。"孜依娜叹口气:"男人为心爱的女人,常会做出让人意料不到的事情,当年你爸为我也和草原上的青年动过刀子。"叶丽亚摇摇头:"妈,那不一样。我心里只有明轩哥,再放不下第二个男人。妈,我守着你过一辈子。"孜依娜看着女儿,语重心长地劝说着:"叶丽亚,听妈句话,无论你往后和谁过,那个人都不会是马明轩,可日子还得过下去,像胡永这样诚心诚意爱你的男人是再也找不到第二个的。"

叶丽亚看着母亲,突然想起前一段时间在集市上发生的事:"妈,前些天我看到有个人的马上,挂着我给明轩哥做的烟荷包。只是我还没来得及问那个人,狐皮就被大烟鬼抢去了。我夺回狐皮再去追时,那几个过路客已经远去了。"孜依娜吃惊地看着叶丽亚:"你一定是看错了,这话听起来像闹鬼似的。"叶丽亚摇摇头:"妈,我不会看错的,我还遇到了明轩的妹妹玛莎!""怪不得你天天都要往镇上跑。"叶丽亚的眼神里充满着希望,开心地对孜依娜说:"我觉得那几个人还会再来,玛莎也会来镇上看我。"孜依娜闻言又惊又急:"那几个人只是镇上的过客,他们不会再来了。水流过去了,就不会再流回来了。明轩要是还活着,就算他找不到你,他妹妹也该和明轩在一起呀,怎么也不告诉你他在哪儿?"孜依娜提着羊皮站起来,抖抖羊皮上的水,看着叶丽亚冲着河水发呆,无奈地摇摇头离去。

胡永坐在床边活动受伤的手。孜依娜走进屋子坐在胡永身边,从衣兜里拿出一只手套:"我给你做了只新手套,里面缝着二毛子羊羔皮,比原先的那只又暖和又轻便。"胡永接过来戴在手上,感激地看着孜依娜:"谢谢大妈,这些年您没少为我操心。"孜依娜想了想叹了口气说道:"你心里苦闷大妈清楚。"胡永摆弄着手套苦笑:"大妈,我早已养成随遇而安的性格,事已至此,索性听天由命,只要能和你们在一起我就很满足了。"孜依娜心疼地拍拍胡永的手背:"你和叶丽亚的事,我跟她说过多次,可她心里只有马明轩。"胡永认真地看着孜依娜:"您不要再说了,叶丽亚的性格我清楚,我感谢她为我付出的一切。我已经把那些儿女私情统统丢去了。"孜依娜有些伤感地站起来走进里间,边走边念叨着:"托真主保佑,你快点好起来。人啊,就是个缘分,差一点都不行……"

第二十六章

一

伊犁将军、高天德、百里赫拉、于忠志四人走走停停地说着话。高天德把马镰刀同意商议招抚的事如实地禀报了将军，将军连连称好："好，没有想到马镰刀会答应得如此爽快。"高天德点头称是："国家处在危难之际，哪个有血有肉的国人都愿为国分忧。"将军点点头："见面的地点选在哪里？"百里赫拉思索着："在博尔塔拉谈判，对我们十分有利。"将军面带微笑："有劳高大人了。"想了想又道："高大人，谈判的时间就定在本月十三未时，可否？"高天德双手抱拳："属下遵命。只是不知将军大人派谁和属下一同前往。"将军看着百里赫拉："就让百里大人与你同去吧。"高天德笑着："属下求之不得。"

刘府的客厅已恢复成原先的模样，只是博古架上空空荡荡的，原先墙壁上的字画也都被拿下。刘永寿板着脸坐在椅子上。刘祥云走进来："爹，客栈和酒馆又归夏哈甫那老头了，他和马镰刀有来往。我派人去杀了夏哈甫……"刘永寿瞪了一眼刘祥云，狠狠地拍了一下桌子："杀十个夏哈甫也不能为你弟弟报仇，抢回那间破酒馆和客栈有什么狗屁用。我要你派人不管用什么办法，杀了马镰刀，把他的头拿来祭奠你弟弟。"门外管家喊了一声，说是邱炳坤求见。刘永寿顺了一下气让邱炳坤进来。

邱炳坤走进客厅，刘永寿吊着脸没起来迎接。邱炳坤目光悲悯，仪态谦恭来到刘永寿面前劝慰道："大人，人生无常，生死有命，还望您老节哀顺变，千万珍重。"刘永寿叹口气："谈何容易。我戎马一生，谁知命运不济，落得个白发人送黑发人的结果。"邱炳坤感叹道："天妒英才，虽然祥麟壮志未酬先走一步，但大人的家业可由祥云发扬光大，大人还应节哀振作精神。"刘永寿点点头："多谢邱大人一番好意。"

邱炳坤缓了一下正色道："这些天大人和祥云沉浸在悲痛之中，有些事二位恐怕不知。将军决定招抚马镰刀为朝廷效力。"刘永寿和刘祥云大为吃惊。刘祥云咬牙切齿自语："怪不得总兵府下令撤军。"刘永寿看了一眼刘祥云，又问道："此事属实？"邱炳坤点点头："千真万确。高天德已与马镰刀取得联系，并已确定了会谈地点，谈判时间定在本月十三，百里大人和高天德在博尔塔拉与他会面，于大人负责在博尔塔拉警戒。"刘永寿吊着脸站起来向门外走去。邱炳坤赶忙问道："大人，您要去哪里？"刘永寿头也不回道："我去见伊犁将军。"

伊犁将军皱着眉头坐在罗汉床上，刘永寿坐在甬道旁的椅子上。将军关切地问："大人家中发生不幸，还望大人节哀。"刘永寿不理这话茬，看着伊犁将军的眼睛认真地问："下官听说大人要招抚马镰刀，不知可有此事？"将军点点头："确有此事。怎么，刘大人认为不妥吗？"刘永寿激动地站了起来："大人，万万不可，马镰刀为非作歹嗜杀成性，理应受到最严厉的惩处。"将军挥挥手示意刘永寿坐下："目前国势衰微，内忧外患，朝廷正处在用人之时，倘若兵连祸结，新疆的安宁岂不是无法保障。招抚马镰刀一事，本官已考虑再三，出此下策也实属无奈。"

刘永寿急道："大人有所不知，马镰刀之父马浩文曾任无锡道台，只因……"将军打断话头："马浩文之事本官有所耳闻，听说其惹怒圣上，结果株连九族被判满门抄斩，怎么……？"刘永寿眼睛一翻，怒道："高天德舍命上奏圣上，换来一道圣旨保住了马浩文一家，后来马浩文被发配新疆时与高天德来往密切。"将军微微点头："怪不得高天德力劝本官招抚马镰刀。刘大人，据本官所知，你与马家有世仇。"刘永寿也不否认，点头道："确实不假，但属下并非因一己私怨，更不是要为祥麟报仇雪恨才力劝将军大人。马镰刀作恶多端，屡杀朝廷命官，罪大恶极，不杀难平民怨和大臣们的怒气。将军大人若将这样的人招至麾下，未免被看作良莠不分，有失立场。"将军站起来眉头紧锁踱步思索："刘大人言重了。若能一举剿灭马镰刀本官求之不得，只是……若不吸取屡次损兵折将的教训，急功近利、鲁莽蠢行与放虎归山没有本质上的区别，后果必然适得其反。"刘永寿赶紧站起来，在将军面前作揖表态："大人，这次是围剿马镰刀的最佳时机，下官愿亲自带兵出战，决不再放虎归山。下官已仔细考虑过这次围剿马镰刀的全盘计划，将军大人无须担心。"将军闻言眼睛一亮："哦，那么请刘大人告诉本官，你将如何剿灭马镰刀？"刘永寿目光中透出一丝狡黠："将军大人，此刻不便详谈，等我一举拿下马镰刀，将军大人自然就明白了。"将军略带疑虑道："如果让马镰刀漏网，刘大人恐怕再也无法告慰令郎的在天之灵。"刘永寿胸有成竹道："只要得到将军准许，下官可保出手得卢。"伊犁将军凝眉踱步，看了一眼刘永寿自信满满的样子，心里一阵纠结，拿不定主意，于是挥挥手让刘永寿先下去："此事关系重大，容我再为斟酌。"

二

房间里，巴哈尔、秦川、薛草药、亚森、古依汗、小长安分别坐在地毯上，马镰刀坐在椅子上卷莫合烟。小长安见众人都是眉头紧锁，安慰道："慕思寒大哥说，时间定在本月十三未时，在博尔塔拉见面，若是发现有诈，慕思寒大哥会立即赶来报信。"巴哈尔哼了一声："怕的是，等慕思寒得到消息，为时已晚。十几年前咱们就上过当，我预感官府很可能有诈。"秦川想了一下："兄弟们，此事不能掉以轻心，我看让小长安带二十人先赶到博尔塔拉，摸清官兵情况。"所有人闻言都点头赞同巴哈尔往地上啐了一口："奶奶的，还是当家的那句话，不和官府的人见面怎知结果如何。"马镰刀咧咧嘴："不管怎么说，谈判的时间定下来了就是个好事，事情又往前攥了一步。兄弟们，咱们喝酒去。"

玛莎躺在地铺上睡着了，马镰刀走进来拿起被单盖在玛莎身上。玛莎感觉到动静睁开眼睛，见是马镰刀就拉开帷幔，爬到马镰刀身边。马镰刀笑笑看着玛莎像孩子一样的举动，说道："小长安带兄弟们先一步赶往博尔塔拉了。"玛莎："哥哥，明天我跟你一起走。"马镰刀笑着："想家了？"玛莎点点头："哥哥明天夜里会在亚曼扎营吧？我回家去看我爸妈。"马镰刀笑笑："我和你一起去看他们。"玛莎坐起来从袖子里拿出个小皮囊，交给马镰刀："这是花无香，可是剧毒。要是在谈判时发生意外，你就把袋子口拉开，不过你要憋住气离开，走得越远越好，闻到味的人会即刻毙命。"马镰刀想打开来看看。玛莎一把抓住马镰刀的手："哥哥，你不想活了？"马镰刀笑着："哥哥看这玩意灵不灵。"玛莎放开手："只要吸入，神仙也活不了。"马镰刀咧咧嘴："你这个毒蜘蛛，你身上有多少种毒？"玛莎笑着："我不告诉你。"

玛莎突然认真地对马镰刀说："哥哥，等你谈判回来，我带你去个地方见个人。"马镰刀看玛莎一本正经的样子有些不解："去哪儿？见谁？"玛莎笑着："这是个秘密，现在告诉你，你会高兴得三天不合眼。"马镰刀假装哀求地拍拍玛莎的手："那就快告诉哥哥吧！"玛莎背过身去："不行，我怕影响哥哥谈判，等谈判完了我就告诉你。"马镰刀笑笑躺下："好吧，趁现在能合上眼，哥哥睡觉喽。"玛莎笑着："我在哥哥房里睡。"马镰刀没好气地笑笑："不害臊。盖上被单，当心着凉。"玛莎拉上帷幔笑嘻嘻躺在地铺上，背过身子，笑容从脸上隐去。

伊犁将军府的房间里，刘永寿、刘祥云、邱炳坤、于忠志四人围在长桌旁，看着桌上的地图。刘祥云指着地图："怪石谷是前往博尔塔拉必经之路，我们把人马埋伏在怪石谷中，只要马镰刀出现在这一段，前后一堵，马镰刀定插翅难逃。"刘永寿点头看着众人："我与祥云负责迎头痛击，于大人的人马断其七寸，邱大人负责阻断马镰刀的后路。一举剿灭马镰刀，你三人功劳等同左大人当年平定大小和卓。"刘祥云和邱炳坤神情亢奋，于忠志垂首深思。

操场上，二十名士兵身背毛瑟枪，牵着马整齐地站成两排。百里赫拉顶戴官袍在队前踱步。周把总走到百里赫拉面前，立正道："大人，队伍集合完毕。"百里赫拉严肃道："等高大人一到就出发。"

高天德一身便装，脚蹬圆口布鞋，和两名卫兵走来。百里赫拉迎上前笑道："高大人为何这身装扮？"高天德笑着："这身显得亲切。"百里赫拉笑道："大人为社稷用心良苦。"高天德扫了眼整齐的队伍，满意地点点头："我们走。"周把总对士兵大声道："全体上马。"一队卫兵护送一辆带轿的马车走来。马车停在队前，士兵掀起轿帘，将军走下马车。

高天德上前行了一礼："不知将军大人前来，属下有失远迎，请大人见谅。"将军板着脸："二位大人不必多礼。计划有变，二位大人不用去了。"高天德和百里赫拉大惑不解。"刘永寿父子与邱大人，今天就到怪石谷了。"高天德大为吃惊道："将军大人，此事关系重大，应重诺守信才是。"将军吊着脸："高大人为江山社稷一片苦心，本官敬佩，你与马浩文的渊源，本官不再追究。"高天德赶紧出来澄清："将军大人，属下绝无袒护马镰刀之意。"将军摆摆手："高大人不必多虑，回府歇息去吧。"高天德无奈道："嗻。"将军上车离去。百里赫拉对周把总道："解散队伍。"周把总喊道："全体下马，解散。"士兵们翻身下马，牵马散去。百里赫拉叹了口气："看来将军是利用大人剿灭马镰刀。"高天德摇摇头："刘永寿父子是要公报私仇。"

山谷里是风蚀地貌，怪石嶙峋，象形会意，石笋耸立，石蘑丛生，可谓天工造化。其间一条崎岖的山路通向远方。刘永寿、刘祥云、于忠志、邱炳坤四人身穿盔甲，腰挂战刀，和十多名手持毛瑟枪的士兵站在山路上，仰头扫视凹凸的陡峭岩壁。刘永寿胸有成竹地看着自己布的阵："马镰刀肯定想不到，怪石谷将是他们的坟墓。"说着对传令兵道："告诉将士们，活捉马镰刀者赏银一百两，放走马镰刀者斩无赦。"

突然探子来报，四人循声看去。传令兵骑马跑来："刘大人，前方探子报，马镰刀的人马有三五十人开来，还有不到六十里。"刘祥云一挥手："再探再报。"传令兵领命掉转马头磕镫离去。刘祥云对身边的士兵道："按原定计划所有人马进入伏击圈，没有我的命令不许轻举妄动。"

第二十七章

一

屋子里，徒弟卖力地挤压大皮囊，大皮囊一鼓一鼓往外送气。慕思寒从炉火中夹出一块通红的U形铁放在铁砧子上捶打。高天德匆匆进来。慕思寒放下手里的工具转过身看着高天德，高天德着急地说："你即刻通知马镰刀，取消见面……"慕思寒不解道："您说什么？取消见面？您改主意比闪电还快。你们这些官家，这些不讲信誉的无赖。"高天德有些气急败坏，大声喊道："少废话，火速告知马镰刀，怪石谷有大军埋伏。"慕思寒惊愕道："上帝呀，马镰刀已经在路上了，现在就是跑死马也来不及了。"高天德心急如焚："骑上我的快马快去。"慕思寒拿起靠在墙边的毛瑟枪走出房门，飞身上马，磕镫催马，奔驰而去。高天德心神不宁自语道："但愿明轩能躲过这一劫。"

博尔塔拉小城显得较为安静，街道上行人三三两两，商贩的摊位都冷冷清清。小长安坐在一家饭铺的遮阳棚下，捏着小碟里的花生米看着街道。客木巴尔、库米丝汗、叶尔波勒走来。客木巴尔环顾周围："小长安，我怎么觉得事情不对，这地方咱没少来过，平时好像没这么冷清，平时城里的兵也比今天多。"小长安没觉得有什么奇怪："我看羊皮照旧，一切如常。"叶尔波勒摇摇头："谈判地点定在凝香馆，可那里里里外外都没有卫兵，我问那儿的伙计，那伙计说没听说过有什么事。我看得把这儿的情况告诉当家的，以免上当。"小长安想了一下："客木巴尔说得对，留下几个兄弟继续观察，咱们走。"说完抹了抹嘴匆匆离去。

马镰刀、玛莎、巴哈尔、秦川、薛草药、亚森、古依汗等五十多人，骑着马挎着刀，毛瑟枪横担在鞍桥上，悠闲地走在草原的牧道上。马镰刀和巴哈尔并肩走在最前面，马鞍上挂着的烟荷包前后摇摆。巴哈尔问道："当家的，想什么呢？"马镰刀笑笑："我想谈判会是什么结果。"巴哈尔不以为意："奶奶的，别把这事放在心上，若是官府诚心就该先撤销对咱们兄弟的通缉。大伙不相信官府，也不指望能有命运的转变，这趟就当出来走走，放放风。"探子骑马飞奔而来，掉转马头与马镰刀并肩前行："当家的，前面三十里内没有发现情况。"巴哈尔点点头："向怪石谷一路打探，发现情况火速来报。"

山谷里刘永寿父子骑马走在路上。传令兵骑马跑到二人面前："报……大人，马镰刀人马离山口不到三十里，山口探子报，发现马镰刀的探子。"刘祥云冷笑一声："传我令，所有人马隐蔽，不许发出声响，违令者斩。"

怪石谷应当是北天山在这块地面接近结束时，向草原伸出的一条山腿，草原的那一头，即著名的阿尔泰山。在两座山脉的连接处，有这么一个通道。

马镰刀带着队伍走进怪石谷，巴哈尔、玛莎、薛草药、亚森抬起头看着诡异的山石，所有的人都警惕起来，周围地形让人不由得惊心，阒然无声的死寂里透出恐怖的意味。大家都不由得把手放在枪上。

山上，一块块山石后都埋伏着手持马刀和毛瑟枪的士兵。刘永寿隐蔽在大石后注视着山路上马镰刀的人马。刘祥云躲在一块石笋后向不远处的士兵打手势，士兵们轻手轻脚地把枪伸出对着山下。

马镰刀和秦川警惕地带着队伍前行。山谷里除了马蹄声，再无其他声响，气氛沉闷而紧张。沉闷紧张的氛围使马镰刀和秦川感觉到了异常。秦川小声说道："当家的，倘若遭遇埋伏，咱们几乎没有隐蔽逃离的可能。"马镰刀大声道："加快步伐，急速穿过山谷。"话音刚落，山谷里传来三声震耳的枪声。马镰刀、秦川等人顿时愕然，但环顾左右，并未发现异常。马镰刀挥动手臂，队伍停了下来。刘永寿和刘祥云现身于山上的一块巨石上。

刘永寿和刘祥云居高临下，看着山下马镰刀的人马。刘永寿大喝一声："马镰刀，你作恶多端，今天老夫亲自出马，我送你一对翅膀你也飞不出这怪石谷。"于忠志站在另一块山石上："马镰刀，我与你交手多年，你没想到会有今天吧？谁也不愿意看到横尸遍野的场面，叫你的人放下武器束手就擒，刘大人可给你的兄弟留条活路。"

亚森冲着刘永寿喊："老蠢驴，放你妈的臭狗屁。"秦川大声道："刘永寿，于忠志，爷爷早已识破尔等的伎俩。"巴哈尔大声喊："你奶奶的，爷爷有备而来，尽管放你的人马过来，今天爷爷要踏平这怪石谷。"

玛莎焦急地看了一眼马镰刀："哥哥，咱们原路回撤。"薛草药摇摇头："不能撤，后面定有重兵埋伏。"马镰刀咬咬牙根，看着山上的刘家父子，大声道："兄弟们，天无绝人之路，跟我杀出去。"古依汗挥舞着马刀喊："保护当家的……杀出去……"大伙齐声道："当家的，兄弟们跟他们拼了……"秦川大声道："巴哈尔、古依汗、薛草药、玛莎，你们跟当家的冲出去，我和亚森带兄弟们断后。"

刘祥云居高临下，挥动手臂大声喊道："马镰刀，怪石谷就是你们的墓地。剿灭悍匪，活捉马镰刀，就在今日今时。"喊声刚落，山上人头攒动，无数面战旗挥舞。官兵们站起来大声叫喊："活捉马镰刀……剿灭悍匪……"山谷里，官兵们的呐喊声如雷，一浪高过一浪。山鸣谷应，回声四起。

前面大批的士兵挥舞着刀枪，叫喊着冲下山坡，堵住马镰刀一行的去路。山谷里，枪声四起。坐在马上的七八个兄弟，顿时中枪从马上栽下。马镰刀回马护着玛莎，吩咐道："玛莎跟着哥哥，万万不可用毒伤了兄弟。"玛莎点点头。马镰刀抽出马刀大声道："兄弟们，跟我杀出去。"

小长安一马当先，俯下身子抱着马脖子，飞奔在林间小路上，身后紧跟着十五个兄弟。拐过弯，眼前出现三十多人马。小长安一眼就看到慕思寒。小长安大声地："慕大哥！"慕思寒看到是小长安一行人。小长安不解地问："慕大哥，你怎么到这儿来了？"慕思寒急道："当家的有难，官府在怪石谷埋下重兵。你和兄弟们去哪儿？"小长安一惊："我们在博尔塔拉城打探情况，正要去拦当家的。"有兄弟喊："咱们快走吧，晚了没准当家的和兄弟们就全完了。"慕思寒大声喊："这儿离山口不到六里，兄弟们，我们用炸雷，炸出一条血路救出当家的和兄弟们。"小长安大喊："冲啊……"小长安磕镫催马冲在前面，慕思寒和四十多人飞奔在林间路上。马蹄声如雷。

山谷里，枪声、砍杀声、喊声乱成一团。亚森、薛草药等十多个兄弟与围上来的官兵挥刀拼杀，浑身上下已是血迹斑斑。马镰刀、巴哈尔、古依汗、秦川和官兵们杀得难解难分。玛莎手提马刀被马镰刀和巴哈尔护在中间。

刘祥云和马镰刀杀在一处，马镰刀浑身是血，出手狠辣，刀快如影，招招毙命。刘祥云和身边的士兵步步后退，只有招架之力。巴哈尔力大无比，刀过之处士兵沾上死挨上亡。巴哈尔满脸是血，瞪着一双凶狠的眼睛，胆怯的士兵举着刀看着巴哈尔纷纷后退。秦川和古依汗联手阻拦马镰刀和巴哈尔身后围上来的士兵。刘永寿和于忠志站在包围圈外的大石上观战。

几人刀法凶狠，士兵们不敢轻易上前，刘永寿大声地喊着："快快给我拿下马镰刀。"两名清兵举刀同时向马镰刀砍来，玛莎一刀捅进一士兵的肚子里，跟着一刀扫去，另一士兵的脖子喷出的血染红了玛莎的脸。

刘祥云举刀从马镰刀的头上砍下，马镰刀跪地横刀架住。一士兵举刀冲马镰刀捅来，玛莎见状一个飞身过去，一把紧紧抓住士兵的刀刃，玛莎手上的血顺着刀刃往下流。两士兵挥刀向玛莎砍来，巴哈尔一刀扫过，两名士兵瞬间倒地。玛莎抽出靴子里的匕首，顺手戳进另一名士兵的肚子里。

马镰刀站起来刀光挥舞，面前的七八个官兵惨叫倒地。秦川和古依汗肩并肩切断后边围上来的官兵。胆小的官兵举着刀不敢逼近。前方传来"轰轰"的爆炸声，紧接着惨叫声、喊杀声不绝于耳。刘祥云顿感吃惊，跳出圈外。

刘永寿和于忠志吃惊地看向前方，不知发生了什么事情。于忠志紧张道："大人，我和马镰刀交手多年，看来马镰刀的确是有备而来，我看还是趁早撤兵，免得……"话音未落，前方火光四起，爆炸声不断，士兵的胳膊腿飞向空中。山谷里，鬼哭狼嚎："土匪杀进来了……我们被包围了……"玛莎兴奋道："咱们有救了，是小长安他们杀进来了。"

二

山谷里尘土飞扬，堵在山路上的三四十名官兵已经乱成一团。小长安、库米丝汗、叶尔波勒、客木巴尔四人骑马冲在最前面，一枚枚炸雷投向官兵。炸雷在密集的官兵中炸开，官兵被炸得血肉横飞。惊慌的官兵掉头向山谷里逃，有的抱头躲避，有的趴在石头后。慕思寒挥刀带着四十多骑紧跟其后，喊着杀声，黑压压一片冲上来。马群经过之处，来不及逃命的官兵，不是被砍死就是被马蹄踩伤。山谷里沸反盈天，火光四起，硝烟弥漫，尘土飞扬，马蹄轰鸣，爆炸声接连不断，喊杀声、惨叫声不绝于耳。

刘永寿、于忠志站在山石上观战。马镰刀、秦川、巴哈尔、古依汗、玛莎被官兵围得水泄不通。拦截在山口的官兵，惊慌地蜂拥而来，一个接一个的爆炸紧随人后。轰鸣的马蹄声和喊杀声传来。逃来的官兵们大声嚷嚷着："快跑啊，马镰刀的人马杀进来了！"包围马镰刀的官兵们慌了神，纷纷跑上山坡。马镰刀、秦川、巴哈尔、古依汗、玛莎趁机挥刀一阵砍杀冲出重围。刘永寿大声叫喊："不要慌……不要慌……给我顶住……顶住……"小长安、慕思寒、库米丝汗、叶尔波勒、客木巴尔与杀出重围的马镰刀、秦川、巴哈尔、古依汗、玛莎会合。四十多骑冲了上来，一路不停追杀逃兵。小长安冲到马镰刀跟前气愤地说："当家的，我们被官府骗了。"慕思寒催道："有话回头说，秦川、巴哈尔，你们和当家的先走，我们杀进去救薛草药、亚森和兄弟们。你们骑马先冲出山口。"

慕思寒、小长安、库米丝汗、叶尔波勒、客木巴尔向山谷里冲。秦川、巴哈尔、古依汗提着马刀并肩在前，马镰刀和玛莎跟在后面。刘永寿站在山石上喊："杀死马镰刀！杀了马镰刀！"刘祥云和七个士兵举枪瞄准。玛莎回头看到几支枪正向他们瞄准，飞身跃起落在马镰刀身后。枪声响起，玛莎后背的花衣裙炸开四处。玛莎感到背后一阵剧痛，咬牙紧紧地抱着马镰刀的腰。五人四骑一路狂奔而去。

五人四骑奔驰在林间路上，马蹄铁踩得火花四溅。拐过弯，巴哈尔收住了马，秦川、古依汗、马镰刀也收了马。眼见得马蹄缓了，巴哈尔满身是血板着脸："这儿安全了。当家的，你们走，我杀回去。"巴哈尔抹了一把脸上的血迹："奶奶的，此仇不报誓不为人。"马镰刀言道："亚森、薛草药和兄弟们恐怕难逃出来，现在杀回去也无济于事。这次的教训我会牢记，兄弟们的仇一定要报。"秦川看玛莎不说话，奇怪地问："妹子，平时就你叽叽喳喳的，怎么遇到败仗你就不叫了？"玛莎抱着马镰刀歪着头不语。

马镰刀低头看玛莎沾满血的手叫了几声，却不见玛莎回应。马镰刀顿感不对，拧过身子，拍拍玛莎的后背，叫着玛莎。玛莎的头歪了下去。马镰刀看到自己的手上都是血，惊惶地呼道："玛莎，你怎么了？玛莎……"秦川、巴哈尔、古依汗跳下马，把玛莎从马上抱下来。

秦川查看玛莎背后的伤势，咬着牙忍着泪："玛莎的后背中了四枪。"巴哈尔伤心地说："玛莎在你的身后是为了挡子弹啊。"马镰刀伤心不语。古依汗把手放在玛莎的鼻子下："当家的，玛莎还有一丝气息。"马镰刀声音悲颤："玛莎……哥哥一定要救活你。"秦川急急上马："快走，去萨吾尔村寨。"巴哈尔声音颤抖着："我的好妹子，你给大哥挺住喽，大哥这就带你回村寨，薛草药一定能救活你的。"巴哈尔、秦川、马镰刀三人把玛莎放上马。马镰刀翻身上马，一只胳膊把玛莎紧紧地抱着。

房间里家具齐全，屋顶上垂下几盏油灯。鸿玄弈坐在方桌前用布子擦手枪。敖元奎坐在床上后背倚着墙："不知当家的在亚曼扎营没有。"鸿玄弈笑笑："玛莎家在亚曼，当家的今晚一定会和玛莎回去。"门外传来急促的脚步声和喊声："报……报……"别斯拜推门进来。"出什么事了？"别斯拜紧张道："当……当家的出事了。"哈蒂曼两眼直呆呆看着别斯拜："出什么事了？快说！"别斯拜恨恨道："当家的带五十多个兄弟去博尔塔拉，在怪石谷遭重兵伏击。巴特尔汗说，双方杀得十分惨烈，兄弟们腹背受敌，官兵几百人之多，亚森、薛草药和兄弟们无法杀出重围，小长安和慕思寒带领四十多个兄弟杀进去解救，也被官兵团团围住，兄弟们伤亡惨重……"鸿玄弈急了眼："元奎，集合兄弟们火速出发。"别斯拜垂头丧气道："现在去，恐怕连兄弟们的尸首都找不到了。"敖元奎一拳砸在桌上。鸿玄弈站起来："还是中了官府的圈套。元奎，我带二十个弟兄去找当家的。你守在村寨，加强戒备，当心官兵偷袭。"敖元奎点点头："我这就通知兄弟们加强戒备。你路上小心，有情况立马送信来。"

怪石谷的夜晚显得更加阴森恐怖，借着月光可以看到地上躺着一大片黑乎乎的尸体。山谷里有狼的叫声，像小孩子在哭泣。小长安衣衫破烂，满身是血，手举火把走在一具具尸体间，仔细地寻找还没断气的兄弟。小长安跨过一个个官兵和兄弟的尸体。小长安大声地喊："有没有活着的？谁还活着？兄弟们，搭个声呀！"喊声在山谷里回荡。小长安失声号叫："刘永寿，我要把你的肉割下来，祭奠我的兄弟。"

毡房里，玛莎躺在地铺上昏迷不醒。伊玛尼泪眼盈盈地用毛巾给玛莎擦去脸上的血迹，马镰刀心急如焚地在毡房里走来走去。大夫走到马镰刀面前："当家的，玛莎的伤势实在太重，老朽的医术不及薛草药一半高明，请原谅我直言。"马镰刀咬咬牙咽了口唾沫："请讲。"大夫有些哽咽："玛莎的三魂七魄几近耗尽，若是薛神医能早点回来，玛莎恐怕还有救。唉，就看玛莎的造化啦。"马镰刀黑着脸咧咧嘴："不管怎么样，你得千方百计地救她。"大夫点点头："老朽将倾尽所能救玛莎的命。"马镰刀抱拳道："马镰刀万分感激。"

马镰刀心神不安地在毡房前来回踱步，耳边响起喊杀声。想到玛莎飞身跃起落在自己身后，心中又是一阵悔恨。巴哈尔和秦川走来："玛莎妹子怎么样？"马镰刀摇摇头。巴哈尔沮丧地说："老四说，没有一个弟兄回北口。"马镰刀咧咧嘴："发给每个死难的兄弟十两黄金。"秦川皱眉："咱们的黄金没那么多。"马镰刀咧咧嘴："官府有，刘永寿有。"几人听到刘永寿的名字，眼里都冒出了火星。

屋里突然传来玛莎咳嗽的声音，马镰刀、秦川、巴哈尔三人急忙走进毡房。玛莎睁开眼睛呆呆地看着穹顶。伊玛尼、萨迪克等人含着泪看着玛莎。伊玛尼含着泪笑着："玛莎，你总算醒了。"玛莎看着穹顶不语。马镰刀、巴哈尔、秦川跪在玛莎身边。玛莎的目光慢慢移向马镰刀。马镰刀伤心地摸着玛莎的额头："玛莎……玛莎……"玛莎气力微弱地："哥哥，抱……抱着我。"马镰刀把玛莎抱进怀里。萨迪克忍不住落下老泪。

秦川含着泪："妹子，你会好起来的。"巴哈尔含着泪："妹子，撑住啊，薛大哥这就回来了。"玛莎面带一丝微笑："秦川哥，巴哈尔大哥，照看好我哥哥。"秦川和巴哈尔的眼睛里涌出泪水。马镰刀伤心道："玛莎，坚持住，你能挺过来的。"玛莎气如游丝："哥哥，低下头。"马镰刀把脸贴近玛莎的脸前。玛莎无力地抬起胳膊搂住马镰刀的脖子，嘴唇贴在马镰刀脸上，满足地移到耳边。

玛莎的嘴唇在马镰刀的耳边微微颤动几下，胳膊落了下去，脸贴在马镰刀的怀里。马镰刀惊愕地喊："玛莎……玛莎……玛莎……"马镰刀轻轻晃动玛莎。秦川失声叫喊："妹子……妹子……"巴哈尔悲伤地喃喃："妹子……我的好妹子……"玛莎静静地躺在马镰刀的怀里，马镰刀流着泪紧紧抱着玛莎一动不动。伊玛尼、萨迪克忍不住哭出声来。

玛依莎走进毡房，阿依娜和米依孜各提一桶水跟在后面。马镰刀抱着玛莎迟迟不愿松手。玛依莎跪在马镰刀身边："当家的，放下她吧，你已经抱了她一夜了。"马镰刀低下头看着玛莎，亲吻玛莎的额头。伊玛尼伤感道："放下玛莎吧，剩下的事情由我们来做。"马镰刀亲吻玛莎的额头，轻轻地放下玛莎，站起来拖着步子走出毡房。房门轻轻地关上，屋里传出女人们悲哀的哭泣声。

她叫玛莎。人们叫她酒馆女郎。她来自阿拉木图。她死在博尔塔拉草原上。在埋葬她的那片草原上，每年春天，都会开放出紫色的花朵。人们把那花朵叫玛莎花。一定是亡人的口袋里装着这花的种子，现在它拱出地面，长成了花朵。

后世的来来往往的游人呐，当他们途经这里，以手加额，赞美这博尔塔拉草原的美景时，它也成为这被盛赞的一部分。

第二十八章

一

　　将军府大堂，伊犁将军坐在公案前。刘祥云站在堂上面带得意，百里赫拉、邱炳坤、于忠志等文武官员分列在堂上。邱炳坤上前一步说道："将军大人，这次打压了马镰刀的嚣张气焰，虽然未能俘获马镰刀，但经此一役，马镰刀只剩苟延残喘之力了。"将军微微点头。刘祥云有些洋洋自得："将军大人，这一仗共杀土匪四十余人，抓捕三十七人，重伤马镰刀、秦川、巴哈尔三匪首。"将军点点头："本官所辖之地总算可以安宁了。此次重创马镰刀，刘永寿、刘祥云、于忠志、邱炳坤功不可没，本官已将怪石谷大捷上报朝廷。刘祥云、邱炳坤、于忠志听令。"三人异口同声道："属下在。"将军厉声道："本官命你三人各带三百人马，不给马镰刀喘息之机，查找马镰刀藏身之地，一举将其歼灭，以绝后患。"

　　帐篷里，马镰刀皱着眉头坐在方桌前。老四端上一碗汤走进来把碗放在桌上："当家的，喝口汤吧，一天一夜没合眼，不吃东西怎么行。"马镰刀微微点头："不知亚森、薛草药、小长安、慕思寒一众兄弟都怎么样了，我这心里七上八下的……"老四劝道："巴哈尔大哥昨晚派兄弟们去打探，估计明天就有信了。"鸿玄弈掀帘进来："当家的，听到消息我就立马往这儿赶，没想到你们都在这儿。"马镰刀站起来："杜勒提村寨那边都好吗？"鸿玄弈点点头："都好。敖元奎在村寨把守，兄弟们已经做好防范官兵偷袭的准备了，你放心吧。"马镰刀点点头。鸿玄弈情绪低落："玛莎妹妹的事我知道了，当家的你伤得重吗？"马镰刀摇摇头："我的伤没什么。"外面一个哭腔喊道："秦川哥，巴哈尔大哥，当家的活着吗？"鸿玄弈和老四异口同声："是小长安回来了。"

　　小长安一身血衣，头上脸上手上血迹斑斑，流着泪跪在地上。马镰刀、老四、鸿玄弈走出帐篷。马镰刀激动道："小长安！"小长安看到马镰刀"哇"的一声痛哭起来。马镰刀扶起小长安："兄弟们都在哪儿？"小长安泣不成声地："就……就我一人回来了。"

　　马镰刀黑着脸声音颤抖着："兄弟们都死啦？"小长安哭着："夜晚我举着火把想看看有没有还活着的，四十三个兄弟呀……"秦川闻言思索一阵，抬起头恶狠狠地吩咐："鸿玄弈，你马上回去，带上二十个枪法好、武功高的兄弟，赶到塔尔巴哈台。刘永寿，我要你血债血偿！"马镰刀看着鸿玄弈："摸清刘府情况，查清塔尔巴哈台兵力部署。"转头又对其他人吩咐："命敖元奎带五百人马，在塔尔巴哈台以东二十里扎营。古依汗带七百人马，在塔尔巴哈台以南三十里扎营。老四，你带四百人马，在塔尔巴哈台以北三十里扎营。秦川、巴哈尔、小长安随我二十三日赶到塔尔巴哈台。"鸿玄弈看着马镰刀，迟疑了一下说道："送走玛莎我就回去。"小长安吃惊地问："玛莎姐姐怎么了？"说着抬起头，无意间看到，毡房前立起一根高高的杆子，杆子上挂着一条红布。那红布在风中一荡一荡。小长安瞬间就明白了，低下头忍不住流下泪水。悲伤的情绪在毡房里蔓延……忽然，门外传来一个哭腔："当家的——"只见薛草药、慕思寒、亚森一身血衣站在毡房门口。原来，三人在激战中身中数枪，因失血过多晕死过去，醒来时已是深夜。也是几人命大，薛草药血里捞骨头，从死人堆里拣出几条小命回来。草原上天高地阔，薛草药仗着早年行医，道路稔熟，马儿鼻孔嗅地，寻着他们的气味，一路小跑就找到团队了！

高天德吊着脸坐在椅子上。夫人走进来担心地问："天德，有没有明轩的消息？"高天德叹了一口气："听说明轩的人马遭到重创，明轩身负重伤，逃出重围。"夫人吃惊："明轩重伤，他现在在哪里？"高天德摇摇头："谁知道，好歹没落到刘家父子手里。"高天德叹口气："将军下令，要将他们赶尽杀绝，明轩的处境怕是岌岌可危，就看他的智慧和命数了。"高天德心绪起伏，接着又道："唉，我这一座山在他的心目中也倒了。明轩怕是连我也信不过了。"

二

刘永寿情绪高涨面带笑容和三个太太坐在圆桌旁有说有笑。桌上摆着各色鲜果和茶碗。二太太拿着一小串葡萄，摘一颗填进老爷的嘴里，笑道："恭喜老爷平息匪患。听说将军非常开心，说老爷和大少爷功不可没。"四太太笑着："马镰刀叱咤南北，嚣张至极，伊犁将军多年的心病被老爷手到病除，他当然得感谢老爷了。"刘永寿冷哼一声："可惜的是没能砍下马镰刀的头，祥麟儿还是无法瞑目啊。"

门外传来敲门声，侯中天手拿折子走进客厅。二太太看了一眼道："侯管家，老爷六十大寿的菜单出来了吗？"侯中天笑着："出来了，出来了，请老爷和二太太过目。"二太太接过折子看。侯中天点头哈腰地走过去："老爷，从京城等地赶来贺寿的亲属共三十六口，下人已经清扫出了二十五间房，铺的盖的都是粮草营的王总管孝敬的。"刘永寿满意地点点头。二太太看着菜单嘟囔着："地久天长、一掌定山河、玉树挂金钱、天山雪豹、黑龙虎尾、青藤缠玉兔……侯管家，菜单上的十八道大菜都很好，我看把烤鸭去掉，换成烤全驼吧。"侯中天点点头："好，听二太太吩咐。"

刘永寿指了指折子："该请的人都在上面，我看把高天德去掉就行了。"侯中天小心翼翼地建议："老爷，高天德可是将军的座上客，庆亲王、袁世凯都给他面子，高天德得罪不得。"刘永寿咂了下嘴："这次伏击马镰刀，我已得罪了他。取了吧，省得过事那天，这老贼在我眼前晃搭。"侯中天点头称是，接过折子和菜单离去。

十日后，刘府门前鞭炮齐鸣，门楼的飞檐下挂着四盏写着寿字的红灯笼。侯中天和三太太、四太太站在门口，迎接贺寿的亲朋宾客。官员、豪绅携妇带子，络绎不绝地走进大门。

屋子里，刘永寿身穿团花绸缎长袍，二太太给刘永寿系扣子整理衣领衣袖。

侯中天敲门进来，笑着说道："老爷，大少爷托人送来一幅用阿尔泰山黄金打造的寿字，我摆在客厅里了……来人说大少爷公务在身，查找马镰刀残匪藏身之处，不能到场。大少爷祝老爷福如东海，寿比南山，等他班师再来给老爷拜寿。"刘永寿开心地笑着："知道了。"侯中天又道："老爷，二太太，宾客们已陆续都到了，客厅里根本坐不下，没办法，我让下人又在客厅门前摆了十桌。怪都怪老爷的人缘太好了。多亏我多了个心眼，买的东西多，否则不够吃了。"刘永寿高兴地："好好好，人越多越好，热热闹闹地过大寿。"二太太笑着把最后一件配饰挂在刘永寿腰间："老爷，咱入席吧，客人们都等着呢。"刘永寿笑着："走，走。"

正要出门，陈把总突然敲门进来："刘大人，城南三十里发现有人马安营扎寨，大概七百之众。"刘永寿板着脸："是群什么人？""那些人衣衫整洁，从穿戴上分辨像是马镰刀的人马。"刘永寿笑笑："马镰刀只剩苟延残喘的力气了。"二太太插话道："塔尔巴哈台是什么地方，他就是吃了豹子胆也不敢到这儿来闹事。"刘永寿想了想："今天是大喜的日子，不得出半点纰漏，加强四门戒备，大牢增派卫兵把守，注意那伙人的动静。"

饭馆开在热闹的街上，门面略显陈旧，幌子上写着"五福烤全羊"

字样。馆子不大，整洁干净，八张方桌的四周摆着长凳。马镰刀、巴哈尔、秦川、古依汗、敖元奎、老四围坐在一张桌前。一个头戴小帽、留着胡须的哈萨克中年男人端着一盘切好的西瓜放在桌上。秦川拿起一块咬了一口："五叔，这瓜真甜啊。"五叔笑着："杀了刘永寿，我给你们烤上几只又大又肥的大尾巴羊。"巴哈尔笑着："好我的五叔呀，杀了刘永寿，跑都来不及，谁还敢坐在这儿享受烤全羊啊。"秦川几人呵呵地笑。

马镰刀吊着脸不语，鸿玄弈推门进来："当家的，今天是刘永寿六十大寿的日子，院里搭了个戏台子，守卫的官兵三十几人，家丁十五人。"马镰刀点点头："守城的官兵有多少人？""四个城门的兵力都算上一百人，加上驻城的兵力有三百人左右，把守南门的兵力最多，五六十人。"老四回过头来对马镰刀交代："当家的，我的四百人已进入城中，分散在四处。"巴哈尔冷哼一声："奶奶的，刘府里的人一个不留。"马镰刀面无表情地看着烛火："刘永寿的人头我包了。"

飞檐下挂的四盏灯笼照亮了刘府门前。六个守门的卫兵挎着刀，吊儿郎当地站在门前有说有笑。院子里，房前搭着个两尺多高的戏台，顶上罩着一大块遮阳布，戏台的背景墙上挂着大大的金色"寿"字，台上的演员正在演京剧《定军山》。

正席摆着十多张方桌，每张桌子上都摆放着茶碗、瓜果、糕点。刘永寿面带笑容陶醉在唱腔中，脑后的花白辫子，随着脑袋摆动而摆动。三个太太个个打扮得贵气妖艳，面向戏台吃着瓜果。男女宾客分别坐在其他桌上，男人大多顶戴官袍，女人们个个华贵靓丽。陈把总和二十多名卫兵挎着刀站在周围，眼睛都盯着戏台。

这时，房顶上出现六个黑衣人。小长安纵身跃下，挥刀劈开遮阳布，落到戏台上。紧接着巴哈尔五人提着刀一个接一个落在戏台上。台上的四个武生抱头鼠窜。看戏的宾客们开始以为这是戏剧情节，喝了声彩，后来发现不对。巴哈尔大声喊："杀。"小长安一跃就到了刘永寿面前。巴哈尔和几个兄弟分别冲到坐在前面的宾客面前。巴哈尔手起刀落，鲜血飞溅。小长安一刀扫去，三太太顿时毙命倒地。刘永寿吓得低头钻到桌下。看戏的宾客顿时鬼哭狼嚎乱作一团，有的抱头鼠窜，有的钻到桌下。陈把总抽刀高喊："有刺客，保护刘大人。"卫兵们冲了上去。陈把总挥着刀喊："拿下刺客。"卫兵和巴哈尔、小长安几人混战在一处。外面枪声四起，爆炸声接连不断。二十多个黑衣人冲上来加入厮杀。桌子下惊慌的刘永寿不知所措，陈把总伸手扶起刘永寿逃去。

陈把总推开门，扶着刘永寿走进屋里："大人，让您受惊了，您压压惊，我去拿下这伙贼人。"陈把总离去关上了房门。刘永寿坐在圆凳上，紧张的表情还没有退去，一双眼睛呆呆地盯着黑色的纱幔看，恍惚中好像看到什么，顿时一阵惶恐。黑色的纱幔后像是有个黑影在微微晃动。刘永寿惊慌地揉了揉眼睛，仔细再看。

马镰刀一身黑衣，盘腿坐在床上，隔着纱幔看着刘永寿。刘永寿惊慌地："谁？你是什么人？"马镰刀起身撩起纱幔出现在刘永寿面前。刘永寿大吃一惊，浑身哆嗦起来。马镰刀声音深沉："大人，没想到这么快就见面了。"刘永寿看着马镰刀紧张地说："马……马明轩？"马镰刀咧咧嘴："你杀了我妹妹和几十个兄弟，我来找你算账。"刘永寿镇定下来，威严道："你竟然敢找上门送死？"马镰刀咧咧嘴。

刘永寿站起来大声喊："来人……来人呐……来人呐……"马镰刀咧了咧嘴："不用叫了，你的卫兵一个活的都没有了。"刘永寿声音颤抖着："马镰刀，我是朝廷命官……你……"马镰刀冷笑一声："我杀的贪官哪个不是朝廷命官？"刘永寿退到屏风前，抬起手拿挂在屏风上的剑。突然，刘永寿"啊"的一声惨叫，刀尖从刘永寿的前胸穿出。刘永寿慢慢转身，脸色大变。

屏风平展展地倒在地上。秦川提着刀踩着屏风上前两步，把刀放在刘永寿的肩上擦去血渍。刘永寿跌跌撞撞走到房门前，正要开门，随即发出"噢"的一声嚎叫。滴着血的刀尖从刘永寿的后腰冒出。

门被推开。巴哈尔用刀顶着刘永寿退回屋子中间。巴哈尔抽出刀。刘永寿捂着冒血的肚子跪在地上看着马镰刀。刘永寿嘴唇哆嗦着："马明轩，求求你给我留口气，我和你马家的仇一笔勾销。"马镰刀咧咧嘴："早知今日，何必当初。杀了你一了百了。"小长安跑进来看到刘永寿上手就是十多个耳光，打得刘永寿满嘴喷血。小长安恶狠狠道："大人，我们不是强盗，是代表死去的兄弟找你索命。"

外边传来女人和男人的哭声和求饶声。马镰刀点点头问道："可抓到刘祥云？"小长安摇摇头："管家说刘祥云没有回府。"刘永寿哭着趴在地上大喊："马明轩，你放过祥云吧，难道你要将我刘家斩尽杀绝吗？"马镰刀咧咧嘴："你说对了。"小长安看着刘永寿："老东西的家人真不少，七大姑八大姨哥哥妹妹三十多口都跪在院子里，当家的怎么处置？"刘永寿哆嗦着："明轩，求求你放过我的家人吧，他们都是从千里之外来的呀。"小长安笑着："满门抄斩，给死去的兄弟们报仇。"马镰刀咧咧嘴："我们不是屠夫，放了佣人、妇女、老人和孩子。"刘永寿绝望地看着刘永寿："明轩，求求你，给我留具全尸吧。"马镰刀拿过秦川手中的刀，放在刘永寿的肩膀上："刘祥云还活着，你就知足吧。"刘永寿绝望地大喊，马镰刀手起刀落，鲜血飞溅。

枪声、爆炸声、喊杀声停息，两驾马车停在后院的房子前。小长安和十多个兄弟把一个个箱子，从屋里抬出来装上马车。巴哈尔走来看着小长安，小长安笑笑："巴哈尔大哥，刘永寿是个大财主，光金银就能装一大车。"巴哈尔笑着："布料丝绸什么的能装的都装上，多多益善。"小长安咧咧嘴："你比那死鬼刘永寿还要财迷。"巴哈尔笑着："奶奶的，贼不走空嘛。"兄弟们哈哈大笑。

第二十九章

一

二十个哈萨克青年男女，被绳子绑着胳膊连成一串，绳头拴在一辆装满麻袋的马车后边，马车拽着哭丧着脸的人们前行。十多个俄匪骑着马跟在青年男女的两侧。俄匪骑在马上挥动鞭子抽打带头的青年，大声呵斥："快走，别磨磨蹭蹭的。"

另一人拿着枪骑在马上："过了界你们就有好日子过了。"热汗古不示弱地大声喊："杂种，老毛子，放了我们。"帕提姑丽挣扎着大声喊："我们不走！"吾斯曼大声道："这儿才是我们的家。"两名俄匪挥鞭劈头抽打热汗古、帕提姑丽、吾斯曼三人。留着胡子的沙俄中年男人潘捷烈坐在马上面带笑容大声道："公民们，只有在我们仁慈的沙皇——谢尔盖-尼古拉二世的庇护下，你们才会有肥沃的土地、成群的牛羊和采不完的金子。忘了你们的皇帝，忘了这块蛮荒之地吧。"热汗古大声道："放屁，我们宁为本国的庶民，不为你国的君主。我们不会忘记国家，我们的家乡是金子，是摇篮。强盗，我们决不做沙皇的子民。"

吾斯曼大声道："你们这些不知好歹的畜生。"潘捷烈来到吾斯曼身边："你是不是活腻了？"吾斯曼看了眼潘捷烈："我宁愿死在家乡的土地上，埋进我们的家族墓园。"同行的一个青年有些病态："给我喝口水吧，我快要渴死了。"潘捷烈张开嘴哈哈大笑："到了家，有喝不完的伏特加，你就顾不上喝水了。"吾斯曼骂道："你们这群杂种、畜生，你们不得好死。"潘捷烈举起鞭子抽打吾斯曼。吾斯曼不遮不挡，昂首挺胸，任由潘捷烈抽打。

潘捷烈押着一队男女从一座沙丘后走出，突然看到十个汉子挡住了前进的路。潘捷烈并不惊慌，看着前面的人，扬手示意队伍停下。边民们停下脚步，聚拢到一起看着拦在路上的马镰刀、巴哈尔、小长安、秦川、布拉克拜等十人。

六名俄匪跳下马，站成一排手持长枪严阵以待。马镰刀骑在马上，看着相距十多米的沙俄土匪。秦川、巴哈尔、小长安跳下马，吊儿郎当地站在马前。潘捷烈骑在马上直视着马镰刀。

热汗古解开自己胳膊上的绳子，又帮身边的人解绳子。吾斯曼对热汗古小声道："那个骑着黑花马的人是草原王。"热汗古点点头："前年在迪化街上，我看见他杀了朝廷的官员。"吾斯曼激动地小声道："大伙听着，咱们有救了，那个坐在马上的光头就是草原王。"大伙都向阴沉着脸的马镰刀看去。

潘捷烈拿鞭子指着秦川："你们为什么拦住我们的路。"秦川骂道："杂种，你们的路在边境的那边。"巴哈尔笑着："爷爷正在赶路不想杀人，不过，你们得把人放了。"潘捷烈轻蔑道："要人，你得先问问我的枪，它要是同意你就把人带走。"秦川、巴哈尔、小长安抽出马刀，潘捷烈亦握住马刀，六名俄匪端起枪瞄准。

一个俄匪口气缓和地笑笑："先生们是想入伙，一起去享受美酒和女人？"巴哈尔笑着对秦川道："奶奶的，这话你爱听。"潘捷烈笑着："如果是这么想的话，请各位收起手里的家伙。"小长安呸了一口："放了我们的人，滚你娘的蛋，马镰刀大人已经没有耐心了。"有的俄匪听见马镰刀的名字有些恐慌，小声道："潘捷烈，我看咱们放人吧，马镰刀就是草原王，此人不好惹。"潘捷烈看着马镰刀笑笑："我倒要见识见识。"

辽阔的戈壁一片荒凉，无数个大小沙丘静立在戈壁上。沙丘的顶端长着一束束干枯的红柳，两人两骑站在高高的沙丘上。道伯雷尼亚，五十五岁，一头白发，身着沙俄军官服，瘦高身材，下巴上留着一撮山羊胡子，一看就知道他是个严肃精明的老军人。道伯雷尼亚坐在马上，神情严肃面带怒色，眯着眼睛眺望戈壁。士兵阿辽莎站在道伯雷尼亚身旁。戈壁滩上出现一支黑乎乎的队伍，远看像一条蟒蛇在戈壁上蠕动。阿辽莎举起单筒望远镜，向蠕动的队伍瞭望："上尉，是潘捷烈那帮家伙。"道伯雷尼亚吊着脸："这些狗娘养的，又在滋事。""上尉，潘捷烈一伙抓了一队中国边民。"道伯雷尼亚气愤道："这群土匪不给我惹出事来，好像睡不着觉。阿辽莎，去把大伙叫来，等他们过境，我非亲手毙了潘捷烈这狗娘养的。""是，上尉。"阿辽莎掉转马头冲下沙丘。

道伯雷尼亚、伊万和十多个沙俄边防军士兵站在沙丘上。伊万用望远镜向中方国土瞭望："上尉，他们被一群人拦住了，好像在交涉什么。"道伯雷尼亚："少尉，拦路的人是清国的边防军吗？"伊万拿起望远镜瞭望道："不是，好像是清国的土匪。"道伯雷尼亚："哦，用中国人的话说，一物降一物。继续瞭望。"

俄匪提着枪傲慢地看着马镰刀众人："先生们，你们的皇帝已被赶出皇宫，江东六十四屯发生的事你们不会没听说吧，草原王和我们作对是没出路的。如果各位不想被活埋在戈壁滩上，请让开路。"马镰刀咧咧嘴："兄弟们，欺辱、杀害我同胞的，统统杀。"话音刚落，布拉克拜等六个快枪手同时拿出手枪射击。"砰砰"几声枪响，六个举枪的沙俄土匪应声倒地。布拉克拜给枪管里吹口气，提着马刀和五个兄弟催马冲了上去。马镰刀提着马刀，催马冲向潘捷烈。

枪声在戈壁上回荡。沙俄士兵看着远处模模糊糊的人群。道伯雷尼亚问道："谁开的枪？"伊万吃惊道："上帝呀，被打死的是我国的公民。""我来看看。"道伯雷尼亚拿过望远镜。道伯雷尼亚嘟囔道："上帝保佑他们遇到的不是草原王。"

马镰刀挥刀向潘捷烈的面门砍去，潘捷烈慌忙举起马刀抵挡。"当"的一声，潘捷烈手中的马刀飞了出去。一名俄匪大声喊："快撤，全体撤退！"话音未落，小长安跳起一刀将俄匪斩落马下。潘捷烈见状慌忙催马就逃。

潘捷烈向边境方向亡命狂奔。巴哈尔站在马镫上，用力甩出匕首，匕首扎在潘捷烈的肩膀上。潘捷烈一声惨叫，但顾不了那么多，忍着痛催马逃命。巴哈尔紧追不舍骂道："奶奶的，我非宰了你。"

马镰刀飞奔而来拦住巴哈尔，巴哈尔迅速收住马。马镰刀止住巴哈尔："再往前就是国境线了。算了，给那落魄的家伙一条生路吧。子弹也不能向境外射，子弹越境也是违法的。"巴哈尔和马镰刀看着逃命的潘捷烈，咂咂嘴掉转了马头。

道伯雷尼亚放下望远镜。阿辽莎问道："上尉，怎么样了？"道伯雷尼亚冷笑一声："该死的潘捷烈我找不到了，孩子们，我们回去。"伊万急道："上尉，我们应该去营救我国的公民。"道伯雷尼亚白了伊万一眼："我们不能越境，你这个愚蠢的家伙。"伊万强词夺理："上尉，可我们的军队在阿穆尔河……"道伯雷尼亚一声呵斥："伊万·彼得洛维奇，战争已经结束了，白痴。我们走，中国的土匪替我们解决了那帮狗娘养的，也算是替我们省了力气。"道伯雷尼亚和沙俄士兵骑着马离去。

二

沙俄阿拉克别克边防站，坐落在额尔齐斯河北岸。高高的瞭望台上插着沙皇俄国的旗帜。营房前面有一片空地，三根木杆钉起一个球门，阿辽莎和一群士兵在踢足球。伊万站在瞭望台上用单筒望远镜瞭望。道伯雷尼亚坐在瞭望台下的椅子上，一边看文件一边用小木梳梳理下巴上花白的山羊胡子。伊万放下望远镜大声喊："上尉，阿拉克别克河一号口方向，稀稀拉拉地走着几个人，跨着大步，好像在测量什么。"道伯雷尼亚仰起头，眯着眼睛："你可以看出他们在做什么吗？"伊万笑笑："他们可能也要修边防站，扼住这额尔齐斯河河口，甚至还要建一个检查站。"阿辽莎惊呼一声，用最快的速度爬下瞭望台，来到道伯雷尼亚面前："上尉，这让我太吃惊了，我们的对手什么时候到来？"道伯雷尼亚深吸了一口气："我想不会太久，也许过些日子我们就有伴了。"道伯雷尼亚站起来看着伊万："伊万·彼得洛维奇，你马上把这个情况向边防纵队汇报。"

伊犁将军顶戴官袍威严地坐在堂上。高天德、于忠志、百里赫拉、邱炳坤等文武官员站在堂下。将军气急败坏地拍桌道："守城的官兵死伤过百，领队大臣被杀，前来祝寿的刘府亲属十二人被杀，只剩苟延残喘之力的马镰刀，为何气焰如此嚣张？"文武官员无人应答。

高天德拱手道："将军大人，下官有话要说。"将军吊着脸："高大人请讲。""马镰刀素来以侠盗自居，从不滥杀无辜，祸害百姓，大凡有马镰刀的地方，邪恶势力遭到打压，百姓安居乐业……"将军打断高天德的话："即便如此也无法改变他嗜杀成性的罪责。"高天德皱眉再谏："将军大人，剿灭马镰刀谈何容易，马镰刀的人马已有上千之众，并深得民心，这三年对马镰刀进行过多次围剿，但都损兵折将收效甚微，本官认为围剿马镰刀绝非上策。"将军沉思片刻，无奈地问道："以高大人之见，还是招抚马镰刀为上策？"

刘祥云从外面走进来，脸上的泪痕还未干，一声大喝："将军大人，万万不可招抚马镰刀！"众人惊讶地回头看着刘祥云，见他腕上戴着黑纱，一身香火气还未消退，显然是刚从丧事上赶来。无人敢搭话。

刘祥云环顾一圈，看着将军道："马镰刀暴戾凶残，无恶不作，四年前库尔喀喇乌苏的黄大人、总兵府王大人都是被马镰刀所杀……英吉沙头领被杀，于阗守备被杀，去年初火烧沙俄货栈造成两死八伤。请问高大人，这累累罪行哪一件不是马镰刀所为？"高天德走上前："各位大人，沙俄商人欺行霸市，百姓早已恨之入骨。马镰刀所杀之人哪个不是霸凌一方、仗势欺人的贪官，哪个不是敛财无数、荒淫无度的污吏？"官员们哑口无言。

刘祥云恶狠狠地瞪了一眼高天德："将军大人，高天德与马镰刀的父亲马浩文私交甚密，一直以来袒护马镰刀，企图借助招安为其洗脱罪名，请将军大人明察。"官员大都吃惊不小。高天德不卑不亢地向前一步看着刘祥云："刘大人不应为家仇私怨，而置我大清社稷于不顾。"刘祥云愤怒地指着高天德："高天德，你……"

将军打断刘祥云的话："国家正值兵连祸结，刘大人须以社稷为重。高大人请接着讲。"高天德作揖表示感谢，接着说道："将军大人，额尔齐斯河河口北湾卡伦即可驻军，若能招抚马镰刀派其驻防北湾卡伦，沙俄强盗定怕三分，绝不敢在这一地区寻衅滋事。"邱炳坤以讥笑的口吻道："派土匪驻守卡伦？不但不能震慑外夷，反会与之同流合污，边关定无安宁。马镰刀目无国法，甚至会制造边境摩擦，挑起争战。"将军微微点头。

高天德微微一笑，分析道："将军大人，导洪入流者得水利，引邪归正者得人利。招抚马镰刀既可消除一方之患，又可得一员猛将，更可抵御沙俄匪患保边民平安，此乃一举三得，恳请将军大人权衡利弊，三思而行。庚子俄难决不能再重演，请大人三思。"大堂里一片肃静。将军深思片刻，抬起头："高大人言之有理。若能不费一兵一卒招抚马镰刀，此乃功德无量，此事非高大人不可胜任。"高天德想起之前招抚害得马镰刀被重创，一阵苦笑："将军大人，这事前面已经做了一回，结果是给马镰刀挖了一个大坑。这次又去，下官没有十足的把握。"将军叹了口气,可实在再无人可以胜任,只得道:"高大人的苦衷本官明白。"高天德抱拳上前:"属下定将竭尽全力。"刘祥云凝眉垂首,沉默不语。将军挥挥手:"此事就议到这里,各位大人请退下。"高天德等文武官员散去。

房间里布置得很舒适,一张小床、书架、衣架、衣柜、桌椅板凳一应俱全,墙上挂着几把大小不同样式各异的洋枪,另一面墙上挂着几幅字画,桌子上摆放着银质的蜡台。马镰刀、薛草药、秦川、巴哈尔、慕思寒围坐在桌前。马镰刀手指飞舞,熟练地卷着莫合烟:"心里总算静下来了,近段时间我在想:招安怎么变成了伏击?难道是高天德有意害我?可这不应该呀。"巴哈尔白了一眼马镰刀:"奶奶的,越是亲近的人越不可靠,朋友是最可怕的,我走上这条路就是被朋友所害。"薛草药也想不通:"问题是高天德为何不早点告知。"秦川思索着:"也许刘永寿出兵时高天德并不知晓。"马镰刀摇摇头:"高天德身兼要职,他不会不知。"

慕思寒思索着说道:"当时高大人来找我时心急如焚,看样子他的确是事先不知,那些天我也没察觉到官府的动静。再说,高天德没有陷害你的道理。"秦川点点头:"慕思寒说得对。但将军府不守信,咱们自然也无法相信高天德。"马镰刀把烟掸掉,看着众人道:"吃一堑长一智,今后不得不处处提防。"

秦川想了一下道:"兄弟们,我有种预感,高天德还会来。他一心想把咱当家的拉回正道,通过我和他的接触,我相信高天德不会放弃当家的。"薛草药冷哼一声:"就算高天德可信,伊犁将军府依然不可信。老百姓说,见官三分灾!"马镰刀微微点头:"巴哈尔,告诉鸿玄弈、敖元奎加强防范,凡是有我木牌的人统统拿下。"巴哈尔站起来:"我这就去。"

第三十章

一

高天德身着便装走在街上，四个身着便装的带刀士兵，牵着马走在高天德身后。高天德向对面走来的维吾尔族青年打听："这位兄弟，我打听个人。"青年："您要找谁？这镇上的人我基本上都认得，这镇上的狗我也都认识。当然，狗也认识我。"高天德："您认识草原王吗？"青年笑笑："草原王是个大人物，天山南北的农牧民，有谁不知道草原王的大名？"他看了眼高天德身后的人警惕起来："您从哪儿来？""惠远城。兄弟，我是草原王的朋友……"青年冷哼一声："您的话只能对鬼说，草原王在农牧民心里是勇士，可在你们眼里是土匪。您去别的地方打听吧，这儿的人不会告诉你草原王在哪里。"

羊群在草地上低头吃草。一只羊羔，把头挤在母羊的肚子底下吃奶。羊羔已经大了，早该断奶了，母羊回身将羊羔抵远。高天德五人骑马走在草原上。牧羊的哈萨克中年男人身穿黑色褡袢，腰间扎一条宽皮带，头上戴一顶三耳皮帽，下身穿一条动物血染成的皮裤，嚼着烟锅坐在草地上。高天德骑马向男人走来，男人看到高天德站起身。高天德翻身下马客气祝福："愿肥壮的羊群年年增长，撒满草原。"男人礼貌道："热哈买提（谢谢）。"高天德小心地问道："请问到哪里可以找到草原王？"男人嘿嘿一笑："草原王神龙见首不见尾，和他有缘的人会得到他的帮助，和他无缘的人找遍新疆也不会遇到他。"高天德无奈地点点头。

高天德翻身上马离去，一个士兵跟上来："大人，没人告诉我们去哪儿找马镰刀，这么大个新疆，这样找下去猴年马月才能找到呀！"高天德笑笑："这个问题，只能问问上帝了。"四个士兵不由得笑了。高天德甩了一下马鞭："走吧，没准就在眼前，就看缘分了。"

戈壁滩一片荒凉，几座金字塔似的高大沙丘矗立在戈壁滩上。高天德五人骑着马没精打采地走在沙丘边上。"大人，要不咱们去北口山寨看看？"另一人反驳道："北口山寨是开放的，刘大人被杀，马镰刀不会在那儿的。"高天德摇摇头："狡兔三窟，在天山南北任何一处村落，都有可能遇到马镰刀。"

巴哈尔等人骑着马在一处红戈壁上巡逻，看见高天德的队伍，策马过去。巴哈尔一声大喝："喂，你们是什么人，打哪儿来的？"高天德见到来人，赶忙问道："这位兄弟，我们来找草原王，你知道他在哪儿吗？"巴哈尔眼珠子一转，看着高天德道："我认识草原王，只是不知你找草原王何事。"高天德闻言大喜，赶忙从怀里掏出马镰刀给他的木牌递了上去："我是草原王的朋友，找他有急事！"巴哈尔看着他手里的木牌，再看看高天德，哈哈一笑："原来是声名在外的高大人。"高天德被他这句话搞得云里雾里，还没反应过来，巴哈尔一挥手，身后的众人就把高天德五人团团围住。

小长安操着秦地方言，喊道："特色呀特色，说，什么风把你吹来的？"院子里，高天德灰头灰脑，被五花大绑吊在树上。高天德看着小长安和楚天霸："我已经交代了，核桃枣儿一个不剩地吐了。"楚天霸举起鞭子，高天德吓得龇牙咧嘴哭腔道："老夫不敢有半句谎言。"小长安看了眼天空："呸，你就是个骗子，没安好心！老人家你经不住打，我们会挠你脚心痒痒死你。"巴哈尔、秦川、薛草药、敖元奎走进院子。看到吊在树上的人，巴哈尔看着高天德："奶奶的，为啥把老人家吊在树上？"小长安从高天德兜里掏出三角木牌看了看："他有这个。"大伙看着小长安手上的木牌。小长安把木牌交给秦川。秦川看了眼木牌抬头看着高天德，对敖元奎小声道："去把当家的叫回来。"说着命人给高天德松了绑。

敖元奎、马镰刀、古依汗、叶尔波勒、布拉克拜、吐耶拜走进院子。马镰刀看到高天德有些惊愕，但瞬间恢复常态。高天德面带微笑看着马镰刀。马镰刀冷哼一声："高叔，您怎么到这儿来了？"高天德赶忙上前："我是专程来找你的啊。"

马镰刀和高天德走向议事堂。秦川见二人走远，吩咐其他人："敖元奎、小长安、叶尔波勒、布拉克拜、吐耶拜，你五人各带二十人，分五路查看三十里内有无官兵。古依汗，通知所有的兄弟提高警惕，晚上睡觉不要脱衣，加强戒备，以防不测。"众人领命而去。秦川、巴哈尔、薛草药走向议事堂。

马镰刀板着脸坐在椅子上，高天德坐在马镰刀对面，其他人分坐两旁。马镰刀看了一眼高天德："高叔找我何事？"高天德迟疑了片刻，叹口气道："实不相瞒，我是代表将军府而来。""啪"的一声，一把匕首拍在桌子上。高天德一激灵，看着巴哈尔。巴哈尔目光凶狠地看着高天德。马镰刀面无表情："不得无礼。有手不打上门客！"高天德忙道："贤侄，我来找你是谈大事。"马镰刀面无表情："高叔一路鞍马劳顿又受惊吓，先歇息吧。来人，给高大人开间上好的房子，好酒好肉伺候，任何人不得对高大人无礼。如果高大人有需要，夜来再给他找个暖脚的女人。"高天德还想说什么，已经有人进来做了请的姿势，高天德只能无奈地离去。

看着高天德离去，秦川说道："我派兄弟们分五路查看三十里内有没有官兵。"马镰刀蹙眉深思不语。薛草药沉吟了一下："没想到高天德来得这么快。可以肯定怪石谷伏击与高天德无关。他一定还是为招抚而来。"巴哈尔冷哼一声："高天德失信于人，伊犁将军是个卑鄙的婊子，招抚的事没有什么可谈的，兄弟们不会为朝廷卖命。他是你马家的恩人，你请他滚蛋吧。"

秦川吊着脸："巴哈尔，是否与高天德谈判，兄弟们尽可各抒己见。"巴哈尔拍桌子道："你少打哈哈，如果没有高天德那封信，四十多个兄弟能白白送命吗，玛莎妹子会死吗？这口气我咽不下。"巴哈尔站起来摔门离去。薛草药也站起来："将军府兄弟们信不过，事实摆在面前，当家的你看着办。"秦川看着马镰刀建议："高天德突然到访，大家还没有心理准备，我看你先和他拉拉家常，好酒好饭伺候，确认他没有带兵来后，即使不谈，让他走也不伤感情。"马镰刀点点头："就先照你说的办。"

二

屋门紧闭，屋子里布置得古色古香。红木衣柜、红木五斗橱、红木月洞门架子床、红木梳妆台、红木挂衣架，红木博古架上摆着从刘永寿那儿抢来的古玩宝物，三个红木花几上摆着不同的花草，墙上挂着几幅字画。高天德倚在床头，看着博古架。

突然传来一阵敲门声，高天德起身拉开门，见马镰刀站在外面。马镰刀闪过高天德走进屋子，扫了眼屋子问道："高叔，这里的条件不比府上差吧？"高天德苦笑："比我那儿阔气多了，可我住在这儿倒有几分凄凉。"马镰刀挑眉看着高天德："哦，高叔的意思……？"高天德摇摇头："你我叔侄之情好像所剩无几。"马镰刀咧咧嘴，岔开话题："高叔，上次去您府上没敢多停留，好些话没来得及说。高叔近两年回过苏州老家吗？"高天德看着马镰刀："前年春节回了一趟，一家人热热闹闹地过了个团圆年。大年初二，我到你家给你爹娘拜了个年。"马镰刀关切道："我爹娘的身体可好？""你娘已是满头白发，看上去老多了，眼睛也看不大清了，她牵挂你，想背着你爹来新疆找你，被我拦住了。你娘怕再也看不到你。"马镰刀表情伤感沉默不语。高天德又道："你爹的身体还好，他的脾气你知道，虽对你一字未提，但从他的眼神里看得出他很想你。我把你报仇雪耻的事，写信告诉了你爹娘，我相信你马氏家族所有的人一定很开心。"马镰刀长出一口气看着高天德："不提这些了，走吧，吃饭去。"

桌子上摆着丰盛的菜肴和几个酒坛。秦川和巴哈尔对面而坐，薛草药给碗里倒酒。马镰刀和高天德走进门。秦川笑着："高大人，饭菜恐怕不合您的口味，凑合吃吧。"高天德看着桌上的菜肴："菜肴如此丰富，你们太客气了。"马镰刀端起碗："高叔，小侄敬您一碗酒，给高叔接风。"秦川端起碗："来来来，大家一起喝了第一碗。"巴哈尔和薛草药端起碗，高天德道声"多谢款待"，大伙一饮而尽。

马镰刀喝完了酒板着脸看着高天德："高叔，您的一封信让我失去了四十多个好兄弟和妹妹玛莎，我心疼啊。"高天德有苦难言："我万万没想到刘永寿插手了此事。"巴哈尔闻言瞪着眼睛："大人的意思是，伊犁将军听了刘永寿谗言？"薛草药摆摆手："我们不要在细枝末节上劳神，高大人并不是为澄清此事、挽回与马明轩的叔侄之情而来。"高天德作了个揖："薛神医一针见血，痛快！我是为招抚谈判而来。"巴哈尔拍了一下桌子："高大人，让我们和你们这些不讲信誉的卑鄙小人站在一个阵营，绝对办不到。"马镰刀冷笑一声："高叔，不是兄弟们信不过您，伊犁将军如此不守信用，兄弟们不得不防，还请高叔谅解。"高天德显得有些尴尬。秦川打圆场道："先吃饭，再大的事吃过饭再说。"马镰刀端起酒杯："高叔，吃了饭我带您四处看看。招抚的确是件大事，请容兄弟们三思，您住在这儿我心里踏实，待我确定您身后没有尾巴，小侄亲自送高叔离去。"高天德板着脸："我听安排就是了。"

村道两侧民居比邻，是那种用柳条编织成墙壁、中间再填上牛粪、上面打成平顶的房屋。中亚地面，雨水不多，房子盖得不那么讲究，只求个冬暖夏凉就是了。村道上干净整洁，有人牵着牲口，有人拉着车，有人挑着柴火，有人扛着打草的大镰刀。马镰刀和高天德漫步在村道上。路过的村民无不与马镰刀热情地打招呼。高天德边走边看看这儿看看那儿。马镰刀略显轻松："高叔，我的村寨一无高墙，二无牢房，三无肉票，四无压寨夫人，您看我像土匪吗？"高天德笑道："草原王是农牧民心里的勇士。"马镰刀咧咧嘴："在官府的眼里我是土匪，您又如何看待？"高天德叹口气："贤侄，俗话说名不正则言不顺，你的所作所为虽然顺应民心，但没有名分你无法为民请命。"马镰刀微微点头。高天德问道："这里的住户……？""他们都是无家可归的农牧民和矿工。离这儿不远，阿尔泰山脚下，有个可可托海矿区，这些矿工是从那里来的。"高天德赞许地看了一眼马镰刀："贤侄扶危济困的义举令人敬佩。"马镰刀咧咧嘴："谬赞，我是既当婊子又立牌坊。"高天德："不必把话说得那么难听。"两人漫步前行。

议事堂里，一干人马围在桌子旁你一言我一语。巴哈尔脾气急躁："奶奶的，为谁卖命都不如为自己卖命。"古依汗冷笑："招抚是幌子，不把咱们一网打尽，将军府不会善罢甘休。"慕思寒摇摇头叹了口气："这些年当家的不容易，为了兄弟们不惜父子反目。当年，当家的立下的誓言也都一一兑现，唯一没实现的愿望，是把兄弟们引上正道。"巴哈尔啐了一口："奶奶的，什么正道邪道，到头来都是去阴曹地府。"亚森哼了一声："当家的应该听咱的，他该知道是咱们救了他的命。"巴哈尔一拍桌子："放屁，当家的是自己救了自己，为了一句承诺，十年没见家人面，想家时弄片粽叶放在鼻子上闻闻。做人要有良心，要说谁救了当家的，功劳归薛草药的医术。"议事堂安静片刻。亚森拍桌而起："我的意思是，当家的在大事面前也该听听咱们的。"巴哈尔瞪着眼睛："奶奶的，没有马镰刀救你，你的骨头都化成水了。"薛草药打圆场道："兄弟们是对官府有气，自家兄弟吵得脸红脖子粗，这又是何苦呢。"秦川吊着脸："咱们遇到当家的是咱和他的缘分。这些年，当家的化解过多少次灭顶之灾，救过多少兄弟的命，没有他，咱们不可能有今天这样的气候。"大伙儿不再说话。

第三十一章

一

高天德和马镰刀在河边走走停停。高天德看着马镰刀："贤侄天性淡泊超然，不迷恋功名富贵，大仇已报，贤侄应另作打算。"马镰刀苦笑："多年在腥风血雨中度日，纵使成就不了惊世伟业，至少没有辱没家风。另作怎样的打算也难以修成正果。这些年我与兄弟们共担生死，同享富贵。江湖讲的是仁义、道德、诚信，让兄弟们做好事并不难，难的是让兄弟们相信官府的诚意。高叔，恐怕我说服不了兄弟们，请容我再从长计议。"高天德点点头。

马镰刀紧锁眉头靠在床头抽烟，远处传来群狼的叫声。马镰刀把烟头扔到床头柜上的碗里，站起来在屋里踱步。秦川推门走进屋里："你和高大人谈得怎么样？"马镰刀："没有说到正题上，但可以看出他的诚意。"秦川汇报："兄弟们回来了，方圆三十里内没有发现官兵，沿路布置了岗哨，有情况会立即汇报。"马镰刀点点头："高天德在此，将军府不会派兵攻打村寨。"

秦川坐到马镰刀身边，跟他商议："兄弟们信不过官府。""预料之中。"秦川笑笑："对招抚的看法也不同，巴哈尔和亚森差点伤了和气。"马镰刀咧咧嘴："一对狗脾气。""大伙不愿意为朝廷效力。兄弟们个个都是暴脾气，我是怕伤了和气。"马镰刀叹了口气："兄弟们共担生死，相依为命，即使吵翻了天动起手来，甚至各奔东西，可心里依旧会相互惦记，一旦有事，召之即来。"秦川点点头："你说得对，可这次的事情不比往常。"马镰刀思索片刻："世事如棋，变幻莫测，机不可失啊。如果将军府答应条件……"秦川接话道："兄弟们就不用再过匿影藏形的日子了。"马镰刀嗯了一声："若能谈成，到时候何去何从由兄弟们自作决定，你看如何？若谈不成，五天之内拔寨，护送乡亲们到老风口安家。"秦川思索了一阵点了点头："明天我安排，让乡亲们有个准备。"马镰刀叹了口气苦笑："时也势也！早年间，我看过一本名叫《福乐智慧》的书，是在行旅路上一个鸡飞小店看到的，书都翻烂了。书中说，我放走了行云般的青春，我结束了疾风般的生活！"

院子里漆黑，高天德房间的窗子透出一点亮光。小长安裹着羊皮大衣，坐在小凳上倚着墙熟睡，梦中说的胡话好像秦腔叫板。高天德在门前打太极拳。马镰刀走进院子，小长安揉着眼睛站起来："当家的这么早就来了。"马镰刀笑着拍拍他的肩膀："回屋好好睡一觉去。"小长安应了一声乐呵呵地向门口走去。

客木巴尔端上两杯茶，递给马镰刀和高天德。高天德劝道："贤侄，你是知书达理的人，近年来国势衰微，民生凋敝，蛮夷诸强乘隙蜂拥而至，横行霸道，巧取豪夺，百姓饱受蹂躏。从古至今，每逢强敌觊觎我河山之际，无数仁人志士无不怀着报国之心，也有聚众于山林者为朝廷效力，鲜有以终身落草称寇为荣的。"马镰刀咧咧嘴："高大人，道理我懂，用不着你来教诲。"高天德又道："眼下正是朝廷用人之际，像你这样能带领千军万马、叱咤草原的人中龙凤……"马镰刀插话道："高大人太抬举我了。昨晚我想了一夜，想让兄弟们安居乐业，想我爹我娘，梦到了与家人团聚。"高天德面带微笑地听着。"高叔给我转变人生的机会，事已至此，我想我也就趁坡下驴，金盆洗手了。"高天德笑道："贤侄终于憬悟，我总算不虚此行。"马镰刀话锋一转又道："可我又一想，这也许是毁灭的前兆，死亡的开始。"高天德吊下脸："贤侄分明是对我不信任。""高叔多虑了，我不是不想转变人生，我做梦都想与家人团聚，给爹娘尽一份孝心。人在江湖身不由己，我是兄弟们的主心骨，不能不为兄弟们的安危着想，能残喘度日小侄知足了。"高天德语气严厉："残喘度日恐怕言不由衷，你家学渊源又历尽风雨，我不明白你怎会自甘堕落，就算你缺失民族大义和为国效力之心，也该牢记重振马氏家业的重任。"马镰刀咧咧嘴，似乎也有一些恼怒："高叔不必再费口舌，小侄让高叔失望了。中午我陪您喝顿酒，喝完酒一拍两散，派人送您离去。"

高天德厉声道："明轩，你该明白我提着脑袋来，绝不是陪你们这些无药可救的东西消磨时光的。"高天德怒火冲天把手中茶杯狠狠地摔在地上，马镰刀咧咧嘴。高天德骂道："你不为你爹想，不为你娘想，你这个大逆不道、无情无义的浑蛋。"马镰刀目光阴冷："高大人，您口下留德！"高天德冷哼一声："我不是你高叔，要杀要剐随你。"马镰刀无言以对，面带苦涩。高天德接着道："你可以继续呼啸戈壁草原，以称寇为荣，以杀戮为职业，可你别忘了自己是中华儿女。不要忘了去年的七月十七日，沙俄军队对我海兰泡、瑷珲以及江东六十四屯进行血腥屠杀。当时，人群像山崩一样被赶进黑龙江浊流中，浮水得生者不过六七十人。妇女们把孩子抛上岸乞求搭救，俄兵竟把孩子挑在刀尖上，更甚者把婴儿割成碎片，凄惨之状无言形容……伤重者毙岸，伤轻者死江，未伤者全被溺死江中，浮尸漂动，蔽满江洋，江水为之奇腥。沙俄夺去我七千多同胞的生命，抢占六十四屯土地。"马镰刀长长地吐出一口气。高天德见马镰刀有所动容，继续劝导："沙皇野心勃勃，对我新疆虎视眈眈，企图占领中亚草原，屡屡出兵伊犁，难道你愿意看到庚子俄难在新疆重演？"马镰刀看着高天德不语。高天德骂道："你们这群烂货，竟然没有一滴为国担忧的热血，找出种种托词，无非是遂了你们这些贪生怕死之人不愿为国效力的本意……算我瞎了眼，从今往后你我一刀两断，恩义全绝。"马镰刀把水杯狠狠地摔在地上，一把揪住高天德胸前的衣服，目光凶狠："您的诛心之论格外刺耳。谁说我不爱国？我告诉你，我的兄弟们把国家看得比命还要重！我马镰刀堂堂七尺男儿，愿将热血洒在国土上！我决不偷生！"马镰刀一脸怒气把高天德推开。高天德连退几步站稳脚跟："你可愿意为国家效力？"马镰刀毫不犹豫道："当然。"高天德板着脸："那好，君子一言，驷马难追，你我谈判达成共识。"马镰刀接着道："话说到明处，我等接受整编，既不是为你高大人，也不是为伊犁将军，更不是为死狗扶不上墙的清政府，我们是为了草原上的百姓，为了西北边防的安宁。"

二

亭子下，伊犁将军、百里赫拉、刘祥云坐在石桌旁。将军叹了口气："百里大人，高大人出门多日，至今音讯全无，高夫人也多次前来打听消息，本官的心里也是忐忑不安……我想让你带一队人马，打探高大人的消息。先去北口山寨打听一下吧……"刘祥云抢过话头："将军大人，北口山寨已让我荡平，一间毡房都没留下了。高天德必定无功而返，请大人派兵，属下定铲平马镰刀，为我刘家报仇。"百里赫拉和将军抬头看着刘祥云。刘祥云一腔愤怒："不报深仇大恨我死不瞑目。"将军威严道："你若不以大局为重，坏我招抚大事，我拿你是问。"刘祥云无奈地看着伊犁将军不语。将军看着刘祥云："本官看在你爹的面子上，任命你为塔尔巴哈台守备。明日去塔尔巴哈台上任。"刘祥云单腿跪地抱拳道："属下感恩不尽。"

秦川、巴哈尔、薛草药、慕思寒、古依汗、鸿玄弈、敖元奎、亚森、小长安，九人围坐在桌旁。巴哈尔问道："你跟当家的谈了吗？"秦川点点头："该说的都说了。当家的意思是，提出我们的条件，如果将军府答应，何去何从兄弟们可自己决定。"巴哈尔拍了一下桌子："奶奶的，这么说咱的队伍就这么散了？我还是那句话，跟乌鸦打交道只能吃到屎！谁信任官府的鬼话，谁跟当家的去卖命吧，我宁愿放羊牧马。"

鸿玄弈开口道："我和元奎说好了，就守在这个窝里。金窝银窝，不如咱这狗窝。"薛草药拍拍手："伊犁府、迪化府哪个都信不过，我还是江湖郎中。家鸡有食汤锅近，野鹤无粮天地宽。"慕思寒笑笑："我是铁匠，兄弟们常来光顾。"古依汗撇撇嘴："那我就回库尔提村寨。"亚森看了看众人："我回北口跟老四商量后再做决定。"小长安看看这个看看那个没了主意。薛草药看着小长安对众人道："让小长安跟我吧，一他能帮我打打下手，二我能教他家传绝学，以后闯荡天下治病救人。"小长安眼睛含着泪："大哥们，你们都疼我爱我，可这样散了不行呀。大哥，当家的是为了咱，咱们不能把当家的一个人扔下呀。"大伙都有些伤感。秦川长出口气："小长安，事已至此就让大家随意吧。我把你从长安背到西域，给你起了这么个名字，是让你不要忘记家乡，不要忘了家门口那眼甜水井。大伙呵护你长大，都疼你，跟着我吧，咱哥儿俩还要一起回长安呢。"小长安流着泪点点头。

屋子里高天德和马镰刀面对面坐在桌前。高天德微笑着："贤侄不愧是马浩文的儿子，一身正气仍存。"马镰刀苦笑："不要给我戴高帽子了，我此刻心里像猫抓一样难受。这一步是福是祸，我现在心里也没有把握。"高天德沉吟半晌，说："贤侄是重情重义之人，有什么条件尽管说出来。"马镰刀思索了一下说道："我有三个村寨共二百七十户，一千一百三十二人，伊犁将军府要给他们分配土地和牧场，将此三处村寨作为他们永久的居住地。"高天德思索片刻："这个条件我可答应你。"马镰刀接着道："我是个不孝之子，没有尽到赡养爹娘的责任，我要朝廷归还我家苏州老宅，以报爹娘的养育之恩。"高天德有些为难："高叔定竭尽全力讨回你家老宅，不过贤侄得容我向伊犁将军阐明缘由，请伊犁将军将此事上奏朝廷。"马镰刀点点头："官府追杀我们兄弟多年，转眼让我们为国效力，此事恐怕不只是兄弟们不信，说给谁听谁都会犯嘀咕。小侄的人头落地事小，连累了大伙的性命事大。

请朝廷下旨，特赦我和兄弟们，再不追究过往的事情。"高天德犹豫："这，这个嘛……"马镰刀冷笑一下："这个条件若是不能答应，小侄只好送您离去了。"高天德思忖片刻严肃道："好，我答应你，不过请容我上奏朝廷。"马镰刀抱拳行礼："我等候佳音。"

马镰刀又问："倘若朝廷不能特赦兄弟们，高叔又当如何？"高天德看着马镰刀："任凭你们兄弟驰骋戈壁草原，就是血染天山，我也绝不再说半个不字。"马镰刀点点头："最后一个问题。不知将军府招抚我等做何差事？"高天德掷地有声："保家卫国，守卫边防。"马镰刀惊讶道："哦，敢问戍守何地？"高天德微笑："北湾卡伦。给你卡伦站长的职务，可带二十个兄弟做你的属下。那块地方是一个要塞、卡口，或者说口岸。从俄罗斯过来的船只，通过河口可以直达布尔津码头。可可托海矿区的矿石，就从布尔津码头装船，一直运到俄罗斯境内的伯力。"马镰刀不解地问："那其余的兄弟如何安置？""可编入其他军营，愿意回家的伊犁府发给每人安家费十块银圆。"马镰刀咧咧嘴："够吝啬的。"高天德表情无奈。

马镰刀喝了口茶，问道："特赦令何时可以送到？""三十日内。"马镰刀看着高天德正色道："高叔，小侄把丑话说在前面，三十日内我等不动刀枪，不过谁要胆敢犯我的营盘，格杀勿论。"高天德回问："贤侄收到了特赦令又如何？"马镰刀道："即刻前往北湾卡伦尽戍边职责，倘若有半点延误任凭处置。"高天德一拍桌子，叫了一声好："到时我在北湾等候贤侄。"

院子里只剩下秦川和小长安坐在桌子前。小长安都快哭出来了："秦川哥，你再劝劝大伙。"秦川无奈地看着小长安："官府前次失信于兄弟们，已经把事情做到前头了，我再劝也是没用的。"马镰刀板着脸走进院子："怎么就剩你们两个了，其他人呢？""都在玄弈哥那儿喝酒呢。"秦川追问道："事情怎么样？"马镰刀点点头："我们的条件高大人都答应了。可带二十人戍边，其他的兄弟编入其他军营，愿意回家的，官府发给每人十块银圆。"马镰刀想了一下吩咐道："秦川，把咱这些年攒的家当，论资论功给大伙分分，让兄弟们富富裕裕地回家，置房产，置地产，再买一群牛羊，好好过日子去吧。"秦川点点头，有些伤感地说："巴哈尔、薛草药、慕思寒、古依汗、鸿玄弈、敖元奎、亚森要各奔东西了。"马镰刀叹息道："你和小长安打算往哪儿去？"秦川叹口气："唉，说实话我也信不过官府，可自打把你捡回来那天起，注定无法与你分开，我与小长安随你戍边。"马镰刀心生感激之情，抚摸小长安的头。小长安泪眼盈盈地给马镰刀卷了一支烟："当家的抽上抽上，我给你拿火去。"小长安把烟放在马镰刀的嘴上，转身跑进议事堂。

秦川伤心地看着小长安的背影："要散了，小长安的心里承受不住。"马镰刀深深地出了口气："是呀，他把大伙都当亲人。"随后伤感地站起身子："唉，去看看巴哈尔他们吧。"秦川出手阻了一下："别去了，大伙的心里都不好受，除了嘱咐几句还能说什么？嚼那些闲牙干什么？把这份感情埋在心里吧，这样兄弟们走也好受些。"小长安拿着蜡烛出来，给马镰刀点上烟，将蜡烛吹灭。马镰刀吐出口烟，仰头看着烟雾在空中形成几个烟圈："好吧，你告诉他们，特赦令三十日内即可送到，不论兄弟们往后做什么，不可再开杀戒，更不能拉帮结伙再走这条路。祝愿兄弟们与家人团聚，幸福安康，财源滚滚，喜事不断，有空到北湾卡伦来看看。"秦川点点头："我一会儿就去告诉他们。"

第三十二章

一

毡房的门开着，马镰刀、秦川、小长安、古依汗围桌席地而坐，桌子上摆着丰盛的菜肴。阿克勒给大伙的碗里倒酒。萨迪克端着碗笑着："当家的、秦川、小长安就要远赴北湾卡伦为国效力去了，你们是好样的，好样的。总算是有了一个归宿。"玛依莎坐在铺上缝衣服道："当家的生来就是个干大事的人。"阿依娜拿着一坛酒进来笑着："当家的，村寨的乡亲们听说您要去守边关，别提有多自豪了。"萨迪克笑着："古依汗，你怎么不去呢？"古依汗显得有些不大自在："我还没想好。"马镰刀笑笑替他解围："老伯，婶婶，以后这里就是大家永久居住的村落，这片牧场今后是库尔提村落公用的牧场。"萨迪克感激道："你给我们的太多了，我代表全寨的人感谢当家的。"马镰刀握着萨迪克的手："老伯，今后咱们村落的人要多走动，相互关心关爱，一人有难大家帮助，团结起来过日子一天会比一天好。有难处来找我。"萨迪克感激地看着马镰刀："有再大的难事，我们也不能麻烦你，你们安心守好边关。"

玛依莎好奇地问道："当家的，北湾卡伦离咱这地方有多远？"小长安笑着："婶婶，北湾离这儿可远呢，少说也有好几百里地。草原上的路野，我看有千里开外了，顺着额尔齐斯河往下走，走到河口地面，就是它了。"阿依娜白了一眼小长安:"就是远在天边,我们也要去看你们的。对,还要给小长安带好吃的。"小长安笑着:"那我们盼着你们早点来。"秦川看着萨迪克认真地说道:"老伯,有件事拜托您。"萨迪克笑着:"拜托这话听起来别扭,有事尽管说。"秦川点点头:"这些年攒的家底都分了,可古依汗、巴哈尔、慕思寒、薛草药、亚森、鸿玄弈、敖元奎、老四、小长安这些兄弟都不要,当家的意思是都放在您这儿,以后哪位兄弟遇到用钱的事就到您这儿来拿。"萨迪克拍拍胸脯:"没问题,我一定保管好。"

马镰刀对古依汗道:"古依汗,大伙各奔东西了,兄弟们在刀光血影里生死患难,活到今日实属不易,你们兄弟要相互关爱,常在一起聚一聚。"阿依娜和玛依莎难过地抹泪,萨迪克的眼圈也红了。古依汗难过地点点头:"你们三兄弟要多保重,兄弟们会去看你们的。"玛依莎伤心道:"说散就散了,让人心酸啊。"马镰刀咧咧嘴:"天下没有不散的筵席,不再干刀头舐血的营生,是我和兄弟们梦寐以求的事情。"透过房门可看到两名士兵牵马来到房前。

马镰刀、秦川、小长安、古依汗走出毡房。士兵看了眼四人傲慢道:"你们谁是马镰刀?"马镰刀跨了一步站出来,领头的拿着一个纸卷道:"马镰刀接令。"马镰刀看着对方:"说吧。"领头的士兵厉声道:"还不跪下?"马镰刀咧咧嘴。

小长安嚷嚷道:"哎,你支起耳朵听着,我们当家的从不给人下跪。"士兵上前:"兔崽子,你算什么东西,敢在秋管带大人面前无理。"小长安出手掐住士兵的喉咙,士兵"噢"的一声,双手抓住小长安的胳膊挣扎起来,直翻白眼。秦川板着脸:"放手。"小长安松开手,士兵大口地喘气,大声地咳嗽。秋管带呵斥道:"大胆,小王八蛋你活腻了。"小长安上手就是两耳光,跟着一脚踹在秋管带的肚子上,把秋管带踢飞了出去。古依汗捡起地上的纸卷,交给马镰刀。小长安抽出匕首横在秋管带的脖子上骂道:"老王八你才活腻了。"士兵站在一边不敢上前，秋管带求饶道："马大人饶命……马大人饶命啊……"马镰刀板着脸："小长安让他起来。"小长安放开秋管带："老子这两天心里不痛快，正想杀人呢。那把鬼头刀，也好久没有饮血了。"

秋管带站起来，秦川上前给秋管带整整衣帽："秋管带，没看到特赦令前，谁犯了我们的规矩格杀勿论，这是我们和高大人达成的协议。他没告诉你吗？"秋管带胆怯道："马大人，本官无知，本官失礼。"马镰刀板着脸："秋管带请告诉高大人，特赦令收到，即日动身前往卡伦。"秋管带连连称是："本官这就回报。"见马镰刀挥手，连滚带爬地上马走了。

秦川和古依汗看着落荒而逃的秋管带等人不由得笑了笑。马镰刀和秦川拉开纸卷看着。马镰刀露出久违的笑脸道："古依汗，告诉所有的兄弟，从现在起大伙无罪了，官府不再追究往事。"小长安高兴地跳着呼喊："好……太好了……兄弟们终于一身轻了。"古依汗激动道："大伙终于可以放心大胆地回家了。"马镰刀把特赦令交给古依汗，古依汗笑着："我不识几个字。"秦川笑着："我念给你听……前边的啰唆话就不念了。"小长安激动道："快点念呀？"秦川大声道："你急啥，念着呢，念着呢……"马镰刀看着众人喜悦不已，冲着秦川吩咐："找几张羊皮，把这东西抄在羊皮上，给每个兄弟身上揣上一张，一为留个纪念，二是有个凭证。"说完独自离去。小长安见马镰刀离开想叫住他，秦川挡了一下："他准是去看玛莎妹子啦，你就老实待着吧。"

墓地依山傍水，墓碑上刻着玛莎的名字。马匹拴在一棵小树上，烟荷包挂在鞍桥上。坟墓上长着绿油油的青草，青草间夹杂着奇异的玛莎花。马镰刀把一个花环放在坟头上用火镰点燃，怀抱酒坛子倚在墓碑上。马镰刀醉意朦胧道："妹妹，哥哥把刘永寿杀了……本想把刘永寿的头带来，可又害怕吓到你……你和兄弟们的仇报了，薛草药、亚森、慕思寒等兄弟们都回来了……可我怎么也高兴不起来……你走了，哥哥的心里疼啊！"马镰刀喝了口酒把头靠在墓碑上，耳边似乎响起玛莎"咯咯咯"的笑声。马镰刀抽口烟在肚子里憋了会儿，长长地出了口气："玛莎，哥哥来告诉你，招抚的事情终于落定，官家既往不咎，兄弟们都能安心回家孝敬父母了，哥哥多年的愿望终于实现了。"抽口烟，叹了口气："唉，唯一让我难过的，是和生死相依了十年的兄弟们分开了。""大伙信不过官府，各奔东西，不知以后还能不能相聚了。哥哥去北湾卡伦守边关是为国效力，秦川和小长安跟我一起去。一把韭菜不零卖，死死活活困在一起。"说罢，一双湿乎乎的眼睛望着天空。

二

饭馆的雅间里，刘祥云、邱炳坤、于忠志三人喝酒。于忠志笑道："祥云，恭喜你升任塔尔巴哈台守备。"刘祥云苦笑道："家仇未报就是升任一品大员，也是面上笑心里哭。"于忠志喝了口酒："不知高天德此行会是什么结果。"邱炳坤冷笑："他失信于马镰刀，那群杀人不眨眼的畜生，不会轻易放过他的，能扛着脑袋回来就算万幸了。"刘祥云目光阴冷："就是马镰刀当上将军，我也不会放过他。"于忠志点点头："马镰刀若是接受招安，八成是去北湾卡伦，那就正好栽进守备大人的手里。"刘祥云苦笑道："若是马镰刀真的当上站长，再杀就没那么容易了。"于忠志用手做了个杀的姿势："那就在他去上任的路上杀了他。"刘祥云微微点头。

伊犁将军和高天德漫步说话。将军表情轻松："平息匪患招抚马镰刀，高大人立下大功。马浩文家老宅的事，由你亲自办理，需要我出面的地方我出面。"高天德微笑道："多谢大人。"将军点点头："马镰刀何日上任？""见到特赦令即刻前往卡伦。"将军点点头："土匪没规矩，你要把边防法规都告诉他，还有礼节规矩等等。"高天德抱拳称是："大人放心，我会一一告诉他的。"

客厅里，刘祥云皱紧眉头来回踱步。管家侯中天在外呼道："大少爷，粮草营王总管到。"王彪和蒋前走进客厅。刘祥云吊着脸："怎么现在才到？"王彪点头哈腰道："守备大人，小人在来的路上遇到点事，耽误了。"刘祥云看着蒋前："这位是……？"蒋前施礼笑道："守备大人，小人姓蒋名前，是王大人的副官。"说完单腿跪地道："小人愿当大人的马前卒，为大人出生入死，还望大人对小人多多关照。"刘祥云官气十足道："起来吧。"

王彪献殷勤道："没有守备大人和老爷的关照，就没有我王彪的今天，老爷不幸遇难，小人以泪洗面痛不欲生，老爷的仇小人铭记在心。"刘祥云淡淡地说："马镰刀已被将军府招安。"王彪气愤地说："什么，怎么能将马镰刀这种杀人不眨眼的畜生招安呢？马镰刀实在是可恶至极，我恨不得现在就掐死他。"刘祥云吊着脸："说一堆屁话有什么用！马镰刀近日有可能前往北湾卡伦。"王彪不解道："他到卡伦做什么？"刘祥云叹道："将军大人给了马镰刀北湾卡伦站长的职务。"王彪松了口气笑道："守备大人，孙猴子翻不出如来佛的手心，他在你手心里攥着，迟早是你桌上的菜……"蒋前插话道："守备大人，北湾卡伦的粮食供给，在我粮草营名下，往后有马镰刀好受的。"王彪咬牙切齿："我整死他。"刘祥云吊着脸："那些都是后发制人的伎俩。"王彪斜眼看了一下刘祥云："大人的意思是……？"刘祥云无奈道："北湾卡伦虽在我的管辖下，只要马镰刀穿上那身老虎皮，就不好对付了，抓不到马镰刀犯事的把柄，我也拿他没有办法。最好的办法是在马镰刀上任的路上置他于死地。"王彪拍拍胸脯："这好办，我派几个手下，在他去卡伦的必经之路上设下埋伏。"刘祥云插话道："马镰刀不好对付，他的手下武功高强，枪法了得，要是你的人落到马镰刀手里，刺杀卡伦站长的罪名，恐怕你我谁都担待不起。"王彪微微一笑："大人，我带你见个洋人，此人和老爷交情不薄，对北湾一带的地形也非常熟悉，以他的本事定能结果马镰刀的性命。"刘祥云点点头："好，你尽快安排见面。"王彪道："我这就叫人去请。"

房间不大，中亚风格的装饰，给人幽静舒适之感。桌上摆放着几小碟茶点和一把西域风格的水壶。刘祥云和王彪坐在圆桌旁，喝茶说话。王彪凑上前去小声道："此人叫潘捷烈·潘捷烈维奇，原是驻印度加尔各答领事馆的中尉武官，后被流放西伯利亚，是个落魄的沙俄贵族男爵……"刘祥云笑笑："是个不得志的倒灶鬼。"王彪笑着："抱着对财富的渴望，常年游历在新疆寻找发财的机会，汉话很流利。此人性情贪婪，凶恶残暴，混得'魔鬼潘捷'的绰号。"

刘祥云问道："他发什么财？"王彪呵呵一笑："走私烟土，倒卖军火，盗掘古墓，贩卖人口……什么都做，什么都敢做。此人和老爷交情不薄，小人孝敬给老爷的那副马鞍，就是从他手里搞来的，而且小人同潘捷烈有些生意往来。"刘祥云皱眉："此人肯为我卖力吗？"王彪笑笑："大人，有钱能使鬼推磨，没人不肯为钱卖命。"

门外传来侍女的声音，说客人已到。王彪站起来开门，见潘捷烈站在门口，将人迎进来介绍道："大人，这位就是国际友人潘捷烈男爵。"刘祥云微笑道："欢迎男爵阁下。"潘捷烈微笑着与刘祥云握手。"男爵大人，这位是新任塔尔巴哈台守备，刘祥云，刘大人。"潘捷烈向刘祥云施沙俄贵族礼笑着说："能与守备大人相识，鄙人实在荣幸。"刘祥云笑着："男爵阁下不必多礼。"潘捷烈开门见山："王总管约我到此商谈什么买卖？"王彪看着刘祥云："是守备大人有事和您说。"刘祥云严肃道："咱们明人不说暗话，是请您杀人。"潘捷烈揉搓着下巴上的胡须："是个不错的买卖。"潘捷烈喝了一口酒："不知阁下要杀什么人？""草原王。"潘捷烈面露惊惧，但稍纵即逝，看着刘祥云道："他大名鼎鼎，是你们有名的土匪头……"王彪愣了一下："正是。你知道他？"潘捷烈笑笑："我与马镰刀碰过面，有过一次交手。"王彪咂咂嘴："此人不好对付。"潘捷烈傲慢地说："在魔鬼潘捷眼里马镰刀是头蠢猪，杀马镰刀比杀一只羊还容易。守备大人你找对人了。"刘祥云满意地点点头。

潘捷烈几根手指一搓，狡黠地看着刘湘云："杀人可以，不过嘛……"王彪讪笑道："好说，事成后白银一百两。"潘捷烈嗤之以鼻："魔鬼潘捷杀只鸡也不止这价，何况是赫赫有名的草原王。"王彪笑着："守备大人是刘老爷的公子，北疆卡伦都受大人辖制。"潘捷烈笑笑："用你们的话说亲兄弟明算账，不知刘大人是否有诚意？"刘祥云吊着脸："本官不与您讨价还价，一百两黄金如何？"潘捷烈满意地点点头，伸出一只手，把刘祥云的手抓过来一拍，叫一声："成交。"

王彪拿出一个木盒放在桌上。刘祥云道："这是定金二十两，请过目。事成，带马镰刀的头来见我，再付余下的八十两。"潘捷烈微微点头，把木盒拿到自己面前。刘祥云严肃道："潘捷烈阁下，请您记住，此事绝不能造成外交争端。"潘捷烈点点头："守备大人请您放心，我是老江湖了。"王彪拿起酒杯："我敬二位大人一杯。"刘祥云和潘捷烈拿起酒杯，三人碰杯。

第三十三章

一

三驾马车拉着满满一车箱子，帐篷铺在箱子上，三把毛瑟枪放在上面。马镰刀、小长安、秦川三人赶着马车走在路上。马镰刀坐在车辕上咧咧嘴："太静了，闷得人心慌。"小长安笑着："当家的，我来吼上一嗓子解解闷。"马镰刀笑笑："我就是这个意思。"秦川闻言也笑了起来，挥手道："我先来。"扯开嗓子唱道："我从来言与行不避福祸，哪怕他风浪险万水千波。为国家谋大事主意定妥，请贤弟你不必忧多虑多。"小长安接着唱："犬汪汪吓得我侧身就躲，幸喜得月色暗屋檐宽阔。学一个猫儿叫暂且避祸，如不然这买卖就要打脱。"马镰刀听得直笑。前方不远处站着一个头戴草帽、身背行囊的人。小长安站在车上道："那个人是薛草药大哥。"小长安兴奋地喊："薛大哥！薛大哥！"马车来到薛草药面前。薛草药摘下草帽客气道："三位，让游方郎中搭个便车可否？"马镰刀咧咧嘴："后面请。"薛草药跳上车，坐在箱子上。小长安笑嘻嘻道："薛大哥，见到你真高兴。"秦川笑着："江湖郎中浪迹天涯，你打算往哪儿去呀？"薛草药笑着："既然搭上了顺风车，一棵草，一棵没根的刺蓬草，随风飘，你们去哪儿我去哪儿。"小长安激动地抱住薛草药："薛大哥，你跟我们一起去卡伦？"薛草药笑着："你这只小病狗，没有我谁给你瞧病呀？"马镰刀面带笑容。秦川高兴地说:"到前边的镇子上,咱四兄弟喝一顿再走。"马镰刀扬鞭催马。

小镇冷冷清清,马车走在小镇的街道上。小长安左看看右看看:"这镇子也太冷清了,咱们去下个镇子吧。"薛草药躺在车上:"听小长安的吩咐。"慕思寒骑着马从巷子里出来。马镰刀、秦川、小长安看到慕思寒都不由得惊喜。小长安高兴地喊道:"慕思寒大哥,你怎么到这儿来了?"慕思寒笑笑:"是上帝的旨意。"慕思寒与马车并行:"药罐子,你怎么在人家车上?"薛草药躺着道:"我搭的是顺风车。" 秦川揶揄地看着慕思寒:"打铁的你打算去哪儿开铺子?"慕思寒也不避讳:"上帝说北湾能发财。"马镰刀咧咧嘴:"那就跟着走吧。"薛草药嘟囔道:"倒霉,又多了一张嘴。"慕思寒笑着:"我有肉有酒不占你们便宜。"小长安笑得十分开心。马镰刀笑着摇摇头自语道:"骨子里的兄弟谁也离不开谁。"

额尔齐斯河河口,1883条约线经过的地方。从阿尔泰山上流下来一条小河,一位哈萨克女人在河边洗头,把她的头巾掉进河里去了,没能捞上来,所以这条小河叫头巾河。当这条河流出十公里远近的时候,它又分叉,向内侧流出一条小河,这条小河叫喀拉苏干沟,又叫喀拉苏自然沟。两条小河前行五十公里后,几乎在同一个地点,注入额尔齐斯河。

高天德先马镰刀一步来到这里,他摊开地图,测定1883条约线的位置,然后在河口支起一个香案,香案上放着大清帝国的黄龙旗。高天德从地上折下三根青蒿,掐头去尾,在香案上掬起几把沙子,把这青蒿插在上面。将来的北湾卡伦,就建在这个位置上。

香案立起,高大人退后几步,撩了一下袍子,然后双膝跪倒,以头抵地,连磕三个头。他说:"皇天后土,列祖列宗,这里就是北湾卡伦了。大清的疆土,神圣不可侵犯。未来守护北湾卡伦的士兵,老夫在这里，为你们宣誓：宁可前进一步死，绝不后退一步生。你们将像拴马桩上的马，被牢牢地拴在这里，与这块土地共生死。"

旁边随从的苍白青年李三宁咂咂嘴："大人，这地方四处没有人烟，实在是太荒凉太乏味了。"高天德瞥了一眼李三宁："好男儿志在四方，你懂吗？"李三宁点点头："要让我挑选，我还是愿意在您身边。"高天德笑笑："我本来打算把你留在这儿的。"李三宁露出苦相。高天德笑道："等马站长到任再定此事吧。"

山谷里风景优美，不时地传来各种鸟鸣。马车走在蜿蜒的山路上，两侧是平缓的山坡，高大的树木遮天蔽日。小长安骑着马，手拿一块草原风干肉边走边吃。马镰刀、慕思寒、秦川、薛草药坐在箱子上吃肉喝酒。

马车拐过山弯。巴哈尔、古依汗、鸿玄弈、亚森、老四、敖元奎、楚天霸、客木巴尔、库米丝汗、喀海尔曼、叶尔波勒、吾尔曼、玛木尔、布拉克拜、吐耶拜十五人牵着马横在路上，马鞍上挂着刀，鞍桥上担着枪。小长安惊得大叫："我的妈呀，都在这儿。"小长安飞身下马向巴哈尔跑去，马镰刀、慕思寒、秦川、薛草药吃惊地看着巴哈尔一伙兄弟。

薛草药打趣道："这下完了，狼多肉少，打铁的快把肉收起来。"小长安跑上前抱住巴哈尔叫了声"巴哈尔大哥"就哭了起来。巴哈尔揉揉小长安的脑袋，笑骂道："奶奶的哭啥，大哥走你哭，大哥来了你还哭。"

秦川收住马车，马镰刀咧咧嘴看着巴哈尔："奶奶的，你带兄弟们截我的道呀？"巴哈尔笑笑："兄弟，野狗离不开群。分开了就像割下自己的肉一样不是滋味。兄弟们不能撇下你们。"巴哈尔看到薛草药和慕思寒："奶奶的，打铁的和药罐子怎么在车上？"秦川笑着："药罐子搭的是顺路车。"慕思寒撇撇嘴："我去北湾开铺子。"薛草药挥挥手里的腌肉："我们有酒有肉不占你们便宜。"马镰刀开心道："兄弟们，我马镰刀是有福之人，我马镰刀没白活此生。"秦川激动道："今天是我最开心的一天。"马镰刀大声道："兄弟们，出发。"巴哈尔一伙翻身上马，小长安笑嘻嘻地和巴哈尔并肩前行。

二

广袤的戈壁滩上大大小小的沙丘星罗棋布。一座高高的沙丘后面，搭着一顶简易帐篷。一群黄羊被惊扰了，撒开四条长腿一蹇一蹇地奔跑，半个戈壁上都是黄羊那跳动的白屁股。潘捷烈和十名沙俄土匪坐在一堆篝火旁，烧水做饭。俄匪甲抱着饭盒："我们已经等了四天了，还要等到什么时候？"潘捷烈手拿小酒壶："谁知道呢，没有人给我们提供草原王的情报。这里是去北湾的必经之地，我们只能在这里等候。"俄匪乙撇撇嘴："一百两黄金是笔大买卖，值得我们忍耐。"潘捷烈笑了："这不仅是一笔买卖，草原王骁勇善战，杀人不眨眼，他一旦驻军北湾，我们的财路会被彻底阻断，别想从这儿运出一粒粮食，带走一个边民，甚至带不进来一包鸦片。"另一个俄匪傲慢地说道："杀草原王对哥萨克骑士来说，只需挥动手中的马刀。"潘捷烈点点头："道伯雷尼亚对我们盯得很紧，一旦那狗娘养的和马镰刀联起手来，那将是我们的灾难。"

沙丘后，潘捷烈和几个俄匪东一个西一个躺在沙地上睡觉。一个俄匪趴在沙丘顶上瞭望，望远镜里一驾马车和一队人马缓缓走来。俄匪兴奋起来，放下望远镜抬头往前看。远处，车马停了下来，人们纷纷翻身下马。俄匪回头喊道："潘捷烈大人，我们有事干了。是一支商队，有一驾马车，他们好像要安营扎寨。"潘捷烈爬到俄匪的身边，抢过望远镜瞭望。

潘捷烈一边瞭望一边道："他们有刀枪，不像商队……有十七八个人！"另一人爬上来问道："是商队吗？"潘捷烈："马车上装着满满一车木箱，我认为是的。他们有枪。"俄匪傲慢地笑了一下："我从不杀没枪的人。"

潘捷烈突然惊叫道："上帝呀，我看到他了！草原王！我看到了他，那狗娘养的正在抽烟呢。他那莫合烟的烟丝是用酒喷过的，香醇的味儿十里外都能闻到。"一伙俄匪听到草原王的名字都兴奋了起来："让我看看价值一百两黄金的草原王大人。"其中一个嘿嘿一笑："他看上去并不像传说中那样凶残，他的身材像彼得堡红肠，我一口就能把他咬成两截。"几个人呵呵地笑。潘捷烈拿下望远镜沉思了一下："他们的人比我们差不多多一倍。等他们安营过夜，我们夜袭他们。"接着对沙丘下的同伙道："先生们，打起精神来，我们今晚消灭他们。"

帐篷已搭好，一伙人说说笑笑，围坐在餐布旁吃肉喝酒。巴哈尔笑着："秦川，你应该去天山，等你师傅腾云驾雾后，你做掌门，小长安做大管家，多好。"薛草药笑着："对呀，何苦跟着马镰刀受苦呢，还要拖累小长安。"小长安笑着："薛草药大哥，你懂个屁呀，我们三个师兄弟不拆伴。"马镰刀喝口酒："巴哈尔，你不是回家放羊牧马了吗，怎么带兄弟们在山里打劫呀？"巴哈尔咬了一口肉，边嚼边说："奶奶的，我是回家去了，走到半道上我在树下睡觉，梦见我娘对我说：'巴郎子，野狗不能离群，跟着那恶狗守边关去吧，别让洋人进来欺负咱。'我回杜勒提找你们，正好兄弟们都在，古依汗来送特赦令，才知道你们动身了。谁知道药罐了和打铁的跟着混吃混喝。"大伙哈哈大笑。

吾尔曼突然道："布拉克拜给大伙唱首歌吧。"小长安嘻嘻笑着起哄："对，你唱歌最好听。"叶尔波勒和吐耶拜拿起身边的冬不拉弹起来，布拉克拜展开歌喉，浑厚忧伤的歌声回荡在戈壁上。他唱的正是那首《可悲的时代》。那悲怆的旋律叫人柔肠寸断，连四周的空气都充满了哀恻。马镰刀静静地听着，表情十分忧伤。

阴沉的夜空，戈壁滩上一片漆黑，狼的叫声此起彼伏。帐篷门前的木杆上挂着一盏闪着微弱亮光的马灯，阵阵鼾声从帐篷里传出。小长安、楚天霸、客木巴尔三人穿着皮袄拿着枪在夜幕的笼罩下，围着帐篷巡视。小长安吸了吸鼻子，好像闻到了什么味，又吸了吸鼻子。

客木巴尔和楚天霸走到小长安身边来，小长安小声道："我好像闻到了一股烟味，你们闻到了吗？"客木巴尔深吸口气小声道："我什么也没闻到。可能是当家的在抽烟。"小长安摇摇头："当家的睡了，两个烟味不同。"客木巴尔又深吸口气道："我闻到了，是和当家的烟味不一样。一个是莫合烟，是用浓香型酒发酵，一个呢，是用洋酒发酵。这气味，一闻就能闻出来。"楚天霸眼神认真了起来："戈壁上一定还有人。今晚没有月亮，相隔五丈什么都看不到。烟味是从东边来的，加强戒备，发现动静把兄弟们叫起来。"三人点点头握紧了枪杆。

夜色中，沙俄土匪们端着枪提着马刀，一字排开单腿跪在地上，眼睛都看着远处的微弱亮光。一名俄匪小声道："尊敬的男爵大人，您还在等什么，难道要等到草原王起床请您吃早点吗？那群愚蠢的猪已经睡熟了，我们可以像割韭菜那样割他们的头去了。"潘捷烈有些无奈："那好，我们动手吧。先生们，夜晚的枪声会传得很远，我们不能制造外交争端，那样对我们很不利。前进！"俄匪们一字排开，小心地向着亮灯的方向前进。

小长安、楚天霸、客木巴尔三人在黑暗中巡视。小长安把耳朵贴在地上，好像听到了什么声音，向走来的楚天霸和客木巴尔做了个手势。楚天霸和客木巴尔急忙把耳朵贴在地上。楚天霸小声道："正前方，脚步杂乱，好像人不少。"客木巴尔蹲在地上："我从帐篷后面钻进去叫大伙起来。"说完弯着腰瞬间消失在黑暗中。楚天霸趴在地上听，给小长安做着手势。小长安趴在地上举枪对着漆黑一片的前方。

帐篷里亮着一盏马灯，兄弟们倒在地上，盖着毛毡熟睡。客木巴尔从篷布下钻进帐篷，一手推巴哈尔，一手推马镰刀小声道："快把大伙叫起来。当家的，有人向咱们摸过来了。"马镰刀揉了揉眼睛问道："哪个方向？"客木巴尔指指正前方。秦川小声问："有多少人？"客木巴尔摇摇头："外面太黑什么都看不到，听脚步声有十多人，他们走在沙地上声音杂乱而且很轻。"巴哈尔骂了一声："奶奶的，这么说一定是冲咱们来的。"兄弟们闻声都坐了起来，秦川看了大家一眼，小声道："兄弟们，正前方有十多人。大伙拿起身边的枪，看清人再开枪，行动。"

老四、喀海尔曼、叶尔波勒、吾尔曼四人轻轻提起篷布，鸿玄弈、马镰刀、秦川、巴哈尔、慕思寒等提着枪迅速钻出。所有的人悄无声息地消失在黑暗中。小长安和楚天霸趴在地上注视着前方，秦川爬到小长安身边小声道："看清人就开枪。"秦川向右前方爬去，见马镰刀趴在地上举着枪注视着前方，小声道："这一带没村落，不可能有土匪，我怀疑是越境的俄国人。"马镰刀哼了一声："越境的不会是啥好鸟。"秦川在马镰刀身边趴好，拿出手枪。

十名俄匪一步步警惕地靠近，潘捷烈跟在后面。帐篷的轮廓已清晰可见。

夜幕中出现一排隐隐约约的人影，越来越清晰可辨。小长安低呼一声："是杂种。"话音未落，"砰砰砰……"一阵密集的火光闪过，可以看到六七个人倒地，其余的人逃进夜幕中。大伙提着枪举着火把冲上去，只见地上横七竖八躺着五个已经咽气的俄匪。亚森用火照亮俄匪的脸冷笑："妈的，这些杂种都死了。这些蠢蛋把咱们当成商队了。"马镰刀瞅了一圈吩咐："仔细查找看看有没有喘气的。"话还没说完就听鸿玄弈喊道："这儿有两个活的。"

老四和敖元奎拿着火把走来，照亮二人，只见两个俄匪拖着伤腿，靠胳膊艰难地爬行。秦川和马镰刀等人走来，马镰刀把刀插在二人前面的地上，吓得两个人一抖不敢再动。马镰刀笑笑："先生们要去哪儿？你们为什么要袭击我们？"

俄匪瑟缩道："有人给我们一百两黄金让我们杀草原王。"马镰刀感到惊讶。巴哈尔大喝一声踩到一个俄匪的身上道："谁出一百两黄金要草原王的命？"俄匪使劲摇头："我们为钱杀人，谁要草原王的命与我们无关。"巴哈尔脚下一使劲，俄匪挣扎了几下就不动了。另一人见状赶忙求饶："先生们，我什么都不知道，潘捷烈大人最清楚。"马镰刀自语道："这个名字好像听说过。"小长安一拍脑门："我想起来了，是去杀刘永寿的路上，在曼玛尔村一带遇到的那个家伙。"马镰刀咧咧嘴："是他呀，我想起来了。"秦川看了一眼直喘粗气的俄匪，对众人道："留下他喂狼吧，咱们走。"

第三十四章

一

一条大河，蓝汪汪的一河水，以几公里宽的扇面，自东南向西北，仪态万方、雍容华贵地流过。这就是额尔齐斯河，中亚细亚地面最为著名的一条河流。另一条河小一点，自阿尔泰山先向西再向南而流。两条河交汇处，就是北湾卡伦的位置。那条小河叫阿拉克别克河，是1883条约划定的边界线，亦叫1883线，或者叫条约线，或者叫双方实际控制线。

朦胧的荒原上，马队沿着河边前行。小长安站在车上激动地喊："当家的，前边有人家了。"马镰刀大声道："兄弟们，我们八成是到地方了。"巴哈尔坐在车上骂道："奶奶的，这地方鬼都不来。"马镰刀大喊一声："这是改命的地方。"

苍白青年李三宁站在一座沙丘上远望，看到不远处走来一队人马，兴奋地冲着高天德喊："南边比利斯河方向，来了一队人马。大人，来了一队人马！"何管带仰着头："是来这儿的吗？"李三宁笑着喊道："是的！"高天德兴奋地笑着："都七八天了，明轩这小子总算是到了。"

马队沿着河岸前行，河口已近在眼前。

何管带先抓了匹马，跑出几里地来迎接。高天德在招手。秦川一伙兄弟谁也不说话，所有人的眼睛都看着这块地老天荒的地方。高天德、李三宁和一群士兵迎上来，马镰刀带着队伍来到他们面前。

马镰刀和兄弟们翻身下马,高天德迎上握住马镰刀的手笑着说道:"贤侄一路辛苦。"马镰刀露出一丝微笑:"高大人何时到此?"高天德撇撇嘴:"已经到了七天。"马镰刀略带歉意地看着高天德:"接到特赦令的次日就动身了,马车走得慢,让高叔等急了。"高天德摆摆手:"没什么,只要贤侄安全到达,我的心就放回肚子里了。"

两条河流交汇处的另一边夹角,是沙俄阿拉克别克边防站,阿辽莎在瞭望台上用望远镜瞭望。瞭望台下,俄兵们整理马具做巡逻前的准备。道伯雷尼亚身着军官服,嘴上叼着雪茄,爬上瞭望台。阿辽莎立正道:"报告上尉,界河那边又来了一队人马。"道伯雷尼亚不紧不慢地抽了一口烟问道:"他们又来了军队?"阿辽莎摇摇头,疑惑地说道:"好像是,又不像。那些人没穿军装,可都带着武器。"道伯雷尼亚也是满脸疑问:"来了多少人?""大约有二十个没穿军服的人。上尉,白房子一下涌来这么多人马,难道有军事行动吗?"道伯雷尼亚眯着眼睛看向白房子的方向:"告诉大伙加强戒备,你把这些情况立即向纵队报告。"

高天德领着马镰刀一行来到额尔齐斯河河口。那个先前支起的香案还在,那个铺在香案上的黄龙旗也还在。高天德把脚往地上顿了两下说:"这就是未来的北湾卡伦所在地了。"说完用折来的蒿草权当香火,一行人齐刷刷地跪在地上,屁股对着大河方向,面朝东方,向天高皇帝远的皇城行祭拜礼。

在白房子建起来之前,这一行人今夜暂时露宿在荒野里,燃起篝火。篝火在荒原上燃烧着,火光忽明忽暗,照耀着这一群胡子拉碴的男人。高天德大人眼见得大功告成,也是一身轻松。

篝火旁,马镰刀端起酒看着众人:"兄弟们同我不弃不离,随我卫国戍边,我马镰刀感激不尽。兄弟们,为咱们新的开始,干了这碗。"大伙异口同声,豪气干云地喊了一声"干",端起碗一饮而尽。马镰刀抹了把嘴:"干了这杯酒,我有话要跟兄弟们说。俗话说,入乡随俗,咱们现在是大清国的边防军了,我们的一举一动代表着国家,村寨的规矩在这儿用不上了,咱们要遵守新的规矩。"慕思寒问道:"什么新规矩?"高天德站起来:"大伙都是军人,你们要遵守大清军队的规矩,要遵守边关条例章程中所有的规定。"巴哈尔撇着嘴看着高天德:"高大人,我们不识字。"高天德无奈地笑笑:"边防无小事,事事有政策。简单地说,一切行动要听马站长指挥,不可越境,不可寻衅滋事,不吃亏,不示弱;双方巡逻队相遇,要主动避开,向内绕行二里路行走;见到敌国士兵,不可招手,招手有示意该士兵投诚之嫌;等等。"小长安站起来笑着盯着高天德:"大人,我们是来为国人争光的,对吧?"大伙纷纷笑了起来,高喊着"没错"。马镰刀严肃地看着大伙说道:"这里条件艰苦,军队和边关的规矩又多,你们都是我的好兄弟,我不为难你们,能遵守规矩就留下,不愿受约束的就算送了我一程,不管是留是走,我马镰刀都感谢你们。"薛草药也正色道:"要说约束,兄弟们肯定不习惯,但没有规矩不能成方圆。入乡随俗,大伙会习惯的。"巴哈尔大声道:"既然来了,我们听站长的。二尺五一穿,就成公家人了!"马镰刀点点头:"兄弟们一起为国效力,咱们没白活此生。"高天德也激动地站起来,端起一碗酒敬向大家:"明天升国旗,北湾卡伦正式成立。从明天起,你们就要走在保卫国家的边防线上。大伙都是自愿戍边,你们的职责是捍卫国家疆土,让老百姓过上平安的日子。所以各位应以职责为重,守好疆土,无论世界上发生什么事情,都要像一颗钉子一样死死地钉在这里。守不好就是千古罪人了。"巴哈尔一口饮尽碗中酒,拍拍胸脯:"您老就放心吧,有我们把守边关,谁也不敢踏进半步。"

记得在这个故事的开头,我们就叙述了马镰刀和他的二十个兄弟,滚鞍下马在这里建造白房子的场景。叙述了如何打土块;如何用四棱四正的土块堆砌起一座房子;如何从戈壁滩上找来鹅卵石烧成白灰,将这房子涂成炫目的白色;如何围绕着白房子就地起土,堆起一座黑乎乎的碱土围墙;如何在碱土围墙的东面开一座大门;如何在大门的里面挖一口井，然后用中世纪式的吊水工具，每天吱吱呀呀往上汲水。

尤其呀，在白房子的顶上，竖起一根高高的烟囱，每日三次那烟囱升起直直的炊烟，就像士兵扬起的手臂一样，向祖国报安——早安！午安！晚安！

而那些附近的牧人，从远处看见这白房子，知道有中国的军队在这里设立卡伦，于是赶着自己的牛群羊群来劳军。马镰刀的士兵们，将那些劳军的公羊杀了炖肉吃，将母羊留下来繁殖。后来，当叙述者我来到北湾卡伦的时候，这羊群竟然庞大到六七百只。

这支六七百只羊组成的羊群，每年春天的时候，会产下六七十只羊羔，而到初冬的时候，士兵们量入为出，会宰上六七十只成年羊。这样一百多年来羊群的规模基本上维持稳定。

二

太阳跳出地平线，在阿尔泰山的一个垭口，探出头来。俄兵们围着营房跑步。一座木架子的瞭望台搭在院子里边。而另有一座瞭望台，则竖在额尔齐斯河对岸的原始森林中，林木簇拥下，露出上半截身子。将来马镰刀的白房子卡伦，也将看样学样，在界河与卡伦的中间位置，一片盐碱湿滩之侧，建起一座瞭望台。此一刻，道伯雷尼亚和伊万站在瞭望台上，伊万举着望远镜瞭望，冲着下面喊道："上尉，你看他们在干什么？"道伯雷尼亚接过望远镜瞭望，望远镜里，二十名士兵成两列面对旗杆站立，大伙身穿新的军装，头戴军帽。马镰刀一身官服站在队伍前面，高天德双手捧着大清国旗走到马镰刀面前。高天德严肃道："这面旗帜代表国家、国威和国人的尊严，升起这面国旗以表我大清捍卫疆土之决心。"而后高天德拉长声音喊道："升旗。"

道伯雷尼亚放下望远镜，拍了一下伊万的脑袋，骂道："白痴，那是清国的国旗，他们的边防站从今天起正式开张了。"说完冲着营房前的士兵喊:"孩子们,我们有伴儿了。"伊万举着望远镜继续向北湾瞭望。

刘府客厅里,刘祥云吊着脸踱步,王彪和蒋前低头站在一旁。刘祥云抓起桌上茶杯狠狠摔在地上,王彪和蒋前吓得一哆嗦。刘祥云气愤地吼道:"潘捷烈在哪儿?那王八蛋纯粹是个骗子……王彪,见到潘捷烈那蠢猪,告诉他尽快把马镰刀的人头送来,否则我让他出不了新疆!"王彪赶紧答应:"小人一定把话带到。"

干燥的戈壁在太阳的炙烤下显得燥热。马镰刀和秦川身着军装同高天德骑马沿着一条细瘦的小河并肩前行。马镰刀看了眼头顶的太阳:"高叔,咱们现在是沿着1883条约线走吗?"高天德点点头:"是的,这条河叫阿拉克别克。前些年还属大清管辖,现在成为两国的界河,春潮来时河水泛滥,到了冬天冰封雪裹,入夏就进入枯水季了。"

马镰刀摘下帽子用袖子擦着头上汗水问道:"前边还有多远?"高天德指指前面:"沿这条河一直向前走,到两棵高大的胡杨树就到头了。胡杨树那边就不归你们管辖了,你们的辖区三分之二是戈壁和沙漠,三分之一是草原。你们与前后的卡伦逢双会卡。"秦川不解地问:"会卡是什么意思?"高天德笑笑:"就是逢双日与前后的卡伦在各自管辖的终点会面,交换木牌。"秦川笑着:"不监督我们也不会偷懒。"高天德摇摇头:"这是卡伦的规矩,会卡不单是监督,会卡可起到互通情报的作用,这很重要。贤侄,会卡的木牌就放在你房间的抽屉里。"秦川和马镰刀点点头。马镰刀远远地看着河对岸:"高叔,对面沙俄边防站叫什么名?""和这条河同名。"

马镰刀收住马:"阿站有多少兵力?"高天德顺着他的目光看过去:"大约二十人。站长是个哥萨克老兵,叫道伯雷尼亚,是个严肃又有心计的老头。听说他在边防上服役了三十年。"秦川笑着道:"那道伯雷尼亚可是条修行多年的老狐狸。"

秦川想了一下问道:"要是牛羊越境了怎么办?""那就在边防站升起旗帜,然后双方在界河边会卡。按照国际惯例,牲口越界要从原地赶回。""那人呢？""抓住越境的，按朝廷法律办，死罪。"马镰刀插话问道："要是洋人越境又该如何处置？""通知对方边防站，从哪儿越境从哪儿遣返，或移交总兵府。"马镰刀微微点头，轻磕马镫，继续前行。

高天德、马镰刀、秦川三人坐在马上，看着望不到尽头的边防线。马镰刀问道："如果双方相遇，或是要打招呼，又该如何？"高天德摘下帽子："如果在巡逻途中相遇，最好是回避，以免擦枪走火惹出事端。要是真的撞上了，打招呼时要用国际通用的标志，挥帽子转圈，这是表示友好。"秦川拿着帽子模仿高天德的动作。高天德又把帽子向前挥了挥，解释道："向前挥帽子，表示对方已经越界，请向后退。"高天德把帽子向后挥了挥，嘱咐道："切记，向后挥动帽子是挑衅，有策动对方士兵向我投诚之嫌。"马镰刀咧了咧嘴："规矩真不少。"高天德笑笑："这些都是国际通用的，再多的细节你们自己也要多注意。"秦川和马镰刀点点头，三人骑马漫步向前。

另一边，俄站长室里，道伯雷尼亚举着单片眼镜坐在桌前看文件。米沙推门走进屋里，立正敬礼："上尉，您找我？"道伯雷尼亚放下眼镜看着米沙："米沙，我命令你跑一趟纵队司令部，让那些整天坐在办公室里养尊处优的大人，迅速给我整理出一份北湾边防站驻军的详细情报。他们有多少兵力，武器配备如何，站长有什么背景，叫什么名字……"米沙敬礼："是，上尉。"道伯雷尼亚微笑道："米沙，顺便给我带三瓶伏特加回来。"米沙笑笑："不是三天前刚给您带了两瓶吗？"道伯雷尼亚笑着："昨天就被坏孩子偷喝光了，他们给我留了三滴。这次我把它们藏在连老鼠都找不到的地方。"米沙眨眨眼："可是兄弟们的鼻子比狗还要灵。"道伯雷尼亚挥挥手："走吧，我没兴趣和你讨论嗅觉的问题。亲爱的孩子，路上小心，快去快回。"米沙笑着："是，上尉。"

屋内，高天德和马镰刀坐在桌前说话。高天德叹了口气："贤侄啊，该交代该叮咛的我都和秦川说了，我的事情多，公务繁忙，就不多耽搁了，明天一早我就走。"马镰刀笑笑："这里条件艰苦，我也不多留您，明天我亲自送您走。"高天德摆摆手："不用送，我带着两个卫兵。""路上不安全，我把您送到哈巴河老城。"高天德点点头，不再推辞："好吧，辛苦贤侄跑一趟。"想了想又再一次叮嘱道："贤侄，你可不要嫌我啰唆。额尔齐斯河这地方，要建通商口岸，沙俄过来的货轮，将通过这个卡子，逆流而上，直达布尔津小城，然后陆运，抵伊宁城、迪化城。所以北湾卡伦这地方，将来会成为西北第一卡伦。千万要记住，边境无小事，你们代表着国家，责任重大，万万不可捅乱子，闹出边境争端。贤侄一定要切记，切记呀。"

马镰刀郑重地点点头："小侄一定把您的话铭记在心。"高天德点点头，复又皱起眉头："还有，你们杀过官府的人，有不少仇家，仕途险恶，遇事你要冷静处置，千万不可鲁莽。特别是刘祥云，他现在升任塔尔巴哈台守备，北湾卡伦在他的管辖下。他虽然不敢明着报复你，可你要防备他暗地算计你。你要记住事到临头三思为妙，斗胜争强引火烧身。俗话说忍一时风平浪静，退一步海阔天空。你爹的教训你要牢记。"马镰刀点点头："小侄明白，我会小心的。"

高天德见马镰刀听了进去，安心地喝了一口茶，问道："你的兄弟们好像来自几个民族。"马镰刀点点头："我和薛草药、秦川、小长安、鸿玄弈是汉族，敖元奎、楚天霸、慕思寒是蒙古族，巴哈尔和其他的兄弟都是哈萨克族。"高天德点点头："各民族的兄弟在一起要和睦相处……"马镰刀一笑："高叔，您放一百个心，用哈萨克的话说，我们是骨子里的兄弟。"高天德也笑着："这样好，边关交给马站长，我可以放心地走了。"

第三十五章

一

卡伦门前,一群羊跑出大门,苍白青年李三宁跟在后面。羊群出了门就到处乱跑,李三宁拿着鞭子左追右拦,挥动鞭子抽打不听话的羊,可羊群照样不听指挥,李三宁显得十分无奈。小长安走来喊道:"哎,你干吗打它们?你他娘的放过羊吗?"李三宁生气地看着小长安:"我从来没伺候过这些畜生。"小长安鄙夷地看着李三宁:"你他娘的知道哪只是头羊吗?管住头羊就行了。"李三宁憋着一肚子气看着小长安吼道:"兔崽子,我警告你,你再敢骂我,我对你不客气。"小长安眼睛一瞪:"你他娘的,我教你放羊,你不但不感激反而骂我兔崽子!"李三宁瞪着眼睛:"是你先骂我娘的。我娘都六十岁了,你好意思骂她!"小长安板着脸加快语速冲李三宁的脸道:"我骂你娘了吗?我说话就这样。你他娘的,你他娘的,你他娘的,你爱听不听。"李三宁忍无可忍挥手就是一巴掌,小长安抬手挡住,李三宁不依不饶抡拳就打,小长安只是躲闪不还手。

巴哈尔等一伙人站在河边,看到小长安被李三宁压在身下打。慕思寒叹了口气:"我去劝劝李三宁,小长安猴急了不把他打死才怪呢。"薛草药伸手拦住了他:"让他们自己去解决,小长安能把握住轻重,不打不相识。"

小长安躺在地上，用手护住头任凭李三宁打。李三宁骑在小长安肚子上，左一巴掌右一拳嘴里还骂着："土匪，我揍扁你。"小长安突然变了脸，一掌推开李三宁，站起来瞪着李三宁："你他娘的，我让你打几下出出气，你倒骂我土匪，别以为我比你小就怕你。"话音未落，小长安出手就是几拳。李三宁被打得满嘴喷血，小长安跟着跃起连踢两脚，李三宁没有还手之力，连连后退。慕思寒咂咂嘴道："小长安急了吧，我说那兔崽子是个猴急鬼。"鸿玄弈冷笑一声："那小子一点拳脚都不会，高天德给咱留个废物有什么用？没准是将军府安插在咱身边的奸细。"众人闻言都撇撇嘴，没人过去阻拦。

李三宁从地上刚爬起来，小长安飞起一脚踢在李三宁的肚子上，李三宁飞了出去，小长安跟上去一只脚踩在李三宁的脖子上。李三宁被踩得透不过气来，害怕地看着小长安。小长安阴冷地看着李三宁："我对你已经留情了，我要再从你嘴里听到土匪二字，我杀了你。再敢用鞭子抽羊我饶不了你，少一只羊我把你烤着吃了。"说完抬起脚向卡伦大门走去。李三宁爬起来用衣袖擦脸上的血，恶狠狠地看着小长安的背影。

晚上，小长安在厨房里和面，秦川走进厨房笑着："小长安辛苦了。"小长安笑着："辛苦个屁，以前我不是也常给大伙做饭吗？"秦川点点头："听兄弟们说你把李三宁收拾了一顿。"小长安瘪嘴，想着不知是谁告的密，向秦川抱怨："我说你他娘的，他说我骂他妈。那猴急鬼动手打我，开始我没还手，本想让他出出气就算了，谁想他竟敢说我是土匪。"秦川笑着："你出手也太重了。"小长安瞅瞅自己的手，急道："我已经留情了。"秦川白了一眼小长安："你把李三宁的槽牙都打掉了，胸口青了一大片。以后他和咱们同生死共患难，找空给他赔个不是。"小长安低着头和面，嘟囔道："他这么不经打，我赔他金牙就是了，我没弄死他，他该感谢我才对。"秦川一巴掌扇在小长安头上："兔崽子，你这不讲理的东西。"小长安抬起头来笑着："我给他赔礼就是了。他要是不给我面子怎么办？"秦川笑笑："那就再收拾他一顿。以后说话是得注意，要是跟沙俄兵说话，一出口就他娘的、奶奶的、他妈的，不打起来才怪呢。"小长安呵呵地笑："咱是文明国度的人。"

马镰刀走进厨房，见二人有说有笑。小长安笑着问："当家的！啊，我该叫你站长阁下，你是不是饿了？"马镰刀摇摇头，小长安假怒道："不饿你跑这儿来捣什么乱，去去去，一边待着去。"马镰刀走过去在小长安头上扇了一下："小兔崽子看我怎么收拾你。"小长安一吐舌头："你敢，我到天山告诉师父，师父一道光就到你眼前，罚你坐十个时辰。在师父面前你敢动我一根手指？"秦川咧着嘴笑，拍拍马镰刀："没能耐了吧？"马镰刀咧咧嘴无语。

马镰刀和秦川走出厨房。马镰刀佯怒道："小长安都是跟你学的。"秦川不服气地看着马镰刀："他可是你教出来的。"马镰刀笑笑，说起正事："明儿一早高天德要走，我怕路上不安全，带五个兄弟送高大人到哈巴河老城。你带兄弟巡逻，让薛草药给大伙讲讲军规和边防条例，你要特别给大伙讲讲注意的事项。"秦川点点头，小长安站在门口大声道："站长，我和你一起去吧？"马镰刀回头笑着："你老实待着吧，你去了，我害怕巴哈尔把李三宁吃了。"小长安呵呵地笑。

第二天一早，高天德和两名卫兵牵着马站在大门外。马镰刀、古依汗、鸿玄弈、慕思寒、亚森、老四六人一身军装，马刀挂在鞍子上，毛瑟枪担在鞍桥上，牵着马走出院门，分外精神。李三宁走来抱拳道："高大人一路走好。"高天德嘱咐："你要和大家搞好关系。"李三宁点点头。秦川、巴哈尔等十三人挎着刀枪，骑马走出大门。高天德抱拳道："兄弟们辛苦了。"秦川也回抱拳道："恕不远送，高大人一路平安。"巴哈尔笑着："高大人不送了，有空来看看贤侄。来的时候别忘了给贤侄带几坛好酒。"高天德抱拳笑道："一定一定。"马镰刀骑着马向前几步："高叔，咱们走吧。"高天德看了眼白房子磕镫催马，马镰刀等人紧随其后。小长安和李三宁站在门口目送高天德等人离去，李三宁用不友好的目光瞥了眼小长安，走进院子，小长安不在乎地笑笑。

二

谢尔盖站在瞭望台上，举着望远镜向边境方向瞭望。伊万、阿辽莎、瓦连京、叶戈尔等十多名俄兵，背着枪，挎着马刀，牵着马匹准备出发。道伯雷尼亚走来，仰起头眯着眼睛向瞭望台上看："谢尔盖，白房子有什么动静？"谢尔盖冲下面喊道："上尉，白房子的人马正在列队，看样子要执行首次巡逻任务。他们的院子里好像安静了很多，很多人都不知去向了。"道伯雷尼亚闻言转头对士兵们喊道："孩子们，出发吧，继续我们这没有尽头的苦役。"士兵们翻身上马。道伯雷尼亚又吩咐道："瓦连京上士，要是遇到白房子的巡逻队，我们要尽可能回避，若是无法回避要向他们表示友好。伊万少尉，我要特别警告你，若是你不听命令给我惹出事来，我绝不饶你。""是，上尉。"瓦连京、伊万和士兵们催马前行。道伯雷尼亚仰起头看着瞭望台："谢尔盖·谢尔克罗夫，你给我继续盯着白房子，看他们都做些什么。""是。"

秦川带着马队沿着细细的阿拉克别克河缓慢前行，现在是枯水季节，河水有两丈宽，深浅可以遮住人的腿肚子。所有人的目光都看着俄方境内。敖元奎哈哈笑道："兄弟们，我还是第一次看到外国的土地。"巴哈尔点点头大声道："奶奶的，他们的土地和咱们的没有区别。"喀海尔曼笑笑："不知道他们的马奶和咱们的是不是一个味。"客木巴尔打趣他："你过去趴在他们的马奶上吸几口就知道了。"大伙哈哈大笑。

楚天霸策马走到秦川身边问道："咱们的管辖地有多远？""往北湾方向走，来回百十里。跨过大河，往南湾方向走，来回也有百十里。"库米丝汗咂咂嘴："看来我们每天都要早出晚归了。我们可以带帐篷在路上过夜。"吾尔曼皱皱眉头："要是黑沙暴改变了这里的地貌，找不到边境标记我们会迷路，甚至会越境的。没准一场风暴过后，咱们哥几个到了莫斯科城下。"大伙被逗得哈哈大笑。

布拉克拜又问道："秦川，咱们会不会遇到沙俄的巡逻队？"秦川摇摇头："一般情况下是遇不到的。要是遇到了，就尽量回避。"库米丝汗追问："回避不开呢？"秦川摘下帽子在空中画圈："兄弟们，转圈表示什么？"大伙异口同声："友好。"秦川把帽子向前挥了挥，大伙齐声道："你已经越界，请向后退。"秦川把帽子向后挥了挥。大伙异口同声："挑衅。"秦川笑着点点头把帽子戴回头上，大伙兴致勃勃地向前行进。

羊群在草地上吃草。小长安骑马走来，看到羊群无人看管，扫了一眼自语道："这小子把羊扔在这儿不管，跑到哪儿去了？"话音未落就听到沙俄境内传来急促的哨子声。小长安循声看去，只见李三宁身穿便装，顺着草地没命地向回跑，身后有两名沙俄士兵骑马追来。小长安跳下马着急地喊："你他娘的想死吗，怎么跑到俄国去了？"

伊万和瓦连京一边喊一边紧追。瓦连京："站住……站住……"伊万坐在奔驰的马上举枪瞄准李三宁。李三宁一脚深一脚浅，跌跌撞撞地跑，不时地回头看。

小长安急得蹦着脚喊："李三宁，快趴下！躲到草里！"李三宁好像听到了喊话，爬到半腿深的草丛中不见了人影。小长安看到伊万和瓦连京拿着枪向李三宁躲的方向走去，原地转圈不知怎么办才好。

李三宁躲在草丛中一动不动，伊万和瓦连京跳下马端着枪在草丛中搜索。李三宁听到"哗哗"的声音离自己越来越近，身子不由得颤抖起来。伊万和瓦连京分别向李三宁躲藏的地方步步逼近。李三宁自知在劫难逃，听天由命地闭上眼睛。这时，不远处传来女声的秦腔唱腔。

彦章打马上北坡，
新坟更比旧坟多。
新坟埋的光武帝，
旧坟又埋汉萧何。
青龙背上埋韩信，
五丈原前埋诸葛。

人生一世莫空过。

纵然一死怕什么！

…………

　　伊万和瓦连京抬起头向小长安望去。小长安摘了帽子在空中摇了几圈，伊万和瓦连京见状放下枪。瓦连京惊道："我还以为是个姑娘呢。"伊万大声问道："你是边防军吗？"小长安笑道："是，今天刚上岗就遇上了你们。"瓦连京赞道："你的歌声挺好听，可我们一句歌词都没听懂。"李三宁抬头偷看，小长安笑笑："我唱的不是歌，是秦腔，是我们中国的戏曲，你们听不懂。"

　　伊万点点头："我们在抓捕一个越境的牧羊人，抓到后移交给你们。"伊万和瓦连京举起枪转身要走。小长安忙叫道："朋友，听说过中国功夫吗？"二人摇摇头，小长安一笑说了声"你们看"，就挥舞马刀展示武功。伊万和瓦连京看得目不转睛。李三宁抬起头看见伊万和瓦连京全神贯注地看着小长安，弯着腰向回跑。

　　小长安一边舞刀一边注视着李三宁，见李三宁弯着腰向羊群跑去，松了一口气收势站定，瓦连京和伊万拍手叫好。瓦连京笑着鼓掌："太精彩了，朋友，我早就听说过中国功夫，今日我们真是大开眼界。你能不能把这套刀法教给我们？"小长安笑着摇摇头："可以，不过现在不行，我不能影响你们抓越境的人。"

　　伊万恍然大悟："谢谢你的提醒，我们差点把正事忘了。朋友，那就另找时间吧，不过你一定要教给我。"小长安招招手："我们中国人是讲信誉的。"伊万和瓦连京连连称谢，提着枪转身离去。

　　小长安飞身上马，策马向不远处的羊群奔去。小长安翻身下马瞪着眼睛骂道："你他娘的想死呀，越界干啥去了？"李三宁吓得还没回过神来："羊看那边的草比这边茂盛，贪青，吃过去了！我是去赶羊。"小长安骂道："你他娘的……你越过了国境线，知不知道？"李三宁摇摇头："我注意看着地上，没有看到国界线画在哪里。"小长安哭笑不得："边境线不是画在地上的，是看地形地貌，看标志物。"李三宁没好气道："不画在地上，我怎么知道哪是国界？什么是地形地貌？"小长安挠挠头："我不知怎么才能跟你说明白，秦川哥有地图，让他好好给你讲讲。"李三宁点点头："谢谢你救了我。"小长安板着脸："谢个屁呀。"李三宁突然跪地求情道："我犯了死罪，求求你不要告诉站长。"小长安拉起李三宁："你已经蠢到阎王爷都不愿见你。"李三宁用感激的目光看着小长安。小长安拿出一根金条："这是我赔给你的金牙。"说着把金条放在李三宁的手里，李三宁不知所措地看着小长安。小长安瘪瘪嘴："我不欠你什么了。"李三宁不知说什么，看着小长安翻身上马离去。李三宁展开手心，把金条用指头捏起来，放到眼前看。他从来没有见过这金贵玩意儿。

两棵古老的胡杨树长在阿拉克别克河边，枝繁叶茂，横枝平平地向四周伸出。大沙山边防站的巡逻士兵无聊地坐在沙地上。阿曼别克和一个士兵玩着丢方。大沙山边防站，又叫阿黑吐拜克边防站，或者叫白色的沙山卡伦。这个边防站建得更早一些，位于界河的源头，背倚阿尔泰山，面对一座名叫阿连谢夫卡的俄罗斯小城。阿曼别克现在是大沙山边防站的一名士兵。

秦川、巴哈尔一伙人骑马走来，放哨兵看着秦川一伙人道："阿曼别克，他们来了。"阿曼别克站起来，秦川、巴哈尔一伙人翻身下马。秦川笑着："兄弟你们什么时候到的？兄弟们第一天巡逻，看哪儿都新鲜，所以来晚了。"阿曼别克笑着："没什么，您是马站长吧？"秦川摇摇头："我不是，马站长公务在身出去了，您是……？"阿曼别克笑笑："我也不是站长，我们的站长是老塞腿，很少出来。听说你们的站长是草原王马镰刀，老虎不吃人，恶名在外。我和兄弟们都想见他。"巴哈尔摆摆手："等下次吧。"

秦川和阿曼别克交换木牌。阿曼别克解下马腿上的羁绊，翻身上马，临走前又交代道："兄弟，别忘了下次的会卡时间。"秦川笑着挥挥手："忘不了。"阿曼别克一行十人骑马离去。

第三十六章

一

哈巴河也叫阿克哈巴河,就是白哈巴河。这一股水亦像布尔津河一样,从喀纳斯流来。哈巴河经过十八盘出阿尔泰山,继而进入草原牧区,在老城一侧形成一片中亚地面最大的白桦林。

哈巴河老城人来人往依然热闹。高天德和马镰刀一行来到城外白桦林中。高天德收住马:"贤侄就送到这里吧。"马镰刀抱拳:"恕小侄不能远送,高叔一路走好。路途险恶,遇到事情,不妨提提我马镰刀的名字!"高天德抱拳称谢,和卫兵催马离去。

马镰刀在路边长揖不起,直到高天德的马蹄声远去,没了踪影,方才起身。

眼见高天德一行离开了视线,古依汗上前问道:"站长,咱们……?"马镰刀回头看着大伙:"今晚回不去了,找家客栈住下明日再走。你们去客栈吧,我四处看看。"马镰刀磕镫离去。

鸿玄弈叹口气:"当家的是想碰碰运气。"亚森摇摇头:"这座老城已经来过几次了,叶丽亚不在这里。"慕思寒笑笑:"不去四处看看他心里不踏实。咱们在白桦林客栈等他。"五个人掉转马头离去。

篱笆墙边堆着一堆劈好的柴火,胡永右手戴着手套光膀子抡起板斧劈柴。锯好的圆木一轱辘一轱辘立起,胡永一下下抡起板斧,圆木被劈成几瓣。叶丽亚牵着马走来，看到胡永劈柴，匆匆走上前抓住斧头："胡永，你怎么又干起活来？你让我怎么说你。"胡永笑笑放下斧头坐在屋檐下，叶丽亚用手绢给胡永擦汗。

烟荷包挂在鞍子上。马镰刀骑着马悠闲地来到丘陵上，看着川道里的小河和山下茂密的树木，脸上露出轻松的神情。马镰刀向小木屋望去，看到胡永劈柴，看到叶丽亚为胡永擦着汗，感慨地自语："多安逸啊。我要是能和叶丽亚过上这样的日子该有多好啊。"说着催马走下丘陵。

叶丽亚坐在胡永身边："你不能干出力的活，怎么就是不听话呢？"胡永苦笑："我罪孽深重，对得到宽恕早已不抱任何希望了。"叶丽亚咬咬嘴唇："我妈几年前病走了，除了你我没有牵挂，咱俩去中原寻医问药。"胡永看着叶丽亚："千里迢迢，风餐露宿，我不能让你受那样的苦。"叶丽亚急道："只要能治好你的病，再苦都值得。"胡永摇摇头："我的身子我清楚，能和你在一起的日子恐怕不会太久了，每活一天都是上天赐给我的福，我要多做事，不能白活。"叶丽亚伤感地把头靠在胡永的肩上。胡永小声道："叶丽亚，咱谨小慎微地在这儿躲了十个春秋，我想带你离开这儿。我要在迪化给你置个像样的家。把你安顿好，我就可以安心地走了。"叶丽亚流着泪难过地说："除非是去寻医问药，否则我哪儿也不去，也不让你走。"胡永见叶丽亚如此伤心，搂住叶丽亚的肩膀："那好，我听你的。"叶丽亚含着泪笑着："你答应去中原了？"胡永点点头。叶丽亚高兴道："那咱们明天就动身。"胡永点点头："都听你的。"

过了一会儿叶丽亚站起来："你歇着，我做好饭叫你。"说着走进屋里。胡永笑着目送叶丽亚进屋，突然感到身后有一道视线，抬起头看到一个清官正骑马向小屋靠近。胡永顿时大吃一惊，拿起斧子顺着小路跑了过去。

马镰刀骑马走在草原上，远远见胡永光膀子提着斧头跑上来。马镰刀看到胡永正要开口打招呼，胡永二话不说抡起斧头砍来。马镰刀吓了一跳，腾空跃起躲过，落在地上。胡永跟上挥斧上下攻击，闪电般的几斧扫过，马镰刀左挪右闪躲过寒光闪亮的斧头，摘下挂在马鞍上的马刀和胡永战在一起……

不出五个回合，胡永明显动作笨拙体力不支，马镰刀挥刀砍断斧把，斧子头飞了出去，胡永一个趔趄跪在地上用半截斧把撑住身子。马镰刀一刀砍下，胡永闭上眼睛，马刀紧贴着胡永的额头停住，刀刃嵌进胡永额头的皮肉，血顺着额头流到脸上再从脸上流到胸前。

马镰刀板着脸："你是哪一路好汉？我和你无冤无仇，你为何不分青红皂白就动手？"胡永抬头恶狠狠看着马镰刀，四目以对，两人都很吃惊……许久，马镰刀咧咧嘴收回刀："你的武功高强，为何像条病狗不堪一击？"胡永没有回答，低下头说道："马明轩，我罪孽深重，请砍下我的头，带上你的叶丽亚走吧。"

"叶丽亚"这三个字，仿佛一声炸雷。听说叶丽亚还活在人间，马镰刀两眼呆呆地看着胡永，惊愕得半天说不出话来。胡永又道："你一直活在她心里。"马镰刀表情困惑，茫然不知所措地自语道："她没死，她没死。"胡永苦笑："她天天为你祈祷。"

马镰刀看着胡永，突然转身向前走了几步，站在沟畔上向木屋看，木屋掩映在白桦林中，透过敞开的窗子，可以看到叶丽亚的脸庞。马镰刀目不转睛地看着站在窗前的叶丽亚，一张张叶丽亚的笑脸闪现在眼前。

叶丽亚冲着窗外喊："胡掌柜，回家吃饭……胡掌柜，回家吃饭了。"马镰刀看着叶丽亚，咬着牙转过身，走到马前翻身上马。马镰刀摘下马鞍上的烟荷包和一个鼓鼓囊囊的布口袋扔到胡永面前："请把烟荷包交给她，这些金子足够你们过一辈子了。"胡永嘴唇颤抖，压低声音道："马明轩，到哪儿能找到你？"马镰刀道："我不会再来了。"胡永感激地看着马镰刀，马镰刀咧咧嘴，掉转马头催马奔去。胡永跪在地上呆呆地看着马镰刀远去的身影。

桌上摆着饭菜，叶丽亚坐在凳子上等胡永。门外传来惊慌的喊声：

"叶丽亚，叶丽亚……"

听到喊声，叶丽亚惊慌地站起来，两步跨出门看到胡永脸上身上都是血。胡永提着布口袋跑到叶丽亚面前，一把将叶丽亚搂进怀里。叶丽亚含着泪看着胡永："你怎么了，遇到什么事情了？谁把你伤成这样？"胡永看着叶丽亚激动地喊着："灵验了，灵验了……"叶丽亚惊慌："你说什么呢？"胡永眼泪汪汪地看着叶丽亚："叶丽亚，你的祈祷灵验了，你的祈祷灵验了呀。"叶丽亚突然愣住，呆呆地看着胡永。胡永张开手掌，烟荷包展现在叶丽亚眼前："你的祈祷灵验了，他活着，好端端地活着。你看。"叶丽亚颤抖着手拿起烟荷包仔细看着，泪水夺眶而出。叶丽亚握住烟荷包，撒腿往坡上跑，没跑多远摔倒在坡上，爬起来继续向上跑。胡永看着叶丽亚跌跌撞撞的背影，说不出的心酸。

起风了，白桦树的叶子发出阵阵嚣声。叶丽亚满脸泪水跑着，看到草原上空空荡荡，大声哭喊："明轩哥……明轩哥……明轩哥……"喊声在草原上回荡。胡永走来站在叶丽亚身边沉默不语。

叶丽亚流着泪打破沉默："他去哪儿了？"胡永摇摇头："我问他，他没说。"沉默片刻又道："他丢下一袋金子和烟荷包，他说不会再来了。"叶丽亚咬着嘴唇泪如雨下，看着草原默默不语。

马匹随意地走在空旷的草原上，马蹄无精打采地踢踏着步子。马镰刀醉眼蒙眬地趴在马脖子上，手里提着皮酒囊，脑中闪过的都是叶丽亚用手绢给胡永擦汗、叶丽亚把头靠在胡永的肩上、胡永搂住叶丽亚的肩膀……马镰刀直起身子把酒囊对着嘴大口地喝着酒自言自语："玛莎，你要告诉我的秘密我知道了。叶丽亚和胡永在一起，他们很恩爱，他们彼此小心翼翼地守护着对方。我原谅胡永了。"马镰刀喝口酒又道："结束了，结束了十年的牵挂和思念。我的心总算平静了。"马镰刀的身子向前倒去，又一次趴在马脖子上，手里的酒囊掉在地上，马驮着马镰刀漫无目的地走在草原上……

二

桌上亮着盏油灯，烟荷包、小皮囊、鼓鼓囊囊的布口袋放在桌上。胡永坐在桌前，叶丽亚将布条缠在胡永的额头上。胡永握着叶丽亚的手让她停下："我能看得出，马明轩以为你死了。"叶丽亚咬咬嘴唇："玛莎妹妹隐瞒了一切。"说着叶丽亚坐在凳子上拿起小皮囊看。胡永继续道："他原谅了我。他是看在你的面子上。"叶丽亚流着泪笑笑："你错了，他是个大度的男子汉。"胡永默默点头。

叶丽亚突然转过身来面对着胡永问："胡永，我的样子变了吗？"胡永看着叶丽亚微笑："你没变，和以前一样漂亮。"叶丽亚的笑脸比哭还难看："那他怎么没认出我？"胡永安慰道："他也没认出我。看得出他还是那么爱你。我忘了告诉你，他是军爷。"叶丽亚惊讶道："明轩是军人？"胡永点点头："我见他穿着官服。"

叶丽亚不再说话，看着摇曳的灯火沉默。胡永想了想握着叶丽亚的手："他应该就在新疆，咱们现在就走。"叶丽亚不解地看向胡永："去哪儿？"胡永认真道："我带你去打听他的下落。"叶丽亚闻言感动地看着胡永，激动地点头。

白天的惠远城热闹依旧，胡永头戴蓝布尖尖帽，身着哈萨克褡袢，额头上的伤疤被帽子遮挡。叶丽亚身着哈萨克服装，头戴插着羽毛的帽子，和胡永牵着马走在街上。叶丽亚边走边左右张望："不知官府的人还会不会认出咱们？"胡永摇摇头："不用担心，连马明轩都没认出你我，只要对刘府的人多加小心就是了。"叶丽亚点点头。

两人来到十字路口。叶丽亚看着路口不由得放慢了脚步。胡永停下脚步回头看到叶丽亚站着发呆，掉转马头走上前："叶丽亚怎么不走了？"叶丽亚反应过来："你就是在这儿救了我。"胡永叹了口气："走吧，别想了。"叶丽亚点点头，和胡永牵着马穿过路口向前走去。

马镰刀把粽叶放在鼻子上，带着马队走在一座大沙丘旁，秦川和巴哈尔并肩跟上来，走到马镰刀身旁。秦川看了眼马镰刀："想家了？"马镰刀拿起粽叶："我在想我爹和我娘此刻在干什么，我爹啥时会认我。"秦川道："高大人不是给你爹写信了吗？"马镰刀咧咧嘴："我爹那倔老头子，还认不认我都难说。" 秦川叹道："你爹也真够邪乎的，十年来连块巴掌大的纸片子都没捎给你。"巴哈尔笑骂："奶奶的，那你就别自作多情，拿条破粽叶放在鼻子上吸溜，那上面闻不到你爹的屁味。你爹娘压根就不认你这土匪白眼狼了。"马镰刀哭笑不得："我说你俩安的什么心？"秦川笑笑："巴哈尔意思是说，你爹不认你才好，三五年后，等役期满了，咱哥仨还有小长安一起，在西安甜水井边买套大宅子，开个骡马大店，门迎八方客，舒舒服服地过日子。"马镰刀笑笑："想得美，我爹还指望我传宗接代、光宗耀祖呢。"巴哈尔笑着呸了一口："别做梦了，你们马氏就没生过你这逆子。"秦川嗤笑："这话说得对。"马镰刀咧咧嘴："等离开北湾，你哥俩带上小长安跟我去苏州过吧，我家老宅有山有水。给薛草药在苏州开间诊所，给慕思寒开间铁匠铺，让他俩挣钱养活咱哥儿四个。"

秦川笑着打趣："我怎么觉得这话有问题呢？"马镰刀不解："你听出什么了？"秦川故意慢条斯理地说着："我听这意思是……你不打算找叶丽亚了。"巴哈尔也看着马镰刀："是呀，叶丽亚你一字没提。"马镰刀默默地点点头。巴哈尔捧着双手看着天空道："主啊，他总算明白过来了。"秦川嘿嘿一笑："你是怎么想明白的，不会是遇上狐狸精了吧？"马镰刀咧咧嘴："怎么想的回去再告诉你们。"马镰刀磕镫催马跑起来，马队跟着跑起来。

夜晚，小长安站在锅台前炒肉，李三宁蹲在地上洗碗。小长安抓起一把调料扔进锅里翻炒，李三宁吸了吸鼻子："味道真香啊。"小长安得意地看着李三宁："这是孜然炒肉，咱们这儿没有烤肉的炉子，只能这样炒着解馋了。站长最爱吃烤肉了。"说着小长安把肉铲进盘子里，敲打两下碟子，把肉放在案板上。

房间里的桌上放着一大碗炖肉和五个喝酒的碗。马镰刀、巴哈尔、秦川、薛草药、慕思寒兴致勃勃地围在桌前。马镰刀拿起桌上的油灯点上烟，秦川笑着："说下去，说下去。"小长安端着一大盘炒肉进来，把盘子放在桌上，李三宁进来把酒坛也放在桌上。慕思寒招呼着李三宁一起喝酒，李三宁推辞道："慕思寒大哥，我不会喝酒。"巴哈尔骂了一声递了一碗酒过去："奶奶的，白房子的兄弟哪有不会喝酒的，来，一起喝。" 小长安见李三宁为难，出来解围："巴哈尔大哥你讲不讲理，人家不会喝你为啥逼人家喝呀？"

慕思寒咧嘴笑笑："三宁，你和小长安好像已经是朋友了？不打不相识嘛。"李三宁有些不好意思地笑笑。马镰刀笑着看着大家，问道："古依汗、鸿玄弈他们怎么没来？"小长安道："亚森哥和老四巡夜，除了站岗的兄弟其他的耍钱呢。"秦川吩咐三宁："三宁去给兄弟们送几坛酒。"李三宁应了一声转身离去。

见李三宁把门关上，巴哈尔、秦川、薛草药、慕思寒都看着马镰刀。马镰刀纳闷地看着几人："你们为啥这样看着我？"慕思寒狡黠地笑笑："我们期待分享你的快乐，说说，说下去。我们已经入迷了。"

马镰刀无奈地笑笑："我刚说到啥地方了？"慕思寒接茬："你说你到了仙境。"马镰刀点点头接着道："是仙境，有个男人在院子里砍柴，一个漂亮的姑娘给男人擦汗。我骑马走下丘陵向小木屋走去，突然，那砍柴的男人手拿板斧冲过来，二话不说上来就是三板斧，我纵身跃起，差点被砍掉一条腿。"

慕思寒惊道："那你杀了那男人？"马镰刀咧咧嘴苦笑："没有，我的刀停在他的额头上。因为那男人说'请砍了我的头，带上你的叶丽亚走吧'。"房间里顿时安静下来，大伙都吃惊地看着马镰刀，片刻后，慕思寒惊讶地呼道："上帝呀，你找到叶丽亚了。她活着？"马镰刀点点头："活着。"秦川也惊讶地看着马镰刀："那男人是胡永？""是他。"小长安骂道："你该杀了胡永，至少应该用你的马刀把他钉在草原上。"巴哈尔喝了口酒,咂巴咂巴嘴道:"奶奶的,我还没回过味来,怎么会有这么巧的事情?真是俗话说的'不是冤家不聚头'。我和胡永交过手,他的武功高强,你怎么能三五个回合打败他?"马镰刀摇摇头:"他一身伤疤,嘴唇乌青,看来是受了重伤。"

巴哈尔想了想又问道:"叶丽亚在干什么?他们很恩爱?"马镰刀想起那些画面,苦笑:"很恩爱,她在给胡永做饭,腰间还扎个围裙。"慕思寒看着马镰刀:"你该带走叶丽亚。叶丽亚住在哪儿?我去把她扛回来。"马镰刀摇摇头:"他们是十年的夫妻。"

秦川叹了口气看着马镰刀:"兄弟,你打算怎么办?"马镰刀咧出一个笑脸:"我早就说过,只要能见到她一眼,知道她生活得幸福,我就知足了,现在我感到一身轻。"巴哈尔笑道:"奶奶的,这就对了。兄弟,回头我给你说个漂亮的媳妇。"慕思寒也开玩笑:"怪不得你这张驴脸变短了点。"马镰刀看着众人,举起酒碗:"谢谢你们的好意,我心里放不下第二个女人。"说完一饮而尽。众人看着马镰刀,不好再说什么,也端起面前的酒碗,陪着马镰刀喝了下去。

第三十七章

一

惠远城客栈的大堂里没有什么大变化,只是原先客人休息的凳子,换成了长椅和单人座椅,座椅前摆着茶几,墙上挂着几幅新疆风景画。焦墨山水,画的是天山牧归图。夏哈甫头戴小圆帽,站在柜台里拨算盘,鬓角和下颌的胡子已经花白,眼睛依然炯炯有神。艾尼瓦尔和波塔用抹布擦茶几和凳子。

叶丽亚和胡永走进大堂。艾尼瓦尔看到来人迎上前微笑道:"二位住店?"叶丽亚面带微笑看着艾尼瓦尔,艾尼瓦尔接过胡永手上的行囊放在凳子上,夏哈甫抬起头看到叶丽亚和胡永。叶丽亚笑道:"夏哈甫老伯,艾尼瓦尔,你们不认识我了?"夏哈甫眯起眼睛看着叶丽亚,艾尼瓦尔看了叶丽亚片刻,激动地说:"你……你是……你是叶丽亚吧?"叶丽亚笑着点点头:"是我。"夏哈甫走出柜台眼眶湿润:"感谢真主让我们再次见面。"说完拥抱叶丽亚。

胡永看着叶丽亚和夏哈甫。夏哈甫这才发现叶丽亚身后跟着一个人:"这位是……?"叶丽亚看着胡永,笑道:"老伯,他是我哥哥。"听到叶丽亚对自己这样称呼,胡永惊讶地看着叶丽亚。夏哈甫对胡永点点头:"您好,我和叶丽亚十年没见面了。"艾尼瓦尔提起行李:"叶丽亚,我带你们去客房。"夏哈甫拍拍叶丽亚的手:"叶丽亚,你们一路鞍马劳顿先去屋里歇息。"

叶丽亚和夏哈甫坐在椅子上喝茶说话。叶丽亚问道:"老伯,你这里有没有马明轩的消息?"夏哈甫笑着:"他们父子应该在苏州老家呢。"叶丽亚摇摇头:"我哥哥几天前看到明轩,他现在新疆当兵,我哥哥忘记问他在哪里了。"夏哈甫惊讶不已:"明轩在新疆当兵?这我还真没听说,明轩在新疆他不会不来看我这老头子的呀。"叶丽亚失望地笑笑。夏哈甫拍拍脑门道:"有一个人……你不妨去问问他。"叶丽亚激动道:"那个人在哪里?"夏哈甫神秘地一笑:"此人是个大人物,和明轩的父亲交往甚密,我想他应该对明轩的行踪略知一二。此人姓高名天德,他府上离这儿不到两里路。"叶丽亚站起来开心地笑着:"谢谢老伯,我找高大人问问。"

茶社里没有茶客,十分安静,秋管带一身便装和胡永坐在桌前喝茶说话。"胡把总,这些年您在哪里?兄弟们都挺惦记您的。百里大人还派人找过您呢。"胡永摇摇头:"我没离开西域。"秋管带点点头:"你来这儿有啥事?"胡永喝了口茶:"没什么大事,我向你打听一个人。你有没有听说马明轩这个人?"秋管带一惊:"马明轩……不是被你钉在草原上了吗?""他没死。他在新疆当兵,不知在哪个营服役,我想找他。"秋管带撇撇嘴:"这事恐怕你得去问问百里大人,看他知不知道。"胡永点点头。

秋管带又问:"刘大人的事你听说了没有?"胡永疑惑不解地看着他。秋管带看了看四周小声说道:"刘大人和他儿子刘祥麟被马镰刀杀了。"胡永吃惊:"刘大人被马镰刀杀了!"秋管带赶忙摆摆手让胡永小点声:"刘大人是在六十大寿那天被杀的。"胡永点点头:"有人前几天还看到草原王的人马。"秋管带笑笑:"草原王被将军招安了,现在北湾卡伦守边关呢。"胡永苦笑:"我这些年深居简出,两眼墨黑,人间的什么事情都不知道了。"

高府门前有人进出,卫兵客气地打着招呼。叶丽亚来到高府门前,抬头看着气派的门楼，对卫兵道："大哥，请您通报高大人一声，就说叶丽亚求见。"卫兵看着叶丽亚："姑娘你来得真不巧，高大人和夫人刚出门，去迪化府了。"叶丽亚不死心地问道："什么时候回来？"卫兵摇摇头："什么时候回来就不知道了。他是公务身子，身不由己！"叶丽亚失望地离去。

叶丽亚的情绪有些低落，坐在椅子上发呆。突然传来一阵敲门声，叶丽亚兴奋地上前开门。胡永提着纸包走进房间："吃饭了吗？我给你买的烤包子。捎带着买了点羊头肉、羊蹄、羊杂，切碎的。"叶丽亚笑着："我和老伯一起吃了，你吃了吗？"胡永摇摇头："我怕你没吃，买回来和你一起吃。"胡永把纸包放在桌上，摊开。叶丽亚给胡永倒水："你快吃吧。"

胡永吃了一口包子道："我找到了以前的两个部下，他们都不知道马明轩在哪儿。我去百里赫拉大人府上打听，百里大人去了承化寺，二十天后才回来。"叶丽亚急道："到处打听不到，高大人和百里大人都不在，咱怎么办？"胡永安慰道："叶丽亚别着急，马明轩是一个有名有姓的人，一个大活人丢不了，一定能找到他。"叶丽亚苦涩地点点头。

胡永想了想道："叶丽亚，你看这样好不好，我明天去霍城总兵府打听，要是打听不到，我再去塔尔巴哈台问，二十天内我就回来，咱再去见百里大人，那时高大人没准也回来了。你在这儿等我。"叶丽亚摇摇头："我十年没离开过你，我不放心你一个人去，我跟你一起去。"胡永想想，答应道："好吧，那咱明天一早就走。"

胡永一口气吃了四个包子，又用手抓起羊头肉吃了吃。他突然又想起一件事，笑道："啊，还有件开心的事我忘告诉你了。""什么事？""刘永寿和刘祥麟都被杀了，被草原王马镰刀杀了。"叶丽亚兴奋地看着胡永："太好了！恶人终有恶报！马镰刀，我得好好谢谢他。"

波塔在柜台里打扫卫生，胡永提着行囊和叶丽亚从后门走过来。波塔笑着打招呼："这么早就出去呀？"叶丽亚和胡永来到柜台前："我们出去办事过几天回来,算算房钱。"波塔翻了翻账本笑道:"你们是贵客,人和牲口都算上,连吃带住给八块铜板吧。"

胡永从行囊里拿出烟荷包,从烟荷包里倒出几块碎银子交给波塔:"代我们谢谢老伯,不用找了。"波塔的眼睛盯着烟荷包,而后看着胡永:"这个烟荷包怎么在你手里?"叶丽亚惊讶地看着波塔:"你见过这个烟荷包?"波塔拿起烟荷包看着:"就是这个烟荷包,一点没错,这是我看到过的最漂亮的烟荷包。"叶丽亚急道:"你在哪儿见过?"波塔努努嘴:"就在客栈,这个烟荷包是草原王马镰刀的。"

胡永和叶丽亚愣住了。波塔看着两人,怕两人不相信似的急着证明:"是真的,这个烟荷包挂在草原王的马鞍上。"叶丽亚的泪水涌了出来,想起那天在街道上,自己跟着烟荷包走了一路,叶丽亚扑到胡永怀里伤心地大哭:"终于找到他了。"胡永抬起叶丽亚的头,抹掉她的眼泪,笑着说:"那我知道他在哪儿了,就在北湾卡伦,我送你去。"

胡永走到桌前提起行李,转头对叶丽亚说:"叶丽亚,跟我去买辆毛驴车,再买些木杆、毛毡等。""为什么?"胡永笑笑:"听我的,到了卡伦用得上。"叶丽亚点点头和胡永离去,回头对波塔说道:"告诉老伯我们有急事先走了。你跟老伯说马镰刀就是马明轩。"波塔挥挥手应道:"我会告诉他的。"看着二人离去,波塔转身走进店里,不解地喃喃自语:"草原王是马明轩?"

二

道伯雷尼亚面朝墙,对着镜子修剪山羊胡子,米沙背着包走进房间,立正敬礼。道伯雷尼亚笑着:"亲爱的米沙,你总算回来了。"说着和米沙来了一个拥抱。道伯雷尼亚:"我要的材料拿回来了吗?""上尉,您要的东西一样不少。"说着拿出三瓶酒放在桌子上。道伯雷尼亚笑着:"谢谢米沙,这下我可以睡着觉了。"米沙又拿出一份文件递给道伯雷尼亚:"司令部命令一定要设法抓住潘捷烈。"道伯雷尼亚皱皱眉头:"那狗娘养的又犯什么事了?"米沙把文件翻到某一页,说道:"他暗杀了安德烈伯爵大人。"道伯雷尼亚眯起眼睛:"那狗娘养的可能已经逃往大清国。"米沙点点头:"根据可靠情报,潘捷烈长期与清国官员勾结,走私贩卖粮食、鸦片、枪支、宝石和文物。"

道伯雷尼亚沉思了一会儿,说道:"我早就想收拾那狗东西,他给我们制造了不少麻烦,可边境线这么长,我们前脚走他后脚到……不过以前大清在这一地区没有边防站,现在有了,我想潘捷烈就是偷越过境也难逃白房子的追捕。我思索着最好的办法是……和白房子边防军联手打击这帮狗娘养的。"米沙点点头:"这倒是个好主意。"道伯雷尼亚又问道:"我让你去查白房子守军的来历,那个肥头大耳的亚历山德拉怎么说?"米沙又拿出一份文件放在桌上:"上校说,驻守北湾的不是清国的正规军,而是一伙被收编的土匪。"道伯雷尼亚惊愕道:"上帝呀,他们怎么会派土匪守边关,难道清国没有军队了吗?"米沙摊摊手:"白房子的站长叫马镰刀。"

道伯雷尼亚一听倒吸一口凉气,凝眉垂首来回踱步。米沙不解地看着他:"上尉,马镰刀是个什么人?您为何听到他的名字就坐立不安,变脸失色?"道伯雷尼亚不安地说道:"马镰刀是新疆大名鼎鼎的土匪,人称草原王。我虽未见过此人,可我听说过很多有关他的强盗生涯和传奇。"米沙笑笑:"马镰刀是个传奇人物。"道伯雷尼亚白了一眼米沙:"何止传奇,马镰刀杀人不眨眼,放火烧毁我国商人在伊犁的货站,传说他是恶魔转世。"米沙听了一惊:"我们与他为邻太可怕了。"道伯雷尼亚摸着下巴沉思道:"问题是为什么要派他来和我们做邻居。"米沙上前两步急道:"上尉,您的意思是,马镰刀是冲着我们来的?"道伯雷尼亚眯起眼睛思索片刻道:"这倒未必。不过土匪不守规矩不懂礼节,恐怕连最简单的边境知识都不懂,他们做事随性子。米沙,通知全体人员,加强戒备,特别是要加强夜间巡逻,再在大河一号口放两个潜伏哨。从现在起，坚决避开和白房子巡逻队的正面接触，以免擦枪走火。""是，上尉。"说完米沙推门离去，留下道伯雷尼亚凝眉垂首在屋子里踱步。

伊犁将军和高天德漫步在路上，像是想起了什么，将军停下脚步："马镰刀驻守北湾已半月有余，我想派刘大人与邱大人前往卡伦巡检。""将军大人对马镰刀不放心呀？"将军摇摇头："我怕他给我惹出事儿。"高天德站到将军面前抱拳道："将军的担心不无道理，但也不必操之过急，俗话说用人不疑疑人不用。"将军微微点头。两人向前走了几步，将军停下脚步，又问道："高大人，俄领事馆送来的材料你看了吗？"高天德点点头。"你可听说过潘捷烈·潘捷烈维奇·潘捷烈科夫这个绕口的人名？从材料上看，匪首潘捷烈长期在两国边境沿线从事不法活动，勾结我地方官员走私烟土、鸦片、文物，偷运粮食，杀人越货，无恶不作。我已下令北疆各卡伦加强巡逻警戒，捉拿潘捷烈。高大人，你派得力人手，明察暗访找出勾结外夷的败类，挖出谁严惩谁，绝不姑息。""嗻。"

粮草营看上去就像是个大货场，院子里一排排的库房，空场地上堆放着一个个草垛，潘捷烈把自己装扮成维吾尔族人牵着马走到门前。何冬晨拉住潘捷烈："请问您找谁？"潘捷烈低着头："我找王总管，我是王总管的朋友。""您稍等片刻。"何冬晨说着走进大门。守门的士兵多看了几眼潘捷烈："我好像在哪儿见过您？"潘捷烈笑着："我常在伊犁、迪化、鄯善、塔尔巴哈台、布尔津一带做买卖，这很有可能。"士兵正要再问些什么，何冬晨走来："王总管让您进去。"潘捷烈点头称谢走了进去。

王彪的屋子里摆设讲究，大小家具一应齐全，大到柜子书架，小到板凳脸盆架，墙上挂着字画，桌上摆着瓷瓶玉雕。潘捷烈坐在中堂的方桌旁，王彪端上一杯茶放在桌上："您的胆子实在太大了，怎么敢大白天跑到我这儿来？"潘捷烈把茶一口饮尽："不到您这儿来，我实在没地方可去了。"王彪不太高兴:"伊犁将军下令,各卡伦加强警戒正在抓捕您呢。"潘捷烈狡黠地笑笑:"所以我不得不来您这里,因为您这里最安全。他们不会想到我在您这儿,您也不会告发我,因为咱们是一根绳子上的蚂蚱。"王彪吊着脸:"马镰刀上任,刘大人很生气,闹得我的脸都没处搁。"潘捷烈:"草原王不好对付,我损失了七个人。"王彪不客气道:"拿人钱财替人消灾,您不该不懂规矩。刘大人说了,不尽快把马镰刀的人头送上,可就对您不利了。"潘捷烈应道:"我不会让您失望的。"

　　王彪喝了口茶:"那三万斤稻米您得想办法尽快运出境。"潘捷烈点点头:"您放心,我比您更需要钱,等风声过去我尽快办。现在最麻烦的就是白房子边防站,他们堵死了我们的财路。"王彪看着潘捷烈目光凶狠:"所以要尽快杀了马镰刀,不是为刘大人,而是为自己。捣毁了北湾卡伦,这一地带就还是咱的发财路。"

　　潘捷烈从衣袖里拿出一杆精致的烟枪,王彪顿时眼前一亮,拿过烟枪喜得爱不释手。潘捷烈又拿出三包烟膏放在桌上。王彪笑笑看着烟纸上的商标激动地说:"印度出产的上等洋药,男爵大人您可给我送来了及时雨呀。"潘捷烈笑着:"上次给您的都抽完了?"王彪满脸堆笑:"可不是嘛,我正托人想办法买呢,只是印度路途遥远,现在正值青黄不接,只能靠吸口土烟度日。"潘捷烈借机说道:"总管大人,您再给我三万斤稻米如何?您全年的洋药我包了!"王彪笑笑:"好说,不过您不能急。""我明白。"王彪点燃了一根蜡烛:"您坐着喝茶,我先吸一口,过过烟瘾。"

　　刘祥云坐在罗汉床上看折子,士兵站在刘祥云身旁。刘祥云收起折子道:"巡查各卡伦一事我已做好准备。"士兵又叮嘱道:"总兵大人要求重点巡查北湾卡伦,以防马镰刀有不轨之举,如若马镰刀尽责职守,不可刁难。"刘祥云吊着脸站起来:"知道了,回总兵大人,巡查卡伦明日出发。"

门外传来管家侯中天的声音："大少爷，粮草营总管王大人求见。""让他进来。"王彪夹着一个精致的小盒子和蒋前一起走进客厅，把木盒子放在桌上打开盒盖，黄灿灿的金砖整齐地摆在盒里。刘祥云看了眼："这是……？"王彪巴结地笑着："这是大人您的那份红利。"刘祥云不满地皱眉："怎么就这么几块呀？"王彪笑着："还有两万斤豌豆和五万斤麦子没有出手。"刘祥云用责备的口气道："怎么还没出手，你要等到麦子生虫、豌豆发芽吗？"蒋前上前解释："潘捷烈杀了个什么伯爵，受到沙俄通缉，沙俄边防军加强了边境一带的巡逻。最麻烦的是北湾卡伦，马镰刀的巡逻密度大，要带几万斤粮食越境根本没有可能。"刘祥云皱眉："潘捷烈现在人在何处？"王彪看着刘祥云，小心翼翼道："躲在粮草营中……"刘祥云吊着脸："你怎么能容他在粮草营藏身？粮草营兵多嘴杂……"王彪叹了口气："小人也是无奈之举，潘捷烈要是被抓，我怕惹出大麻烦来。而且粮草营兵卒都经过调教，他们都有眼力见儿，知道什么该看什么该说，知道自己小命握在谁的手里。"刘祥云微微点头。

第三十八章

一

草原一望无际,道路绵延,胡永赶着毛驴车,车上装得满满当当,除了白色的毛毡还有木篱笆和木杆。叶丽亚情绪激动,骑在马上和胡永并肩前行。叶丽亚笑着:"还有多少路?"胡永摇摇头:"谁知道呢?见到额尔齐斯河就不远了。"叶丽亚咬了下嘴唇问道:"以后你打算……?"胡永笑笑:"你走了,我也打算换个地方。就在克孜镇住下,你有事就来找我。"叶丽亚点点头:"这样也好,镇上的人你都熟悉。"胡永情绪低落地点点头。叶丽亚看着胡永,有种说不出的滋味。

胡永突然道:"十年了,不知马明轩成家了没有。你说玛莎会不会和他在一起?"叶丽亚摇摇头:"不会,明轩把玛莎当成亲妹妹。"胡永迟疑了一下开口道:"我为你担心,不知他会怎么对你。那天我该把咱俩的事跟他讲清楚,我嘴笨看着他不知说什么好。"叶丽亚笑笑:"你话不多也很少笑……不用解释,也不用为我担心,他怎样对我,我都是他的女人。"胡永默默点头,心里一阵苦涩。

戈壁和草原混杂地带一片荒荒,毛驴车沿着河边前行,叶丽亚骑马走在毛驴车旁。胡永指着河水道:"这条河就是额尔齐斯河。左大人在新疆时这一带有人居住,左大人走后由于卡伦废弃,沙俄强盗常越境抢牛羊,抓边民,杀人放火,农牧民都逃离了家园。"叶丽亚担心地问道："现在明轩哥他们把守边关，沙俄强盗不敢过来了吧？"胡永笑笑："只要他们尽心尽力，忠心报国，沙俄强盗不敢在草原王面前耀武扬威，这一带的边民还会返回家园的。你看远处那一段矮墙，那是墓地，哈萨克人祖先的墓地。他们叫它'玛扎'。"

两人绕过一处沙丘。叶丽亚指着前面激动地大喊："胡永你看，前面有人家了。"胡永看着不远处的白房子和旗杆上隐隐约约的黄色旗帜，看到白房子的烟囱直直地升起一缕炊烟，于是收住驴车从车上下来。叶丽亚看胡永突然停下来，也翻身下马。胡永看着白房子微微一笑："叶丽亚，你到了。"叶丽亚惊讶地看着白房子："那就是北湾卡伦？"胡永点点头："是，旗杆上挂的是大清国旗。叶丽亚，我就送你到这儿了，剩下的路你自己走吧。两个男人最好不要碰面，见了彼此都尴尬。"叶丽亚难过地看着胡永："胡永哥，你自己要多保重啊。"胡永苦笑着看着叶丽亚："叶丽亚该和你告别了，谢谢你这十年来对我的照顾和你为我所做的一切，没有你我活不到今天的。"叶丽亚伤心地哭了："胡永别这样说，这都是命，命里注定让一对仇人同在一个屋檐下，同吃一锅饭。十年把一对仇人变成了一对亲兄妹。"胡永握着叶丽亚的手含着泪："叶丽亚，我没有父母兄弟姐妹，你是我唯一的亲人。走吧，走吧，我会把你放在心里。"

叶丽亚泪眼盈盈地看着胡永，牵着毛驴，恋恋不舍地松开了胡永的手。胡永牵着马，含着泪看着叶丽亚一步步离去。

毛驴车停在边防站墙外，叶丽亚解开捆绑毛毡的绳子。李三宁、小长安、客木巴尔纳闷地看着叶丽亚。客木巴尔小声道："这个姑娘好看，她是从哪儿来的，咱怎么没有见过她？"李三宁小声疑惑地问道："她要干什么？"小长安咧咧嘴："谁知道呢。"

叶丽亚转过身看着三人："这儿是北湾卡伦？"小长安笑着点点头。叶丽亚把车上的毛毡、木杆、柳条、绳子等一件件从车上卸下，李三宁、小长安、客木巴尔更加吃惊。小长安第一个反应过来上前阻止：

"你要干什么？""搭毡房。"

小长安不可思议地看着叶丽亚，笑道："姐姐你可真会找地方，这是卡伦，卡伦是军事要地，你懂吗？"叶丽亚不理小长安只顾卸东西。小长安有些急了："卡伦是兵营，是要塞，你要搭毡房去那边，离这儿越远越好。"说着抱起地上的毛毡往车上装。叶丽亚夺下毛毡一把推开小长安。小长安走上前："你这女人怎么敢跟爷们儿动手？去去去，赶上你的毛驴子另找地方去。"叶丽亚瞪着小长安："我哪儿也不去，这儿就是我家，我想在哪儿搭房子就在哪儿搭。"小长安倔强道："我就不让你搭。这世事还就由了你咧！"

小长安和叶丽亚推推搡搡起来，叶丽亚一脚踢在小长安的脚脖子上，小长安疼得抱着脚脖子单腿跳。客木巴尔见状赶紧跑回白房子，一边跑一边兴奋地喊："兄弟们，不得了了，不得了了……"秦川白了他一眼："一惊一乍的，出什么事啦？"客木巴尔顺了口气："上帝给我们送来了美丽的姑娘。"楚天霸激动地叫道："在哪儿？是不是来劳军？"客木巴尔指指门外："在围墙外和小长安打起来了。"秦川第一个反应过来："还等什么，快去看看呀。"兄弟们争先恐后地往外面跑。客木巴尔站在院子喊："站长，站长，快出来呀！"

叶丽亚把小长安压在身下又掐又拧，小长安疼得吱哇乱叫，李三宁站在一旁看热闹。小长安抬手招架喊："你快把这疯女人拉起来。"李三宁上来拉叶丽亚，叶丽亚把李三宁推到一边。

一伙男人跑来，看到小长安被压在地上打，高兴地起哄。吐耶拜高兴地喊："姑娘，使劲揍他……掐他脸。"巴哈尔哈哈大笑："姑娘，这兔崽子屁股上有肉，掐他屁股。"小长安大喊："你们快把这疯女人拉开呀，我求你们了。"大伙哈哈大笑。

马镰刀和薛草药站上墙头，马镰刀发现骑在小长安身上的是叶丽亚，大吃一惊。薛草药认出叶丽亚对马镰刀道："兄弟还看什么，这不是叶丽亚吗？"马镰刀咧咧嘴大声地冲下面喊："胳肢他，他最怕痒。"叶丽亚不停手又打又胳肢，小长安一会儿痒得笑一会儿疼得叫。秦川高兴地喊："大快人心呀，好姑娘，你给我们大伙出气了。"

马镰刀走到近前用手比画着笑："撕他的嘴，叶丽亚，拧他的鼻子。"叶丽亚听到这声音突然愣住了，秦川、巴哈尔、小长安等兄弟们也都愣住了。叶丽亚慢慢仰起脸看着站在眼前的马镰刀，马镰刀眼含笑意温柔地看着叶丽亚。

叶丽亚的眼睛里充满泪水，看着马镰刀慢慢地站起来，哭喊一声："明轩哥……"叶丽亚跑上去扑到马镰刀的怀里，马镰刀抱住叶丽亚，难过地咧咧嘴。

兄弟们高兴地看着叶丽亚和马镰刀。小长安从地上爬起来大声喊："你这是用我来练手啊！"又说："兄弟们看什么，抄家伙平地搭毡房。"大伙反应过来，有的卸车，有的整理地上的毛毡。

胡永站在沙丘上看着不远处的白房子外，叶丽亚和马镰刀拥抱在一处，长出一口气转过身牵马离去。他扣了扣马刺，好像在躲避命运似的，一阵狂奔。额尔齐斯河高高的堤岸上，扬起一阵沙尘。

二

叶丽亚站在马镰刀身边，大眼睛湿乎乎地看着大伙。马镰刀的表情既高兴又带点苦涩。小长安来到叶丽亚面前单腿跪地抱拳道："叶丽亚，一物降一物，小长安给你赔礼。"叶丽亚笑着扶起小长安。马镰刀咧咧嘴："小长安，叫几个兄弟跟我回去搬家具。"小长安嘻嘻一笑："是，站长。"听到小长安叫马镰刀站长，叶丽亚不由得扭头看马镰刀。马镰刀大声道："兄弟们，天黑前搭不起毡房，你们别吃饭。"鸿玄弈笑着："站长放心，天黑前保证搭好，不给吃饭事小，耽误了大人的洞房我的罪就大了。"大伙异口同声道："没错。"叶丽亚害羞地低下头，马镰刀无奈地咧咧嘴带兄弟们去搬家具。

毡房紧挨卡伦的墙边，距离黑土围墙大约有一箭之地，位置在卡伦的东南方，离喀拉苏干沟不远。毡房的圈架已经立起。楚天霸和古依汗扶着梯子；巴哈尔站在梯子顶上加固与穹顶相连接的木杆；亚森、鸿玄弈、老四、敖元奎把支撑穹顶的木杆用绳子固定在圈架上；李三宁、客木巴尔、吐耶拜、吾尔曼从喀拉苏干沟割来芦苇，铺满地面，然后蹲在地上铺开一张张毡片；叶尔波勒、布拉克拜拿铁锹平整毡房里的地面。

站长室内，马镰刀思索着在房间里踱步。秦川走进房间："兄弟，咱这儿有的是房子，别搭毡房了。"马镰刀叹了口气："随叶丽亚喜欢吧，她来看我，住十天八天就走了。"秦川看着马镰刀："瞧那点出息，人家来看看老情人，美得你不识人了，尾巴翘得跟旗杆似的，要是你爹你娘来看你，兄弟们就没活路了。"马镰刀咧咧嘴。

毡片已经蒙在毡房上，从外边看房子已经搭好。众人用毛毡带子捆绑加固毡片，毡房里大伙嘻嘻哈哈地有说有笑。叶丽亚欣喜地看着新房。小长安、慕思寒等人抬着床板、桌子、柜子、长凳，走进毡房。秦川放下长凳看着毡房："叶丽亚，你的房子真漂亮。"叶丽亚笑而不语。秦川笑着："叶丽亚，白房子的士兵都是跟马镰刀出生入死的兄弟，说话没轻没重的。"叶丽亚点点头："看得出。"

秦川看了一眼众人，对叶丽亚道："我一一给你介绍。"吾尔曼笑着："我们不用你多嘴，说说你是哪路货色就行了。"秦川撇撇嘴对叶丽亚道："好，那就由我先自报家门。我叫秦川，汉人，单身，老家陕西。山东的响马直隶的将，陕西冷娃站两行。"小长安插嘴："叶丽亚，白房子除了站长就数他有学问，是军师。"亚森把头伸进门里："叶丽亚，你离他远点，那小子不是个好鸟。"楚天霸也笑："他对女人不怀好意，尤其是像你这样漂亮的姑娘。"叶丽亚笑嘻嘻地看着大家："我看出来了，你们没一个好东西。"

小长安在案板前切菜，李三宁蹲在地上剥洋葱皮。李三宁自言自语："叶丽亚真好看，鼻子眼睛嘴巴长得都在地方。"小长安白了他一眼："好不好看和你无关。戏台子底下的婆娘，都有主了。"李三宁咂咂嘴："要是我能找这么漂亮的媳妇，我奶奶准高兴得合不住嘴。"小长安抬起眼看着屋顶："巴哈尔说女人是一把刀。"李三宁笑道："那是心眼不好的女人。对付女人，你要跟她睡觉，有道是女人豆腐心，谁睡跟谁亲！"小长安不屑地看着李三宁："做你的饭，就你懂得多。"

毡房里只有叶丽亚，床边上、桌子上、凳子上堆着被褥和衣物等等，看上去十分凌乱。叶丽亚十分愉快，手上提着一串大大小小的物件，哼着歌围着毡房悬挂样式和色彩各异的吉祥物。

突然传来敲门声，马镰刀拿着一疙瘩纱进来。叶丽亚看到马镰刀高兴地迎上去："明轩哥。"马镰刀笑笑："你来这儿看我，我非常高兴。"叶丽亚想说什么又改了口："我……你的兄弟们真好。"马镰刀微笑道："兄弟们在一起没正形，说话随便，有什么得罪的，我替他们赔个不是。饿了吧？"叶丽亚微微点点头，马镰刀抱歉地笑笑："饭就快做好了，这儿的条件差……"叶丽亚笑着摇头："你们吃啥我吃啥。"

叶丽亚看着马镰刀手上的东西，好奇地问："你拿的什么？"马镰刀递过去："蚊帐，我怕你被蚊子吃了。这儿人烟稀少，只有蚊子天天陪伴着，上茅房要烧堆干草，要不准得被蚊子咬上上百个包。吃完饭让小长安给你把蚊帐挂起来。"叶丽亚呵呵地笑。马镰刀说得起劲："刚来时，大伙的胳膊和腿还有屁股，被咬得像癞蛤蟆似的。"他还想要接着往下说，门外传来小长安喊吃饭的声音，叶丽亚笑着和马镰刀一起出门。

食堂紧靠那个有着吊杆的吃水井，是个独栋建筑。食堂里，巴哈尔、秦川等兄弟们围坐在桌前，马镰刀和叶丽亚走进来坐下。薛草药见叶丽亚进来，高兴地举杯："叶丽亚，我们真心地欢迎你的到来，愿你在白房子心情舒畅。"叶丽亚微笑："愿我能同你们像兄弟一样。"秦川哈哈大笑："愿我们的叶丽亚永远年轻漂亮。"马镰刀笑着咧咧嘴。

大家伙儿端着一碗碗烩菜、捧着一摞摞馕进来放在桌上。小长安端着一盘炒肉进来放在叶丽亚面前。小长安笑着："叶丽亚，这盘炒肉是站长特意让我给你做的，我的手艺不好，你凑合着吃吧。"叶丽亚看着桌上一碗碗烩菜，把炒肉盘子摆到桌子中间。叶丽亚笑着："有福共享，有难同当，我不是客人，是你们的兄弟。"巴哈尔站起来："奶奶的，叶丽亚属于白房子。感谢上帝赐给我们最美丽的色彩。"马镰刀开心地咧嘴笑。

欢快的冬不拉声响起，客木巴尔和库米丝汗弹着冬不拉走进来。大伙拿起筷子跟着节奏敲击桌子和碗筷。布拉克拜站起来，唱起欢快的哈萨克民歌，叶丽亚不由得站起来跟他一起唱起来，两人的和声优美动听。

月光下，歌声中，马镰刀带着马队行走在银灰色的戈壁上，远处的沙丘像一座座大大小小的金字塔，寂静的戈壁传来狼的叫声。

一群数目庞大的西伯利亚狼，正在完成他们一年一度的迁徙。队伍单列行走，前不见头，后不见尾。它们并不怕人，在这片荒原上，它们是主宰者。

巴哈尔和慕思寒趴在一座低矮的沙丘下，两人的身体埋在沙子里，头隐藏在骆驼刺后，注视着眼前的一片开阔地。马镰刀和秦川趴在沙丘上，一声不吭地注视着四周。马镰刀小声道："咱们加大了巡逻力度，白天俄匪没有可乘之机，他们会把希望放在夜晚，今晚扑空明晚再来，明晚扑空后天再来，不出五个夜晚必有收获。"秦川点点头道："我在这儿守着，你回去陪陪叶丽亚。叶丽亚把家都搬来了，她可不像只是来看你的。你应该把叶丽亚夺回来。"马镰刀笑笑："我已经不是那个冲动的年轻人了。"秦川急了："那是她以为你死了，胡永救了她……只要叶丽亚爱你，回到你身边，她还是你的女人。"

马镰刀沉默许久，说道："一个远方的朋友，在北湾卡伦围墙外面，搭了间毡房，不久，她又会像云彩一样飘走。这就是全部。"

叶丽亚坐起来抱着双腿发呆，外面传来脚步声。叶丽亚激动地下床，匆匆走到门前想开门迎出去，又放下了手。脚步声越来越近，叶丽亚激动得双手不由得交叉放在胸前。

马镰刀心事重重地低头来到毡房门前，勾起食指正要敲门，又犹豫着把手收回。马镰刀看着房门，想起他在土丘上看到的叶丽亚和胡永的种种，咬咬牙转身离开。

叶丽亚独坐在毡房里，对着镜子捯饬自己。从野地里采来鸡冠花，捣碎，再用几片薄荷叶，包在手指上，一觉醒来，那指甲盖就变成红的了。脸本来就白，现在又用一种不知名的花草，轻轻地贴一贴脸蛋，于是白里透红，十分好看。这块地面的女人，本来头发和眉毛就黑，牙齿就白，现在一番整饬，更是黑白分明了。

这一切做完，叶丽亚站在门前紧张地等待着，激动的表情难以掩饰。然而门外传来离去的脚步声，叶丽亚失望地垂下双手，低着头发呆。脚步声渐渐远去，叶丽亚捂住脸跪在地上小声哭泣。

许久，叶丽亚打开门，含着泪站在墙边看着院子里。马镰刀低着头向站长室走去。叶丽亚看着马镰刀黑乎乎的人影，抬起手想向马镰刀挥手，又慢慢地把手放下。

马镰刀走进站长室，站长室里亮起了灯光，叶丽亚含着泪看着站长室的灯光。马镰刀复又开门出来，叶丽亚看着马镰刀，有些期待。马镰刀叫住了正在巡逻的夜哨，吩咐道："库米丝汗、吾尔曼，多往毡房那边走走。"说完又转身走进屋子关上房门。叶丽亚失望地转身走进毡房关上了房门。

第三十九章

一

太阳冒出地平线,发出刺眼的光芒。厨房的烟囱冒着笔直的白烟。烟柱高高。马镰刀站在屋顶上,举着望远镜向边界瞭望。望远镜里阿拉克别克的士兵,围着营房跑步。远处传来叶丽亚优美的歌声:"我的地方呀,小小的地方,并不是我自己要来,也不是马儿载着我来,是那,可诅咒的命运,它把我带来的!中亚细亚,北湾卡伦,白色的戈壁,红色的戈壁,黑色的戈壁,镰刀挥处,苦艾草原香气四溢。"马镰刀循声望去,一棵沙枣树挡住了视线。

缓缓流淌的河水波光闪闪,河边堆着一大堆衣服和床单,叶丽亚唱着歌用一块圆圆的大石头在捶打、擦磨衣裳。这条小河叫喀拉苏干沟,我们之前提到过它,我们以后还会提到它。

那石头其实不是石头,而是用动物内脏熬制然后凝固成块的一种东西。过去草原上没有肥皂、洗衣粉之类,人们就用它来洗涤衣服。

俄士兵们在营房前自由活动,有人踢足球,有人擦皮靴,有人修剪头发,有人吹口琴。"唉,大伙安静,安静……"伊万、米沙等人抬起头往瞭望台上看。阿辽莎站在瞭望台上:"你们听,竖起耳朵仔细地听。"士兵们安静下来,好像在寻找着什么。像风一样的歌声忽远忽近,忽大忽小,优美动听。士兵们望着天空,寻找着天外来音。士兵们都静静地聆听着叶丽亚优美的歌声。米沙自语道："太美妙了。"瞭望台上阿辽莎一边用裹脚布包脚，一边用望远镜瞭望。米沙激动地说："你们听到了吗，是天使的歌声。"道伯雷尼亚不耐烦道："听着呢……听着呢……"伊万小声道："安静，安静。"阿辽莎放下望远镜，激动地冲着士兵们喊叫："我找到了她。"瓦连京仰着头："你找到了什么？""唱歌的天使。她美极了。"瓦连京兴奋地欢呼了一声："我来看看。"匆匆爬上瞭望台。叶戈尔、谢尔盖、伊万、米沙也争先恐后地往瞭望台上爬。叶戈尔回头向下面的士兵喊："我已经忘了天使的模样。"道伯雷尼亚大声道："孩子们，瞭望台比你们年龄还大，它会塌的。"谢尔盖大声："上尉，天使会给我们带来好运的。"

瞭望台上，阿辽莎举着望远镜瞭望。瓦连京终于爬上瞭望台："我看看。"阿辽莎好像没有听到似的。瓦连京一把抓过望远镜："该我了。"瓦连京举着望远镜："她在哪里？""就在你的正前方，五百米开外。"叶戈尔、谢尔盖、米沙、伊万等人一个接一个上来。

望远镜里，叶丽亚的头从水下钻了出来，白嫩的肌肤露出水面，甩了甩头，晶莹的水珠四散。瓦连京惊讶："天呐，她太美了。"伊万一把抢过望远镜瞭望。瓦连京激动地说："她太美了，我要喘不上气来了。"

叶丽亚沉入水里。伊万嚷嚷道："她潜到了水下，上帝太不公平了。"阿辽莎大声道："看来你要和上帝搞好关系。"米沙抢过望远镜瞭望："我来看看。"道伯雷尼亚冲着瞭望台喊："孩子们，我们该出发了。"谢尔盖大声道："亲爱的上尉，我已经三年没见过女人了。"伊万求情道："我再看一眼就走。"道伯雷尼亚口气严肃道："耽误了巡逻，我绝不会轻饶你们。"

叶丽亚显然不知道对面有人用望远镜看着她。她长发披肩站在水中，梳理头发。羊群在草地上嬉戏玩耍。苍白青年李三宁正借助羊群和草的掩饰凝神偷看。叶丽亚四肢匀称、丰盈，散发着蓬勃的活力。李三宁不由得向前爬行，又胆怯地低着头向后退，李三宁的身子在不停地颤抖。叶丽亚转身向岸边走。李三宁低下头快速向后退，在羊群的遮挡下，猫下腰手脚并用迅速离去。

灶台上的铁锅冒着蒸汽，小长安坐在木墩上择菜。马镰刀一身便装走进厨房。小长安笑着打招呼："站长！"马镰刀挠挠头："兄弟们什么时候回来的，我怎么一点都不知道？"小长安撇撇嘴："你一定是喝多了。""我昨晚没喝酒。"小长安笑嘻嘻道："秦川哥说人逢喜事精神爽，你没有喝酒鬼都不信。"马镰刀咧咧嘴："我看见叶丽亚在河边洗衣服。"小长安点点头："她把兄弟们的脏衣服和被单都拿去洗了。""她一个人怎么能洗得了这么多人的被单和衣服？"小长安皱眉："兄弟们不让叶丽亚洗，可是拦不住，叶丽亚说以后五天给大伙洗一次衣服，十天洗一次被单。""你和李三宁该去帮帮她。"小长安笑道："该去帮她的人是你。"

马镰刀端着一碗奶："大伙都睡着了？"小长安摇摇头："秦川哥、亚森哥、敖元奎带几个兄弟吃了早饭就巡逻去了。秦川哥说今天会卡不能耽搁，得卡时间。"马镰刀把奶倒进嘴里："狗头军师就是心细，我把会卡的日子都给忘了。今晚得让他们好好睡一觉。"小长安又道："巴哈尔大哥、慕思寒大哥、薛草药大哥和玄弈哥他们都睡了，玄弈哥说他们晚上要上潜伏哨。"马镰刀点点头。

胡杨树下，十匹马都使上了羁绊，耷拉着脑袋站在太阳下暴晒。秦川、亚森、敖元奎等十人顶着太阳躺在沙地上睡着了。阿黑吐拜克边防站的阿曼别克十人十骑赶来，翻身下马。秦川睁开眼睛坐起来。阿曼别克来到秦川身边笑着："兄弟，我以为我们会早到呢，没想到你们到得更早。"秦川瘪嘴："我们天蒙蒙亮就出发了，赶早不赶晚。"阿曼别克和秦川交换木牌。阿曼别克看了眼躺在地上熟睡的人们："你们好像没有睡觉似的。"秦川点点头："为了抓潘捷烈，兄弟们昨晚埋伏了一夜。你们有没有潘捷烈的消息？"阿曼别克嗯了一声："我们也加大了巡查力度，那伙土匪一定还在咱们的管辖区域活动。对了，塔尔巴哈台的刘大人,巡查卡伦什么时候到你们那儿?""哪个刘大人?""守备刘祥云。"秦川惊讶:"刘祥云巡查卡伦?我们没有接到通告。"阿曼别克又道:"潘捷烈的绰号叫魔鬼潘杰,我们多次打击过他,但总是得不偿失,每次他都能逃脱。他是条老狐狸,你们要特别小心。""谢谢提醒。"阿曼别克笑笑:"谢什么,都是一家人,我们该走了。"秦川站起来:"下次会卡见。""希望下次能见到草原王。"阿曼别克和士兵们翻身上马离去。

桌子上摆着一摞碗和一把筷子,李三宁端着一盆拉条子进来放在桌上,叶丽亚端着一盆羊奶进来。巴哈尔看着拉条子笑着:"叶丽亚,这拉条子一定是你做的。"叶丽亚笑着:"你怎么知道?"薛草药笑着:"小长安和李三宁那俩蠢蛋谁也不会。"李三宁尴尬地笑笑。叶丽亚笑着:"只要你们大伙喜欢吃我做的,我就天天给你们做。"老四咂咂嘴:"如果真是这样,我们就享口福了。"巴哈尔把拉条子盛到碗里。叶丽亚笑着:"被单和衣服都干了,吃完饭你们自己去收起来。"慕思寒道:"有空我跑趟伊犁府给叶丽亚买几块漂亮绸缎。"古依汗:"对对,代表兄弟们的谢意。"叶丽亚开心地笑:"你们先吃着,我出去看看。"

秦川看着叶丽亚的背影感慨:"叶丽亚是个好姑娘,看得出她依然爱马镰刀。她勤劳善良又大方,她爱站长也爱兄弟们。"古依汗吃着面,嘴里呜噜噜地说着:"听吾尔曼说站长昨晚没进毡房。"秦川叹了口气:"他有心病。有些事情叶丽亚需要和他说清楚。"古依汗点点头:"咱得想办法把马镰刀赶进窝里去。"秦川笑笑:"你说得对。""他俩必须得……那样……"古依汗诡异地笑,用手比画着。秦川笑着:"互相看着永远生不出小崽来。"古依汗白了一眼秦川:"你不愧是狗头军师,一下就看懂了我的手势,传宗接代这是硬道理。"秦川瞪着古依汗:"你得想出办法来。"古依汗哼了一声:"没啥想的,打也得把马镰刀打进窝里去。"秦川呵呵地笑着:"这是个好主意。"秦川想了想:"过些日子就是七月七了。"古依汗眼睛一亮:"你的意思是给他们搭座鹊桥？"秦川点点头："要是那犟驴敢炸蹶子，咱们把他扒光了绑起来，抬进毡房里去。"古依汗笑着："我看没有比这更好的办法。"

二

房间里灯火通明，桌上摆着烧鸡、烤肉和两盘炒菜，王彪和刘祥云坐在方桌旁喝酒。刘祥云吊着脸，王彪看着刘祥云不解地问："大人的意思是完全切断马镰刀的供给？"刘祥云冷笑："要利用土匪的秉性，逼他们进圈套。没有粮食补给，那几条野狗定会狗急跳墙，一旦触犯军规……"王彪试探地问："大人的意思是，欲擒故纵？"刘祥云点点头："没错，到时候我可毫不费力地砍下那群野狗和马镰刀的头。"王彪诡异地笑笑："大人高明，小人明白怎么做了。"

刘祥云恶狠狠道："我一定要利用此次巡卡给马镰刀点厉害。马镰刀一死，接下来，我就去苏州杀了他全家。"王彪笑着："腰缠十万贯，骑鹤下扬州。您不要忘了光顾美女之乡。"刘祥云点点头："你给我多备点银两，苏州的关系要靠钱打通。"王彪笑着："当今办事离不开金银，小人明白，银两的事包在我身上。老爷给了我莫大的恩惠，小人正愁没有结草衔环的机会。"刘祥云微笑："我爹当年让你当管家，就是看重你的人品。"王彪举起酒杯点头哈腰："多谢大人赞誉。小人再敬大人一杯。"

昨晚飘来几片云彩带来几星雨，一夜之间，沙丘上那些干枯的红柳枝条突然苏醒，吐出串串花穗。马镰刀牵着匹马和叶丽亚默默地走在丘陵旁。马镰刀和叶丽亚同时道："你……"马镰刀笑了一下："你先说。"叶丽亚问道："你是怎么知道我和胡永住在那儿的？"马镰刀咧咧嘴："瞎撞的。"叶丽亚沉默了一会儿说道："当年刘祥云要抓我回去，是胡永不顾一切地救了我。害怕官兵找到我们，那儿偏僻，我们就在那儿住了十年。"马镰刀咧咧嘴:"我一直在找你,我以为你死了……你是怎么知道我在北湾戍边的?"叶丽亚笑笑:"胡永带我去惠远城打听你,可到处打听不到,后来夏哈甫老伯客栈的一个伙计看到烟荷包,说是草原王的,我们才知道你就是草原王。是胡永送我来的。"马镰刀点点头。

突然,从起伏的沙包子后走出六个提着刀的青年,拦住了两人的去路。叶丽亚吓得抓住马镰刀的胳膊。

马镰刀摘下挂在鞍子上的马刀:"叶丽亚上马。"叶丽亚急道:"我不走。"马镰刀安慰道:"你坐在马上等我,省得碍手碍脚。他们不会放过我。"手拿弩机的男人看着马镰刀:"草原王,虽说你的大名无人不晓,可那都是猴年马月的事情了,现在你的人马都散了,你充其量是条看门恶狗。"马镰刀咧咧嘴:"你们要杀我也该让我死个明白,你们为谁卖命?"男人笑道:"这对你并不重要。你杀过多少人你自己记不得,可那些死鬼忘不了你。"说着瞟了一眼叶丽亚:"杀了你不但能赚到银两,还可得一漂亮的女人。"男人双脚踩住弩弓,双手拉开弓弦,把箭矢放进矢道,端起弩机对着马镰刀,笑了一下又道:"一举两得,何乐不为?"话音未落,马镰刀一甩手,匕首不偏不倚深深地扎进男人的额头。男人惨叫一声,瞪着眼睛,抱着弩机倒地。

马镰刀三步并两步,冲到一伙人面前,挥手一刀,动作之快,三个青年完全没有反应就被刺穿了肚子惨叫着倒地。其余两人见势不妙,扔下刀撒腿就逃。叶丽亚瞪大眼睛吃惊地看着马镰刀。马镰刀抽出刀,走到一个还在地上翻滚的青年跟前:"是谁要杀我?"青年跪在地上捂着流血的肚子:"我……我也不知道,只有大哥去和人接头。我们是额敏城的地痞混混,拿人钱财替人办事。马爷饶小的一命吧,小人改邪归正再也不干这害人害己的事了。"马镰刀目光阴冷地咧咧嘴。青年求饶道:"马爷,马爷,我只想挣俩钱抽福寿膏。"叶丽亚动了恻隐之心:"明轩,放他走吧。"马镰刀目光阴冷地看着青年,语气低沉,厉声道:"叶丽亚闭嘴。"叶丽亚惊愕地看着马镰刀,马镰刀挥手一刀,叶丽亚捂住眼睛。

马镰刀翻身上马,坐在叶丽亚身后。叶丽亚瞄了眼倒地的青年,磕镫催马,两人一骑奔驰在草原上。"野狼嗅到腥味,很快就来给他们收尸了!"马镰刀回头看了一眼说。

小河不宽,清澈的河水缓缓流淌,马镰刀蹲在河边,洗去脸上和手上的血渍。叶丽亚掏出手帕给马镰刀:"明轩哥,你是怎么活下来的,又是怎么和秦川、巴哈尔这些兄弟在一起的?"马镰刀用河水洗着脸:"胡永带走你的第二天早晨,秦川他们遇到了我,他们的头儿死了,问我愿不愿意当他们的头儿,我一咬牙说当,他们就把我带走了。薛神医医好了我,也许这就是缘分吧。"叶丽亚点点头又问道:"你为什么改了名字?"马镰刀笑笑:"镰刀改变了我的命运,所以改了名字。"叶丽亚看着马镰刀:"明轩哥,你变了,变得武功高强,冷酷无情,杀人不眨眼。"马镰刀咧咧嘴板着脸:"你过奖了。胡永活着,你已经是他的女人了。"叶丽亚看着马镰刀哑口无言,心里有种说不出的难过。她说:"我是我自己的女人。"

自额尔齐斯河上游,一阵"咯吱咯吱"的马车声传来。马镰刀循声望去,一名士兵赶着马车走在河边的路上。士兵停下马车,拿起枪从车上下来:"站住,你们到这儿来做什么?""我们住在这儿。"士兵厉声道:"这里除了驻军,方圆几十里没有人烟,你们到底是什么人?"马镰刀和叶丽亚走向士兵,士兵端着枪:"站住,你们再往前我就不客气了。"马镰刀笑笑:"兄弟,我们不是歹人。"

士兵犹豫地看着马镰刀和叶丽亚。突然,士兵扔掉枪,跪在地上连连叩头,马镰刀和叶丽亚顿感吃惊,不知怎么回事,士兵抬头看着马镰刀:"明轩,我对不住你,我对不住你呀。"马镰刀看着士兵,脑海中记忆一一闪过,吃惊地叫道:"是你,何冬晨?"何冬晨点点头:"是我,明轩,我……我没脸再见到你。"马镰刀扶起何冬晨:"快起来吧，是我连累了你们，让黄大哥白白丢了性命。"何冬晨难过得哭了出来："明轩……"马镰刀苦笑："冬晨，我从来没有怨恨过你，要是烧红的铁叉放在我身上，恐怕我连我爹也会供出去。"何冬晨诚恳道："明轩，我对不住你。"马镰刀："以前的事情都过去了。没想到会在这儿见到你。"何冬晨拍拍身上的土道："我被衙门送到龟兹服了五年苦役，后来充军到粮草营。现在给卡伦送粮，哈巴河老城的古河道上，有我们一个转运站。咦，你们来这儿干吗？"马镰刀笑着："我和你一样在这儿戍边，叶丽亚是来看我的。"何冬晨激动地说："太好了，我以后可以常来看你们。"叶丽亚笑着："明轩哥是北湾卡伦的站长。"何冬晨惊愕地看着马镰刀："你……你就是站长？"马镰刀点点头。何冬晨惊道："你是草原王马镰刀？"马镰刀咧咧嘴："马明轩的名字早已不用了。冬晨，跟我回卡伦去，今晚就住下，咱俩好好说说话。"何冬晨摆摆手："不行啊，公务在身，我还要去运粮呢。"马镰刀咧咧嘴："那好吧，不耽误你了，咱们离得不算远，以后有机会见面。"何冬晨点点头："叶丽亚，明轩，你们多保重，我走了。"叶丽亚："你也保重。"

喀海尔曼在卡伦门前站岗，见马镰刀和叶丽亚策马回来，冲院里喊道："他们回来了，他们回来了……"秦川和库米丝汗从站长室出来，向门口跑去。

二人翻身下马。秦川眼尖，看见马镰刀衣服上的血迹，忙问："出什么事了？"马镰刀摇摇头："路上遇到几个劫道的。这些小喽啰，伤不了我。"秦川皱眉问道："是谁干的？"马镰刀耸了下肩，无奈道："咱杀过不少官府的人，谁知道呢，最有可能的幕后黑手就是刘祥云。"秦川想了想："刘祥云、于忠志、邱炳坤等，都有可能雇凶报仇，我真想不出到底是谁。"巴哈尔哼了一声："只有抓住潘捷烈才能搞清楚。"秦川点点头。

方桌上摆放着烟盘、烟灯、烟枪、烟膏和一盘水果。蒋前情绪低落地和王彪坐在桌旁。蒋前板着脸："当小官的滋味不好过。人说官僚官僚，我们这不叫'官'，只叫'僚'。我对刘大人一片忠心，他却把我当个屁。刘祥云仗着他爹的余威狗眼看人低。我找的那几个人被马镰刀打得死的死伤的伤……不知道这回刘祥云又想出什么法子收拾我。给潘捷烈那么多金子都办不成的事，给我这几两银子就想成事？呸，简直是无赖。"王彪冷笑一声："别埋怨了，我还曾差一点被刘永寿砍了手。"蒋前抢话道："可他给你了个总管的职务。"王彪笑着："他之所以给我这个官职是为他自己方便。这些年一方面虚报库存容量骗取保银，一方面通过倒卖储备军粮盈利，还通过谎报、瞒报、克扣粮饷，获取的巨额银两，七成都给了刘家父子，两成打发各路神仙，装在咱们兜里的也就一成。"蒋前认同地点点头："官员不分大小都营私舞弊，只是胃口大小不同。"王彪拿起茶杯一饮而尽："咱这里说小不小说大不大，又地处偏僻，没人把你我放在眼里，再说了，想弄明白粮库这行当的猫腻没那么容易。你我交情二十多年，以后做什么事都要多留个心眼。"

第四十章

一

房间里，王彪坐在桌前看账本。传来一阵敲门声，何冬晨推门走进房间："大人您找我？"王彪合上账本问道："马车准备好了吗？"何冬晨点点头："三十辆大车都已备齐。"王彪嗯了一声："明天一早动身到蓝旗屯粮草营，拉八万斤麦子回来放在六号库里，在库里存放三天再送回去。""是大人。"何冬晨转身离去。

王彪打开账本继续翻看。门外又有人敲门，王彪不耐烦地合上账本："进来。"潘捷烈涎着面皮推门进来："刘大人走了？"王彪嗯了一声没有答话，潘捷烈狡黠地笑笑："我看院里放着几十辆马车，王大人是要往哪儿送粮？"王彪不悦道："你打听这些干吗？"潘捷烈嘿嘿一笑："车马未动粮草先行，军事情报更值钱。"王彪冷哼一声："我不会放过任何赚钱机会，只可惜不是打仗，上面要来检查粮食库存，不得已我只能借粮填仓。"潘捷烈笑笑："我明白了。"王彪笑笑："男爵大人，您打算什么时候走？"潘捷烈抱拳道："我来就是向您告辞的。不瞒您说，今晚有一批货要过境，随货过境二十人。这二十人一到，不出三日就可将白房子夷为平地。那批货里还有您的二十包鸦片呢。"王彪点点头："好，多谢男爵大人惦记着我。"潘捷烈小心翼翼地问道："王大人，我要的那三万斤稻米……？"王彪一拍桌子指着潘捷烈："只要打通这条路，再多给您三万斤也没问题。"潘捷烈哈哈大笑："王大人痛快。"

俄站长室，道伯雷尼亚坐在桌前看信。伊万手拿一张纸推门进来立正："报告上尉，刚刚收到情报，今晚有二十人从我八号区段走私越境。"道伯雷尼亚放下信站起来："你说什么？天呐，二十个人越境，他们要干什么？"伊万把情报递给道伯雷尼亚："情报上说，这伙人与潘捷烈有关，应该说他们是一伙的。我怀疑潘捷烈很有可能也在其中。"道伯雷尼亚骂道："狗娘养的又给我找麻烦。"道伯雷尼亚看了看怀表："少尉伊万·彼得洛维奇，我命令你带十五个人立即出发，埋伏在八号区段，等他们露头一网打尽，决不能让潘捷烈那狗娘养的再逃走。"伊万行了一个军礼："是，上尉。"

月光暗淡，戈壁披上了一层深灰色，不时传来夜虫的叫声。马镰刀独自趴在沙丘上看着空旷的戈壁，耳边响起叶丽亚的话语声："是胡永救了我……我们在那儿住了十年……明轩哥，你变了，变得武功高强，冷酷无情，杀人不眨眼。"

身后传来"沙沙"的脚步声，马镰刀回头看到叶丽亚走上沙丘。马镰刀小声道："趴下。"叶丽亚急忙趴下。马镰刀招手："爬过来。"叶丽亚爬到马镰刀身边小声道："我想来看看你们怎么抓鬼。"马镰刀咧咧嘴道："你就来这么几天，又做饭又洗衣服，让你受累了。"叶丽亚笑着："我没打算走，和你在一起再累再苦，心里总是甜的。"说着试探地把头靠在马镰刀的肩上，见马镰刀没有拒绝，于是就又靠紧了些。

马镰刀微微一笑，认真道："刘祥云这几天会来卡伦，你要多加小心。"叶丽亚点点头："巴哈尔大哥告诉我了，我到时候就戴上头巾遮住脸。"马镰刀笑笑："没必要如此谨慎，在这一带遇到外来的人你多加小心就是。"

远处的一座沙丘上隐隐约约有红点闪动。叶丽亚指着红点问道：

"明轩哥，你看那是什么？"马镰刀目不转睛地盯着红点，小声道："我一直都在看。"说着爬行后退，叶丽亚也跟着后退。

马镰刀拉着叶丽亚走下沙丘，解开两匹马腿上的羁绊，把缰绳递给叶丽亚："你骑马回去。"叶丽亚不接："你去哪儿？"马镰刀指指沙丘："抓那个红点。"叶丽亚不解地问道："那红点是什么？""走私贩。"叶丽亚急道："我和你一起去。"马镰刀摇摇头："他们都有枪，太危险。""不怕。"马镰刀咧咧嘴："好吧，你要多加小心。"叶丽亚既紧张又兴奋地点点头。马镰刀和叶丽亚牵着马绕过沙丘。

房间里，王彪和蒋前坐在桌前，桌子上放着两盘下酒的小菜。蒋前端起酒杯浅酌一口："我们要的枪支和鸦片什么时候能到？"王彪夹了一口菜："潘捷烈说今晚就过境。他已经观察了白房子两个晚上，对白房子的巡逻规律了如指掌。昨天夜里他已投石问路，过境了少量的枪支。"蒋前放心地笑笑："他是个懂军事的家伙。"王彪点点头："接下来他打算把那批粮食运走。"蒋前喝了一杯酒咂咂嘴："早就该运出去了，就怕夜长梦多。马镰刀的事刘祥云已经不耐烦了，潘捷烈打算……？"王彪看了一眼蒋前小声道："这次过境二十人，不出三天白房子将成为一座红房子。"蒋前惊道："他的胆子太大了，难道他要制造一起外交事件？"王彪笑着："为了钱他什么事都敢干，他是沙俄公民，受领事馆的保护。刘祥云只是嘴硬，哪个官员见了洋人不谦让三分？"蒋前点头笑道："官府怕洋人，洋人怕百姓，百姓怕官府，一点不假。"

王彪喝了口酒认真道："说实话，刘祥云和马镰刀的仇与我无关。"蒋前点点头："我看不要再插手他们的事，免得引火烧身。"王彪摇摇头："表面上该做的还是要做，而且要做好，事情已经到这一步了，现在是进退两难，即使做风箱里的老鼠也得忍着。万一事成了，刘祥云不会不给咱好处。"蒋前点头道："大人言之有理。"

二

低矮的小沙丘上蜷缩着两个黑影。马镰刀和叶丽亚借助夜色，蹑手蹑脚地匍匐到距沙丘百米的地方停下，凝望着沙丘上的黑影和忽暗忽明的红光。叶丽亚小声说："那两个黑影究竟是鬼是人？"马镰刀小声应道："不好说，抓到手才知道。"

鲍尔沙克扔掉烟头："很安全，一切都在潘捷烈的预料之中，白房子的那群猪正抱着那个姑娘睡觉呢。我们可以行动了。"维什尼夫站起来："咱们去通知捷米耶夫，让他们放心大胆地过来吧。"两个黑影动起来，消失在沙丘后。

马镰刀拉叶丽亚站起来吩咐道："你去牵马。"叶丽亚点点头离去，马镰刀快速向沙丘靠近。两个黑影翻身上马向边境方向奔去。月光暗淡，两人只顾扬鞭疾驰，未察觉身后有两人两骑跟踪。

马镰刀和叶丽亚并肩骑行，尾随在后。叶丽亚看着前面的黑影："他们往哪儿去？""边境线。"一座座形态各异的沙丘从两人身边掠过，叶丽亚的神情有几分紧张和莫可名状的兴奋。前方的黑影绕到一座沙丘后，马镰刀和叶丽亚磕镫催马加快步伐。

鲍尔沙克和维什尼夫奔跑到一处空旷地带收住马，鲍尔沙克拿起挂在马鞍子上的火把交给维什尼夫，维什尼夫点燃火把，举在空中左右挥舞。片刻，边境方向枪声密集火光四射。鲍尔沙克吃惊地大呼："不好！捷米耶夫他们遭到了埋伏。"维什尼夫扔掉火把，两人掉转马头催马奔驰。

边境方向枪声密集，马镰刀和叶丽亚收住马。马镰刀转头对叶丽亚说："你躲在沙丘后，我去看看。"叶丽亚正要开口，马镰刀催马冲了上去。叶丽亚还在愣神之际，两匹快马从沙丘的另一侧掠过，叶丽亚想也不想催马追了上去，三人三骑消失在沙丘后。

马镰刀跑回沙丘，发现叶丽亚不见了人影。马镰刀愀然变色大声喊："叶丽亚……叶丽亚……"这时传来一声枪响，马镰刀顿感紧张，催马向枪声方向奔去。

马镰刀骑着马心急火燎地一边走一边喊："叶丽亚，叶丽亚你在哪儿？"喊声在夜空中回荡。马镰刀走到一座沙丘前，看到地上有个蠕动的黑影。马镰刀惊愕地喊："叶丽亚，叶丽亚。"马镰刀跳下马跑上前，维什尼夫躺在地上看着马镰刀，马镰刀看是俄匪，松了一口气怒道："那姑娘在哪儿？"

沙丘上传来喊声，马镰刀仰起头看到叶丽亚站在沙丘顶上。马镰刀松了一口气，往沙丘上走了几步。叶丽亚张开双臂从沙丘上跑下来，一跃扑进马镰刀的怀抱。马镰刀倒退几步摔倒在斜坡上，两人抱在一起顺着沙坡翻滚到坡下。叶丽亚和马镰刀紧紧相拥，四目交汇，默然无语。马镰刀坐起来关心地问："你受伤了吗？"叶丽亚笑着："没有，我冲到他们俩中间，正拿不定主意把哪个人先扑下马，我左边的人举枪对着我，我侧身挂在马上，结果他打中了自己的同伙。"马镰刀心有余悸道："你的胆子太大了。"叶丽亚自信地笑笑："在地上我怕他，在马上我谁也不怕。"马镰刀咧咧嘴："你的马术我十年前就见识过。"

马镰刀拉起叶丽亚来到维什尼夫面前，维什尼夫睁着死羊眼看着夜空。叶丽亚看着维什尼夫："他怎么这样？"马镰刀不在乎地说："他死了，扔在这儿喂狼。"马镰刀翻身上马，伸手拉住叶丽亚的手。叶丽亚一跃坐在马镰刀身后，紧紧地抱住马镰刀。马镰刀磕镫催马，两人消失在沙丘后。

月光下，道伯雷尼亚骑着马站在一棵树下。阿辽莎和伊万提着枪跑来。伊万汇报道："报告上尉，战斗结束。"阿辽莎补充："上尉，我们共击毙五人，活捉十二人，其中九人被打伤，我方无一人伤亡。"道伯雷尼亚皱着眉头："情报上说是二十人，怎么只有十七个？"伊万不甘心道："有三人越境逃跑。"道伯雷尼亚骂道："狗娘养的。"阿辽莎笑着："边境那边传来枪声，逃过境的三人应该被白房子边防军收拾了。"伊万不解地问："上尉，我们没有和白房子互通情报，他们怎么会和我们统一行动？"道伯雷尼亚撇嘴一笑："我也不能准确地解释，大概是他们也一直盯着潘捷烈。"阿辽莎叹道："要是能互通情报共同打击就更完美了。"

米沙从外面走来："报告上尉，共查获印度鸦片十二标箱，大约八百公斤，长枪三百，短枪一百，子弹十五箱，马车四辆，马三十二匹。"道伯雷尼亚笑笑："战果丰硕。那伙人中有没有潘捷烈那狗娘养的？"米沙摇摇头："没有，一个怕死的告诉我，潘捷烈还在清国，他计划明天夜晚偷运粮食入境。"道伯雷尼亚冷笑，对众人吩咐："把这群狗东西押回去。伊万少尉，辛苦你连夜填写移交手续。阿辽莎，明天一早把他们押送斋桑。"

一处残墙断壁、破烂不堪的远古村落，在月光下显得诡异阴森。残墙断壁的院子里，立着一顶帐篷，三名沙俄匪兵蹙额凝眉，手持长枪在帐篷外巡逻。帐篷里，地上放着两个箱子，一盏马灯放在箱子上，鲍尔沙克慌张地往皮包里塞东西，提起包匆匆走出帐篷。鲍尔沙克急道："库德里亚什、别尔夫什卡、安德烈，咱们走。"安德烈看着箱子不愿意离开："那箱子怎么办？"鲍尔沙克怒道："保命要紧。"别尔夫什卡胆小地看着鲍尔沙克："我们不等维什尼大了？"鲍尔沙克背起皮包："他知道去哪儿找咱们。"

四个人走了没几步，忽然看到一伙士兵由三个残垣缺口涌入，鲍尔沙克机警地躲在一段残墙后。秦川举着手枪喊道："先生们，我们是北湾卡伦边防军，你们最好放弃抵抗，免得自找苦吃。"安德烈、别尔夫什卡、库德里亚什三人慌张地把枪扔在地上。客木巴尔、叶尔波勒、喀海尔曼三人捡起地上的枪。秦川笑笑："把他们绑了。"大家迅速将三名俄匪绑了个结结实实。

安德烈挣扎着喊："蠢猪，对我们客气点，洋人是不好惹的。"亚森翻译道："他骂咱们是蠢猪。"说着出手狠狠给了安德烈几个耳光，安德烈被打得"哇哇"惨叫。薛草药搜了一圈走过来说道："秦川,帐篷里有两箱手枪。"秦川点点头："捉贼捉赃,抬回去。"秦川走到别尔夫什卡面前："潘捷烈在哪儿?"安德烈瑟缩道："刚才他还在这儿,枪声一响就找不到他了。"库德里亚什气道："那王八蛋丢下我们,自己逃命去了。"巴哈尔押着鲍尔沙克走来,一把把鲍尔沙克推到地上,骂道："这个杂种想逃,他说他只是个小头目。"鲍尔沙克傲慢十足地看着众人："先生们,请对我们尊重点,如果因此而引起事端,沙皇陛下会像在阿穆尔河时那样,用炮火让你们屈服。"客木巴尔不解地问："阿穆尔河是什么地方?"慕思寒眦裂发指："是黑龙江。江东六十四屯的同胞不会白死。"说着挥手一刀抹了鲍尔沙克的脖子。安德烈、别尔夫什卡、库德里亚什三人看着鲍尔沙克在地上挣扎了几下不再动弹。布拉克拜抽出刀恶狠狠地说："杀我兄弟姐妹的都得死。"客木巴尔、楚天霸也同时抽出刀。库德里亚什、别尔夫什卡、安德烈三人吓得跪在地上喊道："刀下留情,我们与阿穆尔河惨案无关。"秦川怒道："收起刀!鸿玄弈、亚森、老四、敖元奎,把他们押回卡伦。"

第四十一章

一

卡伦门前，巴哈尔、秦川、薛草药等人准备出发，进行每日例行的巡逻。马镰刀牵着马走来："兄弟们，昨晚辛苦了。"老四笑着："你和叶丽亚比我们辛苦。"敖元奎撇撇嘴："站长你应该多体贴叶丽亚才对，怎么能让叶丽亚帮你抓俄匪？"马镰刀白了他一眼不说话。鸿玄弈喊道："不能让叶丽亚独自担惊受怕地睡在毡房里。"慕思寒也帮腔："马镰刀，你太不像话了，怎么疼姑娘你跟秦川学学。三宁都比你会疼叶丽亚。"巴哈尔笑骂："奶奶的，你的行为让我们感到很没面子。叶丽亚是我的兄弟，你要再敢不回窝，当心这窝被别人占了。"

叶丽亚躲在墙角听到大伙说的话，羞红了脸。马镰刀咧咧嘴看着众人："我已经习惯被群狗撕咬的滋味了。"薛草药白了他一眼："你啥时候变成滚刀肉了？"库米丝汗羡慕道："马镰刀，你有这么好的姑娘，是你家祖上八辈子修来的福。"秦川眼珠子一转嘿嘿笑道："明轩兄弟，如果你承认叶丽亚不是你的女人，兄弟们可要挤着往毡房里钻了。"马镰刀急道："你们谁敢？"古依汗无奈地看着马镰刀："那你总得给个说法。站长，我们等着抱干儿子呢。"叶丽亚面带笑容仰起头看着天空。

马镰刀没好气地骂道："你们少跟我哩了个噔，说正经事……"鸿玄弈笑道："说吧说吧，我们听着呢。"马镰刀岔开话题："打铁的你会不会用木头钉囚笼？"慕思寒哼了一声道："你给钉锤上挂块肉狗都会，让我钉囚笼大材小用了。"大伙哈哈大笑。马镰刀翻身上马："你把笼子钉在马车上。"又道："秦川，你给那三个杂种整份材料。吾尔曼、玛木尔、布拉克拜、吐耶拜，你们四人同慕思寒把那三个杂种押送到总兵府。"秦川问道："不审一审他们了吗？"马镰刀哼了一声："不用跟那三个卖命的费口舌，要是他们知道什么，昨晚就说了。"

马镰刀翻身上马："我们走。"兄弟们翻身上马准备出发。马镰刀问道："水和干粮都带上了吗？"喀海尔曼点点头："该带的都带上了。"马镰刀磕镫催马，大伙紧跟其后。

叶尔波勒在屋子门口守门。小长安拿着三片馕一根葱，李三宁端着盆奶走来。小长安好奇地问道："他们干什么呢？"叶尔波勒打开门锁推开房门："谁知道呢。"

房间里安德烈、别尔夫什卡、库德里亚什三人戴着脚镣靠墙坐在地上。李三宁把盆子放在地上，小长安笑着："先生们，早餐送来了。"安德烈看着四周道："谢谢，您让我们趴在地上吃吗？"小长安把馕和大葱放在别尔夫什卡腿上笑着："实在不好意思，我不能请三位到桌子前就座。"别尔夫什卡拿起馕递给另外两人顺嘴说道："谢谢你们的早餐。"李三宁笑笑："不客气，这是早餐也是中餐和晚餐。"

安德烈、别尔夫什卡、库德里亚什三人吃惊地看着李三宁。小长安笑道："等等再吃，我们的规矩是先过堂再吃饭。"库德里亚什不解："请问什么是过堂？"小长安挠挠头："过堂嘛就是审讯。"别尔夫什卡和库德里亚什看着小长安："昨天晚上我们已经过过堂了。"小长安看着三人："今天和昨晚不同，你们要是不说老实话，我会把你们的舌头揪出来钉在马蹄上。"别尔夫什卡叫道："我们是沙俄公民，你们没有权力对我们用刑。你们的官员也不敢对洋人做出无理的举动。"小长安哈哈一笑："我们懂得外交礼节。可惜你们落到了草原王的手里。"安德烈小声道："草原王打算怎样处死我们？"小长安眼珠子一转吓唬道:"把你们扒光了绑起来放在戈壁上,看着秃鹫一块块撕下你们身上的每一块肉。先生们觉得如何?"

安德烈赶忙张口:"我们是听潘捷烈男爵的命令。"小长安问道:"是谁雇潘捷烈杀害草原王?"安德烈害怕道:"草原王昨晚问过了,我们的确不知道是谁。"小长安皱了皱眉头:"潘捷烈在哪儿?"安德烈摇摇头:"昨晚枪声一响他就逃走了。他在惠远、迪化、塔尔巴哈台都有落脚处,但具体住在哪里我们不清楚。"别尔夫什卡抢话道:"男爵大人有时会在粮草营过夜。"小长安惊讶地看着别尔夫什卡:"潘捷烈与粮草营哪位大人相识?"别尔夫什卡摇摇头:"这个……男爵大人与什么人相识,他不会告诉我们的。"小长安叹了口气:"吃饭吧,吃饱肚子我送你们去见上帝。"说完和李三宁摔门走出房间。

刘祥云带着二十人的马队,沿着河边前行。到了额尔齐斯河与比利斯河交汇处,刘祥云板着脸:"郭管带,距离北湾还有多少路?"郭管带指着隐约可见的白房子:"大人,前边的白房子应该就是了,我也是第一次来这里。"刘祥云点点头:"到了卡伦你要多走多看,仔细检查每一处。我要你找出可以治罪于马镰刀的证据。"郭管带笑着:"下官明白,土匪什么坏事都敢干,抓到马镰刀的把柄不费吹灰之力。"

屋顶上,楚天霸举着望远镜向境内瞭望,无意间看到远处扬起一线尘土,一队人马奔驰而来。楚天霸放下望远镜走到屋檐边探头对下面喊:"秦川,秦川……"小长安从厨房出来仰头问:"什么事呀?"楚天霸喊:"来了一队人马,快到喀拉苏干沟了。"秦川走出站长室:"有多少人?"楚天霸又看了一眼,喊道:"大概二十骑,很有可能是刘祥云来巡查。队伍就快到门口了,怎么办?"秦川看了一眼:"来都来了,你们听我的。"小长安点点头:"我先出去看看。"

李三宁拿着枪在大门前站岗,看到一队人马走来,有些不知所措。所谓的大门,没有门,只是两边各用土块垒了个土柱子。小长安挎着马刀来到门口。刘祥云和郭管带一行来到门前。

郭管带一行翻身下马，刘祥云坐在马上俯视小长安和李三宁。小长安抱拳道："请问大人前来……"郭管带厉声喝道："见到守备大人还不跪下！"李三宁急忙跪地磕头："小人知错了，小人有眼无珠，请大人恕罪。"小长安看了一眼坐在马上的刘祥云。郭管带指着小长安呵斥道："大胆，还不跪下！"小长安抱拳道："大人，衙门有衙门的规矩，卡伦有卡伦的规矩，请问大人到此有何事？我进去禀报。"郭管带怒吼道："大胆，给我把他拿下。"几个士兵就要冲上来，小长安抽出马刀："你们听着，擅闯卡伦者格杀勿论。"

"不得无礼。"小长安回头看见秦川，收起马刀。秦川走到门前："请问来者有何贵干？"郭管带大声道："塔尔巴哈台守备刘大人，前来卡伦巡查。"秦川单腿跪地抱拳道："不知守备大人前来，多有得罪，还请大人见谅。快请进。"刘祥云待理不理地看了秦川一眼。小长安让到路边，李三宁从地上爬起来低头站在大门边。郭管带瞥了眼小长安吊着脸骂道："不知死活的东西，匪气未消。"小长安吊着脸看着李三宁："你他娘的真没出息，白房子的脸都让你丢尽了。"李三宁不语。小长安小声骂道："我警告你，对他们的人什么都不许说，不许露出半个'叶'字，要是你说出叶丽亚，兄弟们会杀了你。"李三宁害怕地点点头。

二

楚天霸提着枪站在房顶看着院里的人。水井旁，刘祥云骑在马上向院子的四周扫了眼，官架子十足："这里的条件不错嘛，马站长怎么不出来见本官？"秦川抱拳笑道："守备大人晚到一步，马站长带队巡逻去了。"刘祥云板着脸："他去巡逻了你们怎么没有去？"秦川依旧笑道："内务总得有人打理。"

叶丽亚戴着草帽提着奶桶低着头从羊群中走出来，秦川看到叶丽亚不由得紧张。小长安站在厨房门口看到叶丽亚，匆匆向叶丽亚走去。叶丽亚抬起头一眼就认出坐在马上的刘祥云,先是一愣,瞬间恢复常态,低着头继续向前走。刘祥云盯着叶丽亚看,秦川笑道:"守备大人请到屋里休息。"郭管带拦住叶丽亚:"你是干什么的?"叶丽亚低着头略显紧张:"我去做饭。"刘祥云皱皱眉头:"你从哪儿来?"秦川假装不好意思地说道:"守备大人,她是我……我的内人,是来看我的,临时帮忙做饭。"小长安闻言笑着走来:"嫂子,我帮你提。"说着和叶丽亚一同提着桶向厨房走去。刘祥云看着叶丽亚的背影没再说话,秦川松了一口气。

刘祥云指着围墙外面那座毡房问:"那间毡房是做什么用的?"秦川磕磕绊绊地解释:"大人,我媳妇来探望我,住在兵营里不成体统,不得已我只好在墙外搭了间毡房。"刘祥云翻身下马对一个士兵说:"你去看看。"士兵应了一声跑步离去。

小长安提着刀躲在厨房门口探头看秦川,叶丽亚有些心神不宁。小长安转过身小声地问:"刘祥云认出你来了吗?"叶丽亚面露恐慌:"我不知道,吓死我了。"小长安拍拍心口:"多亏你戴着纱帽,他看不清你的脸。"叶丽亚不自信地微微点头。小长安灵机一动,上前摘掉后窗上的画格,把凳子放在窗下:"叶丽亚,你从这儿走,跳墙出去躲到草丛里。他们走后,我让李三宁去找你。"叶丽亚点点头。小长安扶着叶丽亚跳出窗子。

小长安松了一口气刚坐在凳子上,郭管带走进厨房:"和你一起进来的那个女人呢?"小长安看着郭管带:"走了。"郭管带疑惑地问:"走了?我怎么没看到她出门?"小长安指着后窗:"她从后门走了。"郭管带看着窗框:"有门不走为何要跳窗子?"小长安笑着:"这就是后门,我们去后边都从这儿走。"郭管带皱眉:"她去干什么了?"小长安随口掰道:"挖野菜,采蘑菇。"郭管带看小长安一脸痞相,怒道:"她是什么人?"小长安嘿嘿一笑:"我嫂子,大人,您要不是明知故问就是耳朵里长驴毛了。"郭管带呵斥道:"放肆,我问你那个女人是谁的老婆?"小长安顺口道:"二当家的老婆,就是和大人说话的人。"郭管带瞪了小长安一眼:"你要不老实我饶不了你。"小长安笑道:"好好好,您说她是谁的女人她就是谁的女人。"郭管带无话应对,吊着脸看了眼小长安转身离去。小长安撇撇嘴安装上画格。

一名士兵跑过来道:"报告大人,毡房是女人住的。"刘祥云微微点头。郭管带走来笑道:"二当家的贵姓大名?""姓秦名川。"郭管带点点头:"秦川,守备大人站了半天,还不快请大人进屋里歇息,让厨房好酒好肉伺候?我们二十个人都没吃饭呢。"秦川抱拳道:"本卡伦地处偏僻,供给困难,大人来之前没有事先告知,我们没有做任何接待准备,实在不好意思,只能委屈大人吃羊奶泡馕。管带大人,我们的粮食所剩无几,所以只能委屈您的人饿两顿了。"郭管带喊道:"那就杀羊。"秦川摇摇头:"大人,羊对我们很重要,不到万不得已不能杀。"郭管带气急败坏:"守备大人到此,我命令你马上宰羊做饭。"秦川不急不慌地道:"羊不能杀。"郭管带厉声道:"大胆,你敢抗命?"秦川抱拳道:"请大人息怒,杀羊可以,不过我只听马站长的命令,请二位大人忍耐片刻。"刘祥云皱眉:"马镰刀什么时候回来?"秦川看了下日头:"还需四个时辰。"屋顶上,楚天霸转过身偷偷地笑。秦川侧过身子做了个请的手势:"二位大人屋里请。"刘祥云无奈地和郭管带走进站长室。

李三宁把羊赶出羊圈。小长安从厨房出来对李三宁小声道:"三宁,你赶着羊和叶丽亚向北走,走得越远越好。"李三宁小声道:"知道了,叶丽亚在哪儿?""她躲在后边的草丛里,快去吧。"李三宁点点头,跟着羊群向大门口走去。

站长室与饭堂遥遥相对,在院子的另一边。站长室里,刘祥云坐在桌前。秦川将花名册、日常记录本、会卡交换的木牌一摞摞放在桌上:"大人,这是花名册、日常记录、会卡记录,请大人按日期检查。"刘祥云不耐烦地点点头。吾尔曼提着水壶拿着两个碗、两块馕进来:"二位大人请用餐。"吾尔曼给碗里倒上奶,把馕放在桌上。秦川把吾尔曼叫到门外吩咐道："吾尔曼，给守备大人他们的马多加些草料。"吾尔曼犹豫道："二当家，让他们的人把马牵到外边的草场上去吧，咱们的草料不多了，那些人闲着也是闲着。"秦川摇摇头："吾尔曼，做人要厚道，人饿着可以忍受，不能让马受委屈。"吾尔曼只得应了声好。

郭管带从站长室出来，沿着屋檐走到叶尔波勒面前指着库房大门："打开门我要检查。"叶尔波勒摇摇头："没有站长批准，谁也不能进去。"郭管带怒道："大胆，这里有什么见不得人的？"叶尔波勒抱拳行礼："大人请您谅解，这里没什么见不得人的。""那就把门打开。"叶尔波勒瞪了一眼郭管带："我说了没有站长准许，任何人不得入内。"郭管带吊着脸骂道："你们这些土匪，想造反吗？"慕思寒大声道："上帝呀，是伊犁将军请我们来的，大人您太放肆了。"吐耶拜拿着斧头走来："大人，我们不是土匪。"郭管带看着斧头："你想干什么？"吐耶拜把斧子往身后挪了挪："大人，我们是听差的，这间屋子没有马站长准许谁也不能进入，您一定要查清就等站长回来。其他的屋子您可随便检查。"

郭管带吊着脸："那几间屋子做什么用的？"布拉克拜推开房门："一间是仓库，两间是住人的，剩下的是空的，大人请看。"郭管带看到一个房间里墙边摆着几个麻袋，推开门走进屋里，转头看到墙边摆着两个木箱。郭管带走上前揭开箱盖，惊讶地看着满满一箱洋手枪，伸手拿出一支看看，又往箱子底下翻，吃惊地发现几个黄油纸包，便拿出一个黄油纸包和一把手枪塞进衣袖。郭管带心里暗道："土匪就是土匪，不出我所料。我看你们怎么抵赖。"

房顶上，小长安和楚天霸并排站着。楚天霸抱了杆长枪，把枪口对着院子指指点点，骂了一声："刘祥云这兔崽子啥时候走？"小长安撇撇嘴："谁知道呢，不给他们吃饭恐怕他们扛不了太长时间。"楚天霸摇摇头："这难说，我看他们没打算走的样子，不会在这儿过夜吧？"小长安笑笑："过夜咱就好好折腾他们，让他们一夜不得安宁。"

第四十二章

一

马镰刀带着队伍走在边境线上,马蹄铁在砂砾上溅起阵阵火星。几个人一路走一路注意查看。巴哈尔看了下周围:"昨晚就是在这儿交战的。"鸿玄弈见地上有些残留的衣料和血迹,那血迹上黑压压地爬满了蚂蚁,对马镰刀道:"尸体一定是昨晚被狼群拖走了。"古依汗不解地问:"沙俄边防军怎么会和咱们同时行动?"古依汗撇撇嘴:"实属巧合。"马镰刀叹了口气:"要是能同他们联手,走私的就不敢这么张狂了。"亚森看了下日头:"咱回去吧,慕思寒他们该送洋人启程了。"马镰刀咧咧嘴:"咱们回去。"

刘祥云在房间里踱着方步。郭管带神神秘秘地走进来,带着莫名的激动道:"大人,您要的证据有了。"刘祥云顿时兴奋起来:"什么证据?"郭管带微微一笑:"足以治马镰刀一伙死罪。马镰刀一伙利用把守边关之便,走私军火,贩卖烟土。"刘祥云惊讶地问:"证据在哪儿?"郭管带从衣袖里拿出黄油纸包和手枪,刘祥云拿起纸包放在鼻子上闻了闻,又拿起手枪看了看。郭管带又道:"两箱手枪足有四五十把,烟土不下二十包。"刘祥云兴奋地一拍桌子:"好!马镰刀,我让你死得无话可说。"

郭管带上前一步:"大人,我看先拿下秦川和那几个毛匪。"刘祥云点点头:"找到那女人没有?"郭管带摇摇头:"那女人去采蘑菇去了。"刘祥云吩咐道:"我听那女人说话的声音有些熟悉,先拿下秦川,你再去把那个女人抓来,我要看看那女人到底是谁。"

秦川拿着账本走进门:"大人,这是我们的供给账本,粮草营至今还没有送粮食来,请大人过目。"刘祥云严厉地喊道:"来人,把秦川给我拿下。"郭管带和三个士兵上来,把秦川按在桌上,反扭住胳膊,用绳子绑住双手。秦川直起身问道:"刘大人为何绑我?"刘祥云把纸包和枪拍在秦川眼前:"这是什么?"秦川面不改色:"鸦片和手枪。"郭管带问道:"老实说,除了枪和烟膏还有什么?""没了。"刘祥云皱眉:"东西藏在何处?"秦川不在意:"没有藏,箱子就放在营房里。"刘祥云见秦川招了,眼里露出一丝笑意:"让你的人把箱子抬到这儿来。"秦川点点头:"可以。"然后大声地喊慕思寒、吐耶拜进来。

慕思寒和吐耶拜进来,看到秦川被反绑双手,大吃一惊。慕思寒抽出匕首,旁边的士兵举刀迎上,刀尖顶在慕思寒胸前。刘祥云用手枪指着吐耶拜怒道:"反抗者就地正法。"慕思寒扔下匕首看着秦川。秦川微微摇摇头说道:"叫你们来是让你们把那两箱枪抬到这儿来。告诉兄弟们,谁都不许对刘大人和郭大人无礼。"慕思寒点点头:"知道了。"

站长室里,四个士兵提着刀严阵以待。刘祥云看着箱子里的枪和烟膏冷笑道:"你怎么解释?"秦川被绑着双手轻描淡写道:"大人,这是破获案件所缴获的赃物。"刘祥云冷笑:"案件,什么案件?""走私案……"刘祥云不屑地笑笑:"你下一句要说的是,只抓到货没抓到人对吧?"秦川正要开口,被刘祥云喝断:"不用再编瞎话,这两个箱子足以治你们死罪。"秦川笑笑。刘祥云见秦川毫不在乎,怒道:"你老实说有人把守的那间房子里是些什么?"秦川挣扎了一下,看着刘祥云微微一笑:"大人巡查得很细致,抓到货抓不住人屡见不鲜,不过昨晚这个案子是人赃并获。人就关在那间屋子里，大人想看看吗？"刘祥云笑笑："我早识破你们的那点伎俩了，滥竽充不了数。"秦川看着刘祥云："不是滥竽是洋芋，而且是潘捷烈的手下。"听到潘捷烈的名字，刘祥云瞬间面露惶恐。秦川注意着刘祥云的反应："他们三人对潘捷烈了如指掌，若不是大人到此我早已审讯过他们了。"刘祥云凝眉思索不语。秦川撇撇嘴："大人可愿同我一起审讯那三人？"刘祥云板着脸："好，我亲自审问他们。"秦川动动手臂："请大人给我松绑。"刘祥云站起身来，吩咐士兵："给他松绑。"

小长安和楚天霸站在屋顶上。楚天霸问道："刘祥云为啥要绑秦川？"小长安哼了一声："因为那两个箱子。"楚天霸急道："刘祥云怀疑咱们走私贩毒？那刘祥云要是硬要杀秦川怎么办？"小长安摇摇头："慕思寒大哥说，刘祥云的目的是给站长治罪，他现在不会对秦川动手，站长回来若是刘祥云敢动手，兄弟们一起上，杀了他们。"

小长安拿起望远镜往边境一线瞭望。望远镜里，郭管带骑着马向边境边界走去。小长安把望远镜递给楚天霸："你看。"楚天霸接过望远镜瞭望："是郭管带。"小长安骂道："那王八蛋一定是去找叶丽亚了。"楚天霸气愤地扔下望远镜："郭管带不是个省油的灯，我去杀了他。"小长安拦住他："算了，一切等站长回来再说。"楚天霸指着边界方向叹道："我就怕他搞不好会惹出大事来。"

房间里，秦川和刘祥云坐在凳子上，凳子前面摆了张白木桌子，两名士兵站在秦川身后。安德烈、别尔夫什卡、库德里亚什三人坐在地铺上。秦川道："大人请问吧。"刘祥云看着三人，想到那日在食味天餐馆这三人就跟在潘捷烈身后，心里有一丝不安。

刘祥云指了指墙角的两个箱子，问道："那两只木箱是不是你们的？里面是什么东西？"安德烈害怕地说道："五十把手枪，二十包鸦片。"刘祥云看着三人不语。安德烈急道："那些货都是潘捷烈男爵大人的。"秦川微微一笑："大人，事情已经清楚了。大人还有什么要问的，请继续。"刘祥云点点头："本官没有要问的了。"

秦川却不想就此罢休，故意说道："大人有所不知，这三个胆大妄为的杂种为一百两黄金，截杀卡伦站长马镰刀。"刘祥云心中一惊，面不改色道："有这等事？"秦川拱手说道："大人，潘捷烈勾结我方不法官员，走私军火、鸦片和粮食等，为了打通这条走私通道，我方不法官员不惜花重金买凶杀人。从这三人嘴里，定能问出和潘捷烈长期勾结的贪官污吏，定能查出买凶杀人的幕后真凶。"刘祥云佯装镇定："对洋人不能动刑。"秦川笑笑："在我面前没有不开口的蠢驴。来人，把这三个家伙扒光了，放在滚烫的戈壁上。把牛皮裹在身上，把这三个家伙晒成肉干。"刘祥云顿时紧张地站起来："住手，此事关系重大，我要将他们带回塔尔巴哈台严审。"秦川站起来看着刘祥云："守备大人要带走犯人？"刘祥云板着脸："有何不妥？"秦川犹豫道："大人要人我不敢不给？只是……""只是什么？"秦川笑笑："只是我不能答应您，等马站长回来大人可同他商量。"刘祥云只得咽下一口气说了声好，秦川又问："大人，您可继续审问？"刘祥云看着三人："我看没这个必要了。"说完朝地上吐了口唾沫，甩袖离去。

二

羊群在草地上吃草，李三宁和叶丽亚面对面坐在草地上。叶丽亚表情困惑："你说你和他们不一样？"李三宁苦着脸点点头："我是和他们不同，是高大人把我留在这儿的，我没杀过人也不会使枪弄棒。他们都是土匪，我不是。"叶丽亚板起脸："李三宁，你听着，他们不是土匪，他们只杀欺压农牧民的狗官恶棍，他们个个都是好汉。"李三宁看着叶丽亚不语。叶丽亚接着道："他们没人会杀你，而且会保护你。"李三宁皱着眉头："我和他们不是兄弟，他们怎么会保护我？"叶丽亚耐心道："因为你是他们中的一员。"李三宁微微点头："小长安保护过我。"叶丽亚缓和口气："你多大了？""二十二。"叶丽亚又问："是哪儿的人？你家还有谁？"李三宁撇撇嘴："我爸妈是北套客，在鄯善安家，三年前都病死了。家里还有奶奶和一个姐姐，她们都在山西老家。我家就我一个男孩。"李三宁见叶丽亚和善，笑道："你们新疆人能歌善舞，你唱歌真好听。"叶丽亚笑笑："我也是汉人。"李三宁惊讶地看着叶丽亚："你的样子不像汉人，你老家在哪儿？"叶丽亚笑笑："我没见过我的亲生父母，我的养父养母是哈萨克牧民，我生在新疆长在草原。"李三宁赞道："你长得真好看。"

身后传来轰鸣的马蹄声，叶丽亚回头看到马镰刀一伙人。叶丽亚和李三宁站起来，马镰刀一行收住马。巴哈尔笑着："怎么把羊赶到离家这么远的地方来了？"叶丽亚看着马镰刀："刘祥云到了，三宁带我到这儿躲刘祥云。"马镰刀皱起眉头："刘祥云带了多少人马？""二十人左右。"薛草药怒道："刘祥云定是假公济私，他不打招呼是来找咱的碴儿的。"马镰刀看了众人一眼："兄弟们，巡查卡伦是他分内的事，你们对刘祥云不得无理。"又对薛草药说："薛草药，你留下陪叶丽亚。"薛草药点点头翻身下马。马镰刀复又对李三宁道："三宁，你随我回去做饭。"李三宁翻身上马，马镰刀催马带队离去。

院子里，刘祥云的士兵大多都没精打采地坐在地上，有的背靠背睡觉。慕思寒和布拉克拜加紧制作即将完工的囚车。秦川站在窗前看着："看上去很结实。"慕思寒笑笑："滚到山沟里也不会散架。"

站长室里，刘祥云坐立不安来回踱步，心神不宁地问道："我已等了三个多时辰了，马镰刀怎么还不回来？"秦川转过身应道："还不到四个时辰呢。"刘祥云不悦："我的人饿了一天了，我带三个洋人先走，到下一站的路还很远。"秦川笑道："大人不必心急，没有马站长的命令，我不能让你带走犯人，万一有个闪失，马站长和兄弟们的头就不保了。"刘祥云无奈道："那就再等等。"秦川笑着点点头："不会耽误大人行程的。"

小长安打了声报告走进屋里："站长回来了。"刘祥云一听顿时振作精神，整理衣帽威严正坐。马镰刀走进房间，面对刘祥云单腿跪地："下官不知大人前来。"刘祥云一脸怒气看着马镰刀，片刻道："起来吧。"马镰刀站起来，摘下马刀挂在墙上，转身对秦川道："秦川，去忙你的事吧。"秦川点点头走出房门。

秦川和小长安走出门外，小长安笑笑："看站长的样子，心里已经有数了。"秦川点点头问道："郭管带去哪儿了？"小长安努努嘴："去了边境方向。"秦川不解地问："他去那儿干什么？"小长安摇摇头："可能是去找叶丽亚，或是去那儿找碴儿。"秦川笑着："叶丽亚呢？""在北草场那边。"秦川想了想道："刘祥云是来找麻烦的。是祸躲不过，告诉兄弟们做好准备。""知道了。"秦川抬起头冲着屋顶大声地喊："楚天霸，注意观察边境一线，发现异常立即报告。"楚天霸探出脑袋应了一声。

房间里，马镰刀点上一支烟，深吸一口。刘祥云笑着："恭喜你荣升卡伦站长。"马镰刀抽口烟："没什么值得恭喜的，我又落到你的手心里了。"刘祥云笑笑站起来："我记得上次与你面对面说话是在十年前。"马镰刀咧咧嘴："那时我是你家矿场的奴隶。"刘祥云冷笑："我没想到你创造了奇迹，成了传奇人物。"马镰刀咧咧嘴："谬夸，传奇不敢当，这十年我帮助了一些穷人，杀了一些该杀的贪官污吏。"刘祥云瞪着马镰刀："别人议论更多的是你的残暴。"马镰刀哈哈大笑："大人过奖，比起你们父子三人，下官深知不如。"刘祥云怒道："你的确是个大言不惭的人。我还记得你说过的一句话：路遥知马力。那时我小看了你。"马镰刀咧咧嘴："你说这话听来像放屁。你问过我，父亲酿的苦酒儿子品尝，滋味很美妙吧？不知大人品出了什么美妙的滋味？"刘祥云怒道："家仇就是世仇。"马镰刀笑笑："十年前你爹你弟弟都对我说过同样的话。"刘祥云咬牙切齿地说："这辈子我不会放过你。"马镰刀无所谓地笑笑："报仇的重任落到了你一人的肩上，大人的苦衷我理解。"刘祥云怒火冲天，切齿愤盈："马镰刀，我一定要杀了你。"马镰刀咧咧嘴："大人不打招呼前来是想公报私仇？"刘祥云冷哼："在你眼睛里我是那种卑鄙的小人吗？""正是。下官向来坦白，有一说一。"刘祥云怒道："我刘家十二口死在你的刀下，不杀你我誓不为人。"马镰刀笑笑："我成全你早日阖家团圆。"

刘祥云气愤地看着马镰刀。马镰刀一作揖说道："守备大人，咱们的私人会晤告一段落。请问大人来此何事？""例行巡查。"马镰刀点点头："大人，下官愿陪你到处走走看看。"刘祥云摇头："不必了，该看的该查的都已查过看过了。"马镰刀嗯了一声："不知大人对下官的工作是否满意？大人还有什么要求和期待？"刘祥云点点头："我要把那三个犯人带走，不知马站长可放行？"马镰刀无所谓地笑笑："大人要带走犯人，下官没有不给的道理，只需大人写个字据，下官给总兵府有个交代即可。"刘祥云表情轻松道："好。"马镰刀看了眼窗外道："押犯人的笼子大人可以带走，但马车不能带走。"刘祥云看着马镰刀："为何？"马镰刀耸耸肩："不是下官小气，我们运粮食等供给，全凭这辆马车，还请大人见谅。"刘祥云点点头："来人。"士兵跑进屋里："大人有何吩咐？"刘祥云问道："郭管带回来了吗？""管带大人还没有回来。"刘祥云吩咐道："把那三个洋人绑上，等郭管带一到立即出发。"

第四十三章

一

门外传来急促的喊声:"站长,站长……"马镰刀走出房门:"什么事?"叶尔波勒急道:"我沿边界巡查,阿拉克别克边防军向我喊话说……说我们的人越界……"马镰刀吃惊道:"什么!我们的人越界?这怎么可能?"叶尔波勒点点头:"是真的,对方要遣返越境人员,要求我们派人接收。"马镰刀顿时吊下脸大声喊:"全体集合。"院子里所有的人顿时都紧张起来。白房子的士兵们从四处跑来迅速站成两排,刘祥云的士兵不知出了什么事也紧张地站起来。

刘祥云急匆匆走出站长室。马镰刀扫了一眼队伍大声地喊:"李三宁。"李三宁走出厨房:"到。"马镰刀又叫:"小长安。"小长安站在屋顶上:"到。"楚天霸拿着望远镜站在房顶上,自觉地喊了一声:"到。"马镰刀松了口气。楚天霸又道:"报告站长,阿拉克别克边防军用手势通知我方接收遣返。"马镰刀点点头看向秦川:"秦川,你带三人前去,注意礼节。""是。"

马镰刀表情轻松下来,摆摆手:"大伙散了吧。"刘祥云奇怪地问:"出什么事了?"马镰刀解释:"俄方边防军说,抓到我们一个越境的人要求接收遣返。"刘祥云严肃地呵斥道:"你们这群人渣匪性不改,偷越国界是死罪,你可知晓?"马镰刀吊着脸:"下官绝无庇护之意,做人一个'义'字，报国一个'忠'字，国事大于一切，不管是谁我定斩不饶。"刘祥云笑笑："好，望马站长说到做到。"马镰刀咧咧嘴："下官绝不食言。"刘祥云点点头："这件事是你自己负荆请罪，还是由我上报将军？"马镰刀一抬手："还是大人上报为好。"

院子里，操场上，白房子的士兵和刘祥云的士兵面对面列队而立，马镰刀和刘祥云板着脸站在各自的队伍前。秦川、巴哈尔、慕思寒、鸿玄弈骑马走进大门，所有的人都看着他们。郭管带被五花大绑，脸朝下横担在巴哈尔的马背上。巴哈尔走到刘祥云和马镰刀面前，提起郭管带扔下马，骑马离去。刘祥云和士兵们看到是郭管带都有些吃惊。刘祥云惊愕道："怎么是你？"郭管带跪在地上大声道："大人，冤枉，我冤枉啊。大人，我胯下的马受惊了，勒也勒不住。我迷失了方向，不知边界在何处。"马镰刀咧咧嘴看着郭管带："既然不知边界在何处，你到边境干什么去了？难道如此辽阔的大地，容不下你这只蚂蚁？"郭管带争辩："马镰刀，我的父母妻儿都在徽南，我没有叛国之意。"秦川走来交给马镰刀一份材料："这是阿拉克别克边防站交给我们的材料。"马镰刀递给刘祥云："先请刘大人过目。"刘祥云拿过材料翻了翻："只有签名能看懂。"刘祥云把材料交给马镰刀，马镰刀仔细翻看材料，刘祥云用异样的目光看着马镰刀："你懂俄文？"马镰刀咧咧嘴："认识几个符号。"秦川语气平和："管带大人，你可知犯下何罪？"郭管带不在意地说："本官不知轻重。"马镰刀笑笑："不知轻重？我告诉你，请管带大人仔细聆听……你触犯了清国的法律，你要承受的是死罪。"郭管带狡辩道："马镰刀，本官前来巡查边关，只因迷路误入他国，刘大人可为本官做证，这只是一个小错而已。"马镰刀咧咧嘴："小错而已？你这个不知死活的东西……"郭管带瞪着眼睛看着马镰刀："放肆，你敢在本官面前蛮横无理！"马镰刀咧咧嘴拿出一条卷烟纸，从兜里捏出烟丝放在纸上卷着烟道："郭管带，我给你一根烟的工夫，有什么放不下的事情，或是要交代给父母妻儿的话，现在该托付给谁就托付给谁吧。"郭管带惊愕地看着马镰刀。

刘祥云上前劝道："马站长，郭管带不知轻重犯下本不该犯的错误，你看……"马镰刀摇摇头："触犯国法，不管是谁，我定斩不饶。"郭管带气愤至极："马镰刀，你不想活了？来人呀，把马镰刀拿下。"几个士兵刚上前一步，屋顶上楚天霸的枪栓咔嗒一声响，院子里巴哈尔等十余人"唰"的一声抽出刀。秦川喝道："谁敢轻举妄动与郭管带同罪，就地斩首。"几个士兵胆怯地退了回去。

马镰刀笑笑："郭管带，你的晚饭要到地狱去吃了。"郭管带看着刘祥云请求道："刘大人，你要为我做主啊！"刘祥云舔了一下嘴唇，强压着怒火上前："马站长，俗话说不知者不为过，郭管带是因迷失方向才误入他国，请马站长刀下留人，我定对郭管带严加管教。"马镰刀撇撇嘴："刘大人，我也认为郭管带罪不至死，也同情管带大人的不幸。"刘祥云点点头："马站长是个通情达理之人。"郭管带万分感激："多谢刘大人，小人愿今生鞍前马后服侍大人左右。"马镰刀话锋一转："管带大人，菩萨也保不了你。"刘祥云生气地指着马镰刀骂道："马镰刀，你当真要杀他？"马镰刀咧咧嘴："我不是屠夫。"刘祥云无奈又无语。郭管带哭腔求情道："刘大人，我所做的事都是为了您呀。"刘祥云看着郭管带："郭大人，你不该把腿伸到那边去呀。"郭管带磕头道："马站长，我求您给我留条活路吧。"马镰刀咧咧嘴："我知道你死得不值得。"烟头缓缓落地，火星四溅。郭管带连连磕头痛哭。马镰刀把烟扔到地上踩灭，吩咐道："喀海尔曼，叶尔波勒，把郭管带押到外边去，让他少受点罪。"喀海尔曼和叶尔波勒异口同声："是。"郭管带哭喊："我冤枉，我冤枉啊……刘大人救我……"喀海尔曼和叶尔波勒架起郭管带向门外走去。

刘祥云的士兵都惊异地看着马镰刀，马镰刀不在意地站起来，对刘祥云笑笑："有边界条例在那儿，投敌叛国者，格杀勿论。本站长也是没有办法呀！"停了停又说："刘大人，我这儿条件艰苦粮食所剩不多，让你的人饿了一天，我实在过意不去，大伙要是不嫌弃，喝汤我管饱。"刘祥云吊着脸:"马大人,告辞了。"马镰刀咧咧嘴。刘祥云一甩袍子:"备马,准备出发。"

二

羊群像铺在草地上的白云,繁花似锦的草原,透出祥和与宁静。叶丽亚和薛草药走走停停跟在羊群后。叶丽亚担心地问:"薛大哥,明轩回去刘祥云会不会……?"薛草药笑笑:"刘祥云来是例行检查,他会处处找碴儿,但又没碴儿可找。"薛草药看叶丽亚还是很担心的样子,安慰道:"兵来将挡,水来土囤。马镰刀做事沉稳果断,不急不躁,处理危机游刃有余。他不主动惹事,不会发生任何事情的。"

叶丽亚叹了口气,慢慢说道:"明轩的性格变了很多,我好像都对他陌生了。"薛草药有些无奈:"他以前是什么样我不知道,经历了生死和巨大打击,他的性格有所改变这不奇怪。"叶丽亚低着头,细数着马明轩的变化:"他变得少言,有些冷酷,一张黑脸拒人于千里之外……"薛草药苦笑:"现在已经好多了,以前更是少言寡语,甚至看不到笑脸,那时有近一千八百兄弟,千斤重担他一人挑,没几个人知道他承受的压力……内心的痛苦更是折磨了他十年。"叶丽亚沉默不语。薛草药又道:"你以为他死了,他找了你十年,直到又见到你……他把失去你的痛苦埋在心里从不外露。他连我们都不告诉。"

薛草药看叶丽亚伤心的样子,拍拍她的肩:"你来了马镰刀就有药可救了。"叶丽亚不解地看着薛草药:"我……"薛草药微笑:"马镰刀依然非常爱你。"叶丽亚有些吃惊:"明轩还是一个人?"薛草药点点头:"他心里容不下第二个女人。"叶丽亚的脸上露出轻松的微笑。

叶丽亚问道:"明轩什么时候改了名字?""这个问题你该问问他。"叶丽亚嘟着嘴:"我问了。"薛草药挑了一下眉:"他怎么说?"叶丽亚看着自己的手指低声说:"他说因为一把大镰刀改变了他的命运。我觉得他在敷衍我。"薛草药笑笑："的确是镰刀改变了他的命运，但准确地说是爱改变了他的命运。"薛草药想了想："我们当家的被刘祥云所杀，当时群龙无首，大伙合计着第二天一早去草原上撞大运，遇到第一个活人就让他做我们当家的。这也是山寨里的一个规程。如果他不愿意，就把他杀掉，再往前走找那第二个。"叶丽亚不解地看着薛草药。薛草药哈哈一笑："这话听起来很滑稽，像是笑话，可我们就这样干了。秦川和巴哈尔他们在草原上遇到了马明轩……二十天后，他爹来山寨接他回苏州。因为许下了诺言，最终他没有答应他爹的要求——明轩是讲诚信守承诺的人。他爹一怒之下和他断绝了父子关系……"叶丽亚惊愕地看着薛草药："他爹和明轩断绝关系？"薛草药点点头："做什么事都要付出代价，他爹不允许明轩用他给他起的名字，明轩当着他爹的面为自己易名马镰刀。"叶丽亚恍然大悟。

两人跟着羊群移动，叶丽亚小心地开口问道："这些年明轩和他的家人一直没有来往吗？"薛草药苦笑着摇摇头："没有，明轩十分想念他爹娘，想家时他总是拿片粽叶放在鼻子下闻闻。粽叶已经换过无数片了。高天德之所以能顺利地招抚他，一是明轩有个愿望，就是把兄弟们带上正道，二是想与父母家人早日团聚。爱、恨和思念一直折磨他。"叶丽亚点点头："我应该为他分担痛苦。"薛草药叹了口气："兄弟们之所以不离开他，是因为他为人仗义，为兄弟们付出得太多。"

两人边走边说，转眼就到黄昏，叶丽亚和薛草药把羊群赶到一堆。叶丽亚抚摸着头羊笑道："它们着急回家。"薛草药无奈："急也不行，现在还不能回去。"李三宁骑着一匹马牵着一匹马飞奔而来大声喊："可以回去了……刘祥云走了……"叶丽亚兴奋地放开头羊，羊群得了令，跟着头羊一路小跑。

羊只进圈了。圈门口放一筐石子，另一边放一个空筐子。进一只羊，叶丽亚捡一枚石子放进空筐里。石子放完了，原先装石子的筐子空了，羊也一个不落地回来了，叶丽亚关上圈门。平日里这些活儿，是李三宁干的。

第四十四章

一

粮草营的房间里，桌子上放着一摞账本，王彪坐在桌前用毛笔在账本上写着什么。何冬晨和五个士兵打了报告走进屋里。王彪看着众人放下账本："除了北湾，其他各卡伦下个月的粮食明天装车去送。"何冬晨几人异口同声："是。"

王彪把账本分别交到士兵们手里，把桌上最后一个账本递给何冬晨。何冬晨接过账本："大人，北湾卡伦的粮食哪天送？""那些土鳖饿不死，什么时候送，回头再说。"何冬晨只好应了声"是"转身离去。

王彪端起茶杯喝茶，蒋前走进房间。王彪笑笑问道："货到哪儿了？"蒋前一声哀叹："好我的王大人呀，出事了。"王彪吃惊地站起来："出什么事了？"蒋前急道："马镰刀和沙俄边防军联手行动，人和货全完了。"王彪惊讶道："你是说人赃并获？""没错，除了打死的剩下的全被抓了，货物也全都被收缴了。"王彪嘟囔道："双方联手？马镰刀怎么会和外夷联手？"蒋前也是不解："谁知道呢，这条路被完全堵死了。"王彪忙问："潘捷烈呢？"蒋前摇摇头："不知跑到哪儿去了。"王彪痛苦道："妈的，这次把老本都赔进去了。"蒋前惊道："你付了潘捷烈货银？"王彪白了一眼蒋前："不给银子他能为咱办货吗？马镰刀这王八蛋是要我的命啊。"蒋前叹了口气："万幸的是那些被抓的人不认识你我。"王彪想了想："你抓紧找粮贩子，把放在山洞里那三万斤大米卖了。"蒋前急道："那些米咱已经收了潘捷烈的钱了。"王彪瞪了他一眼："收过钱又怎样？边境封锁得如此严密，潘捷烈根本无法把粮食偷运过境，要是粮食出了事，咱俩的人头定要搬家。"王彪又吩咐："明天你就去办此事，我怕夜长梦多。"

白房子围墙内，食堂的桌子上亮着一盏马灯，一碗烩菜摆在马镰刀和秦川面前。小长安拿着几块馕走进来放在桌上："大伙都吃过了，这几块馕是我给你俩留的。"马镰刀点点头："叶丽亚吃了吗？"小长安笑着："吃了，她好像有点不舒服回毡房去了。"马镰刀看着秦川笑笑："秦川你可真行，把刘祥云的人整整饿了一天。"秦川咬了一口馕不屑地笑道："他以为咱这儿是客栈，来了就要吃的。"三个人呵呵笑，马镰刀感叹了一句："叶丽亚没被刘祥云认出来真是万幸。"秦川点点头："以后可要提高警觉。"马镰刀看着小长安问道："郭管带去边境你们没看到吗？"小长安笑着："我和楚天霸看着他去的。""为何不阻拦他？"秦川笑道："你俩就没安好心吧？"小长安呵呵地笑。马镰刀严肃地看着小长安："小长安，你给我记住，边境无小事，这次我不责怪你，但下不为例。"小长安噘着嘴："是。"

秦川笑着："说心里话郭管带有些冤枉。"马镰刀撇撇嘴："他不冤，是不值得，本可以让刘祥云处置他，但我左想右想不能这样做。"小长安不解："你怕刘祥云放了他？"马镰刀咧咧嘴："放了事小，刘祥云是个不可信任的卑鄙小人，如不严厉执法后患无穷。"秦川点点头："你考虑得很周到。"马镰刀叹了口气："还好郭管带没有闹出大麻烦，否则不好交代。"

秦川突然想起今天审讯的事，看着马镰刀严肃地说："站长，我察觉到刘祥云很有可能和潘捷烈有来往。"马镰刀一挑眉问道："哦，你看出什么端倪了？"秦川回想起刘祥云今天的表情，答道："刘祥云非常害怕我审问那三个洋人……刚一见到那三个人时他表情显得惊慌。按理说越境的重要犯人,应由咱们押送总兵府,他却坚持要把人带走。"小长安点点头:"刘祥云和那三人之间一定有鬼。对了,我想起来了!早上我送饭时,有个人说潘捷烈有时住在粮草营。"马镰刀追问道:"粮草营?哪家粮草营?"小长安挠挠头:"具体是哪家粮草营我忘问了。"秦川思索着道:"大大小小的粮草营在新疆那么多处,潘捷烈会与哪家粮草营有关?"马镰刀思索着:"潘捷烈在这一带活动,珠达干粮草营是离咱最近也最靠近边境的粮草营。"秦川不得其解:"潘捷烈和粮草营的什么人勾结在一起?"小长安抢着道:"站长,大后天我去打探一下。"秦川不解地看着小长安:"为什么要大后天才去?"小长安笑骂:"粮草营这两天该来送粮了。你这笨猪,不知师傅当初怎么会收你为徒。"秦川举手要打小长安:"小兔崽子,别以为我拿你没办法了。"马镰刀笑笑:"也好,珠达干粮草营有我认识的人。他叫何冬晨,以前和我一起跑买卖,你去问问他,顺便把欠咱的粮食拉回来。"

小长安笑着:"遵命大人。"马镰刀站起来:"我去看看叶丽亚。"秦川撇撇嘴:"你早就该去了。"小长安伸过脑袋打趣道:"兄弟们对你的意见可大了,要是你不好好表现就等死吧。"马镰刀举起手,小长安护着头:"是玄弈哥让我给你传的话。"

毡房里,叶丽亚靠在床上,薛草药坐在床边给叶丽亚把脉。马镰刀拉开门走进房里,来到床前把手放在叶丽亚的额头上:"不发烧,哪儿不舒服?"叶丽亚笑着:"有点头疼。"薛草药站起来:"一天都在草原上,没吃没喝回来得又晚,偶受风寒没有大碍。"叶丽亚点点头。马镰刀看着薛草药收拾药匣子:"薛草药给叶丽亚弄丸药吃吃,好得快。"薛草药哼了一声:"不用你操心,我清楚该给我的病人吃什么。"叶丽亚乐得笑。

薛草药拿出一丸药:"吃下这丸药一个时辰内头就不疼了,好好睡一觉,明天就没事了。"叶丽亚笑着:"谢谢薛大哥。"马镰刀端起水杯递给叶丽亚,叶丽亚接过水杯呷了口水,然后将药丸捉进嘴里。薛草药看二人默契十足笑道:"郎中先行告辞。"

二

马镰刀坐在床边盯着叶丽亚看,叶丽亚笑着:"你怎么这样死眼盯着我?"马镰刀认真道:"我看刘祥云能不能认出你。"叶丽亚笑着:"他不会认出我的。""为什么?"叶丽亚调皮地笑笑:"当时我戴着防蚊的纱帽,而且在刘府时我很少与他见面。"马镰刀点点头拿过叶丽亚手上的水杯:"虽然这样说,我心里还是不踏实。"叶丽亚:"他没认出我,你放心吧。"

吃过药,叶丽亚轻轻握住马镰刀的手:"我的事情你好像一点也不知道。"马镰刀点点头。叶丽亚不解地问:"玛莎妹子什么都没告诉你吗?"马镰刀惊讶地看着叶丽亚:"你什么时候见过玛莎?""就在不久前,她没告诉我你的事,她也没告诉你我还活着吗?"马镰刀摇摇头:"玛莎没告诉我遇到了你。"叶丽亚不解道:"她为什么不告诉你呢?"马镰刀咧咧嘴答非所问:"你……你怎么和胡永在一起的?"叶丽亚泪眼蒙眬:"和你分开后我想杀胡永为你报仇,可我无能为力,我跑出来后在路上遇到了刘祥云被他抓了,胡永为了救我身负重伤几乎快死了。"马镰刀咧咧嘴。叶丽亚眼含热泪:"他让我杀了他为你报仇,那时我才明白他对我的爱。我不能杀他,他不止一次地救我,良心让我带走了他。"马镰刀点点头:"你做得对,知恩图报应该的。"

叶丽亚接着说道:"后来,我在克孜镇上遇到了玛莎。我说希望你们可以原谅胡永,玛莎冷冰冰看着我无动于衷。"马镰刀吊着脸:"玛莎爱恨分明。"叶丽亚情绪激动:"她为什么要这样,他为什么不告诉我你还活着?玛莎害得我们不能早日相见……"马镰刀吊着脸站起来把水杯重重地蹾在桌上,转身离去。叶丽亚吃惊地看着马镰刀:"明轩你去哪儿?"马镰刀板着脸头也不回:"晚上加了岗哨,你放心睡吧。"

马镰刀推门离去，叶丽亚伤心地哭泣。

静静流淌的河水闪着波光，马镰刀独自站在河边仰头看着夜空的繁星自语道："玛莎你好吗？叶丽亚找来了，她来看我，我很知足。她告诉我好些你的事，她埋怨你了，哥哥理解你。"马镰刀拿出一条卷烟纸坐在河边，从兜里捏出点烟叶放在纸上，粗壮的手指灵巧地转动着……

叶丽亚含着泪站在墙边看着亮灯的站长室，秦川端着碗走来看见叶丽亚独自站在墙边叫了声："叶丽亚，你怎么站在这儿？薛草药给你熬了碗汤药，站长呢？"叶丽亚情绪低落："他走了。"秦川看着叶丽亚："你们吵架了？"叶丽亚哭着道："没有，他生气了，他和十年前不一样了。"秦川笑笑："这不奇怪，人都在变，外面凉，回屋里去。"

叶丽亚和秦川进到屋里，叶丽亚坐在床边，秦川递过药碗："叶丽亚，先把这碗药喝了。"叶丽亚点点头接过碗一口气把药喝了下去。秦川看着叶丽亚愁眉苦脸的样子，不解地问："十年不见，你们有说不完的话，怎么会……？"叶丽亚摇摇头："我们说到了玛莎，我说玛莎为什么不肯原谅胡永，我说是玛莎让我们不能早日相见，结果明轩……"秦川叹口气："唉，你拨动了他最疼的一根筋。"叶丽亚不解地看秦川。

秦川苦笑："你不了解玛莎，她是马镰刀的妹妹，也是我和巴哈尔的妹妹。玛莎算得上是个江湖姑娘，她活泼可爱，兄弟们都喜欢她。中亚草原上，有一种奇怪的女人，有点像民间传说中的那种女萨满。玛莎就是这样的女人。"叶丽亚微微点头。"玛莎非常爱明轩，一心想嫁给他，她一天也离不开他。作为女人你应当能体会玛莎的感受。"秦川叹了口气。

叶丽亚点点头，思索片刻："玛莎什么时候来？"秦川看着叶丽亚："她来不了了。"秦川停顿片刻："玛莎走了。"叶丽亚惊愕："你说什么？"秦川眼圈红了难过道："玛莎不久前走了。"叶丽亚的眼睛里充满泪水，声音颤抖道："玛莎出了什么事？"秦川咬牙道："在去和官府谈判的路上，我们遭遇刘永寿父子大军埋伏，突围时玛莎用身子为马镰刀挡了四枪。"叶丽亚泪眼蒙眬地看着秦川:"谢谢你告诉我这些。"秦川叹口气点点头:"你身体不舒服早点睡吧。"

草原上的月亮升起来了,它停在阿尔泰山的顶端。一轮又白又亮的月亮,它的光华洒满了整个草原,给人一种不真实的感觉。

夜幕掩映下的额尔齐斯河河西,漂来三件黑乎乎的东西。有一件漂到了河边。马镰刀捞上来一看,是个大麻袋,里面是那个沙俄走私犯的尸首。那么,河心漂的那两件东西,就该是另外那两个走私犯了。"我早就知道,刘祥云一定会杀人灭口的!"马镰刀说完,朝麻袋蹬了一脚,让它继续向河流下方漂去。

第四十五章

一

刘祥云在客厅前舞剑，眼前闪现刘永寿、刘祥麟笑脸。刘祥云一剑砍断面前的一棵小树，把剑扎在地上，单腿跪地凝眉思索。侯中天走来："大少爷，蒙古的四虎兄弟到了，他们取道北塔山，来到塔城。"刘祥云板着脸："请他们到客厅。"

客厅里，青虎、白虎、黑虎、红虎四兄弟坐在桌前喝茶，看到刘祥云板着脸走进客厅，四兄弟站起来。青虎微笑道："大哥，我给你介绍一下。这位是我大弟查干巴日，白虎；他是我二弟哈日巴日，黑虎；他是我三弟乌兰巴日，红虎。"白虎、黑虎、红虎异口同声道："大哥好。"刘祥云微笑着："兄弟们一路辛苦。"

侯中天拿着一个木盒进来，将盒子放在桌上，转身离去。刘祥云打开盒盖，满满一盒金锭展现在四虎眼前。青虎看着金子："大哥这是……？"刘祥云笑笑："这是给你们四兄弟的见面礼。"青虎不解地："大哥，无功不受禄，你这是……？"刘祥云叹道："家门惨遭不幸，我爹和你的好兄弟祥麟被杀……呼和巴日，大哥叫你们四兄弟来杀个人。"青虎凝眉问道："大哥要杀的人是……？""马镰刀。"白虎惊愕道："马镰刀？！"刘祥云点点头："他杀了祥麟和我爹。"黑虎有些犹豫："大哥，这些年我们四兄弟和马镰刀井水不犯河水。以阿尔泰山为界，他在西北，我们在东南。"刘祥云怒道："此仇不报我无法入眠，你们的好兄弟也不能瞑目。马镰刀现在已被朝廷招安，是北湾卡伦站长。"青虎对三个兄弟道："祥麟是我们的好兄弟，老爷生前对我们不薄，大哥报仇我们四兄弟不能不帮。"白虎冷哼一声："大哥想让马镰刀何时毙命？"刘祥云目光阴冷："我不愿他多活一天。"抱拳道："拜托四位，大哥不会亏待兄弟们。"青虎抱拳道："请大哥放心，五日内，我带马镰刀的人头来见大哥。"拿起桌上的盒子和三个兄弟离去。刘祥云目光阴冷自语道："马镰刀，你碰到对手了。"

  羊群在草原上吃草，几只小羊打斗嬉戏。夜来一场细雨，早晨，空气变得湿漉漉的，那一个一个拥拥挤挤的沙包子，它们的顶端原来躺着些干枯的红柳，好像已经死了，现在就着几星雨，那枝条马上返绿，吐出一束束花絮来。

  这块荒凉孤寂的地面自从来了一个女人，一切都改观了。

  伴随着叶丽亚的到来，这块地面也开始有了雌性动物。过去，在这夏天奇热、冬天奇冷的荒凉孤寂的地方，只有那些雄性动物才勉强可以生存。

  士兵们的服装，也比以前整洁了不少，大家不好意思挺着大肚子、光着膀子在院子里晃来晃去了。白房子原来没有厕所，大家内急了，走出围墙，往戈壁滩上一蹲就解决了。现在他们在靠近马号的地方修了个简易的厕所，里面还用木板做了几个踏板。这厕所还被隔成两部分，靠东边的地方，隔开一个坑位，算是女厕所，西边的这十几个坑位就是男厕所了。

  李三宁笑笑："叶丽亚，自从你到卡伦，马站长脸上阴天转多云，比以前爱笑了。"叶丽亚笑而不语。"大伙都不想让你走，你什么时候走？"叶丽亚摇摇头："我不走。"李三宁激动道："真的？"叶丽亚点点头。李三宁笑着："太好了，我就喜欢和你在一起。"叶丽亚好笑地看着李三宁："你为什么不喜欢和他们一起？"李三宁撇撇嘴："也不是不喜欢，跟他们在一起我总是提心吊胆，怕哪句话说不好惹怒他们。"叶丽亚笑道："他们不是你说的那样。"李三宁岔开话题："小长安说你和站长以前是一对。你不走了是要和站长结婚吗？"叶丽亚笑着："不知道。"李三宁看着叶丽亚，直看得叶丽亚都有些不好意思了："你为啥盯着我？"李三宁笑着："你好看，我喜欢看你。就像小时候看一张年画。"说完，李三宁有些害羞地向羊群跑去。叶丽亚看着李三宁笑笑："小巴郎子。"

小长安坐在厨房门口捡豆子，喀海尔曼挎着马刀走来："小长安给大伙做啥好吃的？"小长安没好气道："米面都见底了，再不送粮食来，就该给你们吃风屙屁了。"

案板上放着一堆面口袋，叶丽亚用小笤帚把面袋子上的面粉扫到案板上，小长安噘嘴吊脸："明天再不给咱送粮食，兄弟们真得喝西北风了。"叶丽亚无奈道："实在不行就杀两只羊吧。"小长安骂着："他娘的粮草营的人一定是都瘟死了，要有一个活的也该把粮食送来了。"叶丽亚想了想："不行就找他们去要。"小长安撇撇嘴："要饭吃多丢面子，别的卡伦的粮食都是准时送到。"叶丽亚不解道："那为什么不给咱们卡伦送？"小长安冷哼一声："我们作孽多呗，粮草营的管家说不定是我们的仇人呢。"叶丽亚摇摇头不说话。

巴哈尔带着马队走在戈壁上。马镰刀、秦川、薛草药并肩骑行在最后面。秦川问道："昨晚和叶丽亚闹不高兴了？"马镰刀咧咧嘴："倒也没有……你怎么知道？""我去给叶丽亚送汤药，看见叶丽亚吊着脸不开心。"马镰刀微微点头："唉，我们彼此好像生疏了。"秦川埋怨道："叶丽亚来看你是还有那份情，不管她碰到了你哪根筋，你都不应该给她脸色看，你自己不知道你这张驴脸有多难看。从我和叶丽亚的交谈中，可以听出她心中的苦闷和对你的思念。她遇到了玛莎，可玛莎什么都没告诉她。她不了解玛莎，责怪玛莎也是应该的。"马镰刀咧咧嘴："我没有责怪叶丽亚的意思,只是突然心里堵得慌。"薛草药拍拍马镰刀："兄弟呀,玛莎走了这么久了,别总想她。"马镰刀苦笑:"玛莎那样子常常出现在我眼前。"秦川点点头:"你应该告诉叶丽亚玛莎的事情。你该和叶丽亚好好说说,叶丽亚不只是来看看,你俩的缘分没有尽,你爱她就该把她留下。"马镰刀长出一口气。薛草药在一旁道:"秦川说得对,叶丽亚依然爱你,她不来看你说明你俩的缘分已尽,她既然来到你身边,你就该把她夺回来。"秦川点点头:"是呀,别把叶丽亚气跑了。"

二

胡杨树下,阿曼别克和七个士兵懒洋洋地躺在沙地上休息。一个士兵端端地站在那里,对着戈壁滩撒尿。马镰刀带着马队走来。秦川喊道:"兄弟们,你们早到啦。"阿曼别克站起来:"我们到了一个多时辰了,你们的站长来了吗?"马镰刀跳下马:"我就是。"

北湾卡伦每次会卡,往北湾的方向,就是和阿黑吐拜克边防站会卡。而往南湾方向走,会卡的另一个边防站叫吉木乃边防站。夏天的时候,往南湾巡逻,要坐船越过额尔齐斯河,步行巡逻;冬天的时候,可以骑着马从大河上的冰桥穿过,嗒嗒嗒,穿过422高地,再往前走,穿过一连串的沙包子,就到会卡点了。那最高的一个沙包子上,立着一个木质的三脚架,算是会卡的标志物。

这就是1883条约线上,白房子卡伦为我们镇守的一段边界。

阿曼别克上下打量着马镰刀,马镰刀也看着阿曼别克。阿曼别克惊道:"你不认识我了?"马镰刀哈哈大笑:"把你烧成灰我都认识。"阿曼别克激动地喊:"明轩兄弟。"二人紧紧地拥抱在一起。阿曼别克大笑着拍拍马镰刀的肩膀:"想不到草原王会是你。好兄弟,我终于见到你了。"马镰刀笑着对秦川和巴哈尔几人介绍道:"阿曼别克是我的生死兄弟。"巴哈尔笑着："奶奶的，你认识马镰刀怎么不早说呢？"阿曼别克笑着："大哥，我要早知你们站长就是我明轩兄弟，我早就跑到你们那儿看他去了，去吃那北湾的北冰洋大狗鱼。"大伙哈哈大笑。

阿曼别克和马镰刀坐在沙地上说话。马镰刀道："刘祥云把那三个俄匪带走了。"阿曼别克骂道："那小子心里有鬼。"马镰刀点点头："我也这么认为。这小子真心狠手辣，额尔齐斯河漂来的那三个俄匪的尸首，就是证明。明显是走在路上，把三个倒霉的家伙灭口了，投入河中。"阿曼别克担心道："他也不会放过你，你可要多加小心。老百姓说，不怕贼偷就怕贼惦记。以前在你们的管辖区，常常有蛮夷越境抢牲畜抓人，偷运金子、玉石、粮食等，这几年我们打击过多次，但是水过地皮湿，起不到根本作用。自从你们卡伦开张，这儿的形势发生了大变样，以前从这一地区逃离的边民又陆续回到家园，几个月前还空荡荡的草场现在有了牛羊。"马镰刀高兴地说："是吗？""看来你很长时间没出去走走了。"马镰刀咧咧嘴："自从到了这儿就再没离开，什么事情都不知道。我感觉自己像一匹野马，被拴在了马桩子上，每天只能绕着这个马桩子打圈圈。"阿曼别克笑笑："有空去周边走走看看，边民们说，有草原王把守边关，他们什么都不怕了，还有不少人已经开荒种地、修筑灌溉渠了。"马镰刀大笑，拿起酒囊喝酒。

伊犁将军府客厅里，伊犁将军和高天德对坐喝茶。将军喝了口茶问道："潘捷烈的案子查办得如何？"高天德拱手道："案件正在查办中。"将军点点头："总兵府上报的材料提到了马镰刀。""总兵大人怎么讲？"将军笑道："材料上说，马镰刀到任以来边境形势大有改观，抢劫杀人事件再未发生过一起。就连界河对面的老毛子，边防站人员也增加了一倍。"高天德哈哈一笑："大人，可喜的是逃离那一带的边民，现已陆续返回家园，以前荒废的土地已复耕，多年不见牛羊的草原，现在已经牛羊成群了。"将军高兴地点点头："没想到北湾卡伦的建立，能起到如此大的震慑作用，高大人为社稷立下大功。"高天德道："这一切都与马镰刀他们忠心为国恪尽职守分不开。"将军点头："言之有理。高大人可知北湾卡伦和沙俄边防站联手打掉潘捷烈走私团伙的事情？"高天德正色道："下官就是为此事而来。下官特来告知大人，明日下官去霍城查办此事。"将军点点头："好，望大人快去快回，尽早破获此案。"

是夜，叶丽亚站在井边提水，扭头看到马镰刀走来。马镰刀笑笑："还忙呢？"叶丽亚点点头："给巡夜的兄弟们做点吃的，不能让饿着肚子睡觉。"马镰刀看了眼四周问道："小长安和三宁呢？"叶丽亚朝沙丘方向努努嘴："小长安带三宁抓沙鸡去了。"马镰刀笑笑："小长安鬼主意就是多。"叶丽亚叹了口气劝道："明轩，杀几只羊吧，总不能让兄弟们饿肚子呀。"马镰刀思索一下同意了："杀吧，供给问题不解决不行。牧民们劳军送来的羊只，公羊都被我们杀完了，只剩下一些母羊，本来想着让它们产羔。现在看来，不杀也不行了。"叶丽亚点点头："小长安说他明天就去粮草营。"马镰刀提起水桶和叶丽亚向厨房走去。

夜幕下的戈壁披上银装，四虎骑着马行走在戈壁上。青虎指着亮灯的白房子："前边就是北湾卡伦了。"黑虎转头问道："大哥，今晚咱就动手？"青虎小声道："先搞清楚马镰刀住在哪间屋子，不能让卫兵和巡逻兵发现。"白虎点点头："看清了再下手，千万不能用枪，枪声一响咱们可就走不了了。"黑虎和红虎应了一声："知道了。"

叶丽亚和马镰刀默默地漫步在河边。叶丽亚停下脚步："明轩，我不该埋怨玛莎妹妹。"马镰刀抱歉地笑笑："叶丽亚，是我脾气变坏了。"叶丽亚委屈道："你是变了，变得什么都不对我说。你不能把痛苦都憋在心里，你该给你参写信告诉他你现在镇守边关，做了军爷。你该告诉我玛莎妹妹不在了。"叶丽亚伤心地哭泣。

马镰刀轻轻搂住叶丽亚的肩膀安慰道："叶丽亚，你的心情我能理解，我没有责怪你的意思。玛莎和我相依为命，她常问我爱你还是爱她，她在我面前是个不懂事的孩子。玛莎曾对我说谈判完了带我去个地方见个人，我现在明白了她是要带我去找你。"叶丽亚伤心地道："是我错怪她了。玛莎妹妹葬在哪里？""库尔提。""明轩，有空我和你一起去看看她。"马镰刀微微点头。

二人继续漫步向前，叶丽亚轻轻挽住马镰刀的胳膊，身子不由得打了个战。马镰刀转头看着叶丽亚："冷了吧？"叶丽亚笑着点点头。马镰刀脱下罩衣给叶丽亚披在身上。叶丽亚痴情地看着马镰刀："明轩，我常会想起咱俩从小木屋逃走，你把靴子穿反了一路跑一路摔跟头的样子。"马镰刀笑笑："那次太狼狈了。""小长安说，他和你、秦川不但是骨子里兄弟，还是师兄弟。"马镰刀点点头："没错，我在天山疗伤时习武，严格地说我和秦川是那小兔崽子的师叔。"叶丽亚笑笑："你和兄弟们之间不分大小，相互什么样的话都敢说，什么样的玩笑都敢开。"马镰刀也笑："我和他们从认识那天起一直就这样，那时小长安才六岁。"

叶丽亚想起李三宁，咧咧嘴说道："三宁好像和大伙有些两张皮。"马镰刀笑出声来："三宁内向，胆小，不合群，兄弟们说话不分大小，骂骂咧咧。刚到的第二天，三宁就和小长安打了一架，现在他俩关系最好。大伙在一起相处就像和面一样，揉到了就看不到两张皮了。"叶丽亚点点头。

一股风吹过，带过一丝黄沙，马镰刀看看叶丽亚："咱们回去吧。"叶丽亚笑着挽住马镰刀的胳膊，马镰刀紧了紧手臂，叶丽亚感受到马镰刀手臂的温度，感觉自己靠在一个坚实的肩膀上。

第四十六章

一

叶丽亚的歌声回荡在草原上,马镰刀站在屋顶上用望远镜向边境瞭望。慕思寒、古依汗、鸿玄弈、亚森等人骑马走出大门。众人下马,一拍马屁股,马便噔噔噔噔地跑进马号里,去马槽吃料。

李三宁站在井台上打水,马镰刀大声地问道:"三宁,小长安什么时候走的?""小长安天不亮就套上车走了。"马镰刀吩咐道:"一会儿你去帮叶丽亚把洗好的被单拿回来再去放羊。"李三宁一边把水桶拉上来一边应道:"哎,晓得了。"

毡房外,青虎身背弩机,白虎手拿匕首,轻手轻脚从毡房后绕到毡房前。白虎轻轻推开毡房的门,毡房里没有人。白虎向青虎摇摇头:"毡房是那女人住的。"两人弯下腰贴着墙边向前。青虎想了想道:"早上站在屋顶上的人很像马镰刀。"白虎点点头:"三弟说那人就是马镰刀。"青虎冷笑一声:"他就在院子里。"

院子里,叶丽亚往绳子上晾衣服,吐耶拜和玛木尔合力拧被单的水。巴哈尔和马镰刀从站长室出来,边说话边向叶丽亚走去。马镰刀身子露出来。围墙外,青虎瞄了瞄,正要扣动扳机,谁知巴哈尔又挡住了马镰刀。接着,马镰刀和巴哈尔被晾晒的被单挡住。青虎气愤地放下弓弩:"妈的,让他多活一会儿。"弯下腰顺着墙根溜走。

小长安赶着马车来到粮草营门前停下车。卫兵拦住了去路："你是哪个营的？"小长安跳下马车："北湾卡伦的，我们的粮食吃完了，我来拉粮。"卫兵收起枪站好："你来得真不巧，总管大人不在。"小长安笑着："去哪儿了？寅时卯时回来？"卫兵摇头："大人去哪儿从不告诉我们这些当兵的。反正今天不回来。"小长安点点头："别人谁管事？"卫兵笑笑："干事的有，但没有发粮的权力。"小长安失望地骂了一句。

小长安想到马镰刀交代的话，又问道："兄弟，我打听个人，何冬晨在吗？"卫兵点点头："冬晨在。"小长安笑笑："我进去看看他。"卫兵指了指后面的营房："他在最后一排房最后一扇门里。"小长安赶着马车走进大门："谢谢兄弟。"

营房前，小长安和何冬晨坐在屋檐下说话。何冬晨撇着嘴抱怨："我以前在蓝旗屯粮草营，来这儿不到两年，这儿的总管心更黑。"小长安笑着："他给家里偷粮？"何冬晨摇摇头神秘道："外人是不知道粮库有多黑。我去过迪化、霍城、于阗，这么说吧，新疆的粮库我至少去过一半，都他妈的一个样，各家串通一气黑军粮和国库的储备粮。前几天我们就倒了一次库。"小长安摇摇头："我不明白。"何冬晨咂了下嘴解释道："倒库是为应付上面检查，把别家库里的粮食拉来放到我们库里，检查完了再给人家送回去。"小长安失望地说："这么说你们这儿没粮食？"何冬晨笑笑："不是没粮是没储备粮，不光是我们没有，各家都没有。"小长安还是不太明白："要是别家遇上检查……"何冬晨非常老练地解释："就到我们这儿来拉，或者去别家库里拉。再不然就熏库——就是给空仓库里放毒烟，越浓越好，锁上库门贴上写着日期的封条，检查的会误认为给粮食熏蒸防虫，不到日子是不能开库门的。"小长安惊道："总管把粮食卖了？""卖了。""这可是个肥差。""倒腾粮食的办法有的是，我们的王总管肥得放屁都能油裤子。"小长安呵呵地笑:"你们也能沾点便宜。"何冬晨撇撇嘴:"我们屁都闻不着。"小长安又问:"没人告状?"何冬晨无奈地说:"新来的兵不明白,老兵明白的不敢说。"

小长安琢磨了一会儿问道:"王总管是什么来头?"何冬晨想了一下:"以前是刘永寿家的管家。"小长安大吃一惊:"刘永寿来过这儿?"何冬晨点点头:"没死前来过,现在他儿子刘祥云是常客。"小长安怒道:"王彪是有意克扣我们的粮食。"何冬晨嗯了一声:"我跟他说你们没粮了,他没说不给也没说什么时候给。"小长安思索着微微点头。

何冬晨跟厨房的师傅说好话,让下了两碗面。小长安和何冬晨一人端着一碗面条蹲在营房门口吃起来。小长安吸了一口面,突然问道:"冬晨,有没有俄国人来过你们这儿?"何冬晨思索着:"前不久来过一个,那人给我印象最深。"小长安忙问:"那人是不是叫潘捷烈?"何冬晨摇摇头:"不知道。"小长安又道:"是不是个男爵?"何冬晨眼睛一亮:"有人这么叫他。"小长安兴奋地说:"他来这儿干什么?"何冬晨想了想:"年初时来运走了十大车粮食,这次来干什么不知道。""他来找谁?""王总管。"小长安自语道:"可能是他。"何冬晨疑惑地问:"他是干什么的?"小长安边吃面边解释:"是沙俄土匪、走私犯,我们正在抓他。"何冬晨撇撇嘴:"四五天前才离开了这儿。"小长安点点头:"冬晨,你得想办法给我搞点粮食,要不然我们明天就揭不开锅了。"何冬晨笑笑:"一会儿装粮时我想办法多装几袋,出了门搬到你的车上。""谢谢兄弟。"

两人吃着聊着,突然前院有人叫着何冬晨的名字走了过来。何冬晨把碗放在地上,紧张地看着面前的蒋前。蒋前瞅了一眼小长安没说话,对何冬晨吩咐道:"你可以装车了。"说完转身离开了。何冬晨赶忙应着:"哎,来了。"小长安扒拉完碗里的面:"那人是谁?"何冬晨撇撇嘴:"蒋前,副总管,王彪的副官。"小长安点点头问道:"你要去装粮?"何冬晨指了指马车:"你出去走远点,在路上等我。"

二

街道上人头攒动，商铺比邻，一番热闹的景象，高天德和两名身着便装的属下漫步在街上。高天德走到布摊看看布，来到鞋摊看看鞋。粮铺门前，居民们手拿布袋、盆子、筐子排着长队，一斗一斗的大米倒入居民的袋子、筐子里，买到粮食的人面带喜悦离开。

高天德无意间看到地上的麻包上有个"库"字，顿时感到蹊跷，走上前蹲下身和正在整理麻袋的维吾尔族伙计拉话："伙计，这米是从哪儿进的？"伙计看着高天德，好像没有听清楚似的，高天德提高嗓音："我问你话呢。"伙计笑着："我的耳朵让驴踢了不好使，你说什么？"高天德大声道："这米卖得这么便宜，是从哪儿进的货？"伙计摇摇头："不知道，要问掌柜的。""掌柜的在哪儿？"伙计不屑地看着高天德笑笑："迪化、鄯善、昌吉、喀什噶尔、阿克苏、叶城，都有掌柜的店，我们一年也见不到他两面。"高天德点点头转身离去。

走出去几步，高天德停下脚步对属下说："那些麻袋上都有'库'字，说明他们卖的是军粮，你们各带一路人马，前往迪化、鄯善、昌吉、喀什噶尔、阿克苏查找卖粮的掌柜，千万不要打草惊蛇。"

卡伦不远处的小树林里，四虎围坐在地上吃肉喝酒。白虎急道："大哥你看什么时候动手合适？"黑虎埋怨道："昨晚我说不管男女先杀了再说，大哥怕杀错人，可惜昨晚的机会了。"青虎叹了口气："马镰刀没有察觉到危险，杀他的好机会还会有，着急吃不上热豆腐。"红虎建议："吃完饭咱们轮流盯着马镰刀。"青虎点点头："四弟说得对，先盯着他，晚上下手，割下马镰刀的头咱们立马走人。"其他三人点头同意，坐在地上吃喝起来。

马镰刀身着便装和叶丽亚走出大门，沿着墙边向毡房漫步。叶丽亚心烦道："最后一点粮食也吃完了，不知小长安能不能拉回粮食来。"马镰刀叹道："不是杀了五只羊吗？""这么多人，五只羊最多撑四天。"马镰刀想了想:"不行明天派几个兄弟去克孜镇买一车粮食回来。"叶丽亚苦笑:"一个来回至少也要十天。"马镰刀咬咬牙:"那就每天杀两只羊。"叶丽亚摇摇头:"羊都杀了,到冬天大雪封路粮食运不上来怎么办?"马镰刀安慰道:"这样的事以后不会再有了,让兄弟们再买五十只羊回来。其他的等小长安回来再说吧。"叶丽亚点点头:"我看这样行。"

河边低矮的树丛里,黑虎盯着马镰刀和叶丽亚。叶丽亚笑着撒娇:"明轩,给我讲讲边境的规矩,我两眼墨黑,什么都不知道。"马镰刀点点头:"好,闲下来告诉你。"马镰刀和叶丽亚走进毡房,黑虎把一个小石片扔进河里激起一串水漂。

青虎、白虎、红虎身穿夜行衣小心翼翼地从两边爬到黑虎身边。黑虎小声地:"大哥,马镰刀和那女人进了毡房。"玛木尔和吐耶拜挎着刀沿着围墙走来,四人隐在树丛后。青虎使了个眼色:"黑虎、红虎,你俩干掉流动哨。白虎,你我杀马镰刀。行动。"黑虎和红虎提着刀警惕地向毡房靠近。

毡房内,屋子中间的火盆里艾蒿冒着淡淡的烟,桌子上亮着盏马灯。马镰刀坐在床边的椅子上,叶丽亚从枕头下拿出烟荷包,看了看交给马镰刀:"这是我一针针用心给你做的,它是我给你的信物。"马镰刀接过烟荷包:"以前走到哪儿我都把它挂在马鞍上,是希望你能看到它。"叶丽亚点点头:"我在克孜镇看到了烟荷包,可还是与你擦肩而过。"马镰刀咧咧嘴:"你们过得好吗?"叶丽亚笑笑:"头几年过得很紧,胡永只要身子好点就出去下套子,我在镇上卖兽皮。"马镰刀咧咧嘴:"看看啦……毛色鲜亮,板子柔软……狐皮越老越红,狼皮越老越白。不摸不知道,一摸就想要……那个梳着一头小辫子的姑娘就是你?"叶丽亚点点头:"你看见我了?"马镰刀呵呵笑:"看见了小半张脸,而且你的脸上脏兮兮的,五麻六道。"叶丽亚有些不好意思:"我怕被人认出来。"

马镰刀拿出一条卷烟纸，从兜里捏出烟叶放在纸上，突然间，卷烟的手指不动了。叶丽亚正要往下说，马镰刀摇摇手示意她不要说话，叶丽亚紧张地看着马镰刀。马镰刀站起来小声道："有人，你坐着别动。"马镰刀小心地走到毡房边，把耳朵贴在毡子上，手放在刀把上。

夜幕下，青虎和白虎提着刀躲在毡房边，青虎把耳朵贴在毛毡上听声音，白虎小声："我敲门骗他出来。"青虎小声提醒："等等。"

围墙外，玛木尔和吐耶拜沿围墙走，黑虎和红虎趴在一簇白柳丛里，玛木尔和吐耶拜从黑虎和红虎面前走过，黑虎和红虎同时甩出两把匕首，两把匕首正中二人后心，玛木尔和吐耶拜"噢"了声先后栽倒在地上。黑虎和红虎匆匆上前，把玛木尔和吐耶拜拖到白柳丛里去了。

马镰刀提着刀警觉地站在门边，叶丽亚轻手轻脚地走向马镰刀。突然敲门声响起，叶丽亚上前正要开门，一把刀从门缝捅进来。马镰刀手疾眼快，一把拉开叶丽亚，顺手一刀捅穿毛毡，躲在毡房门边的白虎"噢"的一声，刀头从肚皮冒出来。青虎见状大吃一惊。

"叶丽亚到床那儿去。"话音未落，房门被拉开。黑虎躬身往进冲，马镰刀一刀扫去，黑虎一个箭步向后躲闪。

院子里没有亮光，营房里传出士兵们熟睡的鼾声，巴哈尔挎着刀在屋顶上站岗。毡房的方向传来忽大忽小的铁器碰撞声，巴哈尔警惕地转过身，只听见叶丽亚大喊："巴哈尔大哥……快来……"巴哈尔惊叫道："不好。"向前跑了两步飞身从屋顶上跳下，向围墙这边奔跑。

青虎、黑虎、红虎三人听到叶丽亚叫喊，正要逃离，马镰刀冲出房门，还没站稳脚跟，三把刀同时向他砍来，马镰刀举刀抵挡。李三宁提着枪刚转出墙角，看到几个黑影拼杀，吓得缩回身子躲在墙边。青虎一刀扫过，马镰刀躲闪不及，胸前的衣服被划开，黑虎一刀捅向马镰刀的肚子，马镰刀侧身躲闪。红虎跟上一刀，马镰刀跃起站在墙头。

巴哈尔落在黑虎身后，挥刀砍在黑虎腿上，黑虎单腿跪在地上。叶丽亚跳墙进院向营房跑。马镰刀从墙上跳下一刀抹了黑虎的脖子。青虎和红虎联手砍杀巴哈尔，巴哈尔躲闪灵活，刀法快如闪电，后退一步跃起站在墙头。青虎和红虎双刀同时向马镰刀扫去，巴哈尔跳下墙头，落到两人身后挥刀就砍。

红虎和巴哈尔杀得难解难分，马镰刀向青虎一刀扫去，青虎横刀挡住飞起一脚，马镰刀飞出去重重撞在墙上。青虎上前冲着马镰刀连砍三刀，马镰刀躺在地上挡住三刀。秦川和慕思寒提着手枪跃上墙头，"砰砰"两声枪响，青虎和红虎栽倒在地。鸿玄弈、亚森举火把跃上墙头，叶丽亚跑过来扶起马镰刀。

众人听到响动围上来。马镰刀把青虎和红虎翻过来，又看了眼倒在一旁的黑虎，吃惊道："他们是蒙古四兄弟。"鸿玄弈跳下墙仔细看了看："还少一个。"马镰刀看了眼毡房："一个被我捅死在毡房门口。"秦川疑道："咱们以前跟这四只虎没有过节，他们怎么会来杀你？"慕思寒撇撇嘴："他们四人和刘祥麟是拜把子兄弟，我在惠远城见过他们几次。"敖元奎拿着火把匆匆走来："站长，玛木尔和吐耶拜被他们杀了。在那边的白柳丛里。"马镰刀和兄弟们一惊，往白柳丛走去。

茫茫戈壁上，喀拉苏干沟的左侧，有两个用石片堆砌的新坟，坟墓前栽着两块木板，木板上分别写着"北湾卡伦士兵玛木尔""北湾卡伦士兵吐耶拜"。两个无香无臭的人物走了，无遮无拦的漠风会迅速地把这两个坟头抹平，让这木牌腐朽。

北湾卡伦的士兵们列队默默地站在二人墓前。马镰刀咧咧嘴："好兄弟，你们跟着我来边关受苦，又为我而死，我马镰刀对不住你们。"秦川和巴哈尔各拿一坛酒围绕坟墓洒了一圈，叶丽亚低着头默默流泪。马镰刀哽咽道："玛木尔，吐耶拜，你们哥俩相互照应着一路走好。"慕思寒拜了一拜："天堂什么都有，你们哥儿俩别忘了受苦受累的兄弟们。"巴哈尔抽着鼻子："奶奶的，我会常来看你俩。"人们默默地站立着，夜风起了，辽阔的戈壁显得无比荒凉。

第四十七章

一

粮草营总管室，蒋前坐在桌前看着账本打算盘。王彪推门进来，蒋前笑脸相迎："王大人回来了。"王彪摘下帽子挂在墙上，蒋前沏上一碗粗茶。王彪坐在椅子上喝了口茶放下茶碗："那三万斤米出手了？"蒋前笑着："场光地净，一斤不剩。"王彪满意地点点头："销往何地？"蒋前笑道："铁掌柜包圆了。"王彪嗯了一声："你有没有叮咛铁掌柜，这批粮不能在霍城、惠远、迪化这三地出售。"蒋前点点头："有说，而且还叮咛他，麻袋要一个不少地交还给我。"王彪喝了一口茶问道："银子什么时候送来。""前天我已随车带回了一部分，在我的屋里。"王彪认真道："这笔钱咱留四成，剩下的孝敬刘大人。"蒋前不愿意："这批粮食的钱已经给过他了，为何还要给他六成？"王彪骂道："这叫抱粗腿懂吗？谁和钱有仇？你好我好都好。他拿了钱就得为咱遮雨挡风。"蒋前笑着："兄弟和你比，自愧不如。"王彪哼了一声："要想混得好，就得学会自我保护，贼都懂得分赃。"蒋前佩服地点点头。

王彪又问道："各卡伦的粮食都送出去了？"蒋前点点头："该送的都送了，只剩下北湾的了。"王彪冷笑："北湾的粮一粒都不能给。"蒋前笑着："北湾昨天来人了。""谁来也不给。"蒋前担心道："我担心那伙土匪对咱不利。王大人，这不是逼着马镰刀跟咱动刀吗？"王彪笑笑："就是要逼他们跟咱动手，逼他们狗急跳墙，逼马镰刀来抢、来杀、来烧，逼他们触犯军规。"蒋前明白地点点头："大人是……给马镰刀下套。"王彪得意地点点头。蒋前略带嘲讽："总管大人对刘祥云的一片忠心，下官敬佩。"王彪叹了口气："人不为己，天诛地灭。我在这位子上就再坐三年……三年后咱俩回到内地故乡，挣来的钱埋在地下，慢慢地花，置地置房，三妻四妾，踏踏实实地过日子。"蒋前笑笑："千里当官，都为吃穿。大人的一片苦心，下官明白了。"

王彪看了一眼蒋前，正色问道："有没有潘捷烈的消息？""没有。"王彪凝眉不语。蒋前汇报："三号库少了五袋粮食。"王彪皱了皱眉头："清点清楚了？""清点了三遍。"王彪思索着："除了你我还有谁能打开库门？""没人。"王彪疑道："那就怪了。"蒋前想了一下："我怀疑是何冬晨。门卫说何冬晨和北湾来要粮的土匪认识。我怀疑何冬晨昨天趁倒库的机会多装了五袋。"王彪思索："怪不得那小子为北湾卡伦说好话。好事，北湾卡伦土匪勾结粮草营败类何冬晨盗窃军粮。"蒋前附和着："这样就可毫不费力地把马镰刀赶走了。"王彪点点头："把何冬晨找来问话。"

小长安赶着马车来到卡伦门前。叶尔波勒拿着枪在门口站岗："怎么才回来呀？"小长安停下马车："站长在吗？"叶尔波勒闷闷不乐："在，怎么就拉了五袋，这够吃几天的？"小长安咧咧嘴："有这点就不错了。你干嘛吊着脸，谁欠你钱了？"叶尔波勒道："昨晚出事了。"小长安吃惊道："出什么事了？""蒙古四虎来暗杀站长。"小长安急道："站长怎么样？"叶尔波勒摇摇头："胸前开了个口子，没什么大问题，玛木尔和吐耶拜被杀了。""那四兄弟呢？""都死了。慕思寒说那四兄弟和刘祥麟是拜把子兄弟。"小长安骂了一句："他娘的，死鬼找上门来了。你卸车，我有事跟站长说。"叶尔波勒赶车和小长安走进大门。

马镰刀板着脸靠在床上抽烟,秦川、巴哈尔、薛草药、慕思寒板着脸坐在凳子上。巴哈尔吊着脸:"他奶奶的,粮食至今不给,杀手一批接着一批。"薛草药叹了口气:"咱们在明处,杀手在暗处,这样下去不知还要死多少兄弟。"马镰刀咧咧嘴。慕思寒道:"不管这四兄弟是为刘祥麟还是为刘祥云而来,必须得杀了刘祥云。"巴哈尔站起来:"我带两个兄弟去塔尔巴哈台……"马镰刀扫了一眼大家:"兄弟,咱现在不是从前了,没有刘祥云雇凶杀人的证据,咱拿他没办法。"巴哈尔插话道:"奶奶的,分明就是他,还要什么证据?"马镰刀正色道:"没证据就不能将他治罪。"慕思寒皱眉:"问题是有了证据也未必能把他治罪。"巴哈尔指着马镰刀的鼻子:"慕思寒说得对,马镰刀你别把自己当盘菜,官府信不过你。证据顶个屁用,你当上几天站长就怕官府了?"秦川劝道:"巴哈尔,你们冷静点。""冷静个屁,大不了咱们抬屁股走人!"

小长安推门走进屋里,看到几个人都吊着脸,也不敢说话了。马镰刀缓和了一下脸色问道:"粮食拉回来了?"小长安点点头:"拉了五袋粮。"巴哈尔没好气道:"怎么就这么点?"小长安苦笑:"这么点还是何冬晨偷的。"马镰刀站起来:"怎么回事,为什么要偷?"小长安板着脸:"不偷吃什么?"巴哈尔气愤道:"他奶奶的,粮草营不给粮食吗?"小长安摇摇头:"王总管不在,没办法我让何冬晨帮忙给弄了五袋。"马镰刀呵斥道:"偷军粮是犯法的,你不知道吗?"慕思寒站起来:"你嚷嚷什么,小长安是为了大伙儿。"马镰刀皱眉厉声道:"你害了何冬晨,咱们也要受牵连。"巴哈尔拍桌而起:"你怕什么,不就是五袋粮食吗?"小长安委屈地说:"站长你怕事,我现在就送回去。"小长安转身就走。

薛草药喊住小长安:"站住,粮草营不准时送供给,错在他们不在你,粮食已经拉回来,事情已经出了,站长怕受牵连,我扛着。"马镰刀吊着脸咧咧嘴。巴哈尔大骂:"娘的,我们为什么要饿着肚子为朝廷卖命呢？"秦川在一旁不停地劝解："兄弟们少安毋躁，少安毋躁。"小长安不知所措地看着几人。

二

粮草营总管室里，王彪吊着脸坐在椅子上看着何冬晨。何冬晨低着头站在王彪和蒋前的面前。王彪慢悠悠地问道："你可知为何让你站在这儿？"何冬晨表情紧张："小人不知。"蒋前冷笑一声："你果真不知？""的确不知，请大人明示。"王彪站起来，出手就是两记耳光，何冬晨被打得站立不稳。蒋前上前问道："昨天来找你的人是谁？"何冬晨瑟缩道："从前一起跑买卖的熟人，现在在北湾卡伦吃粮。"王彪哼了一声："他来找你做什么？""他是来找大人要粮食。"蒋前一大步跨到何冬晨面前，吓得何冬晨往后退了一步。蒋前问道："你给了他多少粮食？"何冬晨吓得腿一软跪倒在地："没有大人的允许，小人的胆子再大也不敢给他一粒粮食。"王彪站在何冬晨面前："抬起头看着我。"何冬晨嘴角流着血仰起脸。王彪瞪着眼睛："老实说。""小人没给他粮食。"王彪上手两个嘴巴子："说。""小……小人没……"话没说完，王彪又是两个耳光。

王彪恶狠狠地笑道："我要把你的牙都打下来，再让你咽下去。"蒋前一拳打在何冬晨脸颊上，何冬晨口喷鲜血栽倒在地，爬起来跪在地上："大人饶命……小人招……小人全招。小人装车时多……多装了五袋粮。""粮呢？"何冬晨用袖子擦去嘴上的血："卖……卖了。路过哈巴镇，卖给了粮贩子。""钱呢？""过两天去拿。"

王彪眼神阴冷地看着何冬晨："你不觉得你在撒谎吗？"何冬晨连忙磕头："小人不敢撒谎，小人说的句句属实。"王彪冷笑一声："打掉牙是最轻的惩罚，你需要升级吗？"何冬晨慌张道："大人，小人说的都是实话呀。"蒋前凑到何冬晨面前小声说："你只要承认是与马镰刀合伙偷粮，不但不会受罚，王大人还会给五十两银子奖励你。怎么样，是白白送命还是拿上银子回家，你想明白了。"何冬晨流着泪使劲摇头："小人不敢勾结土匪偷盗军粮，小人根本不认识马镰刀，大人不信可明察。"蒋前一脚踢翻何冬晨："你他妈的比猪还蠢。"王彪高喊一声："来人。"两个士兵跑进来。"把他押到院子里去。"两名士兵架起何冬晨离去。

院子里，二十多个士兵站成一排，何冬晨赤裸上身趴在长凳上，士兵们一人一根白柳条，轮番抽他。何冬晨背上的皮肉已被打得像一滩碎肉。王彪揪住何冬晨的辫子："你把粮食给了马镰刀是吧？"何冬晨嘴里滴着血有气无力道："卖了。"蒋前抡起柳条"啪啪"一下下抽打。何冬晨背上血水飞溅，每一鞭打下，背上就留下一道血槽，何冬晨一声声惨叫。王彪怒道："你招不招？"何冬晨气若游丝："我全招了。"王彪趁机再问："你同马镰刀合伙盗窃粮食，是不是？"何冬晨强忍着一口气："不是。"王彪气愤道："兔崽子，粮草营还没人能挨过一百鞭，你有种挨过一百鞭，我放了你。"接着对众士兵咬牙切齿道："朝死里打，打烂他五脏六腑。"蒋前抡圆了柳条猛抽。一道道血槽鲜血飞溅。何冬晨的叫声越来越小，头耷拉下去……

站长室里，大伙依然板着脸。薛草药没好气道："站长，亲兄弟在一起难免发生点摩擦。"马镰刀笑笑："都是狗脾气，这很正常。"慕思寒皱眉："粮食问题怎么办？"小长安插话道："站长，粮草营的总管是王彪。"马镰刀惊讶："是王彪？"巴哈尔看着两人："王彪是谁？"马镰刀皱眉："以前是刘府的管家。"巴哈尔往地上啐了一口："奶奶的，又跟刘家有关。"慕思寒一拍桌子："清楚了，王彪是有意克扣供给。看来，咱们横竖都攥在刘祥云手里。"马镰刀凝眉思索不语。

秦川沉吟了一下："看来是得想个对策了。"小长安点点头："何冬晨说有个装扮成维吾尔族人的俄国人去过粮草营。何冬晨不知那人的名字，但他听到有人叫那个人男爵，那人脸上也有胡子，我敢肯定那个人就是潘捷烈。"秦川琢磨了一下道："这么说王彪和潘捷烈勾结，盗窃走私粮食。王彪雇潘捷烈截杀咱们，是怕咱拦了他们的财路。"马镰刀点点头："他们是一个阵营的，合穿一条裤子。"巴哈尔拍着桌子骂道："奶奶的，咱们和王彪没结过仇啊。"小长安冷笑一声提醒道："巴哈尔大哥你忘了，王彪跟咱们结过仇。十年前在二郎口，我摘了他的金戒指，兄弟们用铁夹子拔了他两颗金牙，还带出来两颗好牙。"马镰刀疑道："我怎么不知道呢？"秦川笑笑："那时还没你呢。"小长安问道："王彪不给粮食是报复咱们。"马镰刀咧咧嘴："没那么简单，两颗金牙不至于大动干戈，这些事都与刘祥云有关。"薛草药点点头："咱得把这个案子办清楚。"

　　秦川又道："少了五袋粮食一旦被发现，何冬晨定会受到牵连。"马镰刀点点头："我怕王彪拿这件事做文章。"巴哈尔不在乎道："不就是五袋粮吗，能出什么幺蛾子？"薛草药看着马镰刀担心地问："你怕王彪诬陷北湾卡伦勾结粮草营不法之徒盗窃军粮？"马镰刀点点头："如果这样麻烦可就大了，所有的弟兄都会被连累。"马镰刀想了想看着众人道："咱要冷静，因热血上头，咱们没少吃亏，对付他们要用脑子。我看咱们再也不去粮草营……"秦川插话："对，断了粮草，咱们要求撤离卡伦。"马镰刀咧咧嘴："好主意，我这就写报告，派亚森立即出发到塔尔巴哈台交给刘祥云。"几个人都觉得这个方法可行，露出了轻松的笑脸。

第四十八章

一

伊万站在瞭望台上站岗，他把脚上的裹脚布取下来，在瞭望台上晾着。手里拿个刀片，在剐脚后跟的死皮。见道伯雷尼亚登上瞭望台，赶紧蹬上靴子，上前行礼："上尉先生，您的腿疼就别上来了。"道伯雷尼亚笑笑："腿疼是个老毛病，看了七八年，去过不少地方，可怎么都治不好。"伊万撇撇嘴："真是不幸。"道伯雷尼亚遥望了一眼白房子的方向问道："白房子那边昨晚有枪声，今天有什么情况？"伊万摇摇头："那边和往常一样，人马照常巡逻，没有什么异常举动。"道伯雷尼亚感叹了一下："他们的巡逻密度比我们还要大。"拿起望远镜瞭望，树木、草原，叶丽亚骑着马走上戈壁，白房子院子里冷冷清清，房顶上小长安举着望远镜瞭望。道伯雷尼亚放下望远镜，摘下军帽扇着风："这该死的天越来越热了。"伊万也抹了把汗："今年好像比去年还要热。"道伯雷尼亚笑笑："这里最热的时候达到四十八摄氏度。"伊万无奈地点点头："上尉，听说您很快就要退伍了？"道伯雷尼亚微笑着："是啊，就是不知什么时间能拿到退伍的命令。"伊万试探地问："您准备提拔谁来接替您的职务？"道伯雷尼亚皱眉："少尉先生，你不是三岁的孩子，怎么会提出这么幼稚的问题？我没这个权力，由谁来接替我是司令部的事情。"伊万急道："但您有权向司令部推荐呀。"道伯雷尼亚耸耸肩："可能有吧。"伊万低头行礼："上尉，我恳求您向司令部推荐我接任这个职务。"道伯雷尼亚指着伊万的头："我说伊万·彼得洛维奇，你到这儿还不到两年，你的脑子没出问题吧？"伊万抬头急道："上尉，我有战胜一切敌人的能力。"道伯雷尼亚严肃道："伊万，你是个忠诚的战士，勇敢坚强，对我们的敌人心狠手辣。你是个长不大的孩子。"说完走下瞭望台，伊万沮丧地看着道伯雷尼亚的背影。

草原上李三宁闭着眼睛仰面躺在草地上睡觉，耳边突然传来羊的惨叫声，李三宁睁开蒙眬的睡眼看着天空。羊的惨叫声此起彼伏。李三宁反应过来，急忙站起身循声望去。俄方境内，四名沙俄士兵拖着六只羊向远处走，李三宁向前跑几步冲着四个沙俄士兵的背影大声喊："那是我们的羊……那是我们的羊……"沙俄士兵拖着羊继续向前走。李三宁边跑边喊："那是我们的羊，不是你们的，放了我们的羊……"沙俄士兵们像没有听到似的继续往前走。

俄方草原上浓烟滚滚，李三宁哭丧着脸看着沙俄士兵燃起干草。叶丽亚牵马走来翻身下马，看到李三宁哭丧着脸问道："人家放火烧荒你为啥哭丧着脸？"李三宁磕磕绊绊地："他们……他们烧了咱的羊。"叶丽亚大吃一惊："什么？他们为什么要烧咱的羊？"李三宁哽咽道："咱们的羊越……越境了。"叶丽亚瞪起眼睛："他们烧咱们的羊，你就这么看着不管呀？"李三宁委屈道："我……我喊了……"叶丽亚气呼呼地看了一眼李三宁，冲着俄兵大喊："哎，老毛子，你们为什么要烧我们的羊？"伊万、阿辽莎听到喊声，转过身看着李三宁和叶丽亚。伊万大声答道："你们的羊侵犯了我国的领土。"叶丽亚大声喊："我问你的是，你们为什么烧我们的羊？"

几堆干草在熊熊燃烧，滚滚浓烟直冲云天，羊只被四蹄儿绑了，扔进火堆里。叶丽亚大喊："你们为什么要烧我们的羊？"伊万："美丽的姑娘，这样做是为了防止你们的羊给我们的草原传入口蹄疫。"叶丽亚喊道："我们的羊活蹦乱跳，它们没有生病。"伊万摘下帽子向后挥动，阿辽莎制止："伊万少尉，他们不懂规矩，您不该主动对姑娘挑衅。"

俄方的草原上冒着浓烟，小长安站在屋顶上拿着望远镜瞭望，望远镜里，伊万向后甩帽子。小长安自语道："妈的，他们向谁挑衅？"望远镜移动，叶丽亚冲着俄方士兵指手画脚。小长安吃惊道："不好，要出事！快去备马，沙俄士兵向叶丽亚和李三宁挑衅。"布拉克拜向前跑了两步纵身跃下墙头。小长安站在屋檐边："站长，站长……"马镰刀走出房间："什么事？"小长安道："俄方那边冒着浓烟，还有士兵向后挥帽子向叶丽亚和李三宁挑衅，看样子要出事。"秦川、巴哈尔、薛草药、慕思寒从屋里出来。马镰刀急道："备马。"秦川、巴哈尔、薛草药、慕思寒向马棚跑去。马镰刀跨上马背："他们在哪里？"小长安："三号地段。"马镰刀策马离开，吩咐小长安继续瞭望。

叶丽亚翻身上马，李三宁抓住缰绳："你要去哪儿？"叶丽亚看着沙俄士兵："他们让我过去。"李三宁急道："不是叫你过去，他们是挑衅你。"马镰刀、巴哈尔等十一人飞奔而来。叶丽亚指着伊万大喊："黄毛，我这就来和你理论。"叶丽亚瞪着李三宁："你放开，我和他们说理去。"李三宁紧抓马的缰绳："你不能去。"叶丽亚生气道："你没看见他们叫我吗？"说着磕镫催马向俄方奔去，李三宁被带了个跟头摔在地上。马镰刀看着叶丽亚着急地大喊："叶丽亚停下，停下……"马镰刀催马向叶丽亚飞奔，巴哈尔、秦川一伙人紧随其后。

马镰刀大声喊："叶丽亚停下……停下……快停下……"叶丽亚好像什么也没听到，不顾一切向前冲。伊万高喊："准备射击。"瓦连京、谢尔盖、叶戈尔、阿辽莎、米沙五人半跪下来，举起步枪瞄准叶丽亚。叶丽亚飞奔而来，伊万举起马刀看着飞奔而来的叶丽亚，准备发出开枪的号令。

马镰刀紧追在叶丽亚马后，李三宁看着就要越境的叶丽亚，急得捶胸顿足。马镰刀、巴哈尔、秦川、慕思寒接连抛出四根绊马索，叶丽亚人仰马翻摔倒在草地上。

看到叶丽亚翻倒在地，伊万放下马刀，笑道："一切都结束了，咱们走。这出戏不够圆满，刚开个头就结束了。"

马镰刀上前扶起叶丽亚。叶丽亚埋怨地喊："他们烧了咱们的羊，你们为啥拉我？"马镰刀气急："只差一步你就越境了，他们就有理由向你开枪了。伤到没有？"叶丽亚生气地喊："他们烧了咱六只羊……"马镰刀阴沉着脸口气生硬："越境是死罪。"叶丽亚瞪着眼睛："他们让我过去。"薛草药皱眉道："叶丽亚是搞错了。"叶丽亚大喊："你们应该教训那些不爱惜牲畜的混蛋。"马镰刀把叶丽亚抱起来放在马背上，叶丽亚不服气地看着马镰刀。马镰刀厉声道："秦川，把叶丽亚带回去，关三天禁闭。" 秦川牵着叶丽亚的马离去。巴哈尔生气地看着李三宁："你真是个废物。"李三宁害怕地看着巴哈尔，低头不语。

那六只羊还在那里纠成一堆燃烧着，冒着青烟，阿拉克别克河这块地面空气中弥漫着烤肉的味道。

二

道伯雷尼亚坐在瞭望台下的椅子上，手拿小镜子和剪刀修剪山羊胡子，伊万和阿辽莎走来。道伯雷尼亚吊着脸："先生们，你们烧了什么？"伊万行了个礼："报告上尉，白房子有六只羊越境被我们烧了。"道伯雷尼亚皱眉："为了避免那些冗长的移交手续，可以顺原路给他们赶回去。"伊万不在乎地说："上尉，我怀疑他们是有意给我们传播疾病。"道伯雷尼亚怒道："你是个聪明的白痴。"阿辽莎也在一旁皱眉："伊万少尉，您不该向对方挑衅。"伊万傲气十足："我们有强大的炮火，难道……"道伯雷尼亚呵斥道："伊万·彼得洛维奇，住口！"伊万怏怏不快："上尉，我们要让草原王知道，他的邻居更强大。"道伯雷尼亚皱着眉头厉声道："山与山不见面，人与人总相逢，你们为什么要干这样的蠢事？""上尉，我们……"道伯雷尼亚呵斥："少尉先生，如果你的挑衅羞辱，造成双方擦枪走火，那样的重大责任，你能承担得起吗？"伊万无语。道伯雷尼亚接着道："伊万·彼得洛维奇，我警告你，如有下次，我绝不客气。"伊万小声不情愿地应了声是。道伯雷尼亚口气缓和："我会把你主动挑衅的事情，如实向司令部汇报。先生，希望不要再有下次了。"说完，道伯雷尼亚登上瞭望台。

院子里，白房子的士兵们站成一排，所有的人情绪低落，表情严肃。叶丽亚和李三宁面对大伙站着，马镰刀阴沉着脸，手握马鞭在叶丽亚和李三宁面前踱步。马镰刀停下脚步看着李三宁和叶丽亚，李三宁害怕地看着马镰刀，马镰刀咧咧嘴："李三宁，你身为羊倌，羊跑过边境你干什么去了？"李三宁胆怯地："昨，昨晚我，我一夜没睡，放羊时，我，我钻进芦苇丛里打了个盹儿。"马镰刀严肃道："你知错吗？"李三宁低着头道："知错。"马镰刀厉声道："知错就好，不可再有下次。"李三宁点点头。马镰刀口气缓和一些道："今天我且饶你，下去吧。"李三宁低着头站回队伍里。

马镰刀看着叶丽亚，咧了咧嘴。叶丽亚看着马镰刀："烧了六只羊，你不心疼我心疼。"马镰刀皱着眉头："叶丽亚，你无视国法竟敢越境闹事，该当何罪，你清楚吗？"叶丽亚嚷嚷道："是他们烧了我们的羊，那些杂种没罪，我有何罪？"李三宁看着叶丽亚："站长，错在我，与叶丽亚无关。"马镰刀严肃地说："你闭嘴，谁的错谁承担。"叶丽亚倔强回道："我不知道我有什么错，要杀要罚你看着办。"马镰刀不知怎么办好，为难地阴沉着脸踱步。慕思寒劝道："叶丽亚你认个错吧。""我没错。"薛草药也劝："叶丽亚认错吧，免得自找苦吃。""我没错。要杀要罚你随便，我没错就是没错。"马镰刀看着叶丽亚气愤道："我念你是初犯，况且你又不是白房子的正式编制，重罚你二十鞭。"马镰刀挥起鞭子抽在叶丽亚的背上，叶丽亚疼得龇牙咧嘴。

马镰刀说："这地方天高皇帝远，两个边防站相安无事最好！咱们只是一些小人物，管不到上面去。但是这一段边界，我还是希望能睦邻友好！"

瞭望台上，道伯雷尼亚举着望远镜向白房子瞭望。望远镜里，士兵们整齐地站在院子，马镰刀用鞭子抽打叶丽亚。道伯雷尼亚放下望远镜，思忖着用手摸着山羊胡，看着白房子自语："没想到草原王治军如此严厉。他究竟是个什么样的人？如果有机会我真想会会他。"

鞭子抽在叶丽亚背上，叶丽亚缩着身子疼得叫唤，马镰刀吊着脸又一次抡起鞭子。巴哈尔上前抓住马镰刀的手板着脸凶巴巴道："我说你饶了叶丽亚吧。"马镰刀正要开口，慕思寒吊着脸："昨晚舍了两个弟兄，你何苦还要抽打自己的女人。"古依汗吊着脸："马站长，你有气也不应该撒在叶丽亚身上。"小长安走到叶丽亚身边："站长，我替叶丽亚挨剩下的鞭子。"叶丽亚用感激的目光看着大伙。马镰刀阴沉着脸道："你们住口。"秦川走向叶丽亚，摘下头上的帽子，站在叶丽亚面前，正色道："站长，叶丽亚闯边境差点擦枪走火挑起事端，严惩也应该，可是要让叶丽亚心服口服才是。"马镰刀咧咧嘴看着秦川。

秦川把帽子在空中画了几个圆圈："叶丽亚，你知道这代表着什么？"叶丽亚摇摇头。秦川又问："我再问你，你知道牛羊过境该如何处置？"叶丽亚不解地看着秦川："过去把它们赶回来。"秦川点点头又问："你可知边境线在哪里？"叶丽亚摇摇头。秦川向后挥了挥帽子："这代表什么？"叶丽亚急道："那个人就是这样叫我的。"巴哈尔不解道："奶奶的，叶丽亚你怎么什么都不知道？"叶丽亚无辜地流下眼泪："没人告诉过我。"秦川看着马镰刀呵斥道："叶丽亚根本不知道边境规矩，我看该严惩的不是叶丽亚而是站长你才对。"马镰刀被噎得不知说什么好。

古依汗在一旁帮腔："妻之错夫之过。"巴哈尔大声道："秦川和古依汗说得没错，马镰刀你有啥不服气的？""叶丽亚不该承担责任。"大伙异口同声，"叶丽亚不该受罚。该罚的是站长。"马镰刀咧咧嘴无话可说。薛草药怒道："叶丽亚虽不穿军装，可她身在军中，在大伙的眼里叶丽亚就是卡伦的一员，是我们的兄弟。"秦川看着马镰刀：“马站长我提醒你，要是叶丽亚明天还对边境法规一概不知，我绝不饶你。”马镰刀无奈地丢下鞭子向站长室走去，大伙高兴地围住叶丽亚。巴哈尔拍着秦川的肩膀笑着道：“还是狗头军师能说会道。”李三宁低着头：“兄弟们，都怪我没有看好羊。谁叫它们四条腿，而我只有两条腿呢！”秦川笑着："再有下次我们大伙把你烤着吃了。"

缓缓流淌的河水闪着星光，叶丽亚独自坐在河边看着河水发呆。叶丽亚深吸一口气又缓缓吐出，马镰刀走来无声地坐在叶丽亚身边，叶丽亚好像没有觉察马镰刀的到来。两人坐在河边看着河水沉默片刻，马镰刀打破沉默："叶丽亚对不起，让我看看你背上的伤。"叶丽亚筛筛肩膀摇摇头不语。

马镰刀的声音有些哽咽："你即将越境的那一刻，我的心差点蹦出来。怪我没有及时告诉你边境法则。"叶丽亚摇摇头："我没有埋怨你的意思。"马镰刀咧咧嘴："我已经不是十年前的马明轩了。"叶丽亚苦笑："可我还是十年前的叶丽亚。"马镰刀咧咧嘴："叶丽亚，这里人烟稀少，到了冬天更是难熬，你到这儿来看我，我已经很知足了，我派人送你走，有空我去小木屋看你。"叶丽亚扭过头泪眼盈盈地看马镰刀，片刻后才开口："明轩哥，你还爱我吗？"马镰刀咧咧嘴："爱，和以前一样爱你，这十年你没离开过我的心。"叶丽亚含着泪："明轩哥，我哪儿也不去，我是你的女人，永远不离开你。"马镰刀难过地咧咧嘴："那你和胡永……？"叶丽亚含着泪伤心地："明轩哥，为什么你还是不懂。这十年我和胡永同在一个屋檐下，同吃一锅饭，我们相互依靠，经历磨难，十年把一对生死仇人，变成了相依为命的兄妹。"马镰刀咧咧嘴把叶丽亚紧紧地搂进怀里，叶丽亚伤心地哭泣……

在马镰刀那张冷峻的面孔下，竟然也藏着这样一颗柔软的心。是叶丽亚的真情把他融化了。中亚细亚栗色的大地呀，群星闪闪烁烁，天空像一口大铁锅一样，笼盖着这块广袤原野。在这古尔班通古特大沙漠的北沿，在这天高皇帝远的地方，这一对边疆儿女紧紧相拥。

第四十九章

一

马镰刀搂着叶丽亚："我以为这辈子注定要打光棍了。"叶丽亚撒娇道："那你还打我？"马镰刀叹道："我打你时我的手也在发抖。"叶丽亚嘴一嘟："你舍得打我吗？"马镰刀赶忙说："舍不得。"叶丽亚娇嗔："那你还打。"马镰刀叹了口气："说实话，我以前从来没罚过任何一个兄弟，现在一切都变了，要严肃军纪就要做到严于律己，否则怎么能带好这群野狗样的男人。"叶丽亚点点头靠在马镰刀肩上："明轩哥，我知道错了。"马镰刀关心地问道："我下手太重了，让我看看你的伤。"叶丽亚笑着摇摇头："你没打伤我。重鞭子打人，其实不伤筋骨。最怕用鞭梢子撩着打，鞭梢子带着响一下子就钻到肉里去了。"

马镰刀安慰地笑笑，再次叮嘱："边境无小事，今后万万不可鲁莽。"叶丽亚不解道："烧羊也是惯例吗？"马镰刀点点头："牲畜越界有各种处理办法，为了防止口蹄疫，就地烧掉掩埋，也是一种办法。何止几只羊啊，我听说别的边防站过来了一些越境的马匹。我们和俄方会晤，俄方硬着头皮说这些不是他们的马。我们也不能要这些马，于是把这些马赶到一个沙包子后面，举起枪，一个一个地击毙了。那场面，真惨烈。这国境线，不是咱们内地老家的地界，它给人的感觉，有一种凶险神秘的东西在内。"叶丽亚这才有些害怕："你说得我心惊胆战。我差点给你闯下大祸。"马镰刀拍拍叶丽亚的头："在蛮夷面前应表现出文明国度的风范。"叶丽亚开心地笑："你啥都懂，跟你在一起我能明白好些事理。"

刘府客厅里，刘祥云和王彪坐在桌前。佣人端上一杯茶放在桌上，转身离去。王彪看刘祥云脸色不对，小心地问道："大人叫小人来……？"刘祥云从袖子里拿出一张纸递给王彪："看看吧。"王彪接过匆匆过目，吃惊地看着刘祥云道："因没有供给，马镰刀要撤离卡伦？"刘祥云点点头。王彪赶忙道："总兵府怪罪下来，小人可担待不起呀。"刘祥云气得咬牙切齿："想不到马镰刀用这一招。"

王彪惶恐地："大人，怎么办？"刘祥云皱着眉头："粮食供给的事情好敷衍，最要命的是马镰刀已经知道了潘捷烈与你勾结。"王彪神情有些惊慌："这可怎么办好？"刘祥云吊着脸："慌什么，我叫你来就是要告诉你这件事如何解决。马镰刀抓的那三个走私犯，我回程的路上，已经把他们沉入大河中了。死无对证，谁拿咱们也没有办法。"王彪赶忙问道："大人请讲，小人照办就是。"刘祥云问道："你有多长时间没有给马镰刀送粮食了？"王彪算了算："马镰刀上任至今我们没有给过粮食。马镰刀这么长时间吃的都是建站时高大人从库里调走的三百斤面、两百斤米。"刘祥云想了想："这么说那些粮食已经吃完了？"王彪点点头："马镰刀三天前派人到粮草营来要粮食。"刘祥云看了看手里的信，笑道："看来马镰刀是扛不住了才出此招。""那粮食是送还是不送？"刘祥云笑笑："送，但要让他们有粮食比没粮食更恼火。"王彪不解道："粮食送去了他们怎么会……？"刘祥云吊着脸："王总管你不会蠢到这么不开窍吧？难道要我把话点透吗？""小人恳请大人指点一二。"刘祥云一脸算计地看着王彪缓缓说道："土匪不是正规编制，至少在你的花名册上不是……既然不是正规编制，送多少粮送什么粮……"王彪恍然大悟："小人明白了。可这样马镰刀会不会感到被将军欺骗，一怒之下离开卡伦？"刘祥云冷哼："马镰刀不是白痴，他说要离开卡伦的话你就当是乌鸦练嗓子。马镰刀有心计，可他手下巴哈尔那群野狗却没有脑子，我就是要利用那群笨狗铲除马镰刀。"王彪半知半解地微微点头。

刘祥云又问："潘捷烈在哪儿？"王彪摇摇头："自从被马镰刀打击后就不知去向了。一棵草原上无根的草，随风飘，哪里天黑哪里歇。"刘祥云眼神阴冷："潘捷烈和蒋前必须得死。"王彪吃惊地："蒋前也要杀？"刘祥云点点头："他知道得太多，必须死。"王彪抱拳领命，抬头看了一眼刘祥云，小心翼翼地说道："若是马镰刀向将军奏小人一本，小人的头必将不保。"刘祥云看了一眼王彪满脸算计的样子一阵恶心，没好气道："将军那里有我，你放心吧。我尽快将马镰刀企图叛乱抢劫粮草营的事上奏将军，到时我亲率人马把马镰刀一伙一网打尽。"王彪嘿嘿一笑："小人这条小命也在大人手里攥着呀！凡事还请大人担待。"

卡伦屋顶，黄龙旗迎风招展，马镰刀抽着烟和薛草药站在房顶上，看着隐约可见的沙俄边防站的瞭望塔。戈壁上传来马蹄声，马镰刀和薛草药转过身看到一人一骑向卡伦奔来。马镰刀抬头看了眼刺眼的阳光："今儿的太阳差不了，你在这儿晒着吧。"说着转身离去。

布拉克拜挎着刀在门前站岗，士兵来到大门前滚鞍下马，布拉克拜正要开口，士兵抱拳道："兄弟，我是珠达干粮草营的，我找小长安。"布拉克拜闻言点点头："啊，你跟我来。"士兵牵着马和布拉克拜走进院子，小长安拎着水桶从厨房出来，布拉克拜叫住他："小长安，有位兄弟找你。"小长安放下水桶："你是……？"士兵赶忙道："那天你去我们那儿……"小长安露出笑容："啊，原来是你呀，你来何事？"士兵忙问："马大人在吗？"

"兄弟找我？"马镰刀走来。小长安忙道："他就是马站长。"士兵抱拳道："马大人，何冬晨临终前让我来找你……"马镰刀和小长安一听大吃一惊,小长安惊讶道:"你说何冬晨临终前……?"马镰刀忙问:"何冬晨出啥事了?"士兵有些难过地吸了一下鼻子:"何冬晨被王总管和蒋大人活活打死了。王总管和蒋大人逼何冬晨承认勾结北湾卡伦盗窃军粮,何冬晨宁死不认,生生挨了一百鞭,昨天天擦黑时走了。马大人,冬晨说他这次挺住了。"马镰刀心酸地咧咧嘴。

士兵小声道:"马大人,王总管是有意克扣你们的供给。"马镰刀点点头:"谢谢你兄弟。"小长安从惊愕中缓过神来,痛心地问:"冬晨现在……?"士兵悄悄抹了一把泪:"我和几个兄弟把他安葬了。"小长安忙道:"你先进来歇歇脚吃个饭。"士兵摇摇头:"我是昨晚偷跑出来的,不敢耽误,一定要尽快赶回去。"马镰刀赶忙吩咐小长安:"小长安给他换一匹快马,拿些干粮带上。"小长安跑进厨房,士兵抱拳道:"谢谢马大人。"

二

这是羊产春羔的季节。草原上布满了母羊呼唤羊羔的咩咩声,给人一种祥和的感觉。叶丽亚正把一个S状的铁丝,在火盆上烧红,然后吱吱吱地,在小羊羔的耳朵上烙记号。她抱着只小羊羔一边抚摸一边唱着歌谣。叶丽亚唱道:"骆驼爱自己的孩子,美丽的黑眼睛;马爱自己的孩子,活泼的心肝宝贝;牛爱自己的孩子,调皮的牛犊;羊爱自己的孩子,老实无知的小羊呦……"李三宁骑马向叶丽亚奔跑。看到李三宁,叶丽亚放开小羊站起来。叶丽亚看到马鞍上挂着四只鸡,李三宁的手上提着一篮鸡蛋。叶丽亚接过篮子:"你去哪儿了,一大早就没看见你?"李三宁翻身下马:"我天不亮就出门了,本来是要去镇上给你买鸡和鸡蛋……"叶丽亚不解地问:"为什么要给我买鸡和鸡蛋?"李三宁懊恼道:"因我让你受罚。"叶丽亚笑笑:"镇子离这儿那么远,快马跑一个来回也得三四天,你怎么这么快就买回来了?"李三宁笑着:

"没想到走出去五六十里就遇到了两个村落。"叶丽亚惊喜道："遇到了两个村落？"李三宁点点头。

叶丽亚喜道："我来的时候这一带一个村落都没有。"李三宁撇撇嘴："我来时这一带根本就没有人烟，空荡荡的草原就像大水洗过了一样。"叶丽亚开心地点点头："一定是回迁的农牧民。通往阿尔泰山夏牧场的牧道上，原先就有好多村落。"李三宁笑道："卖给我鸡和鸡蛋的牧民说，草原王和他的兄弟守边关，他们心里踏实。这鸡和鸡蛋人家不要钱，还说收了夏粮要来卡伦看望马站长呢。"叶丽亚笑着："你把鸡和鸡蛋送回去吧，大伙一起吃。"李三宁点点头翻身上马提着篮子离去。

站长室里，马镰刀蹙眉踱步，小长安吊着脸自语道："他娘的，是我害了何冬晨。"小长安转身就走，马镰刀大声道："你干吗去？"小长安站在门口："我去杀了王彪给何冬晨报仇。"马镰刀吊着脸："没有我的允许你不得擅自离开卡伦。"小长安难过道："是我害死了他。"马镰刀咧咧嘴："你若擅自行动，不但不能为何冬晨报仇还会害死兄弟们。"小长安不语。马镰刀恨恨地说："王彪威逼何冬晨承认勾结咱们盗窃军粮，他们是想借用盗窃军粮的罪名治咱们死罪。"小长安不安地看着马镰刀："那怎么办？"马镰刀摇摇头："就当什么都不知道。"小长安急道："那何冬晨不是白死了？"马镰刀咬咬牙："冬晨不会白死。老百姓说，十年等他个闰腊月。"

高府客厅里，高天德和夫人坐在圆桌前喝茶说话。夫人担心地问："天德，不知明轩怎么样了？"高天德笑着："明轩所辖之地再没有发生过俄匪抢夺牛羊杀人放火的事情，明轩还打掉了危害边民多年的俄匪团伙。边关威严，这一块地面，算是给咱们守住了。"夫人笑着："明轩没给你丢人。"高天德得意道："不但没丢人，还给我这老脸上贴了金。"

"大人，秋管带求见。""请他进来。"秋管带推门进来行礼道："属下参见高大人。"高天德伸手扶起秋管带："免礼，百里大人回来了吗？"秋管带汇报道："百里大人一路南下去喀什噶尔追查铁木图,让属下回来告知大人,鄯善和昌吉粮铺的伙计说,粮食是从北疆运来的。"

伊犁将军威严地坐在堂上,文武官员整齐地站立在堂下,将军道:"高大人,招募新兵的事情进展得如何了?"高天德上前抱拳:"回大人话,各地的新兵征召进展顺利。"将军微微点头道:"自马镰刀上任以来北湾一带的形势大有改观,边民生活安定,生产得到了恢复……"邱炳坤上前一步:"将军大人高瞻远瞩。"于忠志也趁机拍马屁:"将军大人深谋远虑,重建北湾卡伦,才有了安定的大好局面。"将军哈哈大笑:"马镰刀改过自新一心报国,重创俄匪的嚣张气焰,此举可喜可贺,应给予北湾卡伦全体将士奖励。"刘祥云吊着脸上前一步:"将军大人,属下几天前去北湾卡伦巡查,那一带的确可以见到零星的牛羊,但还看不到生产得到了恢复的迹象。马镰刀上任以来的确尽心尽力,边防巡查日夜不间断,沙俄土匪在北湾那一带不敢再胡作非为。但属下提醒将军大人,请不要忘记强海天事件,强海天表面上尽忠职守严已爱民,实际是为掩盖他罪恶的勾当,最终带领十多人跨过边境,叛逃沙皇俄国。马镰刀就是利用这一假象,欺骗蒙蔽众人……"高天德一甩袖子怒道:"马镰刀忠心为国,无可置疑,边境安宁马镰刀功不可没。刘大人你有何证据如此诬陷于人?"

刘祥云笑笑:"我自然是有证据的,马镰刀编出莫须有的理由,目的只有一个,就是离开卡伦。高大人,您可记得马镰刀的笔迹?"高天德点点头,刘祥云从衣袖里拿出信纸:"请您看看这个。"高天德接过匆匆过目,把信递给将军。

信中写道:"守备大人,我等进驻卡伦已近两月,因断绝粮食供给,我等无法继续坚守,特此告知。"刘祥云抱拳:"将军大人,粮草营并没有断绝供给。"将军皱眉看向高天德:"高大人你认为呢?"高天德不解地摇摇头:"我走时留下近四百斤粮食,粮草营没有理由断绝供给,属下不知马镰刀为何要离开。"邱炳坤见风使舵:"马镰刀贼心不改，土匪就是土匪，将军大人对马镰刀不能不防。"将军板起脸看着文武官员默不作声。

刘祥云又道："将军，珠达干粮草营总管王彪报告，北湾卡伦马镰刀近日有抢劫粮草营迹象，总管王彪请求将军火速派兵以防不测。"高天德一听脸上露出不安。将军思索片刻："看来马镰刀的匪性并未磨灭，此事不得不防。刘大人、邱大人听令，本官命你二人率一百人马，日夜兼程赶赴珠达干粮草营。要确保粮草安全。若马镰刀目无国法对粮草下手，你等可将马镰刀一伙就地斩首。"

将军和高天德坐在凉亭下的石桌旁喝茶说话。高天德皱眉道："大人，那封信的确是马镰刀的笔迹，但一定事出有因。请将军放心，马镰刀绝不会擅离职守，更不会投敌叛逃。"将军道："我不会再被那些激愤的言语蛊惑，但防患于未然是有必要的。"高天德欣慰地点点头："下官明白。"将军叹了一口气问道："潘捷烈的事和倒卖军粮的事有眉目了吗？"高天德拿出之前秋管带交给他的资料："潘捷烈的事有点眉目，正在进一步调查，有线索我尽快向您禀报。现已查明倒卖的军粮来自北疆。北疆大小粮库不下十处，具体出自哪一家正在追查。"将军皱眉："可否查到卖粮的掌柜？""已经查到，百里大人已赶往喀什噶尔追拿。"将军点点头："此事辛苦你了。"高天德自信地一笑："应该的，拿下掌柜的，此案即可真相大白。"将军正色怒道："严惩罪犯，杀一儆百。"

第五十章

一

李三宁站在房顶上用望远镜瞭望,望远镜里是叶丽亚的笑脸。小长安身着便装走来,站在李三宁身后,顺着望远镜的方向瞄去,看到远处马镰刀和叶丽亚模糊的身影。小长安拍拍李三宁的肩膀,李三宁吓了一跳,转过身来。小长安笑嘻嘻的:"看啥呢,天天看还看不够啊?"李三宁慌张道:"我……我……我看站长干啥呢。"小长安讥笑道:"骗鬼去吧,站长那张脸都快吊到脚面上了,阎王爷见了都不愿睁眼。"李三宁掩饰着心虚:"我真的是……"小长安笑着:"你他娘的遮掩个屁呀,你骗不过我的眼睛,叶丽亚在哪儿你的眼睛就往哪儿看,小心眼珠子滚进望远镜里。"李三宁放下望远镜离去:"我懒得理你。"

马镰刀和叶丽亚默默地走在草原上。马镰刀凝眉垂首好像心事重重。叶丽亚扭头看马镰刀。马镰刀不经意间看到叶丽亚在看着自己,咧咧嘴:"冷落了你。"叶丽亚摇摇头:"你想啥呢?眉头皱得像老头似的。"马镰刀叹了口气:"五袋粮食要了冬晨的命,我这一生欠的命太多了。"叶丽亚气愤地说:"王彪如此心狠手辣。""这两天刘祥云或是王彪会来卡伦,你要多加小心。"叶丽亚点点头:"刘祥云的家人都死了,你和刘祥云不要再斗了。"马镰刀咧咧嘴:"我想和他井水不犯河水,可他处处要我的命,我是防不胜防。十年前我和我爹势单力薄任由刘家欺负，我只能忍气吞声躲着刘家，那时的情况你也看到了。"镰刀叹了口气又道："刘祥云要借断粮对我下手。我最担心的是兄弟们忍不下这口气，把事情闹得不可收拾。"叶丽亚担忧道："那怎么办？"马镰刀咧咧嘴："做好准备迎接。兵来将挡，水来土掩。"

叶丽亚无意间看到远处有两头牛在吃草，惊奇地喊道："明轩哥，那儿有两头牛，它们是从哪儿来的？"马镰刀看着牛："是阿拉克别克的牛越境了。""怎么办？"马镰刀笑笑："你觉得该怎么办？"叶丽亚想了想："送它们回家吧。"马镰刀故意问："他们烧了咱们的羊，你不恨他们？"叶丽亚笑着："不恨，草原是牲畜的母亲，牲畜是草原的子孙，爱护草原爱护牲畜，我还是个孩子时我爸妈就告诉了我。"马镰刀笑笑："你去赶它们回家吧。记得从越境的地方原路赶回。"叶丽亚点点头向两头牛跑去。马镰刀大声地交代："当心别把自己赶过去。"叶丽亚转身笑着喊道："我知道那条线在哪儿了。"叶丽亚转身跑去，马镰刀欣慰地看着叶丽亚的背影。

夜晚，站长室里亮着油灯，马镰刀闻着粽叶躺在床上。叶丽亚拿着几件叠好的衣服走进来，把衣服放在箱盖上，转身走到床前，轻轻拿起粽叶放在鼻子下闻了闻。马镰刀睁开眼睛看着叶丽亚，叶丽亚笑着："想家了？"马镰刀坐起身来："你怎么知道？"叶丽亚笑笑："薛大哥说你想家时就闻闻这叶子。"

叶丽亚坐在床前："你的衣服缝好了。"马镰刀看着洗好的衣服笑笑："多亏有你，不然大伙的衣服早就成布条了。"叶丽亚笑笑。马镰刀道："兄弟们都出去了没人和我说话，我就会胡思乱想。"叶丽亚打趣道："你有没有想过结婚以后要不要孩子？"马镰刀咧咧嘴："想过。我爹就指望我传宗接代光宗耀祖呢。"叶丽亚高兴地笑着："你想要几个孩子？"马镰刀扫了眼房间："我要一屋子。"叶丽亚呵呵笑着道："你以为我是兔子呀。"马镰刀笑着搂住叶丽亚的肩膀："出去走走。"

粮草营院子里,士兵们手举火把,列队站在道路两旁。刘祥云和邱炳坤带着大队人马走进大门,王彪急匆匆地跑到门口迎接,单腿跪地:"下官叩见二位大人。"刘祥云板着脸:"免礼。""二位大人请进屋歇息。"

刘祥云坐在椅子上,王彪提着茶壶给刘祥云添水,赔着笑脸道:"没想到大人来得如此迅速。"王彪试探地问道:"大人这次带来这么多人马……?"刘祥云冷笑道:"我和马镰刀的恩怨该了结了。"王彪看着刘祥云:"小人下一步该做什么请大人明示。"刘祥云喝了口茶坏笑着:"明天你亲自去北湾卡伦送粮,照我教你的去做就行了。"王彪点头道:"小人明白。"

二

卡伦大门外,吾尔曼在大门前站岗,四匹马驮着四麻袋粮食来到门前,吾尔曼招手道:"你们有何贵干?"王彪一行八人停下脚步:"我们是粮草营的,来送粮食。"吾尔曼道:"怎么就送来四袋粮食呀?"王彪板着脸:"关你屁事,你们站长呢?""在里边。"王彪伸手推开吾尔曼:"滚一边去。"吾尔曼怒道:"大人你的嘴干净点,要不我割了你的舌头。"士兵抽出刀:"放肆。"吾尔曼笑着:"兔崽子,回家吓唬你娘去。"王彪斜着眼睛:"收起刀不要理他,土匪。"另一人帮腔:"你胆子不小,这位是粮草营总管王彪,王大人。"吾尔曼客气道:"原来是总管大人,失礼失礼。"王彪瞥了眼吾尔曼走进院子。

院子里,一行人整理马匹准备出发。小长安提着两个皮水囊走来:"古依汗大哥,别忘了带上水囊,今天是大太阳天,没水喝会渴死人的。"古依汗接过水囊挂在鞍子上笑道:"你要不提醒我真就忘了。"

秦川、巴哈尔一伙看到王彪等人牵着马走来。吾尔曼喊道:"秦川哥,他们是粮草营的,来送粮食。"巴哈尔骂道:"奶奶的,我们盼星星盼月亮总算把你们盼来了。"秦川客气道："总管大人是雪中送炭，来得太及时了。"小长安笑着："大人，我们已经断粮了。"王彪吊着脸："鬼才相信土匪的话。"小长安刚抬手被薛草药抓住胳膊："总管大人，到卡伦至今我们没收到过你送的一粒粮食。"王彪吊着脸："送不送粮，什么时候送，我说了算。"

秦川好声好气道："我们每月的口粮少说一千斤，王大人为何扣粮不发？"王彪板着脸："没送粮你们这群看门狗也吃得肥头大耳的。"巴哈尔一把揪住王彪的领口："奶奶的，你说什么？"王彪推开巴哈尔，士兵抽出刀厉声道："放手，你算什么东西。我警告你们，谁敢对王大人无礼，我可以放过你，我的刀不放过你。"小长安冷笑着看着士兵："兄弟，穿身老虎皮站在坟头吓唬你先人去。"王彪对士兵道："土匪就是土匪，你不要跟他们一般见识。君子不与小人斗。"士兵收起刀气愤地瞪着小长安。小长安笑道："孙子，你爹让你不要跟爷爷一般见识，快把刀收起来吧，免得惹怒了你爹的爸爸。"王彪生气道："不懂规矩的兔崽子。你们站长呢？"

马镰刀走到王彪面前，干咳一声，吊着脸："我就是。"王彪看着马镰刀笑道："十年不见你长得像头驴了。"马镰刀咧咧嘴："是吗？王管家还认识我？"王彪骂道："呸，你个土匪头子，把你扔进馕坑里烤干了我也认识你。"

鸿玄弈上前一步："总管大人，这四袋粮食不够兄弟们塞牙缝的。"王彪蛮横地骂道："闭上你的臭嘴，你们都给我滚开，除了土匪头子马镰刀，谁都没资格和我说话。"鸿玄弈气急："嘴里放干净点，王八蛋，我杀了你。"王彪瞪起眼睛："你他妈的找死。"马镰刀咧咧嘴："鸿玄弈不得无礼。"王彪瞪着鸿玄弈："嚣张。"马镰刀抱拳道："总管大人亲自送粮，实在不敢当，进屋歇歇脚。"王彪傲慢道："边境上三天两头有事情发生，太不安全了，快快卸下粮食，本官还要赶路呢。"

马镰刀心平气和地问道:"王大人,下官想知道为什么就送来这么点粮食。"王彪拿出粮本递给马镰刀:"你自己看吧。"马镰刀看了眼粮本,还给王彪:"王大人,下官看不明白。"王彪讥笑道:"看不明白你就给我竖起耳朵仔细听着。你们和其他卡伦不同,别人吃米吃面,你们吃豆子。"白房子的兄弟们气愤地看着王彪:"我们为何要吃豆子?"王彪瞪着眼:"闭嘴!面粉、稻米是给正规编制的士兵吃的。"马镰刀道:"我们为何要吃豆子?我们是伊犁将军派来镇守边关的。"王彪瞥了眼秦川:"马镰刀你他妈比猪还蠢,你们是土匪,土匪!这才穿上老虎皮几天,就把自己身份忘了?在我的花名册上,你们的待遇和牲口没有两样,配给你们点面粉和大米我已经开恩了。"马镰刀似笑非笑地咧咧嘴。巴哈尔按捺不住:"奶奶的,老子扒了你的皮。"王彪大声骂道:"奶奶的,就你嚣张。"士兵抽出刀指着巴哈尔:"你敢在大人面前犯浑,我饶不了你,滚到一边去!"话音刚落,巴哈尔弹出一腿,士兵"哦"的一声,飞了出去,重重地摔在地上,翻着白眼口吐白沫。王彪大声喊:"来人呀,把这土匪给我绑了。"其他几个士兵提着刀上来。

四把刀指着巴哈尔,小长安站在巴哈尔身边:"想死的话你们就动手吧。"马镰刀严厉地喝道:"你们退下,不得无礼。"小长安和巴哈尔后退一步。四个士兵举着刀往前上一步,四把刀依然对着巴哈尔和小长安。马镰刀语气低沉:"大人,让你的人把家伙收起来。别忘了,这是在北湾卡伦,当心你们出不了这白房子。"王彪指着马镰刀叫喊:"马镰刀,你们匪性不改,太嚣张了。我告诉你,站在你面前的不是刘府的管家,是粮草营总管,有身份的人。"马镰刀咧咧嘴:"你的人要是惹怒了我的兄弟,他们的性命我保不了。"王彪看着手下:"你们退下,没用的东西。"

马镰刀好声好气地问道:"总管大人,我们是伊犁将军派来守边关的,委任状在此,一身老虎皮穿着,怎么就不是正规编制?"王彪得意地说:"守备大人想让你们是什么东西,你们就是什么东西。"马镰刀咧咧嘴。王彪指着马镰刀、小长安、巴哈尔:"你们三个畜生听着,如今不是你们占山为王的时候了。马镰刀,你们胆敢动我一根头发,我立刻让你们这群土匪人头落地。"小长安恨恨地瞥了王彪一眼。王彪瞪着小长安发飙:"兔崽子来呀,来打爷呀,爷我早就活腻了,小王八蛋来呀。"小长安语速飞快:"你姓王你爹姓王你爷爷的爷爷姓王,你家祖宗八代都是王八蛋。"王彪跳着脚喊:"给我宰……宰了……这小王八蛋!"马镰刀急忙上前:"总管大人息怒。"王彪气愤地瞪着马镰刀:"马镰刀你看看这一张张嚣张的嘴脸,在我的花名册上你们的口粮和畜生等同。"

慕思寒插话道:"站长不能一忍再忍,兄弟们看不惯你的做法。"巴哈尔黑着脸:"一个不留统统杀。"白房子的士兵们"唰"一声抽出刀来。马镰刀厉声道:"巴哈尔、慕思寒,你们退下。"慕思寒和巴哈尔吊着脸收起刀转身离去,小长安和其他几个兄弟也收起刀跟着巴哈尔和慕思寒离去。王彪大声道:"大米、白面粮草营有的是,有种你们去抢呀,去放火去杀人呀,嚣张。巴哈尔,你这畜生不是要砍我吗,奶奶的来砍呀,我已经等不及了!"大伙低着头情绪低落地向营房走,秦川上前劝道:"王大人……"王彪骂道:"滚到一边去,这儿没你说话的份儿。"马镰刀摇摇头示意秦川退下,秦川叹了口气离去。

王彪指着马镰刀骂道:"马镰刀,看看你带的这群没有教化的畜生。"马镰刀忍着怒火咧咧嘴。王总管白了马镰刀一眼:"粮食我驮来了,留不留你看着办。"马镰刀冷淡地说:"总管大人,你就不怕我在将军面前奏你克扣军粮、贪赃枉法、草菅人命吗?"王彪讥笑道:"你以为将军是你那糟爹马浩文?别忘了你的身份,将军大人不会蠢到听信你的鬼话。"马镰刀咧咧嘴,王彪不耐烦地骂:"你的嘴咧到屁股上了,粮食留不留给句痛快话,本官没工夫看你咧嘴。"马镰刀微微一笑:"既然送来了,我收下。"王总管得意道:"这就对了,识时务者为俊杰，马镰刀，该低头时你就得低头，该下软蛋时你就得下软蛋。"

巴哈尔和兄弟们坐在屋檐下，有人低着头，有人看着马镰刀和王彪。王彪看了眼屋檐下怒气冲天的人们，露出得意的笑脸对士兵们喊："扔下粮食咱们走。"王彪看着巴哈尔一伙："马站长，好好管教这群人渣，见到你那糟爹代我问个好。我们走！"

马镰刀吊着脸走进站长室，秦川、巴哈尔一伙气愤地看着王彪一行离去。

草原落雨了，难得有这样的大雨，雨点子猛烈地击打着草原。额尔齐斯河河谷卷起一阵阵风暴。孤零零的一座白房子，在风暴中摇曳。

第五十一章

一

屋子里，马镰刀眉头紧蹙抽着烟来回踱步，门里窗里突然涌来这么多事情，叫他有些头大。秦川板着脸推门进来。马镰刀思索着："王彪如此狂妄，出言不逊，有失奴才的身份，他不是来送粮的，他是来挑事儿的！"秦川点点头："我看他好像是有意激怒我们。"马镰刀皱着眉头思索着，秦川想了想："刘祥云会不会利用你那封信做文章？"马镰刀道："你说得对，他一定是利用那封信挑事。"马镰刀思索着："克扣粮食，狂妄骄横，不属正规编制……我明白了。"秦川犹豫了一会儿说道："兄弟们从来没受过这样的羞辱，一个个怒发冲冠，恐怕很难平息……"马镰刀目光阴冷道："动则死，静则生，粮草营里暗藏着杀机……"

一伙人拉拉扯扯地来到站长室门前，薛草药和小长安拉着老四的胳膊。老四气愤地嚷嚷："放开我，你们放开我。"叶丽亚拉着巴哈尔的胳膊："巴哈尔大哥，你别生气呀，站长一忍再忍一定是有他的苦衷。"巴哈尔大声喊："马镰刀，奶奶的你出来。"老四挣扎着要往站长室冲。

秦川拦住老四："老四，你要干什么？"老四推开秦川："我有话要问站长。"马镰刀阴沉着脸站在门口："你们放手。"老四气愤地说："站长，没想到你变成个软蛋了。"马镰刀咧咧嘴。布拉克拜生气地说："你为一官半职，竟然强迫我们忍受羞辱。"叶尔波勒喊道：

"王彪那狗日的句句骂咱,都骂娘了,你反而责怪兄弟们。"慕思寒怒道:"当家的,你心里还有没有兄弟?这么个芝麻官对你具有如此诱惑力?"秦川劝道:"兄弟们一口气好忍……"巴哈尔站在门口:"秦川,你他娘的少和稀泥,不用护着马镰刀。"叶丽亚伤心地看着马镰刀。古依汗瞪着马镰刀:"王彪是什么东西,你竟然对他点头哈腰低三下四。"鸿玄弈呸了一口:"兄弟们的脸都让你丢尽了,早知有今天当初就不该来。"慕思寒冷笑:"马镰刀,你不知羞耻,把牲口料留下来当粮食。"马镰刀阴着脸一句话不说。秦川板着脸:"你们对站长尊重点。"巴哈尔冷笑:"马镰刀是你的站长。"慕思寒大声道:"兄弟们,这样窝窝囊囊地守边关,不如早点散了好。"巴哈尔瞪着马镰刀:"马镰刀,烧了粮草营杀了王彪,我要你一句话。"马镰刀咧咧嘴严厉地说:"绝对不行。"巴哈尔失望地冷笑,怒道:"好,兄弟祝你步步高升,谁喜欢这软蛋谁留下,愿意走的跟我走,宰了王彪干咱们老本行去。"巴哈尔转身就走,其他兄弟也都跟着离去。马镰刀转身进屋重重地摔上房门。小长安急道:"秦川哥,你快去劝劝巴哈尔大哥呀。"说着二人一起追了上去。

马镰刀眉头紧蹙在屋里踱步,叶丽亚站在桌前不安地看着马镰刀小声说:"明轩哥,兄弟们备好了马要走。秦川、小长安、薛草药劝不住,你去看看吧。"马镰刀思索不语。叶丽亚担心道:"兄弟们咽不下这口气,他们要去粮草营杀王彪。"李三宁推门进来:"站长,巴哈尔他们要走了,你去看看吧。"叶丽亚着急地喊:"那得想个法子,不能让他们去粮草营,去钻王彪的圈套。你得劝劝他们呀!"

卡伦大门前,马匹的鞍桥上绑着行李卷,枪和马刀挂在鞍桥上。巴哈尔一行十四人身穿便服牵着马走出大门。秦川劝道:"兄弟们留步,不要走,不要走,站长考虑的是方方面面的问题。他是个有大谋略的人,他今天之所以一反常态,有可能他意识到了事情不对劲。"薛草药也劝:"兄弟们在一起这么多年,难道你们不知道马镰刀是个什么样的人吗？兄弟们也该为站长想想。"秦川点点头："兄弟们，马镰刀能忍这样的羞辱，难道咱们就不能忍吗？巴哈尔，慕思寒，这件事站长是怎么想的，大伙也该让他想明白告诉大家。以前不都是这样吗？你们就是要走也该跟站长告个别吧。"

小长安都快哭出来了："巴哈尔大哥，慕思寒大哥，不就是被王彪骂了几句吗？咱们挨的骂还少呀？你们别生气了。"巴哈尔正在气头上，对三人也没好脸色："小长安、秦川、薛草药，你们哥仨不走就多保重吧。"说完怒气冲冲地挥手道："兄弟们上马，我们走。"

"等等。"马镰刀吊着脸来到大伙面前，板着脸道，"兄弟们要走我不拦，但等我把话说完再走不迟。"马镰刀唰唰嘴："军营条条框框多，受制于人是必然的，今天我低三下四一忍再忍，你们责怪我怕官府。不错，我的确是怕官府，但这与忍气吞声溜须拍马不同。遇事要冷静，我说过多次，你们这些不长脑子的臭狗屎，走到哪儿也干不成大事。"巴哈尔和慕思寒吊着脸看着马镰刀。马镰刀口气缓和了些："这里条件艰苦，荒凉寂寞，兄弟们离开这儿未必不是件好事。你们走我有两个要求：一是千万不要去粮草营闹事，我不想陪你们搭上性命；二是不可再回到老路上，我答应招抚的目的你们都清楚。我第一次和兄弟们发脾气，而且是在离别的时候，实在对不住你们。兄弟们一路走好，多多保重。马镰刀与兄弟们就此告别。"说罢抱拳施礼转身拖着步子走进院子。

兄弟们都看着巴哈尔和慕思寒，巴哈尔和慕思寒看着马镰刀的身影眼圈泛红，叶丽亚含着泪对李三宁说："三宁，去开火做饭，让大伙吃了饭再走。"李三宁叹了一声走进院里。秦川抱拳叹了口气："兄弟们对不住了，我和小长安留下，是死是活我们三兄弟不分开。"薛草药不死心继续劝说："巴哈尔、慕思寒、鸿玄弈、亚森、古依汗，你们真舍得撇下同生死共命运的兄弟吗？"巴哈尔几人不语。薛草药咬咬牙："如果你们打定了主意，薛草药就此送别。"说完抱拳施礼。小长安含着泪：

"各位大哥，小长安祝你们无灾无难平平安安。"巴哈尔难过地咬着牙，叶丽亚流着泪："巴哈尔大哥，慕思寒大哥，你们吃了饭再走吧，我这就把饭做好。"叶丽亚向院子里走去，小长安跟在叶丽亚身后。

二

王彪一行避了一阵雨，雨停了才继续赶路。骑马走在戈壁上，王彪眉头紧蹙，显得心事重重。士兵不解地问："大人，听说马镰刀杀人不眨眼，他怎么在您面前毕恭毕敬？"王彪笑笑："他现在攥在刘大人的手心里，草原王是人，他也有怕的。"士兵有些担心："我听说马镰刀有仇必报，他会不会事后报复咱们？"王彪笑笑："本官就怕他不敢来。"士兵嘿嘿一笑："马镰刀被大人骂得狗血喷头，他竟然连个响屁都不敢放，我怎么看他都不像是威震天山南北的草原王，倒像是大人脚下的蚂蚁。"王彪满心欢喜："马镰刀死到临头了。"

站长室内，马镰刀吊着脸坐在椅子上抽烟，叶丽亚推门进来。马镰刀难过地看着叶丽亚："他们就这牛脾气。兄弟们走了？"叶丽亚面带微笑："明轩哥，兄弟们都没走。"马镰刀长长地出了口气。

一觉醒来，外面传来凌乱的脚步声，马镰刀匆匆走到门前拉开房门，巴哈尔等十四个兄弟单腿跪在门前。巴哈尔不好意思地低着头："站长，怪我一时上火咽不下那口气，兄弟是鲁莽之人，我给你赔不是了。"马镰刀走上前："兄弟们起来，都起来，我没有丝毫责怪你们的意思，只是看到你们要走，我心里有说不出的难受。"大伙异口同声："站长，我们错了。"马镰刀欣慰地咧咧嘴："兄弟们能留下为国效力，我马镰刀感激不尽。"慕思寒认真道："站长，我们违反了军规，甘愿受罚。"叶丽亚站在门口含泪看着大伙儿。秦川手拿望远镜站在屋檐上，看着脚下的一伙人，露出轻松的笑脸。

马镰刀拉起巴哈尔和慕思寒："兄弟们站起来听我说。从潘捷烈到郭管带再到蒙古四兄弟，所有的事情都那么蹊跷。今天王彪不是简单地来送粮……为四袋粮王彪亲自跑一趟这不合情理。从他比疯狗还要狂妄的嘴脸上看得出他是有意而为。我们不是正规编制是他和刘祥云闹的把戏，与将军府无关。"大伙点点头。秦川站在屋顶边沿："王彪是专程为激怒咱们而来。"薛草药走来："以查走私为名去粮草营把蒋前抓来。"马镰刀点点头："通过蒋前查清刘祥云、王彪与潘捷烈之间的勾当是个好办法。潘捷烈长年走私粮食，王彪和蒋前肯定与他脱不了干系。在不清楚刘祥云的动机之前，最好的办法是以静制动。"慕思寒正色道："站长，兄弟们听你的，今后再不做鲁莽之事。"马镰刀欣慰地一笑，一挥手："兄弟们出发巡逻，在路上咱们再合计今天发生的事。"大伙异口同声："是。"

伊犁府衙门，公堂上，衙役手持杀威棒站立两侧，高天德威坐公案之上，师爷站在高天德身旁，粮铺掌柜铁木图跪在大堂上。高天德一拍惊堂木道："堂下之人可是铁木图？"铁木图胆怯地看着堂上："正是小人。"高天德严肃道："本官问你的事，你要如实道来，免受皮肉之苦。"铁木图抖如筛糠："小人不敢有半句谎言。"高天德点点头："本官且问你，你在迪化、鄯善、昌吉、喀什噶尔所出售的稻米是从何而来？"铁木图磕磕绊绊道："是……是……从塔尔巴哈台。"高天德皱眉："塔尔巴哈台何处？"铁木图犹豫不肯开口："是……是……是……"高天德一拍惊堂木道："是什么？老实说。"铁木图吓得闭紧眼睛："小人付钱买米，具体的一概不知。"高天德喝道："钱付给了何人？铁木图，你要不老实本官对你不客气。"铁木图胆怯地说："小人……小人不敢隐瞒。钱付给了珠达干粮草营副总管蒋前。"高天德闻言心下一惊："你从蒋前手中购得多少稻米？"铁木图哆哆嗦嗦道："三……三……三万斤。"高天德怒道："你同蒋前做过多少笔买卖，从实招来！"铁木图趴在地上使劲磕头："大人，小人知罪，容小人想想……"

粮草营蒋前房间，家具略显简陋，蒋前坐在椅子上看书，旁边站着一个女人伺候着，这女人满脸脂粉，穿金戴银，细细瞅来，却是我们的一位老相识。她是谁？她就是惠远城中的烟花女子薰衣草。她是蒋前到惠远城办事，瞅对了眼，带回来的。难怪蒋前贪污，他得有大把银子养她。

门外传来敲门声，蒋前让女人回避，然后站起来打开房门。王彪走进屋里，耸耸鼻子，笑笑没说话。蒋前关上门："事情怎么样？"王彪笑笑："基本上达到目的。"蒋前面带兴奋之色："这么说是按照预定的计划发展？"王彪呼了口气："但愿如此。""你担心什么？"王彪皱眉："马镰刀的手下是群莽夫，但马镰刀城府很深，我怕他识破咱的计谋。"蒋前急道："要是被马镰刀识破怎么办？"王彪看了眼蒋前："所以我来找你。"蒋前不解："找我，我能有什么办法？"

王彪笑笑："我发现一个人……她应该是马镰刀的女人，虽然只和她对了一眼，但我不会看走眼的。叶丽亚十年前是刘府的下人，我与她常碰面，男人对漂亮的女人印象最深。"王彪看着目瞪口呆的蒋前接着道："叶丽亚不但能救你的命，而且能让你当上北湾卡伦站长。这件事一旦官府插手就没咱俩的米汤馍了。"蒋前点头道："大人所言极是。"王彪吩咐："你带三个人快马赶到北湾，趁天黑悄悄把叶丽亚绑了。卡伦外有一座毡房，叶丽亚一定住在那里。马镰刀的人马，今晚很可能来粮草营讨粮，卡伦必定空虚。"蒋前点点头。王彪邪邪一笑："马镰刀再能沉住气，叶丽亚被抓，他绝不会置之不理，这样双管齐下马镰刀必死无疑了。"蒋前笑着点点头："还可给刘祥云一个意外的惊喜。"王彪露出笑脸："对喽，刘祥云双喜临门，你自然就成了卡伦站长。"蒋前抱拳："多谢大人指点。"王彪催道："快去，赶在天亮前回来。"

正事说完，王彪磨磨蹭蹭不走，他耸耸鼻子说："听说蒋总管金屋藏娇，把个惠远城的一枝花，收到自家账上了。"蒋前听了，面露尴尬之色。王彪又说:"这女人好手段,想当年,她也是我的一个老相好。这样吧,蒋总管,你先回避一下,让本官去会会她,亲热上一回。"说完,不容分说,一边解衣服,一边挑帘子,一闪身向内室走去。蒋前站在那里,敢怒而不敢言。

伊犁府客厅里,伊犁将军坐在罗汉床前看供词,高天德和百里赫拉坐在甬道边的椅子上。高天德站起来:"将军大人,铁木图交代,这十年间他与蒋前的交易不计其数,仅从珠达干粮草营购得各类粮食不下百万斤。"将军拍桌而起:"无法无天。潘捷烈与铁木图、蒋前有何关系?"高天德汇报:"铁木图对潘捷烈一概不知。"将军踱步道:"珠达干粮草营的总管是何人?""王彪。"将军听这名字有些陌生,嘀咕着:"王彪……?"高天德赶忙解释:"王彪以前是刘永寿的管家。"将军思索片刻道:"百里大人。"百里赫拉站起身道:"下官在。"将军皱眉吩咐:"这是个窝案,本官命你与高大人前往粮草营,捉拿蒋前、王彪二人到案。"百里赫拉抱拳道:"属下遵命。"

第五十二章

一

粮草营总管室，刘祥云端着茶碗喝茶踱步，王彪站在桌前瞄了眼刘祥云道："马镰刀火冒三丈暴跳如雷，从他身上看不出丝毫的文气，纯粹一副土匪相。"刘祥云点点头："他的手下如何？"王彪不屑地笑笑："蠢货一群，地道的蠢货，可以说他们已是忍无可忍，怒发冲冠。"刘祥云露出满意的笑容："土匪就是群野狗，狗脑子，我就知道这一招肯定能将马镰刀一伙置于死地。"王彪巴结道："大人高瞻远瞩，此计妙不可言。"刘祥云呷口茶："怪石谷一战让马镰刀逃脱……"王彪讨好道："马镰刀万万想不到，粮草营是他的葬身之地。"刘祥云冷笑："我要将马镰刀剁成肉泥。"

"报……"一个士兵推门进来："大人，没有发现马镰刀的人马。""再探再报。""嗻。"刘祥云又吩咐道："告诉大伙儿都精神点，谁也不许打盹儿。击掌为号，听到暗号立即包围马镰刀人马。""嗻。"

毡房里亮着灯，叶丽亚把缝好的衣服叠起来，拿起一摞衣服，提起马灯走出毡房。院子里一片漆黑，三个黑衣人手持匕首，从毡房后小心翼翼地摸到毡房门前。一个黑衣人轻轻用匕首拨开门闩。毡房里没有灯，月光从穹顶的天窗投进毡房里，另两人进入毡房关上房门。

叶丽亚提着马灯顺着墙根走回毡房，关上房门，转过身看到两个黑衣男子站在面前。叶丽亚花容失色，正要喊，黑衣人一把掐住叶丽亚的脖子，叶丽亚"啊"的一声，一块黑布塞进嘴里，马灯摔碎在地上。两个人绑住叶丽亚的双手，另一个人把麻袋套在叶丽亚头上。

白房子的屋顶上，小长安挎着刀沿着房檐巡视，突然看到三个黑影从毡房里出来，小长安跃下屋顶，跑到墙边跳起跃过围墙，冲着毡房里喊："叶丽亚，叶丽亚。"小长安冲进毡房，看到打碎的马灯还在燃烧，转身冲出毡房，顺着围墙放眼看去：夜幕下三个黑衣人，抬着个什么物件向前跑。小长安跃过墙头消失在黑暗中。

一片漆黑的小树林里拴着四匹马，蒋前心神不安地在林子边来回踱步。夜幕中三个黑衣人渐渐现身，其中两人抬着麻袋。蒋前急忙向三人挥手，打头的黑衣人跑到蒋前面前。蒋前忙问："得手了吗？"身后两人抬着麻袋跑来，麻袋里的叶丽亚挣扎着发出呜呜声。蒋前喜道："没有被发现吧？"蒋前解开麻袋，把麻袋从叶丽亚身上拉下来。叶丽亚嘴里塞着布，双手被反绑，躺在地上显得十分惊慌。蒋前看了眼叶丽亚："把她放到马背上，天亮前赶回粮草营。"一个黑衣人提起叶丽亚向拴在树上的马匹走去。蒋前回头看了一眼白房子，跟在三人身后走进树林。

"放下武器束手就擒。"身后突然传来一声呵斥，蒋前四人一阵惊慌，停下脚步向四周看，四周一片漆黑没有任何声响。三个黑衣人举着刀背靠背把蒋前夹在中间。"你们被包围了，乖乖地放下武器。"带头的黑衣人神色紧张："你是什么人，胆敢装神弄鬼？"

小长安的声音传来："我们是北湾卡伦边防军，放下武器跪在地上，两手抱住脑袋。"另一个黑衣人也沉不住气了："有种的出来。"话音未落，"噗噗"两声，两把匕首分别扎进两人心口，两人"噢"了一声先后栽倒在地上。

蒋前和剩下的一人惊慌地翻身上马，手握马刀警惕地向四周看。

鸿玄弈的声音传出来："不想死的放下刀下马就擒。"四周漆黑什么也看不见，可说话声就在二人耳旁。黑衣人咬牙磕镫催马，马刚迈步，一把马刀从黑衣人背后扎进贯穿身体，黑衣人惨叫一声摔倒马下。

小长安在黑暗处继续喊道："我们最后一次警告，快快下马就擒。"蒋前吓得扔下刀翻身下马，跪在地上抱拳道："好汉饶命，好汉饶命。"小长安和鸿玄弈提着刀分别从两棵树后走出。蒋前跪在地上："好汉刀下留人，刀下留人。"小长安把刀放在蒋前脖子上。鸿玄弈走上前把叶丽亚抱下马，解开她手上的绳子，拿下嘴上的布，小心地问："你受伤了吗？"叶丽亚摇摇头："没有，他们躲在毡房里。"小长安大声地："你是什么人？"蒋前跪在地上支支吾吾，小长安上手一耳光。鸿玄弈的马靴踩在蒋前手臂上，蒋前疼得"哇哇"惨叫。小长安喝道："说。"蒋前断断续续地说："是，是粮草营的，我是受王总管指使来抓叶丽亚的。"鸿玄弈脚下使劲："来了多少人？"蒋前嗷嗷大叫："好汉脚下留情，我的手……我的手腕要断了。"鸿玄弈冷哼一声脚下一使劲，蒋前疼得大声叫："啊……就，就我们四个。"小长安看向叶丽亚："叶丽亚你看到几人？"叶丽亚想了想："抓我的有三个，就是死了的那三个人。"鸿玄弈一脚踢在蒋前的后腰上："站起来。"蒋前挣扎着站起来，几人押着蒋前往白房子走去。

房间里，桌子上摆着几盘下酒菜和一坛酒，刘祥云和邱炳坤坐在桌旁喝酒。王彪推门进来，刘祥云问道："有没有马镰刀的消息？"王彪摇摇头："探子报还没有发现马镰刀的动静。"邱炳坤唤了一声"来人"，士兵走进屋里："大人有何吩咐？""传我令，所有的人都打起精神，枪上膛，刀出鞘，不得松懈。"士兵领命转身离去。

布拉克拜拷着刀在门口守门，小长安提着马灯走来。布拉克拜笑笑指指屋内："这肉票正跟我商量价钱，我觉得他开的价挺诱人的。"屋内传来蒋前的呼叫："兄弟，我可以再增加十两。"小长安笑笑："别忘了给我分一半。"

蒋前在屋里骂道："这屋里伸手不见五指，你们不至于连灯油都没有了吧？"小长安和布拉克拜进屋，小长安提着马灯在蒋前脸前晃了晃。布拉克拜笑着："蒋大人，我们正合计着抓你，没想到你自己来了。"小长安笑笑："这就叫得来全不费功夫。"

马镰刀带着兄弟们牵着马走进大门。古依汗和亚森接过马镰刀和巴哈尔手里的缰绳，跟着大伙向马棚走去，叶丽亚和鸿玄弈走出厨房迎上去。巴哈尔笑着："你们今晚成精了，怎么不睡觉呢？"鸿玄弈汇报："上半夜子时出了点事。王彪派人来抓叶丽亚……"马镰刀和巴哈尔一听顿感吃惊。马镰刀正要开口，叶丽亚忙道："有惊无险，我没事，一点伤都没有。他们藏在毡房里……"鸿玄弈点点头："多亏小长安发现了，我和小长安追到树林截住了他们。"巴哈尔骂道："奶奶的，人呢？"鸿玄弈指了指屋子："死了三个，抓了一个关在屋里。"马镰刀松了口气："去看看。"

二

蒋前光着脊背趴在地上，衣服被拉起来盖在头上，布拉克拜和李三宁一人踩着蒋前一只胳膊，蒋前疼得惨叫。小长安抡圆皮鞭抽蒋前："你打了何冬晨一百鞭，我还你一百鞭。""啪啪啪"的鞭子声响起，蒋前后背皮肉一道道绽开，鲜血四溅。

"歇一歇手。"小长安停下手，回头见马镰刀、秦川、巴哈尔、薛草药、慕思寒、鸿玄弈走进来。慕思寒佯怒道："你们三个私设公堂。"小长安笑着："我们是先给这位大人预热。"小长安把遮在蒋前头上的衣服放下。马镰刀看到蒋前既惊讶又兴奋："兄弟们，他就是咱们要的人，蒋前。"巴哈尔兴奋道："奶奶的，你就是蒋前？"蒋前跪在地上看着眼前的一群人："本官……"布拉克拜上手一个嘴巴子，蒋前改口道："小人正是蒋前。"马镰刀咧咧嘴。秦川大笑："好啊，鸿玄弈和小长安立了个大功。"鸿玄弈笑笑："功劳应属叶丽亚那倒霉蛋。"几个人呵呵地笑。

马镰刀走到蒋前面前认真道："蒋前，把该说的都说出来。"蒋前下意识地开口："本官……"布拉克拜又是一嘴巴子，蒋前马上改口："马大人，小人不知从哪儿说起。"马镰刀问道："刘祥云在哪儿？""粮草营。""带了多少人马？""一百人左右。"巴哈尔摸摸脑袋："奶奶的马镰刀，你料事如神啊，真是给咱们下套来了。"慕思寒赶紧吩咐："三宁去拿笔墨纸砚来。"

薛草药上前问道："你到这儿干什么来了？"蒋前刚要开口："受王大人……"布拉克拜再来一嘴巴子，蒋前鼻涕眼泪一大把，呜咽着道："是受王……王彪的指使来……来抓叶丽亚。王彪说叶丽亚是马镰刀的女人，还是刘府逃出去的女人……抓了她刘祥云肯定高兴。"

李三宁拿着纸张笔墨进来放在桌上。慕思寒拿起笔记录。秦川问道："蒋前，谁指使你和潘捷烈暗杀马站长？蒙古四兄弟是谁派来的？你、王彪、刘祥云和潘捷烈都干了些什么勾当？你和王彪这些年走私了多少粮食？"蒋前看着秦川、马镰刀一伙人不语。巴哈尔一脚踩在蒋前面前的凳子上，怒道："一五一十地说出来，说一个不字，我剁你两根脚趾，说两个不字我剁你一只脚。"转过身大声道："李三宁，拿把斧子来伺候蒋大人。"蒋前痛哭流涕道："我说，我说……我全说……"

一夜过去，刘祥云和邱炳坤站在院子里，刘祥云举起双手伸了个懒腰："太阳出来了。马镰刀真够沉得住气啊。"邱炳坤笑着："刘大人比马镰刀更能沉住气。"刘祥云冷眼看着远处："你与马镰刀打过多年交道，他是个什么样的人你比我清楚。"邱炳坤笑道："王彪如此羞辱马镰刀，他不会善罢甘休的。"刘祥云疑道："你相信他会来抢粮食？"邱炳坤看着刘祥云自信一笑："马镰刀是个知情理的人，国法无情他是清楚的，会不会来抢粮我不敢说，要说讨要粮食他一定会来。怕只怕吃了不好消化。"刘祥云笑笑："这么说，我们只需在这里守株待兔就是了。"邱炳坤点点头："熬了一个通宵，现在需要养足精神，今晚恐怕还要再熬一夜。"

粮草营总管室房间里，王彪捧着烟枪闭着眼睛靠在椅子上抽鸦片，薰衣草身穿旗袍，扭动腰肢给他点烟。士兵端着一碗汤推门进来。王彪闭着眼睛："什么事呀？"士兵谄媚道："大人一夜没合眼，小人给您熬了碗枸杞高丽参鸡汤，大人您趁热喝了。"王彪睁开眼睛："不忙，烧完这泡福寿膏再喝不迟。"士兵赶忙问道："大人还想吃什么？"王彪摇摇头："我没胃口，有没有蒋大人的消息？"士兵摇摇头："咱的探子说，蒋大人还没有露面。"王彪皱眉道："蒋大人一旦露面马上通知我。去吧。"

马蹄声轰鸣，戈壁上尘土飞扬，火星四溅。马镰刀和兄弟们押着蒋前奔驰在戈壁上。除蒋前外所有的人都挎着马刀，毛瑟枪担在鞍桥上。古依汗骑着自己的马牵着蒋前的坐骑。蒋前头上套着黑布袋，被反绑双手趴在马背上。

粮草营中，刘祥云、邱炳坤、王彪站在总管室门前，士兵跑来："马镰刀带人来了！"刘祥云板着脸："多少人？""大约十二三人。""再探再报。""嗻。"

邱炳坤面带笑容："马镰刀终于沉不住气了。耗子弄不死，是药没下够。"王彪赔着笑脸："一切都在二位大人的预料之中。"刘祥云拍拍手，六个士兵跑上前来："传我令，所有的人提起精神加强戒备，马镰刀这就到了。"士兵领命而去。刘祥云看着邱、王二人："邱大人，王大人，马镰刀的人马走进门后听我命令。王大人，你的人在哪里？"王彪表情轻松道："我的人马埋伏在外围，我保证马镰刀有来无回，他们一个人也跑不了。"一个士兵跑来："报，马镰刀的人马已到门前的路上，共十二人，带队的正是马镰刀。"刘祥云目光阴冷："下去吧。"

懒散的羊群在草原上吃草，三个一堆，五个一簇。叶丽亚坐在草地上发呆。李三宁牵着马走来，叶丽亚对李三宁视而不见。李三宁给马腿上打上羁绊,坐在叶丽亚身边。李三宁低着头道:"今天会卡薛草药带队去了。"叶丽亚点点头。李三宁支支吾吾:"叶丽亚,那……那天我不该对你动手动脚。"叶丽亚语音沉稳:"我不生气了。风把事情早就吹跑了。"李三宁小心地说:"你好像心事重重的,怎么了?"叶丽亚答非所问:"站长去粮草营带了几个人?"李三宁想了想:"除了薛草药、库米丝汗、喀海尔曼、叶尔波勒、吾尔曼,剩下的都去了。"叶丽亚心神不安:"粮草营里有刘祥云的上百兵马。"李三宁笑笑:"站长是去办案不是去打仗。"叶丽亚担心道:"我怕刘祥云狗急跳墙。"

李三宁安慰道:"你别担心,我看见小长安、老四、亚森他们带了二三十个圆滚滚的炸雷,小长安说是以防万一用的。"叶丽亚叹气:"兄弟们都是火暴脾气,说不好就会打起来。"李三宁也不知道该说些什么,只能把想到的全抖了出来:"你放心吧,大伙会听站长的指挥。以前我陪高大人外出办案,对方的人再多也没人敢动高大人一根手指。"叶丽亚摇摇头:"高大人和站长不一样,他有权势。"李三宁一挺脖子骄傲道:"站长有威慑力,兄弟们又威震天山南北,刘祥云的兵肯定害怕。站长和兄弟们不会有事的,你别担心。"叶丽亚不自信地微微点头,默默念叨:"愿真主赐给他们勇气和力量。"

第五十三章

一

马镰刀和秦川带着马队来到大门前,秦川举手示意,所有的人翻身下马。一名士兵正要开口,秦川喊道:"兄弟,通报王总管,就说北湾卡伦来人有要事。"士兵小声道:"马大人,我去过白房子,您不认识我了?"马镰刀咧咧嘴:"你是何冬晨的兄弟。"士兵点点头小声道:"院子里和围墙外埋伏有近百人。"马镰刀无惧地笑笑:"好兄弟就去通报吧。"士兵无奈道:"早已有人通报,你们小心进去就是了。"马镰刀转脸吩咐道:"古依汗、布拉克拜,你俩负责押人。"秦川等人卸下鞍桥上的枪,走进大门。士兵纳闷地看着坐在马上套着黑布罩的人。

院子里同往常一样平静,事到临头须放胆,秦川、马镰刀、巴哈尔一伙人牵着马向马棚走去,一处处粮垛后、粮垛顶都有士兵提着刀枪埋伏着。古依汗和布拉克拜提着枪警惕地守在马棚前,蒋前头套黑布被绑住手脚倚在草料堆旁。

马镰刀一行提着刀枪走向总管室,来到刘祥云、邱炳坤、王彪几人面前。邱炳坤严厉道:"马镰刀,你等不守在卡伦到粮草营来有何公干?"秦川上前抱拳行礼:"邱大人,我们是来办案的。"邱炳坤厉声道:"办案?粮草营有何案可办?"马镰刀咧咧嘴:"刘祥云、王彪、蒋前三人长期勾结沙俄匪首潘捷烈·潘捷烈维奇走私枪支、鸦片、文物、玉石、黄金，大量走私盗卖军粮，刘祥云伙同王彪和蒋前雇凶暗杀北湾卡伦将士，克扣北湾卡伦供给。"刘祥云和王彪顿时表情紧张，王彪指着马镰刀吼道："马镰刀你捏造事实，血口喷人，公报私仇。"刘祥云怒道："马镰刀你不思悔改，不念及将军大人开恩，让你等为朝廷效忠，还擅闯粮草营意在闹事抢劫粮食，本官定将你等正法。"刘祥云拍拍手，一处处草垛后，一扇扇房门里，手持刀枪的士兵们冲了出来。秦川和马镰刀没有动。巴哈尔捂着半个嘴小声道："动起手来，小长安三人封住左右和后面的人，其他人跟我迅速控制刘祥云、邱炳坤。"小长安和鸿玄弈几人会意地微微点头。

埋伏的士兵们将白房子的士兵团团围住，邱炳坤严厉地说："马镰刀，你所说之事有无证据？"马镰刀厉声道："没有证据我怎会来拿人犯？"王彪壮着胆子出来叫板："马镰刀你不要耍什么花招，你等来寻衅滋事抢劫粮食，早在刘大人和邱大人的算计之中，你们这帮土匪只有一条死路。"马镰刀不理会王彪，看着邱炳坤厉声道："邱大人，你若不想把粮草营变成杀场，不想成为同案并罪加一等的话，让你的士兵速速退下，否则我连你一起拿下。"邱炳坤一时进退两难，不知所措。

刘祥云厉声道："给我把这伙土匪统统拿下。"胆怯的士兵看到小长安等人手中的炸雷，吓得举着刀枪踌躇不前。秦川举起手枪"啪"一声向天鸣枪，士兵们直向后退。秦川厉声道："你们都听着，北湾卡伦今天来这里办案，前来捉拿人犯刘祥云、王彪，谁敢阻拦执法，格杀勿论。"士兵们窃窃私语。刘祥云大声喊："养兵千日用兵一时，拿下马镰刀。"巴哈尔冲着身旁的士兵喊："谁敢上前一步，我杀了谁。"四个士兵提着刀上来，"啪啪……"慕思寒、老四、敖元奎、楚天霸几乎同时冲天鸣枪，四个士兵连连退后。马镰刀大声道："我马镰刀最后一次警告，阻拦执法者，格杀勿论。"

邱炳坤、刘祥云、王彪三人显得有些惊慌。刘祥云怒目瞪着邱炳坤喝道："邱大人下令开枪。"邱炳坤为难道："刘大人，这……这怕不妥，马镰刀等并未抢劫粮草，杀人滋事。"马镰刀冷哼一声看着焦躁不安的三人，吩咐众人道："来人，把人犯刘祥云、王彪拿下。"巴哈尔带着众人，提着刀上前，刘祥云身后的六名卫兵横刀拦在巴哈尔等人面前。马镰刀吊着脸："邱大人，命你的卫兵退下，否则按阻拦白房子卡伦执法论处。"邱炳坤不知所措。

"报……"守门的士兵分开人群跑到王彪面前单腿跪地。王彪吊着脸："讲。""伊犁将军府高大人、百里大人到。"邱炳坤和刘祥云顿感吃惊。邱炳坤大声道："都退下。"六个卫兵收刀退后，巴哈尔等人将刀分别架在刘祥云、王彪、邱炳坤的脖子上。秦川喝道："把他们三人绑起来。"

"且慢。"士兵们让出路，高天德和百里赫拉带着一众士兵走来。百里赫拉板着脸："马站长，命你的人退下。"马镰刀挥挥手："你们退下。"王彪急忙单腿跪地道："下官不知二位大人到此，请大人恕罪。"百里赫拉吊着脸："不必多礼。"高天德皱眉瞟了一眼邱炳坤道："邱大人，命你的人全部退下。"邱炳坤赶忙吩咐士兵全部退下。

马镰刀单腿跪地："白房子卡伦马镰刀，参见二位大人。"百里赫拉严肃地看着马镰刀："马站长，你等不在卡伦值守，到粮草营作甚？舞枪弄棒的。"马镰刀抱拳行礼："属下前来捉拿人犯。""罪犯何人？""刘祥云、王彪。"刘祥云赶忙插话："二位大人，马镰刀一派胡言。"

高天德白了一眼刘祥云打断了他的话："马站长，刘大人何罪之有？"马镰刀抬起头来，目光正气地看着高天德慢慢道出："刘祥云、王彪、蒋前三人勾结沙俄匪首潘捷烈·潘捷烈维奇走私枪支、鸦片、文物、玉石、黄金，大量走私、盗卖军粮，刘祥云还伙同王彪、蒋前雇凶暗杀北湾卡伦将士，克扣北湾卡伦供给。"刘祥云急道："马镰刀捏造事实，本官早已洞察到马镰刀报复杀人、抢劫粮草之企图，加强粮草营守护是将军大人的命令，想必二位大人是清楚的。"百里赫拉看向邱炳坤:"邱大人,马镰刀可有抢劫粮食,行凶闹事?"邱炳坤哼唧了一下答道:"抢劫粮食没有,行凶闹事嘛,二位大人已经看到,他们的刀架在我们的脖子上。"王彪跪在地下哭诉起来:"高大人,属下为官十载,处处以江山社稷为重,一直廉洁自律。马镰刀竟敢肆意污蔑诽谤于我,恳请大人将马镰刀绳之以法。"

百里赫拉瞅了一圈众人,问跪在地上的王彪:"副将蒋前人在哪里?"王彪赶忙回话:"回大人话,蒋前去迪化府公干还未返回。"马镰刀冷冷一笑:"二位大人,蒋前已被我拿下……没有证据属下怎么敢来拿人犯?"王彪顿时显得十分惊慌。马镰刀大声道:"把人带上来。"小长安向马棚跑去,马镰刀从衣袖里拿出几张纸交给百里赫拉:"大人请过目,这是蒋前的供词。红口白牙,铁证如山。"百里赫拉接过供词,越看眉头皱得越紧。

二

古依汗和布拉克拜押着蒋前来到马镰刀等人面前,王彪惊慌地看着头罩黑布的蒋前。秦川摘下蒋前的黑布罩,蒋前看到高天德和百里赫拉,扑通跪在地上哭求道:"二位大人,小人知罪,小人知罪!这一切都是刘祥云和王彪指使的。"王彪恐慌地指着蒋前:"蒋前,我错在没有杀了你。"腿一软跪在地上。刘祥云目光阴冷地看着蒋前:"没出息的东西。"百里赫拉怒视着二人质问道:"王彪,蒋前,你们有没有卖给粮贩子铁木图三万斤大米?"王彪看了眼蒋前:"下官不知此事。"蒋前磕了一个响头交代道:"小人不敢隐瞒,确有其事,这三万斤大米原先是王彪和刘祥云卖给潘捷烈的,只因马站长严密封锁边界一线,这批粮食无法运出,王彪才命小人二次转卖。"百里赫拉瞪着王彪:"王彪,你是否还要狡辩?"王彪扑通跪在地上:"小人不敢,小人有罪。"高天德怒道:"王彪,这些年你等共贪污多少银子,倒卖了多少军粮？"王彪哭着摇摇头："小人实在记不清了，小人的账本都有记载，请大人明察。"

百里赫拉冷哼一声指着蒋前："蒋前，本官问你的话你想好了再答，免受皮肉之苦。"蒋前惶恐地看着百里赫拉："小人明白。""是谁让你暗杀马站长？"蒋前看着刘祥云："是……是……是刘大人。"百里赫拉瞟了一眼刘祥云继续问道："刘大人雇潘捷烈杀马站长的事，你如何知晓？"蒋前低着头："商量此事时小人在场，请潘捷烈的事情是王彪一手操办的。""你在供词上说王彪伙同潘捷烈走私烟土等，可确有此事？"蒋前哭丧着脸："小人认罪，小人供词上所说的事情件件属实，不敢有半句谎言。"高天德厉声道："王彪，你有什么要说的？"王彪求饶道："小人有罪，罪该万死，小人所赚的银两都孝敬了刘永寿父子。"百里赫拉又问道："王彪，你为何克扣北湾卡伦粮食供给？"王彪求饶道："克扣供给完全是刘大人指使，小人不敢不从。"刘祥云上前一步，出手两个大嘴巴："奴才。"王彪被打得嘴角出血。百里赫拉厉声道："住手。"高天德转头看向邱炳坤："邱大人，你可知刘祥云所干的事？"邱炳坤面带惊色："属下完全不知。"马镰刀冷笑："邱大人，你有意阻拦本官执法，你可认罪？"邱炳坤赶紧讨饶："马站长，本官实在不知谁是谁非，要不是二位大人及时赶到，本官将被这两个狗东西蒙骗。还请马站长高抬贵手。"

高天德见众人均已认罪，喊道："来人，把王彪、蒋前押到屋里。"四名士兵上来把王彪和蒋前扭送进总管室。高天德看向刘祥云："刘大人，委屈你到将军府问话。来人，给刘大人戴上枷锁。"刘祥云不在意地看着高天德，两名士兵上来给刘祥云戴上枷锁。巴哈尔、慕思寒、小长安等人露出笑脸。马镰刀抱拳道："百里大人，高大人，属下有话要问刘祥云。"百里赫拉点点头："准。"马镰刀看向刘祥云："刘祥云，那蒙古四兄弟可是你派来的？""正是。"马镰刀咧咧嘴："大人，我的话问完了。"刘祥云瞪着马镰刀，眼里似要喷出血来：

"马镰刀，只要我不死就一定杀了你。"马镰刀咧咧嘴。百里赫拉怒道："把刘祥云带下去。"

高天德笑着："马站长，潘捷烈现在何处？"马镰刀摇摇头："不知去向。高大人和百里大人是专程来办案的？"高天德笑着："我是来查办一起倒卖军粮的案子，没想到贤侄查获了一起走私盗卖军粮的重大案件。潘捷烈勾结官员走私的案子也基本清楚了，高叔谢谢贤侄。"马镰刀挑眉一笑："高叔，案子结了，可我们的口粮还没着落呢。"高天德哈哈一笑："粮食很快给你们送去。"

士兵汇报："高大人，客房收拾好了，请大人屋里歇息。"高天德看着马镰刀："贤侄随我一起进屋说话。"马镰刀摇摇头："高叔，夜路不好走，我和兄弟们先走一步。"高天德拍拍他的肩笑道："不会耽搁多少时间，我有事告诉你。"马镰刀点点头随高天德向总管室走去。

胡杨树下的地上铺着餐布，餐布上摆放着馕和几大块肉。薛草药、库米丝汗、喀海尔曼、叶尔波勒、吾尔曼和阿曼别克等五人围坐在餐布旁，大口吃肉喝酒。阿曼别克放下酒囊："薛大哥，刘祥云有那么多兵，明轩和兄弟们……？"薛草药摇摇头："马镰刀深入虎穴捉拿人犯，应当不会打起来。"

阿曼别克凑热闹地挤到薛草药身边："薛大哥，叶丽亚和明轩的事，你们这些兄弟得给撮合撮合。"库米丝汗笑着："不用撮合，他俩好得就差睡在一起滚床单了。"薛草药点点头笑道："这一阵子事情一档接着一档，腾不出工夫来，等把这个案子了了，兄弟们就把马镰刀赶进叶丽亚的窝里。"阿曼别克笑着："不要忘了，大喜的日子告诉我一声。"

喀海尔曼好像想起了什么："兄弟们，明天好像就是七月七。"薛草药、阿曼别克和库米丝汗掐着手指推算。薛草药惊讶道："天呐，明天就是七月七，我把日子都忘了。"阿曼别克疑道："七月七你们要干什么？"叶尔波勒神秘地笑笑："我们要把马站长赶进叶丽亚的毡房。"阿曼别克纳闷儿："没听明轩说起七月七是他成家合帐的日子。"薛草药笑着解释："这是兄弟们早就合计好的日子,他愿不愿意都得愿意。"吾尔曼笑着："由得了他?"薛草药笑着："打也要把马镰刀打到叶丽亚肚子上。"大伙哈哈大笑。

北湾卡伦难得有今天的欢快气氛,那些笼罩在白房子上空的阴霾,那些笼盖在每一个戍边士兵脸上的弃儿的表情,暂时离开了他们。

第五十四章

一

粮草营总管室的房间里，桌子上放着一摞账本，王彪被五花大绑站在桌边，高天德站在桌前借着油灯翻看账本，两名士兵站在王彪身旁。高天德讽刺地笑笑："王总管是个细心的人，笔笔都录得十分清楚，从上任第二天至今你没少赚银子，内外勾结贿赂官员你挺在行。"王彪像受委屈似的："小人实在是冤枉。"高天德一拍桌子："银子都装进兜里了，你有什么冤情？"王彪委屈道："银子是没少贪，可装进我兜里的寥寥无几。"高天德怒道："多少是个够？"王彪哆嗦着："小人深知罪孽深重，但追根溯源该归咎于……上梁不正下梁歪，下梁歪了倒下来。"高天德拍桌呵斥道："王彪，这几本账，哪一本都够把你王氏满门抄斩。"王彪一听吓得跪地哭求："高大人，我王氏一门六十多口的性命都握在您的手里。求大人开恩！"高天德好像没有听到似的坐在椅子上。王彪哭喊道："大人，高大人，小人求您开恩呀。"王彪哭着连连磕头。

高天德冷冷地看着王彪："要想保全你王氏一门，不用我说你也清楚该怎么办。"王彪哭丧着脸："小人愿将所有积蓄双手奉上，只要能保住王氏一门，倾家荡产也在所不辞。我的小女年方二十还未出嫁，有几分姿色，小人愿将小女送给大人为妾。"话音未落，高天德挥手就是两记耳光，骂道："下贱无耻的东西。"王彪哭丧着脸看着高天德："小人愚钝，恳求大人指点迷津。"高天德斜眼看着王彪道："你蠢到连做鬼的资格都没有。"王彪哭喊道："高大人，高大人……"高天德不耐烦地挥挥手："押下去。"两名士兵把王彪押出房间，高天德皱眉继续翻看账本。

夜空星光璀璨，夜幕中的白房子寂静无声，厨房里的亮光透过门窗洒在地上，薛草药、李三宁、库米丝汗、喀海尔曼、叶尔波勒、吾尔曼面朝戈壁整齐地坐在屋顶上，仰头瞅着满天星星。叶丽亚心神不宁地来回踱步，叶尔波勒摆摆手："叶丽亚坐下坐下，晃得我们头都晕了。"叶丽亚焦急道："心都要从嗓子眼蹦出来了，我坐不住。"薛草药安慰："坐下坐下，以前我们都是这样等候出去讨生活而未归的兄弟。"吾尔曼点点头："坐下静静等候，真主从没让我们失望过。"叶丽亚看看大伙儿，无奈地坐在李三宁身边和大家一起眺望额尔齐斯河上游方向。

一轮又大又圆的月亮，从阿尔泰山的一个垭口探出头来。戈壁披上了一层银装，芨芨草闪闪烁烁，轻松欢快的草原古歌在戈壁上回荡。马镰刀一脸轻松和巴哈尔并肩骑行，布拉克拜坐在马上放声高歌，兄弟们个个面带笑容。巴哈尔好奇地看着马镰刀："奶奶的，自从出了粮草营的门，你的嘴就咧上了。"马镰刀咧嘴笑道："我高兴。"巴哈尔笑骂道："你他娘的高兴什么，吃了喜娃妈的奶了？"马镰刀兴奋道："高兴，我高兴。"

马镰刀催马飞奔，大声喊："我高兴，今天是我最高兴的一天，我要发疯了，哈哈哈……"兄弟们不解地你看我我看你。慕思寒不可思议地看着马镰刀的背影："上帝呀他真的疯了。"巴哈尔大声道："奶奶的，兄弟们追马疯子。"兄弟们催马奔驰，瞬间消失在夜幕中，戈壁上留下隆隆的马蹄声。

叶丽亚他们面朝戈壁静静地坐在屋顶上，大家像敛落在屋顶上的喜鹊一样坐成一排，目不转睛地向戈壁眺望。远处传来轰隆隆的马蹄声，夜幕里一群黑影渐渐显现，叶丽亚六人兴奋地站起来。库米丝汗喊道："兄弟们终于回来了！"叶丽亚激动得热泪盈眶，薛草药急道："快去准备饭，多备几坛酒。"李三宁、库米丝汗、喀海尔曼、叶尔波勒、吾尔曼五人赶忙向厨房跑去。轰鸣的马蹄声越来越近，十多匹马奔驰在戈壁上。叶丽亚大声喊："明轩哥，巴哈尔大哥，是你们吗？"远远传来回应："是，我们回来啦，班师回营。"叶丽亚激动得转身就往下跑，薛草药笑着摇摇头。

四面墙上插着四根火把，食堂里灯火通明，桌子上摆着几大碗炖肉和烩菜，李三宁、库米丝汗、喀海尔曼各抱着两坛酒进来摆在桌上，叶尔波勒和吾尔曼捧着两摞馕，有说有笑地进来。

巴哈尔一屁股坐在凳子上："奶奶的，一天没吃东西，快饿死了。"喀海尔曼笑着："刘祥云没请你吃满汉大席？"巴哈尔白了他一眼："去他妈的。"吾尔曼笑着："小长安，战果如何？"小长安哈哈一笑："大获全胜。"秦川点点头："背后没有人捅刀子了，以后咱们就能静下心来守边关了。"大伙端着酒坛自斟自饮。马镰刀面带笑容和叶丽亚、薛草药走进来，大声道："兄弟们喝呀，今晚不醉不眠。"秦川笑着："马站长，你不会真的疯了吧？"马镰刀咧嘴笑。

慕思寒看着叶丽亚打趣道："叶丽亚，你的明轩废了，自从把他捡回来没见过他如此不正常。"楚天霸："一路上一个人狂奔不说，还又哭又笑，鬼都叫他吓跑了。"叶丽亚高兴地说："现在的样子才是他，十年前他就是这个样子。"薛草药撇撇嘴："我的神呐，快告诉我谁把你的病治好了，我得拜会这位高人。"巴哈尔不解地看着马镰刀："奶奶的，马疯子你高兴什么跟大伙说说呀。"马镰刀笑着："我高兴关你们屁事！"秦川嗤笑一声："这些年兄弟们都养成了看鞋底子的习惯，你的脸突然改变，满脸乌云一扫光，大伙真不知你怎么会疯成这副模样。"大伙哈哈大笑。

马镰刀咧咧嘴："兄弟们倒上酒，都倒上。"大伙给碗里倒酒。马镰刀说道:"兄弟们,苏州城里捎来信,我爹认我这个儿子了,他让我早日回家,把名字报上族谱,认祖归宗。"兄弟们一听"哦"的一声大叫。叶丽亚扑到马镰刀的怀里,流下激动的泪水:"莫忘了带上我。"巴哈尔高兴道:"奶奶的,那倔老头怎舍得张开金口?"慕思寒笑着:"是站长感动了上帝。"秦川打趣道:"马镰刀,我真不懂你爹怎能发此善心,收回你这个恶贯满盈的儿子。"大伙哈哈大笑。薛草药端起酒碗:"这是个值得庆贺的夜晚,收拾了刘祥云解除了咱的后顾之忧,死倔老头开恩认回儿子。今夜可谓双喜临门,兄弟们端起酒。"马镰刀和兄弟们端起碗:"为物归原位,干杯。"

叶丽亚笑嘻嘻地看着马镰刀:"明轩哥,大叔给你来信了?"马镰刀摇摇头:"是高叔告诉我的。"喀海尔曼和库米丝汗弹起冬不拉,马镰刀扔下碗,随着冬不拉的琴声首先扭起来,大伙都情不自禁地跳起舞来。叶丽亚和布拉克拜展开歌喉……

二

叶丽亚、李三宁、小长安蹲在羊群中挤奶,小长安突然问道:"叶丽亚,你会不会做酸奶子?"叶丽亚笑着:"会呀,酥油、酸奶子、奶疙瘩,这些都会。"小长安咧咧嘴:"大伙都喜欢喝酸奶子,可惜我和三宁都不会做。"叶丽亚笑道:"草原上的女人都会做,天生就会。只要大伙喜欢吃,我给你们做。"李三宁忙道:"你教教我俩。"叶丽亚点点头:"行。"

喀海尔曼在屋顶瞭望,看到远处走来一辆马车和一群骑马的人,萨迪克和哈蒂曼骑马走在最前面。喀海尔曼放下望远镜,有些不相信自己眼睛,揉揉眼睛再次举起望远镜瞭望,激动地大声喊:"小长安,小长安……"小长安跑进院子:"出啥事了?"喀海尔曼站在屋檐激动道:"你猜我看见什么啦?"小长安白了他一眼:"看你激动的样子,不用猜一定是看见沙俄的大屁股女人了。"喀海尔曼骂道："狗屁，没正形。我看见萨迪克老伯和哈蒂曼大妈了。"小长安吃惊道："你胡说。""是真的，幸福鸟落在咱们的头顶上了，喜事连连。"小长安撒腿就往大门口跑。

萨迪克、古丽江、米依孜、阿依娜、哈蒂曼、巴特尔汗、孟加沙尔、布尔拜一行八人，赶着五六百只羊，五六十头牛，骑着马赶着一辆满载的马车向白房子走去。马儿撒着欢儿，米依孜看着不远处的白房子："老伯，当家的和小长安他们会不会就住在前面的白房子里？"萨迪克点点头："我估计咱们应该到地方了。"

"萨迪克老伯，萨迪克老伯……"萨迪克几人循声望去，一个士兵拍马向他们跑来，一边跑一边挥手喊："萨迪克老伯，古丽江大嫂……"巴特尔汗赶着马车："听声音好像是小长安。"哈蒂曼坐在车上兴奋道："是小长安，一定是小长安。"阿依娜骑在马上招手喊："小长安，小长安……"萨迪克翻身下马，巴特尔汗收住马车。小长安跑来跳下马扑到萨迪克怀里，激动地叫着："萨迪克老伯，我可想死你们了。"萨迪克笑着："老伯也想你们。"小长安笑道："你们都来了，站长看到你们又要高兴疯了。"哈蒂曼笑着："大妈早就想来看你们了。"古丽江高兴地拉着小长安的手："秦川和当家的好吗？"小长安笑着："他们都好。"

"萨迪克老伯，萨迪克老伯……"看着远处站在屋顶上挥手的人，萨迪克笑着："那是谁？"小长安笑着："是喀海尔曼。"孟加沙尔疑道："他怎么来了？"小长安笑着："舍不得当家的呗。"米依孜不解："他为啥站在屋顶上不和你一起来？"小长安："他在站岗不能跑。这是白房子卡伦设的瞭望哨。等将来瞭望台盖起来以后，就不用蹲房顶了。"大家向喀海尔曼招手，小长安笑着："大伙上马，跟我回白房子。"大伙翻身上马，小长安带着萨迪克一行向白房子走去。萨迪克边走边说："公羊宰着吃，母羊留下产羔。这群牛也是这样。有了这些家底，北湾卡伦在这地方就算有根了，冬天大雪封路，夏天河水断路，也饿不着了。"

院子里，李三宁赶着羊群出门，叶丽亚提着水桶往厨房走。听到喀海尔曼在房顶上喊话，叶丽亚放下水桶："我听你喊萨迪克老伯，他是谁？"喀海尔曼道："萨迪克老伯带着乡亲们来看我们了。"叶丽亚紧张道："我的天呐，咱们没有粮食，给他们吃什么呀！"喀海尔曼笑笑："杀羊给他们吃肉。手扒肉！"

孟加沙尔在厨房门前抡着斧头劈柴，食堂里的桌凳摆在厨房门前，桌子上摆着等待加工的各种蔬菜和一摞摞碗和盘子，哈蒂曼和阿依娜蹲在井边洗菜淘米，李三宁正从井里吱吱呀呀地打水。那个中世纪风格的吊杆，一上一下。

哈蒂曼笑着问："巴郎子，你在卡伦负责什么？"李三宁笑着："我负责放羊，喂马，打扫院子。"阿依娜笑着："小长安呢？""他管做饭，大家叫他伙头军。"哈蒂曼看向叶丽亚："我看是叶丽亚在做饭……"李三宁笑笑："大妈，叶丽亚啥都做，五天给大伙洗一次衣服，十天给大伙洗一次被单，做饭牧羊，缝缝补补她什么都干。叶丽亚就是白房子的女神。"阿依娜关心地问："当家的怎么找到叶丽亚的？"李三宁摇摇头："我不知道，人生何处不相逢啊。"

河边，小长安和米依孜、巴特尔汗、布尔拜、古丽江边走边聊。米依孜四人好奇地向河对面沙俄的领土张望。巴特尔汗指了指河对岸问道："那边都是沙俄的地盘？"小长安点点头："是，沙俄和大清就是以这条河为界。国际法上说，如果河流通航，那么以主航道为界，如果不通航，那么以河流中心线为界。"古丽江望了望："他们那边也这么荒凉。"小长安笑道："靠近边境线的地方没有村庄。"布尔拜不解地问："为什么不住人家？"小长安撇撇嘴："我想可能是留点地方给打仗使。我是瞎猜的，这个问题得问当家的。"古丽江笑着："小长安来到卡伦好像一下子长大了，懂了那么多道理，大妈真为你高兴。"小长安受到夸奖，不好意思地笑笑。

米依孜激动道："小长安带我们去看看边界线是什么样子。"小长安无奈地耸耸肩："其实边界线是一条看不见的线。我们是靠辨认地形地貌来确定位置……"米依孜一脸不解："你说的啥是个啥呀，我一点都不懂。"小长安继续解释："以地形和地上的标志辨认，反正边境上的一个小土堆一棵树都是不能随意移动的。"古丽江指着对面："那边的人也守这规矩？"小长安点点头："两边共同遵守。当家的说不守规矩不成方圆，那样就打起来了。"巴特尔汗对小长安的话嗤之以鼻："我听说去年沙俄军队抢夺了黑龙江那边好多屯子，抢走了很多土地，还杀了咱们好多的人。"小长安想了想道："你说的那是海兰泡和江东六十四屯惨案。放心吧，我们绝不会让沙俄军队跨进咱们领土半步。有道是'姜太公在此，诸神退位'！"古丽江笑着："有咱们的草原王守在这儿，谁能不放心呢。"小长安得意道："那是！我带你们去那边看看。"一行人沿着河边继续向前走。

第五十五章

一

院子里架起一堆篝火，篝火的木架上烤着一只全羊，萨迪克端着碗用刷子往羊身上刷料汁。孟加沙尔不时地翻转羊身。整个白房子的院子里，弥漫着一股肉香。喀海尔曼站在屋顶上喊："老伯，烤羊的味太香了，我都流口水了。"孟加沙尔笑着："流口水你就不口渴了。"

"老伯，烤羊的香味老远我就闻到了。"萨迪克回头看到小长安等人走进院子，喊道："大伙做饭吧，当家的没准快回来了。"古丽江一边洗手一边笑道："不用催我们，耽误不了的。"巴特尔汗开心地道："小长安带我们去了边境。我们看见了沙俄的草原、树木和戈壁。"小长安来到篝火前，把鼻子凑到羊身上闻，萨迪克拍拍小长安的头笑着："小馋猫。"小长安呵呵笑着："老伯烤的羊最好吃了。"孟加沙尔自豪道："没有馕坑老伯也能烤出和馕坑烤羊一样香的羊。"

小长安吸了吸鼻子，问道："玛依莎婶婶好吗？"萨迪克点点头："好，玛依莎婶婶腿脚不便……"孟加沙尔抢话道："玛依莎婶婶要来，被老伯和大伙劝住了。"萨迪克拍拍小长安的脑袋："你婶婶最担心的就是你，身单力薄的。"小长安撇撇嘴："我做梦梦见过婶婶。"萨迪克笑笑："梦到过我没有？"小长安摇摇头。萨迪克假装生气道："没良心的。"小长安呵呵笑着："老伯，明天你让古丽江大嫂他们帮我做一天饭。"萨迪克笑着："臭小子，你想跑哪儿玩去？"小长安哼了一声："这儿要啥没啥，明天我跟当家的一起去巡逻。"孟加沙尔抢道："我和你们一起去。"小长安摇摇头："那可不行，巡逻是军事行动，卡伦的规矩可严了。"孟加沙尔嘟着嘴："那我怎么才能看到那边的人？"小长安指指楼顶："你去房顶上，让喀海尔曼教你用望远镜看。八倍望远镜，度数有点小，不过还是看得很清。人家阿拉克别克那边的望远镜，是五十倍的，像个炮筒子。"孟加沙尔激动地向上房顶的楼梯跑去。

小长安手摇穿羊的白柳条翻转着："老伯给我带啥好玩的东西了？"萨迪克好笑地看着小长安："还像孩子似的就惦记着玩。"小长安笑着："这儿要什么没什么，冷清得让人发疯。围墙里就这几张老脸，叫人都看腻了。"萨迪克笑着："我看你好好的，不像疯子。"小长安撇撇嘴："刚来那些天我真快憋死了，多亏一天到晚事情不断，不是这个来找碴儿，就是那个来暗杀，总之热热闹闹地活到了今天。你给带好玩的没有嘛？"萨迪克笑着："我忘不了，给你带玩的了。"小长安高兴地："给我带啥来了？""花炮。"小长安高兴地拍着手："谢谢老伯，到过年时我放炮，让大伙乐呵乐呵。"

萨迪克笑着："叶丽亚和当家的合帐了吗？""没有。""为什么？"小长安摇摇头："可能是卡伦的事情太多顾不上吧，也许有别的原因。等当家的回来你得教训当家的，你让他娶叶丽亚。你这张大脸，他会给你面子的。"萨迪克点点头："我来劝劝他。"小长安笑笑："他不听劝，你就揍他，我们帮你。"萨迪克笑着："我看你就没安好心。"小长安呵呵地笑。

厨房里，案板上放着一筐炸好的馓子，米依孜把馓子分别摆在两个大方盘里端出厨房。叶丽亚在案板上切菜，阿依娜在一边剁肉，哈蒂曼和古丽江把拉条子的面一圈圈盘在两个盆子里。古丽江随口问道："叶丽亚你打算什么时候跟当家的成家呀？"叶丽亚摇摇头："我不知道。"哈蒂曼赞道："你和当家的真是难得的一对，你心里只有他，他心里只有你……这些年谁给他说媒他都不要。不管走到哪儿，他都忘不了找你。兰州、内蒙古、青海他都去过。"古丽江劝道："叶丽亚听大嫂的，趁萨迪克老伯在这儿，给你俩把婚事办了吧？"叶丽亚不好意思地微微摇头不语。哈蒂曼劝她："女大当嫁，有啥不好意思的？"叶丽亚害羞道："我怕明轩不愿意。"米依孜哧哧地笑："他肯定愿意，不爱你他干吗找你十年？"古丽江点点头："我们都是他的亲人，萨迪克老伯更像是他的父亲，他不敢不听话。"叶丽亚欣慰地笑笑，哈蒂曼笑着："大妈给你做主。"古丽江道："等他回来，我跟他说。"叶丽亚默默地点点头，心里乐开了花。

秦川和慕思寒带领马队从一座沙丘后走出来，马镰刀吸了吸鼻子："巴哈尔，你闻到什么味了吗？"巴哈尔吸吸鼻子："我什么都闻不到，谁有你的鼻子尖。"秦川喊道："你们闻呀，我闻到一股烤肉的味。" 大伙不由得吸鼻子。慕思寒点头："嗯，是有股子烤肉的味道。"布拉克拜疑道："这味道是从哪儿飘来的？五十里内除了白房子没有人家。"吾尔曼想了想："没准是叶丽亚和小长安给咱们做烤肉呢。"鸿玄弈吸了吸鼻子："这股味好香呀，这味道一定是从白房子传来的。"库米丝汗嗤之以鼻："咱们离家这么远，不会吧？"亚森撇撇嘴："怎么不会，你没听说过香飘十里吗？"薛草药笑笑："就算香味能飘十里，小长安炒肉的香味也没这么大劲儿。"敖元奎叹了一口气："闻到这味道有一种回山寨的感觉，我有些心酸。那时候我们的日子过得多么自在呀！天不收地不管！天是老大，我们是老二。"马镰刀微笑："这味道的确让人想起山寨，想起萨迪克老伯和乡亲们。"巴哈尔倒是豪气："别想那些让人难过的事，我们顺着这香味走，走到哪儿算哪儿。"老四附和："巴哈尔大哥说得对，走到哪儿算哪儿。"

薛草药看着大伙儿神秘地一笑："今天是个值得庆贺的日子。"巴哈尔一拍脑袋："奶奶的，我怎么把七月七给忘了。"秦川兴奋地喊：

"马镰刀,今天是兄弟们给你发出最后通牒的一天。接下来我们就看你的表现了。"马镰刀咧咧嘴。薛草药指着马镰刀:"你把嘴咧到屁股上,我们也不会放过你。"马镰刀叹息道:"自从那一次小中风好了以后,这嘴巴就老咧咧。"鸿玄弈大笑:"马镰刀,我劝你听话,免受皮肉之苦。我们说的是正事,你不要打岔!"古依汗一挥马鞭:"如果你的表现有一丁点让我们不满意,后果是可怕的。"马镰刀笑而不语。巴哈尔哈哈一笑:"咱们回去啦。"说着磕镫催马奔跑起来,大伙一窝蜂地跟在身后,又喊又叫。马儿见是回程了,四蹄生风。

二

十根一人高的火把围着桌子四周插在地上,桌上摆着一盘盘馓子、包子、酥油、奶疙瘩,几碗炖肉,几盘抓饭,几盘拉条子。米依孜和阿依娜把一碗碗炒好的菜摆在桌上,李三宁跑进大门喊:"报告,站长回来了,站长回来了。"

马镰刀一伙人牵着马走进院子。看到院子里摆着桌子,点着火把,巴哈尔大声道:"奶奶的,烤肉的味道真香啊。"马镰刀板着脸:"三宁,你们搞什么鬼?"李三宁笑而不答。喀海尔曼大声喊:"站长你看谁来了。"大伙都看着萨迪克等人,马镰刀和秦川迎上去,萨迪克声音颤抖着:"当家的,秦川。"马镰刀兴奋地喊:"天呐,兄弟们,我们真的闻到了乡亲们的味儿。"说着和萨迪克拥抱。秦川大声喊:"兄弟们,是萨迪克老伯和乡亲们来了。"大伙一听扔下马一窝蜂地跑上来,抱作一团,激动得热泪盈眶。

厨房里蒸汽缭绕,叶丽亚站在热气腾腾的大锅前拉条子。好女人,两只细长白皙的胳膊,夸张地一张一合。胸前两个小兔子,颤巍巍地直晃荡。案板上放着烤好的全羊,小长安用刀轻巧地把羊拆成几大块,夸赞道:"叶丽亚,萨迪克老伯烤的羊可香可香了,大伙都爱吃。"叶丽亚笑着："好吃你们多吃点,以后咱们修个大馕坑,每个月给大伙烤一只羊。"小长安笑着："我举双手赞成。"小长安捏着一块肉来到叶丽亚身边："你尝尝。"叶丽亚嚼着羊肉不住点头："嗯……香……真香。"

萨迪克面对羊头入座,马镰刀和兄弟们、乡亲们纷纷入座。马镰刀端起奶茶敬大家："愿奶茶、羊肉的翻滚声从乡亲们的锅中传出,愿肥壮的牛羊撒满草原,愿幸福鸟落在每一户人家的天窗,祝老伯长命百岁,寿若南山。"马镰刀割下羊头上最好的一块肉,放进萨迪克的盘子里,萨迪克满面笑容拿起肉蘸了蘸盘子里的肉汤,放进嘴里,一吸溜。巴哈尔端起碗："兄弟们,我们敬老伯和乡亲们一碗。"所有人都站了起来,秦川大声道："我们的祝愿心真意切,大伙一起干了。"所有的男人都喝干了碗里的酒。

叶丽亚提过来一个铁壶,让大家洗手。这叫三把水。叶丽亚提起壶来倒三次。洗完手,铁壶换成了倒奶茶的壶。叶丽亚给每个人的面前放上一个银碗,依次给大家把奶茶斟满。接着,马镰刀用刀子将肉一块一块削下,按照老幼尊卑将肉分发给大家。大家都学着萨迪克老伯,蘸着盘子里的肉汤吃。

占丽江笑着："我的肚子里藏不住个隔夜屁,你们不说,我就说了。当家的,你和叶丽亚的婚事打算怎么办?"大伙都看着马镰刀和叶丽亚,马镰刀咧咧嘴："大嫂,婚姻大事得和父母说一声……"巴哈尔骂道："奶奶的,你少拿爹娘说事,这不是理由。"慕思寒白了一眼马镰刀："老伯和乡亲们都是你的亲人,还有兄弟们,你的婚事你爹娘说了不算,我们说了算。"马镰刀不置可否地摇摇头。

"鼓掌鼓掌!当家的这是答应了。咱们白房子卡伦的规矩是：点头不算摇头算!"穆思寒说。

萨迪克微笑劝道："当家的,趁乡亲们都在这儿,七月七是个好日子,大家伙热热闹闹地把婚事给你们办了。"大伙异口同声："我们赞成。"叶丽亚激动地看着马镰刀,马镰刀看着叶丽亚:"叶丽亚,我要征得父母同意,八抬大轿迎你进门,给你名分,否则,你的名字就写不进马家宗谱,你永远都不是马家的人。"叶丽亚不语,含着泪看着马镰刀。

巴哈尔见叶丽亚流泪,气急骂道:"奶奶的,这是什么狗屁规矩!"薛草药也嘟囔:"这不公平,你爹十年前就把你踹出门了……"秦川瞪着马镰刀:"要是那倔老头这辈子不认叶丽亚,难道你要让叶丽亚等你一辈子吗?"小长安站起来:"兄弟们,咱们不能对站长这么客气。"古依汗也拍桌而立:"站长,你老老实实地按照大伙说的把事办了,否则后果非常严重。"李三宁目光同情地看着叶丽亚。

叶丽亚含着泪:"明轩哥,我只要你,什么都不要。"马镰刀深情地看着叶丽亚,拉住叶丽亚的手离开餐桌。马镰刀和叶丽亚跪在地上仰面看着夜空,叶丽亚含着泪水:"星星月亮,兄弟们、乡亲们为我做证,叶丽亚不要金,不要银,不要嫁妆,不要名分,我爱马镰刀,从现在到永远。我是马镰刀的女人。"马镰刀仰着头:"星星月亮,乡亲们、兄弟们为我做证,我马镰刀爱叶丽亚,我愿娶叶丽亚为妻,无论是福是祸,我与叶丽亚不弃不离,白首偕老。"马镰刀和叶丽亚对着夜空三叩头,接着夫妻对拜。马镰刀扶起叶丽亚向兄弟们和乡亲们鞠躬。萨迪克激动地说:"祝你们儿孙满堂,繁衍不息。"客木巴尔、库米丝汗弹起冬不拉,大伙手拉着手围成一圈又跳又唱,叶丽亚和马镰刀热情地拥抱亲吻。

这时轰鸣的炮声响起,夜空绽放五颜六色的火花。马镰刀和叶丽亚仰起头,脸上洋溢着无比幸福的笑容。

阿拉克别克瞭望台,炮声时隐时现,道伯雷尼亚和士兵们看着远处白房子上空艳丽的火花。米沙站在瞭望台上向下面喊:"亲爱的上尉,白房子在放焰火。"道伯雷尼亚望着白房子:"白痴,我不是瞎子。"瓦连京不解:"上尉先生,今天是什么日子,他们为什么放焰火?"道伯雷尼亚想了想："今天是中国历的七月七日。"阿辽莎不解地问："七月七日是什么日子？"道伯雷尼亚仰望夜空："七月七日是牛郎和织女在天上会面的日子。今晚是中国人看星星的节日。"士兵们都仰起头看天上的星星，伊万疑惑地指着天空："上尉，牛郎和织女为什么要在宇宙相见？"道伯雷尼亚笑笑："牛郎和织女是一对相爱的恋人，中国人把天鹰星座最亮的星称牛郎星，把天琴星座最亮的星称织女星，传说每年的今天，神鸟会衔来树枝在银河上架起一座桥，让牛郎和织女在桥上相会。"伊万感叹："这是个浪漫的传说。"阿辽莎打趣道："上尉，我们大家都是牛郎。"伊万盯着天空："上尉，牛郎星和织女星在哪儿，我怎么找不到它们？"道伯雷尼亚望着夜空道："中国有句话是这样说的，狗看星星一片明。"大伙纳闷地看着道伯雷尼亚。道伯雷尼亚"汪汪"学狗叫，士兵们明白了意思，顿时哈哈大笑起来。

　　在这残酷的世纪里，在这可悲的年代里，在古尔班通古特大沙漠的北沿，在这远离祖国心脏的地方，一对边疆儿女——勇敢的士兵和美丽的姑娘，相拥相抱，走入白房子旁边那座毡房。

第五十六章

一

马镰刀穿着白布格子的开领衫靠在床头抽烟。叶丽亚穿着睡裙坐在床边，有半个胸脯露出来，她下意识地把衣服向上提了提。马镰刀拉着叶丽亚的手："这鬼地方，让你受委屈了。"叶丽亚笑着："不委屈，和你在一起就是下地狱也不委屈。"马镰刀看着毡房的烛火轻笑道："咱在这儿的时间长则五年短则三年。""三五年后呢？"马镰刀想着："三五年后，带上一屋子孩子，回苏州老家过日子。"叶丽亚无奈地看着马镰刀："明轩哥，十年前我对你说过……"马镰刀笑着："你不离开草原。"叶丽亚笑着："你记着呢？"马镰刀叹了口气："十年前的一幕幕常常在我眼前重现。"叶丽亚揭开马镰刀的衣服，轻轻地抚摸着肚子上的刀疤，回忆起那个令人肝肠寸断的午后：马明轩看着阴冷发白的镰刃，胡永举起镰刀挥动手臂，镰刀带着风声落下，穿透马明轩的肚子，将马明轩钉在草地上。叶丽亚抱着胡永的腿向后拽，发疯似的哭喊，直到哭昏过去。没想到，一闭眼，就是十年……

马镰刀抚摸着叶丽亚乌黑的头发，叶丽亚难过地问："还疼吗？"马镰刀微微一笑："阴雨天，还是发痒发痛。巡逻时马背上颠上一天，这地方抽着疼。"叶丽亚情不自禁地用嘴吮吸了一下那疤痕，叹了口气。马镰刀想到了什么，问道："你到这儿的时间不短了，想胡永了吧？"叶丽亚点点头："不知他身体怎样，日子过得好不好。他受的是内伤，很难好利索的。"马镰刀笑笑："想了就去看看他。"叶丽亚感激地看着马镰刀。马镰刀笑笑："卡伦总算安宁了，明天我让小长安和老四陪你去。"叶丽亚面带苦涩摇摇头："不用。"马镰刀拍拍叶丽亚的手，脸上带着宽慰的笑："去看看他吧，我不在意。"叶丽亚笑着趴在马镰刀胸前，马镰刀抱着叶丽亚亲吻。

厨房里，李三宁坐在炉灶前，铲起马粪蛋往炉膛里添。客木巴尔走进厨房："做什么呢？"李三宁一边干活一边回话："叶丽亚给大伙做了一锅酸奶子。"客木巴尔兴奋地："酸奶子，我的妈呀！"说着拿起锅台上的碗："先让我吃一碗，我的口水已经流出来了。"李三宁白了他一眼："还没好呢，叶丽亚说要到太阳升起来才能酿好。"客木巴尔扫兴地放下碗。李三宁笑着："明天你们巡逻回来就能吃了。"客木巴尔看了一眼锅膛："要熬一夜吗？"李三宁点点头："叶丽亚说要保证炉膛里的温度，我和小长安轮换盯着火，我前半夜他后半夜。"客木巴尔哦了一声，捏起一块肉塞进嘴里离去。

第二天一早，大家没有出操，而是到马号里去，各人抓自己的马。秦川、薛草药、慕思寒、小长安等十七人备马做出发前的准备。马镰刀胡子刮得精光，把武装带往腰里一系，马靴上又上了一层油，军容整洁地挎着马刀、迈着方步走进大门。大家见了，喝一声彩。

马镰刀疑惑地看着众人："你们干吗？"亚森笑着："站长，你今天像变了个人似的。"巴哈尔笑着："那还用说，有人管了！"鸿玄弈大声喊："站长，叶丽亚啥时候给大伙生儿子？"马镰刀板起脸："你们少跟我嗷嗷叫，带上水和干粮快点滚蛋。"秦川指指马镰刀的马："别忘了今天轮到你带队。"大伙儿哈哈大笑起来。

清澈的河水闪着波光，喀拉苏干沟一个滴水下面，米依孜、阿依娜、古丽江、哈蒂曼四人哼着歌给大伙洗衣服、被单，欢快的歌声在白房子上空回荡。再脏的衣服都是可以洗净的，但是那床单上面沾满了这些士兵晚上梦遗的东西，像画了一张张地图一样，怎么洗也洗不干净。洗衣服的人叹息一声说："洗不干净就算了。"

马镰刀和萨迪克站在屋顶上，萨迪克拿着望远镜瞭望。马镰刀指着远方道："老伯，额尔齐斯河岸边，一座黄土山的下面，就是沙俄的边防站。我目测过，两个边防站相距六公里。"萨迪克看着望远镜："他们的房子和哈萨克木屋很像。"马镰刀点点头："是的。"萨迪克放下望远镜："地里的庄稼也和咱们的一样？"马镰刀笑着："一样，主要种的是春小麦。"萨迪克不解地问："那天上的飞鸟和水中的鱼儿怎么管？"马镰刀笑着："它们是自由的，它们没有国界。"

萨迪克和马镰刀走下楼梯，萨迪克道："当家的，有空回村落来看看。"马镰刀嗯了一声："有空我就回去，好长时间没看玛莎了。"萨迪克苦笑："你走后我常去看她，来之前我告诉她了。"马镰刀点点头："谢谢老伯照看玛莎。"

萨迪克笑着摇摇头："当家的，我们一会儿就走了。"马镰刀惊讶："那么大老远地来，怎么住一夜就要走？"萨迪克笑笑："见到了就行了，待在这儿碍事。"马镰刀忙道："不碍事的。"萨迪克摇摇头："小长安说你们的粮食吃没了，又多出八张嘴吃饭……"马镰刀忙解释道："粮草营这一两天就能送来粮食，我们是吃皇粮的兵，伊犁将军府不会把我们饿死的。"萨迪克笑笑："当家的，军队规矩多，你就别再劝我了。""我得和秦川、巴哈尔他们说一声。"马镰刀转身要走，萨迪克声音颤抖着："等我们走了以后再告诉他们。"马镰刀咧咧嘴："兄弟们舍不得你们走呀。"萨迪克擦擦眼睛："入冬前再来一趟，给孩子们一人做一条皮褥子，早知他们都在这儿，这一趟带来就好了。"马镰刀泪眼蒙眬地握着萨迪克的手："那好吧，老伯，你们路上多保重，今天是我带队巡逻，我就不送您和大伙儿了。"马镰刀难过地咧咧嘴。萨迪克点点头，悄悄抹去眼泪："不用送，等她们几个洗完衣服、被单我们就走。"马镰刀嗯了一声，两人久久地握着手，谁都没有再说话。

　　阿拉克别克边防站。叶戈尔站在瞭望台上用望远镜瞭望，瞭望台下，道伯雷尼亚和士兵们收拾马匹准备出发。叶戈尔冲着下面喊："亲爱的上尉，白房子的巡逻队出发了。"道伯雷尼亚自语："他们总是这么准时。"阿辽莎大声说："上尉，我们也出发吧。"道伯雷尼亚看着天空："孩子们，根据我三十多年的经验判断，今天一定很热，每人带上两个水壶。没水喝会渴死人的。"谢尔盖不在乎地笑笑："亲爱的上尉，我经历了五个冬夏，从没遇到渴死人的酷暑，您的忠告有些危言耸听。"伊万望着天空："上尉，我看今天和往常没什么不同，我们的水足够喝，不会渴死人的。"道伯雷尼亚皱眉："中国有句名言，不听老人言，吃亏在眼前。又说，劈柴劈小头，问路问老头。"米沙笑笑："这话听起来好像您在自吹自擂。"道伯雷尼亚笑着："那好吧，就让我们拭目以待。我带了两壶水够我喝了，到时候我不给你们喝。"伊万笑着："我们不喝您的水。"道伯雷尼亚无奈地咧咧嘴："可爱的白痴们，出发吧。这永远看不到尽头的苦役！"士兵们翻身上马，道伯雷尼亚带着马队出发。

　　羊群在草原上吃草，叶丽亚和李三宁骑着马跟在羊群后。叶丽亚回头问道："酸奶子都装到褡裢里了？"李三宁点点头："装了两袋，我用绳子系上了袋子口，吊在井里镇着呢。"叶丽亚看看天："今天好像很热。"李三宁擦着头上的汗："是挺热，地面温度高于体内温度，汗水往肚子里流。"叶丽亚关心地问："他们带上水了吗？""我准备了三个水囊，可他们只带了一个。"李三宁耸耸肩无奈地说。

二

　　马镰刀带着兄弟们沿着边境线前行，大伙都是一脸的汗水，手拿帽子扇风。巴哈尔的脸上满是汗水，仰头向天空张望，太阳发出耀眼的白光，那白光斜斜地射下来，一丝一丝的，呈弯曲状。巴哈尔被白光刺得睁不开眼。

中亚细亚大地上的太阳直射下来，无遮无拦。地面上的一切，都像被催眠了一样，昏昏欲睡。这里是世界上距离海洋最远的大陆，干燥，无雨。人在旷野上站得久了，会被烤成肉干。

巴哈尔嘟囔道："奶奶的，今天的太阳能烤死人。"喀海尔曼抱怨："站长，每次带的水都喝不完，今天我特意只带了一个水囊……"叶尔波勒抱怨："肯定不够。"马镰刀大声道："还得走几个时辰呢，省着点喝。"慕思寒大声传话："兄弟们，省着点喝水。"薛草药拿手扇了扇风："今天怎么这么热呀？"古依汗抹了一把汗："今天的太阳会烤死人的，没有水喝我们会被烤干的。"小长安骂道："真他娘的倒霉，第一次巡逻就遇上这么热的天，早知道我就不跟你们来了。"秦川笑着："小长安，别发牢骚，再往前就能看到漂亮的俄国姑娘了。"小长安撇着嘴："呸，要是有姑娘，你早就撇下兄弟们叛国了。"马镰刀咧嘴笑笑。

俄境的戈壁上，道伯雷尼亚带着马队走在国境线上，炽热的太阳烤得士兵们一个个低着脑袋：谢尔盖舔自己的嘴唇，看得出口渴难挨；瓦连京用手指刮下胳膊上的汗水，放在舌头上；伊万拿起水壶对着嘴抖了又抖，抖出了两滴水掉进嘴里。

瓦连京喊道："上尉先生，我皮下的水分就要蒸发干了，除了这身皮，我已经一点汗都出不来了。"阿辽莎苦恼地低着头："亲爱的上尉，我们没听老人言已经后悔莫及，咱们回去带上水重新出发。"伊万大声喊："亲爱的上尉，您发发慈悲吧，瓦连京已经没有一滴汗水了，我的血管里连一点血都挤不出来了。"道伯雷尼亚眯着老眼注视着前方，缄默地走着，好像什么都没听到。

卡伦院子里，吾尔曼在门口站岗，叶丽亚骑马跑来，到门口翻身下马。吾尔曼关心地喊道："叶丽亚今天特别热，你和三宁把羊赶回来吧。"叶丽亚点点头:"羊都晒蔫了,三宁正把羊往回赶。"吾尔曼失望地说:"萨迪克老伯他们走了。"叶丽亚吃惊道:"老伯他们怎么走了?"吾尔曼摇摇头:"老伯说,他和站长说过了。"叶丽亚回头望了一眼:"我怎么没看到他们?"吾尔曼指指另一条路:"他们顺着大河的堤岸走的,老伯说这条路近一些。"叶丽亚急道:"我去把他们追回来。"吾尔曼赶忙拦住:"别追了,让老伯他们走吧,老伯说入冬前还要来。"叶丽亚难过地说:"来一趟要走七八天,住一夜就走让人心里多难受。"吾尔曼叹了口气:"我劝了,可是劝不住。""愿他们一路平安。"叶丽亚点点头走进院里。

院子里晒着一排排衣服和被单,叶丽亚穿着一身色彩艳丽的花裙子,头戴花帽,站在井边用力地往上拉绳子。吾尔曼走来:"叶丽亚你放下,我来提。"叶丽亚用力拽着绳子,吾尔曼抓住绳子往上倒了几把,就把一个鼓鼓囊囊的褡裢从井里拉出来。叶丽亚指指井里:"还有一个。"吾尔曼又拿起另一根绳子往上拉。叶丽亚用力提起褡裢挂在鞍子上,吾尔曼把另一个褡裢也挂在鞍子上:"这么热的天你要去哪儿?"叶丽亚整理着鞍子上的东西:"兄弟们带的水不够喝,他们会渴坏的,酸奶子甜香又清凉解暑,我给他们送去。"吾尔曼不可思议地看着叶丽亚:"他们都走一个时辰了,你追不上他们。"叶丽亚翻身上马笑着:"我会跑到他们前边的。"吾尔曼急道:"路上小心,注意地貌标志。"叶丽亚点点头,磕镫催马跑出大门。

叶丽亚满脸汗水坐在马上辨认方向,马的背上脖子上已是汗水淋漓。她骑的是一匹好马,马在急促的奔驰中,脖子和前胛子有血珠子从毛孔中喷出。叶丽亚用手帕擦去脸上的汗水,催马飞奔,身后扬起一片尘土。

头顶上的烈日发出刺眼的白光,马队慢吞吞地走在干涸的界河边上,兄弟们被太阳烤得一个个耷拉着脑袋没精打采。马镰刀满头大汗板着脸手拿帽子扇风,秦川和马镰刀并肩走在队伍前面。

鸿玄弈低着头："我快昏过去了。"亚森擦着脸上的汗水："我的屁股好像坐在汗水里。"小长安用手刮下脸上的汗："这是什么鬼天气,汗水滴在沙子上,连个水印都留不下。"古依汗大声地喊："站长,走不到胡杨树底下,马蹄子就烤熟了。"马镰刀咧咧嘴："好啊,各吃各的马蹄,谁也别眼馋别人。"小长安闷声道："早知这样我应该骑叶丽亚的毛驴来,驴蹄比马蹄更有嚼头。"大伙被晒得蔫笑。

马镰刀咧嘴对秦川道："这天真的能烤死人。"薛草药大声："今天这儿比火焰山还要热。"巴哈尔骂道："奶奶的,用不了半袋烟的功夫,沙子里就能埋熟鸡蛋了。"敖元奎仰起头举着水囊往嘴里倒水,几滴水顺着水囊嘴滴进嘴里。老四大声地喊："站长,我们的水都喝光了。"库米丝汗喊："再往前走会渴死人的。"马镰刀大声喊："坚持走到胡杨树那儿,我们休息到月亮爬上来再往回返。"

小长安委屈地嘟囔着："萨迪克老伯还等着咱们回去吃饭呢。"马镰刀笑笑："老伯他们应该已经走了。"巴哈尔惊道："他们怎么走了?"马镰刀叹了口气："老伯怕给咱们添麻烦,所以要走。老伯的脾气你们都知道,我拦也拦不住。"小长安难过地低着头："早知道我留下,一定能把老伯他们留住。"

边界的另一边,老兵谢尔盖用舌头舔马脖子上的汗水,大声喊道："上尉,您退休后应当去气象站发挥余热,您有丰富的天文经验。"谢尔盖大声喊："亲爱的上尉,您能不能把您多带的那壶水,拿出来让大家享用?"道伯雷尼亚眯着眼睛："我的水已经喝光了。"阿辽莎憋气道："咱们回去吧,我不想把青春埋在这炽热的阳光下,这样死了太没有尊严也太不值得。"

前方,界河的另一边,远远地走着一队清国的边防军。阿辽莎骑马上来："上尉,前边是白房子的队伍。"道伯雷尼亚眯着眼睛："白痴,我的眼睛没有问题。"道伯雷尼亚看着前面,不由得磕镫催马,马从小走变为大走。大走马四个蹄子风一般地替换着,跟在后边的士兵们感到疑惑。伊万对身旁的谢尔盖道："我们的上尉，好像被太阳晒疯了。"谢尔盖满脸疑问地点点头："是啊，按照惯例，上尉应该设法避开才对。亲爱的上尉可能是想在退休前再为沙皇陛下立一功吧。"伊万耸耸肩："谁知道呢，上尉今天和往常大不一样，他失常了。"阿辽莎与道伯雷尼亚并肩骑行，看着白房子的马队："上尉，您今天是怎么了？"道伯雷尼亚眯着眼睛看着前方不语。阿辽莎又道："马镰刀的罗曼史和他的强盗生涯，您并不陌生。"道伯雷尼亚眯着眼睛继续沉默。阿辽莎急了："上尉，您的举动让大家感到莫名其妙。"道伯雷尼亚语气沉稳："没什么，我想见见那个传奇的人物。他的故事，传得很远很远，甚至已经传到我的家乡，俄罗斯高加索地区。"

这是中俄1883条约线上的一次例行巡逻，普通而又普通，乏味而又乏味。巡逻的目的，一是用马蹄宣示主权，二是巡视那些用作边界标志的地形地貌，是否受到人为的或者自然的破坏。如果不是后来发生的一系列事情，这次巡逻简直可以忽略不计。

第五十七章

一

白房子的队伍没精打采地走在沙漠上，没有人说话，没有人抬头。不知谁骂了句："狗日的太阳。"

巴哈尔回过头，无意间看到不远处，沙俄的巡逻队跟了上来。巴哈尔打起精神催马向前和马镰刀并行，难得声音不大："沙俄的巡逻队跟在咱们后边，他们的马速比咱快。"马镰刀没有回头，咧咧嘴："让弟兄们戒备。"巴哈尔收马插在秦川的马前，对秦川做了个戒备的手势。

秦川回头看到沙俄的巡逻队跟上来，做出戒备的手势，喊："打起精神，我们的朋友跟在后边。"白房子的兄弟们抖擞起精神，在马背上坐直了腰杆。秦川用不大不小的声音喊道："不要回头看，就当他们不存在。"

白房子的巡逻队不紧不慢地走在前面，道伯雷尼亚严肃而沉默地带着马队跟上来。白房子的士兵不由得扭过头和沙俄的士兵对视。沙俄的马队与白房子的马队接近平行，双方相隔一条干枯的界河，距离不足三十米。

阿辽莎皱眉道："上尉，您可以缓下步子与他们拉开一段距离。"道伯雷尼亚冷哼一声："自尊心不允许我那样做。"阿辽莎急道："您应当考虑自尊心以外的事情。"道伯雷尼亚不语，仰头看了眼马镰刀，马镰刀直视着前方没有回头。

道伯雷尼亚心里暗自思索："值得庆幸的是在以往的巡逻中，没有与对面的那位大名鼎鼎的人物发生正面冲突，我现在有些后悔自己今天这莫名其妙的举动。真是好奇心害死人。"道伯雷尼亚的表情有些忧伤，抬起胳膊用手遮住额头。

马镰刀阴沉着脸扭过头，盯着道伯雷尼亚的面孔，仿佛想从道伯雷尼亚的脸上看出他匆匆而来的用意。秦川打马上前："站长，咱们慢下来让他们走到前面去。"马镰刀摇摇头："我不能失去尊严和理智以及原则。"

马镰刀看着道伯雷尼亚，心道："你的山羊胡子已经告诉我，你是个老谋深算的家伙，你喜欢骑稳妥舒适、速度不算太慢的走马。草原上有句格言，不要和骑走马的人打交道。因为那些骑走马的人，大多青春已经不再，激情已经消退，一个个变成油腻的老男人了。"道伯雷尼亚把手遮在额头上，眯起眼睛久久地看着马镰刀。他大概有些失望，这个名声传得很远的草原王，不过尔尔。马镰刀看着道伯雷尼亚，咧咧嘴，嘟囔道："可怜的老人，你就是遮住脸，我也能从你那稀疏的山羊胡子上，读出你匆匆而来的含义。"

界河两岸，双方的巡逻队平行向前，两边的士兵相互对视，眼神里充满了警觉，甚至还有几分敌意。道伯雷尼亚眯着眼睛盯着马镰刀。马镰刀抬手擦额头上的汗水，道伯雷尼亚警惕地把遮住额头的手迅速移到挂在鞍桥上的枪把上。

道伯雷尼亚的举动引起白房子士兵的迅速反应，所有的人几乎同一时间握住自己的枪。白房子士兵的举动又引起沙俄士兵的反应，沙俄士兵们的手也迅速握住枪。

双方的士兵都注视着对方，一个手势，一个眼神，甚至一个呼吸，都逃不出对方的眼睛，气氛紧张到了一触即发的地步。

道伯雷尼亚自语："强将手下无弱兵。马镰刀确实治军有方。"马镰刀擦去脸上的汗，看了眼道伯雷尼亚，道伯雷尼亚松开了握着枪的手。马镰刀嘟囔道："我们彼此不过十丈，而在感情和心理上，又是那么遥远。"

两支队伍相互戒备，僵持着行进，道伯雷尼亚目不转睛地看着马镰刀，发现马镰刀不时地用眼睛瞄他。道伯雷尼亚突然想到了什么，摘下帽子，向马镰刀在空中画起了圆圈。

马镰刀看到道伯雷尼亚做出的友好表示，摘下帽子也向道伯雷尼亚在空中画起了圆圈。道伯雷尼亚的脸上露出轻松，马镰刀的脸色也渐渐变得和善。双方士兵的手都离开了枪，紧绷的神经缓和下来。

刚才一分神，没感觉，现在精神放松了，立刻就感到极度的口渴难耐。巴哈尔把脸上的汗水刮下来，把手指放进嘴里，鸿玄弈舔自己胳膊上的汗水，马镰刀舔舔嘴唇。

另一面，阿辽莎像狗似的伸着舌头，米沙舔马脖子上的汗水，伊万用手捋下马鬃上的汗珠，舔自己的手掌……谢尔盖大声喊："上尉，我们快要渴死了。"道伯雷尼亚心情烦躁地看着远处胡杨树露出的塔状的顶尖，转头对众人喊道："孩子们再忍耐一下。前面胡杨树下有树荫。"双方依然平行前进。

古老又高大的胡杨树，生长在界河边沙俄境内。太阳在天空行走着，时间的改变令胡杨树椭圆形的阴影越过边界，投在中国境内。

马儿站在树荫里，背上驮着两个鼓鼓的褡裢。叶丽亚艳丽的连衣裙给昏黄的戈壁增加了一缕亮色。叶丽亚看到出现在远处的两队人马，激动地举起手挥动着手中的银碗。

道伯雷尼亚挺直腰板带着马队，丝毫不失哥萨克老兵的风度，士兵们跟在后面没精打采耷拉着脑袋。

马镰刀耷拉着头，士兵们跟在身后好像睡着了似的，全凭骑术好，才没有从马背上栽下来。小长安抬起头无意间看到胡杨树的阴影里有一片色彩艳丽的花簇，小长安感到奇怪，揉揉眼睛再仔细看，突然兴奋地喊叫起来："叶丽亚，叶丽亚……"小长安指着前方喊："树荫下的那个人是叶丽亚。"马镰刀停住马蹄定睛一看,看到树荫下的女人果然是叶丽亚。他有些吃惊。鸿玄弈大声喊:"叶丽亚……"敖元奎、索如图也高声叫着:"叶丽亚,叶丽亚……"白房子的士兵都兴奋起来。

喊声惊动了俄方的士兵,沙俄的士兵也都莫名地兴奋起来。道伯雷尼亚依然严肃,眯着眼睛向前看。

阿辽莎看着不远处的叶丽亚,回忆起那日在屋顶瞭望的情形:叶丽亚从水下钻出来,白嫩的肌肤露出水面,细细的腰身,丰满的胸脯。叶丽亚甩了甩头发,晶莹的水珠四溅。此一刻,他嘴巴吧嗒着,咽着口水,心里想,白房子卡伦的当兵的真有福气。

阿辽莎喊叫道:"叶丽亚,叶丽亚……"伊万喊道:"美丽的天使,我们来了。"瓦连京、阿辽莎、伊万、叶戈尔、米沙对叶丽亚又摇帽子又招手。两队的士兵都兴奋了起来,跃跃欲试,想跑向前。

道伯雷尼亚眯着眼睛,依然迈着原来的步伐。马镰刀吊着脸,依然不紧不慢地前行。马镰刀和道伯雷尼亚对视着,显示自己的威严。双方心急如焚的士兵们,谁也不敢越过两位站长的马头。

叶丽亚两手各拿一个银碗站在树荫下,不时地将银碗举过头顶,有节奏地叩击几下。她笑嘻嘻地看着走来的马镰刀和兄弟们,同时也看着道伯雷尼亚和他的士兵们。两支队伍同时来到胡杨树下,马镰刀和道伯雷尼亚相互看了眼,示意对方已到终点,两人同时翻身下马,四双靴子同时踩在地上。

马镰刀的一只脚刚踏到地上,白房子的士兵们一窝蜂地滚鞍下马,冲向树荫下的叶丽亚。兄弟们围住叶丽亚好像久别重逢似的亲热。

巴哈尔把叶丽亚抱在怀里,小长安扯着叶丽亚的辫子,秦川拉着叶丽亚的手,叶尔波勒拉着叶丽亚的裙子……寂静的戈壁这时充满欢声笑语。马镰刀好像不愿意看到兄弟们和叶丽亚如此亲密,但内心里充满了喜悦,目光里含着脉脉的温情。

"我可怜的兄弟们!"马镰刀说。这个男人的心中,此一刻涌出一种潮水般的柔情。

薛草药拉着叶丽亚："你怎么跑到我们前边的？"叶丽亚笑而不答。薛草药笑着："你简直是女萨满，总是在不经意间出现，给这个世界带来惊喜。"叶丽亚呵呵地笑。客木巴尔看着马鞍上的两个鼓鼓囊囊褡裢，顺手摸了摸褡裢："好清凉呀，里边是什么？"叶丽亚笑着："看看不就知道了。"古依汗解开褡裢兴奋地叫喊道："酸奶子，酸奶子……"敖元奎高兴地跳起来："叶丽亚的酸奶子！叶丽亚给我们送来了酸奶子！"大伙都兴奋不已。叶丽亚笑着："快把褡裢拿下来吧。"客木巴尔和叶尔波勒拿下两个褡裢放在地上，叶丽亚把银碗伸进褡裢，盛出一碗酸奶子递给巴哈尔。巴哈尔喝了一口："奶奶的，太清凉香甜了。"巴哈尔把碗递给亚森，亚森喝一口把碗递给老四。兄弟们喝完一碗再盛一碗，传着享用。

叶丽亚盛出一碗端到马镰刀面前，马镰刀接过碗放在鼻子上闻了闻，一口气喝了下去，喝完又用大舌头吧嗒吧嗒把碗沿舔了舔，回味着。叶丽亚笑嘻嘻地看着马镰刀，一笑两个酒窝。马镰刀笑道："嗯，这是我在草原上吃到的最好的酸奶子。"秦川高兴地说："叶丽亚，你这手艺是跟谁学的？"叶丽亚笑着："只要大伙喜欢，我每天都给你们做。"兄弟们传递着银碗你一口我一口喝酸奶，刚才的焦躁已经完全消失了。

二

茫茫的古尔班通古特大沙漠北沿，时间已至午后，胡杨的树荫越过界河，摊在中方一侧的土地上。那胡杨树十分高大，是这一块地面的一个地形地貌标志物，它甚至出现在1883条约线的地形图解读中。那上面画了棵伞状的树，就是它。当地的人们，叫它胡杨王。它的树枝不是向天空生长的，而是围绕着树干与地面平行着向四面八方伸展，伸展得极远极远。它的底部生长的是柳叶，中间部分生长的是杨叶，它的顶端生长的是枫叶。所以人们又叫它三叶树。

道伯雷尼亚想在树荫下小憩的设想落空了。士兵们看着咫尺之外的白房子的士兵，传递着盛着黏糊糊酸奶子的银碗，品味着清凉甜香，羡慕极了。阿辽莎、伊万、米沙等就像贪嘴的孩子一样，眼巴巴地看着。这银碗在传递，只是到不了他们的手里。瓦连京和谢尔盖不由得舔自己的嘴唇，叶戈尔不加掩饰地舔着胳膊上的汗水。

道伯雷尼亚闻到甜香的味道，不由得满口生津，口涎从缺牙的嘴里流出来。道伯雷尼亚突然意识到有失体统，看了眼士兵们，发现他们跟他一样，一个个不加掩饰，像馋嘴的狗一样，看着每一个端碗的白房子士兵。道伯雷尼亚抬起手擦去挂在嘴边的口涎，猛然瞅见马镰刀那饱含怜悯的目光。道伯雷尼亚心头一震，赶快转过头去面向士兵们。

阿辽莎看到小长安对他挤眉弄眼。伊万舔着嘴唇看着叶丽亚。米沙看着巴哈尔喝酸奶，刮着自己脸上的汗水往嘴里送。道伯雷尼亚吊着脸："孩子们，这里没有阴凉，树荫出卖了我们！我们走。"士兵们没有人听道伯雷尼亚说的话。道伯雷尼亚看着馋嘴的士兵们："孩子们，我给你们讲个勇士的故事。"士兵们没有人理道伯雷尼亚的茬儿，反而投去不友好的目光。

马镰刀看到一名和道伯雷尼亚年龄相仿的老兵，把干渴的舌头伸到汗水淋漓的马肚子上舔马的汗水，不由得动了恻隐之心。

不听话的士兵使道伯雷尼亚觉得有一股悲凉贯穿全身。他是老了，老猫不逼鼠了，所有的士兵都知道，他很快就会离开岗位，回他的家乡去了。然后每夜每夜怀里抱着老寒腿的膝盖，在一声声痛苦的呻吟中沉沉睡去。道伯雷尼亚叹息一声，低下头从衣兜里摸出烟荷包。

"站长阁下。"道伯雷尼亚听见有个陌生的声音用俄语叫他，抬头看着马镰刀。马镰刀笑笑："你们过来共享清凉。酸奶子很多，我们匀一半给你们！树荫也很大，两个队的人也坐不满。"白房子的人吃惊地看着马镰刀，沙俄士兵的目光不由得看向道伯雷尼亚。道伯雷尼亚表情严肃地向马镰刀摆了摆手。就在道伯雷尼亚摆手时，沙俄士兵们发出极度不满的唏嘘声。

巴哈尔看了一眼马镰刀挖苦他："奶奶的，跟你在一起十多年，今天才知道你会说俄国话。"马镰刀笑笑："凑合两句。手枪叫'纳干'，大河里跑着的船只叫'捕里莫特'。'这里是中国的领土，你们的领土在那边。朋友，你越界了。'这句话用俄语这么说⋯⋯"

米沙不愉快地看着道伯雷尼亚："亲爱的上尉，您怎么能不接受他们的好意，您怎么如此古板？这样做您不觉得太愚蠢了吗？"道伯雷尼亚严肃地看着米沙。阿辽莎急道："上尉，他们站长请我们共享清凉，我知道他是诚心的。"伊万在一旁附和："上尉先生，如果您的大脑没有被中亚细亚荒原上的太阳烤坏的话，您应该不难看出他们的诚意。"道伯雷尼亚看着马镰刀不语。

秦川冲着沙俄士兵喊："天高皇帝远，你们怕什么？"谢尔盖闻言坐不住了："上尉，我们尊敬的沙皇陛下，此刻正在莫斯科手忙脚乱地镇压各种风潮，无暇顾及这些事情。而他们的慈禧太后，此一刻正乘着马车，走在从热河向西安逃跑的路上。"道伯雷尼亚严肃地看了谢尔盖一眼。

小长安大声地："说不定，你们的尼古拉二世，正搂着娘儿们午睡呢。我都听见他的鼾声了。"双方的士兵们一阵大笑。谢尔盖闻言，纠正说："阿尔泰和莫斯科时差是六个小时，此一刻，沙皇陛下正在用晚餐。"马镰刀向道伯雷尼亚招手喊："哎，棺材瓢子，你懂汉语吗？"道伯雷尼亚皱眉看着马镰刀："站长阁下，我的汉语和您的俄语一样好。"马镰刀咧咧嘴："你们把武器放在贵方境内，只一个素人过来，一起享受清凉。"道伯雷尼亚客气道："谢谢站长阁下的好意，我就快退伍了，万一出了事，自己受连累是次要的，老伴的晚年还要靠我的养老金生活呢。"马镰刀嘟囔着："可怜的老人。"叶丽亚笑嘻嘻地对沙俄士兵道："你们过来和我们一起喝酸奶，一同享用这片阴凉，我们没有恶意。"伊万向叶丽亚飞起媚眼，叶丽亚用更媚的眼神回应伊万。

道伯雷尼亚瞪着叶丽亚："美丽的姑娘，您的好意我们领了，越界是违反边境管理条例的。虽然方圆百里不见人烟，没有眼睛会瞅着我们，但是我还是有些心惊肉跳。"秦川大声道："我们站长是真心邀请你们的，不要给脸不要。"道伯雷尼亚看着士兵投向对面的目光，又回头看着马镰刀："站长阁下，如果我们过去，万一出事怎么办？"马镰刀抽着烟："不会出事的，棺材瓢子。山高皇帝远，我们只能自己可怜自己。"道伯雷尼亚冷笑一声："如果我们过去了，事后你们打一个报告，我的一切就全完了，这些弟兄的前途也就全完了。"巴哈尔喊："那你们请便吧，我们站长是可怜你们，不是求你们。"道伯雷尼亚微微一笑："既然阁下有如此侠肝义胆，能不能劳您大驾写个条子，这样，事后您也就不敢给我们的上司打报告了。"马镰刀咧咧嘴："我没有想到这一招。"道伯雷尼亚指了指离胡杨树不远的地方："就暂时借给我们一块小憩的落脚地。"

马镰刀凝眉思索："站长阁下，请容我考虑考虑您的提议。"道伯雷尼亚点点头："走的时候，我会把条子还给阁下的。"马镰刀看着站在烈日下备受煎熬、饥渴难耐的沙俄士兵，思忖着。

沙俄的士兵们用祈求的目光看着马镰刀，马镰刀终于点了点头。沙俄的士兵们像得了赦令，立刻扔下武器，一窝蜂地跑过界河。道伯雷尼亚解下腰上的马刀和手枪放在地上，然后拽了拽他的军服，跟着士兵们跨过界河。

沙俄阿拉克别克边防站的巡逻兵，就这样一步一颠地走过了这条干涸的季节河。大约在他们平日每一次的巡逻中，都有一种恶作剧的想法，就是跨过这条界河去，冒犯一下它的权威。此一刻，他们突然觉得，这其实是一条普通的季节河。

小长安高兴地端着一碗酸奶走到阿辽莎面前，笑着："快喝吧。"阿辽莎感激地看着小长安："谢谢你，兄弟。"阿辽莎刚喝两口，瓦连京抢过阿辽莎手中的碗，贪婪地往嘴里灌。饥渴的沙俄士兵们，拿起褡褡一个传一个，直接往嘴里灌，伊万的嘴上脸上卷发上，都沾满了白花花的酸奶，尴尬地对叶丽亚笑。叶丽亚笑嘻嘻地看着沙俄士兵们抢喝酸奶的样子。

马镰刀拿出一张卷烟纸看着道伯雷尼亚，道伯雷尼亚马上掏出烟荷包递给马镰刀，马镰刀晃了晃手做写字的示意。道伯雷尼亚反应过来，从衣兜里拿出一支小手指长的铅笔递给马镰刀。

马镰刀抬眼问道："阁下，您的名字？""道伯雷尼亚。"马镰刀惊讶地笑笑："这是贵国历史上一位勇士的名字。"道伯雷尼亚更为惊讶："马站长怎么知道这个名字？"马镰刀咧咧嘴："在书里读到过他的故事。"道伯雷尼亚微笑着："这是个伟大的名字，我父亲很崇拜这位勇士，所以就给我起了和他一样的名字。"

马镰刀写完条子递给道伯雷尼亚，道伯雷尼亚看着纸条小声念："今借给沙俄老兵道伯雷尼亚君一行牛皮大一块地盘，以作小憩之用。中国边防伊犁总兵府辖下北湾边防站站长马镰刀。"道伯雷尼亚看完条子："感谢阁下借给我们牛皮大的地方，这很宝贵。"

道伯雷尼亚把条子放进自己的烟荷包里。叶丽亚拿着一个银碗和看上去已经有一些空瘪的褡裢，走到道伯雷尼亚面前，把酸奶子倒进碗里。叶丽亚双手端起碗面带微笑："站长阁下，您和您的士兵是我们尊敬的客人，请您享用吧。"道伯雷尼亚接过银碗客气道："我和士兵们感谢你们的好意。"叶丽亚把褡裢放在道伯雷尼亚面前，笑着鞠躬离去。

马镰刀小声地背诵着小时候看过的一本书中的话："俄罗斯勇士道伯雷尼亚，已经很老很老了，他从沙皇看他的目光中已经读出嫌弃的意思了，于是辞职了。老年的道伯雷尼亚骑一匹瘦马，扛一柄长矛，漫无目的地走在旷野上。他来到一个三岔路口，路口摆着三块红石头。第一块石头上写着，从这条道路上走过去，你将得到死亡；第二块石头上写的是，从这条道路上走过，你将得到财富；第三块石头上写着，从这条道路上走过，你将得到爱情。老兵叹了口气，向第一条道路走去。"

第五十八章

一

双方的马都被使上了羁绊,零零散散地在附近喘息。双方的士兵横七竖八地躺在胡杨为他们提供的绿荫下。阿辽莎把碗伸进褡裢里,刮下黏在褡裢皮上的酸奶。米沙抢过褡裢拉开袋口,将头钻进了口袋里。叶丽亚和小长安看着米沙乐得笑。米沙好不容易把头拔出来,脸、头发、鼻翼上,眼睛、睫毛、耳朵上都沾上了酸奶。叶丽亚和双方的士兵都开怀大笑起来,米沙却津津有味地舔着嘴的四周。

银碗放在道伯雷尼亚的脚边。道伯雷尼亚把褡裢翻过来,眼睛眯成一条缝,伸出舌头一点一点地舔着粘在口袋皮上的酸奶,看上去像一只馋嘴的老山羊。马镰刀扭头看了眼贪吃的道伯雷尼亚。道伯雷尼亚觉得自己有失体统,感恩地笑了笑,喃喃地道:"真不好意思,我们甚至比你们喝得还多。"马镰刀咧咧嘴:"没什么,味道不错吧?"道伯雷尼亚点点头:"非常好,我还是第一次喝到这样香甜清凉的酸奶。"

阿辽莎坐在地上喊道:"叶丽亚给我们唱支歌吧,您的歌声真好听。"马镰刀拿出烟荷包卷烟,道伯雷尼亚急忙把自己的烟荷包递给马镰刀。道伯雷尼亚微笑着:"请您尝尝我们俄国的达巴特烟。"马镰刀捏出一捏烟丝放在纸上。

戈壁上,响起叶丽亚动听的歌声。双方的士兵们坐在地上围成一圈,叶丽亚站在中间。巴哈尔、鸿玄弈、亚森手提马镫一下下地敲打。秦川、老四、古依汗、薛草药每人手拿两把马刀敲击。伊万用马镫敲着银碗,其他的士兵有的拍手,有的跟着叶丽亚的歌声跺脚,为叶丽亚伴奏。

道伯雷尼亚看着叶丽亚:"您的夫人很漂亮。"马镰刀笑笑:"你怎么知道叶丽亚是我的女人?"道伯雷尼亚笑着:"这很简单,如果叶丽亚不是阁下的夫人,她不会用那样深情的目光看您。"马镰刀咧嘴笑笑。道伯雷尼亚感叹:"她有一双迷人的眼睛,还有一双灵巧的手,只有叶丽亚能做出这样香甜的酸奶。"马镰刀笑笑,深情地望向自己的女人。

道伯雷尼亚看着胡杨树感慨:"真不敢想。"马镰刀疑道:"不敢想什么?"道伯雷尼亚叹了口气:"多年来,只有目光能越过这条神秘的界线,至于本人的躯体越过界线,那是做梦也不敢想的。"马镰刀认可地点点头。

道伯雷尼亚慢慢说道:"每当看见一只麝鹿,或者一头野猪,迈着四平八稳的步子,一步跨过界线时,我的心里便会咯噔一声。"马镰刀吐出口烟。道伯雷尼亚接着道:"甚至看见天上的飞鸟,从高空越过这条界线时,我的胳膊也会颤抖一下。不过,当我今天越境时,除了恐惧不知为什么,还有一种孩童般的恶作剧式的快感。"马镰刀笑笑:"地球是圆的,本没有死角。"道伯雷尼亚抖了抖烟荷包:"直到我拿到您写的条子,心里才有几分踏实。"马镰刀报之一笑,低头看手中的烟荷包。道伯雷尼亚指着烟荷包:"是她送给您的?"马镰刀笑着点点头,指着道伯雷尼亚的烟荷包:"是您妻子做的?"道伯雷尼亚微微一笑:"是一位漂亮的姑娘送的。那时候我还很年轻。"马镰刀咧嘴笑了:"哦,我明白了。"道伯雷尼亚回忆道:"一个举目无亲的大兵,在亚玛街最黑暗的街道上度过一夜后,回到了边防站,不久,接到了姑娘用保价邮包寄来的烟荷包。"马镰刀笑着:"青春岁月总会有浪漫的事情发生。"道伯雷尼亚得意地笑。

伊万来到道伯雷尼亚身边:"上尉,今天就像圣诞节一样兴奋,我虽然不抽烟,可我突然想抽支烟来助兴,请允许我卷一支您的烟吧?"道伯雷尼亚想也没想，把烟荷包递给了伊万。

叶丽亚唱起了一首歌，这是一首中亚细亚草原上的古歌，我们以前听过。那些俄国巡逻兵，也有人说小时候听过，看来这确实是一首流传广泛的古歌。

> 我的地方
> 小小的地方
> 并不是我自己要来
> 也不是马儿载着我来
> 是那
> 可诅咒的命运
> 它把我带来的
> ……

自上一次唱这首歌到现在，歌者叶丽亚经历了太多的人生内容，因此较之以前，这歌声更深厚和哀恸了一些。

阿辽莎、米沙、瓦连京围着叶丽亚拍手跳舞，伊万叼着烟拍手走来加入其中，双方的士兵给阿辽莎、米沙、瓦连京、伊万四人的舞姿拍手叫好。叶丽亚边唱边舞，旋转使裙摆飘起，裙摆飘到谁的面前，谁就禁不住伸长脖子让裙摆从自己的脸上擦过。阿辽莎舞动着喊："叶丽亚，我已经深陷情网。"叶丽亚摇摆着身姿："你太自作多情了，我还没有看上你。"士兵们哈哈大笑。

道伯雷尼亚和马镰刀抽着烟，开心地看着兴奋异常的士兵们。道伯雷尼亚突然道："坦率地讲，听说威震草原的草原王马镰刀做了白房子的站长时，我还真有些紧张呢。一连几个晚上都睡不好觉。"马镰刀微笑着："为什么？"道伯雷尼亚看着马镰刀："我曾经在额尔古纳河一带与你们的士兵打过交道，他们的悍勇和忠诚给我留下深刻的印象。"

马镰刀咧咧嘴。道伯雷尼亚笑道："传说马镰刀杀人不眨眼，还听说草原上的人用您的名字吓唬不听话的小孩子。"道伯雷尼亚笑得像个调皮的孩子。马镰刀咧嘴笑了笑。道伯雷尼亚抱有歉意地说："我们烧了你们的羊，你们却把我们的牛送回来了，我表示……"马镰刀咧咧嘴："都是过去的事了，我们有句话叫不打不相识。今后我们做好朋友、好邻居，共同维护好边境的安宁。"道伯雷尼亚点头："您是个宽宏大量的人，我赞成阁下的提议，我们双方和睦相邻。"马镰刀低头行了个礼："我为先前的戒备心有些难为情。"道伯雷尼亚笑笑："我和您一样，只是没说出口，我在心里分辨这种戒备心理是出于胆怯还是责任心。"马镰刀笑着："结果是什么？"道伯雷尼亚撇撇嘴："结果没能得出答案。我是个懒得动脑筋的人。"马镰刀笑着："您不像边防站站长，只要给您穿件开领衫，再让您提上把砍土镘，您就是一位地地道道的俄罗斯外省的老农了。"道伯雷尼亚笑得眯起眼睛。

　　道伯雷尼亚笑着："能和传奇人物肩并肩坐在一起有说有笑，我感到十分荣幸。您和您的部下不像我所见到的清国军人。"马镰刀不解地："哪儿不像？"道伯雷尼亚指指脑后："你们没有辫子。"马镰刀赞同地点点头。道伯雷尼亚用手比画着马镰刀的身形："您的外表总体彪悍魁梧，孔武有力，但给人一种敦厚、实在、文静甚至是愚钝的感觉。"马镰刀笑着："多谢阁下赞誉。"道伯雷尼亚夸张地睁大眼睛："在做梦的时候，有几次梦到马镰刀割掉了我的脑袋，脑袋像西瓜一样在地板上打转。不瞒您说，每天早上我睁开眼睛，做的第一件事情就是摸摸自己的脖子，看看头还在自己脖子上长着没有。"马镰刀笑着："我不是恶魔，今晚您会梦见给您烟荷包的那个姑娘。"道伯雷尼亚开心地笑着："现在我觉得我的梦太可笑了。其实，您更像个牧人，如果给您一把大镰刀，您一天可以割十几亩牧草。"马镰刀舒了口气问道："你这把年纪了还要干多久？"道伯雷尼亚微微一笑："到头了，今年就可以回家和老伴、孩子团聚了。"

阿辽莎、米沙、瓦连京、伊万、小长安、巴哈尔、叶尔波勒、秦川围着叶丽亚又唱又跳，周围敲碗、敲马镫、拍手伴奏的士兵们耐不住激动和兴奋，扔下手里的东西，一跃而起也跳起舞来。几十双马靴"轰轰"地跺在沙土地上，无数只手臂在挥舞，无数个歌喉发出各种叫声，地面上扬起团团尘土。士兵们发疯地狂欢，叶丽亚更加疯狂地舞动。

她像一个领舞者，风一样地在散发着汗腥味的男人堆中旋转。她跳的是中亚细亚地面最有名的一个舞蹈，叫作胡旋舞。

沙俄士兵齐声呼喊："叶丽亚是我们的女皇。"白房子的兄弟齐声高呼："叶丽亚是我们的女神。"场地上尘土飞扬，发疯的士兵们发出各种怪叫，马儿也一匹接一匹地长鸣起来。

看着狂欢的士兵们，道伯雷尼亚感慨道："这一刻多么美好。"马镰刀点点头："人生哪怕只有这么美好的一个时辰，也就满足了。"道伯雷尼亚深有感触地点点头。叶丽亚和阿辽莎来到马镰刀和道伯雷尼亚面前。叶丽亚向道伯雷尼亚鞠躬道："站长阁下，请您为我们唱一支歌吧。"阿辽莎向马镰刀行礼："站长先生，请您给我们朗诵一首诗歌。"马镰刀和道伯雷尼亚站起来走到士兵中间，马镰刀语调悠缓地朗诵："葡萄美酒夜光杯，欲饮琵琶马上催，醉卧沙场君莫笑，古来征战几人回。"士兵们拍手叫好。道伯雷尼亚扯开嗓子唱了首苍凉悲壮的歌，这首歌叫《草原》。低沉悲怆的歌声回荡在戈壁上：

茫茫大草原，路途多遥远，
有个马车夫，将死在草原。
有个马车夫，将死在草原。
车夫挣扎起，拜托同路人，
请你埋葬我，不必记仇恨。
请你埋葬我，不必记仇恨。
请把我的马，交给我爸爸，

再向我妈妈，安慰几句话。

再向我妈妈，安慰几句话。

转告我爱人，再不能相见，

这个订婚戒指，请你交还她。

这枚订婚戒指，请你交还她。

爱情我带走，请她莫伤怀，

重找知心人，结婚永相爱。

重找知心人，结婚永相爱。

二

道伯雷尼亚竟然是一个唱歌的高手。他的苍老的、干涩的声音，由于喝了几口酸奶子而变得湿润的声音，回响在这团胡杨树的树荫下——这块一张牛皮大小的地方。士兵们席地而坐，有的用银碗磕打出节奏，有的站起身来，用马靴的后跟击打出节奏，有的腾出双手轻轻拍手应和。这是一首流传在伏尔加河流域的歌曲，讲述着一个士兵在临死时的请求。这样一首悲怆的歌子，由一个老兵唱出，也许是再合适不过了。

白房子的巡逻队，阿拉克别克巡逻队，他们的长官马镰刀、道伯雷尼亚，所有的人都在这一刻，忘记了世界的存在。他们尽情地欢乐着，一直到天色将暮，月亮升起。

开始是满天星斗，密密麻麻，天空像一口大铁锅一样罩在这青色草原上。后来，星斗渐渐隐去，一轮又圆又大的月亮，在阿尔泰山那苍茫的垭口升起。起风了。这里有风，有古老的草原。黄昏的风肆无忌惮地吹着，来去无定，扫荡着这满地的暑气。

欢宴总有结束的时候，他们扶着膝盖站起，彼此热烈地拥抱。沙俄士兵顺着他们来时的路，回到他们的土地上，然后拾起他们或扔在地上或挂在胡杨树上的刀枪。

漠风会迅速地把这块地面上的所有痕迹抹平。沙狐和土拨鼠眼见得人们散了，便迫不及待地不知道从什么地方钻出来，伸出舌头舔净留在沙地上的酸奶子的痕迹。一群兔子，不知从什么地方赶来，此一刻，在这空荡荡的地面上，正立起来用两只前爪向着月亮作揖。是呀，如果不是后来有大事情发生，世界永远不会知道、不会记得这胡杨树下曾经发生过这样的故事。相信啊，在别的边境上，这样的故事，以前发生过，以后还会发生。

　　卡伦屋顶上，黄龙旗迎着朝霞在风中招展。"嘿嘿嘿"整齐的声音，在空中回响，巴哈尔站在队前带领大伙操练拳法。马镰刀坐在屋顶的椅子上，跷起二郎腿，看上去有些心事重重。马镰刀站起来举起望远镜瞭望，阿拉克别克的瞭望台上有士兵在朝这边瞭望。马镰刀向沙俄士兵挥了挥手，望远镜里，沙俄士兵挥动帽子画圈。马镰刀放下望远镜，黑着脸在屋顶上踱步。

　　秦川走来："站长怎么了，看上去好像有心事？"马镰刀心不在焉地："啊，啊。"秦川骂道："你啊啊屁呀！"马镰刀皱着眉头："昨天只顾高兴了，走的时候忘把借条要回来了。"秦川笑着："那算什么事呀，见到棺材瓢子问他要回来就行了。抽烟的人，弄不好早就把它卷烟抽了。"马镰刀咂咂嘴："我也是这样安慰自己的。"秦川不在乎地说："那张条子已经是废纸一片了，你至于愁眉不展吗？"马镰刀咧咧嘴："边境无小事，今早起来我突然想起条子，心里顿时就七上八下的。"秦川笑笑："神经过敏，巡逻时如果遇到他们的人，我告诉他们一声让道伯雷尼亚还给你就行了。"马镰刀点点头。

　　俄军营房，阳光透过几扇窗射进来，屋子很大，起间很高，房间里摆放着一张张床铺，上面放着二十个士兵的铺盖，叠得整整齐齐，有棱有角。脸盆架、枪架、衣架、书架摆放得有条有理，房间里干干净净，一看就知道是士兵的集体宿舍。伊万坐在床上翻看日记本，一张夹在里面的两指宽的纸条展现在眼前。伊万拿起纸条凑到眼前看着，小声念道：“今借给沙俄老兵道伯雷尼亚君一行牛皮大一块地盘，以作小憩之用。中国边防伊犁总兵府辖下北湾边防站站长马镰刀。”

　　道伯雷尼亚走进来，伊万迅速合上笔记本，顺手塞到被子下面。道伯雷尼亚皱眉问道：“伊万，你见到马站长写的那张条子了吗？”伊万笑着："上尉，是那张借条吗？"道伯雷尼亚微笑：“没错，是马站长写在卷烟纸上的那张借条。”伊万摇摇头：“对不起上尉先生，我没有见到。”道伯雷尼亚思索着："这就怪了，我记得很清楚，我把条子放进烟荷包里了，可我怎么也找不到它了。"伊万心虚地避开道伯雷尼亚的目光：“您是不是记错了？”道伯雷尼亚急道："我怎么会记错呢？"伊万支吾着说道：“我说的是，您会不会已经还给了他，只是您自己糊涂了。”道伯雷尼亚怒道："我没有老到头脑痴呆，昨晚走的时候我忘记还给他了。"伊万微笑着劝道：“既然您记得清楚就再找找，我想会找到的。”道伯雷尼亚盯着伊万的眼睛：“昨天，我记得只有你问我要过烟荷包卷烟。”伊万掩饰道："上尉，或许……或许我把那条子卷烟抽了。"道伯雷尼亚责怪道："白痴，你怎么能把条子卷烟抽呢？"伊万解释道："不，不……上尉先生，您别着急，您理解错了，我是说或许，是我自己的猜测。"道伯雷尼亚吊着脸："猜测不能解决问题，你帮我找找。”“是，上尉。”道伯雷尼亚吊着脸皱着眉头走出营房。

　　林子里十分幽静，地上铺着一层金黄色的落叶，伊万心事重重地漫步在林子里，停住脚步从衣兜里拿出笔记本，翻到夹着借条的一页，看着借条，耳边响起司令部军官的话语声："伊万·彼得洛维奇少尉，你到边防站刚满两年，资历不够，你还很年轻，会有升迁的机会……除非，除非你为沙皇陛下做出些特殊的贡献。"伊万看着条子自语："如果我告发了这件事，上尉和所有的人……"

　　“伊万少尉，我在到处找您。”伊万吓了一跳，忙把条子夹在本子里，条子的一截露在本子的外面。伊万拿着本子转过身："阿辽莎，你怎么像幽灵似的没有任何响声就到我的身后了？"阿辽莎看着伊万手上的本子，笑着："那是您太专注的原因。"伊万把本子装进衣兜："你怎么知道我在这儿？"阿辽莎笑笑："米沙告诉我您往这边来了，所以……"伊万打断他的话："你有什么事？"阿辽莎从兜里拿出一封信交给伊万："刚刚收到司令部通信员送来的公函，我想会不会是上级要提拔您接替站长一职……"伊万嗤笑一声："我刚来两年，怎么会呢。"阿辽莎撇撇嘴："您看看不就知道了。"伊万拆开信取出信瓤，展开看信。伊万笑着："这是封私人信件，是我哥哥通过司令部转来的，信上说我母亲病重。"阿辽莎一惊："那您请假回家看看您母亲吧。"伊万点点头："是得回去看看。"

阿辽莎和伊万漫步在林中。伊万低声道："阿辽莎，你认为谁会接替站长的职务？"阿辽莎摇摇头："没想过，我也不关心这件事。"伊万看着阿辽莎："接替站长的人如果是我呢？"阿辽莎看了伊万一眼，嗤笑："您首先应该和大伙搞好关系，否则大伙不但不听您的指挥，还会反对您接替站长的职务。"伊万皱眉："我是说假设。"阿辽莎咂咂嘴："要说谁最有可能，我看只能在瓦连京和谢尔盖之间选出一人。"

俄站长室里，道伯雷尼亚站在床前，提着军装翻看每一个衣兜。"报告。"米沙推门走进来，"上尉您找我？"道伯雷尼亚急道："米沙，你看没看到我把那张条子放到了什么地方？"米沙摇摇头："上尉，我根本没有见过那张条子。"道伯雷尼亚咂嘴："就是马站长写在卷烟纸上的借条。"米沙频频点头："是的是的，亲爱的上尉，您不用解释我也知道。上尉，您问过其他人了吗？"道伯雷尼亚苦恼地坐在床上："都问了，没人知道。"米沙："我不知道您把它放在了什么地方。""我当时把条子放在烟荷包里了，我记得很清楚。"米沙耸耸肩："我没有对您的记忆产生怀疑，我没有看您拿出来过那张条子。"道伯雷尼亚懊恼地拍了一下身边的床铺："有可能的地方我都翻遍了，可怎么也找不到，所以请你来帮我想想，我最有可能把它放在哪里。"

米沙一拍大腿："我已经想到了！"道伯雷尼亚激动道："快告诉我，要不然我会急疯的。"米沙笑着："那张借条已经化作一股烟，飘散在空气中了。"道伯雷尼亚吃惊道："啊！你是说我把条子卷烟抽了？"米沙点点头："上尉，您只顾喝酸奶狂欢高兴，在不经意间把它卷烟抽了……这并不奇怪，那张纸本来就是用来卷烟的纸。"道伯雷尼亚思索着："不，不，我不会干出那样的蠢事，因为借条对我们双方都非常重要，不会，绝不会。"米沙无奈道："既然您这么肯定，我再也想不出第二种可能了。"道伯雷尼亚白了一眼米沙："上帝呀，我又找来了一个白痴。"

米沙不解地看着道伯雷尼亚："亲爱的上尉，您钻进牛角尖了，那张两指宽的借条已经失去了效用，卷烟抽您都嫌脏，我想马站长也很清楚这一点。"道伯雷尼亚摇摇头："中国人崇尚仁、义、礼、智、信，尽管那张条子失去了效用，我也不能失信于他。"

第五十九章

一

胡杨树下的联欢过后,尽管没有要回条子,马镰刀担心了几天,但是事情太多,很快他就把这事丢到脑后了。他开始谋划在这块地面长期驻扎的准备。

叶丽亚原先搭起的毡房太简单,恐怕过不了冬。秦川领着士兵们在毡房的里面用湿牛粪糊了一遍,又在毡房的外边用白柳条编了一圈,然后在空隙处又充填上一圈干牛粪,把个墙壁搞得足有一米厚。原来白房子就有一些老乡们劳军时留下的母羊,萨迪克老伯一行又送来了一群羊,这些羊现在合成一群,已经有些气候了。于是,白房子的士兵们在叶丽亚的毡房旁边,靠近喀拉苏干沟的地方,用篱笆扎起一座羊圈。羊圈的旁边,紧挨着,又搭起一座牛棚。这是草原上的讲究,夜晚的时候,假如野物侵害,牛会保护羊的。

一定得有一片菜地。在这块地面,只要有水,就会生长出一片绿洲。马镰刀领着士兵们骑着马,顺喀拉苏干沟往上走,找到一块平地,白沙碱土地。这里哈萨克人可能做过牧场。马镰刀领着大家,先在喀拉苏干沟上围了个小坝,把水位抬高,然后修一个小渠,把水引到平地去。头伏萝卜二伏芥,三伏种得好白菜。现在正是三伏,于是先用水把这块地灌饱,然后从克孜镇买了些菜籽,撒在泥水里。几天以后,白菜幼苗就长出来了，绿汪汪的一片。

这些菜将来成熟以后，得把它们储存起来，过冬。所以现在要做的事情，是给白房子围墙东大门的外面，挖一个菜窖。先用砍土镘把这里的沙土一点一点地起出，形成一个大坑，再在坑的四边立起一些树桩子，防止流沙侵蚀。上面盖顶，铺上芦苇条，再用碱土和成泥巴，盖在菜窖的顶上。

在挖菜窖的时候，这里生长着几棵红柳，他们顺着红柳树根往下挖，一直挖了三米深，挖到地下的碱土层。三米就是一丈啊！红柳是一种中亚细亚四处可见的灌木，人们把许多赞美的歌儿唱给红柳听。原来，它之所以能生长在这艰苦的地方，之所以有几条命，是因为扎着这么深的根啊。

还有一件重要的事情必须做，那就是给战马都钉上马掌。过去在山寨的时候，马可以不用钉掌，现在不行了，必须给马钉上掌，而且在马蹄铁上，还要上四颗防滑螺钉。这是军马，执勤巡逻都要用它们。有了铁掌，马就敢走冰踏雪了，从额尔齐斯河冰层上走过，也如履平地。

白房子有的是人才，慕思寒原来就是一等一的好铁匠，所以钉马掌的任务就交给他了，只需给他配两个下手。铁匠炉子支起，牛皮风箱一扇一扇。先叮叮当当地锤打出马蹄铁，再在马蹄铁上钻出四个眼儿，将来钉好掌后，在上面拧上防滑螺钉。

砍来树木，做成一个马架子。四根柱子立起，上面再平行着担上两根横木，这马架子就做好了。得耐着性子一匹一匹地钉。牵来一匹马，将它倒退着塞到马架子里面去，把缰绳拴好。钉马掌的匠人，不能趄，要背对马头，一扑身子钻到马肚子下面去，然后双手抱住一个马蹄子，抬起，搂到怀里。这时给地上垫起一个木桩，把马蹄子按到木桩上。

匠人拿起一把铲子，铲子的把儿抵在肘窝里——这样便于用力，铲子头则对着马蹄，然后两脚一蹬，腰上一用力，铲子就铲下去了。马蹄的外皮是很坚硬的，内侧则是乌黑的死肉，铲子一动，这些死肉奇臭无比。匠人耐着性子打着喷嚏，把马蹄铲平，再拿一个小巧的镰刀，把马蹄的外沿修一修。

下一步就是钉掌了。马的蹄子和人的脚一样有大有小。匠人忙里偷闲吃上一口烟，然后找来合适的马蹄铁，比画一番，挥起一个小锤子，嘴里含几根铁钉，开始给马钉掌。铁钉们一个一个地钉到马掌上以后，再把马掌翻过来，把露出来的铁钉头儿用锤子轻轻地敲成一个弯儿。这样，铁钉就不会脱落了。要不了多少天，铁钉和马掌就会浑然一体了。

最后要做的一件事，就是给马掌上面上四颗防滑螺钉。

一匹马钉完了，放它走，再牵来一匹马。马通人性，那些牵来的马知道要给自己钉掌，都很顺从，知道这是为它们好。那些已经钉完掌的马，一溜烟地跑了，跑到喀拉苏干沟喝上一肚子水，然后再跑回马号，不时地扬起蹄子向同伴炫耀。

这钉有防滑螺钉的坐骑，冬天去南湾巡逻时，可以从冰桥上嗒嗒走过。而夏天的时候，马蹄奔腾，在戈壁滩上扬起阵阵火星。而一旦前面遇到危险，需要九十度转弯，马儿会用后蹄扒紧地面，前身跃起，两只前蹄带着身子旋转九十度落下。

二

河边，一名士兵和姚总管并肩骑行，八名士兵押运着两驾马车跟在后边，两驾马车上载着满满的麻袋。楚天霸在门口站岗，看到马车走来，转身喊道："粮草营送粮来了，粮草营送粮来了……"小长安、叶尔波勒、喀海尔曼、客木巴尔、吾尔曼、布拉克拜跑出营房，姚总管一行的车马来到卡伦门前。楚天霸例行询问："请问，你们是……？"一名士兵笑着正要回答，楚天霸笑道："你是何冬晨的兄弟，我认识你，进去吧兄弟。"姚总管一行牵着马赶着车走进院里，士兵看到小长安笑问："小长安，马站长在吗？"小长安笑着："在。"

"兄弟辛苦了。"声音从房顶上传来。士兵看到马镰刀笑道："马站长，我们送粮来了。"又指了指姚总管："这位是新来的总管，姚大人。"马镰刀抱拳道："总管大人亲自送粮，马镰刀失礼，失礼。"

姚总管和马镰刀握手。姚总管笑着："本官刚到任，顺便认认路，拜见马站长。"马镰刀微笑道："姚大人太客气。"姚总管抱拳行了一礼："往后有什么不周不到之处，还请马站长多多包涵。"马镰刀摆摆手："哪里哪里，还望姚大人多多关照。"小长安笑着对士兵说："兄弟，怎么送来这么多粮食，看来我们变成正规编制了。"士兵笑着："你们本来就是嘛。"马镰刀看着两车粮食："怎么给这么多？"姚总管坦然笑笑："以前欠的和这个月的都送来了。"马镰刀咧咧嘴。姚总管继续道："后天还要再给你们送两大车。"马镰刀吃惊地看着姚总管："怎么……？"姚总管笑着："天说凉就凉了，过了九月就要见雪了，若是大雪封路，没准三四个月都过不来。趁早把冬季粮食都送来，有备无患嘛。"马镰刀抱拳鞠了一躬："姚大人考虑得如此周到，马镰刀多谢了。"姚总管扶起马镰刀笑道："马站长不必客气。"马镰刀转身就要去站长室："我这就去签字画押。"姚总管笑着："不忙，不忙，等把粮食全部运到，您再签字不迟。"马镰刀点点头："也罢，小长安招呼兄弟们卸车。"

马镰刀漫步在界河边，眼睛看着河对面俄方一边。俄方广袤的戈壁和草原上空无一人。一座光秃秃的黄土山，兀立在那里。大河绕着黄土山，蜿蜒流向远方，马镰刀阴沉着脸表情焦躁又失望。

月光洒在水面上，远处传来狼的叫声，马镰刀和叶丽亚静静地坐在河边，叶丽亚关心地问："你的心病还没有了结，还在想借条的事？"马镰刀点点头："我也不想想，可心里总是忐忑不安。老父亲当年领着我跑丝路买卖时，一再叮咛过，'收据字条这些签有你名字的物件一定要收好'。"叶丽亚笑着："兄弟们说那张借条已经是废纸了。"马镰刀咧咧嘴："常言道，害人之心不可有，防人之心不可无。"叶丽亚撇撇嘴:"我看这道伯雷尼亚站长不像小人。"马镰刀叹了口气:"外夷与我并非同族血脉,忘记要回借条是我严重失职。"叶丽亚觉得马镰刀有些大惊小怪,安慰道:"这两天见到他要回来就行了,别放在心上,像丢了魂儿似的。"叶丽亚靠在马镰刀肩膀上,马镰刀拿出烟荷包卷烟。

清晨,小长安背着枪在屋顶上站岗。望远镜不时地端在手里,向四处瞭望。院子里,一行人整理马具准备出发,叶丽亚围着围裙和李三宁一人提着一个褡裢走出厨房。李三宁把褡裢递给鸿玄弈:"鸿大哥,带上干粮和酸奶子。"鸿玄弈接过褡裢,把褡裢挂在鞍桥上:"谢谢叶丽亚。"巴哈尔大声喊:"奶奶的,咱们出发。骑兵的命系在马肚带上,大家将马肚带再紧一紧!"一伙人翻身上马,巴哈尔带队离去。

道伯雷尼亚端着一盆衣服,一瘸一拐腿脚不利索地下到水边,坐在一处有台阶的地方,把盆子放在一边,拿起件衣服翻了翻衣服口袋,将衣服放到水里。

身后传来马蹄声,道伯雷尼亚把衣服放在石头上,站起来回头看,伊万出现在河边。伊万走下河堤:"上尉。"道伯雷尼亚疑道:"你也来洗衣服?"伊万摇摇头:"上尉,您为什么减少了巡逻的次数?"道伯雷尼亚看着伊万:"难道你生来就对巡逻感兴趣吗?"伊万被噎得接不上话。道伯雷尼亚用木棒捶打衣服:"少尉,你来就是质问巡逻的事吗?"伊万蹲下身子:"不,不,亲爱的上尉,我是来向您请假的。"道伯雷尼亚停下手里活儿:"请假?你有什么需要请假的事情?"伊万拿出一封信:"我哥哥来信说,我母亲病得很重,我想我应该回家看看她老人家。"道伯雷尼亚思索了一下:"既然是这样,我批准你回家去照看你的母亲。"伊万激动地说:"我代表我母亲和全家人,谢谢您上尉。"道伯雷尼亚低头捶打着衣服:"你打算什么时候走?"伊万想了一下:"既然您已经准假,我带上几件换洗的衣服就走,早去早回来。"道伯雷尼亚点点头:"好吧,那张条子……?"伊万忙道:"条子的确不在我这里，让您失望了。"道伯雷尼亚表情失望地看着伊万："看来真是让我弄丢了。"

马镰刀低着头心事重重地漫步在蜿蜒的小路上。"马站长。"马镰刀抬头看到道伯雷尼亚坐在河边，眯起眼睛微笑着招手。马镰刀顿时加快脚步向道伯雷尼亚走去。道伯雷尼亚眯着眼睛笑着："我想您一定会到河边来的。"马镰刀来到道伯雷尼亚对面，隔河坐下，微笑道："您还要自己洗衣服？"道伯雷尼亚点点头道："以前是阿辽莎帮我洗，不能老是这样麻烦他。"马镰刀走下河堤坐在河边："站长阁下，那天只顾了高兴，走的时候我忘把那张借条拿回了。"

道伯雷尼亚客气道："是我忘记还给站长阁下了，我今天到这儿来洗衣服的目的就是希望能遇见您。"马镰刀见到道伯雷尼亚放心地舒了一口气："我来这儿也是希望能遇到您。"道伯雷尼亚点头笑笑："我知道您是为那张条子的事情而来。"马镰刀点点头。道伯雷尼亚抱歉地看着马镰刀："站长阁下，我不知把那张条子放到哪里去了，我找遍了该找的地方，可是怎么也找不到，实在对不起。"

马镰刀一惊，放下的心又浮了起来，显得十分失望。道伯雷尼亚忙道："马站长，我知道您心情十分沮丧，都怪我太粗心大意了，我向您表示歉意。"马镰刀急道："那天我看到您把条子放进您的烟荷包里了。"道伯雷尼亚点点头："没错，可就是找不到……"马镰刀咧咧嘴不语，怀疑地看着道伯雷尼亚。道伯雷尼亚赶忙解释："我问遍了所有部下，他们都说没有看到。"马镰刀皱眉："您再好好想想。"道伯雷尼亚无奈道："部下说我只顾了高兴，不经意把条子卷烟抽了……"马镰刀打断他的话："这不可能，那时借条对您很重要。"道伯雷尼亚点点头："我不相信我会干出这样愚蠢的事情，可我现在也怀疑起自己了。"马镰刀咧咧嘴："站长阁下，请您再仔细找找，如果真是卷烟抽了，我反而安心了。"道伯雷尼亚正色道："我会的，我以一名哥萨克老兵的荣誉，向您保证，我不是小丑无赖，如果找到了下次见面我一定还给您。"马镰刀点点头:"什么时候见?在哪里见?"道伯雷尼亚想了想:"从今天算起第五天中午,咱们在树林那儿见。"马镰刀想了一下应了声好。

道伯雷尼亚又道:"马站长,我有个提议。"马镰刀皱眉:"什么提议?"道伯雷尼亚笑笑:"今后咱们把树林定为双方的议事区,您看怎么样?"马镰刀点点头:"我同意阁下的提议。"

道伯雷尼亚说:"下次会面时,你带上一个下属,我也带上一个下属,万一有人寻事,两个人可以互为佐证。"

三

营房里,伊万把床上的衣服装进背囊里,打开床头的木盒,拿出本子翻开看了眼夹在里边的条子,合上本子塞进背囊里。

阿拉克别克的瞭望台上有士兵背着枪站岗,瞭望台下,瓦连京、谢尔盖、叶戈尔、米沙四人围着张小木桌玩扑克。瓦吉姆躺在一根圆木上看书,阿辽莎坐在小凳上抱着画板给老兵画素描。伊万背着背囊牵着马走来,瓦吉姆坐起来:"您现在就走吗?"伊万点点头:"啊,我想早点赶到家。"瓦吉姆笑道:"回来时给我带两瓶伏特加。""知道了。"阿辽莎交代:"给我带一包红肠。"伊万翻身上马:"记住了。兄弟们再见。"阿辽莎摆摆手:"再见伊万。"伊万催马离去。米沙笑道:"那小子准是去司令部托关系去了。"叶戈尔撇撇嘴:"要是伊万接替站长,我向上级要求调离这里。"谢尔盖大声说:"要是伊万当站长,我就不干了。"

河边,道伯雷尼亚和马镰刀依旧聊着天。道伯雷尼亚笑道:"其实您是个善良的人,面冷心热,那些传说不是真的。"马镰刀笑笑:"您也不像传说中那么严厉。"道伯雷尼亚不解地:"马站长,我对汉语十分感兴趣,那天您对我说:'哎,棺材瓢子,你懂汉语吗?'我在书里找不到'棺材瓢子'这个词，我没弄明白是什么意思。棺材我理解是灵柩，可瓢子是什么我就不明白了。"马镰刀咧咧嘴不知怎么回答，支吾道："瓢子……就是鸡蛋壳里的蛋黄。"道伯雷尼亚呵呵地笑着："我明白了，其实我没有那么老，上帝还不想请我去喝酒呢，退伍后我还要同老伴共享晚年呢。"马镰刀笑笑："祝您长寿健康。"道伯雷尼亚笑着："谢谢您的祝福。"

马镰刀突然认真道："我有个建议。"道伯雷尼亚也郑重起来："是什么？""今后咱们双方互通情报，共同打击走私越境犯罪，您认为如何？"道伯雷尼亚笑着："这是个非常好的提议，我完全赞同。"马镰刀追问："您有潘捷烈·潘捷烈维奇·潘捷烈科夫的消息吗？"道伯雷尼亚骂道："那狗娘养的带着人去中亚一座古城废墟寻宝时，悲剧发生了。他推倒一座矮墙时，突然墙根部出现大量食人蚁，接着通红一片，整个废城地底下的食人蚁都被惊动了。潘捷烈和他的仆从、他的马，都被食人蚁啃成了白骨。"马镰刀说："这么说我就不用再寻找他了。"道伯雷尼亚摊开手："他的强盗生涯结束了。"

远处传来隐约的哨子声。道伯雷尼亚笑着："很抱歉，这哨子声是叫我的。记住会面的日子。"马镰刀点点头："不会忘的。"道伯雷尼亚突然道："啊，那天您给我的莫……莫合烟非常好抽。"马镰刀笑笑："您喜欢抽会面时我带给您。我把烟丝买回来以后，给上面喷了些西凤酒。好烟丝，好酒，再捂严实发酵上几天，就成了。"道伯雷尼亚笑着端盆子刚站起来，"哎哟"一声又坐在地上。马镰刀关心道："您怎么了？"道伯雷尼亚摇摇头："没什么，我这条腿疼了十多年，蹲久了坐久了关节就会很痛，是老毛病，治也治不好。"马镰刀关心道："您要多加小心，一个人不要来这种地方了。"道伯雷尼亚重新站起来笑道："谢谢您的关心，再见。"马镰刀点点头："再见。"道伯雷尼亚一瘸一拐地走上河堤，马镰刀看着道伯雷尼亚远去的背影，自语道："可怜的老兵。大约我将来老了，也会这样。"

食堂门前，摆着一张小桌，桌上摆着两盘素菜和一坛酒，马镰刀、薛草药、秦川、慕思寒四人围在桌前喝酒。叶丽亚从厨房出来，坐在马镰刀身边。秦川笑着："我们和他们建立起互信，往后的日子会踏实很多。"薛草药点点头："等收拾掉潘捷烈就轻松了。"马镰刀微笑着："潘捷烈已经玩完了。"慕思寒惊讶："被抓了？被谁抓了？在哪儿被抓住的？"马镰刀喝口酒："道伯雷尼亚说潘捷烈在一座废弃了的古城淘宝时，被食人蚁吃了。我听玛莎说过那座城，它叫萨莱城，当年金帐汗国的都城。玛莎说了，他和马老爷子曾经找到过那段矮墙，但是放弃了宝藏，没敢冒犯它。"

"各位客官让你们久等了。"小长安端着一盘皮牙子炒肉走出厨房，把盘子摆在桌上，"炒烤肉请客官享用。"马镰刀夹起一筷子放进嘴里，津津有味地嚼着。小长安笑着问："味道如何？"马镰刀满意地点点头："嗯，满口流油，好吃。"小长安嘟着嘴："吃出好了就拍拍手。"慕思寒笑着："小兔崽子你会顺杆儿爬了。"叶丽亚呵呵地笑。

叶丽亚给小长安倒上碗酒，马镰刀端起碗与五人碰碗喝酒。叶丽亚小声问："道伯雷尼亚站长把条子给你了？"马镰刀摇摇头："没有，条子被他搞丢了。"秦川骂道："那棺材瓢子老糊涂了。"马镰刀无奈："他怀疑把条子卷烟抽了。"慕思寒笑道："他把条子吸进肚子里不奇怪。"薛草药纠正道："不是肚子里，是肺里。"慕思寒撇撇嘴："肺也长在肚子里。"薛草药没好气地白了他一眼："我没收你为徒，真是庆幸呀。"李三宁抱着一抱干草走来："小长安，你的马拉稀了。"小长安摆摆手："没关系，薛神医给我的马灌服药就没事了。"李三宁皱眉："马有病要找兽医才行。"小长安大笑："兽医咱有，薛神医就是在马腿上学会号脉的。"薛草药一巴掌打在小长安的头上："兔崽子。"

马镰刀正色道："我同道伯雷尼亚约好了，从今天算起第五天在树林会面。他提议把树林作为双方的议事区，我同意了。"秦川点点头：

"开辟一处议事区是个好办法。"马镰刀又道:"我还同他达成了互通情报、共同打击越境走私犯罪的口头协议。"慕思寒疑道:"他同意了?"马镰刀点点头:"同意。"薛草药笑着:"叶丽亚的酸奶立了大功。"叶丽亚高兴地笑。

马镰刀看向薛草药:"薛草药,道伯雷尼亚的腿疼了十多年,治也治不好,会面时你给他看看。"薛草药点点头:"行。"小长安嘻嘻一笑:"给他号号脉,看看洋人的脉和咱的有啥不一样。"叶丽亚高兴地笑,马镰刀喝了口酒:"总算安定了,和道伯雷尼亚会面后,我想回村寨看看乡亲们和玛莎妹子。好长时间没去看她了,我很惦记她。"秦川失落地嗯了一声:"是该去看看玛莎了,她一个人很孤独。她墓顶的花,花开花落几番了。"小长安站起来:"我和你们一起去看玛莎姐姐。"秦川笑骂:"啥都少不了你。"小长安冲他咧咧嘴:"谁让你把我从长安城背到这儿来的?"马镰刀微笑看着大家:"秦川,咱打到这儿大伙儿没歇过一天,后天让大伙儿歇一天。"秦川点点头:"好的。"叶丽亚笑着:"后天我给你们这群脏鬼,洗被单和衣服。"秦川摆摆手:"叶丽亚你歇着吧,萨迪克老伯走的那天刚洗过。"叶丽亚笑着:"已经好些天了该洗了。"薛草药端起碗示意一起喝,五个男人端起酒碗,豪爽地喝酒。

第六十章

一

俄站长室里，天花板上花瓣形的吊灯上点着数根蜡烛，桌子上放着一盏油灯，道伯雷尼亚拿着根红色的铅笔趴在桌上，眯着眼睛翻看桌上的俄文台历。道伯雷尼亚仔细地翻了五页，用红色的铅笔打上标记。

"报告。"道伯雷尼亚放下铅笔直起腰，米沙开门走进来。米沙敬礼道："上尉，阿辽莎说您找我。"道伯雷尼亚笑笑："亲爱的米沙，我想让你明天陪我去一趟亚玛镇。"米沙开玩笑道："亲爱的上尉，亚玛街上的母狗不会邀您共度周末的。"道伯雷尼亚笑了笑："为什么？"米沙撇撇嘴："没有哪个姑娘喜欢老掉牙的男人。"道伯雷尼亚开心地笑道："我的青春像流星划过，可我的激情仍然还在燃烧。"米沙笑着："亲爱的上尉，愿您天真活泼激情永恒。"道伯雷尼亚笑了笑："谢谢，我想去亚玛街上买几样见面礼。"米沙不解："您要给哪位姑娘买见面礼？"道伯雷尼亚笑着："不是姑娘，我和马站长约好了会面的日子。"米沙笑着："啊，原来是这样，我乐意与您一同前往。"

司令部的院子里，一栋栋洋房错落有致，男女沙俄士兵走在路上，伊万提着背囊走到一排洋房前停下脚步。伊万站在门前把背囊放在地上，整理军容。

司令部办公室内，上校坐在办公桌前看文件。"报告。"上校抬起头，伊万提着背囊推门走进房间，立正敬礼。上校笑着："你好啊，伊万·彼得洛维奇少尉。"伊万笑着："上校好。"上校关心地问道："道伯雷尼亚站长身体好吗？"伊万点点头："站长的身体非常健康。"上校疑惑地看着伊万："伊万，你来司令部有什么事情吗？"伊万犹豫了一下道："上校，我是来反映一件本不该发生的事情的。"上校略带惊讶："哦，本不应该发生什么事情？"伊万故意卖了个关子："上校，我希望这件事情不会影响上尉的退伍和他的晚年生活，希望所有人不受牵连。"上校笑着："从你提出的条件看，这件事的确不该发生，说来听听。"伊万从背囊里拿出本子，翻开本子将夹在本子里的纸条交给上校。上校仔细看了眼借条，抬起头严肃地问道："这是一张借条？"伊万点点头："是一张借条，上校先生。"

上校把条子放在桌上："事情发生在什么地段？""十七号地段，我站的巡逻终点胡杨树下。"上校微微点头，伊万正色道："上校，如果我接替站长，这样的事情以后不会再让它发生。"上校思索片刻，严肃地看着伊万："伊万·彼得洛维奇，请同我一起去见司令，你向司令详细讲述事情的经过。"伊万立正："是，上校。"

伊犁将军府，将军和高天德坐在大树下的石桌旁喝茶。将军放下茶杯："没想到刘永寿父子如此贪得无厌。"高天德一脸痛心道："王彪、蒋前交代了这些年盗卖倒卖粮食的手段，将军大人应该对所辖的粮库做一次全面的突击检查。"将军点点头："我已经派人去了。"高天德汇报道："大人，属下与百里大人一路沿边境地带察看，那一带的确是气象一新，农牧民回到了村落，草原上牛羊成群，地里长出了庄稼，那一带的农牧业生产得到了有效的恢复。"将军欣慰地笑笑："马镰刀尽忠职守，严己爱民，功不可没。"高天德正色道："大人，马镰刀一心为国，治军严厉，处处以边关大局为重，从未再胡作非为，奏折上所说之事纯属诬陷捏造，对刘祥云应严加处置。"将军思索着点点头："刘祥云勾结蛮夷，雇凶杀人，伙同王彪、蒋前大肆走私贪污……"高天德叹道："到迪化府给刘祥云说情的人不少。"将军冷笑："来我这儿说情的人也不少，但刘祥云目无国法，死罪难逃。"

牢房里光线昏暗，透过走道两边的木栅栏，可以看到王彪和刘祥云分别被关在两间牢房里。王彪平躺在光秃秃的床板上，一双眼睛呆呆地看着漆黑的天花板。狱卒提着钥匙走来，王彪听到声音急忙坐起身看着走道，狱卒打开牢门。看到狱卒开门，王彪兴奋地来到门前："将军终于放我出去了？"

狱卒推门进来："恭喜大人！"两名刑卒来到门前。王彪看到刑卒傻了眼，嘴巴哆嗦着向后退："你……你们……"狱卒冷笑着："恭喜王大人升天。"两名刑卒走进来。王彪腿一软跪在地上。狱卒皮笑肉不笑地看着王彪："王大人跟他们走吧，腾出这间房给别人使。"王彪哆嗦着："我……我托了人的，我使了大把银两的。"刑卒板着脸："走吧。"王彪哭腔道："我不想死，我还没活够呢呀。"刑卒提起王彪："时辰就要到了。"狱卒大声喊着："恭喜升天，大人请。"王彪刚迈出一步，腿一软趴在地上，身子不停地颤抖。两名刑卒架起王彪走出牢房。

两刑卒架着王彪向前走，王彪的两腿像面条似的。走道两边牢房里的犯人隔着木栅栏看着王彪走过，响起声声冷嘲热讽："恭喜升天……恭喜升天……"刘祥云站在木栅栏前，看到王彪走来，拍拍手："恭喜王大人升天。"王彪怒视刘祥云："大人，小人在地府里等您。"刘祥云笑笑："王八蛋，我要去了地府，你他妈的连投胎的机会都没有。"刑卒架着王彪离去，刘祥云气愤地一脚踢在木杠子上，举着双拳发疯似的大叫："马镰刀，我死不瞑目。"对面牢房里的犯人冷眼看着刘祥云发疯，刘祥云一拳狠狠地砸在墙上，血顺着墙壁流下来。

一个着一身青布粗衣、脚穿襻带布鞋、腰间夹一个包袱的女子，站在大门口探头探脑。这是薰衣草。见到狱卒押着王彪出来了，她迎上前去说："王大掌柜，小女子来给你送行。"刑卒们摆摆手，把薰衣草赶走了。

二

河上一片欢声笑语，一伙人穿着衣服站在齐腰深的河水里打闹，水中一群男人围着巴哈尔和秦川泼水。小长安叫喊："有仇的报仇，有怨的抱怨。"秦川和巴哈尔被一圈人泼得睁不开眼睛，没有还手之力。

叶丽亚坐在岸边一面用木棒捶打被单，一面高兴地看着大伙在水中打闹。她身边放着一块用动物内脏熬制而成的圆"石头"，那就是草原人用的肥皂。岸边摆着两坛酒和两个碗，李三宁独自坐在岸边自斟自饮，眼睛不时地看看叶丽亚。小长安冲着李三宁喊："三宁下来报仇呀。"李三宁端着酒："不行，我不太会水。"秦川在岸边跑，古依汗、喀海尔曼、楚天霸三人在后面追赶，吾尔曼和布拉克拜爬上岸迎头拦截秦川。秦川发现无路可逃，从叶丽亚身边纵身跳进水中，激起的水花溅了叶丽亚一脸一身。叶丽亚刚要擦脸上的水，楚天霸、古依汗、吾尔曼、布拉克拜、喀海尔曼五人一个接一个从她身边跳进水里，溅起的水花几乎将叶丽亚浇成个落汤鸡。

叶丽亚双手捂着脸，狼狈样子使大伙哈哈大笑起来。叶丽亚站起来揎拳捋袖瞪着眼睛大喊："你们这群男人没一个好东西。"古依汗笑着："白房子没省油的灯。"叶丽亚指着水里的一伙人："没错，你们就是群野狗。"大伙呵呵地笑，叶丽亚一身湿漉漉的，大喊："被单洗完了，你们把衣服脱下来，该洗衣服了。"慕思寒在水里扑腾："叶丽亚，我们感谢你为我们做的一切。"秦川一边躲着巴哈尔一边喊着："衣服我们自己洗，让你受累我们不忍心。"叶丽亚瞪着眼睛："少啰唆，快一点。"巴哈尔笑着："不能脱。"叶丽亚瞟了他一眼："为什么？"古依汗哈哈一笑："我们不能光屁股回去吃饭呀。"叶丽亚假装生气："你们这群狗东西，谁也别想吃下午饭。"大伙起哄，一起向叶丽亚撩水。叶丽亚也不示弱，弯下腰双手撩水和一群男人打起水仗。小长安扑上岸抱住叶丽亚，两人一起摔进水中。李三宁用嫉妒的目光看着小长安和叶丽亚。叶丽亚衣服湿透了，贴在身上。

羊群啃着地上的青草，马镰刀拿着酒囊和薛草药坐在地上喝酒说话，两把马刀放在地上。薛草药笑笑："没想到兄弟们会走上穿起二尺五报效祖国这条路。"马镰刀喝口酒："结束了这段苦役，你有何打算？"薛草药拿过酒囊喝口酒："身为医者，我杀的人比救的人还多，算是个最出类拔萃的郎中。"马镰刀咧嘴笑笑。薛草药叹口气："我感到很惭愧，离开这儿后放下屠刀治病救人，洗刷我的罪孽。"马镰刀撇撇嘴："我看你还是回镇江老家，开家诊所，娶妻生子，踏踏实实地过日子吧。"薛草药笑着："还是做江湖郎中好，一来可四处拜访名医高人，二来游走名山大川。我是个不受约束的人。"马镰刀看着远处："也好，四处走走，一饱眼福。"薛草药点点头："说了这么多兄弟的事，你和叶丽亚有何打算？"马镰刀想起叶丽亚微微一笑："叶丽亚生在新疆长在新疆，她离不开羊群和草原，以及一天三顿奶茶。"薛草药笑着点点头："叶丽亚是个好姑娘，我为你们祝福。"马镰刀喝口酒："在这与世隔绝、地老天荒的地方，一个漂亮的女人和一群野狗般的男人在一起。"薛草药感到安慰："叶丽亚爱每一个兄弟，兄弟们也都真心疼爱叶丽亚，在大家眼里，叶丽亚和兄弟们没有男女之别，她同大伙一样是这个世界上受苦受难的人，被放逐到天边的人。"马镰刀叹口气："委屈她了。"薛草药叹了一声躺在草地上。

卡伦院子里晾晒着一排排的被单，叶丽亚哼着歌往绳子上晾晒床单，阳光将叶丽亚丰满的线条投射在被单上。李三宁端着一盆被单走来，轻轻地把盆子放在地上，痴迷地看着被单上叶丽亚丰满的影子。

李三宁不由得扑向叶丽亚的影子，绳子崩断，一排被单落在地上。李三宁压在叶丽亚身上。叶丽亚被裹在被单里翻滚挣扎："放开我，放开我呀……李三宁，你昏了头了！"李三宁失了心智一般疯狂地亲吻叶丽亚，撅起屁股在叶丽亚身上晃荡。

被单紧紧地裹着叶丽亚的身子，叶丽亚的脸露在被单外，李三宁压在被单上强吻叶丽亚。叶丽亚挣扎喊叫:"放开我,你不想活了!"李三宁亲吻叶丽亚,叶丽亚闭上眼睛扭头躲闪,李三宁的嘴紧紧地贴在叶丽亚的脸上,叶丽亚无力挣扎侧着脸不动了。

李三宁无意间看到眼前有一双黑亮的马靴,一愣,两眼直呆呆地看着马靴,趴在叶丽亚身上一动不动了。

欢快的古歌在草原上回荡,一伙人穿着各色大裤衩,提着马靴和湿衣服走在草地上,布拉克拜、古依汗、叶尔波勒、库米丝汗、吾尔曼五人齐声高歌……

站长室的门敞开着,李三宁颤抖着身子跪在地上,叶丽亚站在李三宁身边。马镰刀紧握马刀,颤抖的胳膊上暴起青筋,目光阴冷地看着李三宁和叶丽亚,脸上的肌肉在跳动着。叶丽亚低着头:"他还是个孩子。"马镰刀阴着脸。李三宁哆嗦着哭求:"我是家中的独苗,爹娘都死了,只剩奶奶和姐姐,她们盼望我早点回家呢。"马镰刀沉着脸转过身面向房门,李三宁泪眼汪汪地看向叶丽亚。马镰刀看着门外刚刚回来的赤身的兄弟们一脸茫然地看着自己,心头一阵酸楚。

叶丽亚正要搀扶李三宁,马镰刀转过身来。李三宁磕头哭道:"站长,我错了,你饶了我吧。"马镰刀咧咧嘴声音低沉道:"你去吧,从我眼前消失。"李三宁好像没听到似的一动不动地跪在地上哭泣。马镰刀皱眉怒道:"你去吧,要不然我会改变主意的。"李三宁给马镰刀磕了三个头,站起来抹着眼泪离去。

巴哈尔、秦川一伙人看着向营房走去的李三宁。鸿玄弈小声道:"出什么事了?"叶尔波勒摇摇头:"不知道,刚才还有说有笑的。"小长安撇撇嘴:"一定是李三宁闯下大祸了,不然站长不会生这么大的气。"秦川吊着脸:"散了吧。"大伙情绪低落地散去。

屋子里,叶丽亚看着马镰刀,马镰刀吊着脸踱步不语。叶丽亚流着泪:"你为什么一句都不责备他?"马镰刀吊着脸:"他知错了。"叶丽亚又道:"你怎么不问我原因?"马镰刀吊着脸:"你是我的女人。"叶丽亚摇摇头:"我没有做出格的事。"马镰刀转身离去。叶丽亚大声喊道:"明轩。"马镰刀停下脚步,叶丽亚哭道:"我懂得做女人的本分,我没有勾引他。"马镰刀没有回头,径直走出房门,叶丽亚捂着脸伤心地痛哭起来。

马厩里,二十多匹马低着头吃草,李三宁伤心地蹲在马槽下。小长安气呼呼地走进来。李三宁看到小长安生气的样子,胆怯地站起来。小长安板着脸:"你敢欺负嫂子,这事我不能不管。"李三宁害怕地后退:"我……我……"小长安指着李三宁的脸骂道:"我你娘的头,平时看你蔫不唧唧,胆小怕事,没想到,你是蔫蔫叫驴踢死人。"小长安出手就是两记耳光,跟着一拳打在李三宁的面门上。李三宁捂着脸倒在地上。小长安气得话都说不出来:"嫂子对你,对兄弟们这么好,你竟敢……"小长安抬腿就是几脚,李三宁在地上翻滚,哭声不止,小长安拿起搅拌草料的棒子就要接着打。

"住手。"小长安把棒子扔到地上,巴哈尔走过来扶起李三宁。李三宁不敢说话,害怕地看着巴哈尔。巴哈尔看到李三宁满脸是血,吊着脸骂小长安:"你要打死他吗?"小长安看着李三宁气呼呼地不说话。巴哈尔怒道:"你给我滚,滚回厨房去。"小长安不服气地哼了一声,转身离去。

李三宁看着巴哈尔,身子不停地颤抖。巴哈尔语气缓和:"小长安是个愣头青,不懂事,都是让我教坏的,别记在心上,回头我收拾他。"巴哈尔用衣袖给李三宁擦去脸上的血迹,李三宁泪眼盈盈看着巴哈尔。巴哈尔叹道:"我是个粗人,不会讲啥道理,平时也很少关照你,可你在大伙心里不是外人,兄弟们之间动手也是常事。"李三宁哭出声来。巴哈尔无奈道:"叶丽亚漂亮,心地善良,大家都很喜欢她。"李三宁伤心地哭着:"巴哈尔大哥,我知道错了。"巴哈尔笑笑:"回头给叶丽亚认个错,站长和叶丽亚会原谅你的。"李三宁擦着眼睛:"嗯。""想女人了跟大哥说一声。"李三宁含着泪看着巴哈尔,巴哈尔拍拍李三宁的肩膀离去。

这一天夜里呀,白房子地面出奇地寂静和冷清。这一群被放逐到这里的男人呀,辗转反侧,很久才入睡。他们告诫自己要自律,他们盼望三年的苦役早一点结束。

第六十一章

一

薛草药赶着羊群走在草原上,看到前方不远处有六只羊,羊的耳朵上都戴着铁环,头上长着又弯又长的角。羊身上的长绒毛拥拥挤挤,足有一拃厚。薛草药自语:"它们走错地方了。"薛草药跑上前去赶羊过境,阿辽莎站在一棵小树下向薛草药打招呼。薛草药笑着大声道:"阿辽莎你好。"阿辽莎大声喊:"你好薛草药。"薛草药指着那六只羊:"你别着急,我这就把羊给你们赶过去。"阿辽莎笑着摇摇头:"不用,这羊是我们赔给你们的。"薛草药摆摆手:"那件事你们没有错,错在牧羊人。"阿辽莎笑道:"我们一致赞同赔偿你们那六只羊,并向你们道歉。"薛草药把羊赶到自己的羊群里:"你们太客气了,我代表马站长向你们道谢。"阿辽莎笑着挥挥手:"我们站长提醒,请马站长不要忘记见面的日子。"薛草药点点头:"我会提醒他的。"

薛草药问道:"道伯雷尼亚站长有腿疼的毛病?"阿辽莎点点头:"他的腿疼了十多年了,看过不少医生可怎么都看不好。""他的腿是哪里疼?"阿辽莎指指自己的腿:"两腿的膝盖,以及膝盖窝。"薛草药吩咐:"他的腿不方便就不要再上瞭望台了。"阿辽莎苦笑:"几十年如一日的习惯,不上瞭望台他睡不着觉。"薛草药咧咧嘴:"你应当劝劝他。"阿辽莎无奈道:"我们都尽量劝他。"薛草药看了一下天色:"谢谢你的羊,我该回去了。"阿辽莎挥挥手:"再见。"薛草药抱拳行礼:"后会有期。"薛草药向羊群走去。

俄站长室内,道伯雷尼亚对着墙上的小镜子修剪着山羊胡子。"报告。"道伯雷尼亚对着镜子:"进来。"阿辽莎推门走进屋里,看到道伯雷尼亚对着镜子修剪胡子,无奈道:"上尉,我记得您三四天前刚修过胡子。""你说的没错。"阿辽莎笑笑:"是因为有人对您的胡子说三道四了?"道伯雷尼亚耸耸肩:"没有。"阿辽莎笑道:"那您为什么如此捯饬自己?"道伯雷尼亚收起剪刀转过身笑着:"明天是和马站长见面的日子,我要把我打扮得像新郎一样美。"阿辽莎笑着:"可您怎么打扮都像一头翘着长胡子的老山羊。"道伯雷尼亚笑道:"白痴才会这么认为。"阿辽莎鞠了一躬:"薛草药代表马站长向您道谢。"道伯雷尼亚问道:"你把羊还给他们了?"阿辽莎点点头:"薛草药说不是我们的错,错在牧羊人,可我还是把羊还给了他们。"道伯雷尼亚笑着:"谢谢你为我解了这个心结。远亲不如近邻,这是中国人常说的一句话。"

夜空繁星闪烁,马镰刀独自坐在屋顶上看着灰色的戈壁。那夜色中的戈壁,粗看是灰色的,坐定了细看,却是青色的,像小青马的毛色。叶丽亚走上楼梯向马镰刀走去。叶丽亚坐在马镰刀身边仰头看着夜空。叶丽亚拉拉马镰刀的袖子:"你没有吃饭吧,还在生我的气?"马镰刀摇摇头:"我在考虑一些事情。"叶丽亚低声道:"小长安对李三宁动手了。"马镰刀笑笑:"我会收拾那兔崽子。"叶丽亚哭丧着脸:"这件事本不该发生,都是我平时……"马镰刀看着叶丽亚:"你关爱每个兄弟。你做得没错。"叶丽亚委屈道:"我懂得做女人的本分。"马镰刀搂住叶丽亚的肩:"你不要内疚,这不是你的错,一个漂亮女人和一群野性未泯的男人在这与世隔绝的地方,时间长了,本该有事情发生。"叶丽亚泪眼蒙眬地看着马镰刀:"你的手都攥出了汗,却没有动手,也没有责备我们。"马镰刀苦笑:"我知道发生了什么。"叶丽亚疑道："你怎么知道？"马镰刀深吸了一口气："我是男人，李三宁有错，但根源在我……当我看到站在门外的弟兄们时，突然一阵心酸……他们远离家乡，远离亲人，甚至远离人类。兄弟们在这荒原地带与我出生入死，相依为命……我原谅了李三宁。"叶丽亚皱眉："你认为责任在自己身上？"马镰刀点点头："我没有照顾好他们。"叶丽亚默默低下头："我懂你的心意了，明轩，我想……离开这儿。"马镰刀搂住叶丽亚的肩膀："你不能走，没有你的白房子，日子更无法想象。"

"站长，站长。"老四提着马灯跑来。马镰刀看老四焦急的样子："什么事呀？老四。"老四急道："李三宁不见了。"叶丽亚吃惊道："不见了？天黑他一个人不敢出门，他会去哪儿？"马镰刀皱眉："会不会跟秦川他们巡逻去了？"老四摇摇头："没有，我看着秦川他们走的。"叶丽亚急道："到处都找了吗？"老四急得跺脚："天亮时李三宁就不见了，本想着天黑前他就会回来，可到现在也不见他人。小长安到河边和树林都找了，不见人影。"叶丽亚惊慌道："李三宁内向，他会不会想不开呀？"马镰刀眉头紧锁："不会。老四，我和薛草药向北找，你把在家的人分成两人一组，分头向南向西寻找，一定要把李三宁找到。"

白房子之夜，格外寂静，草原披上了一层青灰色，像青骢马的皮毛。青灰色的草地上，布满了绿莹莹、阴森森像星星般的狼的眼睛。狼群注视着前方移动的黑影，散开，向黑影包抄过去……

李三宁挎着马刀迈着匆匆的脚步赶路。李三宁自语："向前走，无休止地走下去，一定能遇到牧羊人的毡房。"李三宁加快了脚步。这时，李三宁好像听到了什么声音，警惕地放慢了脚步。草原上传来轻微的嘶嘶啦啦的声音，李三宁停下脚步仔细查看，前方出现两对晃动的绿色小圆光点，李三宁松弛的神经一下子绷紧到了极点。

李三宁惶恐失声大喊："狼！西伯利亚狼！"李三宁看着前面的狼眼睛，摘下腰上的马刀，向后退了两步，转过身正想撒腿逃跑，突然看到前后左右都出现移动的黑影。李三宁自语道:"足有十只狼。"狼群迅速地移动着,将李三宁围在中间。李三宁握着刀注视着四周的狼,突然大声叫喊:"走开,我要回家!走开,走开呀!"李三宁挥舞马刀吓唬靠近的狼,一只狼从侧面冲上来,一跃而起,嘴巴直取李三宁的颈部。李三宁一刀砍去,狼从李三宁的腋下溜走。又一只狼扑上来,李三宁一刀挥去,狼发出一阵疼痛的惨叫声溜走。

狼群停止了攻击,围着李三宁移动,李三宁双手握着刀看着周围的狼。站在最外围的一只狼,伸直脖子吼起来。那是头狼,它在指挥这一场围剿。

马镰刀和薛草药骑马小跑在草原上,薛草药喊道:"李三宁没有骑马,他要是走这条路,应该就在前面了。"说话间,草原上传来狼的吼叫声。那声音像小孩的哭声。马镰刀侧耳倾听:"你听,这叫声像是狼在呼叫同伴。"薛草药点点头:"没错,就在前面。"马镰刀猛磕马肚:"快走。"两人同时磕镫催马,瞬间消失在夜幕中。

狼的包围圈越缩越小,李三宁顾前不顾后,发疯似的大喊:"我是李三宁,我还没有活人哩!我不能就这样死。"李三宁吼叫着挥刀向面前的狼一通乱砍。面前的狼灵活地向后躲闪,后面的狼跃跃欲试。李三宁转身向后面的狼挥刀乱砍,不料脚下一滑摔倒在地,马刀脱手飞了出去。群狼欢呼似的叫着,一个个伸着嘴巴围了上来。

这时,草原上突然亮起两只火把,传来急促的马蹄声。狼群看到火光撒腿就跑。李三宁坐起身子跪在地上。马镰刀和薛草药牵着马、举着火把来到李三宁面前。薛草药松了口气:"可算找到你了。"马镰刀皱眉道:"伤到哪儿了?"李三宁看着薛草药和马镰刀,哭了起来:"薛草药大哥,站长,谢谢你们救了我。"薛草药没好气地看了他一眼:"男子汉哭什么!"马镰刀把李三宁拉起来:"你独自和狼群搏斗,是条好汉。"薛草药看着被狼抓破的衣服:"衣服都破了,让我看看伤得重吗。"李三宁站起来:"好像没有咬到肉。"薛草药上下看了看:

"没有伤到,你真够幸运的。"马镰刀转身牵马:"走,回去吧。"李三宁摇摇头叫住了马镰刀:"站长,我没脸再进卡伦的门,我对不起你,对不起叶丽亚,我没脸再见你和兄弟们。"薛草药劝道:"三宁,兄弟们都在找你。"马镰刀撇撇嘴:"你走了那群羊会伤心的。"

说完马镰刀和薛草药翻身上马,薛草药向李三宁伸出手,李三宁抓住薛草药的手,跃上马背坐在薛草药身后。三人两骑催马飞奔而去。

二

伙房里,叶丽亚在案板前切菜,李三宁低着头走进伙房,站在叶丽亚身边。叶丽亚同往常一样:"锅里有面片自己拿碗盛。"李三宁低着头小声道:"叶丽亚对不起。"叶丽亚低头切菜:"知错就好,我不怪你。"李三宁提起木桶:"我去挤奶。"叶丽亚看了他一眼:"吃了饭再去。"李三宁忙道:"挤完了再吃。"李三宁走出厨房,叶丽亚笑了笑。

小长安睡眼蒙眬地伸着懒腰走进厨房,叶丽亚笑道:"巴哈尔、秦川他们都出发了,你怎么才起来呀?"小长安撇撇嘴:"倒霉呗。"叶丽亚笑着:"你倒什么霉了?"小长安揉揉脑袋:"昨晚出门遇到鬼打墙了。"

叶丽亚好笑地看着小长安:"那又是怎么回来的?"小长安嘿嘿一笑:"鬼怕光,我等到天光放亮才回来。"

李三宁蹲在羊圈挤奶,突然感到什么东西打到背上。李三宁站起来转过身,看到小长安趴在木栅栏上笑嘻嘻地看着自己。小长安笑道:"我这是第二次向你认错了。"李三宁撇撇嘴:"你好像是在炫耀自己。"小长安摆摆手:"谬夸,谬夸,我是真心的。"李三宁低着头:"我该打,是我错了。""你不恨我?"李三宁摇摇头。小长安又问:"我们还是好兄弟?"李三宁点头。

小长安小声地说了声"对不起",李三宁反而低头不敢再看小长安：“你不会看不起我吧？”小长安笑着：“我不会，弟兄们都不会。”李三宁露出笑脸。小长安从栅栏后面钻进来：“我帮你挤奶。”叶丽亚见状微笑着向厨房走去。

马镰刀和薛草药骑马走在草原上，道伯雷尼亚和米沙骑马从对面走来，双方来到长着十多棵树的小树林翻身下马，米沙和薛草药把马拴在树上。道伯雷尼亚笑着和马镰刀握手："咱们都很准时。"马镰刀笑着："您今天看上去年轻了很多。"道伯雷尼亚笑着："今天是我们双方的第一次正式会晤，我特意打扮了一下自己。我得有个仪式感才对。"米沙把一块长方形的餐布铺在草地上，从行囊里拿出红肠、伏特加和四个酒杯放在布上。马镰刀、道伯雷尼亚、薛草药、米沙四人面对面坐在草地上。道伯雷尼亚笑着："这是一次真正意义的边界聚餐。"米沙给杯子里倒上酒，道伯雷尼亚端起酒杯："为我们的民间友谊……"马镰刀端起酒杯："为边境安宁……"道伯雷尼亚："为我们和平相处……""干杯。"四个人碰杯。

道伯雷尼亚抱歉地看着马镰刀："马站长，我再次向您表示歉意，那张条子的确找不到了。"马镰刀咧咧嘴："实在找不到我也不能为难您，我们就当那个条子不存在，就当那场胡杨树下的狂欢没有发生。"道伯雷尼亚赶紧保证："那条子是临时性的。"马镰刀笑笑："那是我们之间的君子协定。"道伯雷尼亚认真道："我是守信的人，那张借条已经没有任何意义了。"马镰刀点点头："只要双方遵守1883条约线就相安无事。"道伯雷尼亚举起酒杯一饮而尽："马站长说得对。"

马镰刀指了指道伯雷尼亚的腿："您的腿还疼吗？"道伯雷尼亚叹了口气捂住膝盖："疼，这条腿今生是好不了了。"马镰刀看了眼薛草药："薛草药的医术很高明，我们这儿的人都称他是神医，我特意请薛神医来给您看看。"道伯雷尼亚笑着："神医，一定是上帝派来的。"薛草药笑笑："马站长过奖了，我只是个普通的医者，不是什么神医，请站长阁下把胳膊伸给我。"道伯雷尼亚不解道："我的病在腿上，不在胳膊上。"薛草药笑着："我知道。"道伯雷尼亚伸出胳膊，薛草药为道伯雷尼亚把脉。

道伯雷尼亚看着薛草药，目光显得很茫然。米沙不解地问："马站长，这是……？"马镰刀笑着："这叫号脉，通过脉搏跳动就可以知道病情了。"米沙惊讶道："中国的治病方法真是不可思议。"

薛草药将一根根银针从道伯雷尼亚的腿上拔下来，道伯雷尼亚笑着："扎针时我紧张得鼻头都出汗了。"马镰刀哈哈一笑："看上去是有些可怕。"薛草药收起银针："您的腿是风湿痛。风湿往上蹿，是坐骨神经痛，再往上蹿，蹿到腰眼，就成了腰痛了。它还会再往上蹿，蹿到心脏，就成风湿性心脏病了。回去我给您煎些药剂，用天山雪莲花做药子。明天中午我送到这儿，双方不见面，您派个人来拿。"说着拿起酒杯："用这个酒杯每天早上和晚上各服一杯，要在吃饭前喝，很苦的。"道伯雷尼亚笑笑："苦口良药，我不怕苦。"薛草药点点头："有时间我再给您针灸几次，您的腿会好的。"道伯雷尼亚赶忙正色道："谢谢薛神医。"薛草药摆摆手："不客气。医者仁心，如此而已。"

马镰刀从包里拿出一个纸包和一坛酒："这个纸包里是莫合烟，这坛酒是杏林泉，这酒比你们的伏特加好喝，你们那个伏特加像马尿一样难喝。"道伯雷尼业笑着："谢谢马站长，我给您也带了礼物。"道伯雷尼亚从行囊里拿出一件花色漂亮的披肩和一面椭圆形的镜子，又拿出一瓶威士忌酒，笑着："我们好像是在走亲戚。这件披肩和镜子是送给美丽的叶丽亚的，这瓶威士忌才是给您的。"马镰刀收下东西："我代叶丽亚谢谢您。"道伯雷尼亚笑着："我喜欢给姑娘送礼物，特别是漂亮的姑娘。"马镰刀笑着："男人越大越没出息。"道伯雷尼亚哈哈大笑起来："您的话我听懂了。"米沙笑着："上尉，您笑得这么开心，男人越大越没出息是什么意思？"道伯雷尼亚看了一眼米沙："意思是男人越老越喜欢姑娘。"米沙认真地看着道伯雷尼亚："您是这样的人？"马镰刀、薛草药、道伯雷尼亚三人开心地笑。薛草药笑着："站长阁下真是中国通。"道伯雷尼亚自豪道:"我年轻时看过不少介绍贵国的书籍,慢慢地喜欢上了贵国的文化,可惜的是我没能成为研究中国文化的学者。可能的话我一定要去贵国到处看看。"马镰刀笑着:"中国文化博大精深,您退休后在家里慢慢研究吧。如果阁下肯来,我愿意为阁下做向导。"马镰刀站起来拍拍衣角:"今天的会晤到此结束。"道伯雷尼亚笑着:"今天非常开心。"

道伯雷尼亚伸出手,马镰刀握住道伯雷尼亚的手,把道伯雷尼亚拉起来。道伯雷尼亚好像感到了什么,惊奇地踢了踢腿又蹲下起来,扭了扭腰,惊讶道:"我的腿不疼了,不疼了。"米沙看着道伯雷尼亚惊讶地说:"中医的效果真神奇。"道伯雷尼亚感叹地看着薛草药:"我去过很多地方就医,莫斯科、彼得堡的医院都去了,可都没有效果。薛神医,您的医术的确高明。"薛草药被夸得有些不好意思:"不会有这么神奇的疗效,不疼是暂时的,等您吃完我给您的药,再经过几次针灸,阁下的腿病才能渐渐地好起来。"米沙笑着:"上尉,咱们和神医为邻,以后不怕生病了。"道伯雷尼亚笑着:"白痴,没有人愿意生病。"

正当马镰刀和道伯雷尼亚为友谊干杯时,阴谋已在荒原以外的地方进行,炸雷将在他们的头顶响起。

马镰刀站起身子,倒退着走上十步,然后笔直地转过身,头也不回地离去了。道伯雷尼亚也站起身子,倒退着走了十步,然后笔直地转过身子,头也不回地离去。他们牵上各自的马,回到各自的边防站。

第六十二章

一

紫禁城，外务部办公室。会办大臣汪茂源衣冠周正，坐在桌前审阅文书，官员进来汇报："会办大人，沙俄外交公使要求见您。"汪茂源放下文件站起身来整理衣帽："请他进来。"

从当年康熙年间，三个俄罗斯使者来到紫禁城，面见康熙爷，商议签订中俄尼布楚条约，掐指算来，已经二百多年过去了。这二百多年中，世界发生了多少事情呀！

瓦西列夫同一名沙俄官员走进来，行沙俄礼，汪茂源还礼："公使大人请坐。"瓦西列夫和沙俄官员坐在椅子上，侍从端上两杯茶放在二人面前离去。汪茂源面带微笑："公使大人前来有何要事？"沙俄官员从公文包里取出文件和一个书本大小的册子交给公使，瓦西列夫递上文件和册子："这是我国政府的外交照会和地图册。"汪茂源接过照会打开看了看，又翻开地图册仔细看，片刻，汪茂源放下文件和地图册吃惊道："公使大人，你们一定是搞错了，这怎么可能！"瓦西列夫摇摇头："不，不，我们没有搞错。"汪茂源当即站起来："公使大人请您稍等片刻，我去拿张地图来。"瓦西列夫耸耸肩表示同意，汪茂源匆匆走向房门。

桌子上摆着一张地图，周达宾、瞿云鹤、瓦列西夫、沙俄官员、汪茂源五人围着地图看，汪茂源指着地图："这里是1883条约线，这条线是贵国政府与我国政府，经过长时间的磋商和谈判，共同制定并承认的国界线。"瓦西列夫傲慢地打断了汪茂源的话："尚书大人，我国政府并没有否认1883条约线。"周达宾指着地图："这条大河以北、胡杨树以南的五十五点五平方公里土地从来都是我国的领土。"瞿云鹤点头："公使大人，一定是你们搞错了。要不就是伏特加喝多了。"俄官员摆摆手："不，不，我们没有错。国境问题不敢儿戏。"瞿云鹤急道："这块土地的历史渊源、人口变迁、文物古迹、埋葬坟墓等等，都足以证明这块土地历来属于我大清的国土，我们可以拿出很多佐证。"瓦西列夫打断他的话："各位大人，我们并没有否认这块土地是大清的国土。"汪茂源斥问："既然如此，贵国政府又何以提出领土要求呢？"瓦西列夫微微一笑："尚书大人，你们已经把这块土地借给了我国。"

汪茂源惊愕道："借给了贵国？不，这不可能，从来没有过这回事！"周达宾激动道："这，这简直是无稽之谈，你们有何凭证？"瓦西列夫从文件夹里拿出一张平平展展的两指宽的纸条，用指头敲打着条子傲慢道："我们有充分的证据可以证明这不是什么无稽之谈。尚书大人请过目。"瓦西列夫把纸条递给汪茂源，汪茂源看着借条，渐渐地张开嘴，目光也变得呆痴起来。瞿云鹤见状也不知如何是好："公使大人，此事关系重大，我看……我们双方改日再谈。"瓦西列夫微笑着看着汪茂源："尚书大人，何时商谈？"汪茂源皱眉道："何时商谈，我再通知您。"

办公室里，汪茂源凝眉踱步，瞿云鹤走进来，汪茂源赶紧问道："总理大人的意思是……？"瞿云鹤叹了口气："总理大人下令查明事情缘由，与沙俄方面的会晤继续进行。"汪茂源吊着脸："瞿大人，立即通知军机处，火速前往惠远城将军府，命伊犁将军立即派人将北湾卡伦站长马镰刀传讯归案。"

会晤升级为会谈。会议室里的气氛凝重。周达宾、瞿云鹤、汪茂源、瓦列西夫、沙俄官员等面对面坐在一张长桌前。瓦西列夫梗着脖子，傲慢地看着众人："各位大人，如果你们还有不明白之处，我愿不厌其烦地向各位大人做以说明。"会场里沉默片刻，周达宾皱眉道："借条上写的是牛皮大的一块地方，你们却提出五十五点五平方公里的领土要求，这是为何？"俄官员插话："大人，您说的不错，我们已试验过了也做出了精确的计算，把一张牛皮割成细线恰好可以围出五十五点五平方公里。"话音未落，大清官员惊愕和气愤的目光投向沙俄官员。沙俄官员态度傲慢地笑笑："如果各位大人有质疑，我们可以再割一次再围一次，请各位大人到现场观看。"汪茂源拍案而起："这不难看出你们觊觎我国领土的野心。真是人心不足蛇吞象！"瓦西列夫语气严厉道："会办大人，沙皇陛下没有占领贵国领土的企图，不要忘了你们的借条在我们的手里。"大清官员哑口无言，会场鸦雀无声。

会议室里的大清官员个个怒气冲冲，气氛显得十分紧张。瓦西列夫淡定地坐在桌边："各位大人，难道你们还不肯承认这个既成的事实吗？"瞿云鹤站起来挥动手臂气愤道："你们不讲道理，这是强占，赤裸裸的强占，完全不把我国政府放在眼里。"俄官员撇撇嘴："我国政府所提出的要求是有理有据的。"周达宾拍桌而起："荒谬，实在是荒谬透顶。"瓦西列夫笑着摆摆手："尚书大人请息怒。"周达宾看了眼瓦西列夫，气愤地坐在椅子上。

汪茂源口气缓和道："公使大人，即使是有这么回事，那也是借给你们作小憩之用。"瓦西列夫指指汪茂源身前的文件夹，傲慢地说道："会办大人请您再仔细看清楚这张条子。"瓦西列夫把纸条展现在汪茂源面前，汪茂源瞄了眼纸条道："这张借条我已看过多遍，条子上白纸黑字写得清清楚楚：今借给沙俄老兵道伯雷尼亚君一行牛皮大一块地盘，以作小憩之用。难道有什么不对之处吗？"

瓦西列夫撇撇嘴："条子上的每一个字，会办大人背诵得完全正确。"说着举起纸条："各位大人请你们再仔细看看。"清官的眼睛都看着借条，表情显得很茫然。瓦西列夫狡黠地笑道："请各位注意，这张借条上没有写归还的日期。"汪茂源、周达宾、瞿云鹤三人的眼睛再次盯上瓦西列夫手上的纸条。瓦西列夫继续道："既然没写归还日期，这就是说，这块土地永久性地借给了我国。所以，我国政府提出将大河以北、胡杨树以南的五十五点五平方公里的土地，纳入我国版图的做法是完全合理的。"汪茂源气愤道："贵国所提要求看似合理，实属强盗逻辑。"瓦西列夫口气突然强硬："这已经是不可改变的事实了。"周达宾拍案而起切齿愤盈："厚颜无耻，你们简直就是无赖，与土匪强盗的行径有何区别？"

沙俄官员蛮横地看着众人："各位，贵国政府几天前签订了'辛丑条约'，战争赔偿四点五亿两白银，各位大人还嫌少吗？"瓦西列夫硬生生地说："难道你们要为这五十五点五平方公里的蛮荒之地，再生事端吗？先生们，目前贵国的皇帝皇太后还在返回紫禁城的路上。"汪茂源、周达宾、瞿云鹤三人顿时哑口无言。

瓦西列夫傲慢地笑道："我国政府要求贵国政府尽快撤出设在五十五点五平方公里地面上的北湾卡伦。"汪茂源皱眉："公使大人，事关重大，本官必须认真调查此事。"瓦西列夫整了下衣襟坐回凳子上："贵国各级政府的办事效率有目共睹，请各位大人加快办事效率，尽快给我国政府一个圆满的答复。"汪茂源、周达宾、瞿云鹤三人一脸怒气，闭口不语。瓦西列夫接着道："否则，我国将仿效在阿穆尔河的做法，以火炮与刀枪为先导，强行占领这块土地。"说完，瓦西列夫将借条放在桌子上，夹起公文包和沙俄官员们昂然离去。汪茂源一拳砸在桌子上："外夷强盗，蛮横无理。"

一场惊天风暴刮来了，可惜白房子的人们还不知道，马镰刀还不知道。牛羊继续在这块草原吃草，士兵们继续在白房子的屋顶站岗，马镰刀继续叩击着马刺隔日一次巡逻，叶丽亚继续尽心尽力地做着她的酸奶子。

而白房子屋顶的烟囱，依旧每日三次扬起炊烟，向祖国报告平安：早安，午安，晚安。

二

营房前，薛草药坐在小凳子上看书，身边小泥炉上的药锅冒着热气。叶丽亚和李三宁赶着毛驴车走进大门，车上装着满满的柴火。薛草药放下书站起来迎上去。薛草药一边帮忙卸着柴火一边问道："这么早就准备过冬的柴火了？"叶丽亚点点头："早点准备，到冬天烧暖墙、做饭就不愁了。"薛草药和李三宁把柴火卸下来整齐地堆在墙边。

马镰刀、巴哈尔、秦川等人给各自的马腿上打上羁绊。阿黑吐拜克边防站的一支八人巡逻队走来。巴哈尔笑道："奶奶的，他们真准时。"马镰刀看着几人大声喊："阿曼别克！"八人翻身下马，一名士兵走过来敬了个礼："马站长。"马镰刀笑着："阿曼别克怎么没来？""他调走了。"马镰刀惊讶道："他去哪儿了？""阿曼别克调到惠远城去了。"马镰刀气道："这小子走也不来跟我说一声。"士兵笑笑："他走得急，让我告诉你一声，说他还一直惦记着北湾的狗鱼哩。"巴哈尔骂道："奶奶的，这小子挺有福气。"秦川咧咧嘴："臭小子不用在这鸟不拉屎的地方受苦了。"马镰刀与士兵交换木牌："他去做什么？"士兵拿到木牌摇摇头："不知道。马站长我们先走了。""一路好走。"八个士兵翻身上马离去。

马镰刀坐在地上休息，转头对秦川道："秦川，天气就快转凉了，你带几个兄弟和叶丽亚去趟迪化，给兄弟们从头到脚一人做一套上好的皮帽、皮袄、皮靴。"秦川点点头："我看行。"马镰刀笑道："顺便让叶丽亚出去散散心。"巴哈尔皱了下鼻子："是个好主意，额尔齐斯河河口的风大，省得冬天冻得嗷嗷叫。"慕思寒嘿嘿一笑："再买上三五十坛上等的好酒带回来。"老四喊："再买三十只鸡五十只羊，要杀好的，省得咱们动手。回来往冷藏室一放，想改善伙食就去剁。"马镰刀点点头："我同意。"楚天霸抢话道："再买两头牛。"秦川笑着："咱们好像是要准备冬眠的田鼠。"大伙哈哈大笑。

巴哈尔想了想："让薛草药开个单子，把他要的药材也一并弄回来。"亚森提议："站长，明天就动身吧，赶天冷前就能把东西运回来了。"

伊犁将军府内，将军坐在案前翻阅折子，高天德、邱炳坤、百里赫拉和文武官员站在堂上。将军将折子放在桌上抬起头："天气就要转冷了，越冬的粮草、棉衣等物资的储备怎么样了？""回大人话，御寒的物资储备都已基本就绪。"将军看着下面："承化寺，伊沙罕伯克结党营私，勾结多地大小伯克策动闹事。田大人，本官命你前去查办此事。""属下遵命。"

"报……丝绸之路沿途各个烽火台狼烟升起，朝廷使者快马抵达惠远城。"士兵跑进来单腿跪地："将军大人，军机处来人有要事相商。"

将军整了整衣帽，威严正坐，军机官员大步来到堂前："参见伊犁将军大人。"将军微微一笑："大人鞍马劳顿，一路辛苦。"军机官员上前将文件袋递给将军。将军拿出文件审阅，借条醒目地别在文眉上。将军看着文件，脸色变得十分凝重，堂下的官员们好像预感到什么，人人都显得面色惊慌。

军机官员又递上一封书信："军机大臣命将军大人，即刻派人驰赴北湾卡伦，将马镰刀传讯归案，不得有误。"将军皱眉点头："本官遵命。"高天德顿时惊得脸色大变。将军严肃地看着堂下："百里大人，本官命你带人火速前往北湾卡伦，捉拿马镰刀到府，不得有误。"百里赫拉皱眉跪地，领命而去。

驿站十分简陋，篱笆围墙、一间土坯房、一间马棚，两盏灯笼挂在门口的篱笆墙上。百里赫拉带着五人冲进驿站，翻身下马。三名士兵各牵着两匹马走出马棚，来到六人面前。百里拉赫六人接过缰绳，翻身上马，六人六骑催马离去。马蹄在身后扬起一阵烟尘。

高天德心神不定地在院子里踱步，士兵匆匆走来："大人，百里大人申时已经出发。"高天德吊着脸："下去吧。"士兵离去。夫人匆匆走来，高天德赶忙上去扶住，嗔道："夫人，你的病还没好怎么出来了？"夫人摆摆手示意自己没事，轻声问道："听下人说你唉声叹气，长吁短叹，愁眉不展，出什么事了？"高天德扶着夫人往屋里走去："进屋告诉你。天塌下来了。"

高天德搀着夫人走进客厅。夫人刚在圆桌旁的椅子上落座，就咳嗽起来，顺了一下气问道："出什么事了，你如此紧张？"高天德叹了口气："出了大事。"夫人惊愕地看着高天德，高天德苦笑："明轩写了一张借条，沙俄向外务部提出领土要求，军机处派人来，要求将军立即抓捕明轩，百里大人已经带人去了。"夫人惊愕地看着高天德："你是说，明轩把领土借给了沙俄？"高天德无奈地点点头："是。"夫人生气道："他吃了豹子胆了，怎能干出如此荒唐的事情？"高天德皱眉，他也不知道马镰刀的动机，只好说道："个中原因还不清楚。"夫人激动地拍着桌子重复道："他怎能做出如此荒唐之事？"说完一阵剧烈咳嗽。高天德轻轻拍夫人背后："夫人别激动，消消气，消消气……事情还正在调查中。"夫人的喘息稍稳，高天德的眉头紧紧锁着。

俄纵队司令部办公室内，上校坐在办公桌前，把信装进文件袋后，将袋口封上滴上火漆。米利亚依奇推门走进房间，立正行礼。上校把封好的文件递过去："米利亚依奇下士，请将这份文件送到阿拉克别克边防站，交给道伯雷尼亚站长。"

对这一切还一无所知的马镰刀和叶丽亚，手拉手在河边漫步。叶丽亚有些害羞地晃着马镰刀的手："你爹认你这个儿子了，边关也安定了，我想要孩子了。"马镰刀咧嘴笑笑："这儿太艰苦，有了孩子，我怕你受不了。"叶丽亚笑着："再艰苦我也要，我能把孩子养好。"马镰刀点点头："我答应。"叶丽亚闻言笑得满面幸福。

马镰刀也是满心欢喜："明年开春我带你回老家去看看。十多年没见到爹娘了，我实在想他们。"叶丽亚点点头："你得把我带回来，我喜欢新疆，不想离开草原。"马镰刀笑着："没你的日子我也受不了。"

马镰刀欢喜地搂住叶丽亚，笑着道："你和秦川去迪化转转，顺便给自己买几身过冬衣料。你喜欢什么就买什么。"叶丽亚抬起头来看着他："你不去？"马镰刀微微一笑："我被拴马桩拴在这里，寸步不能离开。我若出去走动，得给上峰打招呼。"

夜幕下，百里赫拉六人骑马蹚过河流。国界另一边，通讯兵米利亚依奇骑着一匹白马，奔驰在林中小路上。风暴正在白房子上空凝聚。

第六十三章

一

道伯雷尼亚坐在屋檐下的椅子上,闭着眼睛抽烟。通信兵米利亚依奇牵着白马来到面前,道伯雷尼亚睁开眼睛。米利亚依奇立正敬礼:"亲爱的上尉您好。"道伯雷尼亚站起来:"你好,米利亚依奇下士。"米利亚依奇从包里拿出文件袋:"上尉,这是安德烈·安德烈依奇上校让我交给您的文件,请签收。"道伯雷尼亚接过文件看了眼,又接过米利亚依奇递过来的笔,在纸上签上名字。米利亚依奇敬礼:"亲爱的上尉,再见。"道伯雷尼亚还礼:"慢走。"米利亚依奇翻身上马离去。

道伯雷尼亚看着用火漆封口的文件自语道:"一定是我的退伍通知书到了,这下好了,苦役般的戍边岁月终于结束了,可以和家人团聚了。"微笑着转身向站长室走去。

道伯雷尼亚坐在办公桌前,用小刀铲起火漆打开文件袋,取出文件仔细阅读。道伯雷尼亚的表情渐渐僵硬,眼神惊悚,手颤抖着把文件放在桌上,不可思议地自语道:"怎么……怎么会这样?我没做什么,这怎么可能?"道伯雷尼亚镇定了一下情绪,站起来拿起文件离去。

士兵们正在踢球,道伯雷尼亚看上去有些神志不清地拿着文件走来。阿辽莎来到道伯雷尼亚面前:"上尉,您的脸色不对,出什么事了？"道伯雷尼亚拿着文件："你的眼神好，你帮我看看，我不敢相信我的眼睛。"阿辽莎拿过文件看，道伯雷尼亚目光期待地看着阿辽莎。阿辽莎抬起头面带兴奋："上尉，这是给您的升迁令。"道伯雷尼亚一脸迷茫："搞错了，一定是司令部搞错了。"阿辽莎激动地冲大伙喊："你们听我说，听我说……我们亲爱的上尉升官了。"士兵们都兴奋地围了上来，瓦连京笑着："上尉，您升任了什么职务？"道伯雷尼亚茫然道："司令部让我到高加索要塞担任督察员。"谢尔盖兴奋道："亲爱的上尉，这是个既体面又实惠的闲职。"阿辽莎开心地笑："这个职务通常是给那些有特殊贡献的功臣留的。"道伯雷尼亚茫然地点点头："是啊，我很清楚，可我这辈子从来没有为国家、为沙皇陛下做出过什么特殊的贡献呀。"阿辽莎笑着："一定是仁慈的沙皇陛下，看您在这荒无人烟的戈壁荒原上，为国家效力了大半辈子，所以突然发慈悲，才给您这样的嘉奖。"米沙举起拳头喊："乌拉！我们的体察一切的至高无上的沙皇陛下！"士兵们齐声欢呼："乌拉，乌拉，乌拉！"道伯雷尼亚激动得热泪盈眶。谢尔盖问："谁来接替上尉的职务？"阿辽莎看着公文道："是……是伊万·彼得洛维奇。"谢尔盖不解道："怎么会是那狗娘养的？"叶戈尔："那个白痴一定托了什么关系。"瓦吉姆："上尉，怎么能是他呢？"道伯雷尼亚："我不知道，我完全被这件事搞糊涂了。"米沙大声说："上帝呀，要是伊万接任站长，我不干了。"叶戈尔："我也不干了。"……道伯雷尼亚拿过公文袋，傻呆呆看着士兵们。

二

卡伦院子里，秦川和亚森蹲在地上丢方，巴哈尔、小长安、叶尔波勒、客木巴尔蹲在一旁观战。吾尔曼站在门口站岗，看到六人六骑奔驰而来，回头喊："有人来访。"巴哈尔几人好像没听到似的正杀得痛快。

百里赫拉带着五名士兵来到门前,翻身下马。吾尔曼看到来人是百里赫拉,抱拳行礼:"百里大人。"士兵板着脸瞪着吾尔曼:"通报马镰刀,伊犁将军府百里大人到。"吾尔曼不敢怠慢,转身跑进院里。百里赫拉和士兵们进了门,在水井旁等候。

马镰刀走来抱拳道:"下官不知百里大人到此……"百里赫拉打断马镰刀的话,严肃道:"马站长不必客气,本官奉将军之命前来传马站长到伊犁将军府,将军大人有要事传讯。"马镰刀略显惊讶:"敢问大人何事?"百里赫拉摇摇头:"本官不知。"

薛草药一行人牵着马走进院子,大家一脸疑惑地看着百里赫拉和马镰刀。马镰刀板着脸:"何时动身?""即刻出发。"马镰刀皱眉看向小长安:"小长安给我备马。""是。"小长安表情茫然地向马棚走去。叶丽亚心神不安走到马镰刀身边:"你要去哪儿?"马镰刀笑笑:"伊犁将军府。"叶丽亚急道:"去做什么?"马镰刀摇摇头:"不清楚。"叶丽亚惶恐地看着百里赫拉。

白房子的兄弟们不知发生了什么事,表情茫然地围上来。马镰刀阴沉着脸:"秦川,卡伦交给你了。记得晚上给河口地面的树林里加两个潜伏哨。"秦川纳闷地问:"出什么事了?"马镰刀摇摇头:"到了伊犁将军府自然就知道了。"小长安牵着马走来,马镰刀转过身:"百里大人,咱们走吧。"士兵拿着一副枷锁来到马镰刀面前,马镰刀吊着脸看着百里赫拉。叶丽亚顿时感到惊恐,白房子的兄弟也感到事情不对。百里赫拉看着马镰刀:"马站长委屈你了,请给个方便。我也是奉命行事。"

马镰刀和百里赫拉对视,紧张的气氛在空气中弥漫。僵持片刻,马镰刀抬起双手,士兵给马镰刀戴上枷锁。叶丽亚扑上去抱住马镰刀看着百里赫拉:"大人,他犯什么罪了?"百里赫拉看了眼叶丽亚:"请马站长上马。"四名士兵上来扶马镰刀,叶丽亚抱着马镰刀惊恐地喊道:"你们不能带走我男人。""慢。"巴哈尔大声喊道。巴哈尔走到百里赫拉面前:"奶奶的,到底出了什么事了?"百里赫拉严厉地瞪着众人，大声道："本官奉命前来传讯马站长，具体事由本官不知晓。"叶丽亚语音颤抖道："明轩，发生了什么事了？"马镰刀伸出手握了握叶丽亚的手安慰道："不知道，叶丽亚别怕，我去去就回来。"鸿玄弈走到百里赫拉面前："今天不说明缘由谁也别想走出大门。"小长安大声道："百里大人，你们不说出个五六都得死。"古依汗喊道："兄弟们抄家伙。"白房子的兄弟们"唰"的一下抽出马刀，把百里赫拉六人围在中间。百里赫拉镇定地看着白房子的士兵。

第六十四章

一

瞭望台上，阿辽莎背着枪站岗，道伯雷尼亚举着望远镜向白房子瞭望。阿辽莎笑着："上尉先生，您已经望了两个多小时了。"道伯雷尼亚放下望远镜："不知为什么，怎么也看不到马站长的身影。"阿辽莎笑着："没准马站长抱着叶丽亚睡觉呢。"道伯雷尼亚叹了口气："要走了，我要给马站长说一声，向他道别。"阿辽莎点点头："应该的。"道伯雷尼亚想了想笑道："我突然感到很喜欢这位中国站长，他就像我的好兄弟。"阿辽莎也笑了："大伙都喜欢他。"道伯雷尼亚拿起望远镜："我得再看看，见不到他的影子，我心里不踏实。"说完拿起望远镜又向白房子瞭望。

太阳像火球贴在地平线上，戈壁变得一片金黄，炽热的气流升腾。五名士兵骑马缓缓行走在前面，马镰刀戴着枷锁坐在马上，百里赫拉和马镰刀并肩骑行。叶丽亚含着泪手扶马镫缓缓而行。白房子的士兵们默默地跟在后面。

百里赫拉扭头看了眼马镰刀，又看了看泪眼盈盈的叶丽亚，心里有些不是滋味，想说什么又收了口。马镰刀吊着脸目不斜视地看着前方，广袤的戈壁只有马蹄声和噗噗的脚步声，气氛显得十分凝重。百里赫拉回过头向后看了眼，已看不清白房子的轮廓，只有白房子士兵们还跟在马后。

百里赫拉表情凝重喊道："等等。"带头的士兵停下马，百里赫拉看了马镰刀片刻道："马大人，你有这么好的兄弟让我备受感动。"马镰刀咧咧嘴。百里赫拉叹了口气道："兄弟们送了一程又一程，你就跟他们说两句吧。"两匹马缓缓掉过头，马镰刀看着面前的兄弟们，咧咧嘴："兄弟们回去吧，都回去吧。"兄弟们异口同声喊："站长！当家的！"马镰刀咧咧嘴："不要再送了，天气一天比一天凉了，早晚巡逻要多穿件衣裳，今年的冬天会很冷，雪也会很大，你们要有个思想准备。"小长安看着马镰刀伤心地流泪。马镰刀笑笑："不管发生了什么事，解释清楚了我就回来。"巴哈尔皱眉道："兄弟，不要去。"兄弟们齐声道："站长，不要去。"百里赫拉板着脸道："马站长是我敬重的好汉，你们放心，本官定会一路照顾好马站长的。"秦川抱拳道："百里大人，让您费心了。"

马镰刀咧咧嘴："兄弟们回去吧。"说着掉转马头。叶丽亚攥着马镫不撒手。正像那些歌谣、传说中的场景：草原上的女人，哀恸地扶着爱人的马镫，送他出征。马镰刀看了眼叶丽亚，难过地咧咧嘴。马队缓缓前行，叶丽亚攥着马镫行进，兄弟们站在原地目送。

黄昏，太阳已消失在地平线以下，天空变得暗灰。李三宁站在屋顶上，用望远镜向马镰刀一行瞭望。八人七骑漫步在戈壁上，人们都沉默不语，气氛很压抑。叶丽亚扶着马镫行走，泪水顺着面颊往下流。马镰刀吃力地看了眼叶丽亚，心里一阵酸楚。叶丽亚抬起头来眼泪汪汪地看着马镰刀。马镰刀咧咧嘴："天就要黑了，你快回去吧。"叶丽亚默默流泪，哭得像个泪人。马镰刀难过道："叶丽亚回去吧，回去。"叶丽亚哭着摇摇头，马镰刀难过地咧咧嘴："叶丽亚，不能再送了，天就要黑了。"叶丽亚拽着马镫流泪不语。马镰刀咧咧嘴，闭上眼睛，咬咬牙，一脚蹬开叶丽亚。叶丽亚松开马镫，摔倒在地上。马镰刀磕镫催马奔驰而去，百里赫拉和士兵们紧跟在马镰刀身后。马蹄敲打着戈壁，掀起一阵风暴。叶丽亚趴在地上看着远去的马镰刀，大声哭喊。马镰刀听到叶丽亚的哭喊声，紧咬牙关，脖子拧着，没有回头。叶丽亚爬起来大声哭喊着向前跑："明轩，明轩……你要回来，你一定要回来……"马镰刀一行的身影消失在沙丘后面，叶丽亚跪在戈壁滩上放声痛哭。

伊犁将军府内，将军威严地坐在案前，马镰刀跪在大堂上，沙俄外交公使瓦西列夫和汪茂源坐在堂上。高天德站在二人身旁。

将军看着马镰刀："马镰刀，外务部会办大臣汪大人有话问你，你可要听清了。""属下明白。"汪茂源严厉地质问："马镰刀，你是否给沙俄阿拉克别克边防站道伯雷尼亚站长，写过一张借条？"高天德志忐不安地看着马镰刀，马镰刀顿感吃惊："回大人话，确有此事。"汪茂源闻言皱眉："那张借条可是你亲手所写？"马镰刀不解地点点头："是我亲手写的。""借条写在何处？"马镰刀茫然地看着汪茂源："写在一张两指宽的卷烟纸上。"高天德吃惊地看着马镰刀。汪茂源眉头皱得更紧："你可记得借条的内容？"马镰刀点点头："记得。"汪茂源怒道："讲！"马镰刀道："今借给沙俄老兵道伯雷尼亚君一行牛皮大一块地盘，以作小憩之用。中国边防伊犁总兵府辖下北湾边防站站长马镰刀。"汪茂源愤怒地看着马镰刀，气得一拍桌子，一口气上不来，引发一阵咳嗽。

瓦西列夫闻言站起来："会办大人，将军大人，事情已经十分清楚了，不需要我再多费口舌吧？"将军、汪茂源、高天德三人沉默不语，马镰刀心里闪过无数想法。汪茂源一拍桌子怒视马镰刀："马镰刀，你胆大包天，为何要写这张借条，你居心何在？"马镰刀急道："回大人话……"瓦西列夫打断话头："具体什么原因，会办大人，那些细枝末节是贵国的内部事情。现在事实清楚，贵国政府应该可以给我国政府一个圆满的答复了。"说完态度强硬地看一眼伊犁将军。

伊犁将军吊着脸坐在公案前，高天德、汪茂源、瓦西列夫三人已经离去，百里赫拉、邱炳坤等几名官员站在堂上。马镰刀跪在堂上："借大的戈壁滩上，只有一片树荫，属下当时出于怜悯之心，请他们过来乘凉，一起喝酸奶子。道伯雷尼亚他们不敢过界河，属下答应了道伯雷尼亚的要求，在两指宽的卷烟纸上写下借条，让他们放宽心。"将军气愤地拍桌而起："你好大的胆子！话说得如此轻巧，你可知晓因那两指宽的卷烟纸，沙俄割走了我国五十五点五平方公里的疆土？"马镰刀一听顿时惊得目瞪口呆。

将军气愤得一字一句道："马镰刀，你知罪吗？"马镰刀还在万分震惊中没有回过神来，将军一拍桌子大声道："马镰刀，本官再问你一遍，你知罪吗？"马镰刀回过神大声喊："我有罪，我有罪啊！"将军瞪着马镰刀："你归顺朝廷之前犯下诸多杀戮之罪，本应将你就地正法，但本官念你能征善战，不但没有追究你的罪责，反而派你镇守边关。你不但不念及皇恩浩荡为国效力，反而私通外夷出卖疆土。马镰刀，你该当何罪？"马镰刀痛心疾首地呐喊："老天呐，我犯下了不可饶恕的罪过，我请求以死来弥补我的过失。"将军怒道："马镰刀，本官将你打进死牢，明日巳时凌迟处死。"马镰刀大声地："我有罪……我该死。""来人呐。将马镰刀打入死牢，严加看管。"两名带刀士兵走来，单腿跪地："喳。"遂拉起马镰刀向外走去。

二

站长室里，叶丽亚和白房子的士兵们，个个情绪低落。慕思寒和薛草药坐在凳子上低头思索，秦川蹙眉垂首来回踱步，巴哈尔低着头坐在桌子上。大家都知道发生了大事，但是又不知道到底发生了什么事。叶丽亚看着大伙："明轩走了几天了，照理说该有信了。"巴哈尔暴躁地踢了一脚桌子："奶奶的，站长到底出了什么事？"大伙沉默不语，片刻后，鸿玄弈小心道："会不会是仇家陷害？"古依汗点点头："我看有这个可能。"慕思寒不解："仇家会是谁呢？"秦川摇摇头："我看不像，如果是仇家陷害，百里大人应当清楚，可这件事连百里大人都不清楚，我看搞不好会有大事发生。"薛草药瞪了他一眼："说点吉利话。"

小长安匆匆走进门，叶丽亚站起来激动地问："打听到什么消息了吗？"小长安摇摇头："我在官道上遇到两个从将军府出来的差官，我问他们将军府有没有发生什么事情，两人都说出来前没听说将军府有什么大事发生。"叶丽亚有些焦躁不安，巴哈尔骂道："奶奶的，我实在快憋死了。"薛草药安抚大家："大伙别上火急躁，站长福大命大不会有事的。"叶丽亚沉默不语。

房间里，大伙七嘴八舌你一句我一句分析原因。秦川想了想问道："站长近来有何愁眉不展的事？"鸿玄弈不解："自从了结了刘祥云和王彪的事，再没什么闹心的事了。"叶丽亚想了想："要说愁眉不展，那张借条让他心烦了几天，不过见到道伯雷尼亚站长后，就没有再心神不安了。"薛草药皱着眉头："难道，将军府是因那张两指宽的借条传唤站长？"小长安一脸茫然："即使是，站长也是为友谊，为了边关的安定呀。"鸿玄弈疑惑地看了眼众人："没准……是那棺材瓢子捣了什么鬼？"叶丽亚摇摇头："道伯雷尼亚站长是个慈祥善良的人，我看不会是因他而起。"秦川皱眉道："他们非我族类，本就与我们不同心。"布拉克拜站起来："这事好办，我们过去问问不就清楚了。"秦川摆摆手："万万不可胡来，越是这个时候越要格外小心，不能再给站长惹出事来。"薛草药思琢片刻："最好的办法是到将军府打探情况。"巴哈尔点点头："是个好主意，咱们这就动身。"叶丽亚急道："我和你们一起去。"秦川摇摇头："叶丽亚，你不能去。"

叶丽亚不解地看着秦川。秦川吩咐道："兄弟们听我说。鸿玄弈、布拉克拜、楚天霸、叶尔波勒、老四，你们五人穿便装赶赴惠远城。"小长安急道："秦川哥，让我跟玄弈哥他们一起去吧。"巴哈尔点点头："让小长安去吧，他人小机灵。"秦川勉强同意："好吧。"小长安看着叶丽亚:"叶丽亚你放心,我们一定把站长带回来。"秦川板着脸:"你们切记千万不可惹出事端,以免连累站长,打听到消息火速回报。""是。""备马备干粮,准备出发。"

夜晚,森林漆黑一片,六人六骑,举着火把奔驰在林间小路上。鸿玄弈回头喊:"小长安这条路对吗?"小长安大声道:"这是一条去惠远城最近的路,咱们马快,不出七日准能跑到。"楚天霸喊道:"没准当家的也会选择这条路回来。"小长安又挥了一下鞭子,喊道:"这条路就是站长告诉我的。"马匹飞奔而去,森林里回响着轰鸣的马蹄声。

惠远城街道,两边站满了看热闹的市民,两名骑马的士兵在前面开道,囚车载着马镰刀走在后面。有市民跟着囚车看热闹。马镰刀被锁在囚笼中,头和手露在囚笼的上面,六名士兵握着枪走在囚车的两边。一个青年突然大声叫喊:"他是卖国贼,他是勾结沙俄的卖国贼……"老人们愤怒地指着马镰刀:"卖国贼,我日你祖宗!""打死卖国贼!""吊死他,烧死他!"马镰刀站在囚笼里看着激愤的人群。愤怒的人们把手中的西红柿、鸡蛋、瓜皮、石头、洋葱投向囚车……马镰刀任凭扔来的东西砸在头上、脸上和身上。十多个学生打扮的青年男女,挥拳大声高呼:"严惩卖国贼!"

狱卒走在通道上扫视左右,查看牢房里关押的犯人。刘祥云躺在低矮的床板上,无聊地看着天花板。

"死囚马镰刀犯下卖国重罪,你等严加看管,明日巳时凌迟处死。""喳。"刘祥云一听,先是一愣,接着兴奋地站起来,走到栅栏前。两名狱卒押着马镰刀走来。刘祥云看着马镰刀:"恭喜马站长升天。"马镰刀停下脚步,转头看了看刘祥云,向前走去。刘祥云抓着铁栅栏大声喊:"马镰刀,你就该千刀万剐,可惜我不能亲手割下你身上的肉。"狱卒打开监房的门,马镰刀走进牢房。身后传来刘祥云的叫骂和大笑:"狗娘养的,你死有余辜。也是老天有眼,给我老刘家报仇。"狱卒锁上牢门离去,马镰刀像泄了气的皮球,软塌塌地倒在地上,眼睛呆呆地望着天花板。

　　高天德板着脸在房间踱步，夫人有些激动地坐在椅子上："很显然，条子是明轩即兴写下的。"高天德点点头："是的，明轩的做法是想与对方建立友谊，维护边境安宁。"夫人哭道："明轩是个有民族责任感的人，可他不该做超出他权限的事情。"高天德叹口气："唉，沙俄站长本该在跨过界河时，把条子交还给明轩，可是那天晚上双方的人都太激动了，太疯狂了，明轩和沙俄站长都忘掉了条子的事。第二天他们想起条子的时候，条子已经找不到了。"夫人疑道："条子怎么到了沙俄政府的手里？"高天德摇摇头："这就不清楚了。"夫人愤怒道："沙俄完全是敲诈，我们的朝中大臣，难道就能容忍这样无耻的掠夺吗？"夫人激动地咳嗽起来。高天德轻轻拍着夫人的后背："外务部的官员和我们一样对国土有着深切的眷恋。我们都是农民出身，村上的人，有时候为争一个犁沟，也都使枪弄棒的。"夫人无奈地看着高天德："朝廷难道忍气吞声吗？"高天德苦笑一声："夫人，国势衰微，生灵涂炭，外夷列强蜂拥而至，横行霸道，瓜分中国，'辛丑条约'更是达到了丧权辱国的极致。我泱泱中国近百年来始终在风雨中飘摇。"夫人抹了抹眼泪："无论签订多少屈辱的城下之盟，总有一天中国会重新崛起。"高天德只能苦笑着叹了口气："此一刻，我们也只能用这句话来安慰自己了。"

第六十五章

一

马镰刀盘着腿静静地坐在地上沉思。牢门打开,狱卒端着张低矮的方桌走进牢房,把桌子放在马镰刀面前。狱卒小声道:"恭喜大人升天。"马镰刀好像什么都没听到,狱卒撇撇嘴离去。

高天德提着一摞食盒走进来,马镰刀沉默着看着高天德。高天德从食盒里拿出鸡、鱼、烤肉和一坛酒,又拿出两只酒盅和两双筷子分别摆在桌上,面对马镰刀盘腿坐在地上。

高天德叹了口气:"贤侄,事已至此,认命吧,地陷天塌,谁也救不了你了。"马镰刀阴沉着脸不语。高天德懊悔地叹了口气:"唉,早知今日,当初不该让你去守边关。"马镰刀抬起头感慨道:"高叔,是我一时不冷静,烂忠厚,酿成大错。边境无小事啊,我悔之莫及。"高天德给杯子里斟上酒,马镰刀感叹道:"好心被蛮夷利用,我忍不下这口气,国家领土在我手里丢失,我死不瞑目。"高天德叹道:"贤侄,这不是你一个人的错,领土被割去也是政府的软弱,一百五十万平方公里都被割出去了,庚子赔款更是丧权辱国。在那些唯唯诺诺的大臣眼里,这小小的五十五点五平方公里又算得了什么呢?"马镰刀痛心道:"那些被割让的领土与我无关,可这五十五点五平方公里是在我的手中丢失的,我是国家的罪人。"高天德叹口气:"唉,事已至此,不要再责备自己了。"马镰刀痛苦地低下头。

高天德给马镰刀端起酒盅:"喝口酒壮壮胆行走阴间,如果真有来世,你还是一条好汉。"马镰刀接过酒盅一饮而尽,高天德把食盒往过推了推:"吃点吧,这是你在阳间的最后一餐了。"马镰刀拿起一块烤肉,慢慢咀嚼,苦笑道:"我好像饿坏了。"高天德忍住眼泪:"多吃点吧。"马镰刀端起酒盅和高天德碰杯:"高叔,小侄敬您最后一杯酒,喝了酒您回去吧。"两人仰起头一饮而尽。

高天德放下酒盅时,眼睛里已充满泪水。马镰刀小声道:"高叔,我的事千万不要告诉我爹娘。"高天德含着泪点点头。马镰刀声音哽咽:"要是我爹娘知道了这件事,他们会砍头向家乡父老谢罪。"高天德点点头,从兜里拿出一粒药丸放在桌上。马镰刀不解:"高叔……?"高天德颤抖着双手握住马镰刀的手:"明天早上吞下它,可以减轻你的痛苦。"马镰刀咧咧嘴:"谢谢高叔。"高天德含着泪:"贤侄啊,高叔和你就此永别了。"高天德忍不住流下泪水,颤颤巍巍地站起来。马镰刀难过地笑笑:"高叔走好。"高天德微微点头,看了一眼马镰刀,恋恋不舍地转过身离去。

马镰刀的脸色渐渐阴沉下来,看着酒菜和药丸,咧咧嘴,一脚踢翻桌子,酒菜打落满地。马镰刀感到有人从身后走过,转过身,无意间看到地上有个黑色的布卷。马镰刀机警地捡起布卷,打开看到是一身夜行衣和一把匕首。马镰刀急忙摆好桌子,捡起地上的盘子、酒杯和掉在地上的鸡、鱼、烤肉,盘腿坐在桌前。

大牢里,其他的犯人都已经入睡,刘祥云有种莫名的激动,在自己的监室里来回踱步。阿曼别克挎着刀走到刘祥云的监房时,扭头看了眼刘祥云,刘祥云冲阿曼别克喊:"我见过你,你是大沙山卡伦的。放我出去,我给你用不完的金银。"阿曼别克停下脚步:"睡觉吧,等圣旨到了你就该阴阳颠倒了。"说完,阿曼别克向前走去。

马镰刀闭着眼睛躺在木板上,阿曼别克打开锁推开木栅栏门走进监房。马镰刀坐起身看到站在面前的人是阿曼别克,顿感吃惊:"阿曼别克,你怎么到了这里?"阿曼别克小声道:"兄弟,什么都别说,换上衣服。"马镰刀迅速换上夜行衣。阿曼别克小声地:"兄弟,咱的命可以不要,国土一寸也不能丢,你一定要把领土夺回来。莫忘了,你答应过请我吃北湾卡伦的大头狗鱼哩。"马镰刀小声道:"谢谢兄弟,我一定夺回国土。"阿曼别克提着刀:"跟我走。"阿曼别克说完向外走,马镰刀跟在身后。

阿曼别克和马镰刀走在甬道上,狱卒提着一串牢门钥匙走来,看到马镰刀二人吃惊地叫喊:"阿曼别克你要干什么?"阿曼别克二话不说,一刀捅进狱卒的肚子里,狱卒"嗷嗷"惨叫,双手抓住刀刃挣扎,阿曼别克握刀把推着狱卒向前走,狱卒倒在刘祥云监房的木栅栏上,阿曼别克和马镰刀匆匆离去。

刘祥云看到倒在监房门口的狱卒大声喊:"马镰刀越狱!来人呀,马镰刀越狱!"大牢里的犯人都被吵醒。刘祥云无意间看到狱卒身边有一串钥匙,伸长手臂去拿地上的钥匙环。

阿曼别克和马镰刀来到大牢门前,这时,牢门被人从外面推开。牢头看到马镰刀和阿曼别克站在面前,呵斥道:"你们是何人?"话音刚落,马镰刀甩出匕首,匕首扎进牢头的胸口。

二人三脚两步跑出牢门,阿曼别克把刀交给马镰刀:"兄弟,天就快亮了,拿上我的刀快点走吧。"话音未落,六个巡夜的士兵走来。阿曼别克把马镰刀往前推:"你快走,我来对付。""马镰刀越狱,马镰刀越狱了!"身后传来狱卒的呼喊。马镰刀提着刀,跑了几步一跃跳上墙头。阿曼别克大声喊:"明轩兄弟,国土一寸也不能丢。"几把刀同时捅进阿曼别克的身子,阿曼别克口吐鲜血跪在地上。

马镰刀看了眼阿曼别克,跳墙离去。夜幕中的城墙就像一道黑色屏障,马镰刀从城墙上一跃而下,三闪两闪,消失在黑暗中。

刘祥云提着刀跑出牢门,士兵们向刘祥云冲来,六个士兵根本不是刘祥云的对手。刘祥云三下五除二就将六人放倒在地，一跃跳上墙头，身影消失不见。

高府的院门开着，院子的大树下摆放着一张小方桌，桌上摆着供品和香炉。高天德站在桌前，手里拿着三支燃烧的香，自语道："贤侄一路走好，高叔代你爹娘给你烧香送行了。"高天德把香插在香炉中。侍卫匆匆进来："高大人，马镰刀昨夜逃狱了。"高天德惊愕道："什么？"侍卫正色道："将军让大人即刻到将军府。"高天德顾不得更衣，随侍卫匆匆离去。

二

小镇街道不宽，显得十分冷清，家家户户都关着房门。马镰刀一身黑衣，光头上裹着一块头巾，挎着刀匆匆走在街上。

伊犁将军府大堂里，站着几名挎着刀的士兵，将军吊着脸威严地坐在公案前。刘祥云跪在堂上："马镰刀勾结狱卒，杀死看守越狱。"将军皱眉："放走马镰刀的狱卒现在何处？""那狱卒被巡夜卫兵处死。属下一路追出十里，因天黑看不见马镰刀的身影，只好立即返回报告将军大人。"高天德、百里赫拉、邱炳坤、翟世鑫匆匆走进大堂。将军吊着脸："马镰刀昨夜越狱潜逃，各位大人，你们判断，马镰刀会逃往何处？"高天德抱拳上前："回大人话，属下认为马镰刀只有一个去处，北湾卡伦。"将军不解道："马镰刀既然逃狱为何还要回卡伦？"高天德解释道："将军大人，马镰刀之所以逃狱，是因丢失疆土他死不瞑目，返回卡伦定有缘由。"将军皱眉："翟大人，传令，通往北湾的各个路卡，一旦发现马镰刀立即拿下。发出通缉令，全疆范围捉拿马镰刀。""嗻。"翟世鑫转身离去。

将军看着百里赫拉："为防马镰刀越境外逃，或惹出更大事端，百里大人，本官命你带五十精兵，守在前往北湾的必经之路，绝不能让马镰刀回到卡伦，再生事端。""属下遵命。"将军瞟了一眼跪在地上的刘祥云，想了一下道："刘祥云，本官给你戴罪立功的机会，活捉马镰刀，本官赦你无罪。"刘祥云赶紧磕头谢恩："属下感激不尽。"将军又望向邱炳坤："邱炳坤，本官命你带一百人马，同刘祥云一路追捕马镰刀，活要见人，死要见到马镰刀的首级。"刘祥云、邱炳坤、百里赫拉三人领命离去。将军站起来，来到高天德面前："高大人，如果马镰刀回到卡伦，必会闹出更大的事情，本官命你带五十精兵，驰赴北湾卡伦，定要制止马镰刀挑起事端。"高天德无奈道："下官遵命。"

村落大都是些土坯房，一条不宽的村道穿村而过，路上有维吾尔族村民牵着牛赶着羊。马镰刀身着深蓝色衣裳，头戴破旧的哈萨克毡帽，赶着毛驴车走在路上。村路上有巡查的士兵，马镰刀赶着毛驴车，警惕地注视着路边的士兵。穿过村道后，马镰刀轻轻拍打毛驴屁股，毛驴加快了步伐。翟世鑫和五名身着便衣的士兵，腰上挂着刀从对面走来。马镰刀看到来人低下头，几人与马镰刀擦身而过。

翟世鑫回头看了眼马镰刀的背影，转过脸凝眉思索，慢慢停下脚步，大声地喝道："停！"士兵们停下脚步，转过身上前几步："大人，什么事？"翟世鑫指着毛驴车："那个赶车的人就是马镰刀，给我追。"翟世鑫和五名士兵抽出刀向马镰刀奔去。

草原的牧道上，毛驴一路小跑，马镰刀抽着烟坐在车上，六个人从车身两边跑过，转身站成一排拦住去路。毛驴自觉地停下脚步，马镰刀警惕地看着眼前的六人，跳下车。马镰刀咧咧嘴："兄弟，我有急事，请不要阻挡我的路。"翟世鑫笑笑："马镰刀，我不想为难你，请你乖乖地束手就擒跟我们走。"马镰刀咧咧嘴："我不想杀人。"翟世鑫瞪大了眼睛："马镰刀不要为难我。"马镰刀怒道："你也不要逼我动手。"翟世鑫板着脸："将军府已在通往北湾的各条路上设下重兵，你跑不了了，还是乖乖地跟我走，省得兵刃相残。"马镰刀咧咧嘴，掀开铺在车厢板上的毛毡拿起一把刀。

翟世鑫大声喊道："拿下马镰刀。"翟世鑫和五名士兵一拥而上，马镰刀一对六，展开拼杀。马镰刀动作迅速，刀刀毙命，没有任何拖泥带水。转眼间，翟世鑫和五名士兵倒地毙命。马镰刀这才发现毛驴车已不知去向。马镰刀咧咧嘴，割下士兵衣服上的布，擦去脸上、刀上和手上血渍，提着刀向前走去。

石桥宽不足四丈，长不过七丈，桥下的水一尺多深，清澈见底，桥的两端全是手持刀枪的士兵，只有桥的中间地带，留下一点空间。马镰刀的脸上、头上、衣服上都是血，十多个死去的士兵躺在地上，几十名士兵把马镰刀夹在桥中间。马镰刀握着刀和前后夹击的士兵拼杀。

刘祥云和邱炳坤骑马站在桥头观战，几名手握毛瑟枪的卫兵站在刘祥云和邱炳坤的左右。两名士兵举刀同时砍向马镰刀，马镰刀挥刀扫去，两只胳膊飞向空中，两名士兵捂着断臂倒地嚎叫。马镰刀的后背被砍一刀，反手一刀捅进士兵的肚子里。士兵捂着肚子倒退几步，仰面翻到桥下。四名士兵同时冲上来，四把刀同时砍向马镰刀。马镰刀横刀架住四刀，跟着一刀扫去，四名士兵号倒地翻滚。七八个士兵从马镰刀身后杀来，马镰刀翻身一刀扫去，四五个士兵扔掉刀，抱着肚子倒在地上。

马镰刀筋疲力尽，单腿跪地，目光凶狠地扫视前后的士兵，胆怯的士兵不敢向前。刘祥云手握长剑纵身跳下马，士兵让出一条路。刘祥云来到马镰刀面前，马镰刀单腿跪地喘着粗气，抬头怒视刘祥云。刘祥云看着马镰刀："昨晚我还遗憾不能亲手割下你的头。"马镰刀看着刘祥云："别忘了我的话，你们全家不团圆，我不会死。"刘祥云冷笑道："我不会让你痛快地死在枪下，我要把你斩成肉泥。"刘祥云一剑刺出，马镰刀用刀挡开，两人刀光剑影你来我往。

刘祥云剑剑封喉，马镰刀招招夺命，两人同时跃起落在河中。刘祥云和马镰刀在水中杀得难解难分不分胜负，士兵们站在桥上和岸边观战。刀剑相碰，水花四溅。马镰刀感到无法脱身，纵身一跃回到桥上，刘祥云紧随其后挥剑追上。刘祥云得意地喊道："马镰刀，你束手就擒吧。"八九个士兵前后夹击上来，马镰刀挥刀迎击，腹部、背部、肩膀连续被砍。马镰刀单腿跪地双手扶住刀，上气不接下气，身上多处血如泉涌。刘祥云大声道："把马镰刀给我砍成肉泥。"刘祥云挥剑直取马镰刀的人头，马镰刀用尽最后的力气，咬牙横刀架住剑，十多名士兵围上来，马镰刀又接连被砍几刀，只能无力地挥舞手上的刀，仅剩抵挡之力。

这时，六匹快马冲到桥尾，鸿玄弈，小长安、布拉克拜、楚天霸、叶尔波勒、老四六人飞身下马。鸿玄弈挥舞马刀冲上来，没有防备的士兵要么重伤，要么毙命。布拉克拜和楚天霸向士兵接连开枪，老四、叶尔波勒、小长安提着马刀跟在鸿玄弈、楚天霸、布拉克拜身后。

六个兄弟见人就砍，杀急了眼。桥尾的士兵顿时乱成一团，有的抱头鼠窜，有的干脆跳河逃命。鸿玄弈和小长安溅得满身满脸都是血，布拉克拜、楚天霸、叶尔波勒、老四挥刀狂砍，来不及跑的士兵便是沾上死挨上亡。

马镰刀看到兄弟们杀来，又惊又喜，顿时来了劲，挥刀封堵增援的士兵。刘祥云大声地喊道："把这帮贼匪统统杀光。"桥尾的几十名士兵死伤一片。马镰刀看到一条血路出现在眼前，鸿玄弈冲到马镰刀身边："站长，没想到在这儿遇见你。"马镰刀单腿跪在地上。小长安、楚天霸、叶尔波勒、布拉克拜、老四冲向正面的士兵，胆怯的士兵们边抵挡边步步后退。鸿玄弈大声地叫道："小长安，过来照看站长。"小长安跑到马镰刀面前，看到马镰刀浑身是血，着急地问道："站长，伤得重吗？"马镰刀低哼一声："死不了，扶我起来。"小长安扶起马镰刀。鸿奕大声地喊道："布拉克拜，你和小长安保护站长先走。"布拉克拜一边砍杀一边喊："你和小长安走，我们断后。"鸿玄弈和小长安扶着马镰刀走到桥尾，把马镰刀扶上马背，三人飞奔而去。老四、楚天霸、叶尔波勒、布拉克拜和几十名士兵在桥上生死拼杀。

叶丽亚站在屋顶遥望远方，李三宁端着碗饭来到叶丽亚面前："吃点饭吧，你天天都站在这儿，大伙都为你担心呢。"叶丽亚看着远方不语。李三宁声音低沉："站长会回来的。吉人天相。"叶丽亚就像跟自己说话："我站在这儿等他和兄弟们回来。"李三宁把碗放在凳子上默默离去。

太阳已经落到地平线下，戈壁笼罩在一片灰蒙蒙之中，叶丽亚像丢了魂似的站在房顶上，向马镰刀离去的方向眺望。风把叶丽亚的裙子吹起来在天与地之间摇曳。从远处望去，叶丽亚的红裙子像一面招展的旗帜。

第六十六章

一

　　篝火将山洞里照亮,马镰刀光着膀子坐在石头上,腹部、肩部、大腿、胳膊都缠上了布带。鸿玄弈蹲在火边,将一片烤热的膏药贴在马镰刀后背的一处刀口上。鸿玄弈叹道:"薛草药的神方,刀口两天就能长好。"马镰刀笑笑:"薛草药的膏药我尝试过多次了。"鸿玄弈不解:"站长,那张借条怎么会酿成这么大一件事情?"马镰刀怒道:"道伯雷尼亚那老狐狸利用了我们的好心。"鸿玄弈闻言恶狠狠地道:"回去杀了那棺材瓢子,夺回我们的土地。"马镰刀目光阴冷,正要开口,小长安跑进洞里。鸿玄弈惊道:"怎么就你一人,他们人呢?"小长安低头道:"兄弟们都战死了,他们的身上都有十多个枪眼。"马镰刀一抹眼睛:"是我连累了兄弟们。"鸿玄弈眼含热泪:"站长,为讨回国土,就是我们都战死也无怨言。"小长安小声道:"我把他们安葬了。"马镰刀说道:"休息一个时辰,咱们赶路。"

　　瞭望台上,米沙背着枪站岗,道伯雷尼亚爬上瞭望台。米沙笑着:"上尉,您怎么这些天天天都来瞭望台?"道伯雷尼亚愁眉不展:"这些天来我老是神魂不定,隐约感到有什么变故将要发生。不发生便罢,要发生的话定是惊天动地的大事。"米沙疑道:"您是一个小心谨慎的人。"道伯雷尼亚笑笑:"我一生都有小人伴随着,我吃够了这些人的亏。"米沙咧咧嘴："不管怎么说，您升为督察员了，这是一件应当庆幸的事情。"道伯雷尼亚叹道："我在边境度过了一生，没有和棺材板结婚，这本身就够庆幸了，一切奢望都不该再有了。"米沙笑道："大伙都为您的升迁而高兴。"

道伯雷尼亚岔开话题："你有没有发现白房子的活动规律出现了一些变化。"米沙点点头："他们巡逻的次数减少了，巡逻的路线也有了一些变化。河口方向的树林里，每天晚上都多了两个潜伏哨。"道伯雷尼亚指了指对面："这些天里，叶丽亚天天站在屋顶，向一个方向张望，而且我始终没有看到马站长的身影。"米沙无所谓地耸耸肩："马站长可能出差去了，叶丽亚是在盼望马站长回来。"道伯雷尼亚摇摇头："如果男人是出门办事，女人不会这样期盼，看到叶丽亚，我无法排除那种不祥的预感。"米沙无奈道："亲爱的上尉，您的担心好像有些莫名其妙，就是有什么事情发生，也是他们的事情，与我们无关，我们也帮不上他们的忙。"

道伯雷尼亚拿起望远镜瞭望，望远镜里，白房子的院子里空无一人，寂静得有些吓人！叶丽亚一动不动地站在屋顶上，裙子在风中摇摆。

她在情不自禁地唱歌，是那首著名的草原歌曲《可悲的时代》。这歌我们以前听叶丽亚唱过，较之当年，现在的歌唱，更为哀恸和凄婉，像发情的母狼的叫声。

米沙突然不忿地说："伊万怎么会接替您的职务，难道司令部再找不到一个合适的人吗？"道伯雷尼亚放下望远镜："我也不清楚司令部为什么会任命他，不过，我总觉得伊万那狗娘养的有什么事情瞒着我。"米沙笑着："伊万的肚子里藏不住隔夜屁，要想不被人知道他所干的事情是很难的。"道伯雷尼亚点点头："邪恶的秘密藏在肚子里，会烧得日夜难受。"楼下传来叫喊："上尉，邮差送来一封给您的信。"道伯雷尼亚收起望远镜应道："我这就下去。"

叶丽亚站在屋顶上，看到远处来了一队人马，便从屋顶上跑下来，站在院子里大声喊:"有人向咱们这儿来了。"秦川、巴哈尔一伙人从站长室里跑出来。巴哈尔急道:"是谁回来了?"叶丽亚摇摇头:"不是咱的人,来了一队官兵。"薛草药皱眉喊道:"兄弟们抄家伙,去外面看看。"大伙跑进营房取武器。

客木巴尔背着枪在门前站岗,看到一队人马飞奔而来,警惕地把枪握在手中。叶丽亚和巴哈尔、秦川、薛草药、慕思寒等兄弟挎着刀拿着枪来到门前。十多名士兵气势汹汹地骑马来到门前,一名军官翻身下马:"本官奉伊犁总兵命令前来,谁是秦川?"秦川站出来:"是我。"军官严肃地宣布:"秦川听令。"秦川愣着不动,军官拿出一张纸宣读:"伊犁总兵命令,北湾卡伦即日起,后撤至喀拉苏干沟以外,重新建站。"秦川不解:"为什么后撤?"军官板着脸:"这是命令。"大伙一听都很吃惊,秦川只好问道:"大人,我们该做些什么?"

军官仰头看了眼旗杆上的旗帜:"降下旗帜,收拾库房,去新址踩点做建站准备。"军官把命令交给秦川,秦川不解地看着军官:"大人,马站长在将军府,这命令你应该交给马站长。"军官乜了眼秦川:"少废话,抓紧时间选址建站吧。"秦川有气无力道:"是。"巴哈尔上前问道:"大人,你可知马站长出了何事?""本官不知。"叶丽亚急道:"我们是想打听马站长的消息,他去了将军府。"军官冷哼一声:"本官来送命令,别的事情一概不知。"军官挥手道:"我们走。"接着翻身上马催马离去,士兵们紧跟其后。

巴哈尔看着军官背影骂了一句:"他奶奶的,什么狗屁命令!"亚森一脸茫然地看着秦川:"为什么要后撤重新建站?"薛草药思琢道:"看他来去匆匆的样子定有什么事情发生了。"秦川皱眉:"如果站长有什么意外,小长安他们应该回来报信。"古依汗叹了一声:"这些日子实在郁闷死人了。"叶丽亚失望地转身离去,李三宁看着叶丽亚的背影心中难过。

薛草药认真道:"站长一定是出事了,否则那人不会把后撤的命令交给你。"秦川想了想："是呀，巴哈尔，你带兄弟们追上那伙人，问明站长情况。"巴哈尔大声道："备马。"大伙儿应了一声跑进院子。

克孜镇街道上人来人往，小摊贩们沿街摆着货摊。马镰刀、鸿玄弈、小长安走在街道上，三人的衣服上血迹斑斑，镇上的人们用异样的眼光看着他们，纷纷躲避。小长安机警地注视着街上的动静。

鸿玄弈小声道："站长，吃点东西再走吧？"马镰刀阴沉着脸注视着街上的行人，小长安害怕地说道："玄弈哥，我觉得这镇子和以前不大一样，这些人看咱的眼神怪怪的。"鸿玄弈看了眼蹲在路边卖土豆的中年人，中年人立即低下了头。鸿玄弈笑笑："咱们带着刀，衣服上满是血，人家害怕咱们。"马镰刀突然开口："我看过了克孜镇以后再找地方填饱肚子。"鸿玄弈点点头："也好，我去牵马。"

酒馆里，刘祥云独自坐在桌旁喝着盖碗茶，透过窗子注视着街上的行人。便衣士兵跑进门："大人，马镰刀三人已到镇上。"刘祥云阴沉着脸："邱大人离这儿还有多远？""不到八里。"刘祥云冷笑道："传我令，封锁所有路口。""嘁。"便衣士兵转身跑出酒馆。刘祥云拍桌而起自语道："马镰刀，你就是有再大本事也在劫难逃，不拿下你的人头，我誓不为人。"说着手上一使劲，将手里的茶杯攥成八瓣。

鸿玄弈走在街上，突然看到士兵从各家各户的门里出来，堵住去路，鸿玄弈转身就跑。马镰刀和小长安坐在街边小吃摊的桌前喝水，突然，从一户人家的门里跑出一队士兵横在路上。马镰刀和小长安抽出刀警觉地站起来。

鸿玄弈匆匆跑来："站长，我们被堵在街道上了。"马镰刀看到街道两边的士兵手握刀枪向他们走来。鸿玄弈看着眼前的士兵："小长安，站长有伤，手脚不利，你保护好站长，我杀出条血路冲出去。"说完抽出刀，顺手提起小吃摊火炉旁的板斧，迎着士兵冲了上去。

小长安和马镰刀紧随其后，三人杀进人数众多的敌阵。鸿玄弈在前左劈右砍，小长安挥刀砍杀身后包抄的士兵，马镰刀被鸿玄弈和小长安夹在中间。士兵死的死伤的伤，可是他们好像越杀越多。士兵将鸿玄弈和马镰刀、小长安分开，马镰刀和小长安背靠背与士兵生死相拼。鸿玄弈被手持刀枪的士兵团团围住奋力拼杀。"砰砰砰"一阵枪响，鸿玄弈的胸、腹、腿部鲜血喷涌，衣服炸开了花。

鸿玄弈甩出手中的板斧，钉在手握马瑟枪士兵的面门上。"砰砰砰"又是一阵枪响，鸿玄弈全身开花，鲜血喷涌。马镰刀见状肝胆欲裂，哭喊道："玄弈，玄弈……"小长安更是喊得撕心裂肺："玄弈哥，玄弈哥……"鸿玄弈扶着刀单腿跪在地上，冲着二人的方向大喊："把地要回来。把我的尸首将来埋到这块地里，给咱们看家……"四把刀同时捅进鸿玄弈的后背和胸腹，打断了他最后的话语。鸿玄弈用尽最后的力气，将手中的刀捅进士兵的肚子，口吐鲜血倒地不起。

马镰刀和小长安被士兵围在中间，马镰刀全身上下血迹斑斑，仅靠一只胳膊挥刀拼杀。小长安的刀快如闪电，杀得士兵不得近身，眼看就能杀出一条血路，刘祥云骑着马站在包围圈外，拔出手枪对准了马镰刀。

小长安回身看到刘祥云举枪对着马镰刀，大喊一声："站长小心呀。"扑向马镰刀。"砰"的一声枪响，小长安后背暴开。马镰刀把小长安抱在怀里，小长安看着马镰刀："站长，把咱的地要回来。"小长安手中的刀掉在地上，马镰刀最后一根神经也崩溃了，大声地哭喊着："小长安，小长安！"刘祥云见状对士兵大声喊道："给我砍下马镰刀的人头。"

马镰刀放下小长安，提着刀怒视着眼前的士兵。这时街道上传来轰鸣的马蹄声，一群马从街口狂奔而来。堵在路上的士兵们回头看到一群狂奔的马向他们跑来，不顾一切地撒腿就跑，四散躲避。街道上的人们也纷纷找地方躲藏。

围着马镰刀拼杀的士兵看到马群冲来，顿时乱了阵脚，撒腿就跑。刘祥云看到狂奔而来的马群，顿感惊慌，急忙掉转马头。马镰刀两步三脚追到马后，一跃而起，咬紧牙关一刀挥去。刘祥云的头飞了出去，受惊的马驮着刘祥云的半截身子狂奔而去。

狂奔的马群来到马镰刀面前。马镰刀后退一步一闪身，两匹马擦着马镰刀的身前身后冲了过去。马镰刀后退两步，又躲过两匹狂奔而来的马。这时，一只手抓住马镰刀的肩膀，把马镰刀拉进一扇门里。

狂奔的马群冲过街道，留下一片狼藉，刘祥云的头滚到路边，小长安和鸿玄弈的身上留下密集的马蹄印。

二

院子的树旁站立着一匹马，马镰刀换了一身干净的衣服站在树下，脸上的道道伤疤已经结痂，干裂的痂上向外渗出血水。一个头戴毡帽的牧人低着头走出房门，年轻漂亮的女子提着个大袋子跟在牧人身后。

马镰刀抱拳道："谢谢好汉搭救，马镰刀今生不忘。"女子把袋子挂在马鞍子上，牧人始终低着头："我帮你安葬了为你出生入死的兄弟。"马镰刀感激地说："谢谢你，素昧平生的朋友。"牧人低着头："骑上我的马走吧。""我是朝廷要犯。""我知道，你的事情传遍了整个草原。"马镰刀不解地问："你知道我是要犯，为什么要出手搭救？"牧人沉着声音道："我明白你要做的事，去吧，国土一寸也不能丢。"马镰刀想看清牧人的面孔，但他始终低着头。

牧人叹了一口气："去吧，亲爱的朋友，从这里一直向西北，越过黑山头就是布尔津，你沿着布尔津河一直走，走到布尔津河与额尔齐斯河的交汇处，再沿额尔齐斯河往下走，一连走三个白天和晚上就到白房子卡伦了。这条路虽然绕远了不少，但没有哨卡。袋子里有馕和风干羊肉，足够你在路上吃的。"马镰刀向牧人深深鞠躬："我深深地感谢你。"

女子拉开院子后门，牧人牵着马走出院门，来到一条僻静的小道上，女子和马镰刀跟在后面。牧人把缰绳递给马镰刀："朋友，上马吧。"马镰刀向牧人深深鞠躬,牧人还礼。马镰刀上马时无意间看到,牧人微微仰起的额头上有一道疤痕。

马镰刀突然想起,那个遥远的下午,他在草原上和胡永对战,刀刃嵌进胡永的额头,血顺着他的脸往下流……胡永!是他!马镰刀翻身下马,单腿跪在地上:"扬起你的头,摘下帽子,让我看看你是谁。"牧人摘下毡帽,抬起头看着马镰刀,诚恳地说:"请原谅那不愉快的往事吧,朋友。"马镰刀惭愧地说:"应该是我请你原谅。"胡永看向女子:"现在我有了妻子,一个草原上平凡的女人。我们生活得很幸福。"女子向马镰刀鞠躬,马镰刀笑笑:"我为你们祝福。"胡永微笑着道:"告诉叶丽亚,我的身体完全好了,我很挂念她。"马镰刀点点头:"我会转告她的。"胡永叹了口气,扶起马镰刀:"叶丽亚是个好姑娘,她不是我这样的人能留得住的,叶丽亚是为草原上的英雄而生的。她注定会有不平凡的人生。你要好好保护她。草原上有句格言,永远不要欺侮无靠的女人。"马镰刀再一次深深鞠躬:"我记住了。"马镰刀翻身上马,催马而去,胡永和妻子看着马镰刀远去的背影,一直到这背影消失在天的尽头。

司令部办公室,上校坐在办公桌前看文件。"报告。""请进。"伊万推门进来,立正敬礼:"上校,伊万前来报到。"上校把一份文件递给伊万:"伊万·彼得洛维奇,这是司令签署的命令。"伊万接过命令,手微微颤抖起来:"上校,我拿走条子时不曾想过它能引出这么大的事情,我只想在道伯雷尼亚站长退休前,告他一状,接替站长职务。我明白自己干了一件愚蠢的事情……"上校撇撇嘴:"伊万·彼得洛维奇少校,聊以自慰的是,你得到了上级极大的信任,你将在道伯雷尼亚离开之后,接任阿拉克别克边防站站长之职。"伊万担心地问:"上校先生,道伯雷尼亚站长……?"上校笑笑:"司令部没有责怪道伯雷尼亚和他的属下,并任命道伯雷尼亚担任高加索要塞督察员。"伊万舒了口气:"亲爱的上校,没想到站长升任了督察员,这对我也算是安慰。"伊万仰起头问道："上校先生,我们一定要以炮火为先导,强行占领那块土地吗?"上校傲慢地笑笑："这就要看他们是否遵守我们的规定期限。"伊万小心地说道："上校,白房子的士兵和我们建立起了非常友好的关系……"上校瞪了他一眼："伊万·彼得洛维奇,这是国家层面上的事情,与你们的个人友情没有关系,作为沙皇的勇士,一切要以国家为重。"伊万立正道："是,上尉。"上校一脸轻松："在你到任时,阿拉克别克边防站也许已经搬到了界河那边——今天的北湾卡伦的旧站址上。"伊万眼神有些黯淡,无奈道："上校,我服从命令。"

道伯雷尼亚独自站在瞭望台上,心神不定地望着夕阳和夕阳照耀下的金碧辉煌的白房子,脑海里回忆起那个令人愉快的下午。

道伯雷尼亚看完条子："感谢阁下借给我们牛皮大的地方,这很宝贵。"接着他把条子放进自己的烟荷包里。伊万来到道伯雷尼亚身边："上尉,今天就像圣诞节一样兴奋,我虽然不抽烟,可我突然想抽支烟来助兴,请允许我卷一支您的烟吧?"道伯雷尼亚把烟荷包递给了伊万……

想到这儿,道伯雷尼亚皱眉自语道："一定是那狗娘养的干的。"道伯雷尼亚眯着眼睛看着白房子,耳边响起马镰刀的声音："葡萄美酒夜光杯,欲饮琵琶马上催,醉卧沙场君莫笑,古来征战几人回。"道伯雷尼亚的眼睛湿润了。

身后传来脚步声,道伯雷尼亚擦去眼中的泪水。瓦连京上来："上尉,您还站在这儿!"道伯雷尼亚叹了口气："自从胡杨树下聚会后,我总是心神不安。"瓦连京点点头："上尉,您是个谨慎的人。"道伯雷尼亚皱眉："正因为如此,那张马站长即兴写的条子,本该在举步跨过界河的时候交还给他。"瓦连京安慰他："亲爱的上尉,不是您粗心大意,是那天大家都太激动了,您和马站长都忘掉了这件事。"道伯雷尼亚摇摇头："第二天我记起那张条子的时候,借条就找不到了,我觉得很蹊跷。"瓦连京急道："可它已经找不到了,您不能总把那张条子放在心里呀，那样会影响您的情绪和睡眠。"道伯雷尼亚皱着眉头："那张借条搅乱了我的心，我总感到似乎有一场变故将要发生。"瓦连京劝道："上尉，您不能疑神疑鬼，那条子一定是被您卷烟抽了。"道伯雷尼亚舒了口气："我是这么安慰自己的，但愿不出事才好。"

瓦连京笑笑，岔开话题："亲爱的上尉，您已经拿到了升迁命令，不管怎么说，这是一件应当庆祝的事情。"道伯雷尼亚还是有些担心："我对白房子观察了许多天，他们的巡逻路线有了一些变化，人也少了三分之一，而最令我不安的是，马站长消失了。空荡荡的边防站院子再也看不见他的身影。"瓦连京无奈道："马站长有他自己的事情，一家不知一家事。他不在边防站这很正常。"道伯雷尼亚看着白房子："我无法排除那种不祥的预感。司令部有没有送来什么命令？"瓦连京点点头："有，可这一切都已经与您无关了，您明天就要回去与妻子、孩子团圆了。"道伯雷尼亚急问："司令部有什么指示？"瓦连京撇撇嘴："没什么新鲜的，还是老生常谈，注意白房子的动向等等。"道伯雷尼亚拿起望远镜朝白房子瞭望，白房子还是一样地安静，安静得像一座坟墓。

第六十七章

一

房间里，床上铺着张地图，秦川拿着油灯和叶丽亚站在床前看地图，一道用红色笔标出的新的边境线显现在地图上。秦川看着地图表情既纳闷又吃惊，自语道："这是怎么回事，怎么会变成这样？"叶丽亚看着地图不解道："这红线是什么意思？"秦川指着红线："这是条新的国境线，伊犁总兵府命令我们撤到这条红线之外。""那这红线里边的地方……？"秦川指着地图："大河以北至胡杨树以南的五十五点五平方公里，纳入了沙俄的版图。"叶丽亚惊道："我们的土地为什么变成了沙俄的地方？"秦川紧锁眉心摇摇头："这件事来得突然，我也不知道出了什么问题，将军府传唤站长一定与这件事有关。"

话音未落，巴哈尔一行走进屋里。秦川和叶丽亚转过身，叶丽亚正要开口，秦川抢着问道："打听到了吗？"巴哈尔咬咬牙："站长被判死罪越狱逃出惠远城。"秦川惊愕得说不出话，叶丽亚震惊得眼睛里充满泪水。

秦川惊愕地问道："到底发生什么事了？""事情与那张借条有关。"秦川不解："借条？借条怎么了？"叶丽亚含着泪："借条不是丢了吗？"薛草药摇摇头："没有丢，老毛子用它来大做文章。现在，它成了沙俄侵占这里的一个借口。"叶丽亚含着泪："明轩越狱，他现在在哪里？"秦川想了想："不出意外的话，应该与小长安和鸿玄弈他们相遇了。"慕思寒点点头："他们一定是在回来的路上。将军府派出人马分几路捉拿站长。"叶丽亚急得站起来："咱们这就去迎迎他们。"秦川摆摆手示意叶丽亚冷静一点："几条路都有追兵伏兵，站长他们肯定选择其他的小路绕道走了，咱们不知道他们走哪条路。"

古依汗抢话："咱们去托格勒村落，那是他们回来的必经之地。"薛草药皱眉："托格勒村落必有重兵埋伏，咱们十二三人去就等于送死。站长、玄弈他们会考虑怎么通过虎口的。"巴哈尔骂道："奶奶的，他们自会想办法，咱们别去添乱了。"秦川点点头："薛草药说得对，兄弟们，我们目前遇到的问题十分棘手，大伙看看这张地图。"巴哈尔等人围到床前看地图，秦川的手指沿着红线移动："这条红线是新的边境线，总兵府让咱们撤到喀拉苏干沟以外，就是这里，有着土垒墙坟墓的地方。"敖元奎一惊："那现在这片土地呢？"慕思寒睁大了眼睛："从地图上看归了沙俄！"李三宁不解地看着大家："我们的领土怎么就归了沙俄？"薛草药思考了一下沉吟道："我刚才说了，很可能与那张借条有关。"客木巴尔急道："可站长只借给了他们牛皮大一块地方。"巴哈尔指着地图道："从图上看大河以北、胡杨树以南都归了沙俄，这与借条没什么关系。会不会是朝廷把这块地也赔给了沙俄？"秦川叹了口气："这中间发生了什么咱们不清楚，在站长回来之前不管发生什么事，咱们一步也不能后撤，一定要等到站长回来。"巴哈尔点点头："就照秦川说的办。奶奶的，谁怕死现在就走！"亚森一笑："我们都死过几回了，没怕死的。"秦川正色道："咱们可能要面临两面夹击，一面是沙俄军队要占领这块土地，一面是追杀站长的官兵很快就会到来。从现在起刀枪不离身，把所有炸雷都拿出来晒一晒做好准备，严密监视沙俄的动静，在站长回来前咱们要死守这块土地。"大伙异口同声："人在，白房子在！"

俄站长室，米沙站在书架前整理道伯雷尼亚的书籍，阿辽莎在床前把道伯雷尼亚的衣服和相框一一摆进箱子里,道伯雷尼亚吊着脸走进屋里。阿辽莎看着道伯雷尼亚笑道:"上尉,不,应当称呼您督察员先生。亲爱的督察员先生,您明天就要回家和妻子、儿女团聚了,我看您好像并不兴奋,反而心事重重。"

谢尔盖、叶戈尔、瓦连京三人进来,立正敬礼。谢尔盖笑着:"亲爱的上尉,我们是来跟您告别的。"道伯雷尼亚板着脸:"我明天才走呢。"瓦连京撇撇嘴:"我们明天一早要去巡逻。"叶戈尔有些难过:"您走的时候我们不能送您了。"谢尔盖红着眼圈道:"督察员先生,有空我们一起去高加索要塞看您。"道伯雷尼亚看着这些孩子也有些难过:"谢谢你们。"阿辽莎笑笑:"亲爱的督察员,您就要离开我们了,怎么一脸忧愁?发生了什么不愉快的事情?"道伯雷尼亚吊着脸:"自从看不到马站长的身影,我一直心神不安。"阿辽莎皱眉:"还是和那张借条有关吗?"道伯雷尼亚紧皱着眉头:"这些不安的情绪就是那张该死的借条闹的。"谢尔盖哼了一声:"一定是伊万那无赖偷走了借条,不然他怎能升任站长?"叶戈尔突然想起一件事,眼睛一亮:"聚会回来的那天晚上,我看到伊万把一张纸条夹在笔记本里,当时我不知道那是什么,后来也没往这件事情上想。"阿辽莎也哦了一声:"我给伊万送信的那天,他手上的笔记本里夹着一张两指宽的纸条,但我没有意识到那就是借条。"道伯雷尼亚皱眉:"我问过伊万……"瓦连京打断道伯雷尼亚的话:"亲爱的督察员,伊万欺骗了您!"道伯雷尼亚气愤得眼里快要喷出火来:"那狗娘养的,如果是他,我绝不轻饶。"阿辽莎担心地问:"伊万一定出卖了咱们。会发生什么重大的事情吗?"道伯雷尼亚思索着:"发生了什么,我想很快就会知道的。我正在乍着耳朵,等待惊雷响起。"

幽深潮湿的山谷中有条狭窄的崎岖小路,走在山涧中仰头向上望,天空像是一条弯曲的河流。马儿驮着马镰刀走在狭窄的小路上,马镰刀的眼神暗淡无光,呆呆地注视着前方,平时的矜持和自信,现在都已荡然无存。马儿缓慢地走在昏暗的小道上,马镰刀无力地趴下身子,双手抱住马的脖子闭上了眼睛。

蜿蜒的大河一眼望不到头,河的两岸是一望无际的草原,马儿低着头在河边饮水,马镰刀用一只手捧起水泼在自己的脸上,摸着下巴上长短不齐的胡茬,看着水中自己的影子。恍惚中,道伯雷尼亚的脸浮现在水中:道伯雷尼亚眯起眼睛摸着山羊胡子微笑,道伯雷尼亚贪婪地舔着裆裤皮上的酸奶……马镰刀看着河水,耳边响起道伯雷尼亚的话语声:"感谢阁下借给我们牛皮大的地方,这很宝贵。""我和士兵们感谢你们的好意。""这一刻多么美好。"……

这一刻,马镰刀对两脚直立行走从而腾出双手干各种各样坏事的被叫作人类的这种高级动物,深深地失望了。他感到有无数把尖刀,向他那行侠仗义的胸膛捅来。马镰刀拿起放在身边的马刀,照着水中道伯雷尼亚的影子一刀刀狂砍乱劈,河里水花四溅。

道伯雷尼亚心事重重地骑着马在河边漫步,不时地眯着眼睛向白房子方向张望。秦川心事重重地骑着马走在树林边上,向俄方草原张望。

不远处传来马儿喷鼻的声音,秦川收住马,透过树林看到道伯雷尼亚骑马走来。秦川跳下马板着脸看着道伯雷尼亚:"站长阁下,没想到您会来议事区。"道伯雷尼亚翻身下马,牵着马来到秦川面前:"我今天就要离开边防站了,沿着界河一直走到这儿,是希望能有机会遇到你们。"秦川冷笑:"我每天都沿着界河走到议事区是想与您碰面。"道伯雷尼亚担心地问:"这些天没看到马站长,却看到叶丽亚天天站在屋顶上,以前她从不这样。"秦川面无表情:"她在等马站长归来……"道伯雷尼亚急道:"马站长出去了?"秦川皱着眉头:"马站长被判了死罪。"道伯雷尼亚大吃一惊:"天呐,马站长犯了什么错?"秦川冷眼看着道伯雷尼亚:"这我倒要问问你,那天胡杨树下一场聚会,马站长是对还是不对?""没错。""阁下对是不对?""也没错。""那张二指宽的借条,可是您让马站长写的?""正是。"

秦川冷笑："那好，请将那借条还给我。"道伯雷尼亚摇摇头："很遗憾，我告诉过马站长那条子丢了。"秦川吊着脸："丢了？"道伯雷尼亚诚恳地解释道："我到处都找遍了，也问了所有的部下，丢了，的确是丢了。"秦川怒极反笑，冷哼一声："那天胡杨树下一聚，马站长的本意是消除双方敌对，和睦相处，共享边境安宁，可万万没有想到，你们竟然利用了我们的好心，将友情出卖，换国家利益！"道伯雷尼亚打断他的话，严肃地道："秦川先生，此话怎讲？"秦川指着道伯雷尼亚怒道："大河以北、胡杨树以南的五十五点五平方公里，为什么划入了你们的版图？"道伯雷尼亚惊愕地看着秦川："上帝呀，您说的这些我和部下还完全不知。"秦川从马鞍上摘下皮筒，打开盖子，拿出一卷地图展开铺在地上："站长阁下，您看看吧。"秦川指着地图："阁下，红线标的是新的边界线。"道伯雷尼亚看着地图惊愕得一句话都说不出来。

秦川冷冷地看着道伯雷尼亚质问："站长阁下，请您告诉我这是怎么回事！"道伯雷尼亚恍然大悟："我明白了，全明白了，这原来就是我为沙皇陛下所做的贡献。"秦川不解地看着道伯雷尼亚，道伯雷尼亚眼眶慢慢泛红："从马站长消失的那天起，我一直担心的事情果然发生了。借条一定是伊万那狗娘养的拿走了。他一心想要接替我的职务。是他，一定是他把借条交给了上级部门。"秦川吊着脸："伊万在哪儿？"道伯雷尼亚叹了口气："他的母亲生病，他请假回家了，是我批准他休假的。"秦川愤怒喊："站长阁下，这是无耻的欺诈，是卑鄙的掠夺。"道伯雷尼亚痛心疾首："是我疏忽大意，是我犯下了天理不容的大罪。秦川先生，我立即前往司令部把这件事情说清楚，弥补我犯下的罪过。"秦川见道伯雷尼亚的反应，相信他是真的不知此事，缓和了口气："站长阁下，请您务必挽回这一切。"道伯雷尼亚翻身上马磕镫离去。

二

马镰刀骑着马走在草原上，形单影只，给人一种英雄末路的感觉。他的脚下流淌着一条大河，河的对面是一座岩石陡峭的大山。哈萨克牧羊人赶着羊群从对面走来，马镰刀翻身下马行礼道："老伯，这条河叫什么名字？"老人笑笑："这就是额尔齐斯河。"马镰刀点点头："谢谢老伯。"老人笑道："巴郎子你要去哪里？""北湾。"老人笑着："哦，沿着这条河往前走一个晚上一个白天，就到了。"马镰刀鞠躬道："谢谢您。"老人摆摆手："没什么好谢的。"说着向羊群走去。马镰刀翻身上马，加快了速度向前驰去。

秦川皱着眉头在屋里踱步，叶丽亚和李三宁走进房间："秦川哥，巴哈尔大哥他们打探消息回来了。"巴哈尔、薛草药、慕思寒走进来，秦川忙问："怎么样，探到什么新的情况？"慕思寒板着脸："托格勒村落的确埋伏有重兵，各条通往北湾的路都有官兵把守，而且沿路新增了多处哨卡。站长的罪名是卖国罪，可以肯定是那张借条出事了。"薛草药感慨道："边境无小事啊。"李三宁怒道："站长恪尽职守，我无法忍受将军府迁怒于站长，给他安上卖国的罪名。"秦川突然道："我与道伯雷尼亚见面了。"薛草药问道："他怎么说？"秦川摇摇头："他什么都不知道，他完全被蒙在了鼓里。我告诉了他发生的事情，并给他看了地图，他很吃惊，他说这是他的过失，他要去司令部找上司说明情况。"古依汗疑道："这么说那张借条没有丢。"秦川点点头："道伯雷尼亚怀疑是伊万偷走了借条，交给了上级部门。伊万想接替道伯雷尼亚的职务。"亚森怒道："我们去杀了伊万。"秦川按住他："越境万万不可。"叶丽亚不解："伊万当不当站长是他们的事情，为什么要占咱们的领土？"薛草药冷笑："外夷列强瓜分中国，沙俄制造瑷珲江东惨案，强占我大片国土，不难看出沙俄觊觎我大清国土的野心勃勃。"

秦川皱着眉头看着巴哈尔："站长和小长安、玄弈他们在一起吗？"巴哈尔、慕思寒、薛草药犹豫着不愿开口。秦川和叶丽亚意识到了什么，不安地看着三人。叶丽亚着急道："你们说话呀。"巴哈尔鼻子一酸，扭过脸去："他奶奶的，布拉克拜、楚天霸、叶尔波勒、老四战死在一座石桥上，小长安和鸿玄弈战死在克孜镇。"秦川含着泪："站长他……？"慕思寒伤心地："没有站长战死的消息，不知道他现在身在何处，是死是活。"叶丽亚惝恍迷离失声悲啼："胡大啊，怎么会允许发生这种事情？"李三宁流着泪呆呆地站着，秦川、薛草药、慕思寒痛苦地低下头，窗外传来兄弟们的哭声。

叶丽亚想起小长安平日的音容笑貌，心如刀绞。她说："他大名叫什么，我们都不知道，我们只知道他叫小长安，是长安城西南角一个叫甜水井的地方的人。他说过，等戍边任务结束后，要回到长安，在甜水井边开一个羊肉泡馍馆。"

俄司令部办公室里，上校坐在桌前看文件，一阵敲门声打破了宁静，上校合起文件，士兵推门走进屋里，立正敬礼。上校抬眼问道："北湾边防站有没有撤出？"士兵敬了个礼："报告上校，北湾边防站没有丝毫撤离迹象。"上校皱眉："那就用炮火赶走他们。"士兵笑笑："是应该给他们点颜色看看。"上校站起来："传我命令，预备队三十分钟后出发，明天九点在阿拉克别克边防站集结待命。""是。"上校走到衣帽架前摘下军帽戴在头上，又把武装带系在腰上。

"报告。"道伯雷尼亚推门走进屋里，立正敬礼。上校笑着："亲爱的上尉，没想到您会来。哦，想起来了，今天是您离开边防站的日子，您是路过这儿，顺便来看看我吗？"道伯雷尼亚微微一笑："亲爱的上校，抱歉这么晚来打搅您。上校先生，伊万·彼得洛维奇是否交给您一张借条？"上校瞟了一眼道伯雷尼亚："是北湾卡伦站长马镰刀写给您的？"道伯雷尼亚点点头："正是。"上校走过去笑着拍了拍道伯雷尼亚的肩膀："道伯雷尼亚上尉，您为国家为沙皇陛下做出了伟大的贡献。俄罗斯的国土大到无边，您为它又增加了五十五点五平方公里。"道伯雷尼亚打断上校的话："上校，原本我应当将借条还给马站长，是我疏忽大意了。伊万·彼得洛维奇想接替我的职务，那狗娘养的盗走了那张借条。"上校耸耸肩走到办公桌前："上尉，您和伊万都如愿了。"道伯雷尼亚急道："上校先生，这是我的错，是我要求马站长写的借条，是我带领部下越过了界河，不要责怪我的部下，我愿接受最严厉的惩罚。"上校有些不悦："纵队司令并没有责怪您，反而给您晋升了职务，您还不满意吗？"道伯雷尼亚摇摇头："上校，因为我马站长被判了死罪，我们不应该用这样不光彩的手段获取他们的领土。"上校严肃地瞪着道伯雷尼亚："道伯雷尼亚先生，请注意您的言辞，这件事已经上升到国家的层面，没有挽回的余地了。那张借条的原件，已经存入帝国档案，而借条的复制品，现在则摆在伊犁将军府的公案上。"道伯雷尼亚痛心疾首地喊道："上帝呀，这是多么卑鄙的掠夺，多么无耻的诈骗。我的沙皇陛下，您干了件多么不要脸的蠢事啊。"上校怒视着道伯雷尼亚，大声道："来人。"两名士兵进来。上校道："把上尉关进禁闭室，饿他三天。""是。"道伯雷尼亚大声哭喊道："圣母啊，您降下甘霖一般的泪水，冲洗掉蒙在我身上的耻辱吧。"两名士兵押道伯雷尼亚离去，他的喊声在夜空中回荡。

　　寂静的托格勒村落，笼罩在青灰色的月光下，村道上空无一人，偶然可以听到几声狗叫。夜幕中嗒嗒的马蹄声打破了宁静，一人一骑出现在村道上，马镰刀筋疲力尽地坐在马背上，两眼茫然地注视着前方。

　　身后发出开门的声响，马镰刀回头看去，几个士兵从门里出来站在村道上。马镰刀顿时警觉起来，手握刀把。一扇一扇的院门打开，士兵们三五一组站在门口看着马镰刀。马镰刀深知进退两难，攥着马刀的手在颤抖，硬着头皮向前。村道两边的士兵们默不作声地看着马镰刀从面前走过，马镰刀目不斜视前行。百里赫拉顶戴官袍站在一扇还算气派的大门前。马镰刀看着百里赫拉，百里赫拉看着马镰刀，四目相对，马镰刀从百里赫拉的面前走过。

维吾尔族青年跑步从后面追上来，叫住马镰刀："马站长，他们的头儿让我告诉您，出了村子不要向东走，东面的林子里有埋伏，您一直向北走前面会有人给您指路的。"马镰刀松了一口气，回过头发现百里赫拉正看着他。青年把布袋挂在马鞍上："路上吃的。"马镰刀小声道："代我谢谢他们头儿。"青年点点头，马镰刀磕镫向前跑去。

第六十八章

一

太阳高高地升起,叶丽亚穿着一件红色衣裙站在屋顶上眺望远方,小风吹来,把红裙子撩起,不时地缠绕在她的长腿上。草原上成片的牛羊,牧民歌声回荡。马镰刀不由得打起精神,磕镫奔驰在草原上。

叶丽亚站在屋顶上,遥望戈壁,巴哈尔拿着望远镜向俄方瞭望。望远镜里,阿拉克别克边防站营房前的场地上多了很多背着枪的士兵;瞭望台上站着四个士兵,有人用望远镜向白房子瞭望;界河对岸草地与戈壁掺杂的地方,摆放着八门两轮大炮和弹药箱,有士兵正在修筑炮位。巴哈尔放下望远镜匆匆离去。

俄军营房前,集结了近百名士兵,他们是从大河下游一个叫斋桑泊的军事要塞而来。人们三五成群地围在一起抽烟说笑。米沙、阿辽莎、谢尔盖、叶戈尔等阿拉克别克边防站的士兵们聚在一起。上校和伊万走来,米沙、阿辽莎、谢尔盖、叶戈尔、瓦连京等人对伊万视而不见。伊万走来站在椅子上大声地喊道:"阿拉克别克的士兵们,兄弟们!"谢尔盖打断他的话头:"伊万·彼得洛维奇,你是个卑鄙的小人。"米沙冷笑:"亲爱的伊万,你不配做我们的站长,你可以滚蛋了。"叶戈尔瞪了伊万一眼:"伊万,你干了件多么无耻的事情,我们的脸面都让你丢尽了。"瓦吉姆扭过脸去:"你毁了弟兄们的前途,混蛋,我们没人愿意听你放屁。"伊万心虚地看着众人："接替站长一职是上级对我的信任，上尉辱骂污蔑我们敬爱的沙皇陛下，要受到军事法庭的审判，而你们并没有因上尉的行为受到牵连，我是善良的。"阿辽莎吊着脸喊道："愿上帝奖赏你的善心。"瓦连京举枪对着伊万："伊万·彼得洛维奇，请你滚下来，否则我会无情地向你开枪。"伊万看着阿拉克别克的士兵们有点儿尴尬。外来的士兵们有说有笑地看热闹，一个士兵抽着烟叫喊："瓦连京先生，你既然不喜欢这位新站长，干吗要和他废话呢？"三两个士兵议论着："听说是他挑起了这场战事，挑起了这场国际争端。""这狗娘养的。"

  阿辽莎上前把伊万推下椅子，一片起哄声响起。伊万显得十分尴尬，气愤地转身离去。上校站在椅子上大声地喊道："士兵们，我们面对的是清国的北湾边防站，今天是我国政府收复国土的最后期限，如果那些不讲信誉的野蛮人，胆敢不离开这一地区，我们将效仿在阿穆尔河的做法，以火炮和刀枪为先导，强行占领。这块土地上的所有生命，一个不留。"上校带来的士兵们齐声高呼："乌拉！乌拉！乌拉！"阿辽莎皱眉："亲爱的上校，我们干吗要打这该死的仗呢？"上校认真道："你们是为正义而战。"米沙指着伊万怒道："上校，这是伊万·彼得洛维奇无耻的偷盗！我们一定要对热爱和平的人开炮吗？"上校大声道："这是正义的行动。"叶戈尔冷笑："原来卑鄙的偷盗也算正义！"阿辽莎高喊："我们面对的是草原王，他是个传奇的伟大勇士。"上校怒视着众人："士兵们，为国而战是军人的职责。你们不需要有脑子，有强壮的身体就够了。"米沙无奈地看着上校："亲爱的上校，我们的思想很简单，维护边境安宁是我们对沙皇陛下唯一能做的贡献。"上校跳下椅子："你们要跨过阿拉克别克河，它已变成内陆河，而不是该死的界河。"说完甩手离去。谢尔盖叹了口气："马站长不会撤离。"米沙点点头："这场掠夺不可避免。"阿辽莎看了二人一眼，气道："打仗不是我们的事，让伊万带着他们去吧。"

马儿慢走在戈壁的沙丘间，马镰刀仰头看天空，太阳发出刺眼的光，马镰刀摘下挂在鞍子上的水囊，喝干了里面的水。

绕过沙丘，马镰刀看到了远处一面黄色的旗帜在空中飘扬，看到叶丽亚像失掉魂儿一样站在房顶上，向自己的方向眺望，风把叶丽亚的裙子吹得卷起来，缠在身上。马镰刀鼓起余勇，催马向白房子奔去。

叶丽亚精神一振，仔细看着远方出现的黑点。叶丽亚拿起望远镜瞭望，望远镜里，马镰刀奔驰在戈壁上。叶丽亚放下望远镜兴奋地大声喊："站长回来了！站长回来了！"

马镰刀奔驰在戈壁上，飞扬的马蹄溅起阵阵火星。叶丽亚骑马向马镰刀飞奔而去。马镰刀迎着叶丽亚奔驰，叶丽亚大声地喊着："明轩，明轩！我的最亲的亲人！"马镰刀放慢了马的脚步，马匹奔到叶丽亚面前。叶丽亚纵身跃起落到马镰刀身前，扑进马镰刀怀里。马镰刀和叶丽亚紧紧地抱在一起，脸上露出一丝笑容。马镰刀抱住叶丽亚纵马向白房子飞奔，叶丽亚紧紧地抱着马镰刀，泪水不住地往下流，打湿了马镰刀的前胸。

卡伦大门外，所有的弟兄都静立等候，叶丽亚牵着马扶着马镰刀走来，兄弟们一拥而上将马镰刀围住。李三宁把马镰刀的马牵进院里，为马卸下鞍子。马镰刀浑身是伤，十分疲惫地看着弟兄们。巴哈尔拉着马镰刀的手："兄弟，伤得很重？"马镰刀声音低沉："没什么，总算活着回来了，让兄弟们为我担心了。"薛草药质问道："没什么？我看你脸色就知道你伤得不轻，快点回屋去，我给你查看伤势，处理好伤口。"叶丽亚扶着马镰刀向站长室走去，秦川大声道："兄弟们，官兵很快就会追到这儿，咱们腹背受敌，看来要大干一场了。"巴哈尔笑骂道："奶奶的，兄弟们痛痛快快地杀一场。"

托格勒村落，伯克家客厅，桌上摆放着瓜果和茶杯。高天德坐在桌旁喝茶，维吾尔族青年进来把馕摆在桌上："大人请稍等，羊肉还炖在锅里。""谢谢。"高天德放下茶杯，百里赫拉和邱炳坤进来。

邱炳坤抱拳道:"属下参见高大人。"百里赫拉抱拳道:"下官不知大人到此,请大人恕罪。"高天德摆摆手:"百里大人不必客气,马镰刀还没有到达此地吗?"百里赫拉摇摇头:"属下的人马一直守候在此,没有见到马镰刀的踪影。"高天德皱眉问道:"邱大人,刘祥云的人马现在何处?"邱炳坤上前一步汇报道:"大人,我与刘祥云分兵围堵马镰刀,听说刘祥云的人马在克孜镇被野马群冲散,刘祥云被马镰刀所杀。"百里赫拉冷笑:"他早该死了。"高天德闻言心中一惊:"邱大人,你的人马现在何处?""我的人马埋伏在村外的林子里,没见到马镰刀的人影。"高天德沉声道:"集合人马直奔北湾卡伦。我想马镰刀现在应该已经冲破层层封锁,回到卡伦了。"

二

马镰刀光着膀子坐在床上,肚子、肩膀、后背,两只胳膊上、手上都缠上了新的绷带。叶丽亚用毛巾给马镰刀擦去身上的血迹,薛草药在床边的水盆里洗手。吾尔曼把地上的一堆带血的布子收进簸箕转身离去。薛草药叹了口气:"多亏玄弈及时给你缝上了伤口,不然这么多大口子会让你因失血过多而丧命。"巴哈尔、秦川、慕思寒等人走进屋里,马镰刀伤感地看着兄弟们。薛草药把几粒药丸放在马镰刀手上,叶丽亚递上水杯。李三宁端着一碗汤进来:"站长,喝碗鸡汤补补身子。"说着把碗放在床边的凳子上。马镰刀心情沉重地看着大伙儿:"鸿玄弈、小长安、布拉克拜、楚天霸、叶尔波勒、老四他们六兄弟为了我……"秦川点点头:"六兄弟战死的事情我们都知道了。"马镰刀痛心道:"都是我,是我连累了兄弟们。"巴哈尔急问:"借条到底引发了什么事情?借条?借条?"马镰刀瞪着眼睛怒道:"道伯雷尼亚利用了我们的好心,把借条交到了沙俄政府手里,沙俄向我国政府提出了领土要求。这是诈骗,是无耻掠夺!"秦川忽然想起什么,说道:"道伯雷尼亚说是伊万盗走了借条，交给了上级部门。伊万想接任站长职务。"叶丽亚不解地看着马镰刀："只借给他们牛皮大的一块地方，怎么会变成天大的土地？"古依汗也着急地问："是呀，这是怎么回事？兄弟们都糊涂了。"马镰刀闭上眼睛，痛心道："他们说把牛皮割成细线，可以围五十五点五平方公里。这是中亚草原上的一个古老的传说，财主巴依老爷用这种办法诓取土地。他们是把这一手学到家了！"巴哈尔气得一拍桌子："放他娘的狗屁。无赖，不要脸的狗东西，他们才是地地道道的土匪强盗。"薛草药气得牙根都要咬碎了："狗娘养的！"

马镰刀叹了口气："沙俄已将大河以北、胡杨树以南的五十五点五平方公里，纳入了他们的版图。"秦川苦笑："我们早已收到伊犁总兵府的后撤命令和新的地图，总兵府命我们后撤至喀拉苏干沟以外，重新选址建站。今天是后撤的最后期限，沙俄从斋桑泊调来的大炮已经摆在了咱们的面前。"库米丝汗不解地自语："朝廷怎么能答应他们如此卑鄙的要求？"薛草药冷笑："这不奇怪，皇帝、皇太后早已被外国列强吓破了胆……"李三宁抱头蹲在地上，自责道："天呐，村里人为了争一条地边埂、一块庄基地，都要动户族。我们丢失了这么大一片国土，怎么面对家人，面对乡亲们呢？"马镰刀难过地咧咧嘴。

敖元奎站出来严肃地看着马镰刀："站长，我们必须杀了那群用炮对着我们的沙俄畜生。"客木巴尔义愤填膺："砍了伊万那双可憎可恶的手。"巴哈尔气愤地朝地上啐了一口："他奶奶的，朝廷如此软弱无能，老子砍了那面黄龙旗，再去杀了那群兔崽子。"巴哈尔转身向门外走去，秦川和兄弟们也跟了出去。马镰刀急着站起来："叶丽亚，给我找件衣服。"叶丽亚把衣服给马镰刀穿上，马镰刀匆匆跟着出去。

院子里，巴哈尔一脸怒气提着大斧走到旗杆下，抡起大斧对着旗杆砍下，斧刃砍进旗杆里，巴哈尔再次抡起大斧。

"慢。"巴哈尔和兄弟们回头，马镰刀和叶丽亚走来。马镰刀站在旗杆前看着兄弟们："兄弟们，这面旗帜不能倒，旗帜代表国家，我们要让这面旗帜永远在这片土地上飘扬。"薛草药点点头:"站长说得对,国家国家,大清国不是谁一家的,这面旗帜竖在这里,表示这儿是我国神圣的领土。这面旗帜象征着主权。"马镰刀扑通一声跪倒在众人面前:"这件事是我的罪过,与兄弟们无关,我马镰刀对不起国家,对不起国人,对不起子孙后代,我犯下了不可饶恕的罪过。"巴哈尔骂道:"他奶奶的,朝廷把一百五十多万平方公里都割让给了沙俄,这五十多平方公里算个屁!站长,咱们一起离开这儿。"马镰刀摇摇头:"不管朝廷怎样,我马镰刀镇守的国土一寸也不能丢。"

秦川上前扶起马镰刀:"站长,兄弟们有难同当,捍卫神圣的国土,不是你一人的事。为国家,为我们神圣的土地,兄弟们没怕死的。"话音未落,兄弟们整齐地单腿跪地,异口同声道:"站长,我们愿用生命捍卫领土。"马镰刀咧咧嘴大声道:"兄弟们站起来。"大伙站起来看着马镰刀。"今生能有你们这样的好兄弟,我马镰刀知足了。"马镰刀抱拳施礼,"弟兄们,要说死咱们不知死过多少次了,可这次不同,好男儿一腔热血,我们要顶天立地地站在这儿,国土一寸也不能丢。"巴哈尔大声喊:"兄弟们守住界河,时刻准备好杀敌。"马镰刀高喊:"不许沙俄的靴子踏上我国土地。"大伙异口同声喊:"是!"

马镰刀坐在床边用马刀刮去脸上的胡茬,叶丽亚在马镰刀的身后抱着马镰刀。马镰刀低声道:"我在克孜镇遇到了胡永。"叶丽亚吃惊道:"你遇到了胡永?"马镰刀放下刀转过身:"在克孜镇,玄弈和小长安战死,我被刘祥云的人马重重围困,命悬一线时一群野马冲来,趁乱我杀了刘祥云。是胡永的马群救了我,他给我指了一条路,是一条我从来不知道的小路,那条路上没有哨卡。"叶丽亚担心地问:"胡永他好吗?"马镰刀点点头:"胡永有了漂亮的妻子,过得很幸福,他让我告诉你,他的身体完全好了,他很挂念你。"叶丽亚安慰地微微点头:"他过得好我也就放心了。"马镰刀把叶丽亚抱进怀里,叶丽亚的泪水忍不住流下："明轩，沙俄的大炮对着咱们，我担心……"马镰刀抚摸着叶丽亚的头发："叶丽亚不要担心，作为卡伦站长，在我手里丢失了国土，我的心里有说不出的悔恨和自责。这是我的错，这片土地现在还在我的脚下，我要用生命捍卫国土，用热血向国人谢罪。"叶丽亚紧紧地抱着马镰刀伤心地哭泣。

院子里空空荡荡的，一个一个炸雷摆在平日士兵操练的操场上。这是防止它们受潮了，摊在阳光下晒一晒。李三宁站在屋顶上用望远镜瞭望。马镰刀走来，李三宁转过身汇报："站长，沙俄军队集结在河的对岸，沿一号口、二号口、三号口一字排开。巴哈尔大哥和兄弟们在界河前修掩体呢。"马镰刀拿起李三宁手中的望远镜向俄方瞭望，片刻后放下望远镜看着李三宁微笑道："三宁，你不会舞枪弄棒，没打过仗，这一仗残酷无情，我唯独放心不下的就是叶丽亚，你带上叶丽亚远离这个是非之地。好好待她，叶丽亚是个善良的女人。草原上有句格言，永远不要欺侮无靠的女人，我把这句格言和叶丽亚一起托付给你。有你照顾她，我就放心了。"李三宁跪在马镰刀面前痛哭，喊道："站长，你这是临别赠言吗？我不允许你这样说！"马镰刀咧咧嘴拿出折起的信："三宁，把这封信交给叶丽亚，和她一起离开这是非之地吧，沙俄的炮火会把白房子轰平的，会把五十五点五平方公里的土地炸成马蜂窝的。"李三宁接过信泣不成声："站长，我不怕死。"马镰刀微微点头面带笑容："好兄弟，走吧，这是我给你的最后命令。"李三宁哭着："站长……"马镰刀咧咧嘴转身离开，李三宁跪在地上放声大哭。

"记住，将来写一本书，把我们的故事告诉后人！"马镰刀说。

第六十九章

一

炮位支在界河边，戈壁与草地掺杂的地貌上。八门大炮面对白房子摆放。炮兵们给炮膛里装填火药和弹丸。草地上，近百名士兵抱着带刺刀的枪，十人一排整齐地坐在地上。阿拉克别克边防站的士兵不在队伍中。

上校和伊万站在瞭望台上，上校用望远镜向白房子瞭望："白房子只有十多个士兵，马镰刀并不像传说中那样凶神恶煞，他的脸上甚至没有胡须。"伊万附和着："上校，白房子的士兵看到咱们强大的阵势，不会愚蠢到用鸡蛋碰石头的，他们会主动撤离的。"上校看着白房子冷笑道："三十分钟后向他们喊话，让他们退至喀拉苏干沟以外，否则我们将开炮。""是，上校。"

俄兵们扛着枪站成一个方阵，迈着整齐的步伐向界河前进。伊万和两名军官扛着枪走在最前面。

界河两面的地形没有什么两样，白房子临时修起的壕沟，离界河不到二百米。巴哈尔、秦川、薛草药、慕思寒、古依汗、亚森、敖元奎、客木巴尔、库米丝汗、喀海尔曼、吾尔曼一线排开，每个人简易的掩体前都有三两个炸雷和一把毛瑟枪。马镰刀骑马来到阵前，兄弟们都站起来："兄弟们，这是一场残酷的战斗，只要我们还剩下一个人，还有一口气，都要和沙俄拼到底。让我们的血流淌在这块土地上，让我们的身体化作界碑矗立在边境线上，让我们的灵魂永远守护我们坚守的土地。"秦川举起手中的枪高喊着："兄弟们，我们同国土共存亡。"

马镰刀翻身下马对马屁股拍了一巴掌："用不着你了，去吧！"马儿奔驰而去。马镰刀面对远处白房子的黄龙旗跪下，兄弟们也都跪地，马镰刀怒吼："苍天在上，我们愿用生命守护我们神圣的领土，以表达我们对国家对国人的忠诚。"马镰刀站起身，大声道："兄弟们，准备杀敌。"

河对面传来整齐的脚步声，兄弟们转过身面对沙俄方向，沙俄的士兵方阵渐渐显现。军官举起手，方队停下。第一排和第二排的沙俄士兵，举起枪对着白房子的士兵们，伊万和上校走到河边，马镰刀和兄弟们迎上前站在河边。

伊万冲着马镰刀喊："站长阁下，贵国的皇帝已将您脚下的土地永久地借给了伟大的俄罗斯帝国，阁下一定清楚，这块土地已划入我国版图。亲爱的站长阁下，请您和您的属下后撤，这是最后的五分钟时间。"马镰刀咧咧嘴大声道："卑鄙的强盗，只要白房子的勇士站在这儿，你们妄想踏进我国神圣的土地。"

毡房里，叶丽亚闭着眼睛躺在床上。李三宁走进毡房，来到床前。李三宁看着叶丽亚叫道："叶丽亚，叶丽亚。"叶丽亚没有反应，李三宁推着叶丽亚的肩膀："叶丽亚，叶丽亚。"叶丽亚睁开眼睛猛地坐起来，茫然地看着李三宁："我怎么睡了，站长呢？"李三宁别过脸不敢看叶丽亚："站长和兄弟们都在界河边。"

外面传来密集的枪声、爆炸声，叶丽亚一惊站起来要走。李三宁赶忙上前拉住叶丽亚的胳膊："叶丽亚，站长给你的信。"叶丽亚接过信快速打开。

"叶丽亚，永别了，我的魂魄会永远守护着你，我把你托付给李三宁，你一定要跟他离开这里。若是有来生，我还要娶你为妻。叶丽亚，我爱你。感谢你陪伴我、陪伴白房子兄弟们这么些日子。"叶丽亚泪如雨下。李三宁叹口气劝道:"叶丽亚,跟我走吧。我们回口内去,找一个小地方,开一个酸奶子店。我已经学会做酸奶子了。"叶丽亚含着泪:"我不走。"李三宁哭道:"叶丽亚,这是站长给我留下的最后的命令。"叶丽亚流着泪看着李三宁:"我不走。"

"轰!轰!"巨大的爆炸,震得地动山摇,李三宁和叶丽亚站立不住无奈摔倒在地上。毡房的一面墙着火了,李三宁爬起来拉起叶丽亚跑出门,往河边的树林跑去。炮弹带着哨声飞来,又是一阵接连的爆炸,毡房顿时炸成碎片,白房子的围墙、院子、营房、厨房、马厩、水井架接连不断地被炸。

马和羊的嘶叫声此起彼伏,白房子断壁残垣,笼罩在尘土、烟雾和大火中。叶丽亚和李三宁躲在树丛里。突然叶丽亚站起来撒腿向废墟跑,李三宁急得大声地叫:"叶丽亚你去哪儿?"叶丽亚头也不回:"我要和明轩在一起。"李三宁跑上去抱住叶丽亚:"叶丽亚你不能去,跟我走……"叶丽亚推开李三宁大声喊:"我要和我男人在一起!"

带着哨声的炮弹飞来,接连落在白房子的残垣断壁上爆炸。李三宁抱住站立不稳的叶丽亚,一掌打在叶丽亚后颈处。叶丽亚顿时瘫软,李三宁扛起叶丽亚撒腿就跑,炮弹在李三宁的身后接连爆炸。李三宁将叶丽亚放上马背,催马离去。

俄方阵地,士兵们推着木轮子将火炮推上炮位。军官挥手:"开炮。"八名炮手将火把对准导火孔,点燃黑色火药,八门火炮先后发出震耳欲聋的声音,后坐力将火炮向后推。

阵地上爆炸四起,炮弹带着哨声落在马镰刀和兄弟们简易掩体的前后。爆炸声响彻荒原,硝烟弥漫,尘土飞扬,一个个火球腾空而起。一发炮弹落在马镰刀身后不远处,掀起的沙石泥土几乎将马镰刀覆盖。巴哈尔的衣服着起火来,巴哈尔毫不在意地在地上翻滚灭火。

慕思寒往空中看了一眼,爬起来跑了几步一跃扑到秦川身上。炮弹落在慕思寒的掩体里，掀起的沙石将慕思寒、秦川和一旁的巴哈尔掩埋。

炮声停息了，马镰刀、巴哈尔、慕思寒、秦川从土里钻出来。马镰刀大声地笑骂："他娘的，咱打遍天山南北还没见过这阵势呢。"古依汗哈哈大笑："兄弟们，洋人用的是什么炮呀，怎么这么大的劲，震得我把羊肉都吐出来了。"慕思寒白了他一眼笑道："那就捡起来吃进去，省得当饿死鬼。"巴哈尔把嘴里的土吐掉："奶奶的，俄国人眼神不错，一炮比一炮打得准。"

亚森突然指着远处的白房子，平静地说："站长，咱们的窝没了。"兄弟们都回头看着白房子的废墟，脸上不知是什么表情。薛草药指着白房子："黄龙旗还在。"话音未落，炮声又接二连三地响起，秦川大声地喊道："兄弟们隐蔽。"话音刚落，两颗炮弹分别落在喀海尔曼和吾尔曼的掩体旁，喀海尔曼和吾尔曼被炸得飞了出去。

白房子阵地，爆炸四起，烟雾弥漫，一个个巨大的火球腾空而起，沙俄方阵的士兵都蹲在地上。方阵旁，上校手拿短小的单筒望远镜坐在椅子上，伊万和军官蹲在一旁，所有人的眼睛都看着河对面火光冲天的白房子阵地。

炮声停止，白房子阵地浓烟滚滚，尘土飞扬，看不到任何动静。上校站起来对军官道："让孩子们前进吧。成散兵线推进。"军官得令大声喊："全体起立。"士兵们站起来，军官大声指挥道："跨过界河！"军官和伊万带头举着枪，迈着大步走向界河，士兵方队跟在后面，整齐地向着界河对岸进发。

二

马镰刀、巴哈尔、秦川、薛草药、慕思寒、古依汗、亚森、敖元奎、客木巴尔、库米丝汗隐蔽在各自的掩体后。马镰刀把火把伸到燃烧的弹片上将火把引燃；巴哈尔在烧着的草上点燃火把；亚森在烧着的衣服上点燃火把，用一把沙土把衣服上的火压灭……

俄军官和伊万带领士兵，蹚过淹没膝盖的河水，身后的沙俄士兵端着枪一字排开，陆续上岸，犹如在完成一场周日的狩猎活动。

马镰刀看着上岸后压上来的沙俄兵，大声喊："兄弟们，把这群沙俄猪打回去！"话音未落，兄弟们几乎同时开枪，一阵枪声过后，第一、二排的沙俄兵大部分死伤倒地，惨叫声不断。

伊万捂着肚子叫喊着在地上翻滚，受惊的沙俄军官和士兵趴在地上连续不断地开枪射击，白房子的士兵被打得抬不起头。巴哈尔拿着炸雷大声喊："兄弟们，让俄国人尝尝挨炸的滋味。"

沙俄士兵们十多人一排，单腿跪地举枪一排接一排向掩体射击。马镰刀等十个兄弟几乎同时将炸雷扔出。十多枚炸雷向沙俄士兵飞去，接连不断地爆炸，火光四起，尘土飞扬。俄兵的躯体、胳膊、腿被炸得四散而飞，惨叫声此起彼伏。越过界河的俄兵伤亡近半。几个浑身着火的俄兵不顾一切地跑向界河跳进水里。马镰刀十兄弟提着马刀冲了上去和俄兵展开肉搏，地上到处是被炸死炸伤的俄兵。

马镰刀和兄弟们个个灰头灰脸，冲入敌阵疯狂地挥刀砍杀。古依汗一刀捅进俄兵肚子里，两把刺刀同时从古依汗后背捅进。两俄兵抽出刺刀刚转过身，慕思寒冲上去双刀捅进两俄兵肚子里。

古依汗和面前的俄兵一同倒地，亚森和俄兵抱在一起在地上翻滚，亚森压在俄兵身上将匕首扎进俄兵心脏。三个俄兵冲上来，三把刺刀捅进亚森后背。敖元奎和客木巴尔冲上来，挥刀砍倒两个俄兵，敖元奎反身一刀抹了另一俄兵的脖子。六名俄兵冲上来对敖元奎和客木巴尔开枪，敖元奎和客木巴尔跪倒在地……

马镰刀满脸是血单腿跪在地上，奋力拔出刺进肚子里的刺刀，眼看三把刺刀又向自己刺来。马镰刀情急跃起挥刀扫去，三名俄兵捂着脖子倒地。

俄军官举着手枪对准马镰刀，巴哈尔冲上来挡在马镰刀身前。

"砰"的一声枪响，巴哈尔肩膀中弹。巴哈尔毫不在乎地两步跨上去，一刀捅进军官肚子里。

秦川、薛草药、慕思寒、库米丝汗四人一排，每人拿着两个点燃火药绳的炸雷冲上来，四人边跑边喊："兄弟们，拼了。"四人冲进俄兵人群，一阵密集的爆炸声响起。

上校和两名军官站在距离界河百米远处观战。上校手握短小的单筒望远镜瞭望，望远镜里，界河阵地上一片尘土和烟雾。军官叹道："他们个个都非常顽强，我们的人死伤惨重。"

阵地上俄兵惨叫声不绝于耳。烟雾中，马镰刀扶着巴哈尔站起来，秦川扶着薛草药站起来，两人的身上只剩下冒烟的布片，浑身上下血肉模糊。四兄弟满身是伤提着马刀搀扶着走到一起，二十多名俄兵陆续挣扎着站起来。秦川看着俄兵："炸雷用完了，我们没弹药了。"巴哈尔哈哈大笑，吐出一口血骂道："他奶奶的，够本了。"马镰刀看着三人："只要还有一个人站在这儿，一寸土地也不能丢。"秦川对薛草药笑笑："药罐子，没想到你还活着。"薛草药笑笑："咱还没死绝。"慕思寒慢慢地爬起来，衣服如褛，脸上血肉模糊，浑身上下都在冒烟。马镰刀上前扶起慕思寒，二人相视一笑。

二十几个俄兵端着刺刀向马镰刀五人逼近。这时，一匹快马奔驰而来，李三宁扔掉手中的火把，提着一筐冒烟的炸雷飞奔而至，大声喊道："站长，兄弟们，永别啦！"李三宁从马上一跃而起，从马镰刀五人头顶上越过。

李三宁手提装满炸雷的筐子，落入沙俄士兵群中，巨大的爆炸声中沙俄士兵顿时被炸飞，火球腾空，烟雾弥漫，尘土飞扬。

上校和两名军官吃惊地看着界河对岸，上校拿起望远镜瞭望，移动的望远镜里，界河阵地一线，到处是倒在地上的沙俄士兵。马镰刀、巴哈尔、秦川、薛草药、慕思寒相互搀扶着站立。上校放下望远镜，气急败坏地大声喊道："给我开炮！把这五十五点五平方公里炸个稀烂！"

马镰刀、巴哈尔、秦川、薛草药、慕思寒提着刀彼此搀扶着看着眼前大片死伤的俄兵。俄方再没有人站起来，多名衣衫破烂、缺胳膊少腿、身负重伤的俄兵向界河另一侧哀嚎着爬去。突然，接连不断的炮声响起，炮弹尖叫着飞来，在马镰刀等五人身边爆炸。

第七十章

一

喀拉苏干沟外面的树林里，叶丽亚躺在地上，一匹马拴在旁边的白桦树上。叶丽亚慢慢睁开眼睛，坐起来摇了摇头，茫然地看着空旷的树林……她突然意识到了什么，站起来解开缰绳飞身上马，磕镫催马向边境方向奔驰而去。

叶丽亚骑着马飞奔，炮弹在马前爆炸，叶丽亚被气浪推下马背，摔在地上。叶丽亚向烟雾弥漫、尘土飞扬、炮声不断的阵地爬去。

叶丽亚趴在地上，远远地看着马镰刀五人的背影大声喊道："明轩，兄弟们，别撇下我……"接着哭喊着爬起来向前跑。

一阵炮声轰鸣，叶丽亚看着炮弹在马镰刀五人身前身后爆炸，飞起的沙石泥土密集地落在叶丽亚身上。

高天德、百里赫拉、邱炳坤带着大队人马赶到，所有的人翻身下马。爆炸声停息，高天德等人默然看着火光冲天、烟雾弥漫的战场。

阵地变成一片火海，烟雾中，五个黢黑的人，一个扶着一个陆续艰难地站起来。马镰刀五人提着刀相互搀扶，目光直视河对岸的沙俄上校、军官和七八个死里逃生的沙俄士兵。上校站在河对岸大声喊："开炮。"

炮弹尖叫着落在白房子阵地上。高天德、百里赫拉、邱炳坤和士兵们看着阵地接连不断爆炸，一个个火球直冲云天。高天德摘下帽子单腿跪地,百里赫拉、邱炳坤和所有的士兵都摘下帽子单跪地低头致哀。

俄方上校、军官和七八个士兵,透过散去的烟雾看到五个站立在火中燃烧的人。烟雾中五人前,叶丽亚提着刀站起来。上校看着叶丽亚和燃烧的五人感慨道:"我从没见过这么顽强的士兵。"军官皱眉汇报:"上校,我们没有炮弹了。"上校看着河对面摇摇头:"他们的援军到了,我们撤。"

白房子阵地上,马镰刀、巴哈尔、薛草药、秦川、慕思寒一个接一个倒下。

荒原一片死寂,哀恸的大地上,空气仿佛也凝固了。阵地上硝烟散去,留下一片沙俄士兵和白房子士兵的尸体,以及一堆堆还未燃尽的火。叶丽亚流着泪扑向倒在地上的马镰刀五人。

高天德来到叶丽亚身边,流着泪低头致哀。叶丽亚咬着牙,流泪不止。高天德擦去泪水:"叶丽亚,走吧,这里已经不是大清的土地了。"叶丽亚流着泪摇摇头:"不,我不走,到死我也不离开这里。我要守着这块土地,守着我男人和兄弟们。我要为这块土地做证,要告诉所有的人,发生在这块土地上的事情。"高天德默默流泪,转过身步履艰难地离去。叶丽亚提着马刀孤单地站在荒原上,风吹起她的长发和红色的衣裙。那衣裙如今沾上了许多的鲜血,竟变成了一种凝重的赭红色。

二

马镰刀以及他的勇敢的白房子士兵们,全部阵亡在那个日子。无一生还。

不知是出于什么原因,也许是被马镰刀和他的兄弟们宁死不屈的行为震慑了,俄方没有再提起这块争议区的事情,所以,直至今日,白房子边防站仍由中国军队驻守着。

1962年,伊塔事件后,一座新的北湾边防站在原站址建起。仍然像我们在这个中亚叙事开头所说的那样，打来土块，垒起一座高高的房子。然后从戈壁滩采来些鹅卵石，堆在一起，用木材烧，烧透了再浇上水，于是石块炸裂，变成了石灰。士兵们把这石灰涂抹在墙上，把用土块建起的房子变成白房子。

白房子顶上仍然竖起一个高高的烟筒，那烟筒一日三次升起直直的炊烟，仿佛白房子士兵们扬起的手臂，向祖国报告平安：早安祖国！午安祖国！晚安祖国！

当年的马镰刀，一直有一个建瞭望台的想法。现在这想法实现了。界河边，当年士兵们挖掘的战壕旁，人们砍来额尔齐斯河岸边高大的圆木，在那里搭起了一个木质的瞭望台。为了让这个瞭望台长久地耸立，士兵们从克拉玛依搞来沥青，将这个木质的瞭望台厚厚地涂上一遍。

很长一段时间里，虽然这里仍然由中国边防军镇守，但是它已经被划入俄罗斯版图了。在俄罗斯地图上，中俄以喀拉苏干沟为界。而在中国政府的地图上，中俄则以阿拉克别克河为界。所以，这块地方就叫争议地区。

一茬又一茬送老迎新的战备动员会上，站长讲的第一课是，什么叫1883条约线，什么叫苏图线，什么叫双方控制线。他说，每一个白房子的士兵，都应当熟悉这三条线。

这里不能升国旗，不能唱国歌。那块当年马镰刀开垦的喀拉苏干沟旁的菜地，现在已经十分肥沃了。每一茬士兵都会费心去经营它。边防站的羊已经发展到七百多只了，牛也有七十多只了，还喂了七十多头猪。猪们哼哼唧唧，整天围着白房子的碱土围墙寻摸。

白房子争议地区，除了驻守着白房子卡伦以外，向北二十公里，还新设了卡伦。这座卡伦设在一片红柳丛中，所以它的名字叫作克孜乌雍克边防站，又叫红柳边防站。而再往北走，向当年胡杨树的方向走，阿尔泰山脚下，还有一个老的边防站，它是阿黑吐拜克边防站，又叫大沙山边防站。

在这一段国境上,光荣的兵团人建了一个团场。从阿黑吐拜克边防站开始,由东向西,一字排开,屯垦戍边,建立了六个连队。这样,除了军人们守护这块地方之外,兵团那些满目沧桑的老男人,一遇事情,就会从大车上卸下驾辕的老马,胸前挎着花筒冲锋枪,像模像样地在边界上巡逻。

一位满头银发的老太婆,双手抱着酒坛,胸前戴着花环,顺着缓缓的地窝子的门道缓慢地走上地平线。老人向界河边一座一人多高的用石头砌成的圆锥体石堆走去。她围着石堆走了一圈,倒完了酒坛里的酒。老人微笑着摘下脖子上的花环放在石堆上,抬起头用一双凹陷的眼睛,含着泪水看着远处的白房子边防站。

中亚细亚荒原上那一场惨烈的局部战争,早已被历史丢在了脑后。只有叙述者我,这个白房子的老兵,还记得零星的这些。此刻,当我写这白房子卡伦第一任站长马镰刀的故事时,突然泪如泉涌。

类似这样惨烈的场面,在这块土地的毗邻地区,至少还出现过两次。在这里,我想顺便记录下它们。如果做不到这一点,这部《中亚往事》将是不完整的,会受到后人指责的。

一件是北塔山事件。

一件是铁列克提事件。

三

诚如上面所说,一场惨烈的边界冲突过后,万炮轰鸣声停止,这一块地面突然变得死一般寂静。死的已经死了,那活着的接着再来。大约高天德高大人临离开这一处地面时,留下了零星的几个士兵,让他们像眼睛一样盯着这里,随时向上边汇报后来的事情。

那一年冬天,雪特别的大,可以说一个礼拜吼一场大雪。只要西伯利亚寒流过境,狂风便打着呼哨,裹挟着鹅毛大雪,掠过这块地面。勇士们洒下的热血，已经慢慢地被这块土地吸吮了，青色的牧草和五颜六色的花朵，在这块地面成长起来。

雪落在地面上，便坐住了。而狂风擦着地面掠过，将这些积雪吹到草原的低洼处。那积雪薄的地方，可以达到人的膝盖，而厚的地方，甚至可以达到两米。士兵们到卡伦正前方的碉堡去站岗，通常，用铲子铲出一条道路，道路的两边再拍上一道雪墙。而巡逻的时候，马的前蹄必须踏着后蹄印走，这样，不至于掉进旁边的雪坑里去。一旦掉进去，连人带马，便被雪埋住了。

积雪消融的时间，通常会在每年四月十日以后，先是戈壁滩上的冰雪融化了，露出大地的鳖黑的健康的胸脯。戈壁滩上通常会有一条白色的小路，那是人或马踏实了的积雪，它们会最后融化。

勇士们的鲜血，再加上这丰沛的消雪水滋养，慈爱的大地呀，劫后余生的大地呀，它又焕发出生机。

白房子的士兵们，这一百年来，他们一步也没有离开过这块五十五点五平方公里的土地，离开白房子卡伦。

高天德大人留下的那一个班的士兵，钻进了地窝子里。白色的营房已经被炮弹摧毁，从地面上消失了，但是这几个马镰刀他们最初挖下的地窝子，竟然奇迹般地还完好着。于是这些士兵把地窝子整理了一下，钻了进去。

后来，到了民国年间，新一班士兵来这里驻防。"人在哪里，可敬的老兵们？"他们站在喀拉苏干沟的岸边，呼喊了一阵，于是从地窝子里，走出来几个灰头土脸胡子拉碴的清兵。他们跑上去，一阵拥抱，痛哭失声。

"照张相吧！作为留念！"来送兵的一位官员说。老兵们说："让我们重回地窝子里去，整理一下自己的军容。"一会儿，他们重新钻了出来，穿上了自己最整洁的衣服，胡子刮得干干净净。"现在照吧！"他们说。说完双手叉腰，做出一个威武的姿势。

白房子卡伦的再一次提升，是1962年伊塔事件后，这里的编制开始升级为一个排，接着升级为一个连。也就是说，驻守卡伦的士兵人数开始为一个排，后来成一个连了。

而这块地面发生的最重要的一件事情，当是兵团人的入驻。

伊塔事件中，这里是重灾区，大批的边民，赶着自家的马牛羊，从这块地面，跑向界河对面。

勇敢的兵团的年轻士兵们，从北屯出发，坐着大卡车来到界河边上。面对汹汹不退的越境人群，他们手拉手，站成一道人墙。"你们要跑，先从我们身上踏过去吧！"这些兵团士兵喊道。

他们是在极为仓促的境况下来到这里的。集结时，上级说："去执行一项紧急任务，半个月时间。"然后给每人发四颗手榴弹，一个子弹袋，一支半自动步枪，一个干粮袋。他们就这样爬上大卡车，出发了。

他们想不到会永久地驻扎在这里，而且是献了青春献子孙。阻止完边民外逃之后，他们便就地安家，沿着阿拉克别克河，自东向西，建起一长溜兵团村庄。

据说白房子卡伦的重建，即重新修筑白房子、修筑卡伦围墙外面那个碉堡，以及修筑界河边上那座高大的瞭望台，就是在兵团兄弟的帮助下完成的。我们记得，那是1962年的事情。

而叙述者我走入白房子，则是70年代初的事情了。那是一个多雪的冬天，极为寒冷的冬天。

当听说我来自西安时，老兵们说："你知道西安有个叫甜水井的地方吗？当年白房子一位名叫'小长安'的，他就是来自那里，他会唱秦腔。秦腔里有一个'英雄歌'，你会唱吗？——彦章打马上北坡。"

我说我会唱，这是一首秦腔折子戏，经典。它的剧名叫《苟家滩》。

说完，我清清嗓子，唱起来：

彦章打马上北坡，

新坟更比旧坟多。
新坟埋的光武帝，
旧坟又埋汉萧何。
青龙背上埋韩信，
五丈原前埋诸葛。
人生一世莫空过，
纵然一死怕什么？

第七十一章　三班长的后白房子故事（一）

一

我缓缓地合上我的记事本，合上我的钢笔，揉一揉已经酸痛不堪的眼睛。旧年的白房子故事，到这里画上了一个句号，马镰刀在我们的中亚叙事中结束了他波澜壮阔的一生。站在白房子顶上瞭望的叶丽亚，站成了一道永恒的风景。

我多么愿意，将这块土地上后来的一些事情讲给读者朋友听。那是发生在这块土地上的呀，因此，那叙述中的每一个细小的情节，都被笼罩上了一层哀恸的色彩。

我是在2000年秋天的一个晚上抵达白房子的。汽车从一八五团团部，顺着喀拉苏干沟时断时续的水流，穿过稀疏的林带，自北向南，一路走去。这段路程是二十公里。记得我以前说过，我曾经许多次骑马走过这条道路。

晚上9点，用乌鲁木齐时间来说，才仅仅7点，但是天已经完全地黑了，天地暗淡无光。戈壁滩、树林子都一片朦胧，宛若梦境。天不应当黑得这么早的，因此我怀疑这是我的错觉。

现在正是盛夏，正是这块地域有北极光的季节。在我的记忆中，当年的这个季节，太阳虽然早早就沉落得没有踪影了，但是从太阳落下的西地平线上，会有一道强烈的白光射出来。白光射到天上，散开来，落到戈壁滩上，于是整个世界笼罩在一种柔和的、奇异的白光中。我记得，我抱着枪站在碉堡前面，跟前的芨芨草滩白光闪闪，一只硕大的母刺猬领着一群小刺猬，从我的脚下大摇大摆地走过去。

我用枪刺轻轻地一挑，挑起了一个小刺猬。所有的刺猬听到响动，闭合了，蜷作一团，像一个个带刺的皮球。我将那只最小的刺猬，用手试探着抓起，包进手帕里，再将手帕扎紧。手帕扎紧后，刺猬猛地一下张开，于是硬刺从手帕扎出来，扎得我手上鲜血直流。我赶紧把它扔到地上。

相较于我当兵的那个年代，白房子的地形地貌，已经变化得叫我难以辨认了。记得那时，灰蒙蒙的戈壁滩上，有一座孤零零的白房子。白房子的顶上，有一根烟囱。一日三次，那烟囱向天空升起直直的、细细的炊烟。那情形正如浪漫曲唱到的那样：卡伦一日三次，用炊烟扬起手臂，向祖国问安——早安，午安，晚安。一圈矮矮的、厚厚的黑色碱土围墙，将这白房子围起。圈子里有个篮球场，有个马号，有战士厕所和干部厕所。黑色碱土围墙也起着掩体的作用，上面布满了方形的射击孔。

院子里栽着一些树木。篮球场被剪得整整齐齐的冬青围起来，这冬青冬天会被人用积雪拍成一堵雪墙。此外还有杨树、榆树和沙枣树。最奇异的要数那棵野苹果树了。那时我在一班，这树在一班住房的右手边，也就是说，是在院子的西北角。大门里边，则有一个中世纪的吊杆，每天都有人在那里吱吱呀呀地从井里汲水。井在正北方向，大门的右侧。那时的道路，在正北方向，面对阿尔泰山。记得，大门外面有几个突出的沙包子，兵团的那个腼腆的邮差小伙子，站在沙包子上，勒住马、吆喝着叫挡狗，说"你们的家人来信了，快来领信"。

那时的瞭望台，在靠近界河的地方。瞭望台距离白房子大约有五百米远。它是木质的，高三十米左右，通体发黑，肩一天风霜，孤零零地站在那里。遇到刮大风的时候，瞭望台会像一个醉汉一样，在空中摇晃。迎风一面的牵引钢丝，绷得笔直笔直，背风一面的牵引钢丝，则软蔫蔫地弯成弧形。记得，有一次我上瞭望台的时候，皮大衣被大风剥掉了。我至今还不明白，为什么我人没有被刮下来，而大衣被剥去了。我唯一能为此事做出的解释是，当我换攀着扶手的这只手时，风脱去了这只袖子，我换另一只手时，风又脱去了另一只袖子。

现在的白房子，已经大大地变样了。

如果不是人们说这就是白房子，如果不是蚊子接二连三地前来叮我，我无论如何不能把它和我记忆中的白房子联系起来。碱土围墙已经被拆去，院子扩大了一些。代替那碱土围墙的，是一圈三公里长、二十多米高的土围子。也就是说，白房子深陷在土围子里。戈壁滩上那一座孤零零的白房子的景观已经不复存在了。

这土围子是我们修的。时间在1975年到1976年。那时，迫于当时边界的险恶态势，尤其是提防"抓一把就走"，各个边防站都开始修地道。白房子地面是沙土，根本无法修那种通常意义上的地道。于是先绕着白房子挖一条交通沟，然后，铺上地面，用水泥倒出墙壁，打上拱顶。水泥地道做好以后，上面再用推土机推来沙土，堆成沙包。沙包的厚度以坦克上的火炮危及不到地道为准。

由于土围子的修建，白房子的地形地貌便完全地改变了。不过我在的时候，道路还是原来的道路，门也还是原来的门，所谓的门，只是将土围子开了一个豁口。现在，原来的那个豁口已经堵住，门开在了正东方向。那地方原来是马号，马号如今已被拆除。门前的道路笔直越过喀拉苏干沟，干沟上面，建了一座石桥。厕所也不在原来的地方了。原来那简陋的厕所已经拆除。现在的厕所修在院子西面，砖混结构，很气派，一边写个"男"字，一边写个"女"字。院子里原来所有的树木，现在都荡然无存了。栽种树木的地方，现在变成了菜地。"树木招蚊子！"年轻的连长对我说。野苹果树自然也没有了。现在代替苹果树站立在那位置上的，是一座高高的铁质的瞭望塔。这是后来人修的。从这里看我的那个木质的瞭望台，旷野上的它显得多么孤寂呀。它已经被废弃了，但是还没有倒掉。它孤零零地立在那里，苍老，疲惫，通体乌黑。没有了重负，它反而更显沉重了。三栋白房子，如今只剩下连部的那一栋还在。另外两栋已经拆除了，翻修成砖混结构的房屋。

连长和指导员都是20世纪90年代前后的兵，按年龄推算，他们应当是我当兵的那一年出生的。换句话说，当我抱着火箭筒趴在战壕里的时候，在遥远的内地，千山万水之外，有婴儿呱呱诞生了。后来他们长大了，来到白房子，成为马镰刀马站长的继任者，成为我们的继任者。这想象叫我生发许多感慨。"他们都这么大了，我怎么能不老呢？"我对自己说。

我亲昵地搂着连长和指导员的肩膀。我说"我是一个老兵，我来报到"。连长叫白房子的广播里放了一首歌曲。那歌曲叫《亲爱的老班长》。歌曲中，一群粗喉咙大嗓子的男人在歌唱："亲爱的老班长，你这些年过得怎么样？"

二

我是凌晨4点入睡的，然后凌晨6点起床。我想做的第一件事情是登上院内的铁质瞭望塔，从高处眺望一下界河对面的哈萨克斯坦。它过去是苏联的一部分。苏联解体以后，它叫哈萨克斯坦。

我举目向界河的对面望去。空旷、荒凉、凋敝的原野，和我二十多年前见过的情形，没有一丝一毫的变化。不同的是那一块地面已经变得多么宁静呀。记得戈壁的深处有一条公路，过去，这条公路上总是黄尘弥天，各种各样的车辆在奔忙。还有几次，这戈壁滩到界河的偌大地面，被坦克、装甲车、装着士兵的绿色卡车填满，黑压压的一片。车辆发动机的沉闷的吼声，震得大地微微颤抖。空中则有成群的飞机，在兜着圈子。

现在这一切都荡然无存，静静的荒原连个鬼影都没有。

这一块地面也是古尔班通古特沙漠的一部分。那座奇异的黄土山还在。它在额尔齐斯河的河口，威赫赫地耸立着。黄土山向着中国的一面，并排摆着八个雷达。雷达还在旋转着，有的点头，有的摇头，有的原地三百六十度转着圈子。这些雷达据说可以监测到中国兰州军用机场的飞机起落。

黄土山下面濒临界河的地方，是哈萨克斯坦的边防站。它叫阿拉克别克边防站，是和我们的白房子边防站对应的一座哈萨克斯坦边防站。它也是一座孤零零的白房子，也是用黑色碱土围墙圈起。相较于这边边防站的巨大变化，哈站是一点变化也没有的。它那么破败、孤寂，静悄悄的，一点生气也没有。在我手握望远镜仔细搜索时，没有见到一个人影。

额尔齐斯河仪态万方地奔流着。除了一河蓝汪汪的水之外，春潮泛滥期间，它还孕育了两岸宽阔的原始森林带和茂盛的草块、草场、草甸子。哈萨克人世世代代在河流两岸居住。在干燥的古尔班通古特沙漠中，这里是为数不多的适宜人类居住、放牧牲畜的地方。因此它是名副其实的母亲河。

阿拉克别克河则是一条可怜的小河。它的全部流程只有五十多公里。它发源于阿尔泰山，自北而南，在白房子边防站和阿拉克别克边防站的面前，呈九十度直角注入额尔齐斯河。

两河交汇的那个地方，过去我们叫它"一号口"，现在人们叫它"河口"。细心的读者大约还记得，白房子与阿拉克别克的两个站长，曾在河口那一片草地上，有过一次晤面。我的这次重返，再看看河口是一个重要的内容。我计划晚些时候到那里。

后来我将目光收了回来，面向正北，专注地注视着我的五十五点五平方公里的白房子争议地区。阿拉克别克河在从阿尔泰山流淌下来以后，分出一条支流。这条支流叫喀拉苏干沟，我们还叫它喀拉苏自然沟。喀拉苏干沟绕了一个不大的圈子，然后几乎就在阿拉克别克河注入额尔齐斯河的那个地方，注入额尔齐斯河。因此河口那一块地面，应当是三河交汇处。

在这块五十五点五平方公里的争议地区，排列着边防军的三个边防站和兵团的一个团场，以及沿边界线一字儿摆开的一批兵团村庄。瞭望台近旁的白房子地区，是荒凉的戈壁滩。较我在的那些年月，戈壁滩上的草稍微多了一点，高了一点。这大约是士兵们在野外活动过少的缘故。这些草都颜色发焦发黄，这是久不下雨的缘故，也是大河截流，向克拉玛依送水的缘故。

稍远一些的地方是沙包子。每一个沙包子的顶上都盘着一簇红柳。这红柳发黑、发干，像枯树枝。红柳就是这样子的，如果没有雨雪，就这样干待着，经年经岁，但是只要有几星雨飘来，它会在一夜间生出翠绿色的叶针，吐出紫红色的花穗。望远镜再往前看，就是兵团的大面积的条田了。这些条田里一年一茬永远种植的是向日葵。这种向日葵是专门榨油用的，所以兵团人又叫它"油葵"。你永远无法想象，当几千公顷条田的一大片葵花地向你涌来时，你会是一种什么感觉。满世界是一片金黄。这是凡·高式的金黄，莫奈式的金黄，一种令人热泪涟涟的金黄。你会在这铺天盖地的金黄面前惊骇万分。我的望远镜长久地停驻在这铺天盖地的金黄中。我在焦躁不安地等待着什么呢？所有的单个的向日葵的花盘也都束手而立，面向东方，静静地等待着。它们又在等待什么呢？

突然，一轮又红又大的太阳，跃了两跃，从东地平线上，从祖国内地的那个方向，升出地面。于是乎，同一刻，所有的葵花花盘，都向着东方扬起面孔微笑。它们的笑容多么灿烂呀！此一刻，就像诗里说的那样："早晨，一列列的云彩在等待太阳，好像群臣在朝拜君王！"阳光在每一片花蕊上跳跃着。阳光在这金黄色的海洋上跳跃着。阳光仿佛在挥舞着一根魔杖。虽然仍是金黄色的基调，但是，在魔杖的点化下，这金黄色闪闪烁烁，千变万化。五十五点五平方公里在此一刻多么美呀！

三

瞭望塔上,正当我漫无边际地胡思乱想时,突然被马儿的一阵尖叫声惊醒。这是伊犁马的叫声。一匹马先叫,别的马应声附和,于是马儿愉快的尖叫声,像多声部的花腔女高音一样,打破了这荒原早晨的宁静。这是边防站的马。

那个年轻的蒙古族小战士,正把马从马号里赶出,往比利斯河方向去放牧。马号已经不在原来的地方了,现在的马号,在土围子外边的东北方向,紧依着喀拉苏干沟。那地方原来是牧工的毡房。

在我的白房子传奇中,那里是叶丽亚居住的地方。

记得我曾经说过,我来到白房子后的第一件事情,是看一看我那匹额上有一点白的坐骑还在不在,而我要做的第二件事情,是看一看我当年背过的那个6940火箭筒,现在是由谁在背着。

马一旦放出去,得晚上才能赶回来。于是我赶紧下了瞭望塔,赶往马号。我对那位面色黝黑的蒙古族小战士说:"给我抓一匹马来骑!""你要骑马到哪儿去呢,老班长?"小战士说。我说信马由缰,骑到哪儿算哪儿。小战士费了很大的劲儿,才将马群重新赶到马号。一群剽悍的伊犁马站在我的面前。马的屁股浑圆,脖子修长,屁股上打着号码,匹匹都是好马。

我寻找着,看哪一匹马的额上有一片白色。后来我失望了,因为所有的马的额头都和它的皮色一样,并没有一匹白额马。我不甘心。我比比画画地对这位小战士说:"有一匹马,鼠灰色,额上有一点白,像个骡子,走起路来一趔一趔的。那曾经是我的坐骑,它大约不在了吧?退役了吧?"

小战士问我离开白房子多长时间了。"二十三年多一点!"我回答说。小战士笑起来,他说:"这马不知道都换过多少茬了,你比比人吧,一茬一茬的兵,走马灯一般,都换过多少茬了。"我也笑起来。我同意他的话。小战士抬起眼睛,望着空荡荡的远处说:"都这么多年了。那匹马我接手的时候就没有见过。它该早就退伍了吧。如果它还没有死的话,要是在城市里的话,它现在该在拉粪车,要是在乡里的话,它现在该在某一块田里拉犁。"

他说的是实话。虽然说的是实话,但是,这位可爱的小战士不知道,他的这番话对这个老兵罗曼蒂克的想象是多么沉重的打击。

小战士为我挑了一匹黑色的大走马。我坚持不要跑不快的驽马,我说骑上它是对我的昨日的一种不尊重;我也不敢要那些暴躁地砍着蹄子、扬鬃乍尾的烈马,我的身子已经十分臃肿了,我担心被它甩下来。这样,小战士为我挑了一匹聪明、利索,没有任何怪毛病走得又快的黑走马。我坚持要自己为马披上鞍子。

我走过去,马看见是个穿非军装的人,惊恐地一趔身子。我没有退缩,我像遇见了一个老朋友一样,将它的脊背先拍了几下,算是打招呼。尔后,又拍了几下它的脑袋。在拍脑袋的同时,伸出另一只手,在马的耳根轻轻地搔了一阵。在搔的过程中,马的身子不再颤抖了,它舒服地放了一个响屁。最后,我伸开双臂,紧紧地将马头抱进我的怀里,将脸颊贴在马额上。贴在马的脸颊上的时候,我双目潮湿。

很久很久以后,我的情绪才平复。我提起鞍子,使劲一甩,将它披在马的背上。尔后,按照当年副指导员所教给我的方法,伸出一只脚,从马肚子的另一面钩住马肚带,用手捉住,系紧。系完前肚带,又系后肚带。在系马肚带的时候,我想起副指导员常说的话:骑兵的命在马肚带上系着。这样,小战士给这匹黑走马安抚性地吃了一瓢豌豆草料以后,我便骑着它上路了。

而在它之后,栏杆打开,剩下的马儿像决堤的水一样,冲了出去。它们早就饿了。它们先在喀拉苏干沟饮了一肚子,然后边吃草边行走,奔向比利斯河方向。

哈萨克格言说:"不要和骑走马的打交道!"这话是什么意思呢?

这话是不是说，这些骑走马的人，激情早已消退，一个一个都变成了油腻的老男人了呢？话虽如此，可是我千挑万挑，最后还是挑了一匹走马。走出马号的时候，我这样想。站在马号外面，茫然四顾，我不知道该到哪里去。

去大河边看一看吗？或者去比利斯河，去看那一片白色的盐碱滩？或者溯喀拉苏干沟直上，去看当年边防站的那一块菜地？或者去界河边？或者纵马走入远处兵团那一块铺天盖地的葵花地？

我站在那里，拿不定主意。黑走马在我的胯下焦躁不安，不停地用蹄子砍着地，等待着我的指令。突然我看见了戈壁滩那拱起的地面上矗立的老瞭望台。它多么的苍老呀！它多么的疲惫呀！它多么的孤独呀！它静静地矗立在荒原上，像一个被飞速发展的世纪遗忘的死物。

"哦，瞭望台！"我轻轻叫了一声。我想也没想，就策马向瞭望台奔去。从白房子到瞭望台，应当有一条小路。当年我当兵时，好像还为这个通向瞭望台的小路写过一首诗。记得，小路的某一处曾经有一座小桥，因为那里是一片黑色的沼泽地。

也许是这条小路已经为荒草所掩，也许是我根本不屑于去寻找它，我拍一拍我的马，瞄准方向，径直奔去。那片沼泽地已经干涸，坚硬如铁。沼泽地里长着些不高的芦苇。我穿过沼泽地的时候，芦苇刚好埋住马的半个身子。出了芦苇丛，再前行几步，就到瞭望台下边了。

"没有了重负之后，你为什么显得愈加痛苦了呢？"

我把马拴在瞭望台的一个腿上，尔后，将我的面颊贴在瞭望台的斑驳的树干上，热泪盈眶。我试图登上瞭望台，但是，当上到第三层的时候，我放弃了。我是过于臃肿了，瞭望台在我的攀登下发出咯吱咯吱不堪重负的声音。我当年的体重是102斤，而来之前的体重是165斤，而且，在这次重访白房子的行程中，路途上的拉条子和烤肉肯定又令我的体重增加了几斤。

我腰里勒着的这根马镫革，是从白房子带回去的，是我当年临走时从白额马的马鞍子上卸下的。在这些年中，裤带一共向外放大了十个孔，孔之间的距离大约是一寸，十个孔就是一尺，也就是说，我的肚围这些年增加了一尺。

当上到第三层的时候，有一个踏板掉了，那地方空荡荡的，如果还要继续往上走，得跨一大步，越过这个空荡荡的位置。瞭望台已经许多年没有人上了。我往底下一看，离地面已经相当高了。我有些头晕。我明白该在这里停止了。我倚着扶手喘息了一阵，然后背转身子，缓慢地，笨重地，几乎是用双臂架着扶手，滑落到地面。

"当年我上瞭望台时，像个猴子一样灵巧！"我对地面上仁立在侧、面无表情的马说。然后我重新骑上马，笔直地向界河走去。从这里到达界河的最近的地方是二号口。

二号口这名字是老兵们给起的。所谓的二号口，只是界河低矮的林带中，稍微茂密一些的地方而已。界河在这里稍稍地拐了一个小弯，所以这地方的林带厚一些，簇成一个疙瘩。界河与额尔齐斯河交汇处，我们叫它一号口。从二号口溯河而上，下一个小树林簇成一个疙瘩的地方叫三号口。下来是四号口、五号口。

四

勒马仁立中，我想起一件事情。在我帮助哈萨克牧工放羊的那一年春天，曾经从这里跑过去一个羊羔。羊产春羔的季节，牧工往往会向边防站要一个公差充当助手。羊往往只在草原上游牧时，产下春羔。有的母羊，会守候在羊羔的身边，用舌头舔它，直到它站起来跟上大部队行走。有些母羊恋群，产下羊羔，卸下负担，它看也不看一眼，就撵大部队去了。

我的工作就是跟在羊群后面拾羊羔。每当有母羊产下羊羔，我便策马过去，用马鞭挽成一个活套，一伸，套住它的脖子，再一提，羊羔就跑进我的怀里了。剩下的事情，是将母羊重新赶回大队伍里，然后抱着羊羔送回牧工的毡房。

哈方的一座瞭望台就在这二号口的附近。

我早就注意到那上面有一个哨兵了。哨兵懒洋洋地坐在瞭望台顶那个平台上，正将他脚上的裹脚布取下来，在栏杆上晒着，两个臭脚丫子伸出平台以外。他也许早就发现我了，只是懒得理我。

这时候，他打断了我的沉沉思绪。他用我听不懂的话含糊地吆喝了一声。在吆喝的同时，用帽子在空中画了几个圆圈。我也照此办理，虽然没有帽子，但我扬起手臂在空中画着圆圈。见状，他就再也没有理我，而是收回目光，又专心致志地晒他的裹脚布去了。

我则知趣地离开了二号口。我溯阿拉克别克河而上，前往三号口，前往四号口，前往五号口。我在心里对自己说，这正是白房子边防站第一任站长马镰刀那一次巡逻走过的道路。

我骑的是35号马。走马又分为大走马和小走马。好的大走马在疾步如飞时，后蹄窝要超过前蹄窝一拃长，有的甚至超过一尺。马头向地面勾去，脖子呈弯弓形，腰身平坦而柔软，尾巴向后长长地拖去，像腰身的延长部分。它的四条腿像人对虾一样十分弯曲，弯曲的膝盖几乎可以碰到马的肚子。

从远处看一匹大走马疾走，仿佛看到一条龙在大地上游动，摇头摆尾，飞沙走石；从近处看一匹大走马疾走，你看不见马行走的样子，你只能看见四只马蹄像四个银碗一样在上下翻飞。小走马则是平庸的马。它踩的是碎步，后蹄窝恰好踏住前蹄窝。它的腰身也很硬。而这一切的缺点则来源于它缺乏激情。

我骑的35号马确实是一匹上等的大走马。正当我策马飞驰，将要抵达三号口的时候，我的身后响起了马蹄声。我扭头一看，只见一人一骑，带着呼呼的风声向我疾驰而来。

这是白房子卡伦的现任连长。

边防站早点名时，发现我不在，连长有些着急，怕我出什么意外，于是打电话问瞭望台。其实，我刚才的一举一动，都在瞭望台的掌握之中。瞭望台告诉了他我的动向，于是，连长要过蒙古族小马倌骑的那匹马，追我回去吃饭。

半个小时之后，我和连长回到了白房子。

院子里空荡荡的。战士们已经吃过早饭，到大河对岸南湾的某一块草场上打马草去了。匆匆地吃罢早饭后，我对连长说，我当兵进白房子的时候，开始是当火箭筒副射手，后来是射手，再后来是82无后坐力炮炮长。我扛的是6940火箭筒，这火箭筒，如今不知道是谁在扛着。

连长说，火箭筒已经算老武器了，现在已经不再装备部队，现在的战斗排，配备了新的武器。见我露出失望，连长又说，当年装备步兵班的那两只火箭筒，现在还在弹药库房里放着，如果我想看一看的话，他现在去叫文书。

这样，我见到了我过去扛过的那只火箭筒。在说明书中，它叫6940火箭炮。69是研制成功时的年月，40则是它的口径。

"我合乎军事要领吗？"我问连长。比起我记忆中的火箭筒，我感觉此时手中的火箭筒好像小了一些，轻了一些。记得我当年提着它，背上再背四发火箭弹，紧急集合后在雪窝子里行走时，我感到是多么吃力呀！火箭筒上的颜色也好像淡了些。我记得它的筒壁是深红色的，像凝固了的血的颜色，现在的火箭筒则像晚霞的颜色。

"还有一个小小的《射手使用情况登记本》，是和这火箭筒一起走的。既然这火箭筒在，那个小本也应该在的。那上面有我当年发射火箭弹时的记录！"我说。文书又满头大汗地在库房翻腾了一阵，最后报告说，没有那东西了。"没有是正常的！都隔多少茬手了！"看到文书和连长都有些失望，我反而开始安慰他们了。

我说："在某一次中苏边界武装冲突中，当苏军的坦克群呈一个扇面向白房子扑来时，趴在碉堡里的我，为自己准备了十八颗火箭弹。"

按照教科书上的说法,一个射手在发射到第十八颗火箭弹的时候,心脏就会因剧烈的震动而破裂。换言之,一颗最好的心脏所能承受的火箭弹的发射震动是十七次。然而,这个白房子的士兵还是毫不犹豫地为自己准备了十八颗火箭弹。

"遗憾的是,这次进攻没有继续。因此,我失去了一次成为英雄的机会!"在我的记忆中,曾经历过三次紧张时期,一次是1974年3月14日苏联武装直升机越境事件,一次是额尔齐斯河南湾——别尔克乌地区边界冲突,一次是毛泽东逝世后,边防一线进入非常时期。

当时我已记不起来上面关于火箭筒的那一段回忆,是属于哪一次。当然我后来记起了,是在那个碉堡前记起的。我默默地将6940火箭筒交还给连长,连长将它交给文书,文书则将它重新锁回弹药库房。

五

连长还说,院子里靠近篮球场的位置,原来有一排高大的榆树。分区一位首长说这是他在白房子的时候栽的,不让砍。榆树爱招蚊子,趁这首长上国防大学时,他们还是把那排榆树砍了。榆树我知道,我的眼角那一块伤疤,就是和牧工的弟弟摔跤时,让榆树枝给划破的。我在的时候,那些榆树一人多高。它们大约是警卫团来的那一拨人栽的。

接着,连长又领着我来到喀拉苏干沟以外,现在架着一座小桥的地方,那里有动过土的痕迹,有半堵矮墙。连长说,他推测了很久,不知道这里是什么遗址。他想,是不是边防站的某一个营房设施曾在这里建过,最后又废弃了。

我说,这是一片哈萨克人的坟墓。我在的时候,这坟墓还相当明显。靠南的那一座坟墓,修的是半人高的矮墙,矮墙上面做成塔状。其余的坟墓,没有做墙,只是在平地上用土坯做成塔状。它是谁的,我们不知道,因为从来没有人祭奠过。会是马镰刀以及当年白房子十九个士兵的吗？我不敢肯定！

最后，连长说，昨天晚上我曾经答应过他一件事情，就是寻找老的白房子边防站的遗址。"是的，我现在也正想到那里去！"我怅然地说。这样，我们便离开墓地，顺着喀拉苏干沟，向下游走。

我们越过小桥，走的是喀拉苏干沟的里侧。换言之，是重新踏上这五十五点五平方公里的争议地区，往前走的。因为老边防站的遗址，在这块争议地区上。喀拉苏干沟从这里开始向西南方向流淌，流了大约一公里的距离后，在靠近河口的那个地方，注入额尔齐斯河。

从小桥开始，我们分开茂盛的芦苇，越过一棵又一棵奇形怪状的大柳树，前行三百米后，眼前豁然开朗。水流的旁边，有一块小小的高地。高地的斜坡上，有几处雪白的土堆。那土堆静静地待在那里，像蒙古族的那种"敖包"，又像森林里的野猪在不经意的时候，拱起的几堆土。

土为什么是白色的呢？这是碱土，它最初是黑色的，经过长达一个世纪的日晒雨淋后，黑色褪去，它便成了坚硬的白色。一棵几搂粗的老柳树，已经匍倒了，斜斜地躺在河岸与废墟之间。

"这就是老的白房子边防站的站址。我们站的第一任站长姓马，是个回族人，他叫什么名字我们已经不知道了。可能叫马明轩吧！不过，我在小说中叫他马镰刀！"我对这位年轻的军人说。

我还说，我在的那一阵子，这个遗址上，最高的那一处白土堆，是一道半截墙，可以想见，那里原来是一座白房子。阿维边防站的得名，大约就是因为它。低处这几个土堆，是地窝子。

我说，我在的那些年月，这些地窝子还没有完全坍塌。有一个地窝子，还可以勉强钻得进去人。有一次我就钻过。我从地窝子里拣出过一筒老式的干电池，是电台用的。马镰刀的那个年代，还没有电台，因此我们推测，民国时期，这个白房子还在使用。

说完这些，我面对白房子废墟，跪下来。

我点燃三支香烟，将它们整齐地插在地上。我以此来祭奠马镰刀，祭奠中国白房子边防站二十个死于非命的士兵。我还祭奠这五十五点五平方公里的白房子争议地区，祭奠我苍白的青春。

我要把我此行最重要的一段话，放在这里来说：

1997年，在中哈、中俄重新勘界时，本着谁实际控制争议地区原则上属于谁的协定，这块五十五点五平方公里的争议地区划给中方。由于马镰刀和他的士兵们的英勇守护，由于后来一百年来一代一代中国边防军的坚守，这块土地重新归属中国版图。当事方确认对这块领土的主权不再产生争议，这块领土被确认为永久的中国领土。

"将中哈边界勘界的情况，将白房子现在的归属，说给你的第一任站长吧，年轻人！"我喃喃地说。

三根香烟还在袅袅升腾，我长久地跪在那里，老泪纵横。蚊子一批接一批地来我的身上吸血，我也浑然不觉。

第七十二章 三班长的后白房子故事（二）

一

刚才还空荡荡的院子，现在停了几辆车，老杜带来的红男绿女们散开来，欢声笑语，令白房子少了许多的压抑感，也使我感到自己重新回到了今天的阳光下。一刻钟以后，我们分乘几辆车从一号口穿过密林，进入河口。汽车依然是从边防站现在的东门出发。出了东门以后，向北、向西，绕着土围子转了半个圆以后，便从我的那个碉堡，下到一号口密林地带。汽车先越过一片白柳丛，再穿过一片芦苇丛，然后进入原始森林。

这条道路当年是野猪踩出的，亦是我的牛那一次越界时走的道路，现在路面被车轮压宽了。看来，还有汽车时不时地到河口去。陪同我们去的边防站的连长说，额尔齐斯河与界河交汇处，今年刚刚栽立了一根界桩。从白哈巴边防站、扎玛纳什边防站、阿黑吐拜克边防站、克孜乌雍克边防站，一路数来，到河口的这根界桩，是中哈边界39号界桩。

连长说，中哈双方的边界勘察已全部结束，会谈也已经结束，边界已全部划定，现在双方正在整理文件阶段，文件整理完毕后，将由两国元首正式签字，互换文本，那时，包括39号界桩在内的中哈边界上的所有界桩，将开始生效。

这就是说，一百年来阴霾四布的白房子，以及白房子地区居住的人们，将从此结束他们不幸的宿命。人们晚上可以睡一个安稳觉了。这块地面可以升国旗了，唱国歌了。

其实自从我一踏上哈巴河境内，进入边防四团防地，我就感到了那种安宁祥和的气息。我在白哈巴边防站瞭望台的登记本上，看到所有的哨兵都在上面例行公事地登记一句话：枪弹完好无损。当得知当年险恶的白哈巴防区如今成为闻名遐迩的世界旅游胜地喀纳斯湖后，我已经明白昨天的一页已经翻过去了。

在白房子，也是如此。战士们虽然脸色黑些，脸上有几个蚊子咬下的大包，但是，昔日那张寡妇脸，那上帝的弃儿的表情已经没有了。他们笑得多么甜呀！他们和内地军营里的士兵们，已经差别不大了。

白哈巴也有一片争议地区，三十多平方公里，叫阿克哈巴河河源争议区。在这次重新勘界中，也已经明确为中方领土。

"和平是一件多么美好的东西呀！和平万岁！"在额尔齐斯河与界河交汇处，面对随行的北屯电视台的镜头，我这样说。我正是怀着这样平和的心境走入当年险恶的一号口、走入我曾经越境的河口地段的。

空气变得湿漉漉的了，蚊子不停地拍打着车窗，嗡嗡作响。当年我们称这叫吊死鬼拧绳。地面上出现了黑色沼泽，沼泽地里有两只当年边防站走失的家猪。家猪的后边带着一群黑白相杂的它们的子孙。"不要惹他们！"连长说。连长叫车停下来，他说河口到了。下了车，向前再走十米左右，拨开眼前的树枝，于是，一条汹涌的大河出现在我们面前。这就是额尔齐斯河，这就是在中国境内短暂停驻的额尔齐斯河。

"额尔齐斯河滚滚流向北冰洋，岸边有一座中国边防军的营房！"这是我当年入伍的第一个国庆节，写在卡伦墙报上的诗句。

额尔齐斯河已经枯瘦了许多。我在的那些年月，夏天的时候，额尔齐斯河蔚蓝的河水，从河槽里，从两岸的林带间，呈一个几公里宽的扇面，喧嚣着，仪态万方地流过。冬天的时候，额尔齐斯河则是一河坚冰，夜深人静时，它偶尔会发出惊天动地的声响，那是坚冰冻裂的声音。阿拉克别克河也消瘦了许多。它流得那么缓,那么慢,尤其是进入大河的河滩以后,水摊在河滩上,只有埋住人的脚面那么深了。

"这就是那个制造出许多争端的界河吗?"我问,我简直不敢相信自己的眼睛。界河从这里成九十度直角,直接注入额尔齐斯河。

二

阳光灿烂地照耀着这一处河滩。此一刻,这一处河滩和地球上的任何别的地方,似乎已经没有什么两样了。如果不曾经历过那一切的一切,我想我此刻的心境也该和他们是一样的。但是我年长几岁,我经历了。而我又是一个很难从自己的经历中走出来的人。

我默默地来到界河边,蹲下来,点上一支烟。我离开他们的原因,是怕我脸上的忧郁之色,打搅了大家的兴致。

我说:"还有最后一项内容,让我去看一看新栽的39号界桩。"

39号界桩,其实就在离我刚才站立的位置不到十米的地方。它在一片茂盛的树林里。离界河大约五米,离大河边的树林子边缘大约也有五米。花岗岩石材,上面刻过以后又用红笔描出"中国39号"字样。在两三丈宽的界河对面,哈萨克斯坦也同样树立了一个界桩,号码也是39号。看来两边的界桩是对应着的。

河口的树林里,蚊子特别多。我在界桩前站立的短短几分钟的照相时间,背上落满了蚊子。那天我穿了件深蓝色的半袖,蚊子们大约把我的后背当成了一片草丛。

照完相,我几乎是逃跑似的离开界桩,回到河滩上的。光光的河滩上小风吹着,这里的蚊子倒是很少。随行的兵团朋友惊叫一声说:"你的背上全是蚊子!"说完,拍打了好一阵,才将这些蚊子赶走。蚊子们又回到树林里去了。

听说那里有界桩,一八五团的宣传科长们,便吵吵嚷嚷地到那里去拍照。这样,我们又在河口耽搁了一阵。"年轻的一代,不知道岁月的滋味!"望着兵团这轻松的一代,我想。我还想,如果我换成一种旅游的心境,眼前这一桩一桩应接不暇的事情,倒是能给人一种新鲜,一种刺激,一种阅历。

后来我们穿过沼泽地,绕过那个野猪群,上了汽车。上了汽车以后,关好门窗,拍拍打打了好一阵子,我们才将带到车里的蚊子赶净。尔后,车便拐弯抹角,穿过树林子,出了一号口。

走出一号口的低洼地,上个塄坎,便是坦荡荡的戈壁滩了。塄坎的边缘,五米一个,顺边界线一带,挖了许多的小坑。早晨我骑马向三号口走去的时候,也见到过这样的坑。连长说,这些小坑是埋水泥桩子用的。水泥桩子栽好以后,再接上铁丝网。铁丝网的外边,犁上松土带,铁丝网的里边,修一条边境巡逻公路。

看来边界的整理工作,确实是在有条不紊地进行着。那架老瞭望台,在空荡荡的戈壁滩上,十分显眼。兵团的宣传科长们,吵吵闹闹地要到瞭望台去看一看。这样,汽车便拐了一个弯儿,来到了瞭望台底下。人们在肆无忌惮地欢笑着,整个瞭望台好像要被抬起来似的。小伙子们踏着阶梯,一个挨一个地往上攀着,姑娘们则扶着树干照相,穿着红裙子照了,又跑到汽车里换一身白裙子出来再照。

这大约是这个瞭望台建立起来以后,最热闹的一刻了。

我静静地站在一棵沙枣树旁,目睹这一幕。我感到我的苍老的、疲惫的、孤独的瞭望台,因了这欢歌笑语的感染,此一刻也好像轻松了许多,年轻了许多。

下一个要去的地方是额尔齐斯河边的汽艇码头。码头在距河口上游约两公里的地方。过了边防站,再穿过喀拉苏干沟,前行一阵,往右手方向一拐,就是汽艇码头了。汽艇好像哪个地方坏了,不能开动。它被静静地拴在河边的一棵大柳树上。汽艇的旁边,还系着一只小木船。

所谓的码头,只是用石头在河边砌了个堤岸而已。额尔齐斯河春潮泛滥时节，水会很大，所以石头的表面，网了一层铁丝网。如果有一天，额尔齐斯河口岸重新开放，相信这地方会相当热闹的。站在这里，向大河的上游看，下游看，视野都十分开阔。上游能看到很远的地方，一河蓝汪汪的水，从戈壁滩上喧嚣地流过，两岸的林带装点着它。下游也能看得十分远。我们刚才站立的河口，现在也在视野之中。哈萨克斯坦境内的林带，似乎更宽、更密一些。能看到大河对岸的瞭望台的塔楼，在高高的树尖上隐现。

大河的对岸，就是南湾地区。我在的那一阵子，夏天巡逻的时候，从这里坐上汽艇，渡河，然后步行，一般到422高地，然后折回。冬天巡逻的时候，骑着马穿过冰河，也是从这一处走下河道的。有时还会再往前赶一赶，前往大沙包子那地方的会哨点，和吉木乃边防站的巡逻队会哨。不过会哨要用电台事先联系好。

我不知道422高地的地形地貌现在变成什么样子了。隔着河，我只能望着树林子背后那一片苍黄的天空发呆。那里也是我第一次掉马的地方。连长告诉我，422高地那一块，哈军主动后撤了一百米。我问422高地上那根被肖飞司令员砍掉的界桩，如今还在吗。我说，界桩是红松木的，有一搂粗，两米多长，我在的那一阵子，界桩横躺在422高地的沙丘上，半截子已经被沙土埋住了，半截子还露在外面。

这里因此而成为另一块争议地区，叫别尔克乌争议地区。我在白房子的时候，有好几个冬天，来这额尔齐斯河南湾，陪着牧民放牧。别尔克乌争议地区在这次重新勘界中，也已经确认为中方领土。

连长说那东西早就没有了。他甚至连界桩这事也没有听说过，肖飞司令员砍界桩的事他更是无从知道。"那已经是很久很久以前的事了。哦，那是1962年的事情了！"我喃喃地说。我没有再说下去，既然他们不知道，那我也就不说了吧！让这些陈芝麻烂谷子的往事烂到我们这代人的肚子里吧。年轻的一代有他们需要面对的生活。

三

午饭很丰盛。因为我们的到来,连里专门宰了一头猪。本来是要宰羊的,不过羊群转场到阿尔泰山深处的高山牧场去了。吃罢饭后,老杜临时提议,在建军节即将来临之际,在边防站举行一次军民联欢会。

这是我在白房子看到的第三次慰问演出活动。

联欢在边防站的军人俱乐部进行,老杜的小女儿,那个古灵精怪的小姑娘担任主持。老杜的大女儿则翩翩起舞,和边防站的维吾尔族排长跳了一曲维吾尔族舞蹈。随行的姑娘们,也都纷纷请战士跳舞。那位穿白色连衣裙的姑娘,拽起满脸通红的连长,弄得连长狼狈不堪。

我坐在那里,浑身充满了一种幸福感。我傻乎乎地笑着,像那些脸上叠着许多蚊子咬的大包的大兵一样傻笑。我深深地感激兵团人,我相信,这些大兵就像当年的我一样,将长久地记住这个节目,将姑娘们的大眼睛和连衣裙谈论上半年,甚至更长时间。

该走了,该向我的白房子告别了。

我最后一眼望向那白房子。它静静地伫立在那里,和我当年第一次见到它时一模一样。

连长说,明年这房子就该拆了。那时边防站要起楼房。现在别的边防站已经盖成了楼房,北湾边防站是最后一个。

是的,白房子该消失了。正像这块白房子争议地区的归属已经不存争议了一样,这个一百年前的故事应当结束了。当然以后还会有新的故事,但是那已经不是从马镰刀开始的那个故事了。

白房子也应当从我的记忆深处消失,从而让这个老兵有一个平和的晚年。

全站列队,送我们走出大门。我搂着连长的肩膀,搂着指导员的肩膀,长久地搂着,不忍分开。我努力做到使自己不哭,结果我做到了。然后我飞也似的跑上汽车,用双手捂住自己的脸。

汽车开动了，我的白房子被远远地丢在了后边。

我是在2000年8月29日午后3点离开白房子的。

我将在这块昔日的争议地区盘桓到晚上才离开。也就是说，我将从白房子沿着边界，穿过一八五团的六连、五连、四连、三连、二连、一连，还要穿过边防军的另外两个边防站，即克孜乌雍克边防站、阿黑吐拜克边防站。在这块前争议地区巡礼一圈，最后回到哈巴河老城。

正值中亚细亚阳光灿烂的中午，我们的汽车在一片铺天盖地的金黄中行驶。阳光闪闪烁烁，在这金黄色的海洋上跳跃着，令人头晕目眩。"这是祖国的土地——无可争议的祖国的土地。"当我在这片金黄色的海洋上行走的时候，眼望窗外，我喃喃地对自己这样说。

现在由我来赞美，我的祖国的泥土吧！——曾经差点失去，现在又重新获得。哦，这是我们赖以立足的、祖先留给我们的土地，我们代代相袭的土地。

兵团的六连，是个渔业连，在我的记忆中，他们依着一个椭圆形的沙包子，建起自己的村庄。村庄很小，只几十户人家。这些人渔汛时间打鱼，渔汛过了，便到大田里种地。他们住的村庄，一半是地窝子，一半是土坯房。我记忆中的那个扛着圆锹、穿着高靿雨靴、站在条田里浇水的1965年来的天津支边女青年，就是这个连队的。

紧靠六连的五连，村庄大一些，人丁兴旺一些。在我的记忆中，那个穿着一身变了颜色的将校呢、上衣肩膀上还有两个攀带的人，好像就是五连的连长。他是山东来的退伍军人。这地方以山东来的复转军人为主体，附近哈萨克牧民学的汉语，都是山东话。我曾在文章中写到的，那骑着从马车上卸下来的光背马、背着老式的冲锋枪、带着唐·吉诃德式的无畏、迎着界河对面开来的坦克群的，好像就是这五连的人。

紧靠五连的，是四连了。

四连紧靠着一八五团团部。

其实在一八五团团部周围，还驻扎着一些兵团村庄。以前我不知道，以为它们是团部的一部分，这次才知道，武装值班连、修理连，还有八连，等等，都在这里，从而令这里成为一座边境小城，这小城就以"一八五"命名。

当年我骑马从这里经过时，那个男人打仗去了、女人拖着孩子坐在花格包袱上准备撤退的人家，就是八连的。

这户人家在这块争议地区生活，如今已经是第四代了。他们家的男人，就是1962年伊塔事件以后，匆匆赶往这块争议地区的人之一。他们还住在原先的那个土坯房里，因此在这次行程中，我很容易找到了这户人家。我请记者在这间土坯房前，为这四代兵团人拍上一张全家福。沿途这些兵团村庄，基本上没有什么大的变化。一个变化是树木多了点，村庄掩映在绿荫中，再就是地窝子已经没有了，不论贫富，人们都住进了土坯房里。再一个变化就是，人们的衣着比以前好多了。

但是，比起外面飞速发展的世界，兵团人还很苦。为我开车的那个部队的志愿兵说，光看一看这些几十年如一日的土坯房，你就知道兵团人比起部队来，比起地方来，是变化最小、生活最苦的。

每一个兵团人身上都有一种他们称之为"兵团情结"的东西。

这种"情结"我在乌鲁木齐接触到兵团人就开始领教，在北屯与老杜相逢时，立即就被他那"伟大的公民"一说感染，然而，最具有"兵团情结"的人，还是这个老钱。他是兵团的第二代。他出生在石河子。只要一谈到"兵团"这两个字，他就眉飞色舞。他会滔滔不绝，从部队进疆开始，从荒原第一犁开始，从新疆一些大型企业是如何起步的开始，一直讲到今天。他对他是兵团孩子、他的出生地是石河子这一点尤为骄傲。

四

说点愉快的吧！

我们到达一八五团团部的时候，这里正在大兴土木。昔日破旧的土坯房正被推土机隆隆推倒，本身就宽阔的路面现在被掘开，修得更宽。一座城市建设的第一步是挖埋地下管道设施，因此，这一块不大的地面，现在被挖得处处是壕沟，处处堆满新土。

我们的汽车绕了很久，走了很多冤枉路，最后才找到团部。一八五团的宣传科长也在车上坐着，短短几天，他竟然也找不着路了，可见变化之大。一八五团的政委对我们说，国家要搞一个"边境美容"工程，改变边境一线团场目前的这种破败景象。以一八五团而论，国家计划每年投资两千二百万，连续投资十年，总资金两亿二，将这里建成一座边境小城。一座座兵团人当年修筑的小窝被推倒了。老杜对这里也很熟，他领着我在尘土飞扬中找了很久，才找到一些过去的房子，找到一个篮球场，找到当年的供销社。

喀拉苏干沟从一八五团的小城中间穿过。

兵团人真是伟大，早在几年前，他们就把这个惹是生非的小水沟用沙土填了，建成一个公园。这公园就叫喀拉苏公园。

"让这条水沟从地面上消失，让老毛子彻底断了念想！"兵团人这样对我说。

克孜乌雍克边防站就在一八五团附近，靠近边界的地方。我们的汽车绕了好一阵，满眼狼藉，找不着去克站的路，于是只好作罢。

继而，我们继续沿着边界线向北，穿过兵团三连、兵团二连，最后到达阿黑吐拜克边防站。阿站右手是连续起伏、冷峻高大的阿尔泰山，左手是我们的来路，是几座像金字塔一样闪闪发光的沙丘。正前方，下个坡坎便是界河，界河对面，是哈萨克斯坦小城阿连谢夫卡。

下了阿黑吐拜克的瞭望台，我们再去眼睛山。眼睛山那个地方，在兵团一连。这个兵团村庄紧靠着一座大沙山，大沙山光秃秃的山坡上，长着两棵落叶松。这落叶松像人的两只眼睛，所谓的眼睛山，就是因此得来的。

哈萨克族传奇人物塞力克的墓地，在比利斯河西岸。

我早在十六医院的时候，就得知这位故人业已故世的消息。忧伤的我，那时候就叮嘱自己，此次白房子之行，一定要去拜谒他的墓地。

在这一片草原上，塞力克是一个传奇。

那一年的夏天，我正在边防站的菜地里干活。我是三班长，那一年我们班负责种菜。远远地，从比利斯方向，颤巍巍地走过来一人一骑。那人，高高的个头，宽肩膀，长脸，穿着一件黑色的灯芯绒上衣，腰间扎一根宽皮带。那马，是一匹焦黄颜色的马，大走马，在骑手的胯下，它像一只兔子一样弱小。

那人骑着马颤巍巍地走过来了，像一座移动的铁塔。"铁塔"在菜地铃铛刺扎的围墙外面停住了。骑手头顶的三耳皮帽不再闪动。骑手骑在马上，一手扶着马鞍，弓着腰，招呼道：

"加克斯？（哈萨克语，你好吗？）"

"加克斯！"我回答说。

我不知道他是谁，只觉得他像传说中的在草原四处游荡的勇士一样。说心里话，我有些害怕。"你是内地来的巴郎子吗？"来人见我有些狐疑，于是补充说，"我叫塞力克！白房子的人我都认识！"接着，他问边防站的储医生在不在。这句话叫我放心了。我明白了这人至少不是一个越境分子。

问话的那一刻，我手中正握着两个西红柿。那一年一个河南兵探家回来，带回来一种叫"北京梨"的西红柿种子，这西红柿长得像鸡蛋般大，圆圆的，一株上结红艳艳的一片。

于是我将西红柿晃了两晃，问他吃不吃。他摇摇头说不吃，他说这东西里面籽太多，吃了它以后，会生很多很多孩子的。虽然他这样说，我还是把西红柿扔过去了。我以为他的摇头只是一种推辞。我那时候还不知道哈萨克人从来不做作。

塞力克伸出大手，接住了西红柿，他凑到眼睛跟前看了看，又放到鼻子底下闻了闻，最后装进了他的上衣口袋里。塞力克扬了扬手，告辞了。谁知，马儿走了两步，他又停住。他问我回不回边防站，说着指了指天上的太阳。我回答说我正准备回去，于是他说："捎上你吧。"

那匹小黄马载着他，已经勉为其难了，现在再加上一个我，能行吗？塞力克笑着说："能行！"我关好栅栏门，走到马的跟前。塞力克骑在马上，伸出两只手，卡住我的腰，轻轻一提，我便坐在他的马屁股上了。马儿好像没有什么感觉一样，载着两个人，一路碎步向白房子走去。这就是我第一次见到塞力克的情形。

后来听边防站的副指导员说，塞力克是前哨公社反修大队的支书。从比利斯到白房子，这一块偌大的草原上，就这么一个牧业队，它的面积相当于内地的一个县。副指导员还说，塞力克的妻子有胃病，所以他经常到边防站来，为妻子要几个药片。他说不管是什么药片，只要一吃，胃就不疼了。

而更多的关于塞力克的故事，是我听班上那个哈萨克士兵说的。

这个战士的家在额尔齐斯河上游距我们的边防站数百公里的锡伯渡，他也知道塞力克的故事，可见，塞力克确实是阿勒泰草原上的知名人物。

那年代许多事情都与人们的一种反苏情绪有关，塞力克的故事也是这样。50年代末，苏联的世界摔跤冠军在打遍天下无敌手的情况下，巡回表演来到中国，并且在北京设下擂台，向中国人叫阵。

那时中国大约还是有个专业的摔跤队吧。结果这些人在世界摔跤冠军的面前，根本不是对手，被冠军像老鹰捉小鸡一样，一一摔倒。对中国人来说，这确是一件失面子的事。况且在那个时期，人们给摔跤这件事本身，赋予了摔跤以外的许多意义。

有人听说在遥远的阿勒泰草原上，有一位臂力过人的勇士，同时也是摔跤高手，于是用飞机将他接到了北京。塞力克曾经向我描绘过那个世界冠军的形象。他说那家伙出场时，被一根铁链子拴着，嘴上像马一样勒着叉子。他披散着长头发，亮着胸脯，嘴里嗷嗷地叫着。

塞力克说，他当时吓坏了，他感觉那家伙分明不是一个人，而是个哈熊。叉子取开，牵引铁链子的人往旁边一闪，世界冠军便咆哮着向塞力克扑来。塞力克心想，既然到了这个份上了，怕也没用，于是就迎上去，架住那家伙的膀子。塞力克那时候大约也就二十四五岁，正是血气方刚的年龄。

几个来回下来，塞力克心里有了点底。他发现这个像野兽一样的人终归还是个人，他的招数有不少破绽，他的实力也并不像他的外表那么可怕。他那嗷嗷乱叫的样子实际上是一种心理战术，吓唬对手的伎俩。

于是塞力克开始反击。那家伙见摔不倒塞力克，急躁起来。接着，塞力克化解了他的一次进攻，趁他重心移动、双脚不稳的时候，使一个巧力，将那家伙平平展展地摔倒在擂台上。那家伙不服，说并不是被塞力克摔倒的，而是他自己绊倒的，提出再摔。塞力克已经心里有底，也就不再推辞，于是抖起精神，使出本事，将这个世界冠军连掼三跤。事情发生在摔第三跤的时候。当塞力克将世界冠军摔倒、自己的身子也失去平衡随着世界冠军一起倒下的时候，那个卑鄙的家伙，用胳肘拐子，狠狠地朝塞力克的腰间顶了一下。

塞力克当时只觉得腰间一阵麻木。胜利的喜悦令他忘记了腰间的疼痛。只是回到下榻的地方松弛下来以后，腰间越来越疼，一检查，才发现三根肋骨断了。塞力克养好伤，便留在北京，担任摔跤教练兼队员。虽然他不是世界冠军，但是因为世界冠军败在他的手上，所以大家都称他世界冠军。

北京的生活不习惯，于是塞力克偷偷地坐火车跑了回来，重新回到这一片草原。塞力克对我说："没有奶茶，没有抓肉，没有草原，没有马，我受不了！"

后来"文化大革命"开始了，也就没人管他了。他躲在这山高皇帝远的地方，继续做他的草原王。而上级后来也就顺便给了他一个职务，就是反修大队的支书。其实，在菜地里见到他以前，我在南湾巡逻时也见过他的，只是当时冰天雪地，头上有苏联的直升机驱赶羊群，我的心情很紧张，没有记住他。

塞力克的妻子我也见过。她脸色很白，显得十分高贵。高高的颧骨上停着两朵病态的红晕。黑油油的长发将脸颊遮住。她从来不说话，见了人只害羞地一笑，算是招呼。她好像经常胃疼，老是一手捧心，一副病西施的样子。但是只要从边防站拿几片白色药片，一吃就好了。再就是，她的马骑得漂亮极了。她骑在马上，怀里抱着一个小孩，背上再背一个小孩，马儿如飞从草地上驰过去，肚皮贴着草尖，她则斜斜地仄着腰，一副悠然自得的样子。

塞力克的马也是一匹好马。别看这马又小又瘦，却很有力气，又有耐力，而且聪明极了。塞力克每一次到边防站来，都会喝得酩酊大醉才走。边防站叫上几个气力大的战士，将他扶上马，朝马屁股上拍一掌，马儿就开始向比利斯河方向走。塞力克骑在马上，东倒西歪，不省人事。有几次我望着他这样离开，有些担心。副指导员说，不用想，马儿会载着塞力克一直回到家里，然后在毡房门口停住。马儿用嘴把毡房门拱开，赛力克便从马背上溜下来，依旧昏睡。

塞力克这匹聪明的小黄马，后来在额尔齐斯河南湾别尔克乌争议地区的一次斗争中，悲惨地死去了。事情的经过是这样的。我们说："这块南湾草场是我们的，我们的牧民祖祖辈辈都在这里放牧。草原上还有我们哈萨克牧民祖先的坟墓！"苏联人则说，这块草场是他们的。"不过"，他们说，"考虑到你们是第三世界国家，允许你们在我们的领土上放牧！"

我们则说，既然允许我们在这里放牧，就证明这块土地是我们的。于是，我们便组织了军民联防指挥部，驻扎在422高地下面的那片树林里，每年冬天组织哈萨克牧民的牛群、马群、羊群进去放牧。放牧的途中，苏军会用直升机来赶畜群。这一阵子的牲畜，大都怀着胎。在飞机的轰鸣声和飞沙走石中，畜群拼命地奔跑着，很多母畜在奔跑中流产，白雪覆盖的草原上因此血迹斑斑。

有一次飞机将放牧人塞力克设为目标。随着飞机响雷一般地在赛力克头顶上盘旋，小黄马受惊了。受惊的小黄马载着塞力克拼命地飞奔。飞机则继续在他的头顶上玩着这恶作剧。塞力克使劲地勒马叉子，想将马停住。但是，马非但没有停住，塞力克反而在猛烈一拉中，将叉子拉断了。

失去叉子管束的小黄马更加疯狂。它没命地奔跑着，飞机在头顶的轰鸣令它加快了速度。马的性子就是这样，直到累死，它才会停下来。前面就是额尔齐斯河高高的悬崖。眼看，小黄马就要载着人，掉下悬崖去了。

就在这一刻，塞力克大吼一声，两脚蹬住马镫，两条腿使劲地一夹，只听"咔叭咔叭"一阵响，小黄马两边的肋骨全被夹断了。断了肋骨的小黄马倒毙在了悬崖边上。塞力克从地上爬起来，抱起它的马头。他试图让小黄马站起来，可是，小黄马已经永远站不起来了。

这就是我知道的塞力克的故事，那时候我们都叫他"世界冠军"。

2000年8月29日的黄昏，告别了白房子以后，告别了一八五团以后，在驱车回程的路上，我来到比利斯河河边，来到一片哈萨克人的墓葬群边，吊唁这位故人。

比利斯河从阿尔泰山流来，穿过戈壁，在从这里往下十公里的地方，注入额尔齐斯河。像阿拉克别克河、喀拉苏干沟一样，它也是一条小小的河流，是阿尔泰消融的雪水冲出的一条水沟。河边那个哈萨克村落，想来就是反修大队了。据说，它现在叫牧业十队，而前哨公社，则叫萨尔布拉克乡了。

那片哈萨克墓地，就在村落的旁边。

"我找塞力克的墓地，他是我的一个老朋友！"我对路旁玩耍的一个赤脚的小孩说。小孩领着我来到墓地中一处建筑最高的地方。"塞力克！"他叫了一声，就又去玩了。

一座高高的白色纪念碑立在前面。纪念碑的后面，有一个半人高的底座，底座上，是一口用水泥做成的圆形棺木。我虽然不懂哈萨克葬俗，但我明白，我的朋友、草原之鹰塞力克，此刻就躺在那棺木里休息。整个建筑都是白色的，连围绕这些建筑物的雕花栏杆，也是白色的。

　　那纪念碑上写着"运动健将塞力克之墓"，旁边落款是"自治区体委、阿勒泰行政公署、哈巴河县人民政府"。我不喜欢"运动健将"这个称呼，我觉得这几个字并不能概括塞力克，还觉得这几个字有些俗，应当称他"阿山雄鹰塞力克"或者"哈萨克勇士塞力克"才对。

　　纪念碑的背面是哈文。我不懂哈文，我辨认了很久，从里面找出"1991""1934"这几个阿拉伯数字。我推测，这几个数字说的正是塞力克的生卒年，意即他生于1934年，卒于1991年。我掐着指头计算了一下，他活到57岁。

　　在薄暮中，我默默地点上一支香烟，将它插在雕花栏杆的空隙中，看着香烟袅袅升起，我的耳畔响起塞力克第一次见我时的问话声："加克斯？你是内地来的巴郎子吗？""加克斯！"我回答这位故人。

第七十三章 三班长的后白房子故事（三）

一

老兵张连枢专门在哈巴河边防四团驻地等我。他大约在这里主持了一个阿勒泰驻军的什么会议，境内的驻军首长都到了。会议结束后，他多留了一个晚上，在这里等我，给我谈铁列克提事件，谈华侨老梁的故事。长期的戍边生涯已经将他炼成了一个标准的职业军人。

在这位老军人面前，我感到很亲切。我们有许多话题可谈，一谈到当年边防上的事情，我便忘记了他的身份，我们像两个真正的老兵一样，谈起那些凄楚的往事。

边防四团招待所的夜晚，我们像最亲的兄弟那样促膝长谈，直至夜半更深。我们首先谈到的是铁列克提事件。那次巡逻，他是铁列克提边防站的文书，留在站上守电话，所以有幸躲过那场大杀戮。

铁列克提事件我以前知道一些。但是，听一个几乎是参加过铁列克提事件的当事人谈铁列克提，在我还是第一次。

当然已经没有当事人了。那二十九个巡逻兵，两个中新社记者，已经在铁列克提事件中死去。铁列克提事件是1969年8月13日发生的。

珍宝岛事件中缴获的那辆苏制T-62主战坦克，被运到北京中国革命军事博物馆示众，这更激怒了苏方。

苏方于是筹划在西线的报复事宜。而苏方选中的地方，就是铁列克提。

中方是知道这一情况的。因为种种迹象表明，苏方将要在这块争议地区制造一次事端。自进入8月以后，边界一线，苏军步兵集结，坦克集结，飞机不断地越过双方实际控制线，深入中方纵深侦察，同时，派遣大批特务。这些特务大部分是伊塔事件中逃往苏境的边民，是经过克格勃训练以后成为特务的。

鉴于此，中方将新疆境内为数不多的部队中最精锐的一支，调往铁列克提附近，潜伏在戈壁滩上，潜伏的这块地面叫可克达拉草原。然后，上级命令铁列克提边防站继续强行进入争议地区巡逻。

中方想仿效珍宝岛战役中的做法，一旦苏军挑衅，就再打它一个措手不及。其实，新疆比不得东北，部队的调防情况，都在克格勃特务掌握之中。这时，潜伏在戈壁滩上的八师，没有水喝，没有饭吃，再加上蚊虫叮咬，实在待不住了，只好撤离。

八师撤离的第二天，1968年8月13日，是个星期天。这天，铁列克提边防站向上级请示，看这天巡逻不巡逻。电话打到北疆军区，北疆军区一位姓赵的副司令员建议取消巡逻。边防站又把电话打到新疆军区，接电话的是一个值班参谋。

参谋问："你们要去巡逻的那地方，是咱们中国的领土吗？"边防站这边回答："是咱们中国的领土。咱们的哈萨克牧民世世代代都在那里放牧，那里还有我们祖先的坟墓！"参谋火了："既然是咱们中国的领土，那么，咱们任何时候，在任何情况下，都有去那里巡逻的权利和义务。这么简单的道理，你们都不懂。你们请示什么，巡逻去得了。"

这样，铁列克提边防站的二十九名官兵，加上两个中新社记者，便在那个早晨，踏上了死亡的征途。

铁列克提争议地区在巴尔鲁克山西部。它的争议形成的原因大约和别尔克乌争议地区的情形差不多。

铁列克提边防站对这场悲剧其实是有预感的。为了应付意外，他们将边防站为数不多的兵力，分成三个梯队。当巡逻队行走到距铁站十公里的地方，与苏军相遇。敌人先开枪。四周是无遮无拦的戈壁滩，巡逻队只好退守在一处沙包子后，开枪还击。这个沙包子被后世称为无名高地。

巡逻兵表现了中国士兵的英勇无畏。在这种猝不及防的情况下，巡逻兵依托没有任何工事的无名高地，与苏军对峙。敌人先后组织了两次冲锋，都被我方打退。敌兵死亡五六人。见状，敌人撤回步兵，组织二十六辆坦克装甲车，将无名高地从四面围住，然后猛轰。轰击一共用了三十多分钟，无名高地几乎被夷为平地。

肖发刚副连长带领的掩护部队，在苏军进攻无名高地时，曾经发起过几次冲锋，想掩护巡逻队撤退，但是都没能奏效。肖的脚后跟上还中了一枪。迫于无奈，这支小部队只好撤回铁站。这支小部队据守的地方，与无名高地的实际距离是二千米，轻武器根本发挥不了作用。而在北疆军区、新疆军区的作战地图上，这一段距离被误标为二百米。在此之前的作战方案，就是根据这个错误的地图而确定的。

铁列克提事件结束三十个小时后，我方一支野战团才从沙湾赶到托里，离铁站还有一百二十公里。这时无名高地上硝烟已经散尽，苏军坦克装甲车已经撤出，中国巡逻兵的尸体，也被苏军装在卡车上运回。

中国官方的消息说，三十一名据守在无名高地上的中国巡逻兵，无一生还。但是，我在白房子的那个年代，私下里常听人说，死亡的其实是二十九名士兵，另有一个新兵，有一个机要参谋，在大炮的轰击中被震昏了过去。后来，苏兵将尸体往卡车上扔的时候，这两个人醒了过来。

关于这个新兵的传言，看来是真的。

张主任对我说，这个新兵叫袁国孝，河南柘城人。他入伍才三个月，就赶上了这场边境事件。他后来被放回来，现在在家乡当农民。

关于机要参谋的事，张主任没有回答我的问话。这位老军人说："说不清了！"不过这事也可能是真的。因为张主任说，现在铁列克提那二十九名烈士的墓，就在塔城。每一次他回塔城，都要去看一看他们。他有一份这二十九烈士的名单，有一天他有时间了，要拿起笔来，为他们写一本书。

二十九名烈士加上一个新兵袁国孝，是三十人，那么，确实还有一个人不知去向，而这个人很可能就是那个机要参谋。不过这是我的推测，张主任并没有这样说。

这个老兵对他的那些死去的战友的那种感情，给我留下深刻的印象。也许只有我，这个在白房子争议地区趴过的人，才能体会出其中那种惺惺相惜的感情、兔死狐悲的感情、物伤其类的感情。

这种感情是外人体会不出的，包括现在的军人。

二

华侨老梁是和我一个火车皮的兵。我当年在路上的那些经历，华侨老梁都经历过。我曾在一篇文章中提到过，当火车停下以后，男左女右，大家下来解手，这时有个老实的男兵，跑错了方向，到了女兵那一边去了，于是，在大家的哄笑声中，赶快提起裤子，从火车底下钻过来。我说的这个新兵，说不定就是华侨老梁。

华侨老梁是陕西省合阳县人，父母是农民。当兵要走的前一天，父母匆匆地为他娶了一个媳妇。新婚之夜，睡到半夜，月光下，老梁伸出手来，将媳妇的头发偷偷地摸了摸，动也没敢动，这一夜就过去了。天明时公鸡一声啼叫，老梁穿上军装，先到乡上坐上汽车，再到西安坐上火车，就这样走了。

老梁和我们，是在黑山头前面分的手。汽车载着他们，到阿勒泰城。他们要去的地方是中蒙边界，部队番号叫302。我们的部队番号叫301，前面谈的铁列克提那地方，部队番号叫305。

在阿勒泰接受三个月新兵训练以后，老梁被分配到了红山嘴边防站。红山嘴，就是那个位于友谊峰东侧的边防站。它与白哈巴边防站接壤，不过，中间隔着一个终年积雪的友谊峰。每年，红山嘴边防站要组织一个小分队，骑上马，走上一个月时间，到达友谊峰峰顶，和白哈巴边防站会一次哨。红山嘴我没有到过，不过可以想见，它在高高的山顶上，位于阿尔泰山深处，人迹罕至。

李团长向我讲了一件事。

他说某一年的五六月间，红站的羊群、马群和家养的狗，突然都躁动不安起来。羊"咩咩"地叫着，马"咴咴"地叫着，狗"汪汪"地叫着，把边防站吵得翻了天。大家不知道是怎么回事，还以为是要闹地震了。突然，从远处的山口上，转过来了哈萨克牧民转场的畜群，于是，边防站的羊群、马群、狗像决了堤的水一样，一齐向山下冲去。它们冲下去干什么呢？团长没有细说，后来我自己揣摩了半天，才明白了团长这个故事的结尾：这些雄性的牲畜是赶下去交配。

红山嘴有半年时间封山，和外界不通。我的战友老梁，就在这个地方当兵。

1975年的秋天，老梁给边防站放牛。有一次，牛越界了，老梁瞅了瞅四下没人，就涉过界河去赶牛，结果，被三个潜伏在河边的蒙古士兵抓去了。

老梁被抓过去以后，送到蒙古首都乌兰巴托，关了三年监狱。红山嘴这边，发觉老梁失踪了，寻找了几天，活不见人，死不见尸，便判定老梁已经死亡，于是向上级打了减员报告，并向老梁的家乡发了烈士通知书。

出狱以后的老梁，开始在乌兰巴托街头流浪。他做过许多的事情，大约做过小偷，当过小工，捡过破烂，要过饭。大家都不知道这个不会说蒙古语的中国人是从哪里来的，纷纷欺侮他。据说，蒙古的黑社会很厉害，老梁挣来的一点小钱，也都被这些黑社会抢走了。

后来，老梁遇见了一个在乌兰巴托定居的中国人。他是湖北人，是一个国民党老兵，不知道是在过去的什么年代里，怎么过去的。这老兵可怜老梁，于是出面庇护他，帮他要回来一部分给人敲诈走的钱，帮他定居下来，还帮他找了一个蒙古女人成家。张主任告诉我，华侨老梁和这蒙古媳妇一共生了三个娃，两女一男。

后来随着中苏关系的缓和，中蒙关系也趋于缓和，有好心人对老梁说，你试着给中国驻蒙古国大使馆写封信，谈谈你的身世，说不定，大使馆会帮助你回去的。这样，老梁便给中国驻蒙古国大使馆写了封信。

后来有一天，夜色苍茫中，老梁一家正准备吃饭，突然门外响起了汽车声。接着，一辆小车停在了他家门口，车上走下来三个彪形大汉。这三个大汉只说了一句"跟我们走一趟"，便将老梁拉到车上，蒙上眼睛，开着车走了。

车走了很长一段路程，当老梁脸上的黑布被揭开以后，他到了中蒙边界的一个会晤站里。阳光很刺眼，老梁揉了很长时间的眼睛，他不知道这是什么地方，也不知自己该怎么办。直到蒙古兵朝他屁股上踢了一脚，又指了一下眼前的那座会晤桥，老梁才懵懵懂懂地踏上木桥，接着，跨过木桥中间那条白线。

烈士老梁就这样死而复生。老梁回到了家乡，合阳县那偏僻贫穷的小山村里。

更悲惨的事情还在后边。

老梁来到他当兵走时父母送他的那个村口，发现村口竖着一块小小的烈士纪念碑，那碑子上写着老梁的名字。老梁来到自己家的门口，发现破旧的大门上，挂着"光荣烈属"的牌子。老梁回到家里，他的父母已经过世，他那新婚一夜的妻子自然也不知去向，现在的家里，只有他的哥哥嫂嫂。

他的哥哥嫂嫂不承认眼前的这个不会说汉话的陌生人是他们的弟弟。他们拿出了烈士通知书，告诉老梁说，他们的弟弟已经在许多年前死去，白纸黑字，这是烈士通知书。面对这一切，连老梁自己也给弄糊涂了，他真怀疑自己的那些经历，只是一场梦而已。

老梁站在挂着"光荣烈属"招牌的那个门楣下，大哭了一场，然后摇摇晃晃地离开了他的家乡。

这个无名无姓、连自己都不知道自己是谁的人，开始在中国大地上流浪。

较之乌兰巴托的流浪，这一次的流浪更悲惨。那一次，毕竟还有一个寄托，知道远方那一片丽日蓝天下，是他的桑梓之地，是他的根之所系。现在，他则真正地成了一个无家可归的人了。

老梁究竟流浪了多长时间，流浪到什么地方，我们不知道。不过西安这地方他一定来过。在火车站的候车室里，在街头，我们有时会与一个蓬头垢面、呆头呆脑的人相遇，说不定那人就是老梁，可惜，我们那时不认识他。

老梁流浪到了新疆，流浪到了阿勒泰，流浪到了红山嘴边防站。他来到他当年越境时跨过的那条小河边，号啕大哭。为自己悲惨的遭遇而哭，为命运落在自己身上的这巨大的苦难而哭。他一边哭一边喃喃地说："老梁没有死！我就是老梁！"

后来，一辆前往红山嘴的小车在老梁身边停下。这是阿勒泰军分区一位首长，他是来红山嘴检查工作的。老梁离奇的遭遇叫人感动。这位首长将老梁带回了阿勒泰。这是1992年的事。

张主任对我说，他第一次见到老梁的时候，老梁不会说汉话，别人问他话，他得愣上半天，才反应过来。不过现在，他已经能结结巴巴地说汉语了。军分区将老梁收了回来，按志愿兵对待，让他在军分区营房科工作。大家帮忙，又给老梁找了一个汉族媳妇。现在，他们已经有了一个孩子了。

张主任说，老梁现在生活得很好，一个月一千多块工资。营房科的事也不忙，他是修锅炉的，锅炉也不会常坏。平日，他就在营房里转悠，遇到谁有个什么事，他立即赶去帮忙。举例说吧，来了一车西瓜，你给老梁说："华侨老梁，你去把那一车西瓜卸下来！"说完你就不用管了,老梁会饭也不吃,午觉也不睡,将这车西瓜卸下来,码得好好的,然后找到你,打个立正,报告你任务已经完成。

老梁能有今天这样一个不错的结局,也算否极泰来,算生活对他的一种补偿吧!月工资一千块钱真还不是一个小数目,要知道,我当兵五年,五年的津贴费加起来,还不足一千块哩!

这次我的行程太紧了,不能重返阿勒泰去看华侨老梁。我对张主任说,今年冬天,如果有空,我一定专门回一趟阿勒泰,听老梁谈一谈他在蒙古的故事。

张主任说,那要他陪着,老梁才肯谈。平日,老梁的口封得死死的,那些小兵逗他,要他谈谈他的蒙古媳妇,老梁嘿嘿地一笑说:"你们年轻,懂什么,我跟你们没话!"

这就是我的战友华侨老梁的故事。张主任向我讲了铁列克提的故事、华侨老梁的故事以后,才像如释重负一样,向我告别。这时是哈巴河的凌晨了。

三

2000年的8月1日早晨,作为这次白房子之行的最后的尾声,我在边防四团的安排下,去了吉木乃边防站。

吉木乃边防站离我服役的北湾边防站,其实并不远,也就是六十公里吧。当然,这个六十公里是直线距离,跨过额尔齐斯河,越过422高地,穿过别尔克乌争议地区就到了。

但是我们这次的行程则要绕一个大弯子,即从哈巴河出发,南行到布尔津,然后从布尔津斜插到吉木乃去。

中午的时候,我们到达吉木乃县城。这个县城我知道。虽然我并没有来过这里,但是我听说过,当年,县城紧靠着边界,也就是说,和吉木乃边防站在一起。边防站里出过好几次事情,上级怀疑和县城里潜伏的特务有关。可是谁是特务呢？又调查不出。于是，上级指示，将县城后撤二十公里，脱离边界。

眼下这个县城，就应当是脱离边界后新修的那个县城。县城很小，十字路口竖着一个高杆，四边有四条几百米长的街道。较之布尔津，较之哈巴河，它明显地小多了，仿佛内地一个蕞尔小镇。

出了县城，向正西前行二十公里，就是如今的中哈边界了。这块地面上，散布着几个兵团村庄。这里的兵团叫一八六团。紧靠着边界，是吉木乃边防站。吉木乃之所以出名，是因为这里是一个边防会晤站。当年，中苏之间的许多事情，都是在这里会晤、会谈解决的。

有一条边境小河，小河的上面有一座木桥，桥的两边，各有一个会晤室。中方有什么事要会晤了，于是在自己的会晤室房顶插上国旗，苏方见了，便越过木桥来会晤。苏方有了事情，也是这样。会晤上几次以后，有些事情决定不了，于是请高一级的军官来谈，这样，会晤也就升格为会谈。通常，会谈是由阿勒泰军分区的首长与斋桑军区的首长来进行的。

据说，当年兵团人的厕所，正对着界河，士兵们拉屎的时候，白白的屁股蛋子正对着苏方。为此，苏方会晤时曾经多次抗议。

我记得，那个坐在界桩上，转着圈儿，高叫着"我出国了，我出国了，我又回国了，我又回国了"的愚蠢的军分区参谋长，就是在这里倒霉的。

吉木乃边防站离界河二百米，离哈站八百米。

物换星移，事过境迁，阳光把一切阴霾都扫去了。如今的吉木乃，也像我此行中到过的所有的边防站一样，安宁、祥和。

因为今天是节日，边防站还笼罩在一片轻松喜悦的气氛中。边防四团的一位韩副团长恰好在这里检查工作，他热情地欢迎我的到来。我登上了瞭望台，举目向哈萨克境内望去，眼前是一片荒凉。目之所及，竟然不见一个人影。

当年，六千公里漫长的中苏边界，苏军共部署五十五个步兵师、十二个战役火箭师、十个坦克师、四个空降师，如今，好像一阵风都将他们吹走了一样，我的眼前剩下的只是一片虚无。他们都到哪里去了呢？

也许，我临行前，还要到边界上来一次，就是为了看这一眼。

这是恶狠狠的一眼。

接着，我来到那座著名的会晤桥上。

这是一座木桥，这木桥已经年久失修。如今，围绕着这座桥的那种森严、冷酷的气息已经没有了，它给我的感觉，更像一座乡间小河上的那种小木桥。

木桥刚刚用红油漆刷过，还十分鲜艳，木桥的中间，画了一根白线：白线的那边，就是哈萨克斯坦了。

桥的两边，各有两座高大的牌楼，这就是所谓的国门。中国这边的牌楼，正面写着"哈萨克斯坦"，背后写着"中华人民共和国"字样。我想哈萨克斯坦那边的牌楼，也是这样写着的，遗憾的是我不认识哈文。

新修的牌楼，新漆的木桥，大约正是这次中哈重新勘界之后的举措。

对面的哈站，是一座两层的阁楼式建筑，有点像当年我们为苏联专家修的那种公寓。房屋已经十分破旧了，显露出一种灰败的褐色。在我们在会晤桥上活动的时候，那边始终没有出现过一个人影。

吉木乃边防站原来叫吉木乃边防检查站，现在则在边防站的北边，新修了一个公安边防检查站，而吉木乃边防站的职能，仅仅是守边和会晤了。

那里建起了一个口岸，口岸上新修了一座漂亮的石桥。据一八六团那位宣传科长说，这些天来，口岸上经常过车队，一过就是一百六十多辆大卡车。卡车上拉的是从俄罗斯境内运往中国的废钢铁。年轻的女宣传科长惊讶地说："俄罗斯怎么有那么多的废钢铁？"

今天这口岸却静悄悄的，没有一辆车通行。口岸离边防站其实并不远，也就是一二百米的距离，可是我对副团长说，能不能找匹马，让我骑上去。

一会儿工夫，我和大家便一人一匹马，顺着界河边的铁丝网，直奔口岸而去。

口岸上静悄悄的，只有两个年轻的公安兵在站岗。在那座横跨界河的大石桥中国一侧，竖立着一根界桩，界桩上写着"中国45号"。

我们记得，白房子卡伦的河口地段，立的那根界桩是39号。西部边界的立桩，从友谊峰下面的喀纳斯湖的1号桩，至白房子卡伦的39号桩，一根桩与一根桩的距离是十公里，那么就是说，白房子卡伦距阿尔泰山最高峰友谊峰是三百九十公里。

白房子河口地段那个界桩，是39号，六十公里以后，中哈边界前行到这个地方了，成了45号。

从45号界桩往前，沿边界线一直走，就能走到我的白房子去。此刻，我真想这样走一遭。我打着马，顺着铁丝网，一路小颠着向前跑去。蹄声惊起了界河边歇息的鹞鹰。它们一群一群，在我的马前马后上下翻飞，高声鸣啾。

草原上翱翔的鹞鹰，它们原来就歇息在这里。

> 你看那苍鹰又在天边遨游，
> 它莫非生在战乱的时候？
> 你看那片片的流云在疾走，
> 它莫非在呼唤已去风雷的怒吼？
> ……

在奔驰中，我的口中念叨着这不知是谁的诗。我当然不可能走多远。白房子还是在那遥远的地方。

第二天早晨，我告别了四团，告别了哈巴河，也告别了这个故事中的一切，乘车向乌鲁木齐疾驰而去。

当最后一眼望向那片苍茫的天地时，我对自己说，我把白房子，把我的过去都留在那里了，我将因此而获得解脱，当我下一次重返白房子的时候，我希望自己会是以一个轻松的旅行者的身份出现。

但是，我能逃离白房子吗？我能够将它从我生命中剔除出来吗？我能够从此像看待地球上的任何一块地面一样平心静气地看待白房子吗？也许我不能做到，或很难做到。

它是生活塞给我的一本书，是在我青春的年代，生活以猝不及防的形式塞给我的一本书。

白房子吞没了我的一生，影响了我的一生，注定了我的一生。它是宿命。

白房子是我的梦魇之乡，我永远的噩梦，我的十字架。许多年来，我像蜗牛一样背负着我的十字架，走着我的蹒跚的人生。因为它，我才成为现在的我，独特的我。

且让我在此，向那远方天宇下宁静的一隅，那孤零零的白房子，深深地脱帽以礼。"文学是回忆和仇恨"，法国人加缪说。这句话很对，但是我想，除了回忆产生文学、仇恨产生文学之外，大爱也会产生文学的。而我的这本关于白房子的书，正是这三种感情的一个混合物。

全书完
1984年动笔—2023年完稿